사건의 시학

사건의 시학

감응하는 시와 예술

최진석 평론집

도서출판 b

차 례

4

시학의 사건으로

대개 '시학'으로 번역되는 고대 그리스어 포이에티케poietike는 본래 '작시의 기술'이라는 뜻이다. 보통명사로서 그것은 시를 짓는 방법에 대한 서술이라 할 수 있다. 하지만 아리스토텔레스의 저 유명한 저서를 염두에 둘때, 시학을 그저 시 짓는 기술로만 이해한다면 어딘지 부족함을 느낄 수밖에 없다. 바꿔 말해, 시학을 단지 특정한 방식에 따라 시를 짓는 방법론으로 간주한다면, 그것을 굳이 '예술'의 범주에 포함시킬 까닭은 없을 터이다. 오늘날 방법의 숙련성에 초점을 두고 사용하는 '테크닉'과 달리, 고대 그리스에서 테크네techne는 무엇인가를 만들고 수행할 수 있는 능력을 강조하는 단어였다. 라틴어 예술art은 바로 이 테크네를 옮겨놓은 개념이다. 그러니만일 시학이 시를 예술로서 정립시키는 것을 의미한다면, 그것은 시라는 운문의 외형적 특성만이 아니라 또 다른 무엇을 담아내는 기예로 이해되어야 한다. 핵심은 그 '무엇'에 관한 물음과 답변에 있을 터인데, 시학에 얽힌 복잡다단한 고민과 논쟁은 이 '무엇'의 정체를 규명하는 데 줄곧 놓여 있었다.

‘학’의 정체를 로고스logos, 담론으로 파악하는 것은 시와 철학이 분리된 이래 유구하게 이어져 온 전통이다. 작시作詩를 시어에 관념과 사유를 담는 방법으로 이해하는 태도가 대표적이다. 구전의 시대를 지나 문자로 정착한 이후 오랫동안 시는 담론의 규칙에 순응해 왔다. 우리에게 익숙한 시의 내용과 형식이 대체로 논리의 법칙에 친연적이고, 작품의 해석 역시 그에 부응하지 않을 수 없던 것은 당연한 노릇이다. 운율과 가락에 맞춰 불리던 시가의 전승이 사상의 건축술에 의거한 이념의 그릇이 된 것이다. 시문학을 추상적 사유가 이념으로 전면화되기 직전에 도달한, 최후의 감각적 표상 형식으로 간주했던 헤겔은 이런 시학의 근대성을 정립했던 철학자였다. 그렇게 근대 시학에서 시의 언어는 사변적 내용으로 대체되고, 작시의 기예는 관념의 묵상 속에 가라앉고 말았다. 물론 시적 이념, 혹은 내용의 시학에 반발하는 수많은 시도들을 우리는 잘 알고 있다. 19세기 후반의 상징주의 문학이나 아방가르드 미학, 그리고 미래주의 운동은 담론의 무게에 납작해진 시를 표현과 형식을 통해 되살리려 했던 탈근대의 시학들이다. 하지만 내용인가 형식인가, 사상인가 감각인가를 양손 위에 올려두고 질문하는 어떤 시도라도 결국 떠나온 곳으로 되돌아갈 수밖에 없다. 로고스를 둘러싼 시학의 역사는 여전히 돌고 도는 듯하다.

포이에티케의 근저에는 우리에게 익숙한 근대 시학의 관념보다 더 넓은 무엇이 함축되어 있다. 예컨대 포이에시스poiesis는 이전에는 존재하지 않던 무엇인가를 창안해 내는 활동이다. 당연하게도, 이는 무로부터 유를 만들어 내는 신적 창조를 지시하는 게 아니다. 그보다는, 구두나 그물과 같은 수공예품의 제작, 조각상과 기념비의 조각, 나아가 의술의 시행이나 말 조련술 같은 일상사의 무수한 활동 일반이 포이에시스에 맞닿아 있었다. 혹자는 이로써 근대적 예술 관념 또한 고대 그리스의 테크네와 달랐다고 주장하기도 하지만, 지금 논점은 다른 곳에 있다. 오히려 이 세계와 만나고 지금-여기서 행하는 우리의 활동 전체가 테크네의 의미에 포함되며, 시 또한 예외가 아니라는 점이 관건이다. 하나로 통일시킬 수 없는 수많은 삶의 행위들은 다중다양한 것들이 만나고 접속하며 헤어지는 사건 속에 있을 따름이다. 요컨대 존재하는 모든 다른 것들과 마찬가지로, 시 역시 세계-내-사건의 하나이다.

담론이 조직하는 가시적 언표 바깥에 감응affect이 있다. 파롤과 랑그, 발화와 문법, 구조와 힘의 대쌍처럼 감응은 포이에시스의 바깥에서 포이에시스의 대상을 조형한다. 신화적이고 낭만적인 신비로서가 아니라 실재적 현실의 생성으로서 감응은 시를 사건화한다. 우리가 시를 읽으며 감동에 젖는 것은 그 어휘나 시형의 아름다움 때문만은 아니다. 지금-여기라는 특정한 시간과 장소에서 말의 특이한 울림을 통해 시적인 것이 언명될 때, 시는 문자 이상의 힘이 되어 우리의 의식과 사유를 강타한다. 아무리 일상적이고 평이한 구절이라 해도, 흡사 이명처럼 파고드는 발음과 어조, 그 감응의 특이성이 매번 우리를 사건 속으로 던져 넣는다. 낯익은 사물들의 풍경을 넘어서 시는 우리를 사건화하는 장치인 셈이다. 테크네 또는 예술. 감응을 이끌어내는 표현의 형식으로서 시는 언제나 도래하지 않은 시제 속에서 우리를 기다리고 있다.

* * *

대학원에 다닐 무렵이었다. 헌책방에 드나들던 친구들끼리 만든 모임이 있었다. 정기 모임이 있는 날이면 책방 여럿을 전전하며 주머니 사정이 허락하는 대로 각자의 취향에 맞는 책을 사 모으곤 했다. 그러다 날이 저물면 근처 식당에 모여 자기의 책을 자랑하는 시간도 가졌다. 기억하건대, 이 모임의 백미는 바로 그 시간이었다. 인문학과 사회과학, 예술과 종교, 취미 등 당일 고른 책을 소개하는 자리가 만들어지면, 모두들 시간 가는 줄 모르고 낯선 책의 세계에 빠져들었다. 개중 지금 떠오르는 한 징면은 늘 시집 한두 권을 골라 들고 조용히 읽어주던 어떤 친구의 모습이다. 최승자였던가, 이성복이었던가, 기형도나 유하도 포함되었던 듯싶다. 그가 시를 한 편씩 읽으면, 어느새 친구들 한둘이 나직이 그 시구를 따라 읊던 모습이 머릿속에 남아 있다. 합창하듯, 여러 편의 시구를 나란히 읊조리던 친구들의 모습. 분명 어디선가 읽어보았음 직한 익숙한 구절들임에도 타인의 음성에 실린 문장들, 타인들의 목청을 통과해 내 귓전에 도달한 문자의 울림은 분명 내가 알던 시와는 다른 무엇이었다.

지금도 생생히 기억나는 몇 문장은 서가에 꽂힌 시집을 펼쳐보기만 해도 알 만한 시편들이다. 그날의 분위기나 시에 대해 일천하던 내 앎 등을 논외로 치더라도, 돌이켜 생각해 보면 그날 얻은 감흥은 시구들 자체 때문이 아니라 나 아닌 사람들, 타인의 목소리와 그 울림을 통해 들었기에 생겨난 게 아닐까 싶다. 낯선 이들의 발성과 어조, 음색을 통해 듣게 된 시구들이 발산하는 감응은 내가 시를 읽을 때 나오는 것과는 무척 다르다. 어쩌면 이것은 눈으로 읽는 것과 귀로 읽는 것 사이의 차이에 해당되는 경험일지 모른다. 하나의 사건과도 같은.

눈으로 읽기 시작하면서 글읽기 경험은 내면화되었고, 그만큼 실질적인 체감도 둔화되었다는 점은 익히 알려진 사실이다. 그래서 중세까지만 해도 묵독은 그릇된 행동처럼 간주되었고, 목청을 돋워 낭독하는 것만이 진정한 독서 경험으로 간주되었다는 기사도 종종 마주친다. 아닌 게 아니라 무언가 외워서 익혀야 할 때 백 번 묵독하는 것보다 열 번 낭독하는 것이 더욱 효과적이라는 점은 누구나 겪어보았을 일이다. 어떤 진정성의 체험이 읽기에 포함되어 있음은 부인하기 어렵다.

데리다는 이를 '음성중심주의적 신화'라 부르며 비판했지만, 경험적으로 그런 사실을 받아들이는 데는 무리가 없다. 나는 여기에 한 가지를 더 보태고 싶다. 자신의 목소리가 아니라 타인의 목소리, 타자의 말을 경유해 전달되는 독서의 경험이 그것이다. 자신의 목소리로 수행하는 낭독은 결국 텍스트의 문자적 재현에 갇히기 십상이다. 즉 눈에 보이는 것을 그대로 읽는다는 것이다. 반면 타인의 말은 그것이 재현에 가까운 행위라 해도 그가 내는 낯선 어조와 음색, 발성의 차이로 인해 늘 다를 수밖에 없고 따라서 새롭게 다가오는 사건적 경험이 된다.

　우리는 늘 타인의 말에 둘러싸여 살아간다. 거리를 걷거나 시장에서 장을 볼 때, 뉴스를 보거나 노래를 들을 때, 시시하거나 심각한 대화를 나누고, 또 싸움판에 휘말릴 때, 늘 타인의 언어에 노출되고 그에 맞춰 의사소통을 한다. 그럼 이미 문학적 경험을 하고 있는 걸까? 당연히 아니다. 적어도 문학이 낯섦과 새로움의 체험을 통해 나날의 동일한 생활을 다른 것으로 바꾸는 찬발적 행위, 곧 예술이라 생각한다면, 통상의 의사소통은 일상의 정해진 규칙을 서로 확인하고 반복하며, 그 틀을 유지하는 데 목적을 두기에 낯선 어조나 음색, 발음을 배제하게 마련이다. 안내방송의 특유한 발성법은 누가 들어도 그것이 공적 지시를 담고 있음을 알게 만든다. 회사든 학교든 시장이든 타인과 만나고 교섭하고 다툴 때는 그에 걸맞은 말의 태도가 필요한 것도 같은 이유에서다. 핵심은 예술로서 문학의 경험은 그런 의사소통의 평균성을 넘어서 있다는 점, 어딘지 이질적이고 기이한 소리의 파동으로서 체감되어야 한다는 점에 있다. 타인의 목소리, 그것은 완전히 낯선 타자가 전해주는 청력적 사건에 값한다.

　누군가 시가 무엇이냐고 묻는다면, 모른다고 답할 사람은 거의 없을 듯하다. 문학의 한 장르로서 시는 교과과정을 통해 우리 머릿속에 각인되어 있다. 행과 연이라는 형태적 측면에서 쉽게 구분되고, 서정시나 서사시로 불리는 내용적 측면에서도 시는 분명한 구별점을 갖는다. 하지만 이런 구별의 방법들은 어디까지나 눈으로 읽고 머리로 읽었을 때 나오는 결과이다. 체감을 통해 시를 시로서 받아들이는 방법이 아니다. 시는 문자로 실존하지 않는다. 종이 위의 단어로 현존하지 않는다. 시는 오직 경험 속에서만 표현되는 사건이라 말해야 옳다.

시를 시로서 경험하게 하는 것은 눈이 아니라 귀로 듣게 하고, 머리가 아니라 몸으로 울리게 하는 데 있다. 누군가 타인의 목청을 빌려 말하고 읊조리게 하는 데 있다. 그로써 순전히 듣는다는 데 주의를 기울이고, 소리의 의미를 뒤좇으며 궁구하도록 만드는 데 있다. 그렇지 않다면 머잖아 시는 낡은 종이에 찍힌 인쇄 자국에 지나지 않고, 급기야 잉크가 휘발되면서 함께 사라져 버릴 것이다. 일종의 청력적 사건으로서 시의 감응을 우리는 어떻게 겪어낼 수 있을까? 비평은 여기서 무엇을 할 수 있을까? 시화된 비평으로서 또 하나의 사건으로 경험되어야 할밖에. 이것이 과연 내게 가능한 몫일까?

* * *

평론가의 이력을 소설로 출발했는데, 시에 대한 글쓰기를 먼저 묶어 첫 평론집을 내게 되었다. 인생의 많은 다른 일들이 그러하듯, 이 역시 내가 삶이라는 사건에 열려 있음을 보여주는 증표라 감히 말해 본다. 하지만 낯선 시를 마주칠 때마다 여전히 설렘과 당혹의 딜레마에 빠지는 것도 분명한 사실이다. 나는 계속 시에 대해 말하고 글을 쓸 수 있을까? 예기치 않은 모든 것은 늘 두렵고 힘겹게 마련이지만, 사건에 항상 자신을 열어둘 수 있도록 기원한다. 사건의 시학은 그로부터 시학의 사건이 될 것이다.

글 전편을 읽고 섬세히 조언해준 친구 H에게 따뜻한 고마움을 전한다. 매번 늦어지는 원고를 묵묵히 기다리며 격려해 주신 도서출판 b의 조기조 사장님과 신동완·김장미 선생님께도 큰 감사를 드린다. 책이라는 사물은 저자의 이름 뒤에서 보이지 않게 움직이는 타인들이 만드는 사건이다. 그 사건의 투명한 고리들에는 필시 이 책을 읽는 독자들도 포함되어 있을 것이다.

2022년 겨울을 지나며
최 진 석

제1부

사건의 시와 시적 사건

사건 이후의 사건

촛불이 열어 놓은 시적 경로들

1. 사건, 돌파된 세계의 감각

기호학적으로 설명하자면, 사건이란 하나의 세계가 갖는 경계선이 돌파
되는 현상이다. 즉 어떤 세계가 현행적 형태를 유지하도록 떠받치는 구조나
구성요소, 장력場力의 특징이 더 이상 유효하지 않게 사라지는 지점, 혹은
현재와는 상이한 세계상 속으로 진입하는 순간을 사건이라 부를 수 있다.[1]
이런 정의를 따를 때, 2018년의 첫머리는 분명 어떤 세계의 경계선이 돌파되
는 순간이었다고 말해도 좋을 법하다. 2016년 여름까지 사람들의 몸과
마음, 무의식의 깊은 곳까지 침식해 들어왔던 시대의 부정적 분위기는
그해 가을부터 치솟은 감정의 역류를 통해 반전되었고, 급기야 낯선 세상에
대한 기대와 열망을 담아 폭발해 올랐다. 예컨대, 너나 할 것 없이 내뱉던
"이게 나라냐?"라는 탄식은 2017년 초 박근혜 대통령의 파면을 기점으로

• • •

1. Iu. Lotman, *Stat'i po semiotike iskusstva*, Akademicheskii proekt, 2002[『예술 기호학 논고』],
   p. 139.

"그래, 이게 나라지!"라는 감탄으로 뒤바뀌며 시대 전환의 상징적 언명으로 각인되었던 것이다.[2] 2008년의 광우병 쇠고기 사태로부터 시작해 2008년 밀양 송전탑 투쟁과 그 이듬해의 용산참사, 2014년의 세월호 참사와 2015년 한일 위안부 합의 등을 겪으며 무겁게 침잠해 있던 시간들이 낙관적 전망으로 물들어갔던 사연을 일일이 열거할 필요는 없겠다. 한마디로, 바꿀 수 없다던 세상이 바뀌는 경험을 우리는 나누었다. 향후의 결과가 어떤 식으로 드러나든, 그 시간과 장소를 통해 체험한 것은 하나의 사건이었다.

익숙하던 세계가 깨졌다는 말은, 그 세계를 이루고 그 세계에 적응하던 모든 것들이 더 이상 이전과 같이 합슴을 맞출 수 없음을 뜻한다. 가능한 것과 불가능한 것, 결정된 것과 결정되지 않은 것을 나누던 기준은 더 이상 유효하지 않다.[3] 하지만 기성의 세계가 붕괴된 자리에 새로운 세계상이 아직 구축되지 않았을 때, 높이 울리던 환호의 함성은 불안한 메아리로 돌아오게 마련이다. 과거로부터는 빠져나왔으나 미래의 세계가 아직 열리지 않은 공백의 시간, 혹은 무정형의 통과지대와 같은 심연이 거기에 있다. 자신도 모르게 훌쩍 뛰어 건너버린 도약의 흔적으로서 그것은, 이전과

• • •

2. "박근혜를 파면한다", 『시사IN』, 2017년 3/18, 제496호.

3. 당연한 말이지만, 촛불혁명이 일으킨 이 세계가 과연 그 이전의 세계와 질적으로 변별되는가에 관한 논쟁이 있을 법하다. 2016~17년의 사건을 세계의 근본적 변화가 아니라 이 세계를 분절하는 여러 가지 '체제들의 변주'로 보는 입장이 그것이다. 손호철, 『촛불혁명과 2017년 체제 — 박정희, 87년, 97년 체제를 넘어서』, 서강대출판부, 2017, 18~63쪽. 제도와 규범을 통한 이런 분석의 타당함을 인정하는 한편으로, 랑시에르를 빌려 말하자면 그것은 정치(politics)의 차원에 국한된 분석이란 점을 지적하고 싶다. 사회 체계와 체제가 포착하지 못하는 비가시적인 측면들, 즉 정치적인 것(the political)에 관심을 기울인다면, 우리는 그 이전과는 사뭇 달라진 사회의 부면들을 발견할 수 있다. '헬조선'으로 대변되는 세대 간 갈등이라든지, 페미니즘 운동이 촉발한 유리천장의 문제 등은 분명 촛불 이전에는 명확히 가시화되고 쟁론의 대상이 되지 못했던, 그러나 실재하는 사회의 균열 지점들인 것이다. 사회는 그것의 현재적 경계를 만드는 유무형의 규칙, 곧 감각적인 것의 (재)분배를 통해 '다르게' 변전하는 게 아니겠는가? Jacques Rancière, *The Politics of Aesthetics. The Distribution of the Sensible*, Continuum, 2004.

이후를 잇는 가시적인 교량이 붕괴되고, 그리하여 더 이상 확실한 앎의 가능성, 완결되고 결정된 것들의 세계가 불가능함을 깨달을 때 느끼는 단절의 감각이다. 한 세계의 종언이라는 사건은 다른 세계를 불러내는 또 다른 사건들을 맞닥뜨리지 않고서는 결코 마감되지 않는다. 우리는 그러한 사건적 변전의 계기들을 어떻게 발견하고 맞아들일 수 있을까?

1917년 러시아 혁명의 과정에서 트로츠키는 새로운 세계의 호출을 시의 과제로서 제시한 바 있다. 사회변혁의 실천가이자 이론가이며 적군의 총사령관, 레닌의 잠재적 후계자였던 *그*가 혁명 후에 몰두했던 과제는, 뜻밖에도 대중의 일상생활에 대한 분석과 문학평론이었다. 일견 정치적 재능의 '낭비'로까지 조소 받았던 이런 행보의 이유는 어디에 있었을까? 트로츠키는 혁명의 최종적 승리가, 새로운 세계의 도래가 낡은 세계의 빈자리에 무엇을 제공하느냐에 달려 있음을 직감한 통찰자였다. 혁명이 세계의 창조에 값하는 과업이라면 그것은 오직 삶의 새로운 형식을 창안함으로써 성취될 수 있고, 일상 윤리와 문학예술은 온전히 그 과제를 떠맡아야 한다는 것이다. 1923년에 출간된 『일상생활의 문제들』과 『문학과 혁명』은 바로 이 과제, 즉 새로운 세계를 어떻게 구축할 것인지에 대한 나름의 답변이었다.[4] 그렇지만 트로츠키는 사회주의적 기치에 복무하는 예술을 곧장 만들 수 있다고 생각진 않았다. 인간은 신과 달라서 무로부터 유를 창조해낼 재간이 없다. 거꾸로 인간은 유로부터만, 오직 지금-여기에 있는 것으로부터만 새로운 것의 질료를 찾아내 구성해 갈 수 있을 따름이다. '이행으로서의 예술'이란 바로 변화하는 삶에 교응하는 문학의 형식을 발견하고 창안하는 과정을 뜻한다. 대중의 감응affect 속에서 일어나는 심원한 변화를 감지함으로써 문학의 언어를 재구축해야 한다는 뜻이다.[5]

• • •

4. 혁명 이후의 일상 윤리를 어떻게 구성할 것인가에 관해서는 최진석, 「트로츠키와 문화정치학의 문제: 무의식과 '새로운 인간'을 둘러싼 투쟁」, 『마르크스주의연구』 12(4), 2015, 12~50쪽을 보라.

정치경제학이나 사회학, 심리학의 논리가 아니라 문학으로부터 변화의 조짐을 찾은 것은 후자가 위대한 정신적 힘을 보유하기 때문이 아니다. 거꾸로 트로츠키가 주목한 것은 문학의, 특히 시의 예지적 힘이었다. '이전'으로부터 '이후'를 보는 사건에 대한 예감은 예술의 고유한 능력으로서 사회의 향방을 탐침하는 기능을 맡게 될 것이다.[6] 바꿔 말해, 당장은 눈에 띄지 않기에 존재하지 않고 또 존재할 수도 없는 것처럼 보여도, 지금—여기로부터 그 실존의 잠재성을 끌어내고 구성해가는 능력은 오직 예술가의 예언자적 감각에 의해서만 포착되는 것이다. 한 시대의 감응을 추적하고 예기하는 이러한 시적 능력은 우리 시대에도 작동하는 것이리라. 가령 최근 문학권력 논쟁과 문단 내 성폭력 문제가 불거졌을 때, 그로 인해 문학의 위기와 종말이 (다시 한번) 선포되었을 때, 사실 그러한 시대의 변침을 가장 밀도 있고 강력하게 추진했던 것은 바로 문학이 아니었던가? 문학의 자정 능력이나 자기비판에 대한 상투적인 주장에 머물러서는 안 된다. 요점은 한 시대의 변곡점으로서 '이전'과 '이후'를 갈라놓는 사건이 촉발되었던 발화점은 늘 예술의 한복판이었고, 문학이었다는 점에 있다. 가령, 근대성의 경계를 넘어서는 감각의 유동은 대중의 정념과 욕망, 감응에 호응하며 비가시적으로 점멸하는 시적 표현 속에서 문학의 (비)장소를 개시해 왔다.[7] 이 점에서 사건의 문학이란 감응의 문학이자 흐름의 문학이며, 그 미묘한 사건적 감각을 받아쓰는 글쓰기—기계의 문학과 다르지 않다. '촛불 이후'의 현재를

• • •

5. Lev Trotskii, *Literatura i revoliutsiia*, IPL, 1991[『문학과 혁명』], pp. 30, 55~56.

6. Trotskii, *Literatura i revoliutsiia*, pp. 92~93. 애석하게도 우리에겐 트로츠키의 예술론을 상술할 여유가 없다. 다만 그가 혁명을 예언하고 마무리 짓기 위해 예술, 특히 문학의 필연성을 주장했다는 점을 기억해 두자. 다른 볼셰비키 평론가들과 달리, 그는 혁명 이전의 문학에 대해 고평하며 '예언적 예술'이라는 레테르를 붙여주기도 했다. 시는 문학비평가로서 트로츠키가 애호하던 장르였다.

7. 진은영, 『문학의 아토포스』, 그린비, 2014, 176~177쪽; 김미정, 「'나—우리'라는 주어와 만들어갈 공통성들. 2017년, 다시 문학의 공공성을 생각하며」, 『문학3』 1호, 2017, 19~20쪽.

규정짓고, 그것이 어디로 흘러들어 무엇과 어떻게 만나게 될지 궁구해보는 작업도 이로부터 시작해야 한다.

2. 세계감각, 감응과 표현의 권리

앞서 사건을 세계의 경계가 돌파되는 경험이라 불렀는데, 경계 밖으로 나온 이후에는 어떤 경험이 가능할까? 영화 <설국열차>(2013, 봉준호 감독)의 마지막 장면을 응용해서 사고실험을 해보자. 거의 평생을 살아왔고 잘 안다고 믿던 세계의 '옆구리가 터지면서' 활짝 열린 외부는 코카콜라 광고에나 나올 법한 흰곰이 활보하는 세상, 하얗고 순수한 무無가 전시되는 세상처럼 보일지 모른다. 열차를 멈춰 세운 사람들이 해야 할 것은 이 낯설고 두려운 세계의 지도를 그려나가는 것, 미지의 세계를 기지의 세계로 바꾸어 나가는 힘겨운 과정일 것이다. 이는 사건적 체험 '이후'에 벌어지는 경험이다. 바꿔 말해, 사건 이전에 기차 내부에서 오랜 시간을 거치며 적응했던 규칙과 체계의 질서는 사건 이후에 동일하게 반복될 수 없다. 모든 것은 다시 시작되어야 한다. 마치 순수 무를 시각화한 듯한 하얀 눈밭과 흰곰의 기괴함은 열차를 세계의 모든 것으로 알았던 사람들에게 그 자체로서 사건적인 장면이 아니겠는가? 물론, 육체를 가진 존재자로서 그리고 유한성의 실존으로서 열차에서 내린 사람들의 생리적인 본능은 이전과 다르지 않을 수 있다. 그러나 앞칸과 뒤칸으로 규정된 열차의 법칙과 달리 사방 어느 곳으로도 떠나고 또 만날 수 있는 텅 빈 설원에서 그들의 삶은 전혀 다른 것일 수밖에 없다. 사건은, 이렇듯 세계감각으로서 육박하는 낯섦의 체험이자 그에 대한 적응으로서 세계 구성적 경험을 동시에 요구한다.

세계상Weltbild 또는 세계관Weltanschauung이 관념적인 세계 모델을 지시하는 반면, 세계감각mirooshchushchenie은 주변 환경에 대한 (무)의식적 감각이나 정서적으로 정향된 태도를 가리킨다. 바흐친은 근대적 세계를 대체하기 위해 이 단어를 끌어낸 후, 코기토가 아니라 신체에 의해 접촉하고 변용하는 주체와 세계의 연관성, 존재의 이행적 전체성에 관해 논의했다.[8] 중요한 것은 세계감각이란 용어가 지성적인 범주에 머무르지 않으며, 오히려 그것이 포착하지 못하는 비가시적 질료의 운동, 신체와 신체를 관류하는 감응적 차원을 지칭하기 위해 사용된다는 점이다. 예컨대 근대의 문학장에 진입하지 못한 전근대의 비정형적 텍스트들은 근대 미학의 형식을 충족시키지 못했기 때문이 아니라 거꾸로 그 형식의 한계를 넘어섰기 때문에 정전에서 제외되었다. 미학적 중용이 담아낼 수 없는 과잉된 신체의 이미지와 운동을 드러낸다는 것이다. 또한 바흐친은 욕설이 갖는 미묘한 양가성을 거론하는데, 살의와 적대가 넘치는 이 격앙된 발화의 이면에는 삶과 죽음을 한데 엮는 본래적 일원성이 간직되어 있다는 것이다.[9] 요점만 말한다면, 근대의 미학적 중용과 명석판명한 범주론이 제외시킨 세계는 항상 실재해 왔으며, 세계감각이란 바로 그 배제된 부분을 포착하는 언어적 기관에 해당된다. 이를 살짝 응용해 본다면, 한 세계의 통과점을 지나온 우리는 무를 전시하는 백색의 들판에 선 것처럼 언어를 다른 식으로 벼려내야만 한다. 용산과 밀양, 세월호를 겪으며 우리는 국가의 부재를 체득했고, 촛불로 광장을 메우면서 금지되었던 세계로 넘어가는 사건을 경험했기에, 그것을 드러내는 언어를 발명하고 사용할 권리가 있다. 이는 법리적이고 공리적인 관념의 지평 바깥을 실감하는, 낯선 세계감각의 표현적 권리이다.

그런 의미에서 현재 한국 사회에서 폭발적으로 터져 나오는 격앙된 목소리들은 무에서 유가 나오듯 생경하게 나타난 요구만은 아닐 것이다.

• • •

8. Mikhail Bakhtin, *Rabelais and His World*, Indiana University Press, 1984, pp. 274~275. 감응과 신체, 욕망을 포괄하는 이 단어는 서구어로 완전히 번역되지 않는다.
9. Bakhtin, *Rabelais and His World*, pp. 20~22, 248~251.

지나간 세계가 정말 지나가지 않았다면, 곧 사건의 문을 열고 우리가 지나오지 않았다면, 여전히 보이지 않고 들리지도 않았을 세계의 감각적 표현이다. '적폐'라 불리며 파헤쳐지고 심문받고 처벌받는 제도의 온갖 병리들을 우리가 정녕 몰랐던가. 몰라도 어림짐작으로 이미 느끼고 있거나 벌써 다 알고 있던 것들을 이제라도 끄집어내는 이유는 지금 발 딛고 있는 세계에서 그것들이 관행이라는 핑계나 권력의 역학에 의해 더 이상 용인될 수 없도록 하기 위함 아닌가? 또한 문화예술과 언론사회, 공직과 일상의 모든 부면에 폭넓게 번져 있던 성적 폭력과 억압의 구습들 역시 이제야 처음으로 알게 된 사실들이 아니다. 그것은 누구에게도 새롭지 않으며 정당화될 수 있다고 믿어지지도 않았지만, 이제야 의식의 표면에 또렷하게 부상한 사건적 각성의 대상들이다. 이 같은 전례 없는 사회적 동요와 격발의 근본 원인은 아마도 동일한 현상을 더 이상 동일하게 느끼지 못하게 된 상황의 변전, 즉 사건 이후의 세계감각이 바뀌었다는 데 있지 않을까? 체념과 포기라는 억압된 부정적 감각이 분노와 희열이 뒤섞인 욕망의 감각으로 이행한 결과가 아닐까? 그렇다면 우리는 촛불이라는 사건 이후, 새로운 세계를 축조하는 사건의 관문을 향해 지금 힘겹게, 그러나 기이한 즐거움을 통해 진전하는 중이라고 말해야 할 것이다. 이러한 세계 구성의 경험을 어떻게 표현할 것인가?

한 번 더 바흐친을 소환해 보자. 청년기에 그가 쓴 예술론에 따르면, 미학과 윤리학의 차이는 세계를 완결된 것으로 보는가, 그렇지 않은가에 달려 있다. 만약 우리의 세계가 이미 완결되어 있다면 우리는 사실 더 이상 자유롭게 행위할 여지를 갖지 못한다. 세계상 혹은 세계관이라 부를 만한 이 구도에서는 우리가 무엇을 하든 이미 결정된 절차를 반복하는 게 되기 때문이다. 예컨대 세계의 창조자이자 설계자로서 신과 같은 존재가 우리의 운명을 미리 예정해 두었다면, 구태여 우리가 윤리적인 사유와 행동을 위해 고민할 필요가 없다. 여기서 신의 자리는 곧 작가의 자리다.

작가가 자신의 작품을 미리 구상해 두고, 그 설계안에 따라 인물들을 배치하고 살아가게 만드는 것. 신의 인형놀이가 그것이다. 반면, 만일 세계가 완결되어 있지 않다면 우리는 매 순간 자신의 사유와 행위를 숙고하여 결정해야 하며, 그 결과에 책임까지 져야 한다. 무엇을 선택하든, 온전히 나—주체 자신의 것임을 면할 수 없는 탓이다. 윤리는 바로 이 과정으로부터 생성된다. 결정 불가능한 이 세계에서 자신의 행위를 자기가 결정해 가는 과정이자 그 산물의 결과와 마주하는 것이기 때문이다.[10] 좀 더 쉽게 풀어 말한다면, 미학은 목적론적이고 결정주의적인 세계관의 공정이요, 윤리학은 반목적론적이고 비결정주의적인 세계 감각의 여정이다. 앞서 언급한 경계 이월로서의 사건이 후자에 더 가까운 것임은 두말할 나위도 없다. 정리하자면, 기존의 세계를 빠져나와 낯선 세계로 진입하는 사건들의 연쇄는 무를 연상케 하는 눈 덮인 벌판 같아서, 처음부터 모든 것을 새로이 꾸미고 장만해야 하는 힘든 길이다. 정해진 목적지도 없고, 앞서 길을 알려주는 표석도 존재하지 않는다. 내딛는 모든 발걸음이 사건적이며, 당연히 불안과 고통의 가시밭길일 게다.

사건의 이전과 이후, 그 차이와 다름을 표현하는 것은 문학의 고유한 과제다. 한편으로 그것은 변화된 삶의 조건에 접속하고 교응하여 감응의 이행을 포착하는 일이고, 다른 한편으로 그것은 낯설어진 세계감각을 뒤좇아 최대한도로 언어화하는 일이다. 한때 그 과제는 산문에, 소설에 맡겨진 적이 있었다. 근대적 장르로서 '소설의 운명'이 그러했다. 그럼, 우리는 지금 왜 시를 호출하는가? 유약하고 병든 자아의 직접적인 목소리를 싣는, 이 지극히 주관적인 장르를?

• • •

10. Mikhail Bakhtin, *Art and Answerability. Early Philosophical Essays*, University of Texas Press, 1995, pp. 22~23.

3. 비명, 사건화의 시적 경로들

근대성을 제도이자 규범의 총체라 부를 수 있다면, 이는 근대성이 언제나 사건적인 것을 회피하고 타기하는 방식으로 발달해 왔기 때문이다. 사건은 완결된 것과 결정된 것, 기지의 질서에 균열을 가하고 훼손시켜 끝내 와해시킬 위험이 있기에 최대한 이를 완화시키고 봉합하는 방식으로 근대 문화는 구축되었던 것이다. 전일적全一的 총체성으로 대변되는 근대 사회 및 문화의 문학적 상관물로 소설이 선택되었던 것은 그런 이유에서가 아닐까? 척추에서 모세혈관까지 사회의 전체 구조를 지탱하고 혈액을 공급하여 일괴암적 유기체를 만들어내는 것. 마치 근대 사회와 국가의 건설 과정을 모사하듯, 불필요하고 사소한 것들을 발라내고 궁극적으로 단일한 전체성을 형성하는 소설의 이야기 축조술은 서사적 폭력의 가능성을 내장하고 있다. 루카치가 소설이야말로 고대 서사시의 적자요 그 권리의 승계자라 상찬했을 때는 틀림없이 이런 무소불위의 이야기 권력을 염두에 두고 있었을 것이다.

그렇다면, 왜 시가 근대의 장르로서 소설과 경합하는 데 실패했는지는 어렵잖게 짐작할 수 있다. 시는, 무엇보다도 서정시는 '비명의 장르'인 까닭이다. 시적 자아의 주관성은 외부 세계에 대한 거리감으로 이격되어 있으며, 온전히 자기폐쇄적인 감수성에 갇혀 있기에 타자의 진입을 허락지 않는다. 그런데 바로 이 점이 역으로 시의 사건적 감수성을 가능하게 만드는 지점이라 할 만하다. 불안한 내적 침잠을 상징하는 서정적 자아의 내면은 외부로부터 다가오는 사건적 충돌을 여유 있게 버텨낼 수 없다. "아우슈비츠 이후에 서정시를 쓴다는 것은 야만적이다"라는 아도르노의 유명한 언명은 상처받기 쉬운 서정성의 이런 면모를 잘 드러내고 있다. 여하한의 미소한 사건적 격발로부터도 서정적 자아는 무한의 고통을 겪을 것이기 때문이다. 하물며 아우슈비츠와 같은 대참사를 견뎌낼 시가 과연 존재할 수 있겠는가?

그런데 십여 년이 지난 후, 뜻밖에도 아도르노는 자신의 진술을 수정하고

자 한다. "고문당하는 자가 비명 지를 권한을 지니듯이, 끊임없는 괴로움은 표현의 권리를 지닌다. 따라서 아우슈비츠 이후에는 시를 쓸 수 없으리라고 한 말은 잘못이었을 것이다."[11] 시는 여전히 유약하며, 주관의 작은 경계에 갇힌 채 사건과의 접촉을 두려워한다. 하지만 바로 그런 점 때문에, 즉 사건에 충돌하여 빚어내는 비명으로 인해 시는 사건을 기록할 수 있다. 비명의 문자로서 시는 사건의 문턱들에 지속적으로 발이 걸리고, 그에 고통당하며 사건이 끌어오는 감응의 무늬를 자신의 표면에 새긴다. 세계에 대한 객관적 거리를 확보함으로써 전망perspective의 환상 속에 기입하는 소설과 시가 다른 점이 여기다. 자기와 맞닥뜨린 사건을 소설은 씹어 삼킨다면, 시는 상처난 위장으로 그대로 게워내 주변에 흩뿌리는 것이다. 사정이 이와 같으니, 지금-여기를 관통하는 시대의 흐름을 짚어내고 향방을 예감하며, 그 물결의 강도마저 예기해 보는 장르로서 어찌 시를 꼽지 않을 수 있을까? 이토록 외부의 사건에 민감하고 예민하게 반응하는 장르로서 '서정시'란 실로 역설적인 명명이지 않을 수 없다.[12] 사건과의 충돌에 무방비로 열려 있기에 너무나도 깨지기 쉽고, 그렇기에 오히려 극단적으로 객관적이라 부를 만한 장르인 시는 이 세계감각을 가리키는 다른 이름인 것이다.

사건이라는 감응의 변전을, 세계에서 세계로 건너뛰는 문턱의 유희를, 과거의 규정들을 방기한 채 미래의 결정 불가능에 자기를 던져야 하는 위험한 모험에 왜 시가 예감적 장치가 될 수 있는지 해명하기 위해 다소

• • •

11. 테오도르 아도르노, 『부정변증법』, 홍승용 옮김, 한길사, 1999, 469쪽.
12. 시의 여러 구별 가운데 아도르노가 굳이 서정시를 문제시한 까닭은, 그것이 헤겔-루카치로 대변되는 거대서사로서의 서사시(Epik)의 대립항이기 때문이다. 알다시피, 후자는 사회와 역사, 민족과 국가를 대의하는 문학적 장르로서 총체성을 가정하고 지향하는 형식이다. 근대 소설을 '근대의 서사시'라 부르는 것과 마찬가지의 이유인 것. 반대로 서정시는, 보편성에 귀속되지 않는 개별적이고 특수한 자아의 표현적 형식일 것이다. 길게 상술할 수는 없으나, 바흐친 역시 서사시에 대립되는 자리에 자신의 소설을 올려두었다. 아도르노의 서정시와 바흐친의 소실은 많은 점에서 같으면서도 다르다.

먼 길을 에둘러 왔다. 이제 세 명의 시인의 촉수를 빌려 지금—여기에서 발생하는 세계감각을 탐문함으로써, 촛불 이후 우리 시대의 시적 경로에 대한 실마리를 찾아내 보도록 하자.

3-1. 비명을 듣는 의자 ― 지구만큼 슬펐다고 한다

신철규는 세월호 참사에 대해 밀도 높은 감수성을 보여준 시인으로 거명되어왔다. 그만큼 그는 현재를 관류하는 사건들에 예민하게 반응해 왔고, 여기엔 당연히 촛불과 관련된 시적 감응이 포함되어 있다. 물론, 개별 시편들의 시작詩作 시기를 연대기적으로 연결 짓지 않아도 좋다는 의미가 아니다. 오히려 시인이 시를 쓰고 독자가 읽는 과정 전체가 넓은 의미에서 시대의 감응 자체에 포괄되어 있다는 뜻이다. 결국 우리는 각자마다 쓰고 읽더라도, 우리를 규정하는 사건의 흐름이 무의식적으로 강제하는 시적 문턱들에서 서로 만나고 흩어질 테니까.

> 우방으로 가는 길은 멀었다
>
> 벚꽃을 머리에 이고 놀이공원 정문 앞에서 차례를 기다리는 사람들
> 입구를 노려본다
> 저 너머가 천국인지 지옥인지
> 갈팡질팡
> 손가락 사이로 빠져나가는 꽃잎들
> 아이들이 떨어진 꽃잎을 모아 서로의 얼굴에 뿌린다
>
> ― 「성난 얼굴로 돌아보라」[13] 부분

• • •

13. 신철규, 『지구만큼 슬펐다고 한다』, 문학동네, 2017.

'우방'은 어디인가? 실제 목적지는 중요하지 않다. '놀이공원 정문 앞에서' 대기하는 사람들은 '입구를 노려'보고, '저 너머가 천국인지 지옥인지' 가늠하고 있다. 개인적으로든 집단적으로든 이 시대의 사건들에 전혀 무관심하지 않다면, 누구나 이런 선택의 고민을 나눠본 적이 있지 않을까. 추모의 집회에서든 분노와 규탄의 회합에서든 이렇게 타자들과 시대의 감응에 휩싸여 어디로든 이끌려가는 자신을 바라볼 때, '저 너머가 천국인지 지옥인지' 갈피를 못 잡는 것은 불가피한 노릇이다. 우리는 유한한 존재자가 아닌가? 곧이어 격발될 듯한 사건 앞에서 우리는 '갈팡질팡'하며, 한 걸음 더 나아가야 할지 몰래 뒤로 도망가야 할지 고민할 수밖에. 그것이 내가 원하는 것인지 그렇지 않은지조차 모르는 탓이다. 때문에 '손가락 사이로' 새는 작은 '꽃잎들'을 '서로의 얼굴에' 뿌리며 축복하는 몸짓을 취해도, 그것이 다만 불안이 피운 환상일지 얼마라도 근거를 가진 낙관일지 누가 알 수 있으랴!

> 어둑한 하늘을 향해 분수들이 헛바다를 내민다
> 솜사탕을 핥으며 놀이공원을 빠져나온다
> 신발 밑창에 붙어 떨어지지 않는 꽃잎들
> 비명이 뱉어낸 살점들
>
> — 「성난 얼굴로 돌아보라」 부분

사건이 우리를 진리로 인도한다거나, 궁극의 승리로 안내하리라는 기도는 늘 어긋났다. 해 질 녘, 아마도 혼자 '솜사탕을 핥으며' 몰래 빠져나온 놀이공원은 처음 들어갈 때 기대했던 '천국'의 모습이 아니었을 듯싶다. 애초에 품었던 희망과 낙관은 신발 밑창에 지르밟혀 '떨어지지 않는 꽃잎들'로 상징되고, 그것은 곧 무모하게 희생된 '비명이 뱉어낸 살점들'로 직결되고 만다. 놀이공원 정문에서 서성이다 마지못해 들어갔던 사람들일까? 이 시의 제목이 시사하는바 '성난 얼굴로 돌아보라'는 것은, 실상 그렇게 화조차도 낼 수 없이 실망하고 낙담해버린 사람들에 대한 반어적 촉구는 아닐까? 놀이공원이 천국일지 지옥일지 확신도 못 했기에, 속절없이 비명으로 화해버린 존재들.

> 타워팰리스 근처 빈민촌에 사는 아이들의 인터뷰
> 반에서 유일하게 생일잔치에 초대받지 못한 아이는
> 지구만큼 슬펐다고 한다
> 타워팰리스 근처를 둘러싸고 있는 낮은 무허가 건물들
> 초대받지 못한 자들의 식탁
>
> ―「슬픔의 자전」 부분

카프카의 단편 「법 앞에서」를 잠시 떠올려 보자. 이 작품에서 시골 사람은 끝내 법 안으로 들어가는 사건을 경험하지 못한다. 그는 그저 사건을 기다리는 자로 남아, 사건으로부터 소외된 채, 어쩌면 사건 자체가 무엇을 뜻하는지 전혀 깨닫지도 못한 채 영원히 추방된 존재일 뿐이다. 우리 시대 빈자貧者의 형상이 그렇지 않을까? 그 어떤 국가적이고 민족적인 축제에서도, 사회 통합의 호명으로부터도 결코 '초대받지 못한' 상태로 남겨져 '지구만큼 슬펐다고' 전해질 뿐인 사람들. 그들을 포착하는 것은 실로 독특한 시적 감각일 터인데, 사건 바깥에서 마주하는 비사건적 체험 또는 사건의 비체험성이 우리 모두에게 어떤 감응을 불러일으키는지 여실히 보여주는 까닭이다. 시절의 유장한 흐름 속에 너도나도 다급하게 사건의 문턱으로 빨려 들어가고, 자의든 타의든 우리는 다음 순간들로 이전해 간다. 그러나 여기서도 배제되는 사람들이 필연코 존재하는 것이다. 시인은 그들을 남겨둔 채 사건의 장으로 진입해 들어가지 않는다. 초대장을 거부했다. 하지만 바로 그런 까닭에, 그는 이 시를 남겨둘 수 있던 게 아닐까? 마치 세상 어느

한편에, 누군가를 위해 남겨진 빈 의자처럼.

> 의자는 생각하는 사람처럼 앉아 있다
> […]
> 삶의 절반 동안 기억해야 할 일들을 만들고
> 나머지 절반 동안은 그 기억을 허무는 데 바쳐진다
>
> ― 「의자는 생각한다」 부분

시는 비명을 듣는다. 사건이 불러낸 타자의 비명을. 빈 의자는 '사람처럼 앉아' 반생 동안 들었던 비명을 기억하고, 남은 반생은 그 기억을 '허무는데' 바친다. 의자에 비유되는 시인의 이 과제는 타자의 비명을 자신의 사건으로서 받아들이고 기억하며, 시로써 적어두는 데 있는 듯하다. 카프카의 시골 사람처럼, 시인은 언젠가 나머지 반생이 끝날 때 "누군가 자신의 어깨를 툭 치고/ 이제 문 닫을 시간입니다, 라고 말해주기만 기다리고 있"을지 모른다. 이렇게 시인에게는 언제나 타자의 경험만이 자신의 사건적 경험인 양 부닥쳐 올 뿐, 온전히 '자기'라는 주관성의 체험은 결코 성립하지도, 도래하지 않을 것이다. "구름의 초대장은 아직 도착하지 않았다."

자신이 감당하지 못할 시대의 격류 앞에, 그것이 비록 환희와 기대의 빛깔로 채색되어 있을지라도 영영 버거워할 수밖에 없는 타자들이 있다. 그들은 사건의 문턱 앞에서 멈춰선 채 결코 앞서 나설 수 없을 것이고, 또한 들어가고자 용기를 낼 수도 없을 것이다. 시인은 이들 곁에서 주춤거리며 의자처럼 머물러 있는 자다.

3–2. 변주되는 종언 ― 아름다운 그런데

사건은 세계의 종언이다. 정확히 말해, 지나간 세계는 사건의 문턱을 넘어서자마자 더 이상 유효한 삶의 지반이 되지 못한다. 그것은 순식간에 퇴락해버린 채 추억 더미에 파묻히거나, 전혀 이해할 수 없는 이상한 사물의 형식으로 귀환한다. 익숙하던 세계의 질서는 급격히 해체되고, 통사의 논리적 연결은 부서져 지시적 대화를 거부하는 고집을 부린다. 대상을 표시하는 기호로서의 언어가 무너진다면, 그때부터 언어의 밑바닥에 잠겨 있던 세계 감각, 즉 감응으로 연결된 사물들 사이의 고리를 눈먼 장님처럼 짚어가며 소통할 수밖에 없다.

　내가 가족이다
　나는 '그러므로'와 화목하다. 어디서든 자세하게 앉는다. 하지만

　방파제로 운다
　주문진과 바다 하지는 않았다. 아무도 몰래는 왜 지ㄲ와 힘께 딛히아 했나

　당신의 열린 핸드백처럼

― 「종언: 없」[14] 부분

'가족'은 그저 평범한 낱말이 아니다. 일상생활에서 가족은 개인과 집단에게 결정적인 규정력을 갖는다. 우리는 가족을 위해 살고, 가족 때문에 목숨을 걸며, 가족으로 인해 파멸에 이르기도 한다. 가족이라는 주인기표는 '그러므로'를 자동적으로 산출하는 (반)논리적 기계인 셈이다. '하지만' 종언이라는 사건이 벌어지고 나면 모든 것은 이전과 같을 수 없다. 언젠가는 가족조차 희미한 언표의 추억으로 남을 것이며, 그렇게 삶을 지탱하는 동시에 억압하던 족쇄가 풀리면 모든 낱말은 제각각 원하는 새로운 결합을

• • •

14. 한인준, 『아름다운 그런데』, 창비, 2017.

찾아 나설 것이다. 세계 역시 그러하지 않을까? 결코 변하지 않을 듯 견고하던 모든 것들이, 어느 순간 사건의 문턱을 넘어버릴 때 모든 것은 마침내 무너지고 붕괴할 것이다. 그로써 이 세계는 진정 다른 것이 되어버릴 것이다. "우리가 모르는 온도가 사라질 거야."

앎과 모름의 경계가 지워지는 순간은, 실상 사건의 문턱마다 필연적으로 발생하는 현상이다. 사건은 단절을 통해 보이는 것과 보이지 않는 것, 아는 것과 알지 못하는 것, 가능한 것과 가능하지 않은 것의 시차視差를 뒤바꿔 놓는다. 그렇다면 무의식의 착종된 연쇄처럼, 사건을 거쳐 가는 모든 감각은 매번의 종언, 세계'들'의 종언'들'이라 불러도 틀리지 않을 터. 언어를 통해 그 세계들을 하나로 엮고자 할 때, 거기엔 액체처럼 흐르는 감응적 언어의 지속만이 모습을 드러낼 따름이다.

나는을 어쩔 수 없이 그러면과 청바지를 동시마다 입는다고 아예를 이해할 수 없는 것은 아닌데 두 눈과 함께를 오늘도만큼 출근시키며 바다와 두개 사이에서 나는과 더 이상을 하지 않고 이런 건 누가 고민 같다고 말할 때까지 강물에 서서 발목과 넘쳐흐르기만 하는 그러니까로 나는의 절반만 축축한 일이니까 그렇다고 아예를 이해할 수 없는 것은 아닌데 세상에는 아주만 한 조금이 있어 당신은 혼자 많은 생각으로 얼마나를 하고 언젠간이 자꾸 웅덩이가 되어 애틋한 건 둥근 것 같아 헤어지는 따뜻해서 우리 죽을 때까지 뒹굴뒹굴과 네모나지는 이대로였다면 강물에 번진 그리워 어쩌면이 저럴 수 있나 나는마다 그럴 수 있다가 눈앞에 있는 할 말이 없음과 등 뒤에 있는 어쩔 수 없음으로 자꾸 다시 왜를 잃어버려야 하는데 울지 않는다로 울어버리는 당신을 보고 있으면 세상에는 많은 사람들이 있어 당신은 혼자 얼마나를 하는지 억지로와 내리는 폭설 속에서 차가워를 나눠 가지는 너와 나는 이제 동떨어지고 얼어붙은 한 손은 왜 쓸어담을 수 없는 것인지 아무렇지 않게 아프지 말라고 말할 수 있었을 때 아무렇지

않게 아프지 않을 수 있었을 때 당신에게 이 마음을 던진다는 날아간다를
바라볼 수밖에 없다로 멈춘다마다 앉아 있다고 서 있는 것을 기다린다로
똑같이 말할 수 없는 것은 아닌데 그렇다고 이렇다고 아예를 이해할 수
없는 것은 아닌데

— 「종언: 있」 전문

　실어증에 관한 야콥슨 논문의 실제 사례라도 보는 듯한 이 시를 대체
어떻게 해석해야 할까? 그저 무의미의 남발이나 해독 불가능성의 전시,
또는 어설픈 난해시로 치부해야 할까? 문법적 규정력이 소진해가는 이
시구들을 언어의 규칙이 아니라 감응의 연결이란 관점에서 읽는다면 어떨
까? 사실 몇몇 단어들을 조금 더 전체 어법에 어울리게 바꿔서 다시 써넣는다
든지, 누락된 단어를 추정해서 채워 넣는다든지 하는 방법들로 이 시는
제법 해독될 만한 여지를 갖는다. 가령 '눈앞에 있는 할 말이 없음과 등
뒤에 있는 어쩔 수 없음으로 자꾸 다시 왜를 잃어버려야 하는데'를 '미래의
침묵과 과거의 불가피성으로 인해 나는 자꾸 살아갈 이유를 상실한다'로
새겨 읽는 것. 그러나 이렇게 망실된 의미를 복구하는 것은 결국 사건
이후의 삶을 이전의 논리로 복귀시킴으로써 사건이 야기한 효과를 무화시키
려는 시도일 수 있다. 시간의 경과를 인정하지 않고, 변화를 거부하거나
애써 무시해버림으로써 현상에 잔류하려는 태도가 그것이다. 따라서 '왜를
잃어버려야'를 '살아갈 이유를 상실한다'고 풀어 읽는 것은 이미 어떤
전형적인 성찰과 반성의 태도를 함축하며, 사건에 대한 분석과 계산, 원상태
로의 회귀를 상정하고 이해하는 게 된다. 하지만 그럴 때 사건이 일으킨
단절과 놀라움의 감각이 온전히 지각될 수 있을까? 반대로 이 시를 종언의
사건이 우리 언어를 논리적인 연결 관계로부터 떼어내 감응이라는 무의식적
인 감각의 흐름 속에 서서히 풀어놓는 과정으로 읽어보면 어떨까? 미래는
말 그대로 '눈앞'으로, 과거는 '등 뒤'로, '할 말이 없음'과 '어쩔 수 없음'은

그 관념적 내용보다 이 단어들이 강박하는 느낌 자체로 받아들여 독해하는 것. 미래는 언표될 수 없고 과거는 지나가버렸으며, 그것이 논리적 연결로서의 이유('왜')를 갖지 않는 형국에 처했을 때, 우리의 감각이 마주하는 수수한 반응의 기술로서 이 시는 존립한다. 어법과 문법, 통사적 구조의 인과율에 따라 정돈되기 직전의, 과거도 아니고 현재도 아니며 미래로 건너가지도 못한 그 감응의 순간을 포착해 문자에 싣는다면 이와 같지 않을까?[15]

한인준에게 종언의 광경은 지구만큼 슬프거나 고독하게 버티고 있는 의자의 대결이 아니다. 시인은 종언, 곧 사건의 문턱을 넘어설 때 생겨나는 변화를 세밀하게 관찰하고 언어의 그물에 담는 데 흥미를 느끼고 있다. 사건 이전에는 보이지 않던 것들이 이후에는 보이기 시작하거나, 결정되지 않았던 것들이 결정되는 이상한 역설의 풍경들이 종언을 아름답다고 느끼게 해주는 것이다.

    있을 것을 위하여

    한밤중에 깨어난 당신이 당신 옆에 놓인 물컵 쪽으로 손을 내저었을

때

    목이 마르기 위하여를 문득 나는 먼저 생각했던 것입니다

• • •

15. 감응은 베르그손적 의미에서 지속(durée)에 대응한다. 그것은 과거—현재—미래로 계기적으로 연결되거나 거꾸로 분절되는 기계론적 시간성을 넘어서 있다. 그래서 감응은 의식적이기보다는 무의식적이고, 논리적 인과관계가 아니라 효과의 인과를 따른다. 이전과 이후로 명확히 분할되지 않는 질적 단절의 순간, 즉 사건이 감응의 연관을 포착하는 데 결정적인 까닭이 그에 있다. 뇌에 대한 연구를 통해 감응의 순간을 시간적 계기(0.5초) 속에서 결정화하려는 시도는, 그 성공 여부를 떠나서 이 같은 전제 위에 놓여 있다. 브라이언 마수미, 『가상계』, 조성훈 옮김, 갈무리, 2011, 55쪽 이하.

— 「종언: 아름다운 그런데」 부분

이 구절들은 논리적으로는 시간의 순서가 뒤바뀐 문장들로 이루어져
있다. 잠을 자다가 문득 목이 말라서 물컵에 손을 뻗고, 그 물컵은 자다가
목마를 경우를 대비해 자기 전에 미리 가져다 놓았어야 자연스러운 인과관계
가 성립한다. 쉽게 말해, 쓰여진 것과 반대 순서로 읽어야 한다. 그런데
이 인과성을 뒤집어서 배치해 보면, 생각지 못한 사유의 반전이 시작된다.

> 비를 피하기 위하여 우산을 잃어버리는 사람과
> 배고프기 위하여 밥을 먹는 사람을
> 뒤바꾸는 것을
> 생각했던 것입니다

— 「종언: 아름다운 그런데」 부분

'먹기 위해 사는가, 살기 위해 먹는가'라는 흔해 빠진 질문은 이미 흔해
빠진 답을 갖게 마련이다. 살기 위해 먹는 게 아니라면, 곧장 동물의 수준으로
자신을 낙하시켜버리는 일상의 논리가 그것이다. 이처럼 '정상적인' 인과의
세계는 가치론적 위계를 미리 내포한 채 의사소통의 언어를 개진한다.
즉 여기서는 인간이 동물보다 우월하다. 하지만 그러한 위계가 작동하지
않는 세계, 즉 사건 이후의 세계라면 사정이 달라지지 않을까? 마찬가지로,
배가 고파 밥을 먹는 정상의 규범이 본질적인 이유를 갖지 않는다면, 그
반대가 비정상이어야 할 근본적인 까닭이 따로 있을 리도 없다. 부른 배가
꺼져서 배가 고파야 다시 밥을 먹을 것 아닌가? 원인과 결과의 특정한
구간과 순서를 미리 정해두고 정상과 비정상을 구분하는 태도야말로 무근거
의 표상이며, 특정한 세계의 특정한 논리를 증거할 따름이다. 그러니 종언이
란 글자 그대로 이 세계의 종말, 그 끝이 아닐 수밖에. 오히려 '다른' 논리가

작동하는 '낯선' 세계, 곧 '정상'이라는 명목으로 우리를 강박하는 세계성이 이질적인 논리를 통해 요동치고 생소하게 작동하기 시작하는 첫 출발점이 아닐 수 없다. 그 같은 세계, 사건 이후의 세계가 갖는 '아름다움'은 미학aes-thetics의 원래 이름이 그러했듯 '감각학aesthetica'의 작용으로 바꿔 보아도 틀리진 않을 성싶다. 사건이 야기한 세계는 조화로운 형식을 갖춘 미학적 만족이 아니라 규범을 벗어난 물성物性 자체가 준동하는 말의 신체성이 살아 있는 시공간일 것이다. 그러므로 "없는 것을 위하여 찾아볼 수는 없었"다고 통념을 진술하며 시작된 이 시는 마지막에 이르러 "없을 것을 위하여 찾아볼 수가 있"노라는 고백으로 끝나게 된다.

한인준 시인이 자신의 첫 시집을 통해 반복적으로 배치해둔 종언 시리즈는 "없", "하늘 위에 별이 있는 것이 아니라", "있", "은행나무 가로수길을 지나 병원으로 가는 줄 알았지만", "할 말 잃어버리기", "않", "것", "잊", "아름다운 그런데"로 계속 변주되어 간다. 이를 지속하는 힘은 사건 이후의 사건, 또는 사건 이전의 사건이라는 무한한 연쇄가 낳는 차이의 감각을 계속 실험해 보고 싶은 욕망의 발로일 터. 이 점에서 그의 시를 전개시키는 것은 실망이나 슬픔의 부정적 느낌이기보다 흥분과 기대, 즐거움의 감응에 가까워 보인다.

3-3. 시율성의 시간 — 오늘은 잘 모르겠어

최근의 대담에서 심보선 시인은 시를 "사회적으로 주어진 규칙과 규범의 코드를 재편하고 재구성하는 급진적 코드 작성 및 실행"이라고 말한 바 있다.[16] 이 정의는 지금까지 우리가 논의한 내용과 유사하면서도 조금 색다른,

• • •

16. 심보선·하재연, 「침묵조차 수많은 말로 바꾸는, 심보선 시의 구부러지는 부호들에 관한 대화」, 『문학동네』 93, 2017 겨울, 30쪽. 이하 본문에서 괄호 속 쪽수로 표시한다. 이 정의는 시와 정치에 관한 대화의 단락에서 내려진 것이다. 두말할 필요도 없이, 이러한 시의 정의는 정치적인 것으로서 가동되는 시의 운동에 관한 것이다.

흥미로운 발상을 함축하고 있다. 이 글의 서두에서 우리는 시를 사건이 발생시킨 변화의 효과를 기록하는 것이라 상정했다. 사건은 이제껏 알던 세계의 경계선을 넘어서는 운동이며, 그렇게 경계선 바깥에서 마주친 낯선 세계와의 마주침을 적어놓는 것이 시라는 뜻이다. 대상 세계와의 적절한 거리를 확보하지 못해 사건의 파열음을 고스란히 담아내야 하는 시의 언어는 말 그대로 비명의 기록이 된다. 기성의 질서로부터 탈구된 사물과 인간, 세계가 충돌한 흔적으로서의 시. 하지만 그렇게만 본다면 혹여 우리는 시를 고고학적 대상으로 한정 짓는 게 아닐까? 심보선에게 시는 사건의 결과나 효과로서 의미를 갖는다기보다 사건 자체와 불가분하게 얽혀 있는 무엇으로서 연상된다. 예술에 대한 그의 생각을 조금 더 따라가 보자.

> 예술은 '다 이루었도다'를 거부하는 제작 활동–실천입니다. 예술은 장소
> –이동 자체를 세계 구축의 근본 원리로 삼습니다. 우리는 흔히 구축된
> 세계와 세계의 구축 과정을 구별하고, 또 이러한 상식에 따라 시와 시 쓰기를
> 구별하지요. 하지만 저는 이런 상식적 구별이 절대적이라고 생각하지 않습
> 니다. 이러한 구별을 받아들이지 않고, 우리를 다른 세계로 끊임없이 이동시
> 키는 도구가 예술입니다.(41)

놀랍게도, 시는 사건의 사후 효과가 아니라 그 자체가 사건이라 할 만하다. 혹은, 우리는 시와 사건 사이의 시간적 인과관계를 밝혀낼 수조차 없을지 모른다. 왜냐면 예술로서의 시는 완결된 사물로서 존립하지 않고, '장소–이동'을 근본 원리로 삼는 운동인 까닭이다. 이는 사건에 대한 애초의 정의와도 밀접히 연결되어 있다. 사건은 지금–여기를 규정짓는 세계관적 경계를 돌파함으로써, 현행적인 가치와 의미를 낡은 것이자 이미 효력을 상실한 것으로 밀어내는 작용 아니던가? '구축된 세계'와 '세계의 구축 과정'에 대한 시인의 구별은 정확히 여기에 상응한다. 전자가 사건 이전의 세계라면,

후자는 사건 이후이자 시가 등장하는 지점에서의 세계를 말한다. 하지만 이 구별은 또한 결과론적인 해석, 즉 변용이 끝난 세계와 변용하는 세계라는 정태적이고 관조적인 태도의 산물처럼 보일 수 있다. 그래서 시인은 한 걸음 더 나아가 사건을 일으키는 것, 사건화의 도구로서 시-예술을 재의미화하고 있는 것이다. 요컨대 사건화의 과정 속에서만 시는 현존한다. "우리는 여전히 한 세계에 결박된 채 다른 세계로 이동하고, 그 과정에서 둘의 차이를 지각합니다. 우리는 계속해서 쓰고, 읽고, 만들고, 보고, 그러면서 우리에게 벌어진 일을 잊지 않게 되는 것입니다."(41)

시가 삶을 창안하는 과정이라면, 그래서 삶을 사건 속에 흡인하고 사건을 통해 삶을 생산하는 공정과 같다면, 도대체 시라는 것의 견고하고 완성된 사물성 같은 게 있을 리 없다. 시라는 실체가 있기에 시적 작용이 있는 게 아니라, 무형의 변전하는 시의 힘만이 있기에 그것이 발동시키는 효과도 있는 것이다. 마치 사건이 그런 것처럼, 시는 감응의 유동을 통해 사태를 변이시키는 과정에 대한 명명이다. 우리는 시를 읽으며 부재하는 것이 야기하는 이 세계의 변환을 얼마나 자주, 무수히 목도하고 있는가?

형은 어쩌면 신부님이 됐을 거야.
오늘 어느 신부님을 만났는데 형 생각이 났어.
나이가 나보다 두 살 많았는데
나한테 자율성이랑 타율성 외에도
신율성이라는 게 있다고 가르쳐줬어.

신의 계율에 따라 사는 거래.

나는 시율성이라는 것도 있다고 말해줬어.
시의 운율에 따라 사는 거라고

신부님이 내 말에 웃었어.

웃는 모습이 꼭 형 같았어.

— 「형」[17] 부분

운문의 형식을 빌린 서간문 같은 이 구절들에서 신부는 신의 계율에 따라 살아가는 규칙에 관해 언급하지만, 시인은 시의 규칙에 따라 살 수도 있음을 내비친다. 시율성은 시를 짓는 규칙이지만, 동시에 '시의 운율에 따라 사는' 삶이기도 하다. 대상의 형성 원리이면서 대상과 만나는 법, 대상과 섞이고 변용하는 방법으로서의 시율성. 여기서 한 가지 뜬금없는 물음을 던져보자. 만일 신앙의 대상적 실체로서 신이 존재하지 않는다면, 믿는 자는 과연 어떻게 살 수 있을까? 욕망의 최종적 목적이 부재하다면, 그래도 그는 삶을 살아갈 수 있을 텐가? 아마도, 그리고 필연코 그럴 수 있을 텐데, 그가 살 수 있도록 만드는 것은 실제 신의 존재가 아니라 신을 향해 만들어진 규칙, 곧 신율성이기 때문이다. 바꿔 말해, 신이 존재할지 그렇지 않을지 확신할 수 없더라도 신을 위해 살도록 만들어 놓은 사유와 행동의 리듬이 삶을 지속시킨다. 핵심은 리듬이다. 신체를 관통하여 움직이게 만드는 힘. 보이지 않는 것의 작동적 효과. 라캉의 말을 빌린다면 부재하는 원인과도 같은 것. 시도 이와 다르지 않을 터. 시는 완성된 대상적 사물이 아니다. 설령 시 한 편 한 편과 시집의 물성을 접한다 해도, 그것이 시 자체는 아니다. 시는 오히려 신성과 유사하도록 투명하지만, 부재하는 원인처럼 우리에게 이미 주어져 있다. 시가 현실 속에서 자신을 웅변하는 것은, '우리를 다른 세계로 끊임없이 이동시키는' 시율성이 있기 때문이다. 따라서 시율성이란 작시의 규칙이자, 삶을-구성하고 세계를-구축하는 사건의 원리에 다름 아니다. 그것은 부재하는 원인으로서 사건화되어 우리를 다른

• • •

17. 심보선, 『오늘은 잘 모르겠어』, 문학과지성사, 2017.

것으로 변화시킨다.

> 형한테 물어보고 싶은 것들이 수두룩했는데
> 결국 하나도 물어보지 못했네.
>
> 형 때문에 나는 혼자 너무 많은 생각에 빠지는 사람이 됐어.
> 이것 봐, 지금 나는 새벽까지 잠도 안 자고 시를 쓰고 있잖아.
> 문들도 다 열어두고
> 불들도 다 켜놓고.
>
> 형, 정말 물어보고 싶은 게 있어.
>
> 왜 형은 애초부터 없었던 거야?
> 왜 형은 태어나지도 죽지도 않았던 거야?
> 왜 나는 슬플 때마다 둘째가 되는 거야?
>
> 형,
> 응?
>
> ―「형」 부분

이 구절들에는 반전의 놀라움과 즐거움이 장전되어 있다. 심경의 토로와 과거의 반추, 물음의 상대인 '형'은 가상의 존재다. 그저 상상되었기에 실존하지 않고, '수두룩'한 질문들을 결국 '하나도 물어보지 못'하는 비―존재. 하지만 가상^{假想}되었기에 '형'은 실재하는 힘으로서 지금―여기의 '나'를 말하게 하고, 성찰하게 만들며, 다른 존재가 '되게' 만든다. 신앙인에게 신이 그러하듯, 이러한 고백과 질문, 대화와 지향이 없다면, 나의 삶은 형이 있다고 믿어지는 '다른 세계'로 결코 이월해 갈 수 없으리라. 부재하는 것에 대한 욕망의 감응, 그 실재적인 효과를 우리는 시적 경험을 통해 공유하고 있지 않은가? 시의 최종 목적, 사건이 노정하는 최종적 지향점이란 부재하는 것일지도 모른다. 하지만 그것으로 이미 충분히 작동하고 있을 수도 있다.

그렇다면 우리는 단지 시를, 사건을 욕망하면 충분할까. "응?"

> 혀가 없는 사람들
> 노래라면 허밍으로 부르겠으나
> 시라면 어찌 읽을 수 있겠는가?
>
> ― 「마치 혀가 없는 것처럼」 부분

신에 대한 맹신과 마찬가지로, 시에 대한 맹목이나 사건에 대한 눈먼 열정은 그 자체로 뒤집어진 목적론에 지나지 않는다. 실증적으로 증명할 수는 없으나, 바로 그렇기 때문에 그것은 완결되고 결정된 모습으로 우리를 기다린다고 믿어지는 대상들. 따라서 세계의 변이와 나의 변용을 더 깊이 사유하기 위해서 우리는 시조차, 사건조차 불가능하다는 사실을 받아들여야 한다. 신을 믿는 자가 아무리 신성한 믿음으로 충만하고 열렬한 희원으로 채워져 있다 해도, 만약 그에게 혀가 없다면 어떻게 신앙의 송가를 노래할 수 있겠는가? 구원에 도달할 어떠한 방법도 없이 믿는 것이 과연 가능할까? 시가 곧 사건이고, 시라는 사건으로 인해 우리가 구원받으리란 믿음은 치졸하고 어리석다. 왕년의 유미주의나 예술지상주의를 거론할 필요도 없이, 그런 태도는 없는 혀를 가지고 세계를 바꿀 수 있다는 "혀감옥"의 몽상에 지나지 않는다. 그러나,

> 입속에 혀가 있건 없건

언어를 쓰는 모든 이들에게는 공통의 비애가 있다.

　　　　　　　　　　　　　　　　　　　　　「마치 혀가 없는 것처럼」 부분

　시적 사건은 세계와 사물을 구제할 뿐만 아니라 말하는 자 자신도 구원할
것이며, 그것의 형식은 이전의 세계와 이후의 세계가 나뉘듯, 이전의 자신과
이후의 자신을 절단시키는 방식이 될 것이다. 사건이 일으키는 돌파의
결과에는 어떠한 예외도 없다. 달리 말해, 사건을 고대하고 열망하는 주체에
게도 사건은 무차별적인 이행과 전화轉化의 불세례를 내릴 것이다.

　　그러나 독자들이여, 명심하라.
　　감옥의 창살을 거둔 후에도 우리의 혀는 여전히 입속에 웅크리고 있을
　것이다.
　　하늘을 떠받치며 하늘 자체를 바꾸는 아틀라스처럼
　　일어나지 않고 누운 채로 미륵 세상을 도래케 하는 와불처럼
　　시와 노래와 절규와 연설과 침묵과 소음을 뒤섞는 연금술사처럼
　　불멸의 혀는 말의 세계와 세계의 말을 동시에 바꿀 것이다.
　　　　　　　　　　　　　　　　　　　　　— 「마치 혀가 없는 것처럼」 부분

　구원을 희망하지 않은 채 구원을 믿으라 가르치던 바울은 현명했다.
"형제들아 내가 이 말을 하노니 / 그때가 단축하여진 고로 이후부터 / 아내
있는 자들은 없는 자같이 하며 / 우는 자들은 울지 않는 자같이 하며 / 기쁜
자들은 기쁘지 않은 자같이 하며" 사건을 기다리라는 것. 하지만 이 복음을
전파하던 바울은 사건에 대한 기대 없이 사건을 맞이하라고 말하는 자신에게
혀가 '있음'을 자각했을까? 정녕 그것마저 내려놓지 않는다면, 우리는 사건
으로부터 필연코 배반당하고 내쳐질 것임을 짐작했을까? "바울은 '혀 있는
자는 혀 없는 자같이 하라'고 당부하지 않았다." 구원이라는 사건을 다른

누구보다도 충실히 믿고 있던 그는 구원을 희망하지 말라고 발언함으로써 거꾸로 구원의 목적론적인 독을 흩뿌려 놓은 것일지 모른다.

> 그가 펜을 놓는 바로 그 순간
> 천국은 그의 입속에서 완성됐을 것이다.
>
> 장담컨대 그 입속의 천국은
> 바울이 소망했던 천국이 아니었을 것이다.
>
> ─ 「마치 혀가 없는 것처럼」 부분

　시적 사건이란 과연 어떤 것일까? '우리를 다른 세계로 이동시키는 도구'로서 예술은 '존재하지 않는 기사'인가. 유령처럼 그저 출몰하기만 함으로써 우리를 놀라게 만들고, 그리하여 다르게 전위傳位시켜버리는. 목적도 방법도 없이, 혹은 글 쓰는 주체조차 모른 채, 다만 알 수 없음의 글쓰기를 영속화하는 것이 시적 사건일 뿐이라니. 어쩌면 사건 이후를 시화하기 위해서는, 또는 또 다른 사건을 기다리기 위해서는 멈추지 않는 시작詩作만이 유일하게 가능한 선택지일지 알 수 없는 노릇이다.

4. 시적 감응, 또 다른 사건의 예감을 위하여

　촛불 이후의 시적 경로들을 물으면서 시작했던 이 두서없는 글을 이만 정리하자. 2016~17년간 한국 사회에서 벌어진 사건들의 성격을 구체적으로 설명하는 것은 너무나 어려운 노릇이다. '촛불'이라는 단어로 상징화는 했으나, 이 상징은 사회의 다양한 국면들을 포괄하는 동시에 부분적으로 가려놓기도 함으로써 우리의 사유와 행동을 특정한 지점들에 정박시켜

놓기 때문이다. 물론, 더 장기적인 관점에서 거대한 사회적 격동들이 발생했고, 또 그것들이 촉발시킨 다양한 현상들이 서로 결합하고 증폭됨으로써 마침내 '촛불혁명'이라는 사건을 낳았던 것도 사실이다. 하지만 그것이 결과적으로 열어 놓은 다층적인 양상들에 대한 반응과 평가에서 볼 수 있듯, 사건의 여파는 제각각의 상이한 반향들을 불러 놓았다. 가령 아무리 긍정적인 함의를 품고 말해도 촛불 아래 모여들었던 대중의 흐름을 '진보'나 '좌파' 같은 익숙한 개념들로 포괄할 수 없는 것과 마찬가지다. 나아가 페미니즘과 청년 문제 등에서 이 단어들이 얼마나 유효한 통일성을 만들 수 있겠는가? 촛불이라는 사건이 열어 놓은 시적 분기선들, 그 경로들 또한 이와 다르지 않다.

신철규, 한인준, 심보선 세 시인들이 촛불 이후의 시적 경로를 모두 대변한다고 말할 수는 없다. 당연히 그들은 n명의 시인들, 또는 n+1의 시적 감응 가운데 새겨진 임의의 이름들일 뿐이다. 하지만 이 세 시인이 보여준 사건에 대한, 그리고 사건 이후에 대한 시적 감응들은 나름의 일반성을 갖는다. 사건 이후를 어쩔 수 없이 받아들이지만 여전히 그 문턱에서 애도와 우울 사이를 왕복하고 있다든지, 이후가 만들어 놓은 낯선 세계 상황을 언어적 분열의 감각으로 재구성하려 한다든지, 사건에 대한 희망이나 절망을 유보한 채 사건화의 현행성을 시화하는 데 기꺼이 호응하는 모습이 그렇다. 그들은 모두 다르지만, 사건으로부터 분리된 채 시를 이야기할 수 없다는 점에서 공-동적共-動的이다. 이들 각자의 특이성을 조심스레 묶어 이야기한다면, 그것은 '사건 이후의 사건'에 대한 시적 감응의 형상들이라 불러도 좋을 법하다.

앞으로 세 시인의 시적 경로가 어떤 식으로, 또 어디로 다시 분기해 갈지 지금은 알 수 없다. 아마도 그만큼의 시를 다시 쓰고 다시 읽는 노고를 거쳐야만 가까스로 짐작해볼 만하리라. 분명한 점은, 시의 사건이란 전통의 규정대로 서정시인이 노출하는 폐색된 주관성의 표출이거나 혹은 고독하게 세상과 대결하며 자기성을 지켜가는 광경이 아니라는 데 있다. 거꾸로, 세계감각의 수용체로서 시인은 자기 안의 다양성과 세계의 다양성을 접속시키고 뒤섞으며, 표현하는 기계라 불러야 한다. 타자의 욕망과 감응에 이끌리며 자신의 감응을 거기에 혼류시키고, 또 다른 사건의 문턱 위로 끌어올리는 글쓰기–기계. 시적 감응이 사회의 변형과 개인의 변용을 복합적으로 담아내는 사건화의 예감으로 가득 차 있을 수밖에 없는 까닭도 여기에 있다. 그러므로 우리는 그저 읽는–기계로서 시적 감응이 흘려보내는 주파수의 진동에 귀를 바짝 세워볼 수밖에.

팬데믹 이후, 세계의 저편

인류세와 지구생태적 위기의 시적 감응들

1. '세계의 비참'과 존재론적 전환

　벌써 2년 가까이 지속되고 있는 코로나19의 전 세계적 유행은 '팬데믹'이라는 낯선 용어를 일상 깊숙이 침투시켜 놓았다. 전체를 아우른다는 의미의 '판pan'과 다수 대중을 뜻하는 '데모스demos'가 결합하여 '인류 공통의 범유행성 전염병'으로 정의되는 팬데믹은 역사상 가장 빠른 기간 동안 확산된 감염병을 가리킨다. 실제로 2019년 12월 최초로 보고된 이래 2021년 8월 말 현재까지 오대양 육대주의 모든 나라들 가운데 코로나19를 피해간 곳은 단 하나도 없으며, 2억 명 이상의 감염자와 4백5십만 명에 가까운 사망자를 발생시켰다. 핵심은 팬데믹이 단어 그대로, '총체적 사건pándēmos'으로서 우리 앞에 나타났다는 사실이다. 13세기 칭기즈칸의 정복전쟁과 15세기 지리상의 발견에 뒤이어, 21세기는 코로나19 바이러스를 통해 전 지구를 아우르는 시공간의 통합이 이루어졌다는 것. 확산 초기부터 각 국가들이 서둘러 실행했던 도시와 지역의 락다운 및 국경봉쇄는 결국 지구상의 모든 것이 연결되고 또 연결되어 있음을 보여주는 강력한 반증 아닌가? 그러므로 코로나19가 드러내는 가장 강력한 진실은 이 세계 전체가 막힘없는 소통의 지평 위에 현존한다는 사실이다. 신유물론적 언어로 표현하자면 일종의 '평평한 존재론flat ontology'의 현실 국면이 우리 앞에 펼쳐져 있다.[1]

물론, 이 같은 성찰이 다소 급작스럽다거나 부차적으로 느껴질 수도 있겠다. 발견적 통찰이 제아무리 값지다 해도, 하루가 다르게 급격히 불어나는 코로나19 감염자와 사망자 수가 보여주듯 지금 인류는 전례 없는 고통에 시달리고 있으며 또 그 종말점이 전혀 보이지 않는 한계 상황에 직면해 있기 때문이다. 무엇보다도, '마스크 인류'로 대변되는 사회적 격리와 단절, 일상생활의 교란 및 붕괴는 공동체의 근간이 무너지고 있으며 궁극적으로 근대 문명 자체의 파국마저 예고되는 형편이다.[2] 지난 세기까지는 핵전쟁과 같은 국제정치학적 분쟁이 세계의 종말을 불러오리라는 예상이 지배적이었으나, 지금 우리는 전혀 예상치도 못했던 '보이지 않는 적'의 습격에 맞닥뜨려 진정한 인류 종언의 위기감에 휩싸여 있다.

팬데믹이 초래한 위기의 풍경들은 곳곳에서 목도된다. 세계적 차원의 원경에서 고찰할 것도 없이, 당장 한국사회의 익숙한 근경들을 돌아봐도 처참한 광경들이 금세 눈에 들어온다. 사회적 거리두기가 강화되면서 인간 대 인간의 상호적 친밀도는 저하되고, 개인의 심리적 억압이 축적되는 만큼 사회가 감당할 수 있는 집단적 스트레스의 수치도 거의 최대치에 도달했다. 정치나 경제, 사회와 문화 등의 거시적 수준만이 아니라, 일상생활에서 지표화되지 않는 비가시적 수준의 문제들에서도 파국은 몰아닥치고 있다. 가령 서로와 서로를 연계시키던 윤활적 요소들, 곧 이해와 공감,

. . .

1. 평평한 존재론은 한 존재자가 다른 존재자에 대해 기원적 선차성이나 위계적 우월성 등을 누리지 않음으로써, 모든 것이 서로 평등하게 연결되어 있는 내재적 관계를 가리킨다. 레비 브라이언트, 『객체들의 민주주의』, 김효진 옮김, 갈무리, 2021, 346~447쪽.
2. 홍기빈, 「새로운 체제」, 최재천 외, 『코로나 사피엔스』, 인플루엔셜, 2020, 106쪽.

협력과 연대의 감응들은 마스크의 장벽에 막혀 더 이상 관계 맺음의 끈으로 작동하고 있지 않는 것이다.[3] '성공적인 방역모델'이라는 화려한 수사 이면에서, '안전'과 '보호'를 위해 우리가 놓치고 있는 것이 분명하게 존재함을 드러내는 시편 하나를 인용해 보자.

> 한 마을을 희생하기
> 한 사람을 희생하기
> 한 걸음을 희생하기
> 한 절벽을 한 능선을 희생하기
> 한,
> 한 가지라고 믿어 버리기
>
> 여기까지 오려고 손을 씻은 건가
>
> […]
>
> 이렇게 밝은 빛 아래서도 누가 버려지나
> — 김복희, 「희생」 부분(『문학들』, 2020년 겨울호)

다수를 지키기 위해 '한 마을'과 '한 사람', '한 걸음', '한 절벽' 등을

• • •

3. 코로나19가 바꾸어 놓은 주요한 사회적 개념에는 '사회' 그 자체가 있다. 계약과 연대를 통해 위험과 재난을 상호적으로 나누어 떠맡는 공동체가 근대 사회였다면, 코로나19가 변형시킨 현재의 사회 상태는 감염과 고통, 죽음의 위험스런 리스크로 점철된 공포의 공간에 다름 아니다. 김홍중, 「코로나19와 사회이론: 바이러스, 사회적 거리두기, 비말을 중심으로」, 『한국사회학』 54(3), 2020, 172~173쪽. 코로나 이후에 재건될 사회적 관계가 이전의 모델과는 다르리라는 우려 섞인 전망은 이로부터 연원한다. 홍기빈, 「새로운 체제」, 114쪽.

계속 희생시켜 나가는 과정이 끊임없이 이어지고 있다. 고귀한 각오와 불가피한 결단 덕분에 더 많은 사람들이 목숨을 보존하고 일상을 되찾길 희망하지만, 팬데믹이 장기화될수록 희생은 특정 계급과 집단에 집중되고 생존과 생활은 소수에게만 허가된 특권처럼 나누어진다.[4] 연대의 손길과 따뜻한 말, 사회성의 새로운 이해 등은 더 나은 공동체를 위한 밑거름이 될 테지만, 거기 바쳐진 희생들의 몫은 어떻게 갚아야 옳을까? '밝은 빛'이 쏟아지는 한낮에도 여전히 암울함이 지워지지 않는 '어두운 시대의 사람들'이 분명 있다.

　이토록 가까이서, 그러나 명확하게 가시화되는 '세계의 비참'으로부터 시선을 돌려 전 지구적 전환이나 평평한 존재론의 세계를 말하는 것은 자칫 과대한 지식욕처럼 보이기 십상이다. 특히 삶의 현재성을 반영하고 또 이에 반응하며, 고유한 표현적 감수성을 조형해내야 하는 시작詩作의 영역에서, 팬데믹의 파국적 순간들을 건너뛰며 지구 생태적 차원의 존재론적 전환을 언명하기란 쉽지 않은 노릇이다. 그럼에도, 만일 시가 감응의 기예techné라면, 그렇기에 가까운 것만큼이나 멀리 떨어진 것, 확고한 것만큼이나 불명확한 시공의 변화를 감수感受하고 표현해내는 예술이라면 그 같은 지구적 전환의 장면들에 전혀 눈 감고 있을 수 없겠다. 진정 팬데믹이 '우리 생활양식 전체의 갑작스러운 종말'을 야기한 사건이라면,[5] 이토록 거대한 지구사적 전변에 시적 감응이 그토록 무심하기도 어려울 성싶다.

　슬퍼하는 사람들과 파괴된 자연에 대한 공감이 아무리 크다 해도, 현재의 사태로부터 예감되는 또 다른 삶의 가능성은 결코 이전의 생활에 대한 '회복'이나 '복귀'라는 말로는 다 담아낼 수 없는 심대한 사건적 전망을

- - -

4. 재난이 야기하는 불평등은 지역과 인종, 성별, 계급에 따라 상이하게 나타나지만, 사회적 약자를 희생양으로 삼는 경향은 공통적이다. 우리는 인류 보편의 위기를 운위하지만, 대부분의 재난은 조건적으로 파괴력을 발휘하는 것이다. 존 머터, 『재난 불평등』, 장상미 옮김, 동녘, 2020.
5. 슬라보예 지젝, 『팬데믹 패닉』, 강우성 옮김, 북하우스, 2020, 12쪽.

담아낼 것이다. 지금 감응의 시학이 해야 할 일은 팬데믹이라는 전대미문의 사태가 불러온 존재론적 전환의 징후들을 차분히 읽어내는 일이다. 그럼 시작해 보자.

2. 인류세, 인간과 비인간의 지구사

이른바 '탈근대', 더 구체적으로는 21세기에 접어들며 현저하게 드러난 변화는 개인과 세계가 직접적으로 대면하게 된 상황이다. 팬데믹과 관련해 이를 제대로 이해하기 위해서는 약간 에둘러 갈 필요가 있다. 지금부터 20년 전, 안토니오 네그리와 마이클 하트는 '제국'이라는 시대사적 설정을 통해 전지구화globalization의 정치철학적 개념을 제시한 바 있다. 가령 '제국주의'로 명명되었던 20세기는 국가간 체제international regime를 통해 구축되었고, 그때 개인과 개인을 매개하던 것은 국가였다. 내국인을 만나든 외국인을 만나든 '국적'은 서로를 식별하고 교류하는 중요한 관계틀이었던 것이다. 반면, 21세기의 '제국'적 지형에서 개인은 국가의 매개 없이 지구 전체와 직접 만나며 개방된 소통의 자유를 누리게 된다. 이메일과 휴대전화는 시민권/여권 없이 실시간으로 외국인과 교통하는 주요한 수단이 되었고, 국경선은 예전과 같은 절대적 매개체의 역할을 더 이상 갖지 않았기 때문이다. 네그리와 하트의 『제국』은 인터넷으로 대표되는 정보통신기술의 비약적 발전이 만들어 낸 시대 변화를 반영하는 철학적 선언인 동시에, 개인을 한계짓던 근대적 국경 개념이 해체되고 소속감을 통해 통합되었던 사회 공동체가 더 이상 유효하지 않게 된 상황을 확인하는 정치적 선포이기도 했다. 핵심은 근대 국가의 쇠퇴나 계약론에 근거한 사회체가 신효를 상실했다는 부정적 인식에 있지 않다. 오히려 여기에는 '지구'에 대한 상상력이 적극 개입하고 작동하고 있는바,[6] 개인은 그가 누구이고 어디에 있든 자신이 지구 전체, 곧 전 지구적 네트워크에 항상 접속하고 있음을 체감하게 되었다는 사실이 중요하다.

최근 십여 년 사이, 전래의 사회과학과 인문학, 생명공학, 정치경제학, 페미니즘과 환경학 등을 관통하여, 전문가 집단뿐만 아니라 대중 일반에서도 급격히 관심의 중심을 이루는 인류세 담론은 '제국'의 이론과 어느 정도 상통하는 바가 있다. 알다시피, 인류세anthropocene란 '인간'과 '시대'의 합성어로서 인간이 등장하면서 새롭게 열린 시대적 지평을 일컫는 신조어다.[7] 멀리는 18세기까지도 거슬러 올라가지만, 가깝게는 20세기 중반 이후의 전 지구적 변화를 지칭하기 위해 고안된 용어인데, 전통적인 생태주의와 환경학의 연장선에서 있으면서도 또한 그 이상의 차원에서 인간과 인간 이외의 모든 것으로서 지구 전체를 사유하기 위해 도출된 것이다. 특히 자본주의 근대성과 관련해 말하자면, 제2차 세계대전 이후 미국 주도의 소비주의 대량생산 체제가 불러일으킨 파장은 인간 사회를 넘어서 자연계 전반에도 심대한 영향을 끼쳤는데, 도시화와 산업화, 공업화로 야기된 비가역적인 파괴가 환경과 기후 등에 돌이킬 수 없는 변형을 일으킴으로써 지구 전체가 총체적 위기에 빠졌다는 주장이 인류세 담론의 요점이다.[8] 이는 인류세를 자본세capitalocene라고도 부르는 이유가 된다.

인간에 의해 주도되는 세기라는 명명과는 지극히 대립적인 함의를 품고 있는 인류세 담론은 소단위의 국지적인 생태계의 보전과 관리에 치중했던 전통적 생태주의와 달리, 지구 전체의 통제 불가능한 여러 위기를 성찰하고 비판적으로 접근하려는 시도이다. 하지만 이십 년 전에 '제국'이 던진 문제의

· · ·

6. 흥미롭게도, 『제국』의 영어판과 한국어판은 모두 우주에서 바라본 지구의 소용돌이치는 대기를 표지에 담고 있다. 일종의 전지적 시점에서 지구사 전체를 조망하는 이 장면은 국민국가들로 이루어진 근대 세계가 그 실효를 다했음을 단적으로 시사한다.

7. 얼 엘리스, 『인류세』, 김용진 외 옮김, 교유서가, 2018, 130~131쪽.

8. 이광석, 「'인류세' 논의를 둘러싼 쟁점과 테크노–생태학적 전망」, 『문화/과학』 97, 2019년 봄호, 26~27쪽.

식이 자본과 노동의 근대적 대립을 새로운 과학기술혁명의 비전 속에서 해소하는 데 역점을 두었던 반면, 인류세의 문제설정은 무엇보다도 기후환경의 파괴를 되돌리기에는 '이미 너무 늦었다'는 어두운 전망을 배경으로 깔고 있다.[9] 코로나19가 횡행하는 팬데믹의 현재는 바로 인류세적 위기의식이 구체적인 형상으로 우리 앞에 다가온 실증에 다름 아니다. 인간계와 동물계, 자연계 전체가 연동하여 지구 전체의 운명에 결속되어 있음을 이보다도 더 명확히 보여줄 수는 없다. 우리가 알던 시대는 끝났다.

소통과 사회, 계급과 구조 등 근대 사회를 특징짓는 개념들은 인류세의 거대한 파고 앞에 무력할 정도로 텅 빈 관념이 되어 추락하는 중이다. '소통'은 더 이상 합리적인 의견 교환으로 표상되지 않는다. 인간의 특성으로 간주되던 언어능력은 자연 사물과 맺는 비언어적 소통보다 결코 우월하지 않다. 예컨대 바이러스가 신체에 침투하여 병인이 된다는 것은 바이러스와 신체가 하나의 어셈블리지를 이루고, 그로써 제3의 관계항('병든 신체')으로 변형됨을 뜻한다. 감응하는 바이러스, 이는 언어적 소통을 넘어서는 인간–자연, 인간–비인간의 관계적 존재론의 주요한 양상을 대변한다.[10] '사회' 또한 안전과 지속의 연대체를 벗어나버렸다. 락다운과 봉쇄의 상황에서 집 밖의 사회로 나선다는 것은 감염과 발병의 위험을 무릅쓴 공포의 모험이다. 상위계급의 특권적 공동체인 출입제한지구gated community의 사례처럼 사회는 더 이상 국가를 내적으로 묶어내는 경계선이 아니다.[11] 한편으로 하위계급은 팬데믹의 위험 속에 더 많은 리스크를 안고 가야 하는 부담을

* * *

9. 클라이브 해밀턴, 『인류세』, 정서진 옮김, 이상북스, 2018, 248~249쪽; 우리 모두의 일, 『기후정의선언』, 이세진 옮김, 마농지, 2020, 17쪽.
10. 도나 해러웨이, 『해러웨이 선언문』, 황희선 옮김, 책세상, 2019, 122~123쪽.
11. 슬라보예 지젝·이택광, 『포스트 코로나 뉴노멀』, 비전CNF, 2020, 71쪽. 신자유주의적 불평등과 맞물린 소위 '빗장 도시'의 문제는 배달노동이나 돌봄노동 등의 부수적이지만 치명적인 사회적 파급효과를 야기한다. 우석균, 「불평등한 세계에서 팬데믹을 응시하다」, 김수련 외, 『포스트 코로나 사회』, 글항아리, 2020, 136~140쪽.

지지만, 동시에 바이러스의 전 지구적 편재성이라는 특징은 (마치 자본주의 초기에 화폐가 그랬던 것처럼) 인류 전체와 비인간 모두를 공평하게 '대우'하는 듯 보인다. 무차별적으로 변이하는 바이러스의 힘 앞에 인간의 우월성은 더 이상 주창될 수 없게 되었다. 요컨대 코로나19라는 팬데믹의 시대는 인간이 자기만을 바라보며 살던 이전의 세계로 돌아갈 수 없음을 드러내며, 바이러스와 '함께 살기'의 불가피성을 절감하게 만든다. 이것은 하나의 존재론적 전환의 징표인데, '공생'의 주요한 의미는 바이러스와 인간이 '서로 영향을 주고 받으면서affect and affected, 感應', 탈정체적인 무엇으로서 지속적인 변이를 거듭해야 한다는 운명을 보여주는 것이다.

근대의 사회혁명이 더 나은 인간적 삶의 영위와 확장을 추구했을 때, 그 목표에는 인간 주체의 변화는 포함되어 있지 않았다. 자연과 사회를 자기에게 맞춰 발전시키는 것, 그것이 근대 혁명의 목적이었던 셈이다. 하지만 팬데믹이 불러온 파장은 이 같은 휴머니즘의 전제를 여지없이 무너뜨리고 있다. 코로나19 앞에 인간은 더 이상 주체의 자리를 지킬 수 없게 되었다. 주체와 객체라는 근대적 이분법은 지극히 인간적인 환상일 뿐이며, 모든 존재자는 동등할 뿐만 아니라 서로 연결되어 공–동의 생명을 이룰 따름이다. 분자 단위에서 세포로, 유기물과 무기물의 개체적 경계를 넘어 관계적 흐름의 집합체[singularity]만이 존재하고 있는 것이다. 이러한 팬데믹의 세계 상황은 그 누구든 자신이 매 순간 지구 전체와 만나고 있음을 각성하게 해주며, 모든 존재하는 것들이 자연사적 실존이라는 의미에서 결속되어 있음을 깨닫게 만든다. 인간이 겪는 삶의 위기는 동시에 비인간과 세계 전체, 지구사적 위기와 관련되지 않을 수 없다는 자각이 그 중심에 있다.

시베리아가 불타고 있다

모든 것이 끝나리라는 기대도 있었지만 다른 선택지가 없다는 걸 알았을
때 날려버린 시간을 만회하려고 애를 썼다

운이 나빴다고도 할 수 있다

며칠째 두통에 시달리는 너에게
괜찮아질 거라는 말만

잠을 청하며 슬픔에 잠기곤 했는데

어제 집계된 감염자의 수와 두려움과 가난과 외로움

상황이 나아지지 않으면
우린 어떻게 되는 걸까

돈 버는 것보다 가치 있는 일이 있다고 믿었다 갓 서른을 넘겼을 뿐인데
다 늙어버린 것 같다 태어나고 싶지 않았다고 너는

끝이 보이지 않는 바닥을 향해 가라앉는

이것은 모두 이번 여름의 일

기대하지 않는 사람은 이 세상과 얼마나 멀어진 걸까

폭우가 계속되는 계절

고양이들은 어디서 비를 피하는 걸까

— 최지인, 「이번 여름의 일」 전문(『작가들』, 2020년 겨울호)

'나'와 '너', '돈 버는 것', '가치 있는 앎' 등은 일상의 관심사 중 하나이지만, '집계된 감염자 수'는 돌연 시적 무대를 팬데믹의 현실로 불러 세우고, '두려움과 가난과 괴로움'의 감정과 연결시켜 어느 누구도 개체로서 존재하고 있지 않음을 일깨운다. 여기에 짐짓 무심하게 시상을 끌어내던 '시베리아가 불타고 있다'는 첫 구절은 폭우의 묘사와 비를 피하는 고양이로 끝맺어지면서 서정적 시상을 세계성의 장으로 인입시켜 준다. 인칭대명사와 사회생활을 비껴가는 이 배경적이고 주변적인 요소들은 어쩌면 자아가 놓인 사적인 장소가 무의식적으로 지구적인 전체 속에 위치해 있음을 암시하는 것일지 모른다. 따라서 희망을 '기대하지 않는 사람'인 그의 불안을 야기하는 것은 다만 개인의 주관적 기분 탓만은 아닐 듯싶다. 이런 분위기의 정체가 무엇인지 아직은 딱 꼬집어 명명하지 못함에도 불구하고, '끝이 보이지 않는 바닥을 향해 가라앉는' 이토록 예민한 감수성은 지구성이라는 총체적 감각과 맞닿아 있기에 피어오를 수 있는 효과일 것이다.

3. 불러보기, 공명하는 목소리들

불과 백여 년 전만 해도 동물의 권리에 대한 요청은 큰 호응을 받을 수 없는 주제였다. 동물을 사랑하지 않아서가 아니라, 동물이 인간과 동등한 권리의 주체라는 생각을 할 수 없었던 탓이다. 동물도 인간과 마찬가지의 감정이 있고 고통을 느낄 수 있는 존재라는 인식이 자라난 것은 불과 수 세기 전의 일이었다. 그 이전까지 동물은 식물과 마찬가지로 '미물'에 불과했기에 동정과 애완의 대상이었을 따름이다. 하지만 생태주의적 관점이 강화되면서 동물은 식물과 더불어 인간이 살아가는 생태계의 구성 요소로 인지되기 시작했고, 그저 공존의 대상이기를 그치고 등가의 생명권을 주장할 만한 존재로 부각되기에 이른다. 비인간 존재자를 인간과 등가의 주체로 파악하는 인류세적 관심이 동물의 권리라는 주제와 무관할 수 없음은 당연한 일이다. 하지만 '자연보호'나 '동물사랑'과 같은 휴머니즘 가득한 구호를 벗어나 동물을 진정 인간과 같은 주체로 간주한다는 게 무엇을 의미하는지는 더욱 숙고해 볼 주제이다.

현재 한국을 비롯한 여러 나라에서 시행 중인 동물보호법의 기본 취지는 생명 있는 존재인 동물이 고통과 학대를 당하지 않도록 보호해야 한다는 데 있다. 하지만 동물에게도 인간과 마찬가지의 정치적 권리를 부여해야 한다는 주장에는 아직 별다른 호응이 따르지 않는 형편이다. 사실 많은 사람들은 개나 고양이 같은 동물과 정치라는 '인간적' 사안을 엮어 생각하는 것을 불가능할 뿐만 아니라 불합리하다고 여긴다. 그 같은 불가능과 불합리의 상상력 이면에 있는 인간적 우월감의 자취를 지적하지 않을 수 없다. '동물의 정치적 권리'가 문제시될 때 우리가 떠올리는 것은 '말 못 하는 짐승' 즉 언어적 소통에 무능한 생명체를 위해 인간 주체가 무엇을 베풀어야 하는가라는 시혜적 물음이기 십상인 것이다. 동물의 정치적 권리라는 테제는 동물이 국회에서 법을 제정하고 의결하는 모습 속에 투영되지 않는다. 만일 동물이 인간과 마찬가지로 존재의 권리를 갖는다면, 우리가 지금 향유하는 것이 동물에게도 공유되고 있는가에 대해 성찰하고, 이를 실현시키기 위해 무엇을 해야 하는가에 대한 고민이 반드시 필요하다.[12] '고양이들은 어디서 비를 피하는 걸까(「이번 여름의 일」)라는 의문이 막연한 궁금증을 넘어, 현재 우리가 누리는 휴식과 평온이 비인간 존재자에게도 유효한지 진지하게 묻고 답하는 방향으로 나아갈 때 지구생태계의 공동성원으로서

• • •

12. 앨러스데어 코크런, 『동물의 정치적 권리 선언』, 오창룡 외 옮김, 창비, 2021, 17쪽.

동물과 인간은 서로를 마주할 수 있을 것이다.

지구 전체를 사유한다는 것은 태양계의 푸른 별인 지구의 이미지를 마음에 품고 감동에 젖으라는 뜻이 아니다. 그런 감상주의적 낭만을 내려놓고, 지구 전체를 구성하는 다양한 성분들을 발견하고 명명함으로써 그 보이지 않는 존재자들을 끊임없이 찾으려는 노력을 기울여야 한다는 의미이다. '너'와 '나'가 단순히 '인간'으로 종합되지 않는 각각의 개별자들, 이름을 갖는 고유한 존재자이듯이, 각각의 고양이들 또한 그것 자체의 개체적 특이성을 갖는 존재자일 것이다. 물론, 인간의 제한된 인식능력과 지각능력으로 비인간적 생명 각각을 전부 구별하라는 것은 당장으로서는 불가능한 명령에 가깝다. 그러나 우리가 구별하지 못하는, 그래서 통째로 묶어서 함부로 명명한 채 망각 속에 던져 놓은 비인간 존재자들이 얼마나 많은가? '타자'란 어쩌면 우리가 모르는 존재가 아니라 알았지만 더 이상 그의 안부를 캐묻지 않고 내버려 둔 비인간이 아닐까?

　　이제부터 생물 종 다양성에 대해서 살아갈 것이다,
　　라고 나는 오늘 다짐했다
　　거울 속 나의 얼굴을 바라보며 내 얼굴과 나뿐 아닌 인간 얼굴의 여러
가지 면을 떠올려보다가도, 아니 아니 그게 아니야 그게 아니라
　　생물 종 다양성에 대해서
　　하지만 어떻게?
　　내 삶 공간에서 어떻게?
　　어떻게 업으로 삼을 수 있을까, 지금에라도
　　사뭇 진지해졌는데
　　당장 해볼 수 있는 게 있을까, 멀리서라도
　　그러므로 오늘은 절멸한 생물들의 이름을 반복해서 되뇌어보는 시간을
가졌죠 생김새를 떠올려보며 오랫동안

......

랩스 청개구리(Ecnomiohyla rabborum)

브램블 케이 멜로미스(Melomys rubicola)

포오울리(Melamprosops phaeosoma)

크리스마스섬집박쥐(Pipistrellus murrayi)

콰가(Equus quagga quagga)

세실부전나비(Glaucopsyche xerces)

스텔러바다소(Hydrodamalis gigas)

타이완구름표범(Neofelis nebulosa brachyra)

......

인간의 언어로

한국인이므로 현대 한국어족의 화자이자 청자로서

라틴어 학명을 어떻게 읽어야 하나 구강을 이리저리 움직거려보면서

한국인의 조음 방식과는 좀 다르게 시도하면서

그렇게 혼자 되뇌어보는 나를 보면서도 순간

기만적입니까,

라고 의식했습니다만

인간이므로

인간으로서

인간이니까 어쩔 수 없다고 받아들였지만

인간 때문에 동식물이 자연도태보다 500배나 빠르게 절멸되고 있다,

2010년대에만 467종이 절멸되었다,

라고 지구에서는 내내 보도되고 있다

그러므로 내가 할 수 있는 건 없나요

— 안태운, 「생물 종 다양성 낭독용 시」 부분(『현대시』, 2021년 5월호)

'나'는 어떤 계기로, 왜 '생물 종 다양성에 대해 살아가기로' 결심했는가? 이유는 밝혀지지 않았다. 하지만 그 이유 없음이 진정한 이유다. 근대 지성이 합리적이지 않았기 때문에 비인간 종에 대해 관심을 기울이지 않았던 것은 아닌 까닭과 같다. 보이는 것만이 실존하고, 인식되는 것만이 현존한다고 믿었던 어느 순간, 문득, 돌연히, 그러나 아마도 모종의 지구적 감응을 계기로, '나'는 인간의 종적 유일성에 의문을 표하고 그 바깥의 다양성에 '대해서' 살기로 결심했다. 이런 다짐이 단순한 시혜성을 벗어나는 지점은, '거울 속'에서 "인간 얼굴의 여러 가지 면"을 떠올리다가 부정해버리는 순간이다. 두 번에 걸친 '아니, 아니'는 거울에 비친 '나'의 개인적 실존과 인간의 종적 실존을 모두 넘어서는 지점을 가리킨다. 하지만 과연 인간이 자기 바깥의 무엇에 대해 말하고 생각하는 것이 가능한지 의문스럽다. 다양성에 대해 '알기로' 한 게 아니라 '살기로' 했다는 것은 이 낯선 대면의 현장이 지식의 문제가 아니라 삶의 문제임을 직감했기 때문에 나온 언어적 반응일 듯하다.

그럼 객체를 넘어서 등가의 존재로서 다른 종과 어떻게 만날 수 있을까? 아마도 그것은 '다름'의 스펙트럼에 정면으로 부딪치고 그 차이를 불러보는 것으로부터 시작되어야지 않을까? 이미 절멸해버렸고 지금 절멸하고 있으며, 곧 절멸할지 모르는 타자들을 주체의 언어로 되새기고 이해하는 것은 분명 한계를 갖는 행위일 것이다. 그럼에도 현학으로 포장한 차이의 존재론을 설파하기보다 지극히 인간적인 능력인 말하기를 통해 다가서는 것이야말로 가장 솔직하고 겸허한 출발점일 터. 지금―여기의 진실인 나―자신으로서의 인간을 부정한 채 감히 타자와 세계, 지구에 '대對해' 살아갈 수는 없을 것이다. '인간이므로/ 인간으로서/ 인간이니까' 할 수 있는 것과 할 수 없는 것, 그에 관한 성찰만이 이제 어떻게 살 것인지를 가늠하는 조타점이 되리라. "내가 할 수 있는 건 없나요."

이제부터 생물 종 다양성에 대해서 살아갈 것이다,

라고 나는 오늘 다짐했고

그리고 나자 무엇을 할 수 있을지 모르겠다

당장 옆 사람이 있다면야 두 손을 힘껏 맞잡으며

그래 그래 오늘부터야

무엇을 어떻게 행해야 할지 모르면서도

다짐을 하고 계속 다짐하고 그래 그래 두 손을 꼭 맞잡고서 다짐은 두 손이 되기도 하고

할 수 있다고 여기서 찾아 나가자고, 그렇게 서로의 얼굴을 바라볼 수도 있었을 텐데

오늘 옆 사람은 없었으므로

[…]

그러면서 나는 무엇을 할 수 있을까

지구에 최대한 해를 덜 끼치려고 노력하면서

조금이라도 쓰임과 효용이 되고 싶었는데

내 시간과 공간에서

한반도에서 내 몸과 마음에서

가끔 무언가를 끼적이는 사람이므로 해볼 수 있는 게 있을지

끼적인 걸 낭독해보며

낭독용 시를 써보며

해볼 수도 있을까

낭독해볼게

낭독해보자

생물 종 다양성에 대해서

— 안태운, 「생물 종 다양성 낭독용 시」 부분(『현대시』, 2021년 5월호)

다른 누군가와 '두 손을 꼭 맞잡고서' 다양성을 지키기 위해 살 수 있다면 얼마나 행복할까. 그러나 이런 바람은 '오늘 옆 사람은 없었으므로' 허망하게 무산된다. 하지만 이 또한 지금-여기의 적나라한 진실일 것이다. 한갓된 신체에 갇힌 유한한 존재자로서 인간은 세계와 지구, 우주를 넘나드는 사변의 능력이 무색하게 이기利라는 본능에 너무나 충실하니까. 역설적이지만 출발점은 여전히 똑같다. 이러한 단독의 실존 속에서 '그러면서 나는 무엇을 할 수 있을까' 되묻는 것. 그리고 낭독하는 것. 만일 이 작품이 사회학적 장르에 속한다면, 생태계 보전의 당위와 불확실이 뒤엉킨 현대적 삶의 절망을 증거하는 자료로 인용될 것이다. 하지만 감응의 기록으로 읽는 한, 우리는 그저 출발점에 대한 다짐으로, 그 시적 실천의 한 걸음으로 받아들여도 좋겠다. 가능성은 이로부터 현실로 피어나는 것인바, 아마도 이 시를 읽는 누구에게든, 낭독되는 목소리의 공명 속에 생물 종 다양성을 둘러싼 물음과 답변의 감응도 시작될 것이다.

4. 행위하기, 경계를 넘는 발걸음

사회의 일반적 정의는 인간 행위자들이 특수한 목적을 이루기 위해 결합하고 유지하는 공동체라는 데 있다. 함께 모여 사는 생물이 인간만은 아니지만, 자기가 누구인지 의식하는 개인들과 행위에 스스로를 투여하는 의지적 주체, 자기 이익이 무엇인지 분명히 아는 개별자들로 이루어진 사회는 분명 인간에게 고유한 집합체라 할 만하다. 동물이든 식물이든 또는 무생물이든 자기의식이 없는 존재, 의지적 행위를 꾀할 수 없는 존재, 이익에 대한 합리적 지식이 결여된 존재는 사회를 이룬다고 말할 수 없기 때문이다. 이런 이유로 사회는 물론이거니와 목적합리적 행위의 주체성이라는 지위는 오랫동안 인간의 특징으로 한정될 수밖에 없었다.

인류세 논의의 시발점을 열었던 과학기술학STS 연구자 브루노 라투르는 그 같은 행위자의 관념을 대폭 확장시켜 비인간 존재자들에게도 그 지분이 분배되어야 한다고 주장했다.[13] 가령 지렁이와 인간 문명은 어떤 관계인가? 상식적으로 아무 연관이 없다. 언어와 문화, 건축과 법령, 예술과 철학, 과학과 기술 등으로 집대성되는 문명에 한낱 미물인 지렁이가 게재할 자리가 어디에 있는가? 그러나 기원전 1,400년 전, 팔라티누스 언덕에 지렁이들이 서식하여 기름진 토양을 만들어 놓지 않았더라면, 애초에 로마 문명이 건립될 수 있었을까? 그 땅에 매혹된 고대인들이 거기 자리 잡기로 결정하지 않았더라면 로마가 역사적 이름으로 전해질 수 있었을까? 알 수 없는 일이지만, 분명한 점은 지렁이들의 그 같은 비인간적 노고가 없었다면 로마 문명의 찬란한 토대와 그것을 계승한 서구 문명 또한 지금과 같지는 않았으리라는 사실이다. 그러므로 현대 문명의 앞자락에 지렁이의 삶이 있었다는 주장이 완전히 허황된 이야기는 아니라고 할 수 있다.[14] 오히려 여기에는 지구사적 시간을 배경으로 해서만 확증되는 진실이 놓여 있는 것이다.

요점은 소위 역사와 문명, 진보와 발전의 모든 거대한 이데올로기들, 문명적 성과들에는 인간 행위자만이 개입한 게 아니라는 사실이다. 지렁이 같은 곤충류를 포함해, 여러 동물들과 식물들이 인류사의 곳곳마다 (인간에게만) 보이지 않는 역할을 맡아왔고, 돌과 물, 산과 구릉, 바람과 바다 등의 비생명적 존재자들 또한 이에 참여하고 있었던 것. 그로써 행위자의 의미와 존재자의 자격은 근대 인간학, 곧 휴머니즘의 범주를 훌쩍 뛰어넘어 지구사에 속한 모든 것으로 확장된다. 심지어 인간이 만든 기계도 하나의 행위자이고, 지구 전체도 역시 행위자가 아닐 리 없다. 누군가는, 그럼에도 인간이 갖는 특권적이고 우월적인, 다른 존재자들에 비해 중차대한 특별함이 있지 않느냐고 반문할 법하다. 단언컨대, 전혀 그렇지 않다. 호모 사피엔스

• • •
13. 브루노 라투르 외, 『인간·사물·동맹』, 홍성욱 엮음, 이음, 2010, 21~22쪽.
14. 제인 베넷, 『생동하는 물질』, 문성재 옮김, 현실문화, 2020, 238~240쪽.

의 역사가 약 30만 년 정도로 추산되는데, 다른 아종亞種은 물론이고 천문학적 시간대를 거슬러 올라가는 다른 (무)생물종의 존재를 전혀 무시한 채 지구 전체의 역사를 이야기하는 것은 어불성설이다. 지구라는 대지에 발 딛고 선 모든 존재자들은 앞선 존재들의 (최소한) 신체적인 흔적들 위에서 생존을 영위했고, 진화를 거듭했다. 그런 점에서 인류는 지구사에 뒤늦게 출현한 행위자 중 하나일 뿐이다. 현재를 중심으로 보아도, 인간은 지구사 전체에 대한 개입적 모멘트라는 점에서 일정한 (부정적인) 역할만을 수행할 따름이다. 역사가 흐름이며 운동이고, 변화를 담아내는 우연적인 사건들의 장이라 할 때, 무엇이 더욱 본질적이고 근원적인가를 따지는 관점 자체가 이미 인간중심적이다. 가시적인 비중의 크고 작음을 떠나, 지구 전체의 시점에서 볼 때 모든 행위자들은 동등한 가치와 위상을 통해 자기의 삶을 살아간다. 이런 관점이 중요한 이유는, 모든 존재의 등가성과 아울러 연속성을 사유할 수 있게 해주기 때문이다.

언어는 인간에게 고유하다. 동물에게는 언어가 없는가? 만일 인간의 고유한 신호 체계만을 언어라고 부르는 한 '없다.' 동물이 서로를 부르고 쫓아내거나 유희하는 신호 체계는 '본능'이라는 이름으로 격하시키고 무시해 왔다. 하지만 언어의 본질이 무엇인지 잠시 상기해 보라. 서로 다른 타자들이 자기의 의사나 욕망을 정확히 전달하고 원하는 반응을 이끌어내는 방법 아닌가? 대부분의 언어학자들이 지적하듯, 인간의 자연언어는 '소음'이 너무 많아서 정확한 의사소통을 하기 위해서는 수많은 조건들을 걸어야 한다. 그럼에도 인간의 언어만이 완전하다거나 우월하다고 믿고 주장하는 것은 대단히 아이러니한 노릇이다. 그토록 강력한 인지능력을 자랑하는 인간이 이종적 존재의 언어를 해독하는 데는 늘 실패하고 있으니, 이는 거꾸로 인간의 무능력을 입증하는 것밖에 다른 의미가 없지 않은가?

흥미롭게도, 바이러스나 세균과 같은 미시적 차원에서 의사소통의 문제를 들여다보면, 인간중심적인 언어 관념은 순식간에 무너지고 만다. 인간은 비인간 존재에게 자기 의도를 전할 수 없으나, 바이러스나 세균은 그 같은 시도에서 성공하고 있기 때문이다. 인수공통감염병을 예시해 보자. 생물학적 지식에 의거하면 모든 종種에는 해당 종에 이질적인 바이러스가 침투하지 못하게 가로막는 수용체의 벽이 있다. 그런데 지구적 조건의 변화가 극심해지면서, 또 역사와 지역에 의해 분리되어 있던 상이한 종들이 뒤섞이면서 그런 수용체의 벽에 변화가 발생한다. 상이한 종 사이의 벽을 허물어 침투한 바이러스가 수용체의 구조를 자신과 비슷한 조성으로 바꾸어버리는 것이다. 이런 식으로 인간과 동물 사이의 종 간 격벽이 허물어짐으로써 동일한 바이러스 수용체로 변형시키는 질병을 인수공통감염병이라 부른다. 면역학이 발전할수록 인수공통전염병의 범주는 넓어져 가고, 환경 변화가 급격할수록 새롭게 발견되고 생성되는 병인들이 늘어나는 추세이다.[15] 그런데 이처럼 수용체의 동질적 조성이라는 관점에서 본다면 바이러스나 세균이야말로 우리 인간이 이루지 못한 꿈, 즉 이종 간의 의사소통에 성공한 행위자라 볼 수 있지 않을까? 감염 혹은 감응이란 비언어적인 '영향을 주고받는 관계', 그로써 서로를 변형시키는 관계를 뜻하는바, 그 비인간적 행위자가 인간의 숙원을 성취시켰다는 점에서 우리보다 우월하다고 말해도 틀리진 않을 성싶다. 자연사自然史의 원형적 장면, 그 낯선 사건들이 우리에게 무엇을 말하고 있는지 들어봐야 하는 것이다.

목덜미에 노란 깃털을 두른 작은 새가 꽃을 따 먹고 있다. 쉬잇! 너무 이뻐. 새가 놀라지 않게 까치발을 한 휴대폰 카메라가 두세 차례 초점을 맞추고 떠난다. 앙증맞고 귀여운 새여서 꽃은 황홀했을까. 검고 구불텅한 벌레가 갉아 먹고 있었다면 끔찍했을까. 카메라마저 각도를 틀었을까.
고양이가 반려자의 가슴에 안겨 고요히 눈을 감고 있는 장면이 있었다.

• • •
15. 정석찬, 「하나의 건강, 하나의 세계: 기후변화와 인수공통감염병」, 『포스트 코로나 사회』, 210~212쪽.

반려자로부터 바이러스가 전염되었다고 한다. 박쥐나 아르마딜로나 또는 두개골이 크고 온몸에 털이 숭숭한 단백질 덩어리가 전염시켰다면 고양이는 치를 떨었을까. 보드라운 머릿결과 아늑한 가슴이어서 고양이는 행복했을까. 그래서 기꺼이 몸을 웅크려 맡겼을까.

> 먼지가 곧 연분홍 벚꽃이고 벚꽃이 고양이고 고양이의 수염이 사람이고, 차별 없이, 사람이 산허리 작은 돌들이고, 돌들은 바람이고, 바람은, 흙은, 하늘은, 책은, 또 사람은, 벌레는. 서로의 눈과 귀를 바꿔보는 날, 황은, 흑은, 백은, 유기질과 무기질은,
>
> — 김명철, 「꽃은, 고양이는,」 부분(『창작과비평』, 2020년 여름호)

제아무리 화려하게 포장된다 해도, 자연 속에서 미美를 찾아내는 것은 지극히 인간적인 관심사에 불과하다. 아름다움이 무엇인지 자연에게 물은 바 없기 때문이다. 그러니 마음을 사로잡는 '앙증맞고 귀여운 새'의 이미지는 새 자신의 것이 아니라 인간 자신에게서 불거져 나온 관념의 표상이다. 부정성의 감정도 사정은 다르지 않다. 자연 깊은 곳에 서식하던 박쥐의 바이러스가 어떻게 인간에게 도달했는지는 큰 관심의 대상이 아니다. 그저 인간의 삶이 방해받았다는 게 끔찍하고 싫을 뿐이다. 그런데 인간에게 감염된 고양이는 자신의 감염원인 인간에 안겨 있다. 아마도 감염원이 박쥐나 아르마딜로였다 해도 고양이에게는 크게 다르지 않았을 것. 그저 과학적 지식의 유무나 사실에 대한 앎과 무지의 차이는 아닐 듯하다. 타자에게 어떤 태도와 관계를 맺는가가 문제이며, 이는 결국 동등함과 차별에 대한 감수성에 관련된 문제일 게다. 이 점에서 고양이는 인간보다 더욱 정치적 평등을 실천하는 존재가 아니겠는가?

인간 사회의 가장 진보적인 가치지만 그 실현은 늘 갈등과 투쟁, 포기의 반복 속에 실종되어왔던 저 정치적 권리의 극한에는 '먼지'나 '연분홍 벚꽃'이 다르지 않고, '벚꽃'은 '고양이'와 같으며 '고양이 수염'은 또한

'인간'과 동격인 무차별의 계열들이 있다. 그 존재론의 한계지점까지 달려가 보는 것, 또는 자신이 설정한 경계에 머물지 않도록, 비껴갈 수 있는 것. 비인간적 평등주의란 그것이 아닐까? 대체 인간의 경계를 정하는 것도 어리석고, 그것이 실존하는 무엇이며 지켜야 할 어떤 것이라고 믿는 것도 부조리하다.

> 볕 좋은 공원 마당에서 한 아이가 마스크를 쓰고 자전거를 탄다. 돗자리에
> 앉아 있는 사람들 주위로만 빙글빙글 돌고 있다. 우리에서 멀어지면 안
> 돼. 경계를 벗지 마. 보도블록 위에 떨어진 하얀 날개를 까만 개미들이
> 부산하게 끌어가고 있다.
> ― 김명철, 「꽃은, 고양이는,」 부분(『창작과비평』, 2020년 여름호)

마스크로 상징되는 격리와 분리의 경계선은 인간이 자신의 안녕과 보전을 위해 둘러쳐 놓은 휴머니즘의 한계선이다. 그것이 도리어 (비)인간 존재자들과 맺을 수 있는 공생과 공존에 대한 장애물로 기능하고 있음을, 그로써 공동체라는 관념을 퇴행시켰음을 다시 지적하진 않겠다. 아이러니한 점은, '경계를 벗지 마'라는 강박을 비웃기라도 하듯 일군의 비인간적 존재들('개미')은 인간이 정해 놓은 경계선('보도블록')을 부지런히 횡단하고 있다는 사실이다. 이 지구에서 자신이 그어놓은 경계에 온전히 갇혀 지내는 존재는 인간이 유일할지 모른다.

'보존'을 명목으로 늪지나 숲을 금지의 경계선으로 폐쇄시키겠다는 시도는, 그 기특한 발상에도 불구하고 생태적 순환의 고리를 끊고 괴사시키는 결과를 초래할 수 있다. 경계선 바깥에 대해서는 마음대로 개발하고 마음껏 파괴해도 좋다는 역효과를 낳을 수 있으니까. 임의의 산물인 경계선의 이쪽과 저쪽은 지구 전체를 연동순환하는 네트워크로 대체되어야 할 것이다. 그렇지 않으면, 결국 폐쇄적인 경계선 내부에 갇혀 질식하는 것은 인간

자신일 수밖에 없다. 인간적인 사유와 감각을 넘어서, 비인간적인 것들과 소통하고 접속할 수 있는 사건의 시간을 준비해야 한다. 그러한 비인간의 세계를 인간의 언어로 부르고 열거하는 데는 한계가 있을 것이다. 이제는 몸으로 부딪히고 체감하는, 그럼으로써 인간과 비인간이 서로 영향을 주고 받는 감응의 사건 속에서 만나야 할 시점이 왔다. 사물들과 비로소 친해지기 위한 발걸음.

> 물리적 거리두기가 시작되고 난 후
> 부담 없이 사람들을 떠나 있을 수 있게 되었다
> 사물들과 친해지고 있다
> ― 김명철, 「기침소리」 부분(『창작과비평』, 2020년 여름호)

5. 존재론적 평형과 공존의 진실

대체 무슨 근거로 인간은 지구 지배를 정당하다고 자신했을까? 성서적 전승에 따르면 지배는 신으로부터 위임받았기에 가능한 일이었다. "하나님 이 노아와 그 아들들에게 복을 주시며 그들에게 이르시되 생육하고 번성하여 땅에 충만하라"(창세기 9장 1절). 만일 어느 철학자의 말처럼 기독교의 신이 인간 자신의 이미지를 반영한 인간학적 형상이라면, 이러한 인간적 가시성을 벗어나는 그 무엇도 악마적이고 괴물적이며 위험스러운 대상으로 나타나는 것은 자연스런 노릇이다. 정형定形을 벗어나는 무엇, 대상성에 의해 포착되지 않는 이형異形, 더 이상 쪼개질 수 없는in-dividual 개체성을 넘어서는 분산과 결합의 유동성은 온갖 비인간적인 것에 붙여진 부정적 속성들이다. 죽음 뒤에, 부활의 시간에 돌아오는 것은 오직 인간의 신이며 비인간적인 모든 것들은 사멸하고 애초에 존재하지도 않았던 것으로 치부될 것이다. 물론, 휴머니즘의 관점에서만 그럴 테지만. 만약 '휴먼'의 경계로부터 한 걸음 더 나간다면 어떤 사건이 벌어질까?

박테리아와 바이러스는
마침내 가장 두려운 신이 되었다

보이지 않는다는 이유 때문에
지나가는 곳마다 사람들이 툭툭 쓰러지는 위력 때문에
인간이 바람에 날리는 겨와 같은 존재라는 걸 보여주기 때문에

박테리아와 바이러스에게 마음이 있다는 증거는 없지만
가장 오래되고 가장 지적인 이 존재는
일찍이 영원불멸할 수 있는 비밀을 터득했다

무언가를 얻으려면 무언가를 버려야 해
우리가 포기한 것은 독립성,
대신 우리는 어떤 생물에도 깃들 수 있게 되었지
세상에 편재하게 되었지
억조창생의 역사는 그렇게 시작된 거야

그들이 지나갔을 법한 길목마다
흰 텐트가 들어서고 사람들은 줄을 서서 입을 벌리고
하루에도 몇 번씩 손을 씻으며 중얼거린다
괜찮겠지, 괜찮겠지, 괜찮겠지, 아무 일 없겠지

일제히 문을 닫은 예배당,

종일 검은 티브이에서 흘러나오는 재난방송을 설교보다
더 열심히 들으며 안식일을 보냈다

드라이브 스루로 고해성사,
자동차에 앉아 있는 동안 잠시 신이 스쳐 간 것 같기도 하다

이번 부활절에는
아무도 부활하지 않았다

부활절 계란에는 마스크 쓴 얼굴들이 그려졌고
집에는 바이러스 대신 먼지가 쌓여갔다
창문을 열면 먼지가 잠시 날아올랐다가 내려앉았다
천사의 잿빛 날개처럼
보일 듯 말 듯 희미하게, 그러나 자욱하게
　　　　— 나희덕, 「어떤 부활절」 전문(『문학과사회』, 2020년 여름호)

　　무척 흥미로운 시편이다. 보이지 않지만 전능한 신의 관념은 어쩌면
인간이 아니라 바이러스 같은 비인간적 존재로부터 연유한 게 아닐까?
'마음'은 인간의 것이라는 편견을 내려놓고 그 작용과 기능에 대해서만
이야기해 보자. 마음의 활동은 대상에 대한 인지와 분석, 해석과 종합을
통해 그 대상과 공통의 리듬을 형성하는 것이다. 지극히 휴머니즘적인
주제를 견인하는 타인에 대한 공감compassion은 실상 타인의 마음에 대한
동조와 동감, 리듬의 일치를 가리킨다. 그런데 바이러스도 비슷하게 움직이
지 않는가? 대상에 대한 결합 가능성을 탐색하는 것은 일종의 인지적 작용이
며, 분해(해석)와 결합으로 이루어지는 감염은 리듬의 공통 주파수를 형성하
는 과정이다. 예컨대, 우리가 독감에 걸리는 이유는 RNA나 DNA 바이러스가

숙주세포의 핵산과 결합하여 단백질 합성기구를 만들어 증식하기 때문이다. 만일 바이러스가 숙주세포와 '소통(인지와 해석)'하지 못한다면, 핵산결합을 통한 단백질 합성(결합과 감염)도 불가능할 것이기에 독감에 걸리지도 않을 것이다.

여기서 소통이란 바이러스와 세포의 상호인지를 통한 공감의 과정을 뜻한다. 서로 유사한 감수성을 교환하고 동조시킨다는 것은 공통의 리듬을 타고 있다는 말일 것이다. 이런 점들로부터 바이러스는 텍스트와 기호를 사용하는 인지적 존재로 규정될 만하며, 마음을 갖는 단위체라고도 할 수 있다.[16] 가장 단순하지만 그 무엇과도 소통 가능한 전지적 존재이자, 결합과 분열을 통해 끊임없이 무한 증식하는 전능한 존재인 바이러스. 인류의 오랜 염원이었던 '살아계신 주'의 형상이란 실상 이로부터 연원한 것이라 말해도 크게 어긋나지는 않으리라. 부활과 영원한 삶에 대한 인간적 염원은 자기 몸에 이미 내속하는, 하지만 비가시적으로 활동하는 저 바이러스적 힘에 감응한 무의식적 욕망은 아니었을까? '억조창생의 역사는 그렇게 시작된 거야.' 진정 신은 실존하는 무엇의 인간적 이미지임에 분명하리라. 다만 인간 자신의 외양이 아니라 내부에 실재하는 외부, 타자로서의 바이러스와 같은 것을 상상함으로써 태어났던 것.

팬데믹의 역사 속에서 바이러스와 박테리아는 항상 공포의 대상이었다. 그러나 분명히 짚고 넘어가야 할 점은, 바이러스와 박테리아의 실존 자체는 17세기에나 겨우 알려지기 시작했으며, 그 이전까지는 완전한 비가시적 지대에 머물러 있었다는 사실이다. 지금 21세기의 우리는 바이러스와 박테리아, 그 이상의 위협적 요인들을 잘 알고 있다. 심지어 그 요인들이 창궐하게 된 배경에는 인간 자신의 오류와 오인, 비뚤어진 욕망이 가로놓여 있음도 정확히 파악하고 있다. '세상에 편재하'고 있는 이 보이지 않는 위험은,

. . .
16. 김홍중, 「코로나19와 사회이론」, 167쪽.

거꾸로 말해 모든 것에 감응할 수 있는 그 능력을 우리가 제대로 인식하지 못한 데서 나온 결과라 할 수 있다. 전 지구적 순환을 통해 선주先住해 온 이 존재자들, '보일 듯 말 듯 희미하게, 그러나 자욱하게' 흩어져 있던 존재자들에 대해서는 완전히 무지한 채, 인간학의 경계 내부에 유폐되어 스스로를 닮은 형상과 그 역상逆像에만 길들여진 인류의 적나라한 자화상을 보라. '마스크를 쓴 얼굴들', 그것이 보이지 않는 신성 곧 바이러스와 박테리아에 대한 뒤집힌 초상화 아닌가?

  이제 무엇이 필요한가? 인간적 경계 너머에 대해 열려 있는 앎이 아닐까? 멀리 우주로 나아갈 것 없이, 오랜 미망 속에서 보지 못했던 가장 가까운 것들에 눈을 돌리고 귀를 기울이는 것. 자 그럼, 돌이란 무엇인가?

  산책길에 돌을 하나 주워 왔다

  수많은 돌 중에
  왜 하필 그 돌을 주머니에 넣었을까

  내가 돌을 보는 게 아니라
  돌이 나를 물끄러미 바라보고 있다고 느낄 때
  돌의 시선을 피하는 방식인지도 모르지

  특별할 것 없는 그 돌은
  비로소 나에게로 와서 돌이 되었다
  이름을 붙이거나 부르는 일 따위는 하지 않았다

  돌은 나의 바깥, 그러나
  차고 단단한 돌은 주머니 속에서 조금씩 미지근해졌다

얼마 전 바닷가에서 그 조약돌을 손에 들고 있었을 때 느꼈던 것이 더욱 선명하게 떠올랐다. 그것은 어떤 들쩍지근하고 메슥거리는 기분이었다. 얼마나 불쾌한 기분이던지! 그것은 그 조약돌 때문이었다. 틀림없다. 그 불쾌함은 조약돌에서 내 손으로 옮겨온 것이다. 그래, 그거다, 바로 그거야. 손안에서 느끼는 어떠한 구토증.

돌은 그곳에서 이곳으로 왔고
그곳의 냄새와 습기 또한 내 손을 통해 이곳으로 옮겨 왔다
— 나희덕, 「돌이란 무엇인가」 부분(『문학과사회』, 2020년 여름호)[17]

지나다가 무심코 돌을 줍는 행위, 이 얼마나 인간적인가! 우리는 아무렇지도 않게, 자기 마음대로 돌을 줍거나 버릴 수 있다. 마치 모든 것이 자신에게 허락되어 있다는 듯이. 하지만 '왜 하필'이라는 의문을 갖기 시작하면서 돌과 나의 관계는 일방성을 멈추고 상호성을 위한 단계로 진입해 들어간다. '나'라는 인간 주체의 위압적이고 위계적인 분석의 눈길이 아니라 '돌'이라는 객체이자 대상이, 수동적 사물이 거꾸로 '나를 물끄러미 바라보고 있다고 느낄 때' 벌어지는 사건. 그것은 존재론적 평형 같은 것일지 모른다. 한편이 다른 한편을 장악하고자 던지는 시선 대신, 서로가 서로를 회피하는 방식 속에 아마도 돌은 돌이 되지 않을 것이다. 내게 낯선 대상, 알려지지 않은 무엇으로서.

돌이란 무엇인가? 본질을 정의하는 대신 '나'는 돌을 돌로서 감촉하고 감지하려 든다. 명명과 호명은 필요하지 않다. 이름을 통해 인지하고 분석하려는 시도는 나–인간–주체의 경계 내부로 되돌아가는 방식으로서, 결국

• • •
17. 시인의 주석에 따르면 6연은 사르트르에게서 인용한 것이다.

인간인 나 자신을 아는 데만 필요한 자기 지시적 행위에 불과할 것이다. 그러니 쉽시리 부르고 손에 쥐는 행위를 벗어나 사물과 사물로서 서로의 감응을 끌어내야 할 터. 그 사물적 이물감을 과시하는 방식으로 손아귀에 들린 돌은 '조금씩 미지근해'지고, 마침내 물리적 열평형과 더불어 존재론적 평형마저 이루지 않을까? 하지만 이것은 동화, 나와 돌이, 서로 다른 존재자들이 구별 없이 똑같아지는 것을 뜻하지는 않을 것이다. 들뢰즈가 말했던가, 존재론적 평등은 차이를 지우는 게 아니라 모든 차이의 의미가 동등한 것이라고. 그러니 지워지지 않는 차이로서 돌은 모종의 '냄새와 습기'를 간직한 채 '불쾌감'의 감응으로 내게 남을 것이다. 그렇게 곁에 머무는 타자로서 함께 지속하는 것 자체가 이미 공존의 과제에 한발 다가서는 것일 게다. 그것이야말로 지구사적 진실이 아닐는지.

> 이물감과 구토증을 견디며
> 기다리고 있다
> 그것이 나의 돌이 아니라 그냥 돌이 될 때까지
> 나를 더 이상 바라보지 않을 때까지
> 그때까지만 곁에 두기로 한다
>   — 나희덕, 「돌이란 무엇인가」 부분(『문학과사회』, 2020년 여름호)

6. 팬-데모스, 도래하지 않은 시간의 다리

지구와 세계를 관통하여 비인간적 상상력의 지평을 여는 것, 인류세의 문턱에서 그것이 아무리 원대한 이상이라 해도 지금—여기를 구성하는 현재적 차원을 방기하는 빌미가 될 수는 없다. 코로나19의 전 세계적 확산은 의학적 치유와 공동체의 재건 노력, 파괴된 자연에 대한 복원의 기획 속에서 구체적으로 성찰되고 대처되어야 하는 현실이기 때문이다. 더불어 팬데믹을 신화적 재앙처럼 신비화시킴으로써 은폐하지 않기 위해서는 그 원인에 대한 명확한 규명과 조치가 수행되어야 한다. 이는 의료적이고 정치적인 범주에 국한된 문제가 아니다. 근대 사회와 국가, 자본주의의 경역 내에서 오직 권력과 화폐의 순환을 위해 내버려지고 훼손되었던 가치 및 삶의 현장들도 빠짐없이 돌보아져야 할 대상들이다. 이런 점에서 인류세가 진정 전환의 계기가 되려면 반국가주의와 반자본주의의 탈근대적 첨점을 발견하는 과제와 맞물리지 않을 수 없다.

미국 캘리포니아주에선 수만 번의 번개가 치며
한 달째 100여 곳으로 번진 산불이
대한민국 서울 면적의 20배를 태우고도
꺼지지 않고 있는데 기후변화 때문이란다

전 세계 산소의 20퍼센트를 생산해
지구의 허파라 불리는 브라질 아마존 밀림에서는
2019년 7만 건의 불이 올해 8월까지 10만 건의
산불로 이어지며 일 년째 타오르고 있는데
이 또한 기후변화 때문이란다

[…]

우기도 아닌 한반도에 세 번의 태풍이 연달아 오고
사스 신종플루 메르스 에볼라 …
코로나19가 창궐한 까닭도
기후위기 기후재난 기후변화 때문이라는데

너무들 한다
아마존 우림이 파괴되는 것이
다국적 식량자본과 소고기 문명을 위한 목축자본
그리고 다국적 광산업을 위해 무차별 개발을 밀어붙이는
브라질의 신종 독재자 보우소나루 때문이라고는 말하지 않고

너무들 한다
기후위기 기후재난의 원인이
전 세계 석유자본 산업자본의 무한 탐욕 때문이라는 것은
과잉생산 과잉소비를 부추기는 상품 문화 때문이라는 것은
자동차 문명 플라스틱 문명 때문이라는 것은, 그 잘난
개발과 발전의 신화 때문이라는 것은 말하지 않고

전 세계 0.1퍼센트 자본가의 무한한 독점과 축적
1세계 부르주아들의 무한한 안락과 풍요를 위한
약탈과 탐욕의 문명 때문이라는 것은 말하지 않는
교육도 언론도 문화도 정치도 너무하다
— 송경동, 「비대면의 세계」 부분(『창작과비평』, 2021년 봄호)

위기의 직접적인 원인이 무엇인지 우리가 모르지는 않는다. 오히려 너무 잘 알고 있을 것이다. 과대한 탄소배출과 지구온난화, 이를 인공적으로 부추겨온 산업발전과 인구 팽창 … 무엇보다도 이전과는 너무나 달라진 지구의 풍경들. 그 모든 것이 '기후위기, 기후재앙, 기후변화'로 인해 비롯되었음을 모르는 이는 없을 것이다. 하지만 우리의 시선과 언어, 의식을 온통 '기후'에 정박시켜 놓을 때, 그 배후에서 작용하는 근본 원인을 놓칠

수도 있다. 우리 자신과 은밀하게 연루된 진정한 재앙의 원인을. 그렇다. 인간에 의해 지질학적 연대기가 뒤틀리고 인공적인 변화와 급변으로 말미암아 초래된 재난. 요컨대 인류세가 초래한 반면의 역설로서 자본주의적 욕망이 그것이다. '하늘 전체를 주황색'으로 태우는 캘리포니아의 산불이 '서울 면적의 20배'를 휩쓸어버린다거나, 아마존 밀림의 지속적인 파괴와 축소로 인해 "지구의 허파"가 망가짐으로써 대기 속에서 질식사해버릴 위험이 닥치는 것, 계절의 순환을 망가뜨리며 '때에 맞지 않게unzeitgemäß' '태풍이 연달아 오고／사스 신종플루 메르스 에볼라'가 창궐하는 세계도 빼놓을 수 없다. 전 지구적 위기를 불러일으킨 자연적 배경 뒤에 엄존하는 너무나도 인간적인 원인들이 폭로되고 있다.

전 지구적 소통과 자연–인간, 인간–비인간의 상호 간섭 및 (불)연속성 속에서 야기되는 파국적 사태들을 인류세적 지평에서 사고하고 분석하는 것은 나쁘지 않다. 확실히, 인류세가 갖고 있는 결과의 양면에는 부정적인 것 못지않게 긍정적인 것도 있을 것이다. 하지만 인류세의 최종 결론을 차분히 기다릴 수 없다는 절박한 시점에 우리가 서 있다는 점도 기억해야 한다. 그것은 인류세의 다른 얼굴이 자본세라는 사실과 연관되는데, 역동적으로 자신을 개신하는 이 체제는 대량의 자원 낭비와 폐기물 산출을 대가로 삶의 물질적 터전을 영구히 파괴해버릴 주범으로 알려져 있기 때문이다.[18] 따라서 '인류세'라는 추상적인 유사–지질학적 개념에 현재의 위기를 둘러싼 모든 문제의 원인과 결과를 귀속시키는 것은 어리석을 뿐만 아니라 그릇된 것이다. 이 점에서 이토록 유례없는 행성적 사태의 중핵에는 우리, 곧 자본주의 시대를 살아가는 인간 자신의 욕망이 똬리를 틀고 있음을 또렷이 지적해야만 한다.

• • •

18. 존 벨라미 포스터, 『생태계의 파괴자 자본주의』, 추선영 옮김, 책갈피, 2003, 123~125쪽.

이 모든 종말과 파멸의 주범은

[…]

사스도 메르스도 에볼라도 코로나19도 아닌

진실과 오랫동안 비대면해온

인간 그 스스로이다

우리가 끝내 우리의 유한한 삶과

무한한 세계에 대한 무한한 무지에 대해

인정하지 않는 한 도미노처럼 쓰러져가는

세계의 재난은 끊이지 않을 것이며

파국은 멈추지 않을 것이다
— 송경동, 「비대면의 세계」 부분(『창작과비평』, 2021년 봄호)

스피노자는 원인에 대한 앎이야말로 사태의 진리를 깨닫는 유일하고 정확한 방법이라 말했다. 아닐 리 없다. 그럼 파국의 근본 원인으로서 인간은 무엇을 해야 할까? 문득 지난 이십 년 가까이 지식사회의 담론을 주도했던 '파국론'을 떠올려 그 답변의 실마리를 유추해 본다. 파국이란 문명이 성가를 이루는 동안, 정치와 경제, 사회와 문화, 예술, 종교, 산업의 모든 측면에서 자신도 자멸적인 상황을 스스로 조성한 근대 인류의 현 상황을 가리키는 말이다. 이미 모든 것이 틀어졌기에 마치 게임의 주인공이 그러하듯, '리셋' 버튼을 누르는 것 외에는 선택지가 남아 있지 않은 상황. 그 누구의 의지나 의도, 노력에 의해서도 회피할 수 없는 재난적 사태 속에서, 혹자는 그렇게 완파完破의 도착적 쾌락에 젖기도 했고, 혹자는 새로운 주체성과 인간성의 구축을 가늠하기도 했다. 그 같은 종말의 사상을 지금 평가하고 논의할 수는 없지만, 그 부수적 효과로서 인간 자신에 대한 의문과 성찰, 그리고 비인간적인 모든 것들에 대한 각성은 지금 우리의 논제와 연관시켜 생각해 볼 필요가 있다. 급작스레 인류세라는 시대 속에 살게 된 우리 역시 '이미 늦었다'는 위기의식을 공유하며, 또 비인간 존재자들과의 공-동적 행위를 통해 미-래를 전망해야 하는 까닭이다.

그것은 하나의 예감이며, 또 예감일 수밖에 없다. 팬데믹의 도래와 더불어 우리는 인류세라는 학자들의 담론을 주삿바늘에 찔리듯이 절감하게 되었고, 신전 밖 어디서든 출몰하는 '낯선 신'과 함께 살아가게 되었기 때문이다. 보이지 않고 들리지 않는 세계와 지구의 거대한 전환을 통해 어느새 우리 자신조차 이전과는 다른 존재로 변형되고 있을 것이다. 변화라는 주사위가 던져졌을 때, 그 결과는 우리에게 아직 알려지지 않았으므로, 섣불리 디스토피아의 절망이나 유토피아의 희망에 빠질 이유는 없다. 미-래는 언제나 예측할 수 없이 갑작스레 도착했고, 결코 한 번도 정시에 그 모습을 드러낸 적이 없었다. 이토록 불가해한 시대, 절멸과 이행이 혼돈스러운 이 시대가 어디로 흐를지는 그저 감각을 날카롭게 벼려냄으로써 막연하나마 예감해 볼 수밖에 없는 것이다. 인류세를 논의하면서도 동시에 인류세 이후를 넘보고, 인류세를 다 살아보기도 전에 인류세 이후를 살기 시작하는 몸짓으로서, 우리는 감수성의 여린 촉수를 벼리고 또 벼려야 할 것이다.

> 검은 바다에 표류하는 하얀 베개들,
> 세상이 온통 병동이니까요
> 하얀 방역복을 입은 의사들,
> 마스크와 마스크로 대화하는 마스크,
> 묵시록을 가득 실은 트럭이 다리 앞에 줄 서 있고
> 도시 곳곳엔 해파리를 닮은 괴물이 일렁거리며 나타난다
> 폐가 금세 하얗게 불타버렸어요, 재가 되었어요
> 이탈리아의 성모마리아상도
> 리우데자네이루의 예수님상도

소녀상도 하얀 마스크를 쓰고 있어요

세계는 다 함께 비참과 진혼의 다리를 건너간다
관뚜껑으로 뗏목을 타고 간다
필사적으로 찢어지는 세계를 막아서며
들들들 들들들 이를 갈듯 재봉틀 돌아가는 소리
검은 탄식을 울리며
시신을 담은 냉동차가 다리 앞에 서 있는데

천사들이 외출하고 외출하고 돌아오지 않는다
술을 뿌려라 꽃도 뿌려라
중력에 휘어잡혀 끌려가는 무겁고 캄캄한 몸
인류의 어느 사과밭에선 지금도 맹렬하게 사과가 자라고 있으리라

홍로, 홍옥, 국광, 후지(부사), 아오리, 미야비, 감홍, 추광, 홍월, 슈퍼홍로,
홍로와 추광의 교배로 만든 선홍, 후지와 쓰가루를 교배한 시나노스위트,
방울사과 메이플, 스칼릿서프라이즈, 파이어크래커, 골드러시, 알프스오토
메, 아칸서스블랙, 서머킹, 백설공주 독사과, 꽃사과 제네바, 스칼릿센티널,
미안마후지, 로얄부사, 후지와 세계일을 교배하여 화홍, 자홍, 후브락스,
갈라, 레드딜리셔스, 프르미에루주, 멜로즈, 핑크레이디, 로얄갈라, 조나레
드 … 그리고 아직도 꿈속에서 만나는 이름 모르는 사과들

지금은 봄의 초순, 사과는 이제 시작이다, 진혼의 다리를 건너가는 봄에
나는 빨간 사과의 이름을 부른다, 어느 산비탈 아래 이름 모르는 밭에서
아직도 맹렬하게 자라고 있을 이름 모르는 빨간 사과에 이름 모르는 사랑을
걸고 싶다

— 이승희, 「진혼의 다리를 건너는 봄에 빨간 사과의 이름을 부르다」

전문(『문학동네』, 2020년 가을호)

　필시 우리들의 이 세계는 '비참과 진혼의 다리'를 건너는 중일 게다. 이미 다 지나왔는지, 아직 중간에 불과한지, 혹은 시작도 하지 않은 것인지는 알 수 없다. 또한, 이 다리가 과연 '선악의 저편'에 이르는 길인지, 도중에 끊어질 것인지, '이편'으로 되돌아오는 반환점으로 밝혀질 것인지도 아직은 알 수 없다. 그럼에도, '마스크'로 상징되는 이 세계의 종말은 다만 지나간 인간의 종언이요, 그/녀들을 닮았던 신들의 황혼이자 인류가 경작하던 논과 밭의 폐허라는 사실은 분명하다. 슬퍼할 필요는 없다. 우리에게 알려진 시간, 익숙한 세계의 끝은 알려지지 않은 시간과 낯선 세계의 시작과 맞붙어 있을 것이다. 새로운, 혹은 그저 비인간이라 불러야 할 낯선 시공간의 존재는 벌써 이 다리를 건너고 있을지 모른다. 이 존재론적 전환의 순간에는 인간조차 인간이 아니며 비인간도 비인간이라는 이름에 갇히지 않을 것이다. 판–데모스, 모든 존재자들의 시간이 언제 어떻게 열리게 될지 우리는 아직 모른다.

　돌보지 않아서 버려진 것인지, 그저 스스로 비옥해진 것인지 '어느 산비탈 아래 이름 모르는 밭에는' 씨뿌린 이가 누구인지 모른 채 남몰래 익어가는 사과도 있으리라. 거기에 '이름 모르는 사랑'이 걸려 있다지만, 이 '비참과 진혼의 다리'를 마저 건너지 못한다면 우리가 그 사랑을 불러볼 기회는 영영 사라질 것이다.

다시, 시적인 것의 가능성을 위하여
루카치와 바흐친을 넘어서

1. 루카치와 시적인 것의 종언

　문학을 공부하는 사람들이 가장 많이 들어본 말 가운데 하나는 '소설은 근대의 서사시'라는 헤겔의 언명일 듯싶다. 20세기 서구뿐만 아니라 한국의 문학 이론과 비평에서 가장 큰 위세를 떨쳤던 헝가리의 미학자 지외르지 루카치György Lukács(1885~1971)를 통해 널리 유포된 이 언명은 근대문학의 이미지 전체를 조형하는 데 결정적인 기여를 했다. 그에 따르면 고대 그리스 시대에 공동체의 정신적 이상理想을 표방했던 서사시는 중세를 경유하면서 이전의 존재가치를 상실해버렸고, 시민적 평범성이 지배하는 근대에 이르러 소설이 그 자리를 차지해버렸다는 것이다. 이른바 '부르주아의 서사시'로서 소설은 고대적 총체성의 근대적 상관물이라 할 만하다. 낭만주의 이래 최고의 예술적 형식으로 등극한 소설은 근대인에게 시대와 정신을 투영하는 미학적 표현물로 간주되었고, 이로부터 우리가 '근대문학'이라 부르는 문학 사적 궤적이 형성되었다. 괴테로부터 발자크와 플로베르, 도스토옙스키와 톨스토이를 아우르는 19세기 서구 문학, 무엇보다도 근대 소설사가 그것이다. 루카치가 소설이야말로 근대의 형이상학이라 단언했던 것은 고대의 서사시에 비견할 만한 근대인의 정신적 형식을 바로 이 장르에서 엿보았던 까닭이다.[1]

확실히 헤겔은 『미학』 제3부에서 '현대적 예술'로서 소설을 '근대의 시민적 서사시'라 명명한 바 있다.[2] 하지만 1820년을 전후해 베를린대학에서 미학을 강의하던 헤겔은 '소설Roman'과 '이야기Erzählung'의 의미론적 구분에 대해 뚜렷한 입장을 갖지 못한 상태였다. 그래서 마지막 강의록인 1826년도 판본에 이르러서야 소설에 '근대의 시민적 서사시'라는 꼬리표를 붙이는 정도였다. 세간의 오해와 달리, 그의 『미학』은 소설을 주요한 예술형식으로 거의 다루지 않았으며, 언급했다 쳐도 간결하고 짤막한 촌평만을 덧붙였을 따름이다. 이유는 간단하다. 헤겔 자신은 낭만주의 시대를 살던 철학자였고, 그의 눈에 비친 동시대의 가장 '현대적' 예술은 낭만주의 시였다. 우리가 지금 알고 있는 소설이라는 장르의 본격적인 형태는 그 당시 아직 소수의 작품들을 통해서만 정립되던 중이었으며, 헤겔은 이렇게 새로이 움트는 낯선 장르의 운명에 대해 분명한 확신을 갖지 못했던 것이다. 그는 시적인 것을 인류 예술사에 나타난 고도의 정신성 속에 규정지었고, 호메로스의 『일리아스』나 『오딧세이아』와 같은 고대의 서사시들은 그러한 정신의 총체성을 표현하는 자족적인 작품들이라 판단했다. 반면 일상을 시시콜콜하게 묘사하는 산문은 저급한 추상성을 표현하는 장르에 지나지 않았고, 근대 시민계급이 이런 장르에 몰두한다는 사실은 상당히 우려스러운 현상이었다. 그러나 결국 그는 '옳은' 선택을 한 셈인데, 산문의 우세종이었던 소설을 고대적 총체성의 후예로 승인했기 때문이다. 이즈음 근대문학의 주종이 시에서 소설로 옮겨간 경과는 우리가

* * *

1. 게오르크 루카치, 『소설의 이론』(1916), 김경식 옮김, 문예출판사, 2007.
2. Georg W. F. Hegel, *Vorlesungen über die Ästhetik III*, Frankfurt am Main, 1970, p. 392.

익히 알고 있거니와, 시적인 것의 명맥도 그로써 사상사적 근거를 소실해버리고 만다.

루카치는 헤겔의 관점을 더욱 밀어붙였다. 여기저기서 『미학』의 명구를 인용하며 이제 시의 시대는 가고 소설이 '우리 시대'의 서사시로서 인류의 정신을 인도하리라 천명했다. 하지만 이 골수 맑스주의 미학자의 소설 사랑은 단지 개인적 편애에서 비롯된 것만은 아니었다. 모든 것을 상품으로 바꾸는 근대 자본주의의 요지경은 더 이상 고고한 정신의 고지高地로부터 세상을 바라보고 끌어안을 수 없게 만들었으며, 이렇게 복잡다단해진 세계상을 기술할 수 있는 형식은 '지상에 발을 붙인' 산문밖에 없었다. 그렇게 본다면 소설과 시의 문제는 예술형식에 대한 개별적 취향에 머물지 않는다. 역사철학적 세계관으로부터 도출된 사상사의 귀결로서 소설은 시보다 우월한 형식으로 제기되었던 것이다. 비록 루카치는 시적인 것에 대한 향수와 이상을 갖고 있었으나, 근대의 지평에서 시는 시대의 흐름에 뒤처진 형식이었고 과거지향적인 반동에 가까운 것이었다.[3] 인간과 역사를 서사화할 수 없는 형식은 더 이상 미적 가치를 주장할 수 없다고 믿었기 때문이다.

2. 바흐친은 '시학의 학살자'인가?

독일 관념론의 엄중한 사유와 현학적 문체, 강인한 남성적 세계관으로 중무장했던 루카치의 맞수로, 흔히 러시아의 사상가였던 미하일 바흐친 Mikhail Bakhtin(1895~1975)이 거론되어 왔다. 전자가 헤겔로부터 맑스로 이어지는 고전적 실천철학의 영향 아래 괴테와 쉴러, 토마스 만을 아우르는

. . .
3. 게오르크 루카치, 『리얼리즘 문학의 실제 비평』, 반성완 외 옮김, 까치, 1987, 290~292쪽.

정통 서사문학의 옹호자라면, 후자는 청년기의 신칸트주의적 경향을 제외한다면 따로 특별히 모시는 '사부'가 없을 뿐만 아니라 고대의 잡스러운 이야기 장르로부터 중세의 로망스, 근대의 온갖 서사문학들을 포괄하는 대범함을 보여주었다. 바흐친이 주된 관심을 쏟은 문인으로 프랑수아 라블레와 괴테, 도스토옙스키가 있긴 하지만, 그는 이들을 문학적 전범이라기보다 특이적인 사례들로 다루었기에 루카치와 다르다. 무엇보다도, 루카치가 교양소설Bildungsroman을 문학사의 찬란한 기념비로 추켜세워 20세기 사회주의 리얼리즘의 모델을 제시했다면, 바흐친은 그런 기념비 건립사업에는 별다른 관심을 보이지 않았다. 어쩌면 문학적 귀족주의와 민중성이 두 사람 사이의 현저한 차이라고 불러도 좋을 성싶다. 물론, '귀족'과 '민중'이라는 언표로부터 루카치와 바흐친 사이에 정치적 입장 차를 설정할 필요는 없다. 어느 쪽이든 '탁월한' 문학을 예술과 미학의 준거로 삼았던 것은 공통적이었으니까. 문제는 그러한 문학적 '탁월함'이 어떤 것인가에 있을 법하다.

흥미롭게도, 시가 시대착오적이며 퇴행적인 장르라는 루카치의 생각에 확정의 쐐기를 박은 것은 그의 안타고니스트였던 바흐친이었다. 소설의 열렬한 옹호자였던 바흐친은 1941년에 작성한 글 「서사시와 소설Epos i roman」에서 시와 소설을 대비시키며, 전자가 오래된 시대의 낡은 감각적 형식인 반면 후자는 새로운 시대를 열고 개화시키는 강력한 힘이라 주장했다. 많은 점에서 서로 대비되던 20세기 문학 이론의 두 대가는, 놀랍게도 시와 소설의 장르적 판단에 있어서는 엇비슷한 결론에 도달했던 것이다. 나 역시 문학 연구자나 비평가, 소설가와 시인들과 함께 하는 세미나에서 이런 도식을 종종 언급하는 경우를 목격하곤 했는데, 그들에게 바흐친은 '시학詩學의 학살자'로 간주되는 형편이었다. 루카치가 소설을 '근대의 서사시'라고 불렀던 점에서 그는 시적인 것의 가능성을 남겨두었던 데 반해, 바흐친은 오직 소설에만 문학의 미래를 허락함으로써 도래할 시간 속에 시를 위한 자리를 완전히 지워버렸다는 것이다. 정말 그럴까? 바흐친은 과연 시의 적대자였고, 시의 가능성을 우리 시대로부터 완전히 삭제해버린 '원흉'이었던 걸까?

우선 짚어내야 할 점은, 바흐친에게 소설과 대비되는 시 장르는 서정시 lyric가 아니라 서사시epic였다는 사실이다. 주관적이고 개인적인 정서를 노래하는 서정시와 달리 서사시는 집단의 행위와 공적, 운명에 관한 노래를 가리키는데, 그 뿌리에는 헤겔로 대표되는 근대 낭만주의 시학 사상이 놓여 있다. 시문학의 기원으로서 그리스는 서정적인 것보다 서사 적인 것이 본래적인 예술형식으로 싹터 올랐던 무대였다. 우리가 문학 교과서에서 「황조가黃鳥歌」에 대해 주위들은 지식마냥, 시에는 서정과 서사의 두 종류가 있고 이는 개인과 집단이라는 두 종류 화자의 차이에 따른 구분이란 설명은 너무나 단순한 것이다. 그리스 시학에 따르면 시는 다만 서사적인 것일 수밖에 없는데, 그 원천이 공동체와 개인 사이의 일체감에 놓여 있기 때문이다.[4] 집단과 자신이 행복하게 하나로 통일되어 있을 때 개인이 부르는 노래는 그 자신의 것이 아니라 집단의 것이며, 여기에 '나'라는 일인칭 주관의 자리는 생겨날 수 없다. 이 상황에서 '자기 자신'이라는 개별성은 의식될 수 없는 낯선 감각이며, 개인은 전체 속에서 세계와 마주하고 전체를 통해서만 자기를 영위한다. '총체성 Totalität'이라는 수수께끼와 같은 단어는 바로 그와 같은 전일적全一的인 일치감에 다름 아니다. 서사시는 그렇게 고양된 집단적 세계감각의 언어 적 발출이라 할 수 있다.

• • •

4. 개인의 의미가 부재하던 시대에 온전한 서정시가 성립할 리가 없다는 점에서 그리스는 서사시의 시대였고, 그런 서사시의 종말은 곧 시의 종언과 다르지 않다. 따라서 바흐친이 '시의 학살자'라는 비판은, 적어도 원론적으로는 크게 틀린 말이 아니다.

3. 서사시와 소설, 혹은 지나간 것과 다가올 것

문제는 그와 같은 서사시적 총체성을 규정지은 주체가 고대 그리스인이 아니라 근대인들, 낭만주의자들이었다는 데 있다. 아마도 그리스인들은 자신들이 읊조리는 서사시가 총체적이라는 사실조차 깨닫지 못했으리라. 그럴 필요가 없는 탓이다. 행복이 이미 현세에, 자기 삶에 도착해 있는데 왜 행복에 관해 생각하고 떠들겠는가? 오직 총체성이 파괴된 시점에서, 더 이상 이 세계에 총체성 같은 것은 없노라 단언하게 된 시대에만 총체성은 떠올려지고 회구된다. 온 세상의 언어가 원래 하나로 통일되어 있었음을 지각하는 계기가 오직 '바벨 이후'에야 왔던 것처럼. 그러므로 총체성을 운위할 수 있는 시절은 이미 총체성이 상실된 시대일 따름이며, 거대한 분리의 감각을 사이에 둔 별개의 시공간들이 거기 남아 있을 수밖에. 근대 낭만주의자들이 그리스 시문학을 바라보고 총평했던 언덕은 이미 그리스적이지 않으며, 총체성의 낡은 파편조차 찾아볼 수 없이 모래알만 쌓인 해변이었다. 근대 문화는 고대의 영원한 이상을 상실한 불모지나 마찬가지였다.[5] 노발리스와 횔덜린과 더불어 헤겔은 바로 그 언덕에 서 있었으며, 사정은 루카치나 바흐친에게도 크게 다르지 않았다. 근대의 지평 위에서 고대 그리스는 총체성이라는 행복한 합일이 흐릿한 잔상처럼 내비치는 '저 너머'의 환상이었던 셈이다.

서사시가 형상화하는 공간은 완벽한 이상의 저편, 절대 극복할 수 없는 시간 너머의 장소라 할 수 있다. 그것은 과거지만 돌아갈 수 없는 과거, 설령 타임머신이 발명되어 시간여행의 타이머를 돌려본다 해도 결코 회복될 수 없는 초월적인 '저 너머'의 시공간이다.

• • •

5. 프레더릭 바이저, 『낭만주의의 명령, 세계를 낭만화하라』, 김주휘 옮김, 그린비, 2011, 52~53쪽.

모든 다음 시대들과 절연되어 있다는 바로 그 이유 때문에 서사시적 과거는 절대적이며 완전하다. 그것은 하나의 원처럼 닫혀 있으며, 그 안의 모든 것은 완성되었고 이미 종결된 상태다. 서사시적인 세계 속에는 어떠한 미완결성, 미해결, 불확정성도 자리를 차지할 수 없다. 그 안에는 우리가 미래를 내다볼 수 있는 구멍들이 전혀 없다. 그것은 그 자체로 충분하며 어떠한 연속도 가정하지 않거니와 그것을 필요로 하지도 않는다. […] 절대적인 완결성과 폐쇄성이야말로 시간적으로 가치 평가된 서사시적 과거의 뚜렷한 특징이다.[6]

신과 군주, 영웅이 자기들의 업적을 이룩하는 세계는 숭고하고 장엄하다. 민족이 부흥하고 국가를 건설하여 하나의 민족, 하나의 공동체를 이룩하는 장면은 장려하고 거룩하다. 그것은 격하되거나 상대화될 수 없는 존엄한 가치들로 가득 차 있다. 완결되고 폐쇄된 자족성의 세계는 그러한 과거에 존재했다는 것. 만일 거기에 시문학이라는 예술이 싹터 올라왔다면, 그것은 이러한 광대무변한 위업의 세계를 찬양하고 선양하는 일밖에 할 수 없으리라. 그 어떤 개인도 구별하지 않은 채 오직 신화적 영웅의 풍모 속에 민족 전체의 표정을 깃들게 하고 융화시켜버릴 절대적 시간의 마법이 서사시 속에서 펼쳐진다. 아름다운 것은 영원하라는 파우스트적 주문이 실현되는 이상향이 바로 서사시적 과거의 세계에 다름 아니다.

그렇다면 소설은 어떻게 다른가? 바흐친이 제시하는, 소설에 관한 가장 유명하고도 '이상한' 정의를 함께 읽어보자.

소설은 단지 여러 장르들 중의 한 장르에 불과한 것이 아니다. 오래전에

• • •
6. 미하일 바흐친, 「서사시와 장편소설」, 『장편소설과 민중언어』, 전승희 외 옮김, 창작과비평사, 1988, 33쪽. 이하 본문에서 괄호 속에 쪽수만 표시한다. 원문은 Mikhail Bakhtin, "Epos i roman," *Voprosy literatury i estetiki*, M., 1975, pp. 447~483을 보라.

완성되었고 부분적으로는 이미 소멸한 장르들 사이에서 소설만이 유일하게 생성하고 있는 장르다. 소설은 세계사의 새로운 시대[근대]에 들어와서 태어나고 양육되었던 유일한 장르기 때문에 그 시대와 깊은 유대를 맺고 있다. [고정된 형식으로서 다른 장르들에 비해] 소설은 이질적인 종種에서 나온 창조물처럼 보인다. 소설은 다른 장르들과 사이가 좋지 못하다. 소설은 문학 내에서 주도권을 잡기 위해 싸우는데, 소설이 우세한 곳에서는 보다 오래된 다른 장르들은 쇠퇴하고 만다.(19)

바흐친에게 소설은 근대 문예학의 한 제도가 아니다. 이른바 '문학의 5대 장르'라는 제도, 즉 시나 희곡, 평론, 수필과 나란히 성립한 글쓰기의 한 종류가 아니라는 뜻이다. 오히려 소설은 근대에 접어들며 등장한 '유일한 장르'이자 기존의 글쓰기 관습과는 다른 '무엇'이다. 소설은 다른 장르들과 함께 1/n의 지분만큼 문학사를 분배하려 들지 않으며, 다른 장르들과 갈등을 빚어 싸우고 그것들을 잡아먹어 모든 것을 소설의 영토 속에 집어삼키려 든다. 나아가 소설은 소설이라는 장르의 자기규정조차 거부한다는 점에서 정녕 기이한 장르가 아닐 수 없다. 흡사 괴물적 생명체에 비견할 만한 이런 특징은 바흐친의 소설이 실상 우리가 아는 '그 소설'이 아닐뿐더러, 어떤 식으로도 규정될 수 없는 타자성의 운동 자체라 간주할 근거를 암시한다.

4. '소설의 승리'라는 풍문의 진상

소설에 대한 이토록 이상한 정의는, 바흐친이 소설을 서사시처럼 이념성이나 형식성이 아니라 현행성actuality의 힘으로 바라보기 때문이다. 앞서 우리는 서사시적 시간이 절대적 과거에 정박해 있는 초월적 공간성이며, 따라서 시간의 '이편'에 있는 근대인들이 도달할 수 없는 플라톤적 이데아로 표상된다는 점을 살펴보았다. 서사시에 나타난 시간은 영원한 과거이자 절대적 영원이기에 '저편'에 속한 질서이자, 오로지 숭배만 할 수 있는 이념적 대상이다. 거기에는 어떠한 새로운 것도 발생할 수 없다. 관건은 바로 이 새로운 것의 발생, 곧 생성의 차원에 놓여 있다. 주의하자. 시와 소설의 차이는 이 두 장르가 갖는 이념이나 형식이 아니라, 양자를 가로지르는 사건화의 잠재성에 달려 있다. 시간을 절대화하여 이편의 주체로서는 넘볼 수 없는 절대적 공간에 가두어 둘 것인지, 혹은 주체와 상호작용하여 임의의 방향으로 흐르도록 자극하고 촉발할 것인지, 여기에 시와 소설의 근본적인 문제의식이 가로놓여 있는 것이다.

> 한 사건을 자기 자신 및 동시대인들이 속한 것과 동일한 시간, 동일한 가치의 차원에서 묘사하는 것(따라서 한 사건은 개인적인 경험과 사상에 기초한다)은 근본적인 혁명을 시도하는 것이며, 서사시의 세계로부터 벗어나 소설의 세계로 나아가는 것이다.(30)

시간의 동시성은 서사시든 소설이든 해당 장르가 놓인 시간이 주체가 서 있는 시간과 내재적으로 연결되어 있으며, 따라서 사건적 상호작용의 가능성에 노출되어 있음을 함축한다. 신과 영웅, 민족과 국가적 위업에 의해 절대화된 시간의 거리는 상대화되고, 그것을 바라보는 주체에 의해 상대화될 수 있는 접촉의 지평에 열려 있다. 그래서 주체는 자신의 말을 서사시에 던지고 보태고 변형시킬 여지마저 손에 쥐게 된다. 제아무리 존엄하고 지고한 존재임을 자처한다 해도 현재의 관점에서 모든 변용과 변화가 허락되어 있는 것이다. 모든 말은 흐르고 넘치고 경유하며 합쳐지고 분산되는 과정 속에 놓인다. 소설의 평면 위에서 금지되는 것은 오직 금지 그 자체일 뿐이다. 그리하여 라블레의 주인공이 가보았다는 '저세상'에는 아킬레우스가 염색업자가 되어 있고, 오디세우스는 풀베기 일꾼으로 고역을 치르는가 하면, 헥토르는 주방에서 잔심부름이나 하는 신세가 된다. 모든 것이 상대화되고 탈관脫冠되는 아나키적 사건을 감히 '소설적'이라 부를 만하다.

당연하게도, 기상천외한 상상력이나 소재의 엽기성만이 소설의 흥미와 승리를 보장하지는 않는다. 바흐친이 소설에서 본 것은, 익숙하고 자명하다고 여겨진 세상의 질서를 교란시키는 말들의 준동, 말들의 혼류, 말들의 자유로운 결합과 분열의 사건이었다. 반면, 그가 서사시에서 보았던 것은 정체된 흐름 속에 갇힌 말, 결박된 말의 운동, 더 이상 결합하지도 분열하지도 않는 박제화된 말의 화석이었던 것이다. 사건은 주체가 대상에 대해 거리감을 갖지 않을 때, 그래서 대상에 대한 공포와 경외를 넘어서 그것을 우습게 여기고 건드리며 제멋대로 변형시켜 놓을 때 발생한다. 그러므로 주체가 절대화된 시간을 건너뛰어 동시대의 수평선 위에서 대상을 다루는 태도야말로 사건화의 가장 중요한 첨점尖點이라 할 수 있다. 벤야민식으로 말해, 지금—시간Jetztzeit으로서의 현재는 이와 같은 태도가 작동하는 자유의 지평일 것이다.

모든 사건, 모든 현상, 모든 사물, 모든 예술적 재현의 대상은 연속적이고 종결되지 않은 '현재'의 접근을 거부하는 경계선으로 울타리가 처진 서사시적인 '절대적 과거'의 세계에 있을 때 그것들이 지녔던 본질적 완결성과 단호한 확정성 및 불변성을 상실한다. 현재와 접촉함으로써 대상은 형성 중인 세계의 불완전한 과정으로 유인되며, 미완결성의 낙인이 찍히게 된다. 대상이 우리로부터 시간상으로 아무리 멀리 떨어져 있다고 해도 그것은 우리의 불완전한 현재가 겪는 연속적인 시간적 변천에 연결되어 있으며, 준비되지 않은 우리의 상태, 우리의 현재와 관계를 발전시킨다. 그동안 우리의 현재는 또한 미완성의 미래로 나아간다. […] [예술적 형상으로서] 그것은 작가와 독자, 곧 우리가 친밀하게 관여하고 있는 현재의 유동적

삶 속에서 운동하고 있는 사건과의 관계를 획득한다.(50)

　결국 바흐친이 강조하는 소설의 힘이란 그것이 제도적으로 실정성을 획득한 형식, 즉 '문학의 5대 장르' 같은 데 있지 않으며, 헤겔과 루카치가 강조했던 것처럼 근대 시민사회의 일상성을 묘파하여 시적으로 상승시키는 이념적 거중기에 있는 것도 아니다. 소설이 문학 일반과 동치되며 우리 시대의 예술형식으로서 부각되는 까닭은, 그것이 작가에게도 독자에게도 공통적으로 발을 딛고 설 수 있는 현재라는 접촉의 평면에서 생장하는 글쓰기이기 때문이다. 말할 줄 알고, 생각과 욕망을 문자로 표명하고 또 읽어낼 수 있는 누구에게도 열린 문학의 지평에 소설이, 더 정확히 말해서 '소설적인 것'이 있다.

　하이데거식으로 말해, 소설은 지금─여기의 현행성 위에서 아무나에게 아무나라도 접근할 수 있는 무차별적으로 개방된 '손 안의' 영토이자 사물이다. 가령 누구나 일생에 한 번이라도 무엇인가 자기에 관해 쓰고자 한다면 그것은 당장 소설이라는 이름으로 불리길 원하지 않는가? 그래서 작가들을 찾아다니며 자신의 이야기를 기꺼이 들려주고 소설로 써달라고 요구하지 않는가? 어디선가 거짓말이 들리는 듯하면 '소설을 쓴다'고 비꼬며, 이야기가 만들어지는 어떤 영역에서든, 그것이 정치든 경제든 사회든, 혹은 그 어떤 무엇이든 '소설'이라는 이름을 갖다 붙이곤 한다. 아무에게나 아무것이든 아무렇게나 펼쳐져 있는 말의 세계, 소설의 영토란 바로 이렇게 울타리 없는 담론의 장이 아닐까? 도구를 넘어서는 도구, 도구의 주체를 변화시키는 도구 이상의 도구. 그것을 여전히 '소설'이라 불러도 좋을까? '소설적인 것'은, 그렇게 소설을 넘어서는 어떤 힘이나 능력을 부르는 표현이 아닐까? '시학의 학살자' 바흐친이 시 아닌 소설의 손을 들어주었다는 풍문의 진상은 바로 이것이다.

5. 시적인 것과 소설적인 것, 또는 하나이자 여럿으로

결론만 따진다면, 서사시는 과거에 끝장을 보았고 소설만이 미래로 열린 형식이라는 바흐친의 입장은 분명 반反시학적이다. 여기에 헤겔-루카치적 역사철학의 잔상을 겹쳐 본다면 근대문학의 주류에 왜 소설이 올라섰는지 쉽게 이해할 만하다. 오늘날 문단에서 시인이 얼마나 많이 있고 활동 중인지 와는 무관하게 시는 이미 '죽은 형식'으로 치부될 법도 하다. 실제로 이런 결론의 연장선에서 전통적인 시학poetics 대신 이제 산문학prosaics이라는 명명만이 문학에서 가능하리라는 예견이 떠돌기도 했다.[7] 정말로 시는 종언을 고한 것일까? 한 걸음 물러서 생각해 본다면, 모든 문학적인 것의 종언을 남발하는 이 시대에 도대체 시가 죽었는지 살았는지, 소설은 아직 살아 있는지 혹은 곧 죽게 되었는지 따져보는 것조차 무용하게 여겨질 수 있다. 더구나 문학 이론을 되새김질하는 것조차 무색해진 이 불모의 시대에 지난 세기의 이론가들이 내세웠던 시의 종말론을 진지하게 받아들이 는 것도 새삼스럽지는 않다. 그러나 루카치와 바흐친의 통찰 또한 인류가 '문학'이라 부른 것의 오랜 역사를 반추하고 또 그들 당대에 활발하게 생장하는 현장의 작품들을 성찰한 결과였으니 완전히 무시해버리기도 곤란 할 성싶다.

어쩌면 관건은 시나 소설, 그중의 하나를 선별하는 이분법 자체에 있을지 모른다. 바흐친 자신도 밝혔듯, 글쓰기의 현재적 힘으로서 소설은 고대 호메로스의 시대부터 지금에 이르기까지 유구한 역사를 살아왔으나 단 한 번도 동일한 형식 속에 고착된 적이 없다. 고대와 중세의 이야기 장르들은 시대와 지역에 따라 완전히 상이한 형태들로 분기해 나갔고, 근대의 소설

• • •

7. Gary Saul Morson & Caryl Emerson, *Mikhail Bakhtin: Creation of a Prosaics*, Stanford University Press, 1990.

또한 각자마다 서로 다른 방식으로 만들어지고 유통되었던 것이다. 실상 그는 '소설'이라는 이름 속에 그때껏 존재하던 모든 글쓰기 양식을 '잡탕'처럼 버무려서 일컬었을 뿐, 소설의 소재나 형식, 구조에 관한 '소설학 원론' 같은 규범화를 시도하지 않았다. 소설은 규범을 갖지 않은 '규범 바깥의 규범'이라는 역설적 정의만이 가능하기 때문이다. 바흐친과는 다른 의미에서, 루카치 또한 자신의 소설론을 특정한 규범적 양식 속에 통일시키려 들지 않았다. 그에게 소설은 근본적으로 역사철학적 사유의 대상이기에 특정하게 정형화된 형태 속에 고정될 수 없는 것이었던 탓이다. 루카치의 소설미학에 나타나는 모순이나 혼돈은 바로 그렇게 단일하게 규정되지 않는 소설의 소설성에서 기인했을지 모른다.

문제는 시 또는 소설이 아니라, 시적인 것과 소설적인 것이라는 경향성에 있다. '소설'이라고 부를 수 있는 이념형ideal type이 존재하는 게 아니라 특정하게 형식화된 작품들이 실존하듯이, 시 역시 구체적인 시작詩作과 그 변형태들만이 존재할 뿐이다. 이념이 작품을 견인하는 게 아니라 작품이 이념을 끌어간다. 루카치가 고대 서사시적 총체성을 근대 소설이 실현시킨다고 단언했을 때, 실제로 그는 『빌헬름 마이스터의 수업시대』나 『고리오 영감』, 『마의 산』으로부터 그러한 과거의 이념들을 구상화하고 있었을 따름이다. 심지어 그가 노래했던 사회주의 리얼리즘의 미래 문학적 형상들조차 『악령』에서 스타브로긴이 보았던 클로드 로랭의 <아시스와 갈라테아>로부터 길어낸 영감의 구현물이었다.[8] 바흐친의 테제, 곧 서사시의 종말도 다르지 않다. 접촉 불가능한 절대성의 상징이었던 시의 세계는 지나가버렸다. 총체성이 존재하던 시대의 '유일한 시'로서 서사시와는 달리, '시적인 것'은 오히려 '소설적인 것'의 시대와 함께 펼쳐지게 된다. 장르적 규정을 넘어서 시대와 세계에 감응하고, 시인과 독자의 감수성에 반응하는 예술로

• • •

8. 게오르크 루카치, 『변혁기 러시아의 리얼리즘 문학』, 조정환 옮김, 동녘, 1986, 143쪽.

서 시적인 것은 궁극적으로 소설적인 것과 다르지 않기 때문이다.

다시 강조하건대, 소설적인 것은 소설과는 다르다. 하나의 이념형으로서 소설은 일정한 형태와 구성, 소재와 제재 선택의 규칙 등을 따르고 특정한 목적의식에 의해 정향된다. 반면 소설적인 것은 그러한 소설들의 역사, 혹은 문학 장르의 흐름 전체를 한데 집어삼키며 나아가는 글쓰기의 운동 자체를 가리킨다. 이것 또는 저것으로 환원되지 않는 글쓰기–기계로서 소설적인 것은 다만 스타일의 운동이며, 그렇기 때문에 특정 범주에 맞춰 고착될 리 없다.[9] 바흐친의 설명을 빌자면, 소설이 '잡탕' 취급을 받으며 천시되었던 가장 큰 이유는 정형시처럼 고정된 율격이나 규범을 갖지 않은 채 이웃해 있는 어떠한 장르라도 받아들이고 집어삼키며 '되는 대로' 생성해 왔던 까닭이다. 구중궁궐에서 제왕의 법도를 익히며 특별한 정체성을 고집한 고귀한 장르가 아니라 시정잡배마냥 길거리에서 태어나 소통하던 '잡종'의 장르가 소설이다. 그래서 특정하게 장르화된 비문학 장르들, 서한이나 판결문, 신문기사, 일기장, 영수증과 법전, 노랫말이나 욕지거리 등 어느 것이나 소설 속에 들어오지 못할 게 없다. 심지어 시조차 소설의 부분집합으로 수용되고 있으니, 진정 소설을 잡탕이라 부르지 않을 이유가 없다. 이것이 우리가 소설을, 정확히 말해 소설이 아니라 '소설적인 것'이라고 부르는 이유다. 반복하건대 소설은 추상적 이념이나 제도적 형식성이 아니라 다른 것들과 결합할 수 있는 사건성 속에서 자라왔다. 시, 아니 시적인 것도 그와 다르지 않을 터.

문학 제도로서 시 장르 역시 있는 그대로 존속했던 적은 한 번도 없다. 지금껏 쓰여지고 읽혀졌던 시 작품들은 언제나 서로 달랐고, 달라졌으며, 앞으로도 다를 것이다. 소설이 그러하듯, 순정하게 시 자체라고 부를 수 있는 시는 존재한 적이 없다. 언제나 시들이 있었고, 그것들의 차이는

• • •

9. 최진석, 『민중과 그로테스크의 문화정치학』, 그린비, 2017, 제6장.

감히 서로를 환원하여 하나의 형식이나 이념으로 추출해낼 수 있는 단일한 모델로 축소되지 않는다. 시가 아니라 '시적인 것'을 문제 삼아야 하는 까닭도 그에 있으리라. 동일한 이유로, 시적인 것은 소설적인 것과 같은 것은 아닐지라도 다른 것 또한 아닐 것이다. 시와 소설이 아무 차이가 없다는 주장을 펴려는 것도 아니다. 다만 시 그 자체, 소설 그 자체를 가릴 수 없다면, 글쓰기의 역사에는 단지 무수한 클리나멘clinamen으로 실존하는 소설적인 것과 시적인 것들의 차이들만 있다는 뜻이다. 정형화된 형식이나 절대적인 이념으로서가 아니라 매번의 사건들로만 표지되는 그 영토야말로 진정 흥미로운 문학'들', 글쓰기'들'의 역사가 아닐까?

사건이라는 것, 아마도 여기에 시적인 것이든 소설적인 것이든 우리가 주목하는 글쓰기의 현행적 운동이 있으리라. 특히, 시적인 것을 발생시키고 종합하며 분열시키는 사건화의 장면들을 목도할 수 있는 가능성이야말로 시의 종언이라는 우리 시대의 통념을 넘어서는 중요한 문턱이 될 것이다. 시는 죽었을지 몰라도 시적인 것은 여전히 살아 생동하고 있다. 사건의 편차들로서. 그 조심스런 탐색의 첫걸음을 표시해 두면서 새로운 여정을 시작해 보자.

제2부

시학의 성좌들

여–성, 미–래, 사–물

지나간 것과 도래할 것, 그 사이의 시학

1. 사이[間]의 감각 속에서

21세기가 벌써 두 번째 십 년을 맞이하는 시점이다. 일 년이든 오 년이든 그 이상이든 연대기의 변화란 결국 달력을 넘기는 문제일 뿐이란 세평을 받아들인다 해도, 그 달력에 새겨진 낯선 시간의 단위가 범상치 않게 느껴지는 것은 비단 들뜬 분위기 탓만은 아닐 듯하다. 곧 시작될 두 번째 십 년이 정말 숫자상의 차이에 불과하다면, 우리가 새로운 해와 새로운 날의 모두冒頭를 지나간 시간을 성찰하고 다가올 시간을 기대하는 데 바칠 까닭이 없겠다. '이미'와 '아직' 사이에서 우리는 과거가 과거가 되었음을 직감하며 미래가 미래로 올 것임을 예감한다. 풀어 말해, 시간은 흔히 생각하듯 과거에서 현재로, 현재에서 미래로 '자연스럽게' 흘러가지 않는다. 만일 그렇다면, 현재는 과거의 흔적일 뿐이며 미래는 현재가 연장된 궤적에 다르지 않을 것이다. 새로움을 정말 새로움으로 지각하기 위해서는 '이미'와 '아직' 사이의 지평에, 그 사이–시간에 온전히 설 줄 알아야 한다. 새로움이란 차라리 과거와 미래, 곧 지나간 것과 다가올 것 사이에서 생겨나는 사건의 문제이기 때문이다. 그런 의미에서 세월의 흐름은 그저 달력상의 문제라는 세언은 괄호를 쳐놓도록 하자. 우리는 지금 지나간 십 년과 다가올 십 년의 사이–시간을 통과하고 있다.

이 '사이'의 특이한 감수성은 연속과 단절의 감각에서 비롯된 것이다. 일상을 근거 짓는 시간의 관념은 앞에서 중간으로, 그리고 뒤로 연속적으로 흐르는 듯 표상된다. 마치 시계판을 일주하는 시침과 분침의 달리기처럼 시간은 과거–현재–미래로 규칙적으로 이어지고 있다는 생각이 그것이다. 물론 이러한 통념 없이 생활은 '정상적으로' 조직될 수 없을 것이다. 하지만 매일의 24시간이 동일한 시간의 단위로 계측된다 해도, 어제의 24시간이 오늘의 24시간과 정확히 같지 않고, 내일의 24시간과도 미묘한 차이를 빚어내며 다르게 전개될 것이란 점 또한 자명하다. 동질적이고 연속적인 시간의 단위들을 반복하는 가운데 생겨나는 매번의 차이, 거기에 이질적이고 단절적인 사건으로서의 시간이 있다. 2010년 이후의 십 년이라는 세월은 2000년 이후의 십 년과 2020년 이후의 십 년과 그렇게 같으면서 또 달라질 것이다. 우리가 지난 십 년의 시학을 '사이'와 '사건'의 시간성을 통해 곱씹어 보아야 할 이유는 충분할 터. 이러한 회고적 조감이 역으로 다가올 십 년에 대한 예시적 통찰로 잇닿길 바란다.

2. 김혜순, 여성에서 여–성으로

2010년대를 관통하며 여전히 이어지고 있는 한국사회의 가장 중요한 혁명은 페미니즘이라는 사건임에 분명하다. 알다시피 페미니즘 자체는 이미 오래전부터 한국 사회 및 한국문학의 주요 의제로서 꾸준히 제기되어 왔고, 잊혀질 만하면 다시금 그 존재감을 드러내며 사회 곳곳에서 파장을 불러일으켰다. 그러나 지난 몇 년간 우리를 격동시켰던 페미니즘은 비단 '여성의 권리와 몫'이라는 전통적 의제에 머물지 않고, 사회 자체의 불평등한 젠더 구조와 가부장적 문화의 폭력적 토대에 의문을 제기하는 방식으로 사건화되었다. 가령 문학장에서 공공연하게 일어났던 성적 착취와 폭력의 문제는 #문단_내_성폭력 이슈를 통해 미투운동이라는 전 세계적인 흐름에 접속했고, 그로써 우리 시대의 가장 절박하고도 긴요한 의제가 페미니즘이라는 사실을 새로이 각인시켜 주었다. 나아가 페미니즘의 파도는 단지 여성이 문제가 아니라 '여성적인 것'으로서 소수성의 문제를 부상시켰다는 점에서 결코 한시적인 동요가 아님을 보여준다. 예컨대 퀴어와 장애인, 동물에 대한 남다른 관심 및 다중적多衆的인 표현의 욕망이야말로 페미니즘이 불러낸 문학장의 주요 변화라 해도 좋을 것이다.

그 같은 사건적 새로움이 어떻게 문학 속에 파종되어 표현되었는가? 아마도 이것이 김혜순의 이름을 지금 우리가 호출하는 이유가 될 듯싶다. 주지하다시피, 2010년대의 페미니즘 조류보다 더 이르게, 그리고 끊임없이 여성적 글쓰기의 역량을 실험하고 표출해 왔던 시인이 바로 그인 까닭이다.

> 집을 떠나 이곳에 오면서
> 이름도 적지 않고
> 초대장을 보냈는데
> 꼭 올 것만 같았다
>
> 공중에서 내려온 흰 시트를 헤치자
> 아빠, 너가 서 있었다
>
> ─「레시피 동지」 부분

남성에 대한, 가부장에 대한 무조건적 적대는 다만 구호에 머물 수도 있다. 그 완고한 질서로부터의 탈주는, 거꾸로 쉽게 분리할 수 없는 여러 가지 조건들, 불가피한 떠남의 이유들을 캐묻고 답하도록 강제한다. 우리는 말처럼 그렇게 쉽게, 이전의 세계로부터 단번에 벗어날 수 없다. 그렇기에 보내지도 않은 초대장을 받고 덜컥 찾아온 '아빠'와의 만남은 불가피하다. 분리와 이탈은 과거의 질서를 전제하고서만 지금–여기에서 유의미한 사건적 의미로 점화될 것이다. "1. 오지 않은 날들이여 / 2. 오지 말고 돌아가라." 첫 번째 "오지 않은 날들"은 아버지의 시간, 가부장의 질서 속에 남았더라면 '자연스레' 도달했을 예속의 날들이다. 두 번째 "오지 말고 돌아가라"는 명령은 "집을 떠나" 도달한 곳에서마저 그의 망령에 시달리는 자신에게 외치는 '다른' 시간, '부자연스런' 해방의 날을 부르는 주술이다. 그러니 밤이 가장 길고 낮이 가장 짧다는 동지冬至의 레시피는 그냥 두었다면 그대로 사산死産되고 말았을 여성의 삶에 대한 애도이자 낯선 탄생에 대한 축사로 읽혀야 한다. "왠지 아직 태어나지 않은 날들에 / 미안한 생각이 들었지만 / 한 국자 한 국자 / 눈밭에 팥죽을 던졌다 // 눈 속에 피가 활짝 피었다." 혁명은 피를 먹고 자란다는 오래된 격언이 은밀히 발화하는 순간이 아닐런가?

외치고 투쟁하는 현장이 비단 광장에 한정될 리는 없다. 시를 통해, 시와 더불어 혁명은 처절히 쓰인다. "우리가 치유해 주겠도다 / 우리가 위로해 주겠도다 / 그러니 고백하라 / 그러니 고백하라"(「자폐, 10007」)는 "교황"의 목소리는 여자의 시를 산문으로, 죄의 자백으로, 맹종의 서약으로 바꾸려 한다. 여자가 된다는 것, 그것은 2차 성징을 겪고 여성이 '마땅히' 해야 하는 것을 할 줄 알게 되는 입사식入社式을 가리키지 않는다. 그것은 여자가 아닌 여자, 바꿔 말해 남자를 남자로 만들고 여자를 여자로 만드는 남성적 질서에 포획된 여성성에 규정되지 않을 때 비로소 시작될 하나의 사건이다. 그러니 여성은 잉여적인 성, 여–성餘–性이 되어야 할 수밖에. "시 쓰는 여자 한 명"에 대해 "천 명의 의사가 필요"한 까닭도 그에 있지 않을까?

어떻게 해도 교정되지 않을 정체불명의 타자인 여—성. "내 입속에서 끝없이 입을 벌린 아기가 출토되지만 / 하지만 나는 절대 고백 따윈 하지 않아 / 내가 낳은 고백을 네가 찌르면 내 허벅지에 피가 나니까." 여—성은 말 대신 피를 흘리고 "이빨 달린 노을을 줄줄 싸"고 있다. 그것이 여자의 언어다.

　따지고 보면 여자란 늘 남자의 반면半/反面이었다. 남성의 절반이자 대립항에 지나지 않았다. 여성은 남성이 될 수도 없고, 그대로 여성이 되어서도 곤란하다. 어느 쪽이든 가부장의 질서가 꾸며놓은 세계, 자연스럽지만 결국 남자의 척도로 규정된 "구속복" 속에 갇히는 귀결에 이를 테니까. 그래서 말 대신 "콧물 가래"를 뱉어내고, 여자아이에서 여자어른으로 변모하는 자연스런 시간의 흐름을 탈구시키고자 스스로에게서 탈피한다. "새들도 깃털을 벗고 / 물고기도 비늘을 벗어야 해 / 나무도 물론 / 내 방에선 무조건 누드야." 그렇다면 이 '누드'는 무無일까? 여성은 존재하지 않는가? 혹은 남성도 여성도 아닌 다른 무엇으로, 규정 불가능한 것으로서 존재하는가? 여성을 정의하던 많은 단어들, 개념들, 예컨대 '순결'이란 그 자체로는 존재하지 않는다. 오직 남성의 시선에서만 '순결'은 의미 있는 관념이며, 그렇게 남성으로부터 여성에게 일방적으로 붙여지는 권력의 언표들 중 하나로서 '있을' 따름이다. 이처럼 "없는 것에 이름을 붙인 사람"(「우체통」)의 세계는 여성이 태어나기 이전부터 유지되던 이야기의 세계, 남성적 서사의 환상이다. "제발 이 소설 속에선 나를 허락하지 마소서"(「소설」). 여자도 남자도 아닌, 자기 자신이 된다는 것이야말로 가장 어려운 난제가 아닐까? 누군가이자 누구도 아닌, 한 사람이자 여러 사람일 수밖에 없는.

　　내 글자에서 일어나는 사람이 되고 싶었다
　　여러 글자에서 일어선 여러 사람이 되고 싶었다

　　　　　　　　　　　　　　　　　　　　　　—「소설」 부분

남성은 정형整形의 질서다. 규정된 형태[定型]이자 일정한 형식[定式]의 올바른 질서[正形]가 그에 있다고 여겨졌다. 아름답고 순종하는 여성은 남성의 절반이지만, 이를 벗어나는 여성이란 그저 기형과 추의 범주 속에 구속되어야 했다. 누구도 아니며 동시에 여럿인 여─성의 자리가 여기 있음은 당연한 노릇이다. "내가 그 입 밖으로 나갔다가 / 기형아로 돌아온다 // 다시 나간다"(「고잉 고잉 곤」). 그래서 "죽어서도 피를 흘"리고 "죽어서도 썩"는 여─성은 역설적이게도 "죽었기 때문에 자유자재로 커지기도 하고 작아지기도" 하는 것이다(「달력─이틀」). 만약 정말 여성이 여─성이 된다면, 그리하여 남자도 여자도 아닌 다른 무엇이 될 수 있다면, 그런 존재가 부친 편지란 과거에서 현재로, 다시 미래로 이어지는 영원한 순환의 고리 바깥에서 낯선 문자로 쓰여진 편지가 아닐까? 읽을 수 없고, 식별할 수조차 없는 빛으로 감싸인 이물異物의 서한.

> 네 아이들이 네 앞에서 나이를 먹고
> 너 먼저 윤회하러 떠나버린 그곳에서
>
> 밝고 밝은 빛의 잉크로 찍어 쓴 편지가 오리라
>
> 이 세상에 태어나 한 번도 어둠을 맞아본 적이 없는 그곳에서
> 지금 막 태어난 아기가 첫 눈 뜨고 마주한 찬란한 빛의 세상처럼
> 커다랗고 커다란 편지가 오리라
>
> ─ 「백야─닷새」 부분

　　"때려봐 / 때려봐 / 새는 이미 날았어"(「구속복」). 그렇게 날아오른 새가 다시 오지 않을 먼 곳으로 떠나버렸다면, 그것이 이 세계와의 영원한 작별이

라면 세상에 새드 엔딩이란 없을 일이다. 떠난 자리에 초대도 없던 아빠가 당도하고, 없던 이름도 강제로 붙여져 속박하는 것이, 그렇게 되돌아오는 질서의 권력이 바로 이 땅의 이치. 따라서 떨치고 일어나는 것만큼이나 중요한 점은 떠난 자리를 돌아보고 그 떠남을 재차 확인하는 데 있을 터. 잠을 깼으니 "달 베개엔 네 머리 자국"이 남고, 기상했으니 "구름 이불엔 네 몸뚱어리 자국"이 찍혀 있는 것은 당연한 노릇 아닌가?(「간 다음에 – 엿새」) 이제 시간은 더 이상 순리대로, 자연스레 흐르지 않을 것이다. 남자의 아내로서, 모성의 수인囚人으로서 엄마마저 내려놓고 시작해야 할 여–성의 밤이 여기 도래했기에.

> 너는 오늘 밤 그 프라이팬에
> 엄마의 두 손을 튀길 거네

> — 「저녁메뉴 – 스무 아흐레」 부분

2. 김정환, 미래에서 미–래로

탈구한 시간, 과거–현재–미래로 이어지지 않는 순간들의 흐름은 예측 불가능한 사건의 장을 열어 놓는다. 2010년을 살아내며 우리는 그 어느 때보다 통렬한 역사의 파열지대를 목격해 왔다. 독재의 망령이 되살아나 세상을 다스리고, 무고한 아이들이 영문도 모른 채 수장되었다. 미래를 지향한다는 이유로 위안부 피해자들이 모욕당하고, 블랙리스트에 이름을 올린 사람들은 보이지 않는 인간이 되어 살아도 산 줄 모른 채 입과 손을 봉인 당했다. 이 자체가 역사의 와해를 증거하는 현상이었을지 모른다. 하지만 그토록 영속할 것 같던 불의의 힘은 돌연 촛불의 함성과 더불어 붕괴하고, 시대의 또 다른 절단면을 드러내며 역사의 거대한 불연속을 재차 돌출시켰다. 암흑 속에 잠긴 정치는 어둠의 장막을 찢어내려는 목소리들로 요동쳤고, 곳곳에서 저항과 봉기의 함성도 들려왔다. 그런데 거기 섞여 있던 얼굴들, 표정들은 한결같이 똑같은 것이었던가? 하나의 대오로 단결되지 않고 통일되지 않는 작고 미소한 음성들과 더불어 얼굴 없는 사태가, 알 수 없는 사건들이 거듭 생겨나고 있던 것은 아닌가? 당연하고도 자연스레 이어져야 할 미래는 끊어졌다. 대신 기이하고 낯선 사건의 시간들이 현재의 문을 부수며 육박해 들어왔다.

> 문 앞을 지키는 낯익은 바로
> 그만큼 진부한 거인이다. 이것이 뭔 일이여 …가 그의 입에
> 붙은 말. 그가 없어야, 없을 수는 없고,
> 안 보여야 계란을 삶는
> 새로움이 보인다. 그가 자신의 등을 돌려 볼 때
> 없는 것이 얼굴일까 거울일까. 어쨌든 없는 것이
> 다행이다. 있다면 그의 등 또한 자신의 등이 있고
> 그건 바다치고도 아주 낯선 바다가
> 안방에 들어선 형국. 그것을 섹스로 착각하는 건
> 아주 당연한 일.
> 안방만 새롭지만 여자가 남자와 여자
> 두 가지 오해를
> 둘 다 달래며
> 늘 새로운 난폭의 신화를 늘
> 새롭게 지우는,
> 가장 단아한 껍질이 모든 것을
> 마무리하는
> 여성의

포장이다.

— 「과로와 맑음」 부분

'거인'은 지금까지의 시간을 지켜온 파수꾼이다. 시계와 질서로, 법도와 도덕으로 우리는 지나간 시대를 살아왔다. 그는 체제와 체계, 현재를 규정짓는 '낯익은' '거인'이지만 또한 그만큼 '진부한' 권력을 휘두르는 거인으로서 근대를 상징하고 있다. 그에게 '이것이 뭔 일이여'라고 반문하게 만드는 우리 시대의 사태는 무엇인가? 막 지나온 시간의 뒷면('등')을 그가 바라보려 할 때, '얼굴'인지 '거울'인지 무엇인가 결락되었기에 도통 이해할 수 없게 된 지금─여기의 사건이란 대체 어떤 것인가? '남자와 여자'라는 '두 가지 오해를 / 둘 다 달래'는 것은 '여자' 혹은 여─성일 터. 이것이 우리가 아는 '여성의 포장'일 뿐인지는 알 수 없으나, 노고를 경유한(過勞) 이후의 시간, 즉 낯선 '얼굴의 맑음'을 예고하는 징조임은 분명하다. 이로써 우리는 한 시절의 끝을, 영원토록 건재할 것만 같던 시대의 몰락을 예감하게 된다. "30년 전 아버지가 입었고 지금 내가 입고 다니는 / 이탈리아 명품 가다마이 우와기 / 소매에서 / 금단추 하나 떨어졌다. / 처음일 것이다. / 나머지 단추도 곧 떨어질 것이다." 커다란 통짜 바위로 표상되던 시대, 근대는 이제 정말 종언을 고했는가?

'주체의 죽음'으로 언명되던 탈근대의 서막은 사물의 부활을 선언한다. 시 또한 그러할 것. 시인이라는 주관의 감정과 목소리를 실어 나르던 도구에서, 이제 시는 스스로 말하고 노래하는 주체로 전환했다. 아니, 실상 언제나 그래 왔다. 시는 떠들고 시인은 목청을 빌려줄 따름이다. "악기는 자기 밖에 혹은 자기 바깥에 뭔가 있다는 생각을 해본 적이 없다"(「악기 입장」). 작품에는 작품만의 고유한 입장(立場)이 있다. 사물로서의 시는 오직 자기에 관해 말할 뿐, 시인이 누구이든, 무엇을 하든 상관하지 않는다. 그렇게 시는 비로소 시대의 무대에 입장(入場)한다. 그렇다면 시의 영혼도 존재하지 않을까? 지나간 것, 사멸한 것, 그리운 것을 시인이 제아무리 노래한들 그런 것들이 시 자체의 영혼보다 위대할 리 없다. "영혼은 위대하고 진혼곡이 언제나 쩨쩨한 / 영혼 진혼곡이고 그러나"(「쩨쩨한 영혼 진혼곡」), 시인의 영혼보다 시의 영혼이 더 위대한 것은 당연한 노릇. 이로부터 통념의 역전이 시작된다. 시인이 시를 짓는 게 아니라 시가 시인을 만든다. 마치 모루와 칼의 관계가 그렇고, 풀무와 불의 관계가 그러하며, 불린 쇠와 물의 관계가 그러하듯. 그런데 이들의 관계는 누가 주체이고 무엇이 객체라는 식의 관념과 다르다. 각자가 자기의 사건 속에 개입하며 자신의 일을 다 할 때, 서로는 비로소 각자가 되는 까닭이다. "각자 그것만 알고 나머지는 모른다"(「대장간 현명」). 시간과 공간을 격한 채 오직 멀리서 살펴보는 시선만이 그것을 알 뿐. "대장간 현명賢明 / 개관槪觀하는 동사보다 / 더 근본적으로 / 움직이는 / 개관이 있다." 하지만 이 시선은 눈이 아니라 바로 움직이는 빛, 시간을 보는 시간이 아닐까? 시간이라는 명사이길 그친 채 동사가 되어버린 사이–시간.

> 훔치고 싶은 것은 미래의
> 시간 아니라 만년의 미래.
> […]
> 50년 동안 접힌 쪽들이 앞으로 50년 동안
> 펼쳐지지 않는다. 1960년을 펼치려면 앞으로
> 그런 식으로 표지를 넘길밖에 없다.
> 언제나 미래의
> 인용은 금물. 낱말들이 어쩔 수 없다는 듯
> 육화肉化한다 자기들의 수천 년 과거를.
>
> — 「만년의 미래」 부분

왜 미래를 훔치고 싶은가? 미래는, 현재가 지나면 저절로 찾아오는 다음 차례의 시간이 아니던가? 근대의 상식은 분명 그러하다. 시침이 시계판에서 한 걸음 옮겨가면 두 시가 되고, 다시 한 걸음 더 옮기면 세 시가 되듯. 하지만 그런 미래는 없다. 지금—여기의 사건적 관점에서 볼 때, 다음 한 시간의 미래는 자동적으로 찾아오는 정해진 분절이 아니다. 누구도 자신의 죽음을 알 수 없듯, 그다음 순간, 곧 시간의 미래에 대해 확언할 수 없다. 시간은 결국 사건의 다른 이름일 테니. '만년의 시간', 그것은 일 년을 만 번 더해서 만들어진 시간이 아니다. 만년이란 그저 무한의 사건으로서 과거—현재—미래의 연속을 끊고 사건적 분기를 일으키는 동사적 사태의 흐름에 다르지 않다. 그러니 이전의 50년과 마찬가지로 앞으로의 50년도 훌훌 페이지를 넘기듯 내버려 둔다고 절로 도래하진 않을 것이다. 50년이라는 사건의 흐름은 결코 저절로 채워지는 페이지의 수자가 아니랄 밖에 그러한 미래를 지금—여기서 자명하다는 듯 인용할 수 없음은 당연하지 않은가?

지나간 이야기의 목록을 역사라 부른다면, 역사란 곧 인용된 이야기의 묶음이라 해도 좋을 것이다. 그렇다면 역사의 기원 또는 이야기의 기원은 '들은 이야기'를 듣고 또 들어 최초의 이야기로 거슬러 올라가는 것일 게다. "들은 이야기가 들은 이야기의 밤이고 첫 말씀이고"(「들은 이야기」). 그런데 이야기의 기원은 요사스럽기 그지없다. "군마"가 날뛰고 "별자리들 찢어지는" 기이한 노랫말들이 가득 차 알 수 없는 일들로 그득한 그것은 "근친상간의 / 노아도 임신 그 자체였던 요나도 고래도 / 마초 아브라함도 모세도 애당초 이야기가 / 이야기를 지우는 이야기였다." 따지고 보면 기원의 이야기란, 그 역사란 그저 이야기일 뿐, 그래서 만들어지는 사건의 이어짐과 기록(글쓰기)일 뿐 어떤 근원적 의미란 게 있을 턱이 없다.

재앙의 축복과 축복의 재앙이 바로 혼돈이었던 그

이야기가 따로 시작된다. 우리는 비로소

독립된 그 이야기만 이어간다. 주객主客 없이,

해방 없이 독립도 없이 그냥 독립된 이야기가.

[…]

기記의 기의 기의…

— 「들은 이야기」 부분

　불연속적인 사건들의 물고 물림이 역사/이야기histoire라면, 여기에 어떤 시간의 순차적 연속이 있겠는가? 과거–현재–미래의 연결을 대신해 탈구와 절단, 접붙임의 순간들이 있을 뿐이며, 그것은 예측 불가능한 사건들의 타래 곧 미–래avenir라 불려야 옳지 않을까?

　'언뜻'과 '문득'은 바로 이 같은 비선형적이고 비인과적인, (탈)시간화된 미–래의 표지들이다. 시간은 결코 자동적으로 도래하지 않고, 따라서 예측되지 않으며, 매번 사건 속에 미끄러진다. 역사는 이야기들로 분해되며, 다중도착적인 사건들의 유희 속으로 분산해버릴 것이다.

역사가 역사 아닐 때까지 앞으로도

그럴 것이 역사의 운명이고 거룩의 진보다.

왜냐면

그리도 강건하고 분명했던 근대의 시간이 현대

지옥 여행의 지리멸렬한 가이드로 전락, 그냥

장구하고 또 장구하지 않나?

[…]

이야기가 시간 없이 시간

밖으로 이어지는 일이 가능하기는 한가?

— 「언뜻과 문득」 부분

'시간 없이 시간 밖으로' 나아가는 것, 내몰리는 것, 휘말리는 것은 "미래에 관여하게 된" 사건의 운명이다. 물론 미래는 미−래이기에 의지적이고 주체적으로 그 사건의 시간을 통어할 수는 없을 게다. 또한 필연코 돌아온 인과의 시간에, 연속성의 덫에 발을 들이고 끊임없이 시간과 탈시간의 교란과 회복, 일탈과 정착의 혼돈을 맞이할 수밖에 없을 게다. "목적과 고통에서 목적의 고통으로, / 그리고 목적 없음의 고통으로 옛날에, 옛날에, / 옛날에 …"(「이모」) 하지만 결국 알게 될 것이다. "역사사전 항목을 연대순으로 다시 나열하는 게 역사 / 아니고 역사를 색인으로 다시 나열하는 게 역사사전 / 아닌 것과도 다르게 아니"란 것을(「그때 미국 바퀴벌레」). "미래의 더 창백하고 더 단단한 유령의 반복이라 해도" 즉 동일한 것의 영원회귀처럼 똑같은 시간이 반복되는 것처럼 여겨진다 해도 미−래는 항상−이미 생겨나는 시간의 삶으로서 태어나고 있다는 것. 이는 죽어가는 시간에 대한 '비탄'이 돌연 놀라 게워내는 사건의 '울음'으로 충분히 입증될 일이다.

> 신생新生이 울음 운다.
> 어떤 과거도 없는, 까닭도 미래라는 명징한 까닭밖에
> 없는 비탄이다. 숨죽이지 않고 보이지 않고 높이
> 솟구치는 비탄이고 들리지 않고 넓게 퍼지는 비탄이다.
> […] 그렇게
> 답하라 육체의 육체적인 미래 언어로 잠이 왜 잠이고 꿈이
> 왜 꿈이었는지.
> ───「비탄 신생」 부분

응답은 미−래로부터 올 것이다. 하지만 그 언어는 미−래의 것이기에 오직 육체로써 육체에 답하며, 꿈으로써 꿈을 대신하는 방식으로만 우리에

게 당도할 것이다.

4. 원구식, 사물에서 사—물로

사물의 다른 이름은 대상이며 객체다. 마주한 이미지[對象]이자 주체 바깥의 타자[客體]라는 것. 그러므로 이런 이름을 갖고는 언제까지나 주체의 반면[反/半面]임을 벗어날 길이 없다. 잉여의 성[餘—性]과 탈구된 채 도래할 시간[未—來] 너머로부터 우리는, 따라서 사물의 외부와 만나게 된다. 그것은 필연이다.

> 최초의 책은 아마도 하늘에서 내려와
>
> 돌 위에 새겨졌을 것이다. 일곱 개의 별이 박힌 이 책을
>
> 사람들이 무덤으로 삼았으니, 책이 어찌하여
>
> 별의 부적이 아니겠느냐?
>
> […]
>
> 그러나 조심하지 않으면 안 된다.
>
> 고색창연한 먼지로 뒤덮인 도서관의 책들을.
>
> 형이상학으로 가득한 이 책들은 온통
>
> 호명을 기다리는 죽은 아버지들의 이름들뿐!
>
> — 「바깥들」 부분

데카르트는 '자연이라는 책'은 수학에 의해 쓰여졌다고 말한 적이 있다. 무감동하지만 질서정연한 언어들, 기호의 규칙으로 단련된 문자들이 세계를 축조했다는 뜻이다. 하지만 삶의 편이와 생활의 풍족, 자연 지배의 수단으로서 수학은 결국 인간과 사회 자체를 억압하는 무지막지한 도구로 드러나고

말았다. '계몽의 변증법'이란 바로 그 같이 군림하는 언어로서의 수학, 사유의 체계로서의 근대성이 종횡하던 시대의 근본 원리가 아니던가? 그러나 지금은 저 근대가 끝나고 코기토의 전횡 또한 끝났노라는 소문만 무성한 탈근대의 시점이다. 언젠가 우리에게 주어졌던 '최초의 책'은 이제 자연과 수학 '바깥'으로부터 내려온 '돌 위'의 '별'이라고 선포된다. 아름답고 신비롭게 여겨지는 우화 같은 이야기지만, 그러나 이 별 또한 삼엄한 '형이상학'으로 기입된 명령문일지 모른다는 의심은 가시지 않는다. 저 세계로부터 홀연 이리 당도한 책 속의 문자는 '죽은 아버지들의 이름들'일지도 모른다. '바깥'은 '바깥'이라는 이름을 가진 이쪽, 혹은 '바깥의 바깥'이라는 말놀음의 유희로서 오히려 '여기'를 가리키는 게 아닐까? 그러니 진정 바깥을 나가보지 못한 자들의 숙명은 애처로울 수밖에. 바깥의 바깥이 정녕 바깥인지 혹은 뫼비우스의 띠마냥 또 다른 이쪽에 지나지 않는지 알기 위해서는 부득불 그 바깥을 넘겨다 보아야 할밖에. "도서관엔 아직도 먼지를 털어내며 읽어야 할 책들이 수북하다."

하긴 최초의 이름이란 그저 메아리요, 무언지 모를 첫 번째 울음의 공명에 불과했을 수도 있다. 그렇지만 메아리 없이는 또한 처음의 울음도 있을 수 없는 법. 무덤보다 침대가 먼저 있음도 같은 이치다. 우리는 매일 침대에서 깨어남으로써 무덤의 안식을 생각하고, 무덤이 침대보다 우선 존재했으리라 가정하는 탓이다. 그러하니 '기원'을 둘러싼 철학자들의 고색창연한 선언도 실상 개들이 짖던 소리를 되울리고 반향한 것이 아니라 누가 단언할 수 있으랴.

제일 먼저 동네의 개들이
몰려나와 짖었다

멍멍.

이것은 침대다.

그다음, 그리스 철학자들이
틀릴까봐 매우 조심스럽게 따라 짖었다.

멍머-엉.
이것은 침-대-다.

(그리곤 신화의 시대가 끝났다)

— 「침대의 기원」 부분

　이러한 역설은 지금 우리에게 자명해 보이는 모든 것에 해당되는 이야기다. 식탁 위에 차려진 온갖 산해진미를 맛보는 동안 우리는 자신을 잊고, 숟가락과 젓가락을 망각하고, 씹는 이와 맛보는 혀조차 느끼지 못하며 음식-사물 속에 몰입해 들어간다. "식사시간에는 부디 혀를 조심하오. / 맛에만 신경을 쓴 채 / 정신없이 허겁지겁 먹다보면 / 당신은 곧 알게 될 것이오, 어느새 / 당신의 혀가 없어졌다는 사실을"(「식사시간」). 역설적이게도, 동시에 당연하게도 그 "음식의 이름은 죽음"이 아닐 수 없다. 무슨 뜻일까? 그저 재치 있는 농담에 지나지 않을까?

　헤겔은 사물의 죽음을 초래한 살해자는 바로 언어라고 단언한 바 있다. 언어도 개념도 갖추지 못했던 태초의 인간은 사물을 사물 그 자체로만 지각해야 했고, 그런 지각이야말로 사물의 사물성에 가장 가까이 도달한 본원의 감각이었을 것이다. 그러나 언어를 소유하고 개념의 구조를 장착하면서 인간은 사물과의 직접적인 만남을 봉쇄당했다. 이제 그는 사물 없이 사물에 관해 말하고, 어떤 접촉 없이도 사물을 조작하며, 민낯을 대하지 않고도 사물을 지배하게 된 것이다. 그렇게, 언어와 개념 속에 사물은,

더 정확히 말해 사물의 사물성은 지워지고 말았다. 그러므로 "매혹과의 식사"를 다 마친 다음, 우리는 먹은 것을 게워내고 진한 위액의 역한 냄새 속에서 사물과 접촉하고 잃어버린 사물성과 접속해야 한다. 설령 그것이 인식의 범주를 벗어난 것, 정돈되지 않은 느낌과 감각에 직접 맞닿아 있는 끔찍한 감각을 초래한다 할지라도, 역으로 그때 사물은 비로소 사–물私–物로서 나를 향해 우뚝 세워지게 될 것이다. 사물의 본래면목本來面目, 그것은 벌거벗은 감각의 모험이다.

물론, 내게 진실하게 여겨지는 사물의 감각이란 나의 조건, 언제 어디에 어떻게라는 물음 속에서 변전하는 사건의 일부일 뿐이다. 그런 점에서 '불멸'이라는 존재의 이상은 자리를 붙일 곳이 없다. 유물론이란 종국적으로 불변하는 실체에 관한 사상이 아니라, 사–물私–物이 언제나 유동하는 시간 속에 사–물史–物로서 스스로를 드러내는 사건의 사유인 까닭이다. 불멸은 없다無. 있는 것은 차라리 변전하는 기록 속의 말[parole]이다. "불멸이여, 순간 너는 발화되고 말았던 것이다. / 에우리디케가 네 손끝에서 사라지는 바로 그 순간 / 너는 마침내 절대 무無를 보고 말았던 것이다. / […] / 사라져버린 세상의 기원이여, 불멸이여. // 오, 빠롤!" 이로부터 "이제 성스러운 것은 하나도 남아 있지 않다"(「청춘의 연금술」). 잘 익어 성숙한 원숙미를 자랑하는 어른의 세계, 완성된 서사의 세계는 있을 수 없다. 명멸하는 순간들의 격류를 이어 붙여 항상–이미 사건화하는 지금–여기의 시공간은 성마른 청춘의 노래마냥 즐겁고 허무하다.

> 어린아이들이
> 어른보다 먼저 늙기 전에
> 청춘의 성급함을 어서 노래하자.
>
> 이제 두려운 것은 하나도 남아 있지 않다.

— 「청춘의 연금술」 부분

무엇을 두려워했던가? 고착되는 것을, 고형화되는 것을, 시간의 바깥으로 튕겨 나가 영원히 박제로 남는 것을, 그리하여 사건의 흐름에 발도 담그지 못하는 것을. 탄생에도 죽음에도, 기쁨에도 슬픔에도, 안락에도 고통에도, 작은 것에도 큰 것에도, 무엇에도 결코 경이를 느끼지 못하는 정착을 두려워했음이라. 그렇게, 무엇에도 놀라지 못한다는 것이야말로 가장 큰 두려움의 원천이 아닐까? 따라서 온몸으로 놀라움을 경청하도록 우리는 귀가 되어야 한다. 미세한 흐름의 파동마저 범종의 울림처럼 쩌렁쩌렁하게 느낄 수 있도록, 우리는 몸과 마음을 다해 섬세하고 커다란 귀가 되어야 할밖에. "신체의 모든 감각기관은 / 놀란 귀가 변한 것이다. 만물의 근원이 / 파동이었으므로"(「놀란 귀」). 귀를 파고들어 힘껏 울리는 소리의 진동은 범상한 인간의 언어는 아닐 것이다. 숫자로 환원되어 더하고 빼고 곱하고 나누는 연산의 규칙도 아닐 것이다. '푸른 당나귀'의 묘사할 수 없는 울음마냥, '푸른 바다'의 흉내 낼 수 없는 파도 소리처럼 그것은 '유쾌한 형이상학'이 되어 죽은 아버지의 형이상학을 밀어내 매장할 천둥소리에 가까울 것이다. "푸른 바다를 보시오. / 저 많은 물들이 어디서 왔는지 / 아무도 모른다오. / 나는 번개가 / 유쾌한 형이상학처럼 내리꽂히는 / 들판으로 가고 싶소"(「푸른 당나귀」). 그러나 아직은 '겨울의 한복판', 근대는 여전하고 아버지의 위엄은 미처 가시지 않았다. "죽음보다 무거운 눈꺼풀을 들어올"릴 기척조차 아직 들리지 않는다(「눈꺼풀」).

그러니 속지 마라.
천국도
지옥도
종교도

해탈도

천사도

악마도

저승도

낙원도

······ 없다.

— 「눈꺼풀」 부분

　아니, '없음'이 '있다'. 근대를 창세했던 데카르트의 회의처럼, 모든 것을 의심한다 해도 '속는 나'는 있을 터. 과거─현재─미래의 연쇄를 사건으로 끊어내고, 남자와 여자의 분별을 넘어 잉여의 지대로 나아가고, 미래를 건너뛰어 낯선 미─래로 도약하려는 누군가/무엇인가가 존재한다. 하지만 이 누군가/무엇인가는 코기토가 상정하는 순수한 사유 자체, 또는 순결한 정신의 의식이 아니라 "흰뺨검둥오리"처럼 자신을 모른 채 살아가는 그 어떤 것일지 모른다. "녀석들은 이미 오래전부터 / 이곳에서 태어나 / 이곳의 물과 물고기들을 먹고 / 새끼들을 낳으며 / 멋대로 날고 헤엄을 치고 / 아주 느긋하게 목욕을 해왔던 것이다"(「불광천」). 그것은 "희디흰 망초꽃들"일 수도 있고, 혹은 "단단한 화강암들이 보석처럼 박혀 있는 산봉우리들"일 수도 있겠다. 아니면 이 광경을 바라보며 '불광천'을 유유자적하는 어떤 '나'일지도 모른다. 당연하게도, 기껏 사람으로, 한 인간으로 돌아온 천변가의 나는 망초꽃들을 지나치고 산봉우리를 시선에 담으며 흰뺨검둥오리에게 말을 건네는, 다만 풍경 속의 사물事物에 불과할 터. 사─물私─物이 사─물史─物이 되는 시간의 변천 가운데 그저 있음으로써 저 없음의 거대한 허무, 우주적 두려움을 헤쳐나가는 사건의 한 장면을 위해 나는 존재하는 게 아닐런가?

그리하여 행주대교 아래 서해로 빠져나가는 한강물이

온통 우윳빛으로 허옇게 물들고,

흰뺨검둥오리들이 갑자기 우당탕하며

물을 박차고 올라

미친 듯이 어디론가 날아가는 것이다.

— 「불광천」 부분

　사−물의 관점, 사−물의 관심은 이 시대의 말이 되었다. 물론, 그것은 인간도 동물도 사물도 아닌 그 어떤 것이라도 시선에 담고 변전의 운동에 담아내려는 비−주체와 탈−주체의 사건 속에서만 유일하게 언명 가능한 진실일 것이다. 처음과 마지막이 동일하다 해도, 결코 같을 수는 없는, 하지만 또한 이렇게 맺어야 할 수밖에 없을. "그 끝이 모두 똑같구나"(「물의 생각」).

주름의 시학

나희덕 사유의 접힘과 펼쳐짐

1. 벽, 바람과 바다

밀물과 썰물. 밀려들고 또 쓸려나가는 바닷물을 가리키는 이 단어쌍은, 엄밀히 말해 잘못 붙여진 어휘들이다. 아니, 자연에 대한 오해에서 비롯된 무지의 기호들이라 할 만하다. 파도는 멀리서부터 가까이 다가오는 바닷물의 전후운동이 만든 결과가 아니라 대양 어딘가에서 바람에 의해 '출렁'거린 바닷물이 지속적인 상하운동을 벌임으로써 끝내 해안에 와 닿은 물결의 풍경에 가까운 탓이다. 다시 말해, 우리는 수평선 멀리서 시작된 물결이 해변으로 이동한 모습을 보는 게 아니다. 수평선 너머 그곳의 바닷물은 여전히 거기 어딘가에 남아 있을 것이다. 모래밭에 도달한 파도는 실상 언제나 우리 곁에 머물러 있던 그 물살의 일부일 따름이다. 그렇다면 우리 눈을 어지럽히는 이 아득한 파도, 밀려오고 쓸려나가는 물결의 무늬는 대체 무엇이란 말인가? 그것은 바람과 바다가 만들어 낸 주름의 운동으로서, 무한한 차이의 산란처럼 비치지만 실상 접힌 곳이 펼쳐지고 또 펼쳐진

121

곳인 다시 접히는 사건의 흔적이다.

보이지 않게 대기를 움직이는 바람의 흐름과, 선명하지만 결코 보이는 대로 다 드러나지 않는 바다의 물결, 그렇게 주름은 늘 두 겹으로 나타난다. 매번 다르게만 그려지는 해변 모래사장의 무늬는 저 주름들이 새겨놓은 존재의 자취일 터. 그것은 일종의 벽, 스크린이라 불러도 좋지 않을까? 그 자체로는 아무것도 의미하지 않는 하얀 벽면 같지만, 그로써 온갖 실존하는 사물들의 흔적과 유동의 그림자를 담아내는 불투명한 존재의 평면이 여기 있다. 시인 나희덕은 아녜스 바르다를 떠올리며 벽의 생성적 감각에 대해 이렇게 적는다. "바르다는 이처럼 벽화나 사진을 통해 새로운 벽을 창조함으로써 벽 너머를 보게 한다. 상상을 통해서든 회상을 통해서든 벽은 더 이상 우리를 가두는 장애물이 아니라 즐거운 몽상의 통로가 된다. 아무리 완강해 보이는 벽도 그녀의 손길이 닿으면 물렁물렁한 점토처럼 부드러운 물성으로 변한다. 벽에 붙어 있는 해변 사진에서도 어느새 파도가 일렁이기 시작한다."[1] 짐짓 우주론적 사변으로 빠질 법한 이 기이한 생성의 장면은 그저 신비로운 관조의 대상에 머물지 않는다. '삶'이 '생명'을 뜻하는 동시에 '생활'을 가리키듯, 바람과 바다가 빚어내는 이 세계의 주름은 생성의 '저편'뿐만 아니라 '이편'의 모습까지 담는 까닭이다.

> 바다를 저리도 뒤끓게 하는 것이 무어냐
> 파도를 깨뜨리는 뼈 부딪는 소리
> 채 마르지 않아 뚝뚝 흘리며
> 저 웃고 있는 푸른 살이 대체 무어냐
> 욕망의 물풀이 자라나는 기슭,
> 떠나온 이보다 쫓겨온 이가 많은 뱃전,

• • •

1. 나희덕, 『예술의 주름들』, 마음산책, 2021, 23쪽.

비틀거리며 발 디뎌온 생활,

그로부터 파도처럼 밀려온 사람들이여

— 「바다」 부분(『뿌리에게』)[2]

    일상의 밑바닥에 애처롭게 붙박이지 않고, 추상의 사변에만 고고히 매달리지 않으면서, 바람과 바다 사이에서 길항하는 시적 사유는 나희덕 문학의 주요한 근간을 이룬다. 너머의 저곳이나 목전의 이곳, 어느 한쪽에 갇히지 않은 채, 한없이 울렁이는 존재의 가시성과 비가시성을 끈질기게 붙들려는 언어가 그 가운데 있다. 우리는 이를 '주름의 시학'이라 부르려 한다. 밀어내고 밀려나는 세계의 운동, 그 겹겹의 주름마다 새겨진 존재의 무늬들을 시인은 직관하고 기록하기 때문이다. 그것은 모든 존재하는 것들의 생명에 관한 진리의 물음이면서, 또한 그렇게 존재하는 것들의 생활에 대한 진실의 질문을 담아낸다. 그렇기에 바다를 마주해 한편으로는 들끓는 파도의 근원에 의문을 던지면서도, 또 한편으로는 그에 휩쓸려 생을 닦달하는 인간의 풍경도 놓지 못하는 것이다. 밀물과 썰물, 그 접힌 곳과 펼쳐진 곳이 맞닿은 자리에서 시인은 무엇을 하고 있는가?

2. 뿌리, 타자의 기억

    기원에 대한 욕망은 형이상학의 중추를 이룬다. 라파엘로의 걸작 <아테네 학당>(1509~11)에서 플라톤의 손가락이 가리키는 방향은 수직의 상방,

• • •

2. 이 글에서 인용된 나희덕의 시들은 다음 시집들에서 인용했다. 『뿌리에게』(창작과비평사, 1991), 『그 말이 잎을 물들였다』(창작과비평사, 1994), 『그곳이 멀지 않다』(문학동네 1997/2004), 『어두워진다는 것』(창작과비평사, 2001), 『사라진 손바닥』(문학과지성사, 2004), 『야생사과』(창비, 2009), 『말들이 돌아오는 시간』(문학과지성사, 2014), 『파일명 서정시』(창비, 2018). 본문에서 시의 부분/전문을 옮기고 괄호 속에 시집의 제목만 밝힌다.

하늘이다. 그것은 고대 철학자가 지향했던 지고한 이데아의 세계, 잡스러움이 섞이지 않은 순정한 단일성의 우주를 지시한다. 물론, 그의 오른쪽에선 제자 아리스토텔레스가 손바닥을 아래로 내보이며 지상의 중요성을 강조하고는 있지만, 그가 우선하는 형상form은 물질 그 자체가 아닌 추상적원리, 곧 '형태-너머meta-physis'의 인식에 가깝다. 따지고 보면 천상이나지상, 어느 쪽이든 범접하기 힘든 신성함의 아우라를 내뿜는 관념들 아닌가? 구체적 물성의 감각은 하늘이나 땅 같은 우주론적 지시어들을 빌리지 않은일상의 단어들, 예컨대 '뿌리'와 '흙' 같은 어휘들에 깃들어 있을 것이다. 손가락 끝에 까끌까끌하게 비벼지고 축축한 습기(하늘)와 따스한 온기(땅)를 머금은 질료들의 터전. 나희덕 시학의 근원에는 이 같은 '형태-내재in-physis'의 세계가 잠복해 있다.

> 깊은 곳에서 네가 나의 뿌리였을 때
>
> 나는 막 갈구어진 연한 흙이어서
>
> 너를 잘 기억할 수 있다
>
> 네 숨결 처음 대이던 그 자리에 더운 김이 오르고
>
> 밝은 피 뽑아 네게 흘려보내며 즐거움에 떨던
>
> 아 나의 사랑을
>
> — 「뿌리에게」 부분(『뿌리에게』)

부드럽게 다져진 "연한 흙"의 이미지 속에 자신을 비추고, 그런 자기에게 근거하는 너를 "뿌리"라 부를 때, 많은 평자들은 이를 '모성적 따뜻함'(정현종)이나 '외부로 흘러넘치는 충만한 내부'(김기택), '혹독한 자기부정과타자에 대한 배려'(유성호), '수용과 관용의 태도'(정문순), '모성성의 통로'(신용목) 등으로 평가해 왔다. 뿌리와 흙, 이 두 생명적 사물이 서로에게감겨드는 자연적 본성을 희생과 긍정의 언어로 포괄하려는 해석이 그릇될

리 없다. 실제로 이 시편에서 나–흙은 너–뿌리에게 자신을 기꺼이 바치며 ("나를 뚫고 오르렴 / 눈부셔 잘 부스러지는 살이니 / 내 밝은 피에 즐겁게 발 적시며 뻗어가려무나"), 너의 성장을 나의 기쁨으로 승화시키고 있다("네 뻗어가는 끝을 하냥 축복하는 나는 / 어리석고도 은밀한 기쁨을 가졌어라").

하지만 이 광경을 그저 모태적 본능과 애정으로 읽는다면, 우리는 그 지고지순한 사랑의 언표 아래 놓인 사유의 이면을 놓치게 된다. 세계의 근본적인 타자성이라 부를 만한 것이 그것인데, 뿌리를 향한 흙의 사랑에는 너와 내가 절대적인 타자들이며, 그렇기에 결코 합치할 수 없는 외재적 관계에 놓여 있다는 분리의 감각이 자리하기 때문이다. 그래서 "우리"로 서로를 묶어 부를 때조차 "서로에게 기댄 채 겨울을 난다"는 묘사는 따스함을 전하기보다 "함께 썩어"가는 고통을 일깨우며, 합일의 환상을 거역이라도 하듯 "우리 몸에 뚫렸던 상처마다 버섯이 피어난다"고 단언한다(「음지의 꽃」, 『뿌리에게』). 그것은 "독기"로 채워진 버섯인바, 비록 타고난 인고의 마음으로 애착의 자세를 유지하지만, "뿌리"와 "흙", "너"와 "나", "우리"의 부름 곳곳마다 불가항력적인 타자성이 배어 있음을 인정하지 않을 수 없다. "뿌리 없는 독기"란 그 섬뜩한 느낌을 지시하는바(「음지의 꽃」), 밝고 건강한 나희덕 시세계의 이면 즉 어둠의 영역을 은유한다. 온갖 아름답고 다사로운 일상에 내재하는 깊고 불투명한 죽음의 향취가 그에 있다.

> 꽃은 어제보다 더욱 붉기만 한데
> 물에 잠긴 줄기는 썩어가고 있으니
> 이게 웬일인가, 같은 물에 몸 담그고도
> 아래에서는 악취가 자라 무성해지고
> 위로는 붉은 향기가 천연스레 솟아오르고 있으니
> 이게 웬일인가
>
> — 「꽃병의 물을 갈며」 부분(『뿌리에게』)

수면 위의 꽃과 그 아래 줄기에 함께 주의를 기울이는 것은 이 세계의 저편, 곧 저 두 겹의 주름을 한꺼번에 느끼는 고통과 연결된다. 어둠과 피폐, 소멸과 죽음의 이 도저한 부정성은 "더욱 붉기만 한" 현상의 긍정으로 간단히 지워질 사태가 아니다. "꽃은 꽃대로 피어나고 / 줄기는 줄기대로 썩어가고 있을 때 / 그 죽음이 우연이었다고 지나칠 수 있는가"(「꽃병의 물을 갈며」). 그 부정의 필연성을 직시할 때, 생성의 긍정도 근거를 얻는다. 다시 뿌리를 향한 한없는 애정을 돌아본다면, 흙을 뚫고 그 피를 마시며 생장하는 뿌리의 본성은 "나"의 파괴 없이는 결코 이루어질 수 없는 너라는 존재의 사건인 셈이다. "음지의 꽃"이 그다지도 "황홀한" 까닭은 그 어둠의 부정성이 어떻게 생겨났는지 알게 되었기 때문 아닐까? 빛이 있음에 어둠이 있고, 어둠은 빛이 자라나는 배경일 수밖에 없음을 깨달은 것. 어둠이 더 짙을수록 빛은 더욱 밝으리라. 그러니 더 큰 어둠으로, 더 깊은 어둠으로 침잠해 가는 것이 내게 주어진 몫일 터.

    적어도 나의 어둠은
    그대들이 등 밝히는 밤보다
    더 어둡다
    [⋯]
    매끈한 그대들의 어둠보다
    나는 더 어두워진다

                    ─「소경의 노래」 부분(『뿌리에게』)

그렇다면, 나─흙의 불가결한 타자는 기실 너─뿌리가 아니라 너와의 관계 속에서 자각되는 나의 어둠, 죽음에 대한 의혹이자 매혹이라 불러야 옳겠다. 이것은 일종의 역전된 상기想記로서 생명에 깃든 죽음, 유기체에

엉겨 붙은 무기물, 의식의 밑동을 차지하는 무의식에 대한 지각이 아닌가? 뿌리에 대한 흙의 사랑은 그에 얽힌 해체와 사멸의 낯선 기억을 일깨우는데, 이는 실로 놀라운 발견이다. 자신을 내어주는 고통에 내재하는 죽음의 타자성은 어둠을 뚫고 자라는 뿌리처럼 하나의 목소리를, "노래"와 엇비슷한 어떤 말을 건네주기 때문이다. "네가 듣지 못하는 노래, / 이 노래를 나는 들어도 괜찮은 걸까 / 네가 말하지 못하는 걸 / 나는 감히 말해도 괜찮은 걸까"(「수화」, 『뿌리에게』). 이 노래를 시라 불러도 좋을지, 아직 단언할 수 없다. 그럼에도 이 "황홀한 음지의 꽃"이 내는 소리를 듣기 위해, 감히 다시 한번 자신을 내어주는 모험이 시작된다.

> 네 물줄기 마르는 날까지
> 폭포여, 나를 내리쳐라
> 너의 매를 종일 맞겠다
> 일어설 여유도 없이
> 아프다 말할 겨를도 없이
> 내려꽂혀라, 거기에 짓눌리는
> 울음으로 울음으로만 대답하겠다
>
> ── 「폭포기의 노래」 부분(『그 말이 잎을 물들였다』)

생의 이면, 어둠과 죽음이라는 반대편의 주름을 본 자는 결코 안온한 삶으로 돌아갈 수 없다. 가령 "무심히 어른거리는 개천의 물무늬"나 "하루살이 떼의 마지막 혼돈"은 누구든 그저 지나쳐버릴 광경이지만, 이제는 "감히 그런 걸 바라보려" 눈 뜨지 않을 수 없는 것(「그런 저녁이 있다」, 『그 말이 잎을 물들였다』). 왜 그런가? 자신의 몸에 붙박인in-physis 타자를 잊을 수도 몰아낼 수도 없는 탓이다. 그 이물감을 깊이 각인함으로써, 특정한 소리로 표현해야 하는 운명의 몫이 있을 테니. "내 몸을 빠져나가지 못한 어둠 하나 / 옹이로 박힐 때까지" 감내해야 할 미지의 노동이 거기 있지는 않은가?(「그런 저녁이 있다」) 어쩌면 그 불가지함에 두 겹의 주름이 내포하는 존재의 비밀이, 보이는 것과 보이지 않는 것이 뒤엉킨 삶의 무늬가 그려져 있을지도 모른다.

> 삶은 왜
> 내가 던진 돌멩이가 아니라
> 그것이 일으킨 물무늬로서 오는 것이며
> 한줄기 빛이 아니라
> 그 그림자로서 오는 것일까
>
> […]
>
> 삶을 받은 것은
> 무언가 지불했기 때문이다
> ─「거스름돈에 대한 생각」 부분(『그 말이 잎을 물들였다』)

3. 그곳, 침묵과 어둠의 경계

'기이'라고 밖에 할 수 없는 이 낯선 감각은, 일종의 재능이다. 바람 부는 대로, 물 흐르는 대로 살도록 내버려 두지 않는, 평시에는 안 보이고 안 들리는 것들이 홀연 느껴지고 지각되는 순간에 바쳐진 이 능력은 영감이라고도 불려왔다. 신화에 따르면 그것은 신들이 귓가에 불어넣은 숨결이었던 바, 시인의 과제는 그 불명의 숨을 언어로 바꾸어내는 데 있다. 문제는 인지人智를 싣지 않은 그 소리를 어떻게 인간의 말로 번역하느냐에 있으니,

이해할 수 없고 해득할 수 없는 그 비인간적 파동은 "침묵의 순연한 재"처럼 정제되지 않은 채, "끝내 절규도 침묵도 되지 못한 언어들"로만 남겨지는 탓이다(「초판 자서」, 『그곳이 멀지 않다』). 제아무리 아름답게 탁마된 시구라 해도, 애초에 귓전을 울리던 그 숨결의 감응에는 전혀 미치지 못할 터. 시작詩作, 이 무익하고도 두려운 노동은 계속되어야 할까? 귀를 막고 마음을 닫아, 비루하지만 안온한 일상에 전념하는 게 차라리 낫지 않을까?

> 얼어붙은 호수는 아무것도 비추지 않는다
> 불빛도 산 그림자도 잃어버렸다
> 제 단단함의 서슬만이 빛나고 있을 뿐
> 아무것도 아무것도 품지 않는다
>
> ─「천장호에서」 부분(『그곳이 멀지 않다』)

마음을 닫고 귀를 막는 것은, 너를 치우고 타자를 지움으로써 자기의 세계를 구축하려는 의지의 표명일 게다. 하지만 자신 안에 남고자, 모든 나 아닌 것들을 차단하고자 스스로 "얼어붙은 호수"가 될 때, 그래서 아무것도 품지 못할 때 "제 단단함의 서슬"이 밝게 빛난 들 무슨 소용이 있을까? "헛되이 던진 돌멩이들, / 새떼 대신 메아리만 쩡 쩡 날아오른다"(「천장호에서」). 다른 생명을 불러 모으는 것, 그것은 제 몸의 감각을 봉인하여 얻는 보상물이 아니라 자신을 열어둠으로써 타자가 깃들 자리를 만들 때 생겨나는 사건이다. "빈 가지가 있어야지, / 제 몸에 누구를 앉히는 일 / 저 아닌 무엇으로도 풍성해지는 일"(「품」, 『그곳이 멀지 않다』). 당연하지만, 그 "일"은 안온하고 즐겁기만 한 놀이가 아니다. "내 일생이 다 지나갈 것 같은" 오랜 침묵과 기다림을 감수해야 하고(「오 분간」, 『그곳이 멀지 않다』), "사는 건 쐐기풀로 열두 벌의 수의를 짜는 일이라고, / 그때까지는 침묵해야 한다고," 스스로를 끝없이 다독여야 하는 인고의 여정에 가까울 것이다(「고통에게 1」, 『그곳이 멀지 않다』). 아마도 "사랑에서 치욕으로, / 다시 치욕에서 사랑으로," 천만 번 이상 오고 가야 할 그 길보다(「푸른 밤」, 『그곳이 멀지 않다』), 더 두려운 것은 "우리의 생은 / 그보다도 높이 튀어오르지 못하리란 걸 알고 있"다는 데 있을지 모른다(「칸나의 시절」, 『그곳이 멀지 않다』). 그럼에도, 엄존하는 타자의 풍경 앞에 시인은 마주 서야 한다. 설령 그 만남이 아름답고 조화로운 노래로 장식되지 않을지라도, "어느 겨울 아침 / 상처도 없이 숲길에 떨어진 / 새 한 마리"에 대한 초라한 애도의 몸짓에 지나지 않을지라도, 받아들여야 할 "그곳"에서의 사건이기에. "넓은 후박나무 잎으로 / 나는 그 작은 성지를 덮어주었다"(「그곳이 멀지 않다」, 『그곳이 멀지 않다』).

"그곳"을 불명의 어둠이라 불러도 좋을까? 어디에나 있지만, 그 어떤 실체의 이름으로도 특정지을 수 없는 존재의 (비)장소 거기서 시인은 주체로서 자신의 의지와 힘, 인간적 능력을 망실한다. 자기를 중심으로 지어졌던 우월의 탑은 무너지고, 떠밀리고 쓸려나가듯 존재의 또 다른 주름을 목도할 뿐이다. 원인과 결과, 능동과 수동, 주체와 객체의 익숙했던 논리는 역전된 채 다른 사건의 시공으로 그를 밀어 넣는다.

> 5시 44분의 방이
> 5시 45분의 방에게
> 누워 있는 나를 넘겨주는 것
> 슬픈 집 한 채를 들여다보듯
> 몸을 비추던 햇살이
> 불현듯 그 온기를 거두어가는 것
> 멀리서 수원은사시나무 한 그루가 쓰러지고
> 나무껍질이 시들기 시작하는 것
> 시든 손등이 더는 보이지 않게 되는 것

5시 45분에서 기억은 멈추어 있고

어둠은 더 깊어지지 않고

아무도 쓰러진 나무를 거두어가지 않는 것

— 「어두워진다는 것」 부분(『어두워진다는 것』)

어둠은 곧 경계. 낯익은 인간학적 질서 너머를 지각하게 만드는 순전한 경계 그 자체. 멀쩡하던 "뼈와 살"이 "비로소 아프기 시작하고" 자기라는 균열된 세계를 "혼자 쓰다듬는 저녁"이 열리는 비–장소(「어두워진다는 것」). 여기서 침묵은 소리 없는 진공이 아니라 말–없음을 알리는 소리에 가깝다. 온갖 일상의 소음과 소란, 무의미의 벽을 넘어 존재의 의미를 담아내는 소리가, 그 말이 들리기 시작하는 발단은 바로 그 침묵으로부터가 아닌가? 일단 그렇게 태어나는 (말)소리는 다시 침묵 속에 가라앉도록 허락되지 않으니, 어둠과 죽음, 고통받는 타자의 엄존이라는 사태가 시인의 눈을 뜨게 하고 그의 입을 벌려 말하도록 강제하기 때문이다. 시인이여, 세계의 숨결을 맡아 언어에 실으라, 타자의 축음기가 되라.

소리를 기록할 수 있다고 믿게 된 때부터

상처를 반복할 수 있다고 생각한 그 때부터

돌아갈 수 없게 되었다

소리가 태어난 침묵 속으로

— 「축음기의 역사」 부분(『어두워진다는 것』)

상처받을 수 있는 가능성vulnérabilité. 타자의 몸짓, 웃음, 흐느낌, 숨소리, 세계의 그 모든 것들로부터 트라우마를 입지 않을 수 없는 이 가능성은 하나의 능력이다. 이성과 인식으로 분류되지 않는 이 기이한 감수성으로 인해 시인은 말할 수 있는 존재가 되고, 나아가 그의 시는 몸짓이 된다.

언어는 그에게 주어진 것, 그의 목청은 다만 빌려진 것, 그의 문자 또한 이 같은 존재–사건이 수놓은 무늬에 가까운 것. "누군가 나를 수놓다가 사라졌다."

> 나를 처음으로 뚫고 지나갔던 바늘 끝,
> 이 씨앗과 꽃잎과 물결과 구름은
> 그 통증을 지금도 기억하고 있다가 기다리고 있다
>
> 헝겊의 이편과 저편, 건너가면
> 다시 돌아올 수 없는 언어들로 나를 완성해다오
> 오래전 나를 수놓다가 사라진 이여
> — 「오래된 수틀」 부분(『어두워진다는 것』)

따지고 보면, 저 먼 근원에서부터 이 세계는 타자들로 채워져 있었고 그들이 내는 알 수 없는 소리들로 충만해 있었으리라. 우리의 귀는 우리의 언어만을 듣고, 우리의 언어로 그것을 규정지었기에, 그 이면에 대해서는 전적인 무관심, 아니 무능력으로 일관했을 따름이다. 자음과 모음으로, 낱개의 음운들로, 일련의 기호들로 분절할 수 없는 낯익은–낯선 소리들의 현존. 그 탈구되고 어긋난 삐걱거림을 비로소 듣게 되고 비스무리 따라해 보는 순간은 언제 일어나는가? 혼자이되 혼자이지 않다는 현존의 역설을 지각하는 때 아닌가?

> 이 낯선 방에서 나는 혼자가 아니다
> 소리들이 함께 있다
> 나는 세계의 가구들 중 하나로서 작은
> 소리를 내어볼 뿐이다

[…]

생각한다 모든 존재의 소리는

삐걱거림이라는 것을

뜨거움과 차가움

사이에서 수축과 팽창, 단절과 소통

사이에서 흐르는 물조차

삐걱거린다는 것을

삐걱거리는 몸만이

그 소리 들을 수 있다는 것을

—「소리들」 부분(『그곳이 멀지 않다』)

미메시스. 자연의 모방은, 그러나 자연이라 불린 것 자체를 넘어설 때 시작된다. "삐걱거림"을 듣기 위해 "삐걱거리는 몸"이 되는 것. 그렇게 침묵조차 모방할 수 있을 때, 우리는 타자들의 세계에 한 걸음 더 다가서게 된다. 그것은 어두운 불명의 사방세계, 오직 대기의 흐름과 물살의 출렁임을 통해서만 간신히 지각되는 존재의 두 주름, 그 경계를 더듬는 감각에서 비롯되는 사건이다. "타악기 연주자 이블린 글레니는 여덟 살 때 귀를 잃었지만/ 벽에 반사된 소리의 진동을 통해 존재의 음악을 들었으리라"(「소리들」).

4. 회산, 생성의 시간

두 겹의 주름, 두 겹의 느낌, 두 겹의 소리, 그리고 두 겹의 말. 항상–이미 타자가 먼저 있다는 명제로 집약되는 이 세계감각은 낯선 깨어남이라는 발견의 사건과 더불어 열린다. 존재의 어둠 속에 침잠하여 침묵의 근저까지

다다를 때, 사라지는 것은 인간적 인식과 범주, 관념의 질서다. 아폴론적 명료함과 정연함은 순식간에 무장해제되고, 불투명하고 식별 불가능한 생명의 지평이 거기 펼쳐진다. 하지만 이 생명은 인간학적 기준에 의거해 정의되는 유기체적 삶은 아닐 것이다. 정신과 육체, 유기물과 무기물, 인간과 비인간을 나누는 생명의 근거는 더 이상 작동하지 않는다. 바다와 바람이 합작하여 물결을 만들 듯, 그렇게 사방세계와 조응함으로써 서로를 감응시키고 움직이게 만드는 모든 것이 생명의 이름을 부여받는다. 생명적 사물로부터 사물적 생명으로. 그러니, 누가 우는가? 이 질문을 던질 때 누군가의 이름을 떠올리지 말자. 차라리 눈을 감고 귀를 닫아 어둠과 침묵 속을 찾아 들어가자. 그때 무엇이 들리고 무엇이 모습을 드러내는가?

> 바람이 우는 건 아닐 것이다
> 이 폭우 속에서
> 미친 듯 우는 것이 바람은 아닐 것이다
> […]
> 누군가 울고 있다
> 창문을 닫으니 울음소리는 더 커진다
> 유리창에 들러붙는 빗방울들,
> 가로등 아래 나무 그림자가 일렁이고 있다
> 저 견딜 수 없는 울음은 빗방울들의 것,
> 나뭇잎들의 것,
> 또는 나뭇잎을 잃지 않으려고
> 이리저리 부딪치는 나뭇가지들의 것
> ─「누가 우는가」 부분(『사라진 손바닥』)

주의하라. 지금 시인은 빗방울이라는 의인擬人의 울음을 듣는 게 아니라,

빗방울이라는 사물들이 서로 부딪치는 소리, 그럼으로써 작은 물방울이 파열되거나, 더 큰 물방울로 합쳐지는 변이의 소리를 듣고 있다. 나뭇잎과 조우하여 잎맥을 타고 흐르는 소리를 듣고, 다시 낙하하여 지면의 흙에 흡수되는 소리를 듣는다. 빗방울과 바람에 흐트러진 나뭇가지들의 충돌과 마주침을 듣는 것이다. 이 각각의 소리들에는 이름이 없다. 무명의 시간. 개별적이고 일회적인, 유일무이한 사건의 소리들만 있다. 원인도 없고 결과도 없으며, 무수하게 이어지고 연결되는, 펼쳐지고 되접히는 존재론적 주름의 운동만이 있다. 불명의 어둠을 체득하기 위해서는 또한 불명의 감각을 내세울 수밖에. "나무 한 그루가 창밖에 있다 / 내 안의 나무 한 그루 검게 일어선다"(「누가 우는가」). 이 소리의 진동이, 클리나멘의 흐름이 어찌 울음뿐이겠는가? 누군가 울고, 누군가 웃는다. 누군가 분명히 있다.

인가이 지워지는 자리. 부처님 손바닥이 연꽃에 비견되는 것인가, 거꾸로 연꽃이 부처님 손바닥에 비유되는 것인가? 어쩌면 저 자리의 본래면목이란 이 연꽃의 '있음', 그 하나뿐이 아닐까? 아니, 손바닥을 넘어 연꽃에 주목하는 것조차 섣부른 오해일지 모른다. 손바닥 "푸르게 혼들"던 저 꽃은 어느새 지고 기울어 연못 바닥에 가라앉고 말 테니까. 모든 것은 무로 돌아가고, 다시 피어나는 연꽃들은 '이후'를 모르듯 '이전'도 알지 못하리니. 여기에 무슨 인간적 의미가 있는가?

> 바닥에 처박혀 그는 무엇을 하나
> 말 건네려 해도
> 손 잡으려 해도 보이지 않네
> 발밑에 떨어진 밥알들 주워서
> 진흙 속에 심고 있는지 고개 들지 않네
>
> 백 년쯤 지나 다시 오면

그가 지은 연밥 한 그릇 얻어먹을 수 있으려나

그보다 일찍 오면 빈손이라도 잡으려나

그보다 일찍 오면 흰 꽃도 볼 수 있으려나

회산에 회산에 다시 온다면

— 「사라진 손바닥」 부분(『사라진 손바닥』)

연꽃도 아니고 연못도 아니다. 손바닥은 더더욱 아니다. 그럼 "그"는 누구인가? "거대한 폐선처럼 가라앉"은 연못이라는 세계, 그 심저에서 보이지 않고 잡히지 않는 모습으로 "밥알들"을 "진흙 속에 심고 있는" 그의 표정은 식별할 수 없다. 단언컨대, 그는 시간이며 생성이다. 무너지고 일어나는 생멸의 순간들을 지켜보며, 다시 피어나는 생명을 준비하기 위해 부지런히 이 세계의 주름을 접고 펴는 존재. 회산은 모이고 흩어지는[會─散], 그로써 다시 세계를 낳는[回─産] 그 사건적 흐름에 붙여진 불가능한 이름이 아닐까?[3] 여기에는 인간도 비인간도 다를 바 없고, 죽음도 삶도 동등한 무게를 가지며, 만물의 여여함이 각자의 다름만큼이나 같음에 자리를 내어주는 온전한 존재의 평면만이 있다. 시간의 흐름도 생성의 의미도 잊혀질 만큼.

• • •

3. 얼어붙은 강에 멈춘 배를 끌어올 이가 누구인지 안타까워하던 시인은 문득 깨닫는다. 저 배는 자기 자신이며, 그 배를 끌어올 "그"는 바로 시간이라는 점을. 얼음에 갇힌 배는 시인 자신이자 시인의 정체된 시간에 다름 아니다. 역설적이게도, 배가 다시 움직이는 "열림의 시간"은 얼음에 갇힘으로써 비로소 가능성의 영역으로 넘어간다. 시간의 운행은 인간의 의지나 노력으로 이루어지지 않고, 시간의 흐름을 기다리고 맞이함으로써 지각되는 사건이라 할 만하다. 나희덕, 「누가 저 배를 데려올 것인가」, 『반 통의 물』, 창작과비평사, 1999, 166~167쪽. 전남 무안에는 회산 백련지라는 동양 최대의 연꽃방죽이 있다. 「사라진 손바닥」은 이 실제 지명에서 모티브를 얻은 것이겠지만, 그 이상의 감응 속에 쓰여진 것이리라.

잊혀진 것들은 모두 여가 되었다

망각의 물결 속으로 잠겼다

스르르 다시 드러나는 바위, 사람들은

그것을 섬이라고도 할 수 없어 여, 라 불렀다

울여, 새여, 대천어멈여, 시린여, 검은여...

이 이름들에는 여를 오래 휘돌며 지나간

파도의 울음 같은 게 스며 있다

물에 영영 잠겨버렸을지도 모를 기억을

햇빛에 널어 말리는 동안

사람들은 그 얼굴에 이름을 붙여주려 하지만

어느새 사라져버리는 바위,

썰물 때가 되어도 돌아오지 않는

그 바위를 향해서도 여, 라 불렀을 것이다

그러니 여가 드러난 것은

썰물 때가 되어서만은 아니다

며칠 전부터 물에 잠긴 여 주변을 낮게 맴돌며

날개를 퍼덕이던 새들 때문이다

그 젖은 날개에서 여, 라는 소리가 들렸다

—「여, 라는 말」전문(『사라진 손바닥』)

여. 내[我]를 가리키기도 하고, 너[汝]를 가리키기도 하며, 그 무엇에도 속하지 않는 잉여[餘]를 가리키기도 하는 이 단어는, 인간의 언어가 얼마나 협소한지를 여실히 폭로한다. 하지만 바로 그렇기에, 이 세계의 모든 것 중에 이 "여"에 담기지 않을 것 또한 없을 터. 너든 나든 그 무엇이든 결국 세계의 접힘과 펼쳐짐 중에 남겨진 것, "잊혀진" 것이자 "드러나는" 것이고, "울음"이자 "기억"이며, "어느새 사라져버리는" 것, 마침내 "소리"

라는 반향만 남긴 채 어둠으로 물러서는 것들이 있다. 따라서 나는 무엇이고 너는 무엇이라는 정체의 언어로 규정지으려는 시도는 무익할 뿐만 아니라 어리석다. 나는 "바늘"이었다가 "종이"였고, "갈매기"이자 "느티나무"이며, "자전거"이기도 하고 "가로등"이기도 하다. 나도 없고 너도 없이, 모든 것이 생성의 주름에 맡겨져 있는 한.

> 나는 바늘이다
> 하얀 무명의 장막 속으로
> 떨리는 몸을 밀어 넣기 시작한다
> 나는 종이다
> 엎질러진 물 위에 오래 누워 있다
> 더 이상 젖을 수 없을 때까지
> 나는 갈매기다
> 너무 멀리 날아와 버렸나 보다
> 갯내가 나지 않는다
> 나는 박쥐다
> 나는 새가 되지 못한 게 아니라
> 쥐가 되지 못했다
>
> ― 「안개」 부분(『야생사과』)

어떤 식으로 자신을 명명하든, 자기는 '다 이루지 못한 것' 즉 잉여로만 규정될 수밖에 없다. 당연하다. 모든 존재자는 이 세계의 펼침과 접힘 가운데 벌어지는 주름의 사건 속에 있기 때문이다. 그러니 어떻게 스스로를 부르던 "나는 이미 지워졌다" 할밖에(「안개」). 이런 초탈의 감수성이 "내 등 뒤에 서 있는 내가 보"이는 사물적 자기성自己性이라는 보다 큰 생명의 진리에 근접한 것임은 두말할 나위도 없다(「야생사과」, 『야생사과』). 이는 마치 "벼랑 위에서 풀을 뜯던 말의 목선"이 "왜 그토록 머리를 깊이 숙여야 했는지", "벼랑을 기어오르던 해풍이 / 왜 풀을 뜯고 있던 말의 갈기를 흔들었는지" 알 수 없고, 또 알 필요도 없는 이치와 다르지 않을 게다. '자연의 섭리'라는 상투적인 언명 이전에, 사물적 생명들로 둘러싸인 이 세계에 어떤 초월적인 이념도 자리하지 않음을 보여주는 무상의 진리가 여기 있을 뿐이다. 그럼에도 시인은 그만그만한 통속으로 삼켜질 수 없는 것 또한 '있음'을 문득 떠올린다.

> 입 속에서 뒤척이다가
> 간신히 삼켜져 좀처럼 내려가지 않는 것,
> 기회만 있으면 울컥 밀고 올라와
> 고통스러운 기억의 짐승으로 만들어버리는 것,
> 삼킬 수 없는 말, 삼킬 수 없는 밥, 삼킬 수 없는 침,
> 삼킬 수 없는 물, 삼킬 수 없는 가시, 삼킬 수 없는 사랑,
> 삼킬 수 없는 분노, 삼킬 수 없는 어떤 슬픔,
> 이런 것들로 흥건한 입 속을
> 아무에게도 열어 보일 수 없게 된 우리는
> 삼킴 장애의 종류가 조금 다를 뿐이다
>
> 미선아, 삼킬 수 없는 것들은
> 삼킬 수 없을 만한 것들이니 삼키지 말자.
> 그래도 토할 수 있는 힘이 남아 있음에 감사하자. 희덕
>
> ― 「삼킬 수 없는 것들」 부분(『야생사과』)

삼키지 못한 것은 기억해야 하는 것이다. 범상한 섭리나 이치, 숙연한 애도의 문장 따위로는 결코 망각될 수 없는 것. 망령처럼 스멀스멀 기어올라

낯선 목소리로 말을 거는 어둠의 기억. 이제 다시 존재의 이편으로 시선을 돌릴 시간이다.

5. 혀, 세계의 항문

하늘로 날아오르고 싶던 이카로스가 끝내 추락해버린 것은, 단지 어깨 위의 밀랍이 태양에 녹은 탓만은 아닐 게다. 이카로스와 새는 서로에게 타자이며, 새가 아니기에 그는 지상에 속한 존재자이고, 지상에 속했기에 지저귐이 아니라 말을 하는 존재자라는 단순하지만 정확한 진실 때문 아니었을까? 밀랍은 이카로스를 새처럼 흉내 내게 해주었지만 "우리가 아는 것은 / 밀랍 자체보다 / 밀랍이 곧 녹거나 닳아 없어질 것이라는 사실이다"(「밀랍의 경우」,『말들이 돌아오는 시간』). 이렇듯 미메시스는 타자성의 경계를 넘어설 수 없다는 분명한 자각을 통해 이루어지는 행위다. 말[言]이 말[馬]이 아니듯, "나는 자꾸 말을 더듬고 / 매 순간 다르게 발음되는 의성어들이 끓어오르"지만(「풀의 신경계」,『말들이 돌아오는 시간』), 당혹스럽게도 언어라는 사건은 바로 그곳에서 생겨난다. 나와 너, 그 누구도 아무도 아니며 아무것도 아니라는 여여함으로부터 돌연 말의 세계가 접혀 들어오는 순간이 시작되는 것이다.

  말들이 돌아오고 있다
  물방울을 흩뿌리며 모래알을 일으키며
  바다 저편에서 세계 저편에서

  흰 갈기와 검은 발굽이
  시간의 등을 후려치는 채찍처럼

밀려오고 부서지고 밀려오고 부서지고 밀려오고

나는 물거품 속으로 걸어 들어간다
  — 「말들이 돌아오는 시간」 부분(『말들이 돌아오는 시간』)

　인간과 비인간이 만나 교감하고 사물적 생명의 평면 위에서 교차할 수 있지만, 엄존하는 종적 타자성을 정녕 외면할 수는 없다. 경계를 넘어설 때는 다시 경계 안으로 돌아올 것을 기약하고, 그 경계를 통해 보고 듣고 말할 수 있기를 욕망하는 법. 침묵 속에 잠겨 있던 생성의 다의적 웅성거림은 이제 분절되는 언어의 질서를 통해 단일한 말의 발화 속에 실릴 것이다. "지금은 말들이 돌아오는 시간 / 수만의 말들이 돌아와 한 마리 말이 되어 사라지는 시간"(「말들이 돌아오는 시간」). 이것은 퇴행인가? 뿌리를 향한 흙이 되고자 했던, 사물과 뒤섞여 자기 없는 세계의 흐름에 속하고자 했던 생성의 욕망은 사라진 걸까? 그렇지 않다. 펼쳐졌던 주름이 접힘의 운동에 밀려 올라 해변에 또 다른 존재의 무늬를 그려 넣었을 뿐. 그 무늬의 실존, 의미의 발생을 부정하지 않는 한, 우리는 말의 질서 또한 무위로 몰아넣을 이유를 갖지 않는다. 다만 주름의 이편에서 쓰인 문자를 읽는 것은 저편의 문자를, 혹은 어떤 기호를 잊지 않는다는 전제에서만 허용되는 진실일 게다. 그렇게 "뿌리"로부터 "줄기"로, "가지"와 "꽃잎"으로 주름은 촘촘히 접혀 이번 생의 의미를 피워낸다.

한때 나는 뿌리의 신도였지만
이제는 뿌리보다 줄기를 믿는 편이다

줄기보다는 가지를,
가지보다는 가지에 매달린 잎을,

잎보다는 하염없이 지는 꽃잎을 믿는 편이다

희박해진다는 것
언제라도 흩날릴 준비가 되어 있다는 것

뿌리로부터 멀어질수록
가지 끝의 이파리가 위태롭게 파닥이고
당신에게로 가는 길이 조금씩 보이기 시작한다
　　　　　　　　— 「뿌리로부터」 부분(『말들이 돌아오는 시간』)

　희박해질 수 없다면, 아마 줄기나 가지, 꽃잎으로 나아가지 않았을 일이다. 뿌리를 영영 망각할 수 있다면, 뿌리로부터 떠나지도 않았을 일이다. 그럼에도 근원의 밑바닥에 머물지 않고, 감히 줄기와 가지, 꽃잎으로 나아가 "당신에게로 가는 길"을 찾는 까닭은 지금 접히고 펼쳐진 이 세계의 주름에서 "당신"은 두 번 다시 반복되지 않을 사건의 일부, 무상의 흐름 속에 실려 사라질 무위의 허상은 아닐 것이기 때문이다. 생성의 무한한 흐름이라는 존재의 비밀과 그로부터 불쑥 솟아나는 타자의 형상은, 네가 어떤 이름을 갖든 지금–여기 내 앞에 부재를 주장할 수 없는 이 삶의 진실에 속하니까.

다시, 너를 앉힐 수 없는 의자
다시, 너를 눕힐 수 없는 침대
다시, 너를 덮을 수 없는 담요
다시, 너를 비출 수 없는 거울
다시, 너를 가둘 수 없는 열쇠
다시, 우체통에 던져질 수 없는, 쓰다 만 편지

다시, 다시는, 이 말만이 무력하게 허공을 맴돌았다

무엇보다도 네가 없는 이 일요일은
다시, 반복되지 않을 것이다
저 말라버린 화초가 다시, 꽃을 피운다 해도
　　　　　　　— 「다시, 다시는」 부분(『말들이 돌아오는 시간』)

　"뿌리 대신 뿔이라는 말은 어떤가"(「뿌리로부터」). 이 물음은 근원에
대한 시인의 탐구가 세상과 타인들에 대한 욕망으로 전이하고 있음을 시사한
다. 뾰족하게 솟아오른 뿔은 소통을 위해 다듬어진 언어적 의미의 첨단이지
만, 동시에 타인을 찔러 이해를 오해로, 호의를 적대로 바꿀 수도 있는
양날의 칼일지 모른다. 그렇게, 혀는 곧 칼이라는 것. "얼마나 수많은 어리석
음을 지나야 / 얼마나 뼈저린 비참을 지나야 / 우리는 서로의 혀에 대해
이해하게 될까"(「상처 입은 혀」, 『말들이 돌아오는 시간』). 그럼에도 왜
나의 혀는 너를 향해 위태로운 말을 건네야 할까? "바다를 향해 열린 창"을
가진 방은 "거리를 향해 열린 창"을 가진 방과 서로 맞닿아 있는 탓이다.
빛이 있음에 어둠이 있고 어둠을 통해 빛이 새어 나오듯, 두 개의 방은
각자의 열린 창을 통해 생성의 순환을 촉발하고 지속할 수밖에 없다. "심장
속에 나란히 붙은 두 방은 / 서로를 깨우지 않으려고 조심스럽게 움직인다
/ 두 방을 오가는 것은 / 소리 없이 출렁거리는 안개뿐"(「심장 속의 두 방」,
『야생사과』). 두 겹의 주름 사이를 오가는 파도와 바람처럼.

　　들숨과 날숨 사이에서
　　수평선과 지평선 사이에서
　　붉은 꽃과 검은 그림자 사이에서
　　찰랑거리는 피와 응고된 피 사이에서

누군가 걸어오는 소리와 멀어지는 소리 사이에서
점화와 암전, 환영과 환멸 사이에서

방과 씨방 사이에서
몇 번의 여름과 겨울이 지나고

[…]

다시 쐐기풀을 짜야 할 시간이다
　　　　　— 「방과 씨방 사이에서」 부분(『말들이 돌아오는 시간』)

　시인은 "사는 건 쐐기풀로 열두 벌의 수의를 짜는 일"이라 쓰라리게
고백한 적이 있다(「고통에게 1」, 『그곳이 멀지 않다』). 하지만 이제 그는
'바다를 향한 창'이나 '거리를 향한 창' 어느 것도 닫지 않은 채, 그 순환의
흐름을 맞아들이려 한다. 비록 이로 인해 "사람들이 내 슬픔과 치욕을
알게" 될지라도, "얼음 조각과 얼음 조각이 부딪칠 때마다 / 얼음 조각이
태어나"는 생성의 사건 또한 여기에서 벌어질 것이기 때문이다(「눈과 얼음」,
『파일명 서정시』). 바꿔 말해, 존재의 지고한 진리는 실존의 치열한 진실과
분리될 수 없다. 두 개의 창이 잇닿고, 두 개의 등을 맞대고, 접힘과 펼쳐짐의
두 가지 운동이 결국 하나라는 사실에 어찌 눈감을 수 있을까? 그러니
생활의 구체성을 담아내는, '다시 돌아온 말' 역시 일상의 비루함에 가라앉지
않은 채 세계의 주름을 말아내고 또 펴내는 생성의 사건과 연결된 것임에
틀림없다. 그러니 이제 인간의 말과 지식, 인식과 감정에 새삼 주의를
기울이고, 또 그것들이 빚어내는 의미를 표현할 언어를 조탁하는 일은
필연코 시인이 감당해야 할 정당한 문학의 몫으로 주어진다. 짓눌리고
억눌린 혀를 풀어주고, 생활의 진실이 끌어안는 힘을 드러내는 것.

화단에 심은 알뿌리가 무엇인지

다른 나라에서 온 편지가 몇 통인지

숲에서 지빠귀와 어떤 대화를 나누었는지

옷자락에 잠든 나방 한 마리를 어떻게 바라보았는지

하루에 물을 몇통이나 길었는지

재스민차를 누구와 마셨는지

도서관에서 어떤 책을 대출받았는지

강의 시간에 학생들과 어떤 말을 주고받았는지

저물 무렵 오솔길을 걷다가 왜 걸음을 멈추었는지

국경을 넘으며 어떤 표정을 지었는지

이 사랑의 나날 중에 대체 무엇이 불온하단 말인가

그들이 두려워한 것은

그가 사람의 마음을 열 수 있는 말을 가졌다는 것

마음의 뿌리를 돌보며 살았다는 것

자물쇠 고치는 노역에도

시 쓰는 일을 멈추지 않았다는 것

— 「파일명 서정시」 부분(『파일명 서정시』)

　　타인과 소통하는 동시에 자신의 근원을 돌아보기까지, 바꿔 말해 비루한 생활의 의미를 찾으며 존재의 비밀을 궁구하기까지 시인의 여정은 멀고도 길었다. 아니, 밀물과 썰물이 실상 언제나 그 자리에 남아 있던 그 물결이었듯 시인 또한 항상 제자리를 맴돌고 있었을지 모른다. 관건은 그가 멈추지 않았다는 것, 동일하게 남겨진 그 자리를 차이의 사건 속에 지각함으로써 생성하는 의미의 장으로 받아들였다는 데 있다. 그로써 지워졌던 너와 나, 잉어의 흔적들은 나와 너의 또 다른 모습으로 구분되고, 왜 너는 너이고 나는 나인지 각자의 의미를 통해 충전된다. "그의 생애를 견뎌온 문장들 사이로 / 한 사람이 걸어 나온다, 맨발로, 그림자조차 걸치지 않고"(「파일명 서정시」). 이 긴 시간의 잔해를 헤치고 나와 한 사람으로 육화된 그의 모습, 그의 시를 보라. "상형문자"처럼 일그러지고 흙처럼 "버석거리"는 말은 "어느 날 잔해 속에서 발굴될 얼굴 하나"가 되어 문득 우리 앞으로 걸어 나올 것이다. 마침내 "종이에서 시가 싹트리라"(「종이감옥」, 『파일명 서정시』).

그들이, 입을 틀어막고 시가 시로서 생성되는 것을 막으려 했던, 그들은 옳았다. "서정시마저 불온한 것으로 믿으려 했"던 그들이 진정 옳았다(「파일 명 서정시」). 지금부터 시인이 뱉으려는 언어는 일상의 피로에 사로잡힌 남루한 사설이 아니며 천상의 조화를 찬미하는 감미로운 찬가도 아니다. 그것은 오히려 말이 되지 못한 말, 깨지고 망가진 자들의 희박해진 한숨, 가로막히고 뭉개진 혀들의 말라붙은 침방울 같은 언어의 흔적이다. "문턱을 넘지 못한 사람들"의, "아직 돌아오지 못한 사람들"의, 문턱 저편에 남겨진 말.

> 증인 B: 할 말 … 말이 있지만 … 그만 … 그래도 … 할 말이 … 해야
> 할 말이 … 정신없이 … 살아나오긴 했지만 … 우리 반에서 … 저 말고는
> … 아무도 … 구조되지 못했 … 친구들도 … 살 수 있었을 … 아무도 …
> 저 말고는 아무도 …

> 간신히 벌린 입술 사이로 빠져나온 말들이 있다
> 아직 빠져나오지 못한 말들이 있다

손가락 사이로 힘없이 흘러내리는 말. 모래 한 줌의 말. 혀끝에서 맴돌다 삼켜지는 말. 귓속에서 웅웅거리다 사라지는 말. 먹먹한 물속의 말. 해초와 물고기들의 말. 앞이 보이지 않는 말. 암초에 부딪치는 순간 산산조각 난 말. 깨진 유리창의 말. 찢긴 커튼의 말. 모음과 자음이 뒤엉켜버린 말. 발음하는 데 아주 오래 걸리는 말. 더듬거리는 혀의 말. 기억을 품은 채 물의 창고에서 썩어가는 말. 고름이 흘러내리는 말. 헬리콥터 소리 같은 말. 켜켜이 잘려 나가는 말. 잘린 손과 발이 내지르는 말. 핏기가 가시지 않은 말. 시퍼렇게 멍든 말. 눌린 가슴 위로 내리치는 말. 땅. 땅. 땅. 땅. 망치의 말. 뼛속 깊이 얼음이 박힌 말. 온몸에 전류가 흐르는 말. 감전된 말. 화상 입은 말. 타다 남은 말. 재의 말.

— 「문턱 저편의 말」 부분(『파일명 서정시』)

본질적으로, 이것은 침묵의 말, 어둠 속에서 울리는 누구의 것인지 알 수 없는 말, 인간의 것이되 인간의 것으로 인정받지 못했고 그래서 들리지 않는 말에 해당된다. 마침표와 말줄임표로 범벅이 된 채 논리를 통과하지 못하고 상징화되지도 않는 비인간의 언어들. 시인은 이 소리들을 전하기 위해 혀를 말아 올린다. 존재하는 것들의 삶에 대한 진실을 끄집어내기 위해. 비록 그가 사용하는 언어가 그릇되고 왜곡된 칼날일지 몰라도. 이 아이러니를 넘어서는 데 시의 소명 또한 자리하지 않겠는가?

깊은 슬픔이 어떻게
거짓말 없이 전달될 수 있을까

연민보다는 차라리 거짓말이 낫고
말의 순도보다는 말의 두께가 중요한 순간이 있으니
독기를 잃지 않으면 할 수 없는 말도 있으니

누구도 그것을 거짓말이라 단정할 수 없다
확정된 진실조차 없기에

정직함이 불가능해진 세계에서
정직함에 대한 부정직한 이해만이 무성한 소문을 만들어낼 뿐
— 「정직한 사람」 부분(『파일명 서정시』)

증언은 결코 합리적이고 논리적인 진술의 절차를 밟지 못한다. 트라우마를 겪은 마음은 절대로 일관된 이성의 절차에 맞춰 봉합되지 않을 것이다. "정직"이란 그 같은 상흔이 있는 그대로 표현될 때 비치는 진리/진실의 얼굴인 것을. 따라서 시적 증언은 고아한 정신의 사변이 아니라 세계의 가장 밑바닥, 접히고 펼쳐지는 사건의 가장자리, 그 참혹하고 비참한 생성의 풍경을 담아내는 데서 성립할 것이다. "어떤 먼 것 / 어떤 낯선 것 / 어떤 무서운 것에 속한 아름다움" 같은(「라듐처럼」, 『파일명 서정시』), 저 기이한 발생의 (비)장소는 어떤 곳인가?

당신은 그곳을 세계의 항문이라고 불렀습니다

모든 악이 모여서 배출되는 곳
한번 들어가면 살아나올 수 없는 곳
이것이 인간인가, 되묻게 하는 곳
지금도 시커먼 괄약근이 헐떡거리는 곳

[…]

표류하는 기억과 악몽에 뒤척이다가

당신이 가라앉은 곳

— 「가라앉은 자와 구조된 자」 부분(『파일명 서정시』)

첫 시집 이래, 시인은 일상의 단면을 담은 시편들 속에 먹고사는 고달픔이나(「저녁을 위하여」, 『뿌리에게』) 불의에 대한 설움(「기침」, 「서약서 1」, 「사표」, 『뿌리에게』), 무너지는 타인들에 대한 소묘(「신정 6–1 지구」, 「여기에 평화가 있어」, 『그 말이 잎을 물들였다』) 등을 시화해 왔다. "뒤끓는 바닷속에 몸을 던진 사람들"(「바다」, 『뿌리에게』)이 사는 이 세계에 대한 관심은 줄곧 그의 뇌리를 떠나지 않는 주제였음이 분명하다. 그럼에도 세계와 현상, 인간 너머의 사물적 생명에 대한 그의 시선은 생성이라는 주름의 이면에 더 깊은 주의를 기울이곤 했다. 그것은 언어로는 포착 불가능한 순전한 존재론적 세계의 비밀이었을 터. 하지만 그 주름의 다른 한 끝이 "욕망의 물풀이 자라나는 기슭"이자 "떠나온 이보다 쫓겨온 이가 많은 뱃전"으로서 "비틀거리며 발 디뎌온 생활"의 장이란 사실 역시 불가피한 진실이다(「바다」). 따라서 존재론의 근저까지 드리워졌던 시적 사유의 닻을 다시 이 세계로 끌어올려 표현하는 시의 순간은 필연적이었으리라. 무엇보다도, 시인의 일상을 가로지르는 사회적 사태들이 그로 하여금 이렇게 말할 수밖에 없는 시간을 강요했던 탓이다. "그 유리창을 깰 도끼는 누구의 손에 들려 있는가"(「난파된 교실」, 『파일명 서정시』). 하지만 주름의 한쪽 면을 펼 때 다른 한쪽 면은 필경 다시 접히고 어둠에 감싸일 것이니, 그곳을 돌아볼 시간을 반드시 기약하지 않을 수 없다. 어쩌면 시인은 익숙하지만 여전히 낯선 자세로 그 침묵의 소리에 이미 귀 기울이고 있을지 모를 일이다.

6. 주름들, 접힘과 펼쳐짐

이 해변에 이르러
그녀는 또 하나의 주름에 도착했다

[…]

주름은 골짜기처럼 깊어
펼쳐 들면 한 생애가 쏟아져나올 것 같았다

열렸다 닫힐 때마다
주름은 더 깊어지고 어두워지고
주름은 다른 주름을 따라 더 큰 주름을 만들고

밀려오는 파도 역시 바다의 무수한 주름일 것이니

— 「주름들」 부분(『파일명 서정시』)

들뢰즈에 따르면 주름의 펼침과 접힘은 서로 상반되는 행위가 아니다.
역으로 그것은 하나의 주름에서 다른 주름으로 이행하는 운동이며, 특정한
무늬를 반복 불가능한 사건에 실어 또 다른 무늬로 생성시키는 과정이라
할 수 있다. 무늬의 무게는 누적되고 축적되지만 결코 동일한 회로를 구성하
지는 않는다. "또 하나의 주름"은 또 다른 주름으로서 지금–여기의 고유한
의미를 우리에게 내보일 것이다. 하지만 "기억의 되새김질보다 생성의
순간"을 기다린다 해도(「시인의 말」, 『야생사과』), 이미 실존했던 누군가,
타자의 기억을 완전히 소거할 수는 없다. 그러니 "기억이 끼어들 때마다
/ 화음은 불협화음에 가까워지고/ 그 비명을 끌어안으며 새로운 화음이

만들어"지도록 버티는 삶, 그것이 시인이 해변에서 그려야 하는 무늬 아닐까? 어떤 이유나 목적으로도 경도하지 않은 채, 주름의 운동과 이 세계의 현상을 이음으로써 바다와 거리가 연결되게 하는 것. "그녀"가 오늘 해변에 도착한 이유도 그에 있을 게다. 수많은 동사들로 이루어진 밀물과 썰물이, 이 해변에 머물러 무한한 생성을 거듭하도록 만드는 것.

　　오다 가다 오르다 내리다 흐르다 멈추다 녹다 얼다 타오르다 꺼지다
　　보다 듣다 생각하다 말하다 삼키다 뱉다 잡다 놓다 울다 웃다 주다 받다
　　묻다 답하다 밀다 당기다 열다 닫다 떠오르다 가라앉다 부르다 사라지다
　　넘다

　　서른세 개의 동사들 사이에서
　　하나의 파도가 밀려가고 또 하나의 파도가 밀려올 것이니
　　세상은 우리의 손끝에서 부서지고 다시 태어날 것이니
　　　　　　— 「서른세 개의 동사들 사이에서」 부분(『파일명 서정시』)

　해변에 그려진 저 알 수 없는 무늬들은 자연이 남겨놓은 뜻 없는 자취일 게다. 거기에 어떤 의미를 새겨넣는 것은 자칫 우둔한 오만일지 모르나, 이 또한 인간의 일이 아닐 수 없다. 무익한 시의 노동은, 또 다른 파도가 도착하기까지 그 무의미에 의미를 보태어 존재의 무늬를 잠깐이나마 남겨두는 데 있을지 모른다. 바로 거기에 나와 너, 그 누구도 아니지만 '무엇'이라 부를 만한 어떤 것이 있을 것이기 때문이다. "기다리지만 말고 서른세 개의 노를 저어 찾아라 / 세계의 손끝에서 마악 태어난 당신을"(「서른세 개의 동사들 사이에서」).

가능주의자, 불가능한 미-래의 시학

나희덕 문학의 지금과 여기

1. 붉은 거미줄, 시적 사건의 연대기

천의무봉天衣無縫. 10세기 말 중국 송나라에서 편찬된 이야기 모음집 『태평광기太平廣記』에서 유래한 이 사자성어는 기운 자리를 찾을 수 없이 완벽하게 한 타래로 지어진 하늘의 의복을 가리킨다. 이는 완전무결한 일의성과 더불어 인위적 작위를 품지 않은 자연성 자체를 뜻하기도 하는데, '더할 것도 없고 덜할 것도 없는' 완결체로서의 작품œuvre을 비유하는 용어로 널리 쓰여 왔다. 흠결 없이 이어지는 순수한 연결의 이미지. 하지만 그 황홀하게 비치는 절대성의 한편으로, 유한한 존재자인 인간이 과연 그 같은 완전성을 형상할 수 있을지에 대한 망연한 의혹이 서린다. 정말 솔기 하나 없이 투명하도록 매끈한 천상의 옷이 있다면, 우리의 비루한 지상적 신체는 그것을 걸쳐볼 수도 없을 것이다. 사물과 사물이 만나 서로를 지탱하는 현상은 씨실과 날실이 교직하여 만드는 마찰력의 상대적 평형에서 비롯되는 탓이다. 불가능한 이상, 그러나 우리를 끊임없이 불러내고 끌어내는 그 힘을 정녕 존재하지 않노라 말할 수 있을까? 천의무봉, 그것은 차라리 봉인할 수 없는 불가해한 의혹이자 의지, 의미의 실재에 대한 은유가 아닐까?

예술의 사정도 이와 다르지 않을 터. 순연하게 발생하는 세계의 질료들 자체가 곧 예술을 뜻하지는 않는다. 그것들을 한데 담아 봉인하고자 애쓰되 결코 전부 담아낼 수 없다는 불가능성 속에서 생겨나는 좌절의 형식, 이 (불)가능한 지향 속에서 간신히 빚어지는 무엇인가가 예술로서의 시를 이룬다. 그러므로 시작詩作은 무결한 조화나 완성이 아니라 순전한 불협화음, 그 충돌과 파열의 과정을 언어적 직조를 통해 짜낸 그물[texture]이라 할 만하다. 텍스트라 불리는 이 그물은 실체의 견고한 부피를 갖기보다 새벽녘에 살짝 비치다 사라지는 별빛의 반사경에 가까울 것이니, 한낮의 빛을 기대하기보다 한밤의 어둠을 증거할 유일한 실존이기 때문이다. "별은 어둠의 거미줄에 맺힌 밤이슬"(「어둠이 아직」, 『말들이 돌아오는 시간』)이라는 표현은, 따라서 밤이슬을 통해 자신의 실재를 남겨두려는 별의 역설적 증언이라 해도 좋겠다. 그물–텍스트는 이렇게 밤과 어둠의 흔적을 보존하고 새겨두기 위한 음화陰畫의 형식으로 존재한다. 시의 직조는 세계와 사물에 빛을 쪼이는 아폴로적 과업이 아니라 그늘을 그늘로, 어둠을 어둠으로 잔존하도록 놓아주는 디오니소스적 노동에 값한다. "얼마나 다행인가 / 어둠이 아직 어둠으로 남아 있다는 것은"(「어둠이 아직」).

그럼 시의 그물을 짜는 이는 누구인가? 지상적 존재자로서 시인은 천의무봉의 완벽을 이루는 창조자는 아닐 것이다. 외려 "조금은 거미인 나"(「거미에 씌다」)로서의 시인은 그 직조 과정에 우연히 떠밀린 유사–주체 혹은 매개자에 불과하다.

> 낮은 허공에 걸려 있던 거미줄이
> 얼굴을 확 덮치던 그 날부터
> 내 울음은 허공에 닿아 거미줄이 되었다

버둥거리며 거미줄을 떼어냈지만
내 얼굴에선 한없이 거미줄이 뽑혀나왔다

           — 「거미에 씌다」 부분(『어두워진다는 것』)

    음절마다 분리되는 기호의 조각들로 간신히 전해질 이 그물의 진동은
대개 침묵에 동화되거나 오해와 오인의 착란 속에 귀착되기 마련이다.
"나는 내 울음이 누구에게도 들리지 않게 되었다는 걸 안다"(「거미에 씌다」).
그렇다면, 시적 망상網狀의 매듭이 투명하고 매끄럽기는커녕 늘 선연한
핏기가 마르지 않는 고통의 징표로 나타남은 피할 수 없는 일. "붉은 거미줄",
이는 붉은 주사로 색을 입힌 그물이 아니라 피로 씻어내 붉게 물든 거미의
망상妄想에 다름 아니다.

    핏속에 거미들이 산다

    핏속에서 일하고
    핏속에서 잠들고
    핏속에서 사랑하고
    핏속에서 먹고
    핏속에서 죽고
    핏속에서 부활하는 거미들에게

    피는 무궁무진한 슬픔의 창고

           — 「붉은 거미줄」 부분

    나희덕의 새로운 시집은 저 붉은 거미줄로 세계를 담아내는 이야기로
문을 연다. "물과 피를" 바꾸어 얻어진 이 거미줄은 시작詩作의 과정이자

결과를 뜻하는데, 인간과 사물, 존재하는 모든 것들의 형상을 부둥켜안고 지탱하는 문자의 그물이 그것이다. 그 작인作因으로서 거미의 형상은 시인과 일치하지 않는다. 그 작고도 알 수 없는 건축가 혹은 설계자는 "어떤 혈관에든 숨어들어 실을 뽑고 천을 짠다"는 것 외에는 아무것도 드러나지 않은, 한 마디로 "나"의 주체성과 정체성을 벗어난 존재자다. "나"는 다만 "거미들을 느낀다"고 말할 뿐, 그것을 조종하거나 통제할 수 없다. 핵심은 그저 '나'의 피를 질료로 한 세계상("피의 만다라")이 거미줄 위에 펼쳐진다는 현사실성 자체에 있다. 마치 고대의 시인들이 영감의 객체가 되어 목소리를 빌려주었듯, "나"는 피를 내어줌으로써 의식과 인식 너머로 망상妄想/罔狀의 그물이 지어지는 장면을 목격할 따름이다. 바꿔 말해, "나"는 "내 몸에서 피가 조금 빠져나갔다는 걸 알아차"리지만, 그렇게 짜인 그물이 "누군가에게 / 거처가 되기도 하고 덫이 되기도" 하는 조형의 결과는 예측할 수 없다. 그저 이 "피의 만다라에 마악 도착한 어떤 날개를 향해" "거미들"이 움직이는 것을 지켜볼 따름이다. "날개"는 불가능한 이상, 천의무봉千意無封을 향한 어떤 몸짓일지 모른다. 고정된 완성의 명사적 표상이 아니라 끊임없이 지향하고 또 이동하는 동사적 이미지들의 행렬.

빛의 옥상에서 / 서른세 개의 날개를 돌려라

오다 가다 오르다 내리다 흐르다 멈추다 녹다 얼다 타오르다 꺼지다
보다 듣다 생각하다 말하다 삼키다 뱉다 잡다 놓다 울다 웃다 주다 받다
묻다 답하다 밀다 당기다 열다 닫다 떠오르다 가라앉다 부르다 사라지다
넘다
　　　　　— 「서른세 개의 동사들 사이에서」 부분(『파일명 서정시』)

이 몸짓의 동사들은 도약을 함축한다. 통상의 논리로는 가 닿을 수 없기에,

"날개를 돌려" 건너뛰어야만 하는 모종의 공백, 그 심연 너머로의 비상을 전제한다. 때문에 "서른세 개의 노를 저어 찾아라 / 세계의 손끝에서 마악 태어난 당신을" 만나라는 시구는 일종의 주문처럼 들린다. 그것은 지향이자 욕망이고, 자신의 피를 뽑아 그물을 지어내야 하는 "빈혈의 시간"(「붉은 거미줄」)을 예고하는 두려운 언명이다. 시작詩作이 불가능성과 동시에 가능성을 담아내는 엇갈린 말의 현상학이라는 것, 곧 하나의 시선을 이루되[視一作] 놓쳐버린 다른 시선을 좇을 수밖에 없는 시작始作의 모험이라는 것. 시집 『가능주의자』는 이 불가능한 가능성을 뒤좇는 시적 사건의 연대기라 불러도 좋을 듯하다.

2. 입술들, 피흘리는 말의 현상학

아무리 지고한 정신의 여정도 그 출발점은 항상 감각적 경험이라 단언한 것은 헤겔이다. 근대 의식철학의 집대성인 『정신현상학Phänomenologie des Geistes』(1807)이 감각적 확신을 기점으로 지각과 지성으로 수직 상승하는 계단을 밟아 올라가는 이유도 그에 있다. 하지만 감각의 경험은 정말 확실하고도 분명한 출발점일까? 오감으로 다가오는 다양한 자극들이 나-주체의 확신 속에 접수된다는 것은, 거꾸로 감각에 대한 확고한 선험적 정의들이 이미 주어져 있기에 가능한 게 아닐까? 그런데 만일 감각 자체가 언제나 낯선 불명不明의 열린 체험이라면, 무엇으로부터 우리는 그 여정의 시작을 확인할 수 있을까? 체험의 날 선 감수성은 단일한 실체로 집약되지 않는, 모종의 뒤섞인 감각, 즉 언어로 분해되지 않고 이성으로 통찰되지 않는 카오스적 현재가 맞닥뜨린 충격에서 발아한다. 출처도 정체도 알 수 없는 무형의 작용력, 막연한 냄새와도 같은 감각의 불확실성이야말로 체험의 시작이지 않을 수 없다.

이것은 무슨 냄새일까

무언가 덜 익은 냄새와 물러터진 과육의 냄새
햇빛이 잘 들지 않는 방에서 나는 냄새
다른 세계에 도착했다는 것을 알리는 냄새
어제의 피로와 오늘의 불안이 공기 속에서 몸을 섞는 냄새

―「길고 좁은 방」 부분

'덜'과 '더'의 사이, 빛조차 시야를 가린 좁은 방에서 홀연 "다른 세계"를 직관하게 만드는 기이한 느낌, "어제의 피로"와 "오늘의 불안"이 뒤섞인 이 냄새는 불쾌를 야기한다. 불쾌란 무엇인가? 익숙하고 안정적인 것, 안온하고 조화로운 정체停滯를 뒤흔드는 자극의 촉발이 그것이다. 역으로 말해, 지금―여기의 유동과 변동, 시공간의 미세한 흐름을 끊임없이 일깨움으로써 나―주체를 "다른 세계"로 밀어내는 사건의 예후에 불쾌가 있다. 그러니 이 기묘한 감각의 도발은 지우고 망각할 게 아니라 기꺼이 감수하고 견뎌야 할 이행의 시간적 범주에 해당된다. 하지만 익숙해져서는 곤란하다. 불쾌에 길들여질 때 그 어떤 사건의 가능성도 봉쇄되고 말 테니. "각자의 흔들림을 감수하며 / 사람들은 늪에서 굳이 빠져나가려 하지 않는다 // 그러나 이 흔들림에 쉽게 익숙해지면 안 된다." 이럴 수도 저럴 수도 없는 이 감수성의 폐쇄회로를 깨는 계기는 오직 바깥으로부터 도달할 미지의 충격에 있을 것이다. "밖에서 누군가 문을 두드리고 있다."

손잡이 없이 구멍만 뚫린 문. 문고리가 세상과 소통하고 타인과 교류하는 공식적인 일상의 통로라면, 그것 없는 방에 갇힌 자신은 세계―내―존재인가, 세계―외―존재인가? 자기의 실존이 닫힌 문의 어느 한 편에 있다는 사실 자체가 중요하진 않다. 문이 엄존하고, 그것이 벽처럼 마주 서 있되

뚫린 구멍으로 인해 안과 밖이 뒤섞여 있음을 알게 되면서부터 문제는 시작된다. 주체는 어디서나 "타인의 시선"을 직감하고 그 "수치심에 몸을 떨"게 된다는 게 관건이다. "열려 있으면서 닫혀 있는 / 닫혀 있으면서 열려 있는" "문의 공포"(「그날 이후」)는 결국 이곳과 저곳, 현재와 도래할 시간을 잇는 사건적 가능성을 암시한다. 이는 머물려 한다고 머물 수 있는 자의적 선택의 문제가 아니다. 밀봉된 "다락방"에서 "오직 거울을 통해서만 세상을 볼 수 있"던 주체는 안과 밖의 구분을 무화시키는 불확실의 감각을 통해 비로소 타자들의 세계와 조우하게 된다.

> 노랫소리가 들려왔다
> 창 밖에서인지 내 속에서인지 실처럼 풀려나오는 노랫소리,
> 나는 창가로 다가가 바깥을 바라보았다
> 순간 두 눈에서 오래된 비늘이 떨어져내렸다
> 파열음과 함께
> 유리창이 깨지고 거울이 깨지고
> 깨진 거울 조각들은
> 수백 개의 눈동자가 되어 빛나기 시작했다
> 갑자기 들이닥친 회오리바람에
> 씨실과 날실이 뒤엉켜 온몸을 휘감았다
>
> ─ 「다락방으로부터」 부분

낯섦이란 예측할 수 없음이고, 공통의 언어로 교통할 수 없는 전적인 타자와의 접촉에 상응한다. 그것은 마찰의 감각으로서, 숨결과 살결이 맞닿을 때마다 핏방울이 배어나고 상처를 덧나게 만드는 "죽음의 잔"이자 "기억의 깊은 웅덩이"로 형상화된다. 이 과정에서 새어 나오는 "처음 들어보는 목소리"가 "창 밖"에서 흘러들어온 것인지, 혹은 "내 속"에서 빠져나온

것인지 분명히 판단할 수는 없다. 어느 쪽이든, 흡사 노랫말처럼 들리는
그것이 감미롭고 달콤한 조화의 리듬을 가리키진 않을 것이다. 차라리
그것은 섬뜩한 비명에 가까운 소리로서, 누구의 것인지 또 어떻게 지어진
것인지 구별 불가능하도록 낯선 감각으로 전해지는 사건적 진실에 가깝다.
알고자 하지 않던, 알아도 모른 채하던 수많은 이 세계의 감응들.

입술들은 말한다

자신의 이름과 고향과 사랑하는 이에 대해
절망과 분노와 슬픔과 죽음에 대해
오늘 저녁 먹은 음식과
산책길에 만난 노을빛에 대해
기후위기와 정부의 부동산대책에 대해
생일과 장례, 술과 음악, 책과 영화, 개와 고양이에 대해
마을을 휩쓸고 간 장마비에 대해 파도소리에 대해

— 「입술들은 말한다」 부분

"입술"은 세계의 온갖 감응들을 실어 나르고, 거기에 음운과 음절, 단어와
문장의 단위를 부여함으로써 언어의 그물을 짓는 기계다. 아마도 얼굴
없고 표정 없이 타자의 목소리를 직조하는 저 입술들의 기원이나 정체는
결코 알 수 없을 것이다. 다만 그것들은 "각기 다른 언어로 / 각기 다른
목소리로 / 각기 다른 리듬으로" 저 감응의 소리들을 뱉어내고 핥아 들이며,
다시 토해내는 무한한 과정을 반복할 뿐이다. "목소리들은 서로 삼키고
뱉고 다시 삼키고 뱉고 삼키고." 누구의 것인지 또 무엇으로 인함인지
의식할 이유도, 인식할 필요도 없다. "못이 박힌 노래를" "귀에 못이 박히"도
록 끝없이 읊조리며 이어가는 운동만이 유일하게 벌어지는 사건이다. "투명

한 파'로 젖어 든 매듭의 흔적만이 이 노래가 피로와 불안, 두려움과 수치심을 질료로 지어졌음을 증거한다. 안일한 무지의 관성에 따라 이를 '천형'이라 불러야 할까? 무사musa의 부름을 받은 낭만적 '소명'이라 칭해야 할까?

피 흘리는 말의 현상학. 저 헤겔의 길과 달리, 여기서 감각은 최초의 문턱에 등장했다가 사라지는 조연이 아니다. 거꾸로 감각은, 그 불확실성으로 말미암아 지속하는 잔영이 되어 주인 없는 목소리들을 실어 나르고 그 곁에 배회한다. 섬뜩하도록 낯선 이 불쾌는 "고통의 성감대"를 자극하는 역설적인 즐거움이 되어 자신의 파열을 맞아들이도록 독려한다. "나를 찢어버린 손은 누구의 것인가"(「조각들」). 건축가인지 설계자인지, 무명의 노동자인지 알 수 없는 그 주체-거미는 답하지 않을 것이다. 왜냐면 이렇게 지어진 거미줄은 투명하도록 무결한 완성품이 아니라, 여기저기 피를 묻힌 채 거칠고 날카로운 매듭들로 간신히 이어 붙여진 "유리 조각"처럼 연약한 것이기 때문이다. 일종의 모사품이며 복제물인, 불완전함으로 말미암아 유일무이한 특이성을 담지하는 이 텍스트의 목소리는 최종적 완성을 선험적으로 보유하지 않는다. 오히려 그것은 "찢다" "꿰매다" "흐르다"의 동사적 연속체를 통해 무한히 이어지는 사건적 돌발로써만 자신의 실재를 주장한다. 그러므로 "모든 기록은 일종의 얼룩이라는" 통찰은 사건이라는 진리의 부정이 아니라 그 부정성의 진리를 역설하는 셈이다(「찢다」). 통제할 수 없는 시간의 흐름을 지켜보는 가운데("시간에 대한 예의"), 주체는 "나를 이루는 마지막 페이지, / 또는 첫 페이지"의 역설적 순간을 체험하게 되리라. 이는 "찢어진 길을 꿰매"는 것인 동시에 "사라짐과 나타남 사이에서" 끊임없이 매듭을 엮고 풀며 피 묻은 실을 뽑아내는 감각의 노동에 주어진 숙명에 비견할 만하다. "실은 어디까지 갈 수 있을까"(「꿰매다」).

이야기에 이야기를 덧대는 이 '망상'의 서사를 결국 자아의 현상학이라 불러야 할까? 그럴 리가. 만일 그렇다면 궁극적으로 거미는 "나"가 되고, "나"는 신이 되는 신화로 종결될 테니. 그것은 하나의 벽이 되어 또 다른 유폐의 다락방에 시인-주체를 옮겨놓을 것이다. 그러나 "벽의 반대말은 해변이라고 / 그녀는 말했다"(「벽의 반대말」). 저 벽이 분리하는 이쪽과 저쪽을 두 개의 닫힌 공간으로 상상하는 것은 낯섦을 익숙함으로, 섬뜩함을 친밀함으로 순치시키고 말 것이다. 기이한 입술들과 목소리들을 어느새 '나'라는 주어로 수렴시킴으로써 이것 혹은 저것의 익숙한 이분법으로 돌아가고 말 것이다. 그러니 "삶이라는 질병"으로부터 결코 낫길 기대하지 말자. "해변에서 들려오는 슬픈 노랫소리나 / 견딜 수 없는 눈동자 같은 것"을 직면하고, 그 비명에 고막을 상하게 하자. 이로써 "더이상 나의 것이 아니게 된 어떤 삶"에 내가 있음을 긍정하고, 다시 벽을 직시해야 한다. "더이상 어디로도 가지 않으려 할 때 벽은 문득 사라지니까."

이것은 몰락이다. 천상의 완결을 포기한 채 지상의 남루함으로 떨어지는 것이다. 그러나 "흐르다, 가 흘러내리다, 의 동의어라는 것을" 모른다면, 이 수직의 진리는 정녕 알려질 길이 없다(「흐르다」). "아래로 아래로 떠밀려 가고 있다는 것"은 우리가 원하든 원하지 않든 "어떤 하류의 퇴적층"을 향해 이끄는 운동이 있으며, "흐르다"라는 동사動詞가 움직이는 사건動-일으로 변전하고 있음을 가리킨다. 말은, 시의 언어는 이 흐름을 따라 생성하는 중이다.

3. 피투성이, 세계 밖 유령들의 이야기

감각적 확실성에서 출발하여 의식적 정신에 도달한 개인, 곧 헤겔의 자아는 오직 논리의 영역에서만 자신의 실재성을 확인했기에 여전히 주체가 되지 못한 실체에 가깝다. 달리 말해, 정신과 달리 그의 몸은 아직 형식적 추상에 머물러 있으므로 피와 살로 덧입혀진 구체적 주체가 되기 위해서는 역사와 사회의 경험을 통과해야 한다. 이 여정을 19세기의 독일인은 '세계사'

라 불렀던바, 바닥에서 천정으로, 변경에서 중심으로, 그리고 노예에서 주인으로 마치 피라미드를 쌓아 올리듯 사변의 고공 행진을 통해 구축해갔다. 이른바 '근대성'을 표징하는 이 역사와 주체의 진화사를 머리로 이해하기란 어렵지 않다. 우리는 논리를 현실로 치환하고, 구조를 실제와 동치시키며, 정신을 신체로 전위시키는 데 익숙한 탓이다.

하지만 고도가 높아질수록 지상의 풍경은 흐릿해지고, 사유의 추상이 강화될수록 구체의 현실 또한 보이지 않기 마련이다. 절대정신의 자기완성을 향한 역사의 행로가 제아무리 위대한들 온갖 미소한 것들을 짓밟고 압살하는 길로 밝혀졌을 때, 철학은 관조의 유희이자 향락임을 폭로당했다. 정신의 현상학이 세계사의 모든 행정을 주파하고 경험하는 절대지식을 자랑한다 해도 피에 젖은 입술들이 흘리는 목소리를 멈추게 할 수 없는 이유가 그에 있다. 저 피 흘리는 말들의 현상학은 정신의 기획을 넘어서고 확실성의 범주를 벗어나는 사건을 통해 드러나기 때문이다. 인식론적 거대서사에 대비되는 이 같은 도정을 시적 미시서사라 명명할 수 있으리라. 그것은 역사와 사회, 세계에서 마주치는 모든 타자를 자신의 확고부동한 범주 속에 수직적으로 줄 세우는 방식이 아니라, 수평적 교통이 벌어지는 감응의 점선 속에 풀어내는 과정에 가깝다.

이러한 수평의 감응을 끌어내기 위해서는, 무엇보다도 하부로 가라앉아야 한다. 절대적으로 아래를 향해야 한다. 가장 밑바닥에 흐르는 물줄기로 자신을 실어 보내야 한다. 바로 거기서 우리는 늘 보이던 것들이 갑자기 자취를 잃고, 항상 들리던 소리들이 먹먹한 침묵이 되어 유령처럼 잔존하고 있음을 깨닫게 될 것이다.

　　사람들은 우리를 보지 않는다

　　빗자루만 본다

대걸레만 본다

양동이만 본다

점점 투명해져간다

우리를 사람으로 보지 않기 때문이다

— 「유령들처럼」 부분

　정확히 말해, '보이지 않는' 것이 아니라 '보지 않는' 것이다. "빗자루"나 "대걸레", "양동이"로 대체되는 사람들이 있다. 빛의 반사를 통해 물리적 대상을 식별하게끔 만들어진 눈-기관이 번연히 형태와 부피를 가진 누군가의 실존을 알아채지 못할 리 없다. 있음에도 있지 않다고 믿어버리는 것. 그렇게 처리해버리는 것. 이는 일종의 가치론적 문제다. 생물학적 유기체로서의 인간이 아니라 그가 수행하게끔 목적 부여된 대상으로서의 가치가 그의 존재 조건으로 강제된다. 빗자루와 대걸레, 양동이가 누군가를 대신한다는 것은 그가 순전한 도구성을 통해 규정되는 사물적 존재임을 뜻한다. 하긴, 우리 모두는 일종의 동물이고, 그저 존재하는 인간이며, 나아가 사물의 한 가지이기도 할 텐데 왜 이것이 문제가 될까?

　하이데거에 따르면, 도구는 이 세계의 전체적 의미를 밝혀주는 요소이다. 예컨대 망치는 벽에 못을 박기 위한 쓸모를 갖고, 우리는 이를 통해 망치뿐만 아니라 벽과 못, 그리고 방과 집, 거리와 마을 등으로 이어지는 세계의 의미론적 전체성을 받아들이게 된다. 망치는 그저 망치일 뿐이지만, 단지 망치라는 고립된 개별성으로 존재하지 않는 것이다. 어느 날 벽면에 튀어나온 못을 박아넣기 위해 주변을 둘러볼 때, 그러나 망치가 눈에 띄지 않고 마치 투명한 사물이나 된 듯 사라져버렸을 때, 우리가 느끼는 답답함과 짜증, 아쉬움의 감정들은 자신이 얼마나 이 도구와 긴밀히 연결된 채 살아가고 있는지를 밝혀주는 존재론적 사건에 해당된다. 이렇게 '손 안에 있는'

가까운 존재자들과 맺어진 관계의 전체성이야말로 우리가 살아가는 이 세계의 의미이며, 내적인 충만감의 원천이다. 보이는 것들, 감촉하고 확인할 수 있는 것들로 이루어진 유의미한 세계를 우리는 살아간다. 문제는 이 같은 도구들의 세계가 '쓸모의 존재 방식'에 의해 축조되어 있으며, 정녕 쓸모가 문제적인 한 도구는 얼마든지 대체 가능한 존재론적 지위를 갖는다는 데 있다.

　새벽길을 정리하고 치우는 거리의 청소부가 고마운 사람이라는 데는 누구나 동의할 것이다. 하지만 '청소부'라는 쓸모의 존재 규정은 그가 "빗자루"나 "대걸레", "양동이"와 연결된 다른 '무엇'일 뿐, 주체와 존재론적 평등성을 공유하는 타자라는 생각을 가로막는다. 도구와 달리 타자는 '함께-있음', '그저-있음'이라는 존재 방식으로 내 앞에 현존하며, 따라서 대체 불가능한 현사실성을 보유한다. 지금-여기에 '그가 있다'라는 명징한 사실 자체를 "보지 않는" 것은 타자의 대체 불가능성을 부인하고 자신의 폐색된 시야를 옹호함으로써 거꾸로 세계의 의미론적 전체성을 폐쇄하고 말 것이다. "유령"은 그처럼 구부러지고 안으로 잠겨버린 이 세계의 무의미를 괄호 치기 위한 명명으로서, 결여의 빈 공간을 메워놓은 공백의 표지에 다름 아니다. 요컨대 유령은 이 세계의 의미론적 전체성이 무너지지 않게끔 붙여놓은 비어 있는 기표에 해당된다. "사람들은 우리를 보지 않는다." 그러나 상처 난 자리에 발라둔 밴드가 눈에 띄지 않는 것도 아니요, 그 위로 배어 나온 핏물이 빨갛지 않은 것도 아니다. 유령은 흔적으로써, 피투성이의 말 없는 절규로써 우리를 감응시키게 마련이다.

　　거리를 쓸다가
　　달리는 승용차에 툭 떨어져 나갈 수도 있다
　　트럭에 매달려 끌려갈 수도 있다
　　그때가 되어서야 사람들은 간신히 우리를 본다

또는 유서를 남기고 사라진 후에야

— 「유령들처럼」 부분

유령의 존재론적 가치는 존재하지 않는 것에 대한 기술이라는 사전적 정의를 넘어선다. 빗자루와 대걸레, 양동이는 일상의 얼룩을 지우는 도구들이다. 눈에 띄지 않은 채 이 도구들과 연결되어 거리와 도로, 공원과 복도의 얼룩을 지우는 그 결여의 타자들은 "얼룩을 지우는 얼룩들"로 존재하지만 결코 자신의 얼룩을 지우지는 못한 채 유령 같은 흔적으로 되돌아온다. 따라서 우리가 안온하고 평온한, 깨끗하고 위생학적으로 처리된 환경 속에서 어떤 얼룩을 찾아낸다면, 그것은 얼룩으로 존재하던 누군가의 부재가 얼룩으로 귀환한 것이다. 그러니 삶의 얼룩이란 그저 지워야 할 불결함과 불필요의 자취가 아니라 어떤 누군가의 존재의 흔적이며, 그의 존재론적 필연성에 대한 결여의 역설이라 불러도 틀리지 않을 성싶다. 보이지 않은 채 사라져버린 것들, 목소리 없이 "온갖 얼룩을 지우는 얼룩들처럼 / 유령들처럼" 지워진 존재들. 그들은 순전한 무가 아니라 존재하지–않는–존재, 곧 비존재라 불러야 옳다. 그럼 누가 이들의 말을 대신할 것인가? 그 피투성이의 이야기가 배어든 그물이 시가 아니라 할 수 있을까?

이 세계–밖–존재, 유령이 된 타자들의 이야기는 소외된 이웃에 대한 사변적 관조나 감상적 사설에 그치지 않는다. 합리성의 기호로 조직되지 않고 이성의 논리로 정리되지 않는 감각의 기표들을 한껏 끌어모아 그 들리지 않는 소리들을 문자의 이미지 속에 벼려낸 흔적들이 시집의 두 번째 장을 끌어간다. 이는 죄책감의 정서나 양심의 가책 같은 도덕성의 환기에 구태의연하게 매달리기보다, 그 유령적 감각을 언어화하여 우리가 감응할 수 있도록 직조한다는 점에서 독특한 서사적 양태를 실험한다. 가령 인간 없는 세계에서 동물들이 곁을 지키는 장애인의 혼잣말(「지나가다」), 굶주림을 생의 조건으로 받아들여 존재의 질문으로 변전시킨 빈민의 얼굴(「허기가 없으면」), 쓰레기처럼 버려짐으로써 오히려 잉여의 몫이 '있음'을 입증한 누군가의 몸짓(「줍다」) 등이 그렇다. 하지만 이 실험들이 주어 없는, 그래서 배제된 사람들이라면 누구에게든 아무렇게나 적용될 수 있는 추상적 장면은 아니라는 점도 지적해야겠다. 역사와 사회적 사건 속에서 이름을 갖는 유령들, 그들이 뱉어놓은 피에 젖은 말의 그물이 구체적으로 적시되어 있기 때문이다. 선택의 강압에 굴복하지 않은 채 택일의 경계선에 머물기로 결심한 비전향 장기수(「선 위에 선」), 세상 전체가 모른 체해도 결코 망각될 수 없는 물음이 있음을 역설적으로 던지는 광주의 생존자들(「묻다」), 학살의 흔적은 간데없지만 귓가의 울음소리를 여전히 지우지 못한 4·3의 산전山田(「이덕구 산전」), 2009년 용산에서 불타 죽은 이들을 보내지 못해 아직까지 거리를 서성이는 '나'(「너무 늦게 죽은 사람들」), 세월호의 외상을 안은 채 무심하게 일상을 영위하는 표정 없는 사람들(「어떤 목소리도 들리지 않는 것처럼」).

"길고 좁은" "다락방"을 나와, 하나의 끈으로 미처 다 꿰매지 못할 이 세계 바깥의 이야기들을 엮으려 고심하는 것, 고통과 침묵 속에서 어둠을 응시하며 피에 젖은 그물을 짓는 것은 대체 어떤 이유에서인가? 어떤 것이, 내게 감응하는 누군가가 '있기' 때문이라는 단순한 사실 때문이 아닐까? 아래로 아래로 흘러내려 심연에 착저할 때 마주치는 것은 대체 무엇인가? "흙 속에서 / 그 얼굴을 알아보았네"(「피투성」). 이 얼굴의 주인은 누구인가? "세상의 문들이 / 일제히 눈앞에서 닫"힘으로써 갈 곳 없이 여기 던져진 사람, 아니 유령일 것이다. 버림받고 배척당했다는 마음에 그는 "미움으로 눈멀었"을지 모르나 "흙투성이가 되어 깨달"아버린다. "피투성은 우리를 피투성이로 만들 수밖에 없다는 것을." 피투성이의 이야기는 결국 피투성이가 된 '나'가 만들어낸 응보일지 모른다. 함께–있음이 함께–삶으로 건너가지 못했을 때 벌어지는 잔혹 극장의 귀결과 같은. "댄스파티라는 수국 화분에 돋아난 / 흰 버섯들"을 두려움이나 염려, 불안 때문에 솎아내자 수국

도 버섯도 살지 못하는 흙이 생겨난 것처럼. "댄스파티는 끝났다"(「퇴비의
공동체」). 여기서 피투성이 유령들에 대한 시의 그물은 조금 더 멀리로
이어진다. 인간 너머 존재자들의 존재에로.

> 핏물 속에서 간신히 건져 올린
> 부서진 얼굴
>
> 여기서는 던져진 돌조차 땀을 흘린다
>
> — 「유령들처럼」 부분

4. 구멍들, 사라지는 것들에 대한 예의

세계사를 한껏 주유하던 헤겔의 정신은 마침내 온 세계가 본래부터
자기의 것이었음을 깨닫는다. 한때 정신의 성장을 방해하고 파괴하는 위협
으로 인식되던 자연이 실제로는 장악과 지배의 대상이란 점을 알게 된
것이다. 이로써 지구의 시간과 공간 전체가 정신에 복속되어야 할 객체라는
사실을 파악한 것이 곧 절대적 지식이며, 그 순간을 역사의 종말이라 부른다.
이런 정신의 적법한 대리자는 다름 아닌 인간이다. 이성과 언어를 무기
삼아 자기 이외의 모든 것을 타자화하는 인간은 만물의 영장이라 불리고,
생물학적 진화의 종점에 도달한 신적 인류, 혹은 인류적 신성으로까지
추앙받는다. 비인간, 이는 논리적으로 존재할 수 없거나 또는 '겨우 존재하는'
어떤 미미한 사물을 가리키는바, 동물이든 식물이든, 생명이 있는 것이든
없는 것이든, 인간 이외의 모든 것을 총칭하는 용어가 되었다. 이에 따라
'존재한다'는 말은 인간의 눈에 보이고 귀에 들리며 손에 잡히는 것, 언어로
형상화할 수 있는 사물에 붙는 술어로 전락해버렸다. '있음'과 '없음'이라는

가장 근본적인 존재론적 질문이 인간 종種의 특정한 관점에 따라 좌우되는 자의적인 유희가 시작되었다.

'나를 제외한 모든 것'이라는 사상은 일견 만유를 하나로 연결 짓는 인식의 전환처럼 비칠 수 있으나, '나'라는 단 하나의 맹점을 인정함으로써 본질적으로 불연속적 세계관을 이룬다. 예컨대 동물과 인간은 건널 수 없는 강을 두고 나뉘어 있으며, 이 같은 분리의 절개선은 자연과 문화, 생명과 비생명, 인간과 비인간 등의 모든 대립쌍을 한데 이을 수 없는 타자들의 모나드 속에 가둬버린다. 인간은 세계와 역사를 지배하는 위대한 군주임을 자처하지만, 실상 그는 지구사의 작은 시공간에 고립된 채 절대지식의 망상에 사로잡힌 불쌍한 존재자에 지나지 않는다. '신'이라는 보이지 않는 힘에 대한 공경과 두려움으로 가득한 채. 하지만 그 신성하고 초월적인 존재가 과학과 지식으로 정복했다고 믿었던 원초적인 존재자라면?

> 박테리아와 바이러스는
> 마침내 가장 두려운 신이 되었다
>
> 보이지 않는다는 이유 때문에
> 지나가는 곳마다 사람들이 툭툭 쓰러지는 위력 때문에
> 인간이 바람에 날리는 겨와 같은 존재라는 걸 보여주기 때문에
>
> 박테리아와 바이러스에게 마음이 있다는 증거는 없지만
> 가장 오래되고 가장 지적인 이 존재는
> 일찍이 영원불멸할 수 있는 비밀을 터득했다
> — 「어떤 부활절」 부분

보이지 않지만 작용하는 힘, 아마 이것이야말로 인간의 관점이 지극히

왜소하고 또 왜곡되어 있음을 방증하는 가장 강력한 증거일 듯싶다. 가시성의 한계 너머에서 "사람들이 툭툭 쓰러지는 위력"을 행사하는 "박테리아와 바이러스"는 보이는 것이 전부가 아니란 점을 실감 속에 끄집어낸다. 또, 근대 문명과 이성의 자부심을 무색하게 만드는 "가장 오래되고 가장 지적인 이 존재"의 "비밀"은 지구사의 시원을 함께 해 왔다는 그 "영원불멸"의 능력에 있다. 나아가 저 보이지 않는 존재들에게 인간이 감염될 수 있다는 사실은, 풀어 말해 박테리아와 바이러스가 인간 유기체의 DNA나 RNA 코드를 해독할 수 있는 기호학적 능력이 있음을 보여준다. 역설적이게도, 이토록 무방비하게 전염될 수 있다는 점은 인간이 비인간과 분리되어 있지 않다는 것, 결국 예외 없이 하나로 연결된 우주 속에 살고 있다는 것을 입증한다. 그렇다면 박테리아와 바이러스의 현존이야말로 인간이 그토록 도달하고자 했던, 빈틈없이 완전하게 연결된 일의적 세계에 대한 지식을 완성시켜주는 마지막 퍼즐이 아닐까?

인류세Anthropocene는 인간이 지구사에 끼친 막대한 부정성을 지질학적 시대 단위에 결부시켜 이해하기 위해 도입된 신조어지만, 역으로 인간이 지구사에 전면적으로 연계됨으로써 스스로를 파국 속에 밀어 넣게 된 이유를 설명하는 담론이기도 하다. 자연의 금기에 함부로 손을 댔기에 벌어진 코로나19의 전 세계적 위기가 그 대표적 사례일 것인데, 흥미롭게도 그 유구한 원인을 우리는 신화 속에서도 이미 읽어본 적이 있다.

남해의 숙儵과 북해의 홀忽은 만났다

혼돈의 땅에서
갑자기 나타남과 갑자기 사라짐 사이에서

숙과 홀이 만나면

북풍과 남풍이 하나로 통했고
숲의 나무들과 바다의 해초들이 함께 일렁거렸고
물고기들과 새들이 뒤섞여 날았다

한없이 줄어들었다가 한없이 늘어나는
혼돈의 땅은
어디로든 들어가 어디로든 나올 수 있었다

혼돈은
눈도 코도 입도 귀도 없지만
숙과 홀의 말을 잘 알아들을 수 있었다
구멍이 없으니
먹거나 배설할 필요도 없었다

사람이 살 수 있는 것은
몸에 일곱 개의 구멍이 있어서인데
혼돈에게는 구멍이 하나도 없지 않은가,
숙의 말에 홀은 고개를 끄덕였다

숙과 홀은
혼돈의 땅 전체가
거대한 구멍이라는 것을 알지 못했다

숙과 홀은
혼돈의 땅에 하루에 하나씩 구멍을 파내려갔다
마침내 이레가 지나고

혼돈은 죽었다

숙과 홀은 더이상 만날 수 없었다
누구도 갑자기 나타났다 갑자기 사라질 수 없었다

혼돈의 풀과 나무는 천천히 시들어갔다

— 「숙과 홀」 부분

인간의 눈에 자연은 언제나 "혼돈" 자체와 다르지 않았다. 삶의 근거를 제공하는 터전인 동시에 생존과 연명을 위해서는 투쟁하고 전유해야 하는 두려운 타자. 자신의 미소한 앎으로는 도무지 그 원리나 발생, 지속을 이해할 수 없는 거대한 이물異物. 그런 자연에 구멍을 뚫어 도시를 건설하고 사람을 모아 사회로 대체했던 시간 전체를 인간의 역사라 불러도 무방할 것이다. 바꿔 말해, 인류사는 자연사를 잠식하고 약탈해온 역사나 마찬가지다. 미숙한 지성과 이성으로 제멋대로 "구멍"을 냄으로써 개발과 보전 모두를 달성했다고 믿었던 인간은 이제 오만과 무지의 결과를 온전히 감당해야 하는 시점에 이르렀다. 자연의 혼돈을 통제하려 하면 할수록 그것은 더욱 거대한 혼돈이 되어 돌아오고, 급기야 "또다른 혼돈의 땅"에서 반복될 것이다. 재난이란 그렇게 불가항력적으로 도래한 복수의 시간, 미-래의 사건에 다름 아니다.

까마득한 세월이 흘러 숙과 홀이 다시 만난 것은
또다른 혼돈의 땅이었다

남해와 북해의 황제였던 숙과 홀은

누더기를 입고 땅을 기어가다가 서로를 알아보았다

개미들이 들끓는 혼돈의 땅에는

수천 개의 구멍들, 그리고

구멍에 빠지지 않으려고 발버둥치는 중생들로 넘쳐났다

바이러스가 창궐하고 산불이 번져가고

물고기들과 새들이 후두둑 후두둑 떨어져내렸다

고장난 신호등은 위태롭게 깜박거리고

숙과 홀은 다시 만났다

—「숙과 홀」부분

얼핏 '자연의 복수'를 시화한 이야기처럼 보이지만, 단지 그것만을 읽는다면 설익은 종말론에 머물고 말 것이다. 시집의 세 번째 장에서 주의를 기울여야 할 지점은 예의 '천의무봉', 곧 봉인 불가능한 다수성의 세계, 그 무수한 연결의 그물을 직관하는 시편들이다. 예컨대 「홍적기의 새들」은 공룡의 멸종에서부터 물고기와 새, 인간의 출현에 이르는 지구사의 거대한 순환을 물음의 형식 속에 담아낸다. 자연생태계로부터 사회생태계, 그리고 지구생태계의 여러 문제를 질문하는 이 시가 흥미로운 점은 "홍적기"라는 시간을 직접 거명했기 때문이다. 홍적기는 인류가 나타난 신생대 제4기의 첫 시기로서, 인류세라는 개념의 기원적 시기를 가리킨다. 지구사적 대변동의 과거와 현재, 미래를 고민하기 위해서는 그 출발의 시점으로 돌아가 질문을 던질 필요가 있다. 인간이 막 등장하기 시작했던 저 태초의 지점은 결국 혼돈이 혼돈 자체로 남아 있던 시점이었을 것이다. 혼돈이 탄생의 출발점이었던 것이니, 결국 혼돈으로의 귀환이야말로 새로운 탄생의 환경이요 조건일 수도 있는 셈. "죽으러 갈 수 있는 곳은/ 북극곰의 내장,/ 따뜻한 내장 속에서만 천천히 사라질 수 있을 뿐"(「곰의 내장 속에서만」). 혼돈은 질서를 통해 회피하거나 소멸시켜야 할 대상이 아니라, 오히려 자신을 맡겨야 한 곳이기에 그 "캄캄한 내장" 속에서 소진되는 시간에 기대를 걸어야 할지도 모른다. "우리는 저 사라진, 사라져가는 얼음덩어리로부터 왔"기 때문이다(「빙하 장례식」).

인류세의 문제, 그 총체적 연결의 희망과 절망이 담긴 물음을 우주론적 담론으로만 풀 수는 없을 듯싶다. 자본세(Capitalocene)에 대한 성찰이 인류세를 관통하고 있음은 잘 알려져 있다. 특히 코로나19와 관련해서 방역의 위생학적 조처가 '유령'을 더욱더 보이지 않게 만드는 불가피한 질곡임을 거론하지 않을 수 없다(「사라지는 것들」). 또한 지구온난화가 불러일으킨 빙하의 소멸이나(「빙하 장례식」), 인공화된 자연의 향유가 빚어낸 자원의 고갈(「장미는 얼마나 멀리서 왔는지」), 일상을 영위하기 위해 동원되고 착취당하는 동물의 운명(「젖소들」), 그리고 풍요로운 삶을 담보하기 위해 초래한 "죽음의 천사" 핵의 위험성(「검은 잎사귀」) 등은 자본주의 거대 문명이 숨긴 무서운 얼굴들이다. 폭주하는 문명의 기관차에 올라탄 채 "피난의 장소마저 잃은"(「피난의 장소들」) 우리는 "혼돈의 땅 전체가 / 거대한 구멍이라는 것을 알지 못"한 채(「숙과 홀」) 구멍들 속에서 길을 잃은 존재들일지 모른다.[1]

관건은 혼돈을 제거하거나 조절하는 데 있지 않다. 애초에 그런 시도는 불가능한 망상이자 아집에 불과할 것이다. 체르노빌의 두려움으로부터도 아무런 교훈을 얻지 못한 우리 인간들에게 어떤 적극적인 처방이란 더 이상 가능하지 않을지도 모른다. 차라리 지금 필요한 것은 우리에게 알려지지 않은 것, 불명의 어둠 곧 혼돈에 대한 예의라 할 수 있다. 물론, 이

* * *

1. 이 혼돈의 땅 위에 길 잃은 존재들이 모종의 공동체를 이루는 것, 그것은 인종과 성별, 혈연과 지연 등 기성의 관계들을 넘어서는 새로운 집합체의 탄생을 가리킨다. '퇴비'로 표상되는 혼성적이고 다중적인 이 공─동체(共─動體)는 인류세─자본세의 질곡을 깨고 미래의 가능성을 촉진한다는 점에서 생태적인 동시에 정치적인 의제를 시인들에게 제기하고 있다. 시작(詩作)이란 그러한 공─동성에 대한 시적 응답인 셈이다. 나희덕, 「'자본세'에 시인들의 몸은 어떻게 저항하는가」, 『창작과비평』 48, 2020 봄호, 87~88쪽.

'예의'는 인간사의 관례나 법칙과는 거리가 먼 것일 게다. 그래서 불명의 어둠을 불명의 어둠으로 놓아두고, 혼돈으로 하여금 혼돈이게끔 내버려 두는 데서 미지에 대한 예의는 성립한다. 아마도 그것이야말로 지성과 이성을 넘어선 비인간적인 것 전체에 대한 온전한 예의일 것이다. 그럼으로써 혼돈이 언젠가 돌아올 공간과 시간을 남겨두어야 한다.

> 매미들이 돌아왔다
>
> 울음 가득한 방문자들 앞에서
> 인간의 음악은 멈추고
> 이 숲에서 백 년 넘게 이어져 온 음악제가 문을 닫았다
>
> 현絃도 건반도 기다려주고 있다
> 매미들이 다시 침묵으로 돌아갈 때까지
>
> ─「매미에 대한 예의」 부분

5. 불가능성, 혹은 가능한 시작의 미─래

헤겔은 역사를 종종 마차의 수레바퀴에 비유하곤 했다. 인류 앞에 펼쳐진 시간의 여로가 있고, 그 길을 부지런히 달리는 마차 바퀴의 운동이 바로 세계사라는 것. 우리가 나희덕의 새 시집을 굳이 헤겔의 『정신현상학』과 나란히 읽어왔던 것은, 그의 이름이 근대성의 양화陽畵를 대표하는 상징적 기호이기 때문이다. 감각의 화실성을 토대로 지성과 이성을 획득해가는 나─주체의 발전, 재귀적 여정 속에 자연과 문화를 한데 엮고, 자신의 통제 속에 담아두려는 정신의 역정. 인간중심적이고 선형적인 목적론의 서사는

비단 헤겔뿐만 아니라 우리 모두가 무의식적으로 공유하고 있는 근대의 질곡이다. 문제는 이 서사가 유령직 타자들에 대한 배제의 역사이면서, 또한 인류세와 자본세의 중첩을 만들어낸 토대라는 데 있다. 과학과 기술이라는 절대 지식의 견인을 통해 원하는 모습대로 사회와 역사를 조형하고 자연과 문화를 조성하려는 세속세계의 신화도 이에 근거한다.

혁명에 대한 열망도 근대성의 신화와 그리 멀리 떨어져 있지 않다. 좌파든 우파든 근대를 완성하고 또 근대를 넘어서고자 했던 변혁의 서사들은 한결같이 인간과 문명, 주체와 지식, 이성과 사유의 열차를 통해 미래를 그려냈던 것이다. 그에 따르면 역사의 여로에는 단 하나의 길만이 유일하게 깔려 있으며, 저 먼 시간의 지평으로 예상 가능한 기획들을 투사하고 성취하는 무한한 가속만이 그것을 쟁취할 방법이 된다. 세계사의 기관차. 근대를 표상하는 그 질주의 이미지를 뒤쫓는 한, 우리는 언제까지나 가능성과 불가능성의 이분법에 종속될 수밖에 없다. 일반의 상식에 의거한다면, 가능한 것은 존재하는 것이며 실현될 것이지만 불가능한 것은 존재하지도 않고 따라서 현실화될 수도 없는 미망이다. 전자가 합리성과 유용성을 내포한 반면, 후자는 허무맹랑하고 쓸모없는 공상에 가깝다. 그렇게 우리는 유일무이한 하나의 삶만을 바라보고 추구하도록 정향되어 왔다.

예상 가능성은 시간의 순열을 계산하는 것이며, 상상력이 필요 없을 정도로 단순하다. 가령 한 시 다음에 두 시가 오고, 그다음에 세 시가 오는 데 아무런 상상력도 필요하지 않은 것처럼. 그러나 잠깐의 몽상이 한 시를 세 시에 이어붙이고, 다시 아홉 시에서 새벽으로 던져 넣는 일을 우리는 종종 경험한다. 그 비어 있는 시간의 암흑. 거기에는 공허나 무가 아니라 인식되지 않는 의미들이 충전되어 있으며, 그 어둠을 어둠으로 남겨둘 때 두 시에서 여섯 시로, 저녁에서 다음날 새벽으로 시간의 도약은 의미를 갖게 된다. 예상 불가능한 시간, 그것을 혁명이라 부르든 다른 무엇이라 명명하든, 현재 당연한 듯 익숙한 세계를 넘어서기 위해 우리는 감히 시간의 도약을 상상하고 욕망해야 한다. 도약의 시간은 시간의 탈구 이외에는 달리 다른 방식으로 기대할 수 없다. 이전과 이후, 그 동질적이고도 텅 빈 시간의 이음매를 벗어나기 위해 무엇을 해야 할까? 가속이 아니라 비상 브레이크를 당김으로써.

> 마르크스가 혁명을
> 세계사의 기관차에 비유했다면
>
> 벤야민은 혁명을
> 기차를 탄 사람들이 잡아당기는 비상 브레이크라고 말했지
> 달리는 기관차를 멈춰 세우는 것이라고
>
> 달리는 기관차를 멈추게 하는 장력은
>
> 얼마나 고요해야 하는지
> 얼마나 자유로워야 하는지
> 또는 얼마나 천진해야 하는지
>
>   — 「달리는 기관차를 멈춰 세우려면」 부분

　건너뛰기 위해서는 멈춰야 한다. 그러지 않으면 달리기의 관성에 의해 우리는 같은 방향으로만 계속 몸을 던져야 할 것이다. 멈춰 세움으로써 정지된 에너지를 다른 쪽으로, 예기치 못했던, 그래서 불가능하다고 믿었던 방향으로 던져 넣어야 할 것이다. 하지만 기억하자. "시간을 쏘는 것도 / 달리는 기차를 폭파하는 것도 이미 / 우리의 선택을 벗어난 일"이라는 점을. 시의 그물 짓기가 타자의 "거처"가 될지 "덫"이 될지 알 수 없는 것처럼(「붉은 거미줄」). 요점은 불가능성과 가능성이라는 근대적 논리의

이분법에 다시금 함몰되지 않는 데 있다. 그럼으로써 하나를 버린 채 다른 하나를 따르는 길이 아니라, 하나의 시간을 구성하되[時—作], 다른 하나의 시간을 동시에 시작하는 (불)가능성의 모험을 감히 욕망하는 것.

오히려 세상엔 불가능들로 넘쳐나지요
오죽하면 제가 가능주의자라는 말을 만들어냈겠습니까.
무엇도 가능하지 않은 듯한 이 시대에 말입니다.

나의 시대, 나의 짐승이여,
이 산산조각난 꿈들을 어떻게 이어붙여야 하나요.
부러진 척추를 끌고 어디까지 가야 하나요.
어떤 가능성이 남아 있기는 한 걸까요.

그럼에도 불구하고,

저는 가능주의자가 되려 합니다.
불가능성의 가능성을 믿어보려 합니다.

큰 빛이 아니어도 좋습니다.
반딧불이처럼 깜박이며
우리에게 닿지 못한 빛과 어둠에 대해
그 어긋남에 대해
말라가는 잉크로나마 써나가려 합니다.

— 「가능주의자」 부분

불가능한 시간. 두 시 다음에 세 시가 오지 않고, 네 시 다음에 다섯 시가 오지 않는, 밤에 이어 한낮이 당도하고, 저녁 다음에는 새벽이 오고, 그다음에는 어떤 알려지지 않은 낯선 시간과 공간의 지평이 열리는 사건으로서의 불가능성. 이런 의미에서 가능성과 불가능성은 이분법의 짝이 아니라 이접적 종합disjunctive synthesis의 이웃하는 항들이라 불러도 좋겠다. 거기에는 어떤 순서나 질서도 없고, 규칙이나 체계도 없으며, 오직 사건적 접속과 연결의 관계 속에서 낯선 시간의 지평만이 계속해서 열리는 "어긋남"의 순간들만 있을 따름이다. 과거–현재–미래를 잇는 순차성의 계기들이 아니라 어긋남이라는 도약과 비약을 통해 사건화하는 시간성을 우리는 미–래라고 부를 수 있는바, 그것은 "가당치 않은 꿈"이지만 눈감으면 불가항력적으로 꿀 수밖에 없는 '덮쳐오는 거미줄'(「거미에 쐬다」, 『어두워진다는 것』)과도 같은 것이다. 나–주체의 의지와 의식, 기대나 소망에 반하는 그것이 명료한 빛의 가시성을 통해 나타나지 않을 것임은 자명한 사실. "아직 무언가 가능하다고 말하는 사람이 되는 것은 / 어떤 어둠에 기대어 가능한 일일까요. / 어떤 어둠의 빛에 눈멀어야 가능한 일일까요"(「가능주의자」).

이 같은 이접적 종합, 혹은 동시성의 논리는 근대라는 시간대를 넘어서길 요구한다. 순차적 시간 계열은 단 하나의 선택과 그 결과를 잇는 또 다른 하나의 선택만을 강제하고, 그로써 유일하게 실현되는 단 하나의 선형적 시간성을 허락하기 때문이다. 그러나 도약의 시간, 사건의 돌발은 시차時差/視差의 "사이"를 보도록 유혹하는 얄궂은 숙명의 산물이다. 정신과 신체의 일반적 이분법이 놓치는 것은 우리가 정신적 신체를 갖는 동시에 신체적 정신으로도 살아가고 있다는 사실 자체에 있다. 따라서 우리는 "믿었던 것과 믿고 싶었던 것과 믿어야만 하는 것 사이에서, / 이미 존재하는 것과 당연히 존재해야 하는 것 사이에서, / 정치적 사건과 정신적 사건 사이에서, / 전쟁과 평화 사이에서, / 지적 오류와 도덕적 오류 사이에서, / 고슴도치의 머리와 여우의 손을"지닌 채 살아가고 있음을 긍정해야 한다(「고슴도치와 여우」). 왜냐면 본래부터 우리–나–각자는 어느 하나의 정체성으로 수렴되지 않고서 "사이"만을 배회하며 끊임없이 하나에서 다른 하나로 도약하고 이행하는 유령성을 지닌 채 살고 있기 때문이다. "내가 변호하고 싶은 건 / 톨스토이가 아니라 나 자신인지도 모르겠지만 말야."

"얼굴"로 표징되는 특정한 성별과 계급, 인종과 민족, 누군가의 정체성은 "손"의 감각 속에 해소될 수밖에 없다. "오늘은 또 어떤 얼굴로 지내야 할까 / [⋯] / 하지만 매일 다른 얼굴이 주어지는 나에게는 / 어떤 흔적도 남아 있지 않다 // 오늘의 얼굴은 어제의 얼굴을 기억하지 못하지만 / 두 손은 모든 걸 기억하고 있다"(「얼굴을 갈아입다」). 한순간도 동일한 것으로 규정될 수 없는 "나"는 "천 개의 얼굴에 두 개의 손"을 지닌 비인간에 조금 더 가까울지 모른다. 인간이란 누구이며 또 무엇인가에 대한 정의가 확고부동한 "얼굴"과 "표징"에 결박되어 있는 한, 우리는 결코 "손"의 감각이 지닌 불확실한 확실성에 가 닿을 수 없을 터. 그러므로 차라리 사물의 자발성, 그 감각적 (불)확실성을 믿어라. 시간이 흐름에 따라 파랗던 사과가 조금 덜 파래지고, 더욱 덜 파래지다가 어느 순간부터 조금씩 빨개지고, 또 더 빨개지다가, 온통 빨개져버리는 저 놀라운 시간적 변용의 유물론적 형상들을. 무엇이 사과이고 무엇이 사과가 아닌가? 그 결정을 사과에게 맡긴다면, 우리는 사과와 비사과 사이에서 진동하는 사과–아닌–것의 사건 적 이미지들과 마주할 수 있을 것이다. 거기에는 "사과가 되려는 사과와 / 동그라미가 되려는 동그라미가 있을 뿐"(「사과를 향해」), 우리가 아는 사과의 정의 따위는 존재하지 않을 것이다. 마치 "차갑고 둥근 빛"이라는 비논리적 역설이 그렇듯(「차갑고 둥근 빛」), 사과의 정의 또한 "사과의 자발성"에 맡겨진 사물의 권리라 할 수 있다(「사과를 향해」).

하지만 모든 결정과 판단의 계기가 전적으로 사물에게만 있다는 식으로 생각지는 말자. 그 또한 '인간 또는 사물'이라는 이분법의 일종일 테니. 나–인간의 측이든 사물–비인간의 측이든, 관성적인 사고의 패턴으로부터 도약하지 않는 한, 우리는 지금–여기의 굴레를 벗어날 수 없다. 지금–여기는 뛰어야 할 도약대인 동시에 그 도약의 조건이다.

산책길에 주워든 조약돌은 내게 그저 돌일 따름이다. 내가 돌에 어떤
이름을 지어주든 그것은 나의 소관, 나의 의미, 나의 입장이지 돌을 돌
아닌 다른 것으로 바꾸지는 못할 것이다. 돌과 나의 소통은 "이름을 붙이거나
부르는" 식의, 나에게만 명확한 언어를 통해 이루어지지는 않으리라(「그
조약돌을 손에 들고 있었을 때」). 오히려 손의 감각, 내 의식과 통제 바깥의
물질적 교감으로서의 체온을 통해 돌을 느껴보는 게 먼저라 하겠다.

> 돌은 나의 바깥, 차고 단단한
> 돌은 주머니 속에서 조금씩 미지근해졌다
>
> 얼마 전 바닷가에서 그 조약돌을 손에 들고 있었을 때 느꼈던 것이 더욱
> 선명하게 떠올랐다. 그것은 어떤 들쩍지근하고 메슥거리는 기분이었다.
> 얼마나 불쾌한 기분이던지! 그것은 그 조약돌 때문이었다. 틀림없다. 그
> 불쾌함은 조약돌에서 내 손으로 옮겨온 것이다. 그래, 그거다, 바로 그거야.
> 손안에서 느껴지는 어떠한 구토증.
>
> ─「그 조약돌을 손에 들고 있었을 때」 부분

"나"의 인간학, 그 바깥의 실존으로서 "돌"은 전적인 타자다. 그것과
만나는 길은 무엇보다도 "불쾌한 기분"이라는 감각의 벽에 부딪히는 데
있다. 나 아닌 것, 그 외부의 비인간성이 "들쩍지근하고 메슥거리는 기분"
이외의 것일 수 없음은 당연한 노릇 아닌가? 하지만 이 낯선 기분, 그
감응의 체험만이 "손"과 "돌" 사이에서 벌어지는 물질적이고 신체적인
열평형을 이룰 수 있을 터. "주머니 속에서" 어느덧 "미지근해"져버린
돌의 온기는 다름 아닌 내 손의 온기를 가리킬 것이기 때문이다. "손안에서
느끼는 어떠한 구토증"이란, 따라서 이물감을 통해 확인되는 '도약'에 대한

증표라 할 만하다. "조약돌은 그곳에서 이곳으로 왔고/그곳의 냄새와 습기 또한 이곳으로 옮겨왔다." 달리 말해, 시간과 공간에 의해 제약된 나-주체가 조약돌이 놓여 있던 저 어딘가의 타자적 시공간을 감수感受하고 감응하는 사건의 표지로서의 구토증. 위장을 역류하여 토해낸다는 것은 타자와의 만남을 감당하지 못한다는, 내 신체의 비정상을 지시하는 기호일 것이다. 하지만 이 구토보다도 더 확실하게 내가 타자와 마주쳤음을 보여주는 증거가 또 있을까? 저 조약돌이 '나의 돌'이나 '나의 경험', '나의 소유물'로 환원되지 않은 채 그저 다만 돌 자체로서 체험되는 더 정확한 실험이 있을 수 있을까?

> 나의 돌이 아니라 그냥 돌이 될 때까지
> 나를 더이상 바라보지 않을 때까지
> 그때까지만 곁에 두려고 한다
>
> 방생의 순간까지
> 조약돌은 날개나 지느러미를 잃은 듯 거기 놓여 있을 것이다
> ─「그 조약돌을 손에 들고 있었을 때」부분

어둠을 어둠으로, 혼돈을 혼돈으로 놓아주었듯, 조약돌을 조약돌로서 "방생"하라. "서로의 고독을 존중"하라(「그들의 정원」). 그런 의미에서 인간과 인간 사이에서, 인간과 비인간 사이에서, 마침내 비인간과 비인간 사이에서 정녕 필요한 것은 "이별의 시점"을 제때 택하는 것이겠다. 핵심은 인간도 비인간도 아니라, 그 "사이"의 "밤", 어둠과 혼돈이 되돌아오는 구토증의 시간과 마주하기 위해서다. "종이 위의 결별과/길 위의 결별 사이에는/또 얼마나 많은 밤들이 들어차 있는지" 우리는 모른다(「이별의 시점」). 하지만 저 도래할 미-래가 익숙한 시간과의 "결별"을 행하지 않고는, 그 사이의 무수한 밤들을 통과하지 않고는 결코 예감조차 하기 힘든 낯섦의

체험이란 사실만은 분명하다. 기다린다는 것, 놓아주고 내버려 두고 떠남에서 성립하는 그 "예의란 헤어진 뒤에 더 필요한 것인지 모른다." 때문에 시작始作은 항상 불가능하다는 것, 가능성이란 언제나 불가능성을 통해서만 어렴풋이 가능할 수 있는 미—래에 있다는 것, 그것이 시—작視—作/時—作의 시작詩作이라는 것.

* * *

한 권의 작품 속에 사적 체험의 진실과 사회적 고통에 대한 성찰, 그리고 삶을 둘러싼 존재론적 질문과 답변을 담아 응축해 내는 것은 시인 나희덕의 예술적 역량이다. 하지만 지금까지 매번의 시집들이 보여주었듯, 이 응축의 시학은 늘 무수한 의혹과 의미, 의지를 봉합시키지 못한 채 상처 가득한 그물로 펼쳐져 왔다. 당연한 노릇이다. "구멍 뚫린 독에 / 끝없이 물을 길어 부어야 했던 다나이드처럼" 시적 여행의 종점은 곧 또 다른 여정의 고된 출발점이기도 했던 까닭이다.

여행은 끝나고, 이제
쓰디쓴 풀과 거친 빵을 삼켜야 하는 시간
물을 긷고 또 길어야 하는 시간

— 「여행은 끝나고」 부분

이 매번의 도착과 출발이야말로 끊임없이 되풀이되는 시적 여정에 대한 근원적인 의문이 아닐 수 없다. "이게 바로 도망칠 수 없는 네 몫의 삶"이라는 언명만으로는 충분하지 않을 게다. 위안도 포기도 체념도 온전히 만족할 만한 답변은 되지 않을 테니. 그럼에도, 한 권의 시집에서 다른 한 권의 시집으로 건너는 길은 "방인지 바다인지 시간인지 끝내 죽음인지" 확정지을 수 없는 망설임과 결단, 되물림의 무수한 순간들로 계속 채워져야 한다(「건너다」). 설령 피투성이 거미줄이 되는 참담한 실패가 예감된다 해도, 그 완결 불가능함이야말로 또 다른 시작의 근거가 될 것이다. 그러므로 가능주의자가 된다는 것은 동시에 가능성의 불가능성을 믿는다는 뜻이 된다. "저는 가능주의자가 되려 합니다 / 불가능성의 가능성을 믿어보려 합니다"(「가능주의자」). 불가능성, 그 단절의 심연을 받아들이지 않는 한 어떠한 가능성도 가능하지 않으리라. 결여가 있기에 채움이 있는 게 아니라 채움이 있기에 결여가 있는 것이니, 불가능성은 가능성의 조건이지 그 반대는 아니다. 그러니 가능주의자가 되자. 그로써 불가능한 시작의 미―래를 한 번 더 끌어 당겨보자.

　세상에, 가능주의자라니, 대체 얼마나 가당치 않은 꿈인가요.

— 「가능주의자」 부분

문장과 사건

김언 시학의 언어학과 유물론

1. 예술, 사물과 죽음

일반적으로 관념idea이란 마음속에 나타나는 이미지나 개념을 뜻한다. 나아가 관념론은 실제 세계와 무관하게 머릿속 생각만으로 현실을 파악하고 살아가는 주의 주장을 가리킨다. 예컨대 '관념주의자'는 비현실적인 허상이나 망상을 뒤좇는 사람으로 정의되며, 직접적으로는 '현실주의자'에 대립하고 근본적으로는 '유물론자'에 대척하는 입장에 해당된다. 이처럼 관념을 인식과 행위의 토대로 삼아 세계관의 차원까지 끌어올린 대표적인 '수괴'가 누구냐고 묻는다면 단연 헤겔을 떠올릴 법하다. 흔히 '독일관념론Deutscher Idealismus'이라 불리는 19세기의 철학 사조는 신과 국가, 절대정신과 같은 추상적 이념이 모든 현실적인 것의 기원이라 상정하고, 이로부터 세계의 변화와 지속을 설명하려는 사상을 일컬어 왔다. 피히테와 셸링을 거쳐 헤겔에서 완성되는 이 계보가 이른바 근대정신을 쌓아 올린 강력한 지주였다는 평가에도 불구하고, "헤겔을 거꾸로 세워놓아야 한다"는 맑스의 언명이 대변하듯 현실에 대한 왜곡과 전도로 점철된 사상처럼 치부되어온 게 사실이다.

이런 분석이 노정하는 헤겔의 이미지는 자기애적 몽상에 찌든 철학자에 가깝지만, 의외로 그의 저술 곳곳에는 관념의 절대성과 완전성보다 상대성과 불완전성, 그 유약한 지반에 대한 깊이 있는 성찰이 새겨져 있다. 가령, 머릿속 생각만으로 모든 것을 아우르는 것이 관념론이라면 상대성과 불완전성의 문제 따위는 제기되지 않을 것이다. 순전한 관념 자체는 현실의 제약을 받지 않기 때문이다. 물론, 실제로는 정반대다. 우리가 사물을 정확히 재현하려 아무리 노력해도 언어는 사물 자체가 아니기에 언어적 기호로 완전히 옮겨지지 않는다. 마찬가지로 머릿속 관념이 제아무리 또렷해도, 그것이 언어로 외화될 때 우리는 항상 불충분함을 느끼게 마련이다. 표상과 언어의 결합법칙이 서로 다른 탓이다. 표상 즉 이미지가 문자로 번역될 때 관념은 언어의 지배를 받는다. "언어는 [사유하는] 자기로부터 단절되어 있는 [또다른] 자기이다."[1] 언어로 구성된 사물은 있는 그대로의 사물이 아니다. 헤겔은 '언어는 사물의 살해'라고 단언하며, 언어와 사물의 차이로 인해 사유는 분열의 운명을 짊어질 수밖에 없다고 말했다. 언어와 사물은 서로 외재적이고 본성상 하나로 합쳐질 수 없다. 언어에 사로잡힌 인간이 언어 밖 현실, 곧 사물들의 실재에 대해 얼마나 무지한지는 더 말할 필요가 없을 성싶다.

김언의 시 세계를 조망하는 이 글이 헤겔에 대한 논평으로 운을 떼는 이유도 그와 다르지 않다. 시작 활동의 처음부터 그는 시의 언어와 사물의 세계가 빚어내는 간극, 혹은 균열을 줄곧 주시해 왔기 때문이다. 현실적 사물이든 공상의 관념이든, 문자적 형식으로서의 시는 그것들과 행복한 화합을 이루기는커녕 죽고 죽이는 상극의 관계에 놓여 있다. 소위 '예술적 창조'란 그 같은 '사물의 살해'를 통해 표현된 특이한 효과를 가리킨다.

• • •

1. 게오르크 헤겔, 『정신현상학 2』, 임석진 옮김, 한길사, 2005, 216쪽.

그렇게 태어난 예술이 모종의 미적 가치를 누릴지는 모르나 사물의 죽음 자체를 대신할 수는 없다.

> 다시 말하지만 예술이란 죽여야만 존재가치를 부여받는 양식이다. [⋯] 사물을 있는 그대로 놔두는 것은 이미 예술이 아니다. 어떤 식으로든 내 속으로 끌어와 어떤 식으로든 바꾼다. 그러면서 사물은 죽는다. 내 속에서 내 식으로 죽는다. 그리고 내 속에서 내 식으로 태어난다. 다시 태어난다. 이 태어남을 너무나 황홀하게 여기는 인간들이 바로 예술가들이다. 그러나 어떤 예술가도 태어남 그 이전의 사물의 죽음을 안타깝게 여긴 적이 없다.[2]

근대 예술은 사물의 죽음이 탄생시킨 작품을 축복하고, 그 역설의 운명을 받아들이는 과정을 신화화했다. 평범했던 사물이 고귀한 가치를 내장한 채 새로 태어났으니 그 숙명은 받아들일 만하다는 것이다. 하지만 죽은 자와 산 자가 같을 수 없듯, 사물과 작품 또한 동등하지 않다. 이들을 등가로 만들어 주는 공통의 척도 따위는 없다. 시인은 이를 "불가능한 동격"이라 불렀던바, 마치 물을 포도주로 바꾸고 빵을 살로 바꾸는 기적, 아니 보다 세속적인 용어로 말해 "사건"만이 거기서 벌어질 따름이다. 순전한 사물도 아니고 언어 그 자체도 아닌, 사물로서의 언어이자 언어로서의 사물. 한 올의 성스러움도 없는 이 성체변화性體變化에 값하는 사건만이 오히려 예술의 역설이라 할 만하다. "시인은 벌레 한 마리도 죽인 적이 없다. 그가 죽이고 살린 것은 단지 언어다. 사물이 아니라 사물이라는 언어다"(「불가능한 동격」, 103).

• • •

2. 김언, 「불가능한 동격」, 『숨쉬는 무덤』, 천년의시학, 2003, 100~101쪽. 그 외에도 이 글에서 인용할 김언의 시집들은 다음과 같다. 『거인』(문예중앙, 2011), 『소설을 쓰자』(민음사, 2009), 『모두가 움직인다』(문학과지성사, 2013), 『한 문장』(문학과지성사, 2018), 『너의 알다가도 모를 마음』(문학동네 2018), 『백지에게』(민음사, 2021). 그 외의 책은 따로 각주를 달아 표시한다.

언어가 사물 그 자체와 동격일 수 없다는 선언이 시의 목적은 아닐 것이다. 그보다는, 언어 또한 사물이며, 사물과 마찬가지의 삶을 살아간다는 사실에 시인은 주목한다. 그러나 문학의 신화가 상찬하는 '작품의 생명력' 따위가 아니라 순전한 언어적 집성물로서 시의 존립이 그의 관심사다. 인간적 흥미나 목적과는 무연하게 존속하는 시는 과연 무엇을 지칭하는 이름일까? 언어적 사건이자 사물적 사태로서 시에 대한 이 물음은 시학을 언어학과 유물론으로, 나아가 윤리학으로 돌려세우는 질문이 된다. 김언의 시작詩作이 안고 있는 고유한 물음이자, 그의 시학이 풀어놓는 답변의 타래를 몇 가지 주제로 엮어 제시해 보자.

2. 사건, 언어와 응시

일인칭 시점은 인간 존재의 기본 조건이다. 제자리에 선 인간은 정면을 향한 두 개의 안구를 통해 좌우 114~220도, 상하 90도 정도를 본다. 자신과 같은 방향, 같은 각도에 시선을 던지는 타자와 거의 동일한 풍경을 망막 위에 맺지만, 그 누구도 완벽히 동일한 광경을 공유하지는 못한다. 물리적인 위치, 장소의 상이성 때문이다. 한 걸음이 다르면 한 뼘의 풍경이 달라진다. 물리적 시공간에 사건이 의존한다면, 그 사건에 의존하는 언어의 사정도 그와 다를 리 없다. '우리'라는 복수형 대명사는 단수형과 일인칭을 함께 나누지만, 실상 우리는 우리'들'이며, 낱낱의 '나'들로 이루어진 허구적 단일체. '우리'는 정확히 동일한 시선의 지평과 감각의 실감을 공유하지 못한다. '우리'는 존재하지 않는다. 그것은 문법의 환상이 낳은 공통성의 효과에 다름 아니다. 이 불가능한 '우리'를 분해하면, '나'와 '너'의 타자들이 모습을 드러낸다. "불가능한 동격"이란 바로 이 같은 사태를 지시하는바, 각자는 자기 시점의 주인인 동시에 자기–밖 시점에서 서로의 대상일 수밖에 없다. 사건의 언어학. 김언의 시학이 개별적 경험의 언어를 시적 성분으로 채택하는 이유가 여기에 있다.

탈근대를 운위하는 이 시대의 사유는 인간이 신체에 결박된 존재임을 강조한다. 그로써 개별자가 갖는 고유한 생각과 감정, 입장이 최대한 존중되어야 한다고 가르친다. 하지만 각자의 신체가 놓인 시공간의 차이로 인해 '우리'는 각자의 '나'로 쪼개지고 서로의 '너'에게 미치지 못함이 드러난다. 따라서 '나' 바깥의 타자, '너'라는 사물을 향해 나아가기 위해서는 먼저 신체의 즉물성을 넘어서야 한다. 언어로 분별된 타자성의 경계를 건너가기 위해 신체의 고유성은 기각되어야 할 울타리에 가깝다.

넘어갔다

오늘부로
내 몸뚱어리
빈집이 넘어갔다

그럼 나는?
당신 몸 밖의 나는?
　　　　　　　　　　　　　── 「신체포기각서」 전문(『숨쉬는 무덤』)

첫 시집의 첫 번째 시가 신체성의 포기를 언명하고 있음은 대단히 시사적이다. '나'를 주어로 삼는 서정적 주체가 시의 언어를 주도하는 한, 그것은 결코 저 타자들의 세계, 사물성의 저편을 온전히 담아낼 수 없을 것이다. 더욱 흥미로운 점은 "몸 밖"이라는 바깥의 감각이다. "내 몸뚱어리" 너머로 나아간다는 것이 실제로 무엇을 의미하는지, 그것이 과연 가능한 일인지 우리는 아직 모른다. 바깥을 말하는 것과 바깥에 직접 서는 것, 발화행위locutionary act와 발화수반행위illocutionary act의 차이가 어떤 의미론적 결절을 일으키는지 궁구하지 않고는 결코 "밖"에 대해 제대로 말할 수 없으리라.

나는 밖이다
이렇게 말하는 나는 밖이다
속에서 나를 끄집어내는 순간
이 순간에도 나는 밖이다
속의 당신이
속의 나를 후벼 파는
이 순간에도 나는 밖이다
속의 당신이 속의 나를 밀어내는
먼저 밀어내는 이 순간에도
나는 밖이다
속에서 우는 당신을
속에서 속에서 찢어버리는
이 순간에도 나는 밖이다

— 「나는 밖이다」 부분(『숨쉬는 무덤』)

주목해야 할 지점은 "밖"이 표명되는 전환의 순간이 아니라 그 어떤 통과의 "순간에도" 항상 "밖"에 있다는 통찰이다. 대개 "밖"이란 "속"으로부터 나오는 지점, 내외의 분리가 명확히 상정되었을 때 그 경계선의 외측을 가리킨다. 이런 통상의 어법에 따라 인용된 시구를 다시 읽는다면 "나"는 "끄집어내"어지고 "밀어내는" 순간들, 그 이행적 장면들에서 바깥으로 빠져나온 존재를 뜻한다고 할 수 있을 것이다. 하지만 집요하게 따라붙는 보조사 "도"가 심상치 않다. "속에서 나를 끄집어내는 순간"은 말할 것도 없이, "속의 나를 밀어내는/ 먼저 밀어내는 이 순간에도" 항상 "나는 밖"이라

진술되기 때문이다. 요컨대 "나"는 언제나 바깥에 있다. "속"에서도 "밖"에서도 "나"는 "밖"이다. 무슨 뜻인가? 관건은 "나"가 무엇을 가리키는지에 달려 있을 듯하다. "나"를 서정적 자아나 시인의 문법적 대응물로 여긴다면, 이 시는 시적 주체가 내부에서 외부로 이동하는 물리적 경험에 대한 서술에 해당된다. 하지만 "나"를 그런 인격적 대응물로 보지 않고, 비인칭적인 시선의 주체가 놓인 지시어로 간주한다면 어떨까? 그렇다면 오히려 "나"는 사물의 시선 즉 비인칭적 응시의 지점을 가리키는 문자적 기호라 볼 수 있지 않을까? 그럼 이 사물의 시선, 비인칭적 응시란 무엇인가?

> 이런 날이면 한 사람의 내가 시를 쓰는 것이다 한 사람의 내가 말을
> 걸고 사물은 밖에 있다 내 손은 문밖에도 있다
>
> 한 사람의 내가 시를 쓰는 동안 문밖에는 몇 개의 렌즈가 더 있을까
> 우선은 내가 있고 한 사람의 내가 있고 그가 쓰는 또 몇 개의 렌즈가 즐겨
> 읽을까, 이걸
>
> ─「토요일 또는 예술가」 부분(『거인』)

화가가 사물을 모사해 그림을 그리듯, 시인은 마음의 상에 비친 사물을 언어로 바꾸어간다. 흔히 말하는 모사론이 이에 해당하는바, 문자적 진술을 통해 시인은 사물 세계를 재현하는 것이다. 하지만 시인이 사용하는 언어는 사물과 작품을 투명하게 이어주는 도구에 그치지 않는다. 어떤 언어든, 그것이 단어의 규칙과 문장의 법칙, 어법과 문법뿐만 아니라 해당 언어의 다양한 환경과 조건에 관련되어 있는 한, 일정한 관점들을 내포하게 마련이다. "렌즈"란 이 같은 관점들의 복수성을 암유하는데, 이를 염두에 둔다면 더 이상 시인 대 사물의 이분법적 구도는 성립할 수 없다. 사물에 대한 시인의 관점들, 시에 대한 시인의 관점들, 그리고 시인에 대한 언어의

관점들이 뒤섞인다. 마치 수많은 렌즈들이 중첩하여 초점을 맞추듯 시작詩作이 진행된다. 시는 이 과정 속에 혼입된 수많은 "렌즈"들이 교차한 결과다. 그렇다면 전통적 시론이 가정하듯, 시인을 시의 유일한 주체라고 가정할 근거도 사라진다. 차라리 수많은 렌즈들이 겹쳐져 만들어지는 다중의 초점들이 작용하여 시라는 사물이 생성된다고 함이 옳다. "렌즈"는 사물의 눈이며, 응시다. '너'든 '나'든, 혹은 '우리'든 인간적 눈길을 미소하게 만드는, 모든 인간 외적인 세계의 타자적 시선, 거기에 사물의 응시가 있다.

이 같은 사물의 응시가 외재화되는 사건에 말이 있다. 이때 말 곧 시적 언어는 인간적 감상이나 의지를 담아내는 그릇이 아니라 이 세계의 운동이나 흐름을 자아내는 더 큰 사태의 일부임에 분명하다. 그것이 인간의 의식과 이성에 이해 가능한 것으로 포착될 리도 만무하다. 그래서 시는 정물화처럼 세계를 모사하는 게 아니라 소설 같은 허구적 직조물처럼 보이게 된다. 하지만 이 소설은 주인공을 중심으로 주변 인물들이 포진하고, 그들을 하나의 주제로 엮는 일목요연한 세계가 아니다. 사물들의 세계는 중심도 없고 위계도 없으며, 서로가 서로를 잇고 혼입하는 사건들만 지속될 따름이다. 불가능한 동격, 그것은 모든 존재하는 것들에 서열의 차이가 있다는 게 아니라 비교 불가능하도록 다르기에 동치시킬 수 없음을 뜻한다. 이 세계의 존재론적 평등성에 관한 시적 언명이 바로 불가능한 동격인 것이다.

　　누군가를 중심으로 사건은 모이지도 않는다. 고유 번호처럼 인간의 본성
　　은 여전히 암흑이다. 난장판에 가까운 그들의 서식지는 사람의 서열을 따지
　　지 않는다.
　　그들의 편찬 사전엔 내 이름도 소설로 들어가 있다
　　　　　　　　　　　　　　　　　　　　　　　─「사건들」 부분(『소설을 쓰자』)

"소설"은 이 같은 존재론적 평등성의 세계를 극화한 무대에 비견할 만하

다. 재미있게도, '시 속의 소설'이라는 형식적 이채를 통해 시인은 인간을
사물로 바꾸고 사물을 인간으로 바꾸며 급기야 스스로마저 사물의 세계
속에 함입시키는 실험들을 줄곧 벌여왔다. 현실이라는 사실주의realism의
틀 안에서 볼 때, 이 실험은 분명 허구적이다. 하지만 오직 인간적 시선에
의해서만 중심과 주변의 이분법이 성립하고, 인간 대 비인간의 위계가
설정된다는 점을 고려한다면, 비인칭적 사물의 응시를 통해 드러나는 세계
에는 어떤 중심성도 없고 위계성도 작용하지 않을 것이다. 인간의 눈에
보이지 않기에 존재하지도 않는다고 믿어지는 이 세계 '바깥'의 진리, 그것을
허구라 불러야 옳을까? 물론이다. 하지만 그것은 작동하는 허구이며, 따라서
실제적이지는 않지만 충분히 실재적이다. '나'든 '너'든, '우리'든 이미
거기에 섞여들어 사물들의 운동에 포함되어 있다는 것만이 유일한 사실이다.
어느새 우리의 발길은 시의 언어학이 유물론적 우주로 넘어가는 문턱에
도달했다.

3. 유물론, 문장과 배치

> 이보다 명확한 사건을 본 적이 없다.
> 사건 다음에 문장이 생기는 것이 아니라
> 문장 다음에 사건이 생긴다.
> ─「이보다 명확한 이유를 본 적이 없다」 부분(『소설을 쓰자』)

관념 바깥에 현실이 있고, 그에 대한 모방을 통해 예술이 탄생했다.
아리스토텔레스의 『시학Peri poietikês』 이래 이 진술은 문학 이론의 금과옥조
처럼 인용되어 왔다. 미메시스mimesis 즉 작품은 현실의 모사물이라는 명제가
그 핵심에 있는바, 언제나 사실들의 세계가 문학적 허구를 이끌어왔다는

것이다. 이른바 사실주의라는 문예사조가 이로부터 성립했다. 지시대상이 기표에 우선한다는 명제와 사물이 의식보다 앞선다는 명제는 각각 그것의 언어학적이고 유물론적 판본이라 할 수 있다. 이렇듯 미메시스의 오랜 전통에서 현실과 사실은 존재론적 선차성을 독점해 왔다. 예술적 재현물이나 표상보다 먼저 실존하는 사물이야말로 진정한 존재성을 보유한다는 뜻이다.

이 논리를 그대로 적용한다면, 사건 다음에 문장이 출현한다고 진술하는 게 타당할 것이다. 이 세계의 운동과 순환으로서 사건이 먼저 있고, 이에 대한 기술로서 문장이 뒤이어 나온다고 말하는 것이 미메시스의 정의에 부합하는 까닭이다. 그럼에도 시인은 "사건 다음에 문장이 생기는 것이 아니라 / 문장 다음에 사건이 생긴다"고 적었다. 왜 그런가? 이 구절에 이어지는 다음 시구를 주의해서 읽어보자. "그리고 어떤 문장은 / 자신의 말에 일말의 책임을 진다. 그것은 조금 더 불행해졌다." 상식적인 어법에 따르면 전혀 요령부득의 언명이 아닐 수 없다. "문장"이라는 주어가 "자신의 말에 일말의 책임을 잔"다는 것이 대체 가능한 노릇인가? "책암"은 인간을 주어로 삼을 때 효력을 나타내는 단어 아닌가? 우선 "그들[사물들과 인물들]과 내가 동등한 이상, 자연히 그들을 [정태적인] 사물로 보는 경우보다는 그들과 부대끼며 일어나는 사건에 더 주목하게 될 것"(「불가능한 동격」)을 천명한 시인의 시학적 선포를 떠올려 보자. 인간이든 비인간이든 동등하다고 선언하였으니 문장을 주어의 자리에 두고 책임지는 위치에 놓는 것이 전혀 이상한 노릇은 아닐 게다. 그럼 이제 책임에 대해 숙고해 볼 차례다. '맡아야 할 의무나 임무'로 풀이되는 이 단어는 '응답'과 '능력'의 두 가지 뜻을 함축한다. 즉 응답response할 수 있는 능력ability이 책임responsibility이라는 것이다. 그럼 무엇에 응답하는 것인가? 이 지점에서 김언의 언어학은 유물론으로 이월해 간다.

앞서 미메시스가 현실과 사실을 문자보다 앞세운다는 점을 지적했다.

물질은 그러한 현실과 사실을 구성하는 근본 요소로서 철학적 유물론의 근저에 있다. 철학적 논변을 조금 더 빌린다면, 관념적 의식 바깥에 있는 것이 유물론적 대상으로서의 물질이다. 이 같은 유물론 전통이 기대는 세계는 정태적인 부동의 우주를 전제한다. 그러나 세계는 끊임없이 흐르고 움직이며, 그 과정에서 수많은 요소들이 마주치며 부딪힘으로써 새로운 운동을 발생시킨다. 이런 관점에서 유물론을 다시 정의한다면, 바로 그 같은 흐름의 과정, 유동과 운동의 전체를 긍정하고 수용하는 태도이자 세계감각이다. 고대의 원자론 논쟁이 보여주듯, 하나의 원자는 또 다른 원자와 충돌하고, 그 충돌이 야기시킨 원자의 이탈은 또 다른 충돌을 통해 더 많고 다양한 충돌들을 불러일으킨다. 예측 불가능한 원자들의 운동과 충돌, 그로부터 파생되는 원자들의 새로운 탈주 과정이 우리가 아는 이 세계의 현상태이다.[3] 문학도 예외는 아니다. 한 편의 시에 적힌 어떤 문장이든 절로 솟아난 것이 아니다. 그 문장을 위해 준비된 시인의 발상과 느낌, 누군가와의 만남이나 어떤 상황의 조성, 그때그때마다 주어지는 기록의 조건들. 이 모든 것들이 모여들고 충돌하며 연결되면서 하나의 문장이 쓰여진다. '다음 문장'이란 무엇인가? 그것은 '앞선 문장'을 조건으로 삼아 출현한 '지금 문장'을 조건 삼아 다음 순간에 태어날 문장이다. 한 문장은 다음 문장을 조건 짓고, 다음 문장은 그다음 문장을 배태하며, 그렇게 끊임없는 문장의 계열들이 이 세계를 채울 것이다. 여기에는 기원도 없고 끝도 없다. 이를 문장의 유물론이라 불러도 과장은 아닐 법하다. "문장이 전달된다. 태초에 문장이 있었다. 직전의 말씀을 거느리고"(「이보다 명확한 이유를 본 적이 없다」).

• • •

3. 소위 '신유물론'에서 물질에 대한 개념 규정이 어떻게 '구유물론'과 다른지에 관해서는 다음 글을 참조하라. 최진석, 「유물론 이후의 유물론: 사건의 발생학, 혹은 미-래의 유물론」, 『문화/과학』 107, 2021 가을호, 43~72쪽. 유물론 논쟁이 우리의 화제는 아니다. 그러나 물질/사물과 세계/우주의 운동을 시의 언어로 담아내려는 김언의 시학과 유물론이 분리될 수 없음은 분명하다.

"문장 다음에 사건이 생긴다"는 진술은 문학의 위대함에 대한 과대망상적 진술이 아니다. 오히려 문장을 도구론적 언어관에 가두지 않으면서 사물적 능력을 가진 양태로 볼 때만 도출 가능한 진술이다. 그리하여 앞선 문장과 연관되고 뒤이은 문장과 결합하면서 지금-여기의 현실을 조형하는 문장을 낳는다. 당연하게도, 이처럼 끊임없이 이어지는 문장들의 행렬은 소설과 유비적이다. 외견상 시가 압축적인 단문들로 정서를 담아내는 데 비해, 소설은 상황과 행위의 인과관계, 사건의 연속적 시간성을 표명하는 장르로 분류되는 탓이다. 그러나 "소설을 쓰자"는 명제가 문학의 장르로서 소설적 글쓰기에 대한 선언이 아님은 분명하다. 오히려 여기서 소설이란 무한히 이어지는 조건들의 행렬, 앞선 문장에 대한 응답으로서 다음 문장을 기대하고 끌어오는 힘(능력)의 배치agencement에 가깝다.[4] "너무 긴 소설을 쓰지 말 것. 너무 짧은 소설도 쓰지 말 것. 적당하게 지루해질 때 끝나는 소설일 것. 원고지의 분량이 아니라 심리적인 분량일 것"(「소설을 쓰자」, 『소설을 쓰자』). 이 "심리"를 감응affect이라 바꿔 불러도 좋겠다. 마음에 나타난 정서만을 지시하는 게 아니라, 그것이 불러내고 또 불러오는 조건들의 운동 속에서 표현되는 실재의 사태가 함축되어 있기 때문이다.

　　　그 손가락은 저쪽으로 가라는 표시 같았다.

　　　우리는 저쪽으로 가고 있었다.

　　　누가 지시하지 않아도 그 손가락이

• • •

4. 들뢰즈와 가타리에 의해 개념화된 '배치'는 인간과 비인간을 통괄하여 모든 존재자들이 특정한 관계 속에 놓임으로써 일정한 운동의 효과를 발생시키는 상태를 말한다. 배치는 시간과 공간, 다양한 환경적 요소들의 조건에 따라 항상 상이하게 변형되며, 그런 의미에서 유물론적 역사 현실의 장을 구축하게 된다. 특히, 문학 역시 하나의 배치의 결과라 할 수 있는데, 모든 시대마다 무엇이 문학적인지 규정하는 요소들을 갖고, 이를 통해 문학의 가치를 서로 다르게 정의하기 때문이다. 요컨대 문학은 배치의 산물이며, 또 다른 배치를 낳는 문학만이 진정 문학적이다. Gilles Deleuze et Félix Guattari, *Mille Plateaux. Capitalisme et schizophrénie 2*, Les Éditions de Minuit, 1980, p. 10.

어떤 모양과 어떤 재질로 만들어진

막대기라고 해도 상관없이.

우리는 가고 있다. 저쪽은 분명하다.

손가락 끝이 사라져도 손가락 끝이

겨우 끝을 보여주는 상황에서도

그것이 가리키는 곳은 오직 하나

한 곳. 기다림이 있거나

망각이 있거나 아니면 아무것도 없는

곳이라는 걸 너도 알고 나도 알고

저쪽으로 가는 모두가 알고 있지만

— 「지시, 부분」(『모두가 움직인다』)

　　뜬금없이 "손가락"이 있다. 그것은 왠지 "저쪽으로 가라는 표시 같"다. '같다'는 느낌이 채 명확해지기도 전에 벌써 "우리는 저쪽으로 가고 있"다. 그 "손가락"의 정체가 무엇인지는 중요하지 않다. 방향과 운동에 대한 강렬한 추동력이 분명히 존재하고, "우리"의 신체가 그에 호응하고 있을 뿐이다. 감응은 정적인 심리상태가 아니라, 이처럼 (무)의식적 기호작용을 통해 실제 행동을 불러일으키는 힘의 관계를 일컫는다.[5] 심지어 가시적인 지표가 "사라져도", 어딘가를 향한 "기다림"이나 "망각"마저 넘어서 "아무것도 없는 / 곳이라는 걸" 모두가 안다 해도, 이러한 감응의 힘이 작동함을 마냥 무시할 수는 없다. '책임'이 그러했듯, 감응 역시 느끼고[感] 호응하는[應] 능력, 그렇게 연결된 유물론적 세계의 전체성을 표현하는 까닭이다. 그러니 이 시편에 묘사된 모든 것, "손가락"이나 "나", "너", "우리" 중 그 어느

• • •

5. 최진석, 『감응의 정치학: 코뮨주의와 혁명』, 그린비, 2019, 제1장.

것도 감히 독단적인 주체성을 자신할 수는 없으리라. 여기에는 "가고 있"는 운동만이 있으며, 그 '운동의 운동'만이 유일하게 실재한다. "이 단순한 움직임을 이동해가고 있다." 이 "움직임"이야말로 '주체'에 값하는 언표라 할 만하다.

의식 바깥의 물질이라는 전래의 유물론적 입장은 이제 설 곳이 없다. '이름'이라는 문자적 언어 역시 불필요하다. 지금 여기서 특정한 이름들로 명명되는 모든 사물들은 부르는 '나'가 소멸한다면 함께 사라지고 말 것이기 때문이다.

> 이 물질의 이름은 부적합하다. 손톱은 손톱 때문에
> 나무는 나무 때문에 굴뚝은 굴뚝 때문에 모두
> 연기가 될 수 없다. 한 사람씩 허공을 내젓는다.
> 세 번 네 번 고개를 젓다 보면 저절로 굴복하는
> 자신의 운명을 이제 생각하지 않는다.
>
> 이 문장 말고도 생각할 것이 많다. 물질은 손을 떠날 때
> 한 번 더 이름을 보여준다. 그 전까지 그 이후에도
> 우리의 통성명은 무척 자연스럽게 이루어지고 곧 잊는다. 다시 만날
> 것처럼.
>
> ─「이 물질의 이름」 부분(『모두가 움직인다』)

부적합한 이름을 가진 물질, 그것은 우리가 아는 물질이 아니다. 말 그대로 그것은 '다른 물질', 이異물질이다. 그것들의 현존 형태는 "손톱"이거 나 "나무"이고, 또 "굴뚝"이다. 하지만 "손톱"이고 "나무"이고 "굴뚝"인 동시에 그것들은 "연기"가 될 수 없다. 손톱은 손톱이고 나무는 나무이며 굴뚝은 굴뚝이다. 이 동일성의 법칙이 우리가 살고 있는 현재를 이룬다.

변화하지 않는 부동의 현실은 나무가 굴뚝이 되거나 손톱이 연기가 되는 사건을 인정하지 않는다. 동일성의 법칙에 위배되는 탓이다. 하지만 세계는 운동이다. 지금-여기의 현행적 상태는 그 운동의 일부분에 불과하다. 그것은 앞선 조건과 뒤이은 조건에 연결되는 부분으로서 작동하고 있으며, 이에 따라서 "손톱"도 "나무"도 "굴뚝"도 언젠가는 "연기"가 될 것이다. "저절로 굴복하는 / 자신의 운명"이란 바로 이 같은 세계의 유물론적 변전에 다르지 않다. 반복하건대, 문장의 진리는 배치의 진리다. 사물의 진리가 이웃한 다른 사물과의 관계 속에서 결정되는 것처럼, 문장의 진리 역시 이웃한 다른 문장들과의 관계 속에서 효과화되는 어떤 의미에 놓여 있을 것이다. 그러니 배치가 바뀐다면 의미도 바뀌고, 망각과 재발견의 시간 속에 자신을 놓아둘 수밖에 없다.

언어는 불변하는 관념을 실어 나르는 그릇이 아니다. 그렇다고 관념이 지시하는 사물 자체일 수도 없다. 언어가 살아 있는 무엇으로서, 즉 사물 자체나 죽은 기호들의 집합체가 아니라, 생성하는 힘으로서 자신을 표명하는 현장은 특정한 배치의 사건 속에서다. 이런 언어적 배치의 현장을 부러 "문장"이라 부르는 까닭은 언어학적 테크닉 속에 그 사건적 힘을 환원시키지 않기 위함일 것이다. 핵심은 말하는 것, 곧 발화에 있고, 그것들이 형성하는 맥락으로서의 문장에 있다. 문장의 구조, 발화의 억양, 언명의 환경 등에 따라 우리는 언어의 서로 다른 힘들과 마주치기 때문이다.[6]

지금 말하라. 나중에 말하면 달라진다. 예전에 말하던 것도 달라진다. 지금 말하라. 지금 무엇을 말하는지. 어떻게 말하고 왜 말하는지. 이유도 경위도 없는 지금을 말하라. 지금은 기준이다. 지금이 변하고 있다. 변하기

• • •

6. 단 하나의 단어, 1음절의 감탄사 하나도 그것이 발화되는 조건에 따라 수많은 의미를 가질 수 있다. 화용론적 의미론은 그 자체로 유물론적 언어학이라 불러도 좋을 듯하다. 미하일 바흐친, 『마르크스주의와 언어철학』, 송기한 옮김, 한겨레, 1988, 143~144쪽.

전에 말하라. 변하면서 말하고 변한 다음에도 말하라. 지금을 말하라. 지금이
아니면 지금이라도 말하라. 지금을 말하라. 지금이 아니면 지금이라도 말하
라. 지나가기 전에 말하라. 한순간이라도 말하라. 지금은 변한다. 지금이
절대적이다. 그것을 말하라. 지금이 되어버린 지금이. 지금이 될 수 없는
지금을 말하라. 지금이 그 순간이다. 지금은 이 순간이다. 그것을 말하라.
지금 말하라.

— 「지금」 전문(『한 문장』)

4. 감응, 생성과 실험

사건에 대한 천착, 그것은 시간의 흐름을 주시하고 이전과 이후, 그
'사이'의 상태에 대해 예민하게 감응하는 작업이다. 하지만 사건이란 대체
무엇인가? 누구나 사건에 대해 떠들지만, 또 문학의 과제가 사건에 있다고
소문을 내지만 어느 누구도 사건에 대해 정확하게 말하지 못한다. 아니,
사건은 애초에 말하기의 대상이 아닐지 모른다. 그것은 말하는 것locutionary
act을 넘어서 말함으로써 무엇인가를 불러일으키는 것illocutionary act을 가리
키기 때문이다. "지금 말하라"(「지금」)는 절박한 외침에도 불구하고, 이것이
사건에 대한 적합한 기술이 되지 않는 이유는 연이어지는 문장을 통해
계속 그 변화를 드러내야 하는 탓이다. 말함으로써 무엇이 변화되었는가?
말하기의 다음 말하기는 어떤 것인가? 이 변화를 묘사하기 위해 단어와
단어, 어절과 어절의 논리에 매달릴수록 어느새 사건은 생기를 잃고 화석처
럼 문자 속에 고착되게 마련이다. 어쩌면, 차라리 일상적 언어의 논리,
예컨대 의사소통의 법칙을 넘어서 문장과 문장을 잇고, 뉘앙스에 뉘앙스를
더하며 생성이라는 사건을 묘사하는 게 더욱 적합할 수도 있다. 가령 '슬퍼하
다'를 모티프로 쓰여진 다음 시편을 살펴보자.

나는 슬퍼하고 있고 슬퍼지고 있고 슬프고 있고 그래서 슬프다. 사이사이 다른 감정이 끼어든다. 영원히 지속될 것처럼 기쁨이 있고 환희가 있고 절망이 있고 분노가 있고 비굴함이 있고 순식간이 있고 나는 다 빠져나왔다. 다 빠져나와서 빠져 있다. 사이사이에 긴 찌꺼기를 빼내려는 노력도 빠져 있다. 한꺼번에 들어가 있고 조금씩 나오고 있고 구석구석 빠지고 있고 겁에 질리고 있다. 고뇌에 차고 있고 소름 끼치고 있고 해롭고 있다. 그것은 불안인가? 불안하려고 있다. 불안하고자 있다.

— 「있다」 부분(『한 문장』)

'슬퍼하다'라는 동사의 사전적 의미는 '마음에 슬픔을 느끼다'라는, 다소 동어반복적인 정서적 상태이다. 하지만 살아가면서 느끼는 '슬퍼하다'의 상황은 매번 같지 않다. 시험에 낙방해서 슬퍼하는 것과 연인이 떠나서 슬퍼하는 것은 분명 '슬퍼하다'라는 동사로 표현될 만한 사건이지만, 동일한 정서적 상태를 표현하지는 않을 것이다. 사랑하는 사람의 죽음과 가을 녘에 떨어지는 나뭇잎으로 인해 슬퍼하게 된 느낌도 똑같을 수 없다. 이 모든 '슬퍼하다'가 갖는 감각의 스펙트럼을 감응이라 부르는데, 이는 시간적 생성을 통해 지각되고 감수感受되는 사건의 강도들에 다름 아니다. 게다가 동일한 감응이라 해도 시간이 흐르면서 강도의 변화를 겪게 되고, 슬픔이라 는 단일한 감정적 색조로만 나타나지도 않는다. 그 "사이사이"에는 이질적이 고 이물적인 감각들이 넓게 포진해 다양한 색채로 정서의 변화를 드러내게 마련이다. 이 같은 감응의 흐름에 민감하게 반응하지 못한다면, 사건에 대한 천착은 그저 피상적인 기록에 그치고 만다. 일반적으로 언어의 목적은 의지나 감정을 공시적으로 잘라 그 절단면을 보여주는 데 있기에 흐름의 연속적 스펙트럼을 보여주는 데는 취약한 게 사실이다. 변화가 포괄하는 생성적 사건의 장면들을 포착해 서술하는 것은, 따라서 통상의 언어감각으로는 대단히 낯설게 느껴지게 마련이다. 연이어 한 편을 더 읽어보자.

> 나뭇잎이 푸르고 있다. 짙푸르고 있다. 진푸르고도 있다. 간혹 연푸르고도
> 있는 나뭇잎이 올라가면서 더 푸르고 있다. 올라가면서 가늘고 있는 나뭇가
> 지가 더 올라가면서 가늘고 있다. 여름 한창을 가늘고 있다. 여름이 가늘고
> 있다. 낮이 가늘고 있다. 한낮이 사라져 있다. 온데간데없이 있다. 부지런히
> 도착해 있다.
>
> ─ 「있다」 전문(『한 문장』)

'푸름'이라는 색채 형용이 어떤 것인지 우리는 잘 안다. 관습적 표현법은 '나뭇잎이 푸르다'라고 적는다. 하지만 매시간, 매분간, 매초간, 그보다 더 미세한 시간의 간극들 사이로 나뭇잎은 "푸르고 있다." 또한 "짙푸르고", "진푸르고도", "연푸르고도" 있다. "더 푸르고 있"기도 하다. 이 모두는 시간의 공시적 절단면을 통해서는 볼 수 없는 사건적 변이의 여러 양상들이다. 어쩌면 우리는 이 모든 서로 다른 순간들의 색채감각을, 그와 연동된 세계의 운동을 신체적으로는 감각하고 있을지 모른다. 하지만 이 모든 장면들을 저마다의 적확한 언어로 논리정연하게 묘사할 방법은 없다. 그렇게 하기에는 우리의 언어가 너무나 불충분하며, 각자가 자신의 자리에서 지각하는 감응의 강도 역시 상이한 탓이다. 그래서 시인이 취한 방식은 동어반복적 문장의 나열과 회귀, 변주와 변형의 다양한 열거다. 두 편의 「있다」를 읽어본 독자라면 시인이 무엇에 대해 묘사하고 있는지 대략 '감'을 잡을 수 있을 것이다. 그러나 이 '감'은 논리나 법칙의 지배 '바깥'에 있기에 정치한 이성의 질서로 편입되지 않는다. 이 시편들에서 우리가 느끼는 것은 단절과 도약에 대한 막연한 '감', 낯선 감응이다. 이를 두고 어떤 이들은 시의 언어가 불분명하고 불투명하다고 불만을 늘어놓지만, 어쩌면 사건에 대한 기술로서 시는 정연한 논리적 연결이 아니라 단절과

도약의 감각적 파열점을 찾아냄으로써 읽는 이를 감응시키는 데 그 목적을 둔다고 해야 옳을지 모른다.

일반적으로 언어는 의사소통의 도구라 정의된다. 의사소통이란 서로 다른 타인들이 상호 간의 감정과 의지를 파악하고, 그에 대한 동의나 거부를 선택할 수 있는 공통성의 교두보를 놓는 과정을 뜻한다. 예를 들면, 화자가 날씨가 추우니 창문을 닫아달라는 요청을 보낸다면, 청자가 그에 응하거나 불응할 수 있는 공통의 무대를 마련하는 것이다. 이 목적을 달성하기 위해 언어는 순차적 연결의 단위들sequences로 이루어져야 한다. 그 연결구간이 조밀하면 조밀할수록 우리는 이전의 단위로부터 벗어날 수 없게 된다. 창문을 닫아달라는 요청에 대한 응답으로 체조를 할 수는 없는 것이다. 진술의 단위로서 문장도 마찬가지다. 가령 법정의 조문들을 떠올려보라. 누군가의 행위의 적법성/위법성을 따지고, 그와 연계되는 법조항을 찾아 판결을 내리는 과정들이 조밀하게 이어지지 않는다면 어느 누구도 법정의 권위를 받아들이지 못할 것이다. 하지만 모든 문장들이 '사이'를 허락지 않는 조밀성에 의해 통치된다면, 도대체 어디서, 사건이 발생할 공간은 어디에서 열릴 것인가? 사건은 단절과 도약의 틈—사이로부터 돌발하는 생성이기에 일상적인 의사소통의 논리로는 가둘 수 없는 힘을 보유한다. 배치는 그러한 일상의 논리가 준거하는 언어적 규범을 포함하지만, 동시에 무의미를 통해 낯선 의미를 산포시키는 비논리의 장으로서도 기능한다. 낯선 언어적 감각의 돌발, 사건은 바로 그 틈—사이에서 비어져 나오고, 이물감으로 가득 찬 의미가 그로부터 생성된다. "사건은 생성과 공외연적이고, 생성은 그 자체로 언어와 공외연적이다."[7] 이 공외연성, 그것은 논리 없고 질서 없는 언어–사물의 낯선 배치, 역설paradox이 낳는 이질적 감응의 효과다.

• • •

7. Gilles Deleuze, *The Logics of Sense*, The Athlone Press, 1990, p. 8.

김언의 시편들이 그토록 자주 통상의 어법과 문법을 빗겨 가는 방식으로 직조되었던 근거를 여기서 찾을 수 있으리라. 그의 시학은 미메시스의 문학이나 의사소통의 논리학과는 무관하게 구성되고 작동하기 때문이다. 논리의 단절과 질서의 도약, 이로부터 빚어지는 이물질의 감각이야말로 처음부터 시인이 예의주시하던 사물의 얼굴에 다가서는 방법이었다. 하지만 사물이 얼굴을 드러내는 것, 그 표정을 방사하는 것은 우리에게 언어를 경유한 것일 수밖에 없다. 본성적으로 상이한 존재자들로서 인간과 사물이, 비인간이 공통의 기호를 갖지 못한 채 늘 생경하고 낯선 이질감 속에 마주치는 것은 당연한 노릇이다. 설령 사물의 세계에서 그것이 지극히 합리적이고 합당한 질서를 가질지라도, 이를 이해할 수 없는 인간에게 그것이 항상 찌그러진 왜상적 이미지로 비치는 것은 불가피하다. 스피노자 식으로 말해 '영원의 관점에서Sub Specie Aeternitatis' 볼 때 인간과 비인간, 사물 세계 전체의 자연은 그저 '한 문장'으로 모든 것을 말하고 있을지 모른다.

> 자연이 말하는 방식과 내가 말하는 방식이 모두 한 문장이다.
> 나와 똑같은 인간이 나를 반대하고 있는 사실도 한 문장이다.
> 따지고 보면 신분 때문에 싸우고 있는 이곳의 날씨와
> 저곳의 풍토도 한 문장이다.
> 얼마나 많은 말이 필요할까?
>
> ─「한 문장」 부분(『한 문장』)

지극히 조화로운 광경이 거기 있으리. 서로 다른 얼굴로 말하고 있음에도, 한목소리로 하나의 상相을 표현하는 것. 모든 것이 차이의 성좌에 배치된 가운데서도 일관된 목소리로 노래하는 것, 들뢰즈는 이를 존재의 일의성uni-vocité이라 불렀다. 이 같은 존재론적 사유의 심원함, 헤겔이 그랬듯 현상의

모든 것들을 절대적 이념의 통치 아래 두지 않으면서도 하나의 의미 속에 모아들이는 광경의 놀라움에 대해서는 불만을 가질 이유가 없다. 그럼에도, '차이'가 빚어낸 현실의 개체들, 즉 '나'와 '너'라는 타자들의 생생한 이질감, 그 다름으로 인해 벌어지는 갈등과 반목의 정서 또한 더할 나위 없이 실재적임을 고백해야 한다. '너'와 '나', '우리'의 세계를 나누는 언어적 분별은 존재하지 않는 허구가 아니라 작동하는 허구, 관념적 대상임에도 불구하고 근본적인 적대의 경계를 조성하는 사건적 현실이기 때문이다.

> 둘은 일관된 앙숙이었다. 둘이 화해할 기미가 보이지 않자 제삼자가 나섰다. 제삼의 인물은 어느 편도 들 생각이 없었지만, 이쪽을 만나면 이쪽에서 저쪽을 만나면 저쪽에서 다른 말이 나오는 것을 부정하고 싶은 생각도 없었다. 이쪽은 이쪽대로 옳은 말이고 저쪽은 저쪽대로 사정이 있었으니 둘 다의 말을 종합하면 어느 쪽도 만족할 만한 말을 들려줄 수 없었다. 그래서 돌아오는 말이 너는 누구 편이냐? 둘 중 하나만 택하라는 말을 수도 없이 들어왔지만 그는 일관되게 제삼자였다. 소주 한 병에 오징어 두 마리면 충분한 사람이었다.
>
> ― 「갑오징어와 을오징어」 전문(『너의 알다가도 모를 마음』)

언어와 사물, 진리는 모두에게 있지만 동시에 어느 쪽에도 있지 않다. 우리가 마주한 이 세계는 언어로서의 사물과 사물로서의 언어가 있을 따름이다. 더 정확하게는, 공통과 보편의 환상에 오염된 언어로 살 수밖에 없는 인간에게 지각 가능한 사물은 언어적인 사물, 사물이 된 언어 두 가지뿐이다. 그것이 이 세계의 속성이며, 양태들의 얼굴이다. 사정이 그러하니, 어느 쪽에 대해서도 "부정하고 싶은 생각"이 없고, 어느 쪽도 한결같이 "옳은 말"이고 "사정이 있"을 수밖에 없다. "누구 편"에 대한 강요는 언어와 사물, 둘 중의 어느 하나만의 독점적 진리를 인정하라는 '불합리한' 요구에 다름없다. "일관되게 제삼자"가 된다는 것, 이는 사건의 편에 서는 것을 의미한다. 생성의 흐름에 따라 "이쪽"으로도 흐르고 "저쪽"으로도 흐르며, "종합"을 통해 "제삼자"가 되는 길이 그것이다. 그 실험에 자신을 맡기는 모험, 이 역시 존재가 내뱉는 '한 문장'일지 모른다.

다시 한번, 사건을 기술하는 언어가 '연결'이 아니라 '단절'과 '도약'을 표현해야 한다는 의제로 돌아가 보자. 이는 시작이 '일관된 제삼자'의 기능이 되어야 한다는 뜻이다. 물론, 손에 펜을 쥐는 것은 인간이며, 인간적 의지와 감정, 그 조건과 환경 속에서 시는 빚어진다. 하지만 시인이 감응하는 것이 비단 인간적인 것만이 아니라면, 생성이라는 비인간적 조건에 그가 감응한다면, 시는 기이하고 낯설게 우리를 격동시킬 것이다. 단절과 도약이라는 생경함 속에 우리를 끌어들일 것이다. 그것이 시적 언어의 유물론적 감응이다.

5. 윤리, 백지와 욕망

바흐친은 사건을 서로 다른 존재자들이 함께—있음co-бытие으로 정의했다. 더 정확히 말해, 사건은 상이한 사물들이 공—동共—動으로 모여 있음으로써 발생하는 의미를 가리킨다. 그럼 그 의미를 규정짓는 것은 누구인가? 의미는 사건의 바깥이 아니라 사건에 내재하는 관점으로부터 포착된다. 사건의 다의성은 사건의 현장에 참여하는 다양한 성분들이 저마다의 자리에서 의미화를 진행하기 때문에 생겨난다. 거꾸로 말해, 어떤 사건이 단 하나의 의미만을 갖는다면, 이는 사건에 외재하는 관점을 통해 의미를 추출했기 때문에 벌어지는 현상이다. 그 역시 일정 정도의 진리를 포함할 수 있으나, 사건의 현장으로부터 유리된 채 도출된 것이기에 '안으로부터' 바라본 의미와는 다른 색깔을 띨 수밖에 없다. 따라서 사건에 특정한 의미를 부여하고자 한다면, 거기에 스스로 연루되어 있음을 부정해서는 안 된다. 어떤 식으로든 자신이 사건의 일부로서 포함되어 있음을 인정하지 않고서는 그 사건에 대한 공평한 의미화를 시도할 수 없다. '나의 부재를 입증할 알리바이가 없음'은 모든 사건에 대한 의미화의 출발점인 셈이다.[8] 문장이 있어야 사건이 있듯, 의미가 있다면 사건도 필연적으로 있다, 곧 존재한다.

> 내가 등장하지 않는 소설을 쓰고 싶었지만 내가 등장하지 않는 소설이 어디 있나. 그는 등장한다. 내가 아니면 다른 사람의 이름을 빌려서라도 등장하는 그가 소설을 쓴다. 소설은 이야기겠지만 이야기라고 내가 빠질 수 있나. 나는 말하는 사람이다. 나는 말하는 걸 듣는 사람이고 듣지 못하면 듣지 못하는 것도 말하는 사람이다.
> ──「내가 등장하지 않는 소설」 부분(『너의 알다가도 모를 마음』)

첫 시집부터 시인은 부단히 빠져나가고 싶어했다. 자기 자신, '나'라는 것, 자신의 신체로부터 벗어나 사물의 눈으로 보고 사물의 목소리로 말하고자 했다. 예컨대 "어나"나 "제나", "자두", "곰치씨" 등은 그러한 자기성自己性을 탈각하기 위해 고안된 타자들이었고(「껐다켰다」, 『숨쉬는 무덤』), 시편들마다 도드라지게 강조되던 '소설'은 시적 자아의 서정성을 탈피하기 위해 호출된 장르적 이종 혹은 변종에 가까웠다. 이십여 년을 넘어서는 시작 활동에서 그는 부지런히 자신을 지워왔지만, 저도 모르게 스며드는 각성의 순간과 마침내 마주쳤다. 자신의 부재를 증명할 알리바이가 없다는 사실이 그것이다.

> 여기 있거나 다음에 있거나 어디에 있거나 모두가 움직이는 와중에 내가

• • •
8. Михаил Бахтин, "К философии поступка," *Собрание сочинений*, Т. 1, Языки славянских культур, 2003, pp. 38~39.

있다. 도무지 빠질 수 없는 내가 있다. 내가 없다면 어디에도 없는 네가 있다. 네가 없다면 어디에서도 발견되지 않을 그 모든 것이 내가 있다는 걸 지시한다. 암시한다. 폭로한다. 묵인한다. 모른 척하고 있다. 알은체하는 것과 다를 바 없는 태도로 말한다. 그것이 자세다. 그것이 행동이고 행동은 습관이 되려고 그렇게도 많은 행동을 반복했다.

　　　— 「내가 등장하지 않는 소설」 부분(『너의 알다가도 모를 마음』)

　놀랍게도, 이 부재증명 불가능성으로부터 돌연 시인의 자기성이 돌출된다. 내용 없는 기호였던 "나"가 구체적인 누군가로 충전되고, "행동"의 주체로 살을 입기 시작한다. "습관"이란 일상의 현재성과 구체성을 담보하는 가장 전형적인 어휘가 아닌가? 삶을 살아간다는 것은 추상적인 무한의 가능성으로부터 단 하나의 '다음'을 선택하는 것, 이전의 조건에서 다음의 조건으로 건너가기 위해 지금-여기의 특정한 조건을 결정하는 행동이다. "나는 한 가지만 선택해야 하리라. 하나라도 더 선택한다면 그것은 사치." 그토록 사물의 세계에 근접하고자 했던 시작詩作의 운동에 어떤 변화가 초래되었기에 이 같은 급전이 발생했을까?

　앞서 사건의 유물론은 조건에 대한 탐구라고 밝힌 바 있다. 앞선 조건이 지금의 조건을 낳고, 지금의 조건은 다음의 조건으로 이어진다는 것. 이 조건들의 계열에 삼투되는 요소들은 무수히 많기에 유한한 존재자인 우리는 그 과정을 일일이 헤아릴 능력이 없다. 그저 할 수 있는 일은, 인간적 관심사를 뒤섞어 그 사건의 흐름에 왜곡된 의미를 보태지 않는 것 정도다. 그렇기에 사물의 응시를 뒤좇고, 그 단절과 도약의 장면들에 수동적으로 감응하는 것이 최선의 방도일지 모른다. 하지만 이런 통찰 역시 무언가를 누락시키고 있다. 어떤 식으로든 사건에 관해 말하고 의미화하고자 할 때 '우리'는, '나'와 '너' 각자는 항상-이미 사건에 관여하고 있으며, 따라서 그 의미에도 연루되어 있다는 사실이 그렇다. 사물이 우선한다는 겸손한 제스처 이면에서, 우리는 마치 "제삼자"라도 된 듯 자기의 위치를 설정하고 그 의미를 향유해 왔다. 그러나 "문장 다음에 사건이 생긴다"는 문장은 그 자체로 이미 의미를 가지며, 어떤 방식으로든 해석된 의미로서 우리에게 주어져 있다. 이 문장을 쓰고 읽으며 음미하는 '나'와 '너'가 있고, '우리'로 통합된 보편적 시선의 '제삼자'가 상정되며, 그로써 '다음 문장'으로 전달되고 있는 것이다. 그렇다면 우리는 과연 이 문장과 그 의미에 대해 아무런 책임이 없노라 자신할 수 있을까? 거꾸로 다른 누구/무엇보다도 이 물음에 응답해야 할 책임이 있다고 자인해야지 않을까?

> 나는 그 책임에서 자유로울 수 없다. 자유로울 수 없기 때문에 핀셋 하나가 초래하는 사소하거나 엄청날 수도 있는 사태의 추이를 끝까지 관망하고 있다. 방치는 아니다. 나는 방치를 모르는 인간이다. 나 또한 그렇게 교육받은 누군가의 결과물이며 누군가의 원인이 되려고 한다. 의도와 상관없이 나는 원인이 되었다. 의도와 상관없이 나는 말하고 있고 듣고 있고 오해하고 있고 의도와 상관없이 이해의 단서를 제공한다. 아무 단서 없이 퇴장하더라도 그리 놀랄 것 없는 등장인물이 또한 나다. 등장인물이 못되더라도 나다. 내가 쓰는 소설에서 내가 등장하지 않는 소설을 쓰는 것도 나다. 불가능한 것을 불가능하지 않게 말하는 것도 나다. 내가 문제다 내가 문제니까 나는 사라지지 않는다.
>
> —「내가 등장하지 않는 소설」 부분(『너의 알다가도 모를 마음』)

이로써 문장의 유물론은 문장의 윤리학으로 전회한다. 전술했듯, 문장에서 문장으로의 전달은 유물론적 조건의 연관이었지 인간적 개입이나 주체적 관여의 대상이 아니다. 사건은 본질적으로 비인간적 사물 세계의 소관이다. 하지만 언제 어디에서든 사건에 대한 의미화가 일어나는 순간, 그 의미 발생의 해석적 관점을 '나'가 공유하는 순간, '나'는 벌써—이미 거기에 연루되어 있노라 말하지 않을 수 없다. '나'는 더 이상 자신의 부재를 증명할 수 없다. 그러므로 문장은 공허하고 비어 있는 언표의 단위가 아니라, '나'의 발화를 통해 구체화되는 특정한 관점과 입장의 응답적 형성체라 할 수 있다. 이런 점에서 문장이 쓰여지고, 함께-움직여[共-動] 시를 이루는 사건은 오로지 사물의 세계에만 맡겨진 자연사적 현상이 아니라 '나'와 연관된 책임의 문제로서 부각된다. 문장의 윤리학은 이를 가리키는 표현이다.

> 잘한 일인지는 모르겠으나 내가 무슨 일을 하고 있다면 그건 아마 문장 감식반이 되는 일일 것이다. 문장 감식반이 되는 일은 쉽지가 않다. 우선은 문장이 있어야 하고 그걸 감식하는 부서가 있어야 한다. 이 세상에 문장은 많다. 어떤 것이든 문장이 될 수 있다. 당연히 어떤 것이든 문장으로 변신할 수 있는데, 문제는 어떤 문장인가이다. 어떤 문장이 되는가에 따라 그 문장이 소속되는 운명은 달라진다. 어떤 것은 법조계의 문장이 된다. 어떤 것은 과학 저널의 문장이 된다. 또 어떤 것은 철학서의 문장이 되고 또 어떤 것은 뜻하지 않게 문학의 문장이 된다. 문학에서도 시의 문장이 되는 것은 참으로 드문 일이지만, 드물더라도 일어나기는 일어난다. 반드시 일어나는 일 중의 하나로 시의 문장이 있다. 반드시 일어나지만 언제 어디서 어떻게 어떤 원리로 일어나는지를 일목요연하게 정리해주는 문장은 없다. 어떤 문장이 시가 되는 순간은 말 그대로 한순간이다. 한순간이니만큼 한순간을 기다리는 시간이 절대적으로 필요한 문장이 희생시키는 문장은 또 얼마나 많은지 알려주는 문장 역시 없다. 어떤 문장이 시에서 발견되었다면, 그 문장은 이미 그보다 최소한 몇 배수의 문장을 짓밟고 나온 문장일 가능성이 농후하다. [⋯] 격리시켜야 하는 현장에 내가 들어가서 있다. 거의 문장이 아닌 것을 보고 있다.
>
> ─ 「문장 감식반」 부분(『너의 알다가도 모를 마음』)

시는 누군가 주체가 되어 그의 의지와 감정, 사상을 통해 써낸 결과물이 아니다. 그를 빌려 사물들의 세계가, 즉 직전의 문장과 조건이, 환경이 서로 결합하여 빚어낸 문자적 상관물이다. 그럼에도 시가 쓰여지는 현장에는 그것을 쓰는 누군가가, 즉 시인이 있음이 사실이다. 그의 눈과 귀를 통해, 앉아 있는 자세와 움직임을 경유해, 둘러싼 모든 것들이 조건화되어 그와 관련됨으로써 문장은 시가 된다. 시인이 원하든 원하지 않든, 이 과정은 일종의 강요이자 휩쓸림이며, 궁극적으로는 필연적이다. 아무도 이 상황으로부터 자신의 무관함을 입증할 수 없다. 그것이 사건의 유물론이며, 또한 윤리학이다.[9]

자, 그럼 이제 시학은 예전의 전통대로, 글쓴이가 자신의 작품에 대한 책임을 지는 동시에 그 소유권도 갖는 원칙으로 되돌아간 걸까? 이토록 뻔한 결론에 도달하기 위해 우리는 시학의 언어학과 유물론을 거쳐야 했을까? 그렇게 도착한 윤리학을 일상의 도덕에 위탁하면 모든 것이 해결되는 걸까?

단언컨대, 시는 감응의 산물이다. 시인이라는 인간 주체의 주관적 감상이나 감정을 읊조리는 것이 아니라, 사물 세계의 응시를 받아내 자신의 목소리로 발성하고 문자로 옮겨낸 결과가 시라는 이름의 글쓰기다. 이처럼 온전히

• • •

9. 바로 이 때문에 서정시는 성립하지 않는다. 이 명칭은 시인의 주관성이 시의 전부임을, 그가 시의 주인임을 공증하는 소유권 증명이나 다름없는 탓이다. 오히려 시라는 사건은 그것이 쓰여지는 순간에 모여든 온갖 세계의 운동들, 감응들의 집합체로서만 현존한다. "시는 무엇에 대해서 말하지 않는다. 시는 무엇 자체다. 시는 고독 자체이고 결별 자체이며 또한 사랑 자체다. 증오도 애원도 슬픔도 모든 감정도 시는 말하지 않는다. 시는 그것들 자체다. 그런 점에서 시는 저항하지 않는다. 항의하지도 않는다. 절망은 더더욱 모른다. 시는 저항 자체이자 항의 자체다. 절망을 모르는 시는 절망 그 자체다. […] 왜냐하면 시는 자체니까. 그것 자체이자 무엇 자체로 시는 말한다. 말하는 것 자체로 그것은 있다. 시가 있어야 한다면 바로 그 순간에 있기 위해서 있다." 김언, 『시는 이별에 대해서 말하지 않는다』, 난다, 2019, 32~33쪽.

자신만의 것이 아니기에 때로 자신도 이해하지 못하거나 세상의 공감을 얻지 못하곤 한다.

> 가을에 무의미한 시는 가을을 지시하지 않겠지. 손가락질도 않겠지. 손가락질은 감정. 지시도 손가락이 있어야 가능하니까 손가락 없이는 가을도 없겠지. 가을 없이는 겨울도 없다는 말. 무의미하지. 겨울 없이는 봄도 여름도 없다는 말. 무의미하지. 의미는 뒤통수니까. 뒤통수에 있으니까.
> ― 「무의미」 부분(『백지에게』)

"가을"이라는 대상을 묘사하는 시가 아니라면, 그것은 가을에 대해 "무의미"할 것이다. 가을을 지시("손가락")하지 않으니 가을에 으레 딸린 "감정"도 덧붙여지지 않는다. 가을이면 자연스레 이어지는 "겨울"도 이와 다르지 않을 터. 이렇게 단절과 도약으로 이루어진 문장의 연쇄가 대체 무엇을 의도하는지, 어떤 것을 형상화하는지 파악하기 곤란하다. 즉 "무의미"하다. 그런데 이 무의미야말로 역설적으로 하나의 '의미'를 낳는다는 점에서 "의미는 뒤통수"라는 의미를 발생시킨다. 여기에 사회적 관례와 문화적 습관에 의해 자동화된 의미계열은 보이지 않는다. 어떤 적극적인 의미의 형성 없이도 反의미로서 의미가 응결되는 과정이 드러날 뿐이다. 시인의 주관성이나 인간적 관심 없이, 오로지 물성 가득한 단어들이 부딪히고 충돌함으로써 조성된 기이한 분위기, 이것이 감응이다. 당연히, 이 시편을 흡사 인공지능 같은 비인간 존재자가 전적으로 썼다고 말하지는 못할 게다. 표면적으로는 무감동한 문장의 연쇄가 이어지지만, '김언'이라는 고유명사가 구사해온 시학적 스타일이 음화처럼 여기 새겨져 있음을 부정할 수 없으니까. 의도하지 않았고 원하지도 않았으나, 무의식적으로 개입하고 욕망하게 된 문장에 대한 책임을 부인할 수 없다.

감응하는 글쓰기로서 시는 시인으로 하여금 백지가 될 것을 요구한다.

자신의 의향으로 문장을 채우지 말고, 그저 백지가 되어 사물 세계의 울림을 기록하길 요청한다. 그럼에도, 거기에는 제거 불가능한 힘도 분명 존재하는 바, 시인의 감응이 그것이다. 바로 이 감응으로 말미암아 백지는 사물들의 움직임과 조응하고, 이 감응의 감응을 통해 특정한 문자들의 행렬이 가시화된다. 시적 감응의 윤리란 이 과정 전체를 가리키는 이름이다.

> 백지가 되려고 너를 만났다. 백지가 되어서 너를 만나고 백지처럼 잊었다.
> 너를 잊으려고 백지답게 살았다. 백지가 저기 있다. 백지는 여기도 있다.
> 백지는 어디에나 있는 백지. 그런 백지가 되자고 살고 있는 백지는 백지답게
> 할 말이 없다. 대체로 없고 한 번씩 있다. 백지가 있다. 백지에서 나오는
> 말들. 백지에서 나와 백지로 돌아가기를 거부하는 말들. 도무지 백지가
> 될 수 없는 말들이 한마디로 그치지 않을 때 두 마디로도 그치지 않고
> 모자랄 때 모자란 만큼 잠식하는 백지의 운동은 백지를 갉아먹는다. 백지를
> 지워나간다. 백지를 삭제하는 방식으로 말하는 백지의 운동은 점점 더 백지
> 를 떠난다. [...] 비어 있다고 백지는 아니다. 백지로 차 있다고 해서 백지는
> 아니다. 백지는 백지답게 불쑥 튀어나온다. 백지였다는 생각을 잠시 잊게
> 만드는 백지 앞에서 백지를 쓴다. 백지라는 글자를 쓰고 또 잊는다.
>
> — 「백지에게」 부분(『백지에게』)

백지가 된다는 것은 순연한 무無로의 환원이 아니다. 아무것도 없음은 아무것도 없음이며, 거기에 채울 수 있는 것도 있을 수 없음을 가리킬 뿐이다. 백지가 된다는 것은 백지의 감응이 된다는 말이며, 어떤 것도 채워 넣을 수 있는 동시에 비울 수도 있고, 또다시 담을 수도 있다는 뜻이다. 백지는 곧 스크린이다. 이 스크린에 비치는 것은 타자와 사물, 세계의 온갖 욕망일 것이다. 바로 '원한다'는 동사의 운동이 그렇다.

나는 원했다. 무얼 원했고 어떻게 원했고 얼마나 원했는지 다 잊어버렸지만 내가 원했다는 사실만큼은 변하지 않고 원했다. 원하는 것을 갖기 위해서가 아니라 원하는 것을 원하기 위해 내가 있었고 네가 있었고 누구라도 있었을 테지만 아무도 없더라도 나는 원했다. […] 빛은 무겁고 모든 것을 쓸어가버린다. 어둠과 함께 그것을 원했다. 그것이 네가 원하는 것이냐고 묻는다면 나는 다시 원하겠다. 그것이 무엇이냐고, 그것이 어떻게 가능하냐고, 그리고 얼마든지 물어보시라고, 내가 원하는 것을. 어쩌면 당신이 원하는 것을.

— 「나는 원했다」 부분(『백지에게』)

실로 욕망이야말로 이 세계의 운동을 추동하는 근본 동력이지만, 앞서 살펴보았듯 '누군가의'라는 인칭적 소유격으로 동치되지 않은 채 '무엇인가로부터 무엇인가를 향한'이라는 비인칭적 사물의 경향 속에서만 파악되는 힘이다. 여기에 문법적 주어 '나'가 덧붙는다 해도, 이제 그것은 시인의 인간적 자아와 비인칭적 사물이 섞여들어 하나도 아니고 둘도 아닌, 식별 불가능한 복수성을 통해 스스로를 표명하는 '작동하는 허구'로서의 '나'에 지나지 않을 것이다. 주어가 동사를 제어하는 문법적 관습과 반대로, 이 '나'는 '원한다'는 동사를 표지하고 지지할 뿐 특정한 주체로 환원되지 않는다. 그렇기에 이 자리는 아무나를 위해 아무에게나 열려 있는 존재론적 공석, 즉 공백의 기호에 가깝다. "아무것도 할 수 없는 사람과 아무것이나 / 하고 있는 사람. 둘 사이에 누가 들어서더라도 / 한 사람은 아닐 것이다. 두 사람도 아닐 것이다. / 너무 많은 사람이 되려 한다"(「두 사람」, 『백지에게』).

* * *

이제 윤리에 대한 이야기로 돌아가 논의를 마무리 짓자. 김언의 시학은 초지일관 비인간적 사물에 대한 관심으로 정향되어 왔다. 존재하는 모든 것을 소설적 등장인물로 객관화하여 시화하거나 사물의 응시 속에 담아두려 했던 것, 문장이라는 언어적 구조를 통해 인간 너머의 유물론적 글쓰기를 궁구하려 했던 것, 그리고 사건적 생성을 포착하는 감응의 문장을 찾아 나섰던 것 등은 김언 시 세계의 근간을 이룬다. 여러 비평가들에 의해 자주 분석되었던 비문과 파문, 발산적 특징의 문체는 비인간주의적 유물론의 시학을 정초한다고 말해도 좋을 성싶다. 하지만 이런 시적 경향의 이면에 시인의 고유한 욕망과 감응이 자리해 있음도 분명하다. 윤리학은 이 지점에서 성립하는 김언 시학의 특징인바, 라캉식으로 말해 사건의 욕망에 충실하라는 태도와 자세가 그것이다. 어떤 식으로든 지금—여기서 벌어지는 온갖 사물들의 운동, 그 조건들의 연쇄 속에 자신이 연루되어 있음을 회피하지 말라는 것, 흔쾌히 뛰어들고 휩쓸림으로써 새로이 생성하는 사건의 일부가 되라는 것. 습속의 도덕과는 무관하게 실행되는 이 윤리는 행동학Ethology에 비견할 만하다. 그것은 일체의 선험적 척도도 갖지 않은 채, 지금—여기의 행위가 빚어내는 결과를 '다음 문장'을 통해 있는 그대로 보여줄 뿐이다.[10]

아침부터 전화가 온다. 나를 구원하는 전화인가? 나를 더 수렁으로 빠뜨리는 전화인가? 알 수 없는 전화가 온다. 받으면 들어야 하고 들으면 반응해야 하는 전화가 온다. 무슨 전화든 전화가 온다. 받아야 할까? 무시해야 할까? 전화가 온다. 쉬지 않고 온다. 그치는 순간이 올 때까지 온다. 전화가 온다. 받으면 되는 전화. 받으면 받는 대로 나를 한쪽으로 몰아가는 전화. 안

• • •

10. Gilles Deleuze, *Spinoza: Practical Philosophy*, City Lights Books, 1988, p. 27. 현실 양태들의 만남과 그것이 빚는 조건의 생성, 그 조건에 근거하여 다음 만남을 조직하는 것. 이 과정 전체는 초월적 도덕이 아니라 실천적 행동을 통해 계열화된다는 점에서 윤리학은 곧 행동학과 상통한다.

받으면 안 받는 대로 이쪽으로 몰아세우는 전화. 저쪽은 어딜까? 다른 방법이 없다. 반응해야 한다.

— 「저쪽은 모른다」 전문(『백지에게』)

알려지지 않은 "저쪽"은 '다음 문장'이 펼쳐놓게 될 미−래에 다름 아니다. 그것은 분명 실재하지만 아직 실현되지 않은 잠재성의 차원에서 '나', '너', '우리' 혹은 어떤 다른 모든 것들과의 마주침을 기다린다. "이쪽"은 그것을 통제하거나 결정할 아무런 능력이나 권한도 갖고 있지 않지만, "저쪽"이라는 미−래가 여기 당도하는지의 여부는 오직 "이쪽"에서 무엇을 욕망하고 쓸 수 있는가에 달려 있다. "다른 방법이 없다. 반응해야 한다." 이로부터 무엇이 도래하게 될지, 그 결정된 시간은 아직 결정되지 않았다. 김언의 시학은 그 시간을 개방하는 여러 가지 방식을 오랫동안 실험해 왔다.

F라는 고유한 시의 성좌

김선향의 두 번째 시집에 대하여

1. 一面再想別的法

루쉰魯迅의 저 유명한 연설, 「집을 떠난 노라는 어떻게 되었는가」(1923)로 부터 시작해 보자. 헨리크 입센의 드라마 『인형의 집』(1879)을 비평적으로 언급하며 작중 사건 '이후'의 이야기를 풀어내는 이 연설에서 루쉰은 여성해 방이 성공하기 위한 조건은 무엇인지 직설적으로 묻고 답한다. 당대의 페미니즘 운동에 깊은 공감을 드러내는 한편, 청중인 북경여자고등사범학교 의 학생들을 내면으로부터 촉발하며 노라의 사연을 끄집어낸 그는, 그러나 주인공의 주체적 각성이나 해방의 고귀한 이념에 자신의 주제를 한정 짓지 않는다. 외려 단도직입적으로 그가 꺼내 들고 나서는 주제는 바로 돈이다. 실로 굶주림이란 인류의 가장 결정적인 '결함'이기에 가정으로부터 독립한 여성도 이를 피해갈 수는 없다는 것, 따라서 그 어떤 정치사회적인 권리를 내세우기 전에 먼저 굶주림을 면할 방도를 찾아야 비로소 여성의 자기해방도 가능하리라는 것. 자본주의 사회에서 돈은 그 같은 결함에 저항할 수 있는 최소한의 토대에 해당된다. 노라의 독립자존을 지키는 가장 확고부동한 근거는 홀로 먹고살 방법을 확보하는 것, 즉 경제적 힘을 갖추는 데 있다는 뜻이다.

김선향의 첫 시집 『여자의 정면』(2016)은 이러한 현실을 시적 자아의 '정면'에서 바라보는 것으로 시작된다. 자신을 인형의 처지에 가두어 놓았던 서울이라는 새장을 벗어나 저 먼 곳 베이징에 도달한 그녀는 "고질인 변비가 하루아침에 사라졌"다는 놀라움을 만끽하지만, 해방의 환희와 여유를 누리기에 앞서 당장의 주린 배를 다스리기 위해 골몰해야 하는 곤혹에 빠진다. 가족을 떠난 여성이 경제적 자립을 이루지 못했을 때, 남는 선택지는 매춘을 하거나 다시 집으로 돌아가는 것일 뿐이라는 루쉰의 지적이 생각나게 만드는 대목이다.

> 이제 나는 무엇을 할 수 있을까
> 전업주부 10년 만에
> 창녀가 되거나 거지가 되지 않고서는
> 단돈 10위안도 벌 수 없는 신세가 되었네
>
> — 「베이징 일기」 부분

다시 새장 속의 새로 돌아가지 않기 위한, 타인의 만족을 위해 스스로를 포기하는 인형이 되지 않기 위한, 자신의 몸뚱이와 정신을 온전히 살리기 위한 투쟁의 흔적이 김선향의 첫 시집 곳곳에 새겨져 있다. 때로는 이주 노동자의 시선에 담긴 채, 때로는 위안부 피해자의 목소리에 잠겨 든 채, 때로는 폭력과 냉대에 굴종해야 하는 모든 억압받는 자에게 빙의된 채 한결같이 갈구하는 삶, 그것은 '돈'으로 표상되는 잔혹한 현실에 맞부딪혔던 노라의 방황과 절규에 비견될 만하다.

목숨처럼 너를 사로잡는 것들

너한테 그건 돈이지

— 「너를 사로잡는 것들」 부분

　여성의 지위와 권리, 아니 인간으로서 마땅히 누려야 할 삶의 자기주장이 절실하지 않을 리 없다. 하지만 루쉰의 말처럼 '돈'이라는 품위 없고 얼굴 찌푸릴 만한 단어가 좌지우지하는 현실을 있는 그대로 묘사하는 게 달갑지 않아도, 바로 이 비루함이야말로 우리가 마주한 직접적 현실의 정면인 것이다. 그렇다면 그저 돈이 지배하는 먹고사니즘을 직시하는 것만이 솔직하고 우리의 유일한 욕망이어야 할까? 경제적 독립이 우선이라는 루쉰의 당연한 주장이 품고 있는 또 다른 유보사항을 되새겨 보아야 한다. "비교적 절박한 경제권을 요구하는 한편, 다른 방법을 생각할 수 있어야 한다一面再想別的法"는 말이 그러하다. 여기서 '다른 방법'이란 경제적으로 스스로를 구제할 수 있는 방안일 수 있으나, 스스로를 돌보는 방법으로서 또 다른 삶의 지향이라 불러도 과히 틀리지는 않으리라. 인간에게는 6펜스만큼이나 달이 필요하며, 빵과 더불어 장미를 회원할 충분한 이유가 있다. 『여자의 정면』에는 생활의 급박함과 아울러 인형이 되기를 거부하고 새장 바깥을 향하도록 만든, 달과 장미의 희미한 각인이 새겨져 있으니, 시를 향한 욕망이 바로 그것이다.

나는 늘 저 길 위에 있었으니

아무 곳으로 가지도 못한 채

다이어트와 응급실과 시 사이에서

발을 동동 구르고 있었으니

— 「동부간선도로」 부분

위장의 성난 요구가 제아무리 갈급해도 먹고사는 것 이상의 욕망을 부정한다면, 그 또한 삶에 대한 성급한 추상일 듯하다. 이제 다시 묻건대, 집을 떠난 노라는 어떻게 되었는가? 노동하며 일상을 메꾸어가는 이면에서 그녀는 무엇으로 자신의 영혼을 채우고 있는가? 김선향의 두 번째 시집 『F등급 영화』는 이에 대한 질문과 답변을 품고 있으리라 기대할 만하다. 첫 시집의 말미에서 우리는 이런 시구를 읽은 바 있기에.

> 다시 시를 써야만 한다
>
> — 「내게 남겨진 것들」 부분

2. 쾌락이라는 사건

설익은 속단은 피하고 싶다. 세끼 밥의 시름을 한켠에 물려둔다고 해서 곧장 예술혼으로 초월해버린다면 그 또한 삶의 진실은 아닐 터. 진정 우리가 먹고 자고 숨 쉬는 존재로서 육체적 실존에 의지한다면, 자신에 대한 감각과 관조야말로 가장 먼저 이루어져야 할 현실의 경험임에 틀림없다. 이를 '관찰하는 감성'이라 불러도 좋다면, 이제 세계를 주유하며 그 면면의 실체와 면목을 살펴보고 채록하며, 그와 맞닿는 감각의 흐름을 세심히 돌아보아야 한다. 가령 일상을 영위하며 "계속 계속" 피어나는 웃음이 자연스런 감정의 발로가 아니라 "감정노동자"로서 자동화된 반응이었음을 깨닫는 것(「스마일 마스크 증후군」), 손님 머리를 다듬으며 자기 손 매무새를 "갈퀴 같다"고 조소할 때 문득 거기 걸린 "어린 딸 셋과 그녀의 전부"를 절감하는 것(「싱글맘」), 세파에 찌들어 기차 지나가는 소리만 들려도 "벌떡 일어나 / 알아들을 수 없는 소릴 질러대며 / 웃는 여자"가 바로 자신임에 새삼 놀라버리는 것(「굴다리 여자」), 이 모두는 관념의 추상을 넘어서 이 세계와 부딪고 부딪히는 와중에 버려지는 감각의 경험들이다.

이 경험들을 한가지로 '고통'이라는 관념 속에 가두어 정박시킨다면, 다만 인생고人生苦 외에 더는 덧붙일 말이 없을 것이다. 사는 것이 죽느니만 못한 괴로움이고, 밥걱정에 또 밥걱정을 잇기만 한다면 '다시 시를 써야만 한다'는 필연적인 곡절도 찾지 못한다. 그러나 노동 그 자체가 저주일 리 없으며, 그저 죽지 않기 위해서만 사는 것도 아니라면, 세계의 주유와 관찰, 경험을 통과하는 와중에 즐거움이 없을 리도 만무하다. 바로 이 쾌락의 발견, 온몸으로 부딪고 느끼며 겪어가는 체험 속에 시적 자아는 자신의 몸과 그 감각, 곧 신체의 즐거움을 사랑하는 법마저 깨닫게 된다. 이를 곧장 데카르트적 자아의 세계 경험과 동일시할 필요는 없다. 오히려 이 같은 경험은 가부장적 질서 속에서는 금지되고 거부되어 왔던 것, 이제야 갓 열리기 시작한 여성적 섹슈얼리티의 발현이라는 점에서 지극히 구체적이고 실존적인 과정으로 보아야 옳다. 예컨대 <님포매니악>(라스 폰 트리에, 2014)의 주인공 조에 겹쳐진 시적 자아는 "성기에 대한 센세이션"에 환호작약하며 "난 나의 색정증色情症마저 사랑해요"라고 선언하지 않는가? 당연하게도, 이러한 감각의 표명은 돈을 벌기 위해 웃음을 팔고 신체를 가학하며 얻었던 밥벌이의 고통에는 역행하는 낯선 경험이다. 달리 말해, 세상의 이치와는 '다른 삶'의 방법으로서 쾌락이 표명되고 있다는 것. 누군가를 설득하거나, 그들로부터 인정받기 위해 애쓸 필요는 없다. "나 / 의 // 모 / 든 // 구 // 멍 / 을 // 채 / 워 // 줘"라는 도발적인 요구는 "어차피 누구에게도 이해받지 못할 테니까"(「조JOE」). 이 시의 부제가 'F등급 영화 2'라는 점을 확인해 두도록 하자.

쾌락은 더 이상 숨겨야 하거나 은밀한 남성적 환상의 대상으로 환원되지 않는다. 남자에게는 쉽게 허락되었던 것이 여자에게는 왜 수치와 비난의 대상이 되는가? '왜?'라는 질문 속에 그 비대칭적 관계는 전복되고, 자유로운 라이딩의 도전장으로 던져진다. 유서 깊은 체제나 규범을 거역하는 섬뜩한

반역의 몸짓을 상상할 필요도 없다. 한 세기를 거슬러 자전거가 처음으로
여성의 발이 되었던 그 순간을 회고해 보는 것으로도 충분하다.

1880년대 초반
런던의 부랑자들조차 경찰들마저
자전거를 타는 여자를 조롱했다

집에나 처박혀 있어, 이 나쁜 년들
네 남편에게나 돌아가
블루머를 입으면 남녀구별을 할 수가 없잖아
남성적 권위에 도전하는 옷이야
질서를 어지럽히는 폭주족년들

흥, 누구도 우릴 가둘 수는 없어!
누구도 우릴 멈출 수는 없어!
욕설과 돌팔매질과 폭행을 당하더라도

우린 자전거를 타고 어디든 갈 수 있어!

[…]

자전거야말로 여성해방의 도구입니다

페달을 밟자, 쌩쌩
페달을 밟자, 더 멀리, 더 빨리
모험을 감행하자, 자유를 얻을 때까지

바람을 일으키며 질주하자, 세상 끝까지

— 「자전거를 타는 여자」 부분

가정을 박차고 나온 노라는 거리를 헤매며 나날의 끼니를 걱정해야
했다. 그렇지 않다면 당장 죽음을 대면해야 할 테니. 하지만 지금은 페달을
밟고 '더 멀리, 더 빨리' 질주하며 세상을 활보하고 있다. 끼니를 위한
노역과 자전거 타기가, 설령 후자가 전자의 연장선에 있더라도, 같은 기분에
있을 리 없다. 그녀의 경험 속에 구태여 쾌락을 삽입하고, 발견하며, 표현해야
하는 이유도 그와 다르지 않다. 신체와 감각을 관류하는 경험의 순간이
즐거움의 장 속으로 삼투되고, 심지어 모종의 욕망마저도 일으키고 있다는
사실에 주의하자. 해방이란 이처럼 단순하고도 명쾌한 체험에 붙여져야
할 이름이 아닐까? 물론, 아직은 경솔하게 과장할 때가 아니다. 세상은
아직 바뀌지 않았다. 그녀의 쾌락 역시 그 자체로 받아들여지기보단 조롱과
욕설의 대상에 떨어지기 쉽고, 폄하와 의심의 눈길 아래 결박되기 십상이다.

모피를 입은 여자는
천박하다는 음란하다는 구설에 시달린다

여자는 모피를 벗어던지고 알몸이 된다
그래봐야 낙인을 지울 수는 없다
요지부동의 시선은 변함없다 영원하다

— 「모피를 입은 남자」 부분

핵심은 세상이 전혀 변화하지 않았다거나, 가부장적 질서가 온존하다는
데 있지 않다. 오히려 살길을 찾기 위해 혹독한 노동에 강제되었던 노라와
그녀의 후예들이 온전한 감각적 쾌락의 거소를 기어코 찾아냈다는 점,

바꿔 말해 쾌락과 자신이 만나는 사건을 경험했다는 사실에 있다. 그리고 부르기 시작한다. 스스로를 '나'라고 지칭하며 긍정하고 인정하는 순간이 비로소 가시화된다.

3. 여성이자 개인으로서의 나

이 시집에서 유달리 눈이 가는 장면들은 일인칭 대명사로서 시적 자아가 자신을 호명하는 대목들이다. 첫 시집에서는 긴장을 늦추지 않으면서 조심스럽게, 그저 드물게만 모습을 드러내던 대명사 '나'는 이제 문장의 사이사이마다 대범하고도 강렬하게 자신을 나타낸다. 아니, 주장한다. '우리' 속에 파묻혀 있던, 혹은 '너'라는 지칭을 통해 간접적으로 맞세워져 있던 '나'는 발화의 주어이자 경험의 주체로서 시적 태도를 주관하고 있는 것이다. '나'의 표명이라는 화두는 전술한 쾌락의 발견과 궤를 같이 하는데, 세상의 통념에 정면으로 맞부딪히며 수행된다는 점이 흥미롭다.

> 태교에 좋다는 릴케를 읽습니다
> 주여 때가 왔습니다
> 여름은 참으로 위대했습니다
>
> 가을이 오자마자 처녀들은
> 문턱이 닳도록 산부인과에 드나든다지요
>
> 바캉스 베이비
>
> 나라고 뭐가 다르겠어요

정자 제공자는 곁에 없습니다

아아 해변의 한여름 밤 격정을
싸그리 지우겠습니다.

— 「바캉스 베이비」 부분

　여름 휴가철, 해변에서 만난 남녀가 사랑에 대한 숙고 없이 쾌락만을
좇은 불행한 결과를 가리키는 은어인 '바캉스 베이비'를 두고 시작되는
이 시는, 일견 지각없는 성관계와 임신을 풍자하는 듯 읽힌다. 만약 그렇다면,
이 시는 성에 관해 엄격한 잣대를 내세우며 '문란한' 세태를 질타하는
도덕주의적 관점에 서 있다고 말할 수 있을 것이다. 그런데 "임신 중단
약 미프진"을 먹고도 태아가 지워지지 않아 결국 낙태 수술로 이야기가
귀결되는 장면에서, 우리는 문득 시적 자아의 태도가 통상의 도덕률과는
전혀 반대의 지반 위에 올라가 있음을 깨닫는다. 생명에 대한 존중을 빌미로
남성중심적으로 정향되어 있는 사회적 통념을 거부하고, 낙태를 스스로
결정하여 받아들이는 당당한 '나'의 태도를 보여주기 때문이다. 원치 않는
생명을 밀어내는 주체는 바로 '나'라는 주어다.

　난 참으로 위대했던 여름을
잘게 자르고 부숩니다. 비스킷처럼

가루약처럼 빻아
입에 훌훌 털어 넣고 꿀꺽 합니다

우린 가을장마에 쓸려 어디론가 둥둥
멀리멀리 둥둥 떠내려갈 것입니다

― 「바캉스 베이비」 부분

세태에 대한 조소 어린 풍자시 정도를 기대하며 읽던 독자는 점차 당혹스런 감정에 젖어 들고, 시적 자아의 단호한 표정을 응시하도록 강제된다. 여성의 수치이자 허물, 심지어 죄악으로까지 지칭되며 (무)의식에 깊이 뿌리를 내린 낙태라는 사건은, 거꾸로 여성이 자신의 현실과 직면하고 스스로를 일으켜 세우는 주체적 결단의 통로로 뒤바뀌어 있다. 물론, 태아를 지우고 자기 신체를 훼손하는 과정이 결코 유쾌하고 손쉽게 해치워버릴 결정은 아닐 게다. 하지만 '곁에 없'는 '정자 제공자'의 무책임에 반비례하여, 낙태를 자신의 의지와 결단, 통제 아래 두고자 하는 '나'의 선택으로 받아들였음을 확인해야 한다.

다른 한편, '나'라는 주어가 문법적인 표기를 넘어서 있음에 유의하자. 그것은 구체적인 성별 및 육체적인 하중을 경유해, 지금―여기 함께 자리한 타자와의 관계성을 통해 정립되는 공―동적共─動的 주체성을 표지하는 문자다. 김선향의 두 번째 시집은, 첫 번째와 마찬가지로 이주 노동자와 국제결혼 여성, 일본군 위안부, 난민과 철거민, 하층 노동자 등을 두루 아우르고 있다. 그런데 전작에서 이들은 주로 궁핍과 소외, 폭력 앞에 무차별하게 노출된 수동적 타자들로 형상화되었다. 서로는 서로에게 분리되어 있고, 대개 동정과 연민을 매개로 희미하게 연결될 따름이었다. 하지만 지금은 '나'가 호명되는 자리마다 이 배제된 자들이 함께 거명되고, 역으로 그들을 통해서만 '나'라는 주체는 비로소 사유와 행위의 책임적 계기를 갖추게 된다. 요컨대 '나'는 '너'와 '그들' 없이 홀로 존립하는 데카르트적 단독자가 아니다. 여성이자 개인, 그리고 '나'의 구체성 위에 세워진 이 시적 형상은 이웃한 타자와의 관계를 통해 스스로를 표명하는 공─동의 주체성에 근거해 있기 때문이다.

우리는 도주하는 여자들
야만과 폭력이 창궐하는 여길 떠나야만 해요

[…]

나는 돌로 탯줄을 자르고
검은 부르카를 찢어 아기를 돌돌 감아요
아버지가 누군지도 모르는
우리 세 여자의 아기

— 「국경을 넘는 여자들」 부분

서로가 서로를 위해 증언해 주는 것, 함께 주체가 되어 서로를 지탱해
주는 것, 그리하여 '잔물결'이 '풍랑'으로 광대해지고 강력해지도록 이끌어
내는 것. 아마도 공–동적 주체성의 시적 형상이란 그런 것이 아닐까?

내 육체는 너희들 마음대로 함부로 들락거렸으나
내 정신은 내 기억은 오로지 내 것!
누구도 훼손할 수는 없다

그동안 너희는 안심하고 방심했을 것
그러나 나는 내 몸에 새겨진 혼적들
또렷이 기억하고 증언한다
누구도 막을 수는 없다

나를 이어 여자들의 증언이 시작될 것이다
잔물결은 이내 풍랑이 될 것이다

노라의 여정은 자신이 아내나 엄마가 아닌 여성이라는 것을 깨닫는 것으로 시작되었으나, 또한 그것으로 마감될 수는 없다. '여성'인 동시에 '나'라는 개별성을 획득하고, 이 '나'의 시선과 목소리를 통해 세계와 마주하면서 또 다른 타자들과 관계 맺게 된다. 이렇게 여성이자 개인의 고유성을 통해 발언하는 (젠더적 주체로서의) '나'는 성별이나 국적, 입장에 구속되지 않은 채 타자들과의 공—동성을 형성할 것이다. 그리하여 "엉거주춤한 자세로 목마를 부둥켜안은" "자라지 않을 일곱 살 사시 소년"이 되기도 하고(「회전목마」), "살아 있는 여신"으로 추앙받지만 "초경이 시작되면 곧장 버림받을" "여신과 창녀 사이의 쿠마리"의 곁에 서기도 한다(「여신 쿠마리」). 아내이자 엄마의 자리에서만 스스로를 확인하던 노라는, 이제 여성이자 개인인 동시에 그 너머에서 '나 자신'을 발견함으로써, 비로소 나—아닌—자들과도 함께 하는 주체가 되었다고 말할 수 있으리라.

4. 시, 물성 너머의 물성

앞서 루쉰이 언급한 '다른 방법', 곧 삶을 위한 또 다른 지향이 눈에 띄기 시작하는 지점이 여기다. 생계를 꾸리기 위한 나날의 투쟁이 벌어지는 와중에도, 시인은 "다시 시를 써야만 한다"고 적은 바 있다. 그것은 "돈 대신 장미를 찾아/이 골목을 벗어나고픈" 마음속 깊은 욕망이자(「벽장미」), 치지 않은 지 오래이지만 결코 포기할 수 없는 "마지막 허영"으로서의 "피아노"로 표상된다. 비록 루쉰이 먹고사니즘 앞에 해방이나 독립의 이상은 헛된 구호에 지나지 않는다고 점잖게 일깨워주었을지라도, 정녕 인간이 인간으로 살게끔 만드는 것은 바로 먹고사는 것 이상의 푸른 욕망 아니던가?

228 _ 제2부 시학의 성좌들

끼니를 거르더라도 내다 팔 수는 없지
손가락을 빨면 그뿐

피가 마르고 뼈가 녹아도
피아노는 안식
피아노는 구원

그녀를 피아노에 묶어
난바다로 떠밀어 달라는 유언을 남기고
그녀는 곧 눈을 감겠지

— 「그녀가 사는 법」 부분

　　주린 배를 움켜쥐게 만드는 것이 생물학적 존재로서 인간의 숙명이라면, 굶주림 이상의 정신적 허기는 '안식'이자 '구원'으로서 존재의 절박한 소명일 것이다. 그러나 이런 소명의 언명을 종래의 낭만주의적 예술관에 등치시킬 수 없게 만드는 지점에 유의하자. 세계에 대한 자기만족 혹은 입에 발린 예술혼의 추구 따위와 달리, 그녀의 '피아노'는 무엇보다도 그것을 연주하는 주체의 젠더적 특이성을 응결시키는 매개물이다. 달리 말해, 시는 추상적이고 무성적인 미학적 담지물이 아니라 여성이자 개인으로서의 자신을 조형하는 특이적인 작업인 것이다.

　　나에게
　　시는 F등급 영화

내 눈에 비친

이 보랏빛 세상!

　　　　　　　　　　　　　　— 「더 컨덕터─F등급 영화 1」 부분

　왜 'F등급'인가? 일반적으로 F라는 등급은 최하위권의 성적 또는 가장 말단의 등위를 나타낸다. 즉 '모범'과 '우등'의 척도로부터 가장 멀리 있는 단위로서, 비웃음과 멸시의 대상에 붙여지는 표지인 것. 그러나 조금만 돌려 생각한다면, 여성 주체의 관점과 감각, 그녀의 사유와 행동이 빚어내는 시편들의 울림은 남성적 자아와 그의 예술로부터 멀리 떨어져 있을 뿐만 아니라 가부장적 기준의 대척점에 있는 "알아들을 수 없는 소리"(「굴다리 여자」)에 가까울 수밖에 없다. 바로 이같이 여성적 특이성을 있는 그대로 담아내고 표출하는 장르에 붙여지는 표지가 F등급 아니겠는가? 다른 등위들과 비교할 수도 없고 그럴 필요조차 없이 스스로 '나'만의 가치를 담아낼 수 있는 시적 리듬의 지표가 F라는 것. 그러니 이를 전통적 가족상이나 가부장적 도덕주의 바깥을 향해 흥겹게 떠나가는 "트렁크의 노래"에 빗대어 보는 것은 너무나 적합한 비유랄 수밖에.

　　집 밖으로 나가
　　리듬을 타고 싶어

　　기차역이나 터미널
　　국제공항이라면 훨씬 좋겠지

　　[…]

　　눈을 감고 두 팔 벌리고 걷다가

도랑에 빠졌던 소녀처럼
얼마나 짜릿할까

기다리는 애인 생각일랑
에메랄드빛 호수에 풍덩 던져버리고

어디까지나 달려가서
언제까지나 리듬을 타네
드르륵 드르륵 랄랄라

— 「트렁크의 노래」 부분

　떠나는 것은 좋은 일이다. 여성이자 개인으로서의 '나'에 집중된 시적
자아는 애초에 스스로를 찾기 위해 떠났던 길을 후회할 필요가 없을뿐더러,
나아가 그저 '나' 자신에 계속 머물러서도 곤란할 것이다. 통념과 달리
시를 쓴다는 것은 골방에 틀어 앉아 내면 깊숙이 웅크린 자기 자신과
괴롭게 씨름하며 기이한 단어들을 뱉어내는 작업이 아니다. 오히려 특정한
누군가로서 실존하는 자신을 긍정하고, 그 바탕 위에서 타인과 만나며
세계와 팽팽히 마주 서는 낯선 경험들을 기록하는 과정이 시일 것이다.
때문에 "집 밖으로" 나선 시의 영혼은 "변두리 공중목욕탕"의 "환기통으로
날아오르는/ 새하얀 나방"이 되기도 하고(「누에」), 긴 머리를 자른 채 "남성
용 슈트를 입"고서 이—성異—性으로 "다시 태어난" 것을 축하하는 트랜스적
주체가 되기도 한다(「짧은 머리의 자화상」). 이 같은 변신의 여정을 비유와
추상으로 버무려진 '문학적' 상투어로 치부하지 말자. "창녀나 거지가 되지
않고는" 차마 버틸 수 없을 듯했던 이 세계의 곤혹과 참혹을 두루두루
거치면서, 그 모든 것들을 관조하고 감각하며 성찰하는 존재로 거듭나는
과정이 바로 그 시적 여정이었던 까닭이다. 이는 결코 미학적 구절들을

다듬기만 하는 여유로운 순간들이 아니다. 그것은 차라리 "쏘아대는 물대포에 맞서 나장으로 변한 그 광장에서" 복면을 쓰고 "춤을 추"거나(「복면을 만드는 밤」), "317일 혼수상태에 빠져 있던" 농민이 파종한 밀을 반죽해 "굶주린 자들의 입에" 넣어주는(「백남기 우리밀」) 어둠의 시대의 편력이다. 또한 마치 "돌아오지 못한 여자를 / 모질게 살아 돌아온 여자가 기억"하듯(「후남 언니」), 2009년 용산에서 벌어진 이 세계의 모순과 파국을 지켜보던 증언의 행동이기도 할 것이다(「나는 다 봤습니다」). 매번 이렇게 새롭게 체험하고 낯설게 감각하는 이 '나'라는 존재를, 언어와 영혼 속에서 세계와 대결하는 동시에 그것을 담아내려는 이 실존을 무엇이라 불러야 좋을 것인가?

나는 불이거든요

우리는 재도 남기지 않고
끝까지 완벽하게 타올라

사라져요
이 세상에 없었던 것처럼

그리곤 매번 환생하지요

— 「계수나무 남자」 부분

불은 형상이 없다. 푸르고 하얀빛으로 둘러싸인 채 검게 타오르는 심지를 제외하면 단단한 물성物性으로 자신을 주장하지 않는다. 하지만 불은 형상을 갖는다. 푸르고 하얀빛의 경계로 자신의 투명한 몸체를 구축한다. 그것은 이웃한 타자, 공기와 끊임없이 교섭하며 자기의 형태를 바꾸고 부는 바람에 리듬을 맞춰 일렁이는 춤을 춘다. 불꽃에 손을 데어본 사람이라면 감히 그것이 존재하지 않는다고 말할 수 없으리라. 그렇게 불은 비물성의 물성으로 스스로의 견고함을 조용히 드러내는 것이다. 매 순간마다 천변만화하며 모습을 바꾸어내는 불은 시의 운명과 닮지 않았는가? 주먹으로 움켜쥐면 흩어지고, 관념의 각질 속에 가두려 들면 곧 허공으로 빠져나가는 격동의 감각. 기실 이 때문에, 시인은 항상 '다시 시를 써야만' 할 뿐 쓰여진 시 속에 머무를 수 없는 것이다. 시가 '환생'할 때 시인도 같이 살며, 시가 돌아오지 못할 때 시인은 그 자리에 존재하지 않는다. 그렇다면 시는 어쩌면 삶의 '다른 방법'이 아니라 삶 자체의 유일한 방법, 삶이 스스로 존속하는 단 하나의 방법이라 불러야 할 것이다.

5. F등급 이후의 시

김선향이 직조하는 시적 풍경의 탁월함은 여성성이라는 대지 위에서 이 세계의 온갖 사건들을 세심하게 짚어내는 데 있다. 무엇보다도 이주민 여성들의 슬픈 내면을 포착하고, 위안부 할머니들이 겪은 수난의 시간들을 정직하게 직시하며, 남성 지배사회에서 독립 자존하기 위해 쟁투하는 여성들의 삶을 흔들림 없이 묘사하려는 의지는 그녀의 여성성이 모호한 전통적 관념과는 달리 우리 시대의 의제로서 페미니즘이라는 입지점에 단호히 서 있음을 시사한다. 당연하게도, 'F등급 영화'로 명명된 이러한 시적 태도는 여성과 여성 아닌 것을 즉자적으로 나누는 기준이 아니라 모든 말미의 것, 'F'로 표징되는 억압받고 떠밀려진 척도 바깥의 것들을 감싸 안으려는 의지로써 지속될 것이다. 다시 시를 쓰겠다는 시인의 의지는 원하던 응답을 받게 된 걸까? F등급 이후의 시는 계속 쓰여질 수 있을까?

처음의 질문으로 되돌아가 보자. 집을 떠난 노라는 어떻게 되었는가?

아내이자 엄마이길 거절하고, 허기를 채우기 위한 노동에 몸을 맡긴 채 이 세계를 떠돌던 그녀는 지금 어디에 있는가? 가정이라는 새장을 벗어나 자기만의 방을 찾아냈을까? 집을 떠난 여자는 돈과 씨름하지 않으면 안 된다는 루쉰의 경고가 무색하게, 우리는 이렇게 말해야 옳겠다. 노라는 이 세계 어딘가에 우리와 함께 살며, 자기만의 자리를 찾고 정착하려 할 테지만, 영원히 거기에 그대로 남아 있지는 않을 것이라고. 집을 떠나 다시 집을 갖는 것, 설령 그 집이 자기 소유물이라 해도 남성들로 둘러싸인 이 세계에서 그것이 '가장의 울타리'라는 낡은 사슬의 흔적을 담아내지 않기란 어려운 노릇이다. 노라와 그녀의 후예들에게 세계의 경험이란 곧 세계를 자신의 집으로 만드는 과정이었음을 기억해야 한다. 단언컨대, 집을 떠난 노라는 구태여 다시 집을 원하지 않게 되었노라고 말할 수 있으리라.

시를 쓰고자 하는 욕망도 그에 다르지 않을 터. F등급의 시를 C등급이나 B등급을 거쳐 A등급으로 올리고자 할 때, 시인을 불현듯 덮치는 것은 타인을 지배하고자 하는 욕망, 남편이 되고 자식이 되어 타자를 예속시키려는 욕망이다. 문학의 주변으로, 예술의 변경으로 시를 끊임없이 구축하면서, 스스로 경계 밖으로 물러서려는 세계 주유의 욕망이 시인의 상—심常—心이 되어야 하는 이유가 여기 있다. F등급의 시가 진정 가치 있는 것은 그것이 A등급과 '다른 삶의 방법'이기 때문이지 그에 못하기 때문은 아닐 것이다. 그렇다면 F등급 이후의 시는 어떤 모습일까? 말할 필요도 없이, 그것은 또한 F등급의 시일 것이다. 하지만 이전과는 동일한 등급으로 여겨지지도 않을 만큼 상이한 시적 리듬을 갖는, 그저 F등급이라 말할 수밖에 없는 다르고도 낯선 F의 행렬을 우리는 목도하게 되지 않을까? F라는 고유한 시의 성좌들 ⋯ 김선향 시인에게서 이 또 다른 F의 시편을 기다려 보는 것은 자못 긴장되고도 즐거운 기대가 아닐 수 없다.

아나키의 시학과 윤리학

신동엽과 크로포트킨

1. 아나키즘에서 아나키로

어원을 따져볼 때, 아나키즘은 하나의 '원리'나 유일한 '수장'을 받아들이지 않는 사상an-arche을 말한다. 어떠한 절대적인 원칙이나 이념도 거부하고 자율적으로 삶을 창조하는 활동을 아나키즘이라 부르며, 이러한 어의를 활용하여 정치적으로는 '무정부주의' 또는 '무강권주의無强權主義'로,[1] 예술·미학적으로는 '자유로운 창조의 원리'로 규정되어 왔다.[2] 그러나 아나키즘은 무엇이든 마음 내키는 대로 해도 좋다는 전적인 자유방임의 사상은 아니다. 오히려 아나키즘은 그것을 실천하는 주체에게 스스로의 고유한 규칙을 세울 것을 요구한다. 규칙의 해체와 설립을 창조적으로 반복하는 것이 아나키즘의 주요한 원리인 것이다. 그러므로 아나키즘은 일률적인 규범적

• • •

...

1. 동아시아에서 아나키즘의 번역사에 관해서는 이호룡, 『한국의 아나키즘』, 지식산업사, 2001, 15쪽 각주 3번.
2. 허버트 리드, 『시와 아나키즘』, 정진업 옮김, 형설출판사, 1982, 48쪽 이하.

사상에 대한 강제에 반대하여 그 같은 유일 원리로부터 이탈하는 운동, 곧 아나키적 탈주를 통해 그 현실성을 표현한다고 말할 수 있다.

'민족시인'이라는 레테르가 붙은 신동엽申東曄(1930~69)을 지금 아나키즘의 맥락에서 조명하는 것은 새삼스런 일이 아니다. 반전反戰, 반反국가를 역설하는 급진적 언표나 '중립국' 스칸디나비아를 배경으로 삼는 시편들, 혹은 더 직설적으로 '무정부'를 앞세운 시어들과 더불어 비평문이나 수상록 등에서 발견되는 '아나키적' 언표들은 신동엽의 사유가 넓게는 개화기로부터 식민지 시대까지 이어지는 시대적 조류로서의 아나키즘 운동에 관련되어 있음을 시사한다. 이와 함께, 비교적 착실하게 보존되어 있다는 그의 유품들 중 일역된 표트르 크로포트킨Petr Kropotkin(1842~1921)의 글과 오스기 사카에 大杉 榮(1885~1923)의 문집 등은 이러한 추정을 제법 구체적으로 뒷받침해주고 있다. 그러나 추정과 실제 사정이 온전히 같을 수는 없다. 애절한 사랑을 노래했다고 전부 연시戀詩일 수 없고, 정치적 구호가 돋아 있다고 모두 정치시가 아니듯, 반정치와 무정부를 화제 삼았다고 시인을 섣불리 특정한 '~이즘'으로 환원시킬 수는 없는 일이다. 여러 연구자들이 지적하듯, 신동엽과 아나키즘을 한데 엮어 운위하는 데는 여러 가지 어려움이 따른다.

예컨대 신동엽이 아나키즘, 더 구체적으로 크로포트킨에 대해 어느 정도로 이해하고 있었는지는 다소 단편적이며 흐릿하게만 재구되는 형편이다. 여기엔 그가 서구와 근대 동아시아 아나키즘의 역사적 문헌들을 얼마나 접했는지, 또한 얼마만큼 정치하게 독해하고 숙고했는지의 문제들이 포함된다. 애석하게도 이에 대해서는 그다지 많이 알려진 바가 없고, 현재까지 조사된 바로는 그가 정치·사회적 운동이자 철학사상으로서 아나키즘에 관해 명확한 인식을 갖고 있었다고 볼 만한 근거가 충분하지 않다.[3] 문제는

• • •

3. 신동엽이 소년기부터 크로포트킨의 애독자였음은 여러 자료를 통해 확인되고 있다. 김응교, 『시인 신동엽』, 현암사, 2005, 30~31쪽; 성민엽 편저, 『껍데기는 가라』, 문학세계사, 1984, 38~39쪽. 하지만 소년기의 주목할 만한 관심과 시작(詩作) 곳곳에 반영된 아나키즘적 테마

이러한 난점들에도 불구하고, 신동엽과 아나키즘의 연관을 완전히 기각시킬 수 없다는 데 있다. 과소한 동시에 과잉한 그의 아나키적 언표들은 분명 동시대의 시인들과 다른 정치적 지향과 울림을 갖는다. 역사적 이데올로기인 '아나키즘'으로부터 신동엽을 도출해 내기보다, 아나키의 경향적 운동을 통해 신동엽의 문학적 분기선을 재구성해야 하는 이유가 여기에 있다. 요컨대 규범적 이념으로서의 아나키즘이 아니라 운동으로서의 아나키가 관건이다.[4]

　사정은 크로포트킨에게도 다르지 않다. 실천적 운동으로서 아나키즘이 정치의 무대에 본격적으로 등장한 것은 프랑스혁명 이후의 일이지만,[5] 지배 혹은 권력의 폐절을 본질적인 과제로 내걸었던 경향으로서는 이미 고대부터 르네상스에 이르는 긴 역사를 갖고 있었다.[6] 넓게 말해, 크로포트킨은 그 경향이 산출한 근대 사상사의 지류 중 하나였다. 가령 19세기 말 사회주의와의 경쟁에서 도태 위기에 처했던 아나키즘을 역동적인 사회운동으로 끌어올린 크로포트킨의 원동력은 그가 형이상학이나 관념적 사변에 의존했기 때문이 아니라 '과학적'이고 '귀납적'인 방법을 통해 근대적 시대

• • •

들에도 불구하고, 그가 아나키즘을 이론적으로 통찰하고 있었는지는 여전히 의문으로 남아 있다. 남기택, 「신동엽, 융합적 인간형의 구상」, 신동엽학회 편, 『신동엽, 융합적 인간을 꿈꾸다』, 삶창, 2013, 25쪽. 동아시아에서 아나키즘은 일본제국주의에 억압당하는 한편으로 1920년대 초부터 사회주의와의 경쟁에서 수세에 몰렸기에, 1930년생인 신동엽이 이를 본격적으로 수용하고 연구할 여지는 매우 제한적이었을 듯싶다.

4. 아나키(anarchy)와 아나키즘(anarchism) 사이의 명확한 개념적 경계를 짓기는 어렵겠지만, 후자가 역사적 이념이자 규범적 운동으로서 기술된다면 전자는 후자를 포함하는 의식과 제도적 장치들 일체로부터 벗어나는 경향성으로 구분할 수 있을 것이다. 따라서 아나키즘은 대문자로 표시되는 명확한 역사와 주체로 가시화되는 데 비해, 아나키는 이탈과 탈주의 실천 속에서만 표명되는 개인 및 소(小)집단의 소문자 역사'들'로 나타난다. 요컨대 아나키는 '~이즘'으로 표시되는 근대적 운동의 형식이 아니라는 점에서 비근대적이고 탈근대적인 방향으로의 잠재성을 갖는다.

5. 구승회 외, 『한국 아나키즘 100년』, 이학사, 2004, 22쪽 이하.

6. 장 프레포지에, 『아나키즘의 역사』, 이소희 외 옮김, 이룸, 2003, 19~32쪽.

정신에 호소했던 데 있었다.[7] 자연에 대한 면밀한 관찰과 논리적 추론은 아나키즘을 불변하는 목적론적 원리가 아니라 일상의 사실들로부터 경험할 수 있는 현실태로 제시했고, 그것은 동시대의 지배적인 부르주아 사상이던 사회진화론에 효과적인 맞상대로 드러났던 것이다. 이러한 실천적 저력은 동아시아 근대의 사상 공간에서 그의 아나르코–코뮌주의나 상호부조론이 사회주의보다 먼저 사회 변혁적 사상으로 각광받을 수 있게 했고, 나아가 사회주의를 견인하는 사상적 원천으로서 등장하게끔 만들었다.[8] 이는 동서 양을 막론하고 '추상적 형이상학'에 감염되었던 근대 부르주아 담론을 탈구시키는 아나키적 특이성에서 연원했으며, 이로써 '크로포트킨의 아나키즘'처럼 고유명사와 일반명사의 적극적인 결합을 성립시켰다. 하지만 크로토프킨이 단지 근대 사상의 하나인 아나키즘에 속해 있기에 아나키스트 라는 뜻은 아니다. 뒤이어 확인하게 되겠지만, '아나키스트 크로포트킨'이라 는 명명의 핵심은 그가 아나키즘이라는 근대적 보편성과 마주치는 동시에 그것에서조차 또 다른 탈주선을 그었던 점에서 성립한다.

그렇다면 '신동엽의 아나키즘' 역시 동일한 맥락에서 사유해 볼 수 있지 않을까? 신동엽이 역사적 운동으로서 아나키즘을 얼마나 명료하게 파악하고 있었는지, 그의 시적 세계가 얼마나 아나키즘의 정치적이고 미학적인 이념에 가까웠는지가 문제는 아니다. 차라리 '아나키즘'이라는 근대의 사상적 기축으로부터 그의 시적 사유가 얼마나 '멀리' 그리고 '달리' 분기해

• • •

7. Harry Cleaver, "Kropotkin, Self–valorization and the Crisis of Marxism," *Papers in the Conference on Pyotr Alexeevich Kropotkin*, The Russian Academy of Science, 1992, pp. 8~14. 영국 망명기에 크로포트킨의 과학평론은 전문성과 대중성을 아우름으로써 사상의 진폭을 확장시키는 데 일조했다. 이영석, 「크로포트킨과 과학—1890년대 과학평론 분석」, 『영국연구』 20, 영국사학회, 2008, 235~236쪽. 일본의 아나키스트들에게 최초로, 광범위하게 각광받은 크로포트킨의 강점 역시 과학주의와 귀납주의였다. 박양신, 「근대 일본의 아나키즘 수용과 식민지 조선으로의 접속—크로포트킨의 사상을 중심으로」, 『일본역사 연구』 25, 일본사학회, 2012, 135쪽.

8. 조세현, 『동아시아 아나키즘, 그 반역의 역사』, 책세상, 2001, 21~35쪽.

나갔는지를 뒤쫓고, 그것을 '아나키'라 명명할 수 있는지 검토해 보는 게 더욱 생산적일 듯하다. 이는 목적지를 미리 설정하지 않은 채 유동하는 글쓰기를 뒤좇는 작업이며 텍스트의 가시적 언표 너머의 비가시적 층위를 짚어내는 징후적 독서에 가까운 과제이다.[9] 우리가 시 혹은 문학을 주어진 전범과 가치체계의 지평을 넘어서는 활동이라 부를 때, 우리의 탐구는 정확히 시문학의 아나키, 아나키의 시문학을 되묻는 과정인 것이다.

이 글의 목적은 신동엽과 크로포트킨을 단순히 비교하거나, 혹은 후자를 원본 삼아 전자의 깊이나 순도를 측정해 보는 데 있지 않다. 그보다 우리는 크로포트킨과 신동엽이 각자의 자리로부터 어떻게 아나키의 흐름을 창출해 냈는지, 그들에게 아나키적 사유와 행위의 운동이 발생했고 작동했던 조건을 교차적으로 비교 검토하고자 한다. 신동엽과 크로포트킨, 넓은 의미에서 영향사 관계에 있던 양자는 어떤 지점에서 서로 만나 섞여들고 갈라져 나갔는가? 그들의 아나키적 운동은 어떻게 현실과 만나는 동시에 이탈하고 있는가? 궁극적으로 그들의 시학과 윤리학은 어떤 실천적인 테제로서 지금 우리에게 제출되는가? 출발을 서둘러 보자.

2. 아나키의 자연학과 인간학

2-1. 크로포트킨과 상호부조의 자연-윤리학

미하일 바쿠닌Mikhail Bakunin(1814~76)으로 대표되는 근대의 아나키즘이

---

9. 목적론에 경도되지 않은 채 시적 사유를 그 흐름에 따라 재구성하는 작업은, 칸트식으로 말해 미의 반성적 파악에 해당된다. 조강석, 「신동엽 시의 민주주의 미학 연구─무엇을 희망해도 좋은가?」, 『한국시학연구』 35, 한국시학회, 2012, 425~427쪽. 칸트에게 예술이란 선험적 규칙의 지도를 받는 게 아니라, 예술가 스스로가 규칙을 창안하는 작업이었다. 천재는 예술에 규칙을 부여하는 미학적 활동가를 가리킨다. 임마누엘 칸트, 『판단력 비판』, 백종현 옮김, 아카넷, 2009, §46 이하.

사회사상과 정치운동에서 파장을 불러일으켰다면, 그의 후배 격인 크로포트킨은 과학사상과 윤리학에서 아나키즘을 일신했다고 평가된다.[10] 이때 크로포트킨에게 과학이란 대체 무엇을 의미했을까? 과학은 또한 윤리학과 어떻게 연관되는가?

푸코에 따르면, 근대 세계에서 과학은 종교를 대신한 신앙이자 생활세계를 체계적으로 직조하는 도구로서 군림해 왔다.[11] 프란시스 베이컨과 아이작 뉴턴으로 대표되는 근대의 경험과학 및 기계론은 실험의 반복성과 재현가능성을 통해 이 세계에 선형적 인과율을 도입하는데, 이는 모든 사람들이 동일한 척도와 관점에 따라 세계를 동일하게 인식하기 시작했음을 뜻한다. 예컨대 14~15세기에 이탈리아에서 고안되고 전파된 투시법perspective, 원근법은 비단 회화의 작법에 있어서만이 아니라, 르네상스를 거치며 근대적 인식 전반의 특징이자 보편성으로 자리 잡게 되었다.[12] 일반적으로 근대성과 등치되는 세속적 합리주의는 불변하는 과학적 진리라기보다 역사의 어느 시점부터 과학적인 것으로 합의되고 일반화된 사고의 틀을 가리킨다. 이렇게 '합리화'와 등치되는 과학은 데카르트의 코기토cogito가 보여주듯 정신과 물질, 주체와 객체, 인간과 자연의 이분법적 관점을 지지한다. 근본적으로 그것은 인간에 의해 지각되고 통제 가능한 것과 그렇지 못한 것의 대비, 즉 이성적으로 이해할 수 있는 것과 그렇지 못한 것의 구별 위에 세워져 있는 것이다. 이로써 가시적인 것, 인지로써 파악되고 계산할 수 있는 것에 대한 과학의 지배가 시작된다. 반면 보이지 않는 것, 지성으로써

• • •

10. 폴 애브리치, 『아나키스트의 초상』, 하승우 옮김, 갈무리, 2004, 1~4장 참조.
11. Michel Foucault, *The Birth of the Clinic: An Archaeology of Medical Perception*, Vintage Books, 1994, ch. 7. 근대 과학은 이전까지 흐릿하던 세계의 공간을 가시성의 장 안으로 밀어 넣어 투명하게 만들었다. 그 투명성의 이름이 합리성이며, 이로써 근대인은 명료한 인식을 얻게 되었으나, 가시성 바깥의 영역은 비가시적인 불투명성에 방치함으로써 세계의 더 큰 부분들을 알지 못하게 된 셈이다.
12. 에르빈 파노프스키, 『상징형식으로서의 원근법』, 심철민 옮김, 도서출판b, 2014, 57~62쪽.

파악 불가능하거나 계산의 범위를 넘어서는 것은 열등하고 쓸모없는 것, 혹은 아예 존재하지 않는 것으로 치부된다. 인간과 동물(비인간), 사회와 자연 사이의 가시성과 비가시성 사이의 위계가 설립되는 것이다. 왜 위계가 문제인가? 여기서 크로포트킨의 비판의 포문이 열린다. 비가시적인 것과 가시적인 것의 서열은, 예컨대 자연에 대한 인간의 지배를 '자연화'한 담론적 정당화이며, 이는 인간 지성의 우월함을 그 자체로 입증해 주는 게 아니라 그 권리와 능력의 남용을 역으로 폭로할 따름이기 때문이다.

실증주의의 창시자 오귀스트 콩트Auguste Comte(1798~1857)에 대한 크로포트킨의 서술은 근대 과학이 기대고 있는 인간중심주의(휴머니즘)에 대한 통렬한 비판이다. 분명 근대 과학은 이전 시대의 철학과 종교가 수행했던 인간 삶의 종합이라는 과제를 경험론과 기계론을 통해 달성했다. 그런데 그가 보기에 이러한 과학의 종합화, 종합적 과학의 등장은 겉보기처럼 그렇게 '합리적'이지 않다. 다시 말해 객관적인 자연, 사물의 세계를 있는 그대로 반영하는 게 아니라는 말이다. 오히려 여기에는 전통적인 철학(형이상학)과 종교(도그마)가 움켜쥐고 있던 인간학적 편견과 모순이 그대로 잔존해 있다. 근대인들은 합리화된 과학의 이름을 빌려 삶을 지배하려 들지만, 어떤 의미에서 그것은 예전의 폭력적인 지배 질서를 겉보기만 다른 휘장 속에서 반복하는 것이다.

> [콩트는 – 인용자] 신을, 다시 말하면 인간이 윤리적이기 위하여 예배하고 기도드리지 않으면 안 되었던 기성종교의 신을 거부하고 그 대신에 대문자로 쓴 인류로 바꾸어 놓았다. 이 새로운 우상 앞에 무릎 꿇고 절하기를, 그리고 또 우리 속에 있는 윤리적 감정을 발달시키기 위하여 그것 앞에 기도드리기를, 그는 우리에게 요구했던 것이다.[13]

• • •

13. 표트르 크로포트킨, 『현대 과학과 아나키즘. 아나키즘의 도덕』, 이을규 옮김, 창문각, 1983, 32~33쪽. 크로포트킨 저작의 번역은 러시아어 원본 Petr Kropotkin, *Khleb i volja.*

중세의 신앙이 인간을 초월적 신에게 굴종시켰듯, 근대 과학은 인간을 인류라는 추상명사 앞에 복종시킨다. 그런데 콩트의 실증철학이 그 최후의 단계에서 형이상학으로 복귀하듯, 이러한 인류 숭배는 결국 이름을 바꾼 신학, 형이상학적 사변의 반복이라는 것이다.[14] 그 치명적인 결과는 무엇인 가? 크로포트킨이 깜짝 놀라며 탄식하는 점은 인류에 대한 신학–형이상학적 숭배가 인간을 인간의 원천으로부터 분리시킨다는 것, 즉 자연으로부터 인간을 단절시킨다는 사실이다. 다윈의 진화론이 본래 의도했던 바로서 인간의 동물적 근원을 망각하고, 인간과 사회를 동물적 자연으로부터 절연시켜 비非지상적인 존재로 추상화했다는 게 핵심이다.

인간의 윤리적 감정이 그 사회성이나 사회 자체와 똑같이, 인간 이전의 기원을 갖고 있는 현상이라는 것을, 그리고 그것이 자연계의 관찰과 인간의 사회생활의 체험의 축적에 의하여 인간 속에 보강된 동물적 사회성의 일층 진화하고 발달한 것임을 콩트가 인식하지 못한 결과 그러한 결론에 도달하지 않을 수 없었다. [⋯] 그는 동물에서 인간에로 부단히 계속되는 진화과정을 승인하지 않았다. 그 결과, 그는 다윈이 이해한 바를, 즉 인간의 윤리적

• • •

Sovremennaja nauka i anarkhija[『빵과 자유. 현대 과학과 아나키』], Pravda, 1990을 대조하여 논지에 어울리게 옮긴다. 주의를 기울여야 할 지점은 유럽어로 흔히 'moral'로 옮겨지는 단어인데, 러시아 원어는 'nravstvennyj'로서 'nrava' 즉 '에토스'에서 연원한 단어다. 다시 말해, 크로포트킨에게 윤리적인 것은 공동체적 삶에서 생생하게 길어 올려진 관습과 습속이 곧 삶의 지침이 되는 사건을 뜻한다. 반면 도덕은 공동체의 에토스가 규범화된 덕목으로서 무조건적으로 강제될 때 나타나는 삶의 족쇄를 가리킨다. 윤리와 도덕의 구분에 대해서는 미셸 푸코, 『성의 역사 2』, 문경자 외 옮김, 나남, 2010, 41쪽 이하를 참고하라. 이 글의 논지상 도덕과 윤리의 구별은 불가피하기에 원서에 의거하여 한국어 '도덕'을 '윤리'로 옮겼다.

14. 콩트의 실증철학이 귀결하는 곳은 '인류교'이다. 오귀스트 콩트, 『실증주의 서설』, 김점석 옮김, 한길사, 2001, 367쪽 이하.

감정은 최초의 인류적 동물이 이 지상에 출현하기보다 훨씬 이전에 동물사회 속에 발달한 상호부조 본능의 일층의 진화에 불과하다는 것을 인정하지 못했던 것이다.[15]

크로포트킨에 대한 흔한 오해의 하나는 그가 다윈의 진화론을 반대했다는 것, 즉 생존경쟁에 반대하여 상호부조를 내세웠다는 것이다. 하지만 정확히 말해 그가 반대했던 것은 속류화된 다윈주의였다.[16] 오히려 크로포트킨은 원숭이(동물)에서 인간으로의 '진화'를 근본적인 관점에서 지지해 왔다. 다만 다윈의 사상이 '다윈주의'로 고착되면서 나타난 정체停滯, 즉 동물과 인간의 연속성을 부정함으로써 인간이 동물적 단계를 완전히 뛰어넘는 데 성공했고 급기야 동물과는 '다른' 종種으로 등극했다는 인간중심주의적 강변이 문제였다. 역설적으로 크로포트킨은 다윈의 관점을 다윈보다도 더욱 급진적으로 밀어붙여 동물계와 인간계를 한데 묶으려 했다는 점에 주의해야 한다. 만약 인간이 동물과 단절되고 구별되는 윤리를 갖는다면, 그것은 동물로서의 인간이라는 근대 과학의 위대한 발견을 근본부터 뒤집어 엎는 과학의 퇴행과 다름없다. 만일 인간에게 윤리라고 할 만한 것, 삶의 전 과정 속에서 반복되고 집약되는 어떤 행위의 패턴을 발견한다면, 그리고 그것이 사회적 삶을 지속 가능한 것으로 만드는 요소라면, 그것은 동물적 인류로부터 기원하여 인류적 동물로 이어지는 일관된 삶의 원리일 것이다.[17] 요컨대 크로포트킨에게 윤리는 자연-인간, 동물-인간, 인간-비인간의

• • •

15. 크로포트킨, 『현대 과학과 아나키즘. 아나키즘의 도덕』, 33~34쪽.

16. 사회진화론자인 허버트 스펜서와 인간도덕론을 내세운 토머스 헉슬리가 그들이다. Martin Miller, *Kropotkin*, University of Chicago Press, 1976, p. 173.

17. 윤리적 감정이란 인간에게나 동물에게나 집단적이고 사회적인 감정이다. 표트르 크로포트킨, 『만물은 서로 돕는다』, 김영범 옮김, 르네상스, 2005, 88쪽 이하. 이 책은 동아시아 근대사에서 주로 '상호부조론'으로 번역되어 왔다. 러시아어 원제는 '진화의 요소로서의 상호협력(vzaimopomoshch' kak faktor evoljutsii)' 정도가 된다.

연속성 위에서 성립하는 에토스였던 셈이다.

이렇게 볼 때 동물과 인간을 분리시키고, 전자를 후자의 대상으로만 간주하는 근대 과학/학문은 실상 객관적 관찰과 조사의 귀결이라 할 수 없다. 크로포트킨에게 근대 과학은 사실에 근거한 종합적 학문이 아니라 추상적 논리 속에 움츠러든 정신주의적 도그마에 불과하다. 그렇다면 아나 키란 무엇인가? 그에게 아나키는 이렇게 선형화된, 홈 패인 공간에 갇힌 과학을 급진적으로 탈구시키는 것, 인간과 자연, 인간과 동물을 전면적으로 종합시키는 운동이자 윤리이다.

> 아나키는 인간의 사회생활을 포함시켜 전 자연을 포괄하는 현상의 기계적 해명에 바탕한 우주관이다. 그 연구방법은 자연과학의 방법론이니, 이 방법론에 의하여 일체의 과학적 결론이 검증되지 않으면 안 된다. 그 경향은, 자연은 온갖 현상— 인간의 사회생활과 그 경제적·정치적·윤리적 문제를 포함시켜— 포섭하는 종합철학을 기초 닦음, 전술한 바의 원인으로 말미암아 콩트나 스펜서가 범한 오류에 빠지지 않고서 그것을 수행함에 있다.[18]

크로포트킨에게 세계는 동물과 인간이 공통적으로 포함된 자연의 공동체라 할 수 있다. 사회, 곧 인간의 공동체는 그 일부에 불과하기에, 사회를 전면화하여 자연을 포획하고, 그로써 인간의 지배를 정당화하고 영구화하는 것은 지극히 반윤리적인 행태일 것이다. 아나키는 크로포트킨에게 세계의 전체성을 향한 요구이자 운동, 온 세계에 대한 욕망으로서의 윤리라 불러도 좋을 듯하다.[19] 이와 같은 아나키의 종합적 자연학이야말로 파국에 도달한

* * *

18. 크로포트킨, 『현대 과학과 아나키즘. 아나키즘의 도덕』, 56쪽. 유럽어 및 한국어로 표기된 '아나키즘'은 실상 크로포트킨의 저술에서는 거의 나타나지 않는다. 오히려 그가 즐겨 사용하는 용어는 '아나키(anarkhija, anarchy)'이다. 정태적이고 규범화된 이념과 체계보다 이탈과 탈주의 운동성에 방점을 찍었던 까닭이다.

19. 다윈의 진화론은 생물학의 영역에 국한되지 않는다. 진화론은 자연과 인간을 포괄하는

근대 과학의 대안으로서 크로포트킨이 제안했던 것이다.

2-2. 신동엽과 전경인의 시적 인간학

이제 논점을 신동엽에게로 옮겨보자. 자연과 인간, 세계를 문제 삼을 때 우리가 주목해야 할 지점은 그의 후기 사유, 즉 전경인全耕人 사상이다. 일단 전경인의 문제의식은 물질문명으로 대표되는 현대가 "'맹목기능자盲目技能者"라 불리는 전문가의 영역들로 파편화되어 있다는 데서 출발한다. 달리 말해, 이는 분과영역들로 무수하게 쪼개진 과학 및 학문으로부터 배태된 근대("현대")의 문제다.

> 현대의 예술, 종교, 정치, 문학, 철학 등의 분업스런 이상 경향은 다만 이러한 역사적 필연 현상으로서만 설명이 될 수 있을 것이다. 모든 것은 상품화해가고 있다. 이러한 광기성은 시공의 경과와 함께 배가 득세하여 세계를 대대적으로 변혁시킬 것이다.
>
> 세계는 맹목기능자의 천지로 변하고 말았다. 눈도 코도 귀도 없이 이들 맹목기능자는 인정과 주인과 자신을 때려눕혔고 핸들 없는 자동차같이 앞뒤로 쏘아 다니며 부수고 살라 먹고 눈깔 땡깜을 하고 있다. 하다 지치면 뚱딴지같이 의미 없는 물건을 만들어도 보고 울고불고 하고 있는 것이다. 기생탑과 국가학과 지구는 스스로 길러 내놓은 이들 병신자식들의 비칠거리는 발길에 채이고 받치고 파괴되면서 있다.[20]

이러한 현대의 분화는 "어려운 시대"이자 "우스운 시대"이기도 하다

• • •
공동의 윤리학이어야 한다. Petr Kropotkn, *Etika*[윤리학], Izdatel'stvo politicheskoj literatury, 1991, pp. 45~66.
20. 신동엽, 「시인정신론」, 『신동엽전집』, 창작과비평사, 1985, 368쪽. 이하 이 책에서 인용한 부분은 본문 중에 괄호 속 쪽수로 표시한다.

(362). 왜 그런가? 본질적인 근원을 망각한 채, 분리와 분열의 현재를 절대적인 것으로 오인하고 있기 때문이다. 일종의 세계수世界樹라 부를 만한 "한 그루의 고목" 대신, 그것이 떠받치는 "축대"가 현대인의 눈에는 근원으로 비치고 있으며 거기서 피어난 "버섯"들은 제각각의 자립성을 주장한다. 풀어 말하자면, 본연의 자연("고목")이 있고, 인공적인 현대 문화("축대")가 그 자연 위에 세워져 있으며, 각종의 분과영역들("버섯들")이 다시 그 문화적 토대 위에 구축되어 있는 셈이다. 직관적으로 연상할 수 있듯, 이러한 현대의 물질문명은 칸트 이래 정립된 근대의 분열이자 근대 과학/학문의 성립과 일치하는 현상이다. 축대 위에 피어난 작은 버섯들이 저마다 "절대적 성립자"로서 자립성을 앞세울 때 이 세계는 협소해진다(363). 문명이 자연에 대한 대립을 통해 성장하지만 동시에 고립되듯, 이와 같은 차수성次數性의 현대는 지성의 발달과는 정반대로 세계를 인간의 인식과 시선 속에 축소시키고 유폐해버리고 만다. 그래서 현대인의 "정신적 둥근 원"은 고작 고층 건물들 사이의 거리에 지나지 않고 숙소와 직장, 오락실 사이의 거리 또는 서적의 개념들 사이의 거리에 불과해지게 된다(364). "차수적 세계성"은 "인류수人類樹"로 표상되는바, 그것은 인간 사회의 인지적 관계의 총합으로서 자연-동물의 연속성으로부터 탈구된 부분성에 머물고 만다(366).

통념적으로 연상될 만한 해결책은 떠나온 "대지"로 되돌아가는 것이다. 그것은 "인류의 봄철, 인종의 씨가 갓 뿌려져 움만이 트였을 세월, 기어다니는 짐승들에겐 산과 들과 열매만이 유일한 의지요 고향이었으며, 어머니 유방에 매어달린 갓난아기와 같이 그들과 대지와의 음양적 밀착관계 외엔 어느 무엇의 개재도 그사이에 용납될 수 없"는 "에덴의 동산" 곧 "원수성元數性" 세계로의 귀환에 다름 아니다(365). 본격적으로 전경인이 주가 되어 살아가야 하는 세 번째, "귀수성歸數性"의 세계는 귀환인 동시에 성장, 결실 맺는 가을에 노동하는 어른의 세계로서 묘사되고 있다.

우리들은 백만 인을 주워 모아야 한 사람의 전경인적 세계를 표현하며
전경인적인 실천생활을 대지와 태양 아래서 버젓이 영위하는 전경인, 밭갈
고 길쌈하고 아들 딸 낳고, 육체의 주량에 합당한 양의 발언, 세계의 철인적·
시인적·종합적 인식, 온건한 대지에의 향수적 귀의, 이러한 실천생활의
통일을 조화적으로 이루었던 완전한 의미에서의 전경인이 있었다면 그는
바로 귀수성 세계 속의 인간, 아울러 원수성 세계 속의 체험과 겹쳐지는
인간이었으리라(370).

본연의 순수성과 타락, 회복된 낙원의 서사는 우리에게 낯설지 않다.[21]
간단히 조명해 볼 때 현대라는 차수성 세계의 협애한 세계상을 근본적이고
본질적인 차원으로 되돌리려는 희원은, 근대 과학/학문에 의해 조형된
세계 구조를 벗어나려는 유동이란 점에서 그 자체로 아나키적이라 할 수
있다. 근대 물질문명의 눈부신 발전이란 궁극적으로 인간과 자연의 연속성
을 부정하고, 자연을 인간의 도구를 앞세워 정복하려는 기획이기 때문이다.
이러한 단절과 불연속을 극복하기 위해서는 다시금 자연과 인간 사이의
오랜 연속성을 되찾을 필요가 있다. 그런데 앞서 살펴본 크로포트킨의
경우와 묘하게 갈라지는 부분이 여기서부터 나타난다. 크로포트킨에게
근대를 일탈하는 아나키적 운동의 핵심은 근대 과학이 분별해 놓은 자연(동
물)과 인간의 격자를 뛰어넘는 데 있었다. 즉 자연-인간 사이의 동등한
존재론적 근원성을 복구하는 일이었다. 반면, 신동엽에게 근대 과학의 첨단,
즉 차수성의 물질문명을 넘어서는 방법은 본원적인 인간성을 회복하는
데서 발견된다. 다시 말해, 신동엽에게 자연성이란 곧 인간성이며, 인간의
회복만이 자연의 회복에 값하는 가치를 지닌다. 그에 따르면,

* * *

21. 이는 단순한 복고주의가 아니라 과거의 악습을 떨쳐낸 '민족적 순수성'의 회복으로 평가되
기도 한다. 신경림, 「역사의식과 순수언어」, 구중서 편, 『신동엽. 그의 문학과 삶』, 온누리,
1992, 107쪽.

혼히 국가, 정의, 원수, 진리 등 전대자적 이름 아래 강요되는 조형적 내지 언어적 건축은 그 스스로가 5천 년 길들여 온 완고한 관습적 조직과 생명과 마력을 지니고 있는 것으로서 현대인구 거의 전부가 이 일에 종사하면서 이곳으로부터 빵을 얻어 먹고 생의 근거를 배급받으며 다시 이것을 모셔 받들어 살찌게 만들어 주고 있는 것이다. 대지에 발 벗고 늘어붙어 자급자족하는 준전경인적 개체들을 제외하고는 거의 모든 인구가 조직되고 맹종되고 전통화된 차수성적 공중기구 속에서 생의 정신적 및 물질적 근거를 급여받고 있다(367).

현대는 노예화된 사회다. 인간은 저마다 전문가("맹목기능자")를 자처하지만 실상은 문명적 체계의 일부분에 결박되어 "개미집" 같은 세상에서 연명하고 있다. 국가화된 사회, 자본주의 경제구조를 당장 떠오르게 하는 이러한 문명의 특징은 "분업"이다. "우리 인류문명의 오늘이 있은 것은 오직 분업문화의 성과이다." 이때 불거진 결정적인 문제는 "분업문화를 이룩한 기구 가운데 <人>은 없었던 것"이다(366). 사람[人]이란 무엇인가? 신동엽에게 그것은 "육혼"을 가진 존재다. "의젓한 전경인적 육혼의 체득자"가 바로 사람이며, "詩의·哲의 <안>"이다(370). 되찾은 낙원이란 결국 전경 "안"들의 유토피아, 그들의 공동체를 가리킨다.[22] 나아가 전경인은 무엇보다도 정신적 존재를 말한다. 귀수성 세계의 핵심이 "생명의 발현"에 있다고 할 때, 그것을 체현하는 자는 시인이며, 그는 철학, 종교, 문학을 통합함으로써 "차수성 세계가 건축해 놓은 기성관념을 철저히 파괴하는 정신혁명을 수행해" 나가는 자로 명명된다(372).[23] 이로써 신동엽의 근대 비판 및 회복의

• • •

22. 김종철, 「신동엽의 도가적 상상력」, 구중서·강형철 엮음, 『민족시인 신동엽』, 소명출판, 1999, 59쪽.
23. 시의 정신성에 대한 강조는 신동엽 사유의 중핵이다. "시는 늘, 가장 원초적이며 본질적인

서사는 인간성의 복원에 그 초점을 정확히 겨냥한다. 그것은 휴머니즘에 대한 강렬한 지향에서 발원하며,[24] 자연은 그 자체의 실재로서가 아니라 인간의 시선에 투영된 세계상을 함축한다. 차수성 세계가 자연-동물을 대상화하고 생명으로부터 배제하는 제한된 영역에 설정되어 있다면, 귀수성 세계는 자연-동물을 포함하되 전경-인간의 손아래 포착되고 있다.[25] 물론 이는 근대 과학이 노정했던 대상화된 자연관과는 다른 것이겠지만, 자연의 본래성조차 전경인-시인에 의해 회복된다고 단언할 때, 여기엔 일종의 인간주의, 즉 휴머니즘이 도사리고 있음을 부인할 수 없다.[26] 이러한 사유가 근대적 인간중심주의로부터 얼마나 멀리 떨어져 있는지 당장은 판별하기 어려워 보인다.[27]

• • •

인생의 핵에 의미를 부여한다. 그래서 훌륭한 시인이란 그 사고 속에 가로막힌 장벽이 없는 정신인(精神人)을 말한다. [⋯] 시에서의 피나는 노력과 고심이란 흔히 잘못 알고 있는 것처럼 기교나 수사법을 두고 이르는 말이 아니다. 그것은 높은 경지에 이르려는 정신인의 구도적 자세를 말하는 것이다." 신동엽, 「7월의 문단」, 『신동엽전집』, 383~384쪽.

24. 서익환, 「신동엽의 시세계와 휴머니즘」, 『민족시인 신동엽』, 494~495쪽.

25. 지면상 일일이 예거하긴 어려우나, 신동엽의 '민족시' 내지 '민중시'에 비친 자연과 동물이 대개 인간-주체의 주관에 의해 포착된 사물 세계라는 점을 지적하는 것만으로도 논지를 이해하기는 충분할 듯하다.

26. 신동엽의 민족·민중주의를 반국가 및 반권력이 아니라, 박정희 시대의 내셔널리즘(국민주의와 국가주의, 민족주의)과 가족유사성을 지닌 것으로 파악하는 입장은 결국 이런 인간주의가 야기한 필연적 귀결이 아닐까? 강계숙, 「신동엽 시에 나타난 전통과 혁명의 의미」, 『한국근대문학연구』 5(2), 한국근대문학회, 2004, 239~240쪽; 신형기, 「신동엽과 도덕화의 문제」, 『당대비평』 16, 생각의나무, 2001, 302~328쪽.

27. 차수성의 현대 세계로부터 원수성 세계로의 귀환을 과연 아나키적 탈주로 명명할 수 있는지에 대해서는 일도양단하듯 판단하기 곤란하다. 한편으로 그것은 주어진 현실의 경계선을 이탈해 나가는 탈영토화적 운동이기에 아나키적이라 부를 수 있지만, 다른 한편으로 그것은 주어진 경계를 자꾸만 넘어섬으로써 근대성의 경역을 확장해 가는 근대 고유의 운동에도 부합하기 때문이다. 마테이 칼리니스쿠, 『모더니티의 다섯 얼굴』, 이영욱 외 옮김, 시각과언어, 1994, 61~62쪽. 또한, 자연과 인간의 복원이란 테제에 대해서도 의문을 가질 수 있는데, 가령 파시즘 역시 유사한 논조로 시원적 자연으로의 회복을 주장했던 탓이다. 자넷 빌·피터 스타우든마이어, 『에코파시즘』, 김상영 옮김, 책으로만나

아나키를 어떠한 강압적인 규범과 규칙으로부터도 벗어나는 원심적 운동이라 정의한 때, 근대 문명(과학)에 대한 비판이란 점에서 신동엽의 시적 사유는 다분히 아나키적이라 불러도 좋을 것이다. 그러나 대략적으로나마 살펴보았듯 그 운동의 벡터는 크로포트킨과 사뭇 다르다. 여기서 우리는 누구의 아나키가 더욱 근본적인지 물을 수는 없다. 그런 질문이야말로 아나키의 본래적인 함의, 즉 '원리 없는an-arche' 운동에서 벗어나 일종의 '근본 원리arche'를 세우려는 시도일 터이기 때문이다. 그보다 지금 우리는 크로포트킨과 신동엽 사이에서 생겨난 아나키적 벡터의 차이가 어떤 양상으로 그들의 윤리적이고 시적인 세계상에서 전개되어 나가는지 좀 더 파고들어가 보는 게 나을 듯하다.

3. 아나키적 세계상과 세계감각

3-1. 제국의 지리학 vs. 코뮌의 공간학

크로포트킨이 스스로 과학자임을 자임했고 그 과학의 학제적 명칭이 지리학이었음은 기억할 만한 사실이다. 황실의 근위장교로 복무하기 위해 사관학교를 다니던 크로포트킨은 자신의 귀족적 삶이 결국 전제주의에 복무하는 길이며 민중의 실생활과는 무관함을 깨닫고는, 화려한 수도 생활을 떠나 시베리아의 벽지를 자신의 임지로 선택하게 된다. 그의 시베리아 체험은 실상 아나키적 순례의 과정이기도 했다. 이름만 군 복무일 뿐 실상

• • •

는세상, 2003, 38~48쪽. 파시즘을 언급하는 것은 다소 과장된 우려일 수 있겠지만, 자연에 대한 찬미와 회복에 대한 의지 그 자체를 반근대나 비근대의 표지로 읽을 수 없다는 점은 분명하다. 핵심은 인간과 비인간, 자연과 사회 등의 이분법으로부터 어떤 이유로, 어떻게 벗어나는지, 그 양상을 면밀히 살펴야 한다는 데 있다. 일단, 신동엽의 시적 인간학은 1960년대의 강압적 근대화에 대한 시학적 응답이자 탈주의 한 가지 양상이었다는 점에서 아나키적이었다고 할 만하다.

오지 개척이나 다름없는 척박한 생활을 견디며 지도에도 없는 땅을 맨손으로 헤쳐나가야 할 상황이었기 때문이다. 하지만 시베리아에서 그는 박물지에도 기록되지 않은 자연의 식생과 생태계에 관한 풍부한 관찰과 조사를 수행했고, 국가의 통제로부터 벗어나 자율적인 생활세계를 구성하는 촌락공동체와도 접촉할 수 있었다. 자서전을 통해 밝히듯, 시베리아 체험은 크로포트킨을 아나키스트로 전환시키는 중요한 사건이었다. 벽지에서 다져진 인간과 자연에 대한 경험들은 그의 학문적 식견을 높여주었고, 1871년에는 상트페테르부르크의 제국지리학협회 사무관으로 위촉받기도 했으나, 그는 망설임 없이 그 자리를 거절했다. 전제주의가 엄존하는 가혹한 현실에서 학자가 누리는 영예로운 삶이란 고통받는 민중의 생활을 등지는 것임을 깨달았기 때문이다.

> 주변에 배고픈 사람들이 진흙 같은 한 조각 빵 때문에 투쟁하는 때에, 고상한 즐거움을 누리는 것이 어떻게 옳다고 할 수 있겠는가. 내가 이 고상한 정서의 세계에서 생활하기 위하여 소비하는 모든 것은 바로 땀 흘려 농사지어도 자식들에게 빵 한 조각 배불리 먹일 수 없는 농민들에게서 빼앗은 것 아닌가. […] 그래서 나는 지리학협회에 거절의 답변을 보냈던 것이다.[28]

우리가 크로포트킨의 전기적 이력을 들추는 이유는 시베리아 체험의 의미 때문이다. 그의 지리학적 탐사는 분과학문으로서 지리학의 경계를 훌쩍 넘어선다. 19세기 후반 무렵 지리학은 근대 과학의 한 분과로서 영토에 대한 인류학에 해당했다. 즉 자연식생과 자원분포 및 인구의 배치를 조사하여 기록함으로써 지배를 원활히 하는 수단이 지리학이었다. 하지만 크로포트킨은 이 근대적 학문 장치를 '다른' 방식으로 사용하고자 했다. 그는

• • •

28. 표트르 크로포트킨, 『크로포트킨 자서전』, 김유곤 옮김, 우물이있는집, 2003, 317~318쪽.

'제국의 지리학'이라는 장치에 기생하여 국가의 관점에서 자연과 민중을 착취하는 방법을 개발하기를 거부하고, 국가 너머의 그리고 근대 너머의 삶의 양식이란 어떤 것인지 '감히 알고자' 했다. 『자서전』에 상세히 기술한 바, 크로포트킨은 국가의 지배를 벗어나는 삶, 곧 국가 없는 사회의 가능성을 시베리아라는 공간에서 조심스레 타진했던 것이다.

시베리아에서 몇 년간 지내면서 다른 곳에서는 얻을 수 없는 교훈을 얻었다. 행정기구는 절대로 민중을 위해 유용하게 사용될 수 없다는 깨달음 이었다. 나는 그 같은 환상에서 영원히 벗어났다. 나는 인간과 인간성뿐 아니라 인간 사회의 내적인 원천을 이해하기 시작했다. 문서에는 좀처럼 등장하지 않는 이름 없는 민중의 건설적인 노동이 사회의 발전에 얼마나 중요한 역할을 하는지 눈앞에 또렷이 나타나기 시작했다. 일례로 나는 아무 르 지방에 이주된 두호보르파 공동체의 생활방식을 보면서 형제애를 기반으 로 한 반半코뮨주의적 조직에서 얻어지는 막대한 이득을 보았다. 러시아 개척민의 정착이 거의 실패하는 상황 속에서 그들의 이민이 성공할 수 있었던 이유를 깨달았다. 그것은 책에서는 배울 수 없는 것이었다. 원주민들 과 생활하면서 문명의 영향력이 없이도 복잡한 사회 조직이 만들어질 수 있다는 것을 알게 되었다. 이러한 경험은 책에서 얻은 깨달음 못지않은 각성을 가져다 주었다. 이름 없는 민중이 모든 중요한 역사적 사건— 전쟁까 지 포함해— 을 완성하는 것을 목격한 나는 이들의 역할을 실감하게 되었다. 『전쟁과 평화』에서 톨스토이가 표현한 것처럼 지도자와 민중과의 관계에 대해 다시 생각하게 되었다. […] 나는 이미 아나키스트가 될 준비를 하고 있었던 것이다.[29]

· · ·
29. 크로포트킨, 『크로포트킨 자서전』, 289~290쪽.

시베리아는 자연의 발견이자 민중의 발견이란 점에서 크로포트킨의 일생에 특별한 전환점을 기록한다. 제정러시아의 깨어 있는 지식인으로서 그는 민중이 가난과 억압 속에 신음하고 있다는 사실을 잘 알고 있었다. 관료사회에서의 출세와 안락을 포기하고 굳이 오지를 택해 떠난 것은 그런 민중을 잊지 않겠다는 지사적 결의가 있었기 때문이었을 것이다. 하지만 귀족 출신 지식인의 '시혜적' 태도는 시베리아에서 변화를 겪게 되는데, 민중이 고통 속에 괴로워하고 오직 인텔리겐치아의 구원 하나만을 바라면서 기다리고 있지 않다는 사실을 알았기 때문이다. 현실 정치의 가혹함만큼이나 자연조건의 냉혹함에 둘러싸인 시베리아의 민중은 자신의 삶을 스스로 구성해가는 방법을 배우고 체득하고 있었다. 제국의 질서에 겹겹이 포위된 채 복종만을 강요받던 문명 바깥에서 스스로를 구축하고 통치하는 새로운 삶의 질서가 가능하다는 사실을 발견했던 것. 그것은 식민지를 건설하고 피식민지를 착취하기 위해 만들어진 근대 서구의 지리학적 개념을 뛰어넘는 공간학의 창설에 값하는 사건이었다.

따라서 크로포트킨에게 지리학은 무엇보다도 공간에 대한 낯선 상상력임에 분명했다. 공간이란 잘 알려진 익숙한 세계 바깥의 낯선 체험을 형성하는 감각의 창문이자 무대였다. 이러한 공간의 세계감각 속에서 자연과 사회는 연동되고, 동물과 인간은 연속적으로 이행한다. 상호부조의 윤리적 감정은 그런 이질적 관념들을 관통하는 일관성을 통해 작동하며, 근대 학문의 견고한 격벽들을 와해시켜버린다. 상호부조는 인간과 사회가 독점하는 특별한 자질이나 능력이 아니다. 오히려 그것은 자연과 동물, 인간 사이에서 맺어진 연속성과 일관성을 가리키는 이름이자 그 기능이다. 상호부조는 윤리학적 명제인 동시에 자연학적 사실에 속하며, 이런 관점에서 크로포트킨은 상호부조의 윤리를 '본능'과 '진화'의 산물로 바라본다.

상호부조 원리의 두드러진 중요성은 특히 윤리의 영역에서 확실하게 드러난다. 상호부조가 우리들의 윤리 개념에 실질적인 기반이라는 점은 너무나 명확한 듯하다. 상호부조의 감정이나 본능이 처음에 어떻게 해서 나타났든 동물계의 가장 낮은 단계로까지 거슬러 그 자취를 살펴야 한다. 그리고 오늘날까지 인간이 발전하는 모든 발전단계마다 무수한 반작용을 거스르면서 중단없이 발전해 온 진화과정을 이러한 단계들로부터 추적해 볼 수 있다.[30]

거칠게 요약한다면, 크로포트킨에게 진화는 세계라는 거대한 공간, 전 지구적 생태계에서 변전하고 반복되는 코나투스conatus 같은 힘이다. 즉 그것은 관성처럼, 동물에게도 인간에게도, 미개인에게도 문명인에게도, 그 존재자들이 하나의 공간 속에서 존속할 수 있도록 촉진하는 근본 동력에 상당한다. 이 점에서 진화는 선형적인 발달과 비가역성을 통해 규정되었던 근대적 통념과 달리, 항상 차이를 통해 변전하는 반복의 힘이라 불러도 좋겠다. 통속적인 다윈주의와 달리, 크로토프킨의 진화론은 19세기의 역사주의적 가정, 즉 인간과 사회의 영원한 진보를 표방하지 않는다. 예를 들어 헤겔의 역사철학에서 진보가 인간이나 국가와 같은 유일한 주체를 전제하고 지배와 종속을 구조적으로 내포하는 발전이라면, 크로포트킨에게 역사는 그러한 진보를 통해 표상되는 선형적 시간성을 벗어난다. 차라리 크로포트킨에게 역사는 상호부조의 윤리를 바탕 삼아 개별적인 자유의 영역들이 확보되는 공간적 전개에 가깝다.[31] 우리는 그것을 근대와 국가에

• • •

30. 크로포트킨, 『만물은 서로 돕는다』, 347쪽.
31. 이 관점에서 상호부조의 근대사는 국가와 코뮨(촌락공동체) 사이의 투쟁으로 묘사되고 있다. 크로포트킨, 『만물은 서로 돕는다』, 5~8장. 흥미롭게도, 이는 근대 자본주의의 역사를 국가와 도시 사이의 투쟁으로 서술하는 입장과도 연결고리를 갖는다. 맑스도 지적했듯, 근대 국가와 도시는 동일한 역사적 요소가 아니었고, 서로 반목·투쟁하는 관계에 있었다. Gilles Deleuze et Félix Guattari, *Mille Plateaux: Capitalisme et Schizophrénie 2*, Les Éditions de Minuit, 1980, p. 541.

기반한 '제국의 지리학'과는 상이한, '코뮌의 공간학'이라 부를 수 있을 것이다.

3–2. 국가의 역사학 vs. 코뮌의 시간학

신동엽이 단국대 사학과에서 공부했고 역사 교사로 일했다는 사실은 잘 알려져 있다. 물론 직업적 선택과 세계관이 늘 동일할 수는 없다. 하지만 역사에 대한 관심은 그의 시가 보여주는 시간적 스펙트럼 속에 잘 표명되어 있다. 역사적 사건에 대한 그의 묘사가 실제 사실에 충실하든 그렇지 않든, 또는 역사의식적이든 아니든,[32] 시작詩作에 있어 그것은 시간의 상상력에 근거하고 있는 것이다. 이에 따를 때 국가나 지역, 장소의 명칭들은 그것들의 고유성 너머의 일관된 흐름, 즉 시간의 축에 따라 꿰어지고 의미를 부여받는다. 시간이 없다면 개별 공간들의 고유성은 "축대 위의 버섯"들 마냥 자립적이되 무의미하게 소진되고 말 것이다.

> 독일, 원극장에선
> 교향곡 <운명>을 연주하는
> 교향악단원의 손과 귀,
> 베토벤, 그는 1827년에 죽었던가,
> 그 음악은 이조 말의 반도 하늘에도 메아리쳐 오고 있었을까?
>
> 베트남 정글 속에선,
> 불란서 식민지 침략군 맞아 싸우는

• • •

32. 신동엽의 시, 특히 서사시가 고증에 충실한지 아닌지, 역사의식에 충만한 것인지 혹은 결여를 보여주는 것인지는 평자들에 따라 다르다. 가령 『금강』을 두고 벌어진 논쟁을 살펴보라. 김우창, 「신동엽의 『금강』에 대하여」, 『민족시인 신동엽』, 230~231쪽; 서익환, 「신동엽의 시세계와 휴머니즘」, 『민족시인 신동엽』, 498쪽.

원주민의 우렁찬 함성,

일본에선 2백 년의 봉건쇄국주의가
문을 깨치고
미일수호조약을 체결,
기름기 오른 군벌자본가들이
요정에 앉아 공장을
설계하는 날,

경복궁에선
조대비가, 중국 곤륜산서 따온
사슴 사향,
양지바른 대청마루 앉아
천산남로 거쳐온, 중국상인과
흥정하고 있을 때.

1854년,
전봉준은
서해가 보이는 고부 땅
두승산 기슭에서 태어났다.

　　　　　　　　　　　　　　—『금강』, 제12장(164~164)

　시간은 여기서 서로 다른 공간적 지점들을 의미론적 축에 따라 배치하는
힘이다. 하지만 이러한 시간의 흐름은 인과적인 선형성이나 가치론적 위계
에 견인되지 않는다. 그것은 차라리 아나키적 의미생성의 분방함을 따라
발산하며 상이한 공간들을 연결 짓는다. 물론 나열된 공간들의 가치론적

무게가 온전히 똑같지는 않다. 베트남 정글과 군벌자본가들의 요정, 경복궁 대청마루, 두숭산 기슭이 아무런 차이도 없이 그저 공간으로서 평등하지만은 않을 것이다. 『금강』내에서나 여러 시편들에서도 자주 나타는 시간적 좌표들의 병치는 그 의미론적 가치의 경중보다 시간성의 주파走破라는 점에서 우리의 주목을 요구한다. 서로 다른 공간들의 대조와 대립, 양립과 조화, 병렬과 충돌이 자아내는 몽타주 효과는 세계사의 모든 사건들이 그 자체로는 고립되고 단독적인 사건인 듯 여겨져도, 사실은 상호 연관된 사건적 맥락을 형성하고 있음을 표현하고 있다. 보다 구체적으로 말해, 시간적으로 열거되는 사실들facts은 발생적 연쇄를 통해 사건들events의 역사로 구성되는 것이다.

우리들은 하늘을 봤다
1960년 4월
역사를 짓눌던, 검은 구름짱을 찢고
영원의 하늘을 보았다.

잠깐 빛났던,
당신의 얼굴은
우리들의 깊은
가슴이었다

하늘 물 한 아름 떠다,
1919년 우리는
우리 얼굴 닦아놓았다.

1894년쯤엔,

돌에도 나무등걸에도

당신의 얼굴은 전체가 하늘이었다.

— 『금강』(123)

『금강』의 앞머리에 나오는 이 시간적 배치는 후화<2>에서 역순으로
반복되는바,[33] 생활세계의 일상적 사물들을 시간이 관통함으로써 어떻게
의미를 발생시키는지 잘 보여준다. 이때 시간, 연표는 일종의 표제적 사건으
로서, 그 자체로는 무맥락적으로 놓여 있는 사물의 실존을 의미의 연관
속으로 옮겨놓고, 나아가 정치적인 것으로 변환시키는 계기가 된다.[34]

신동엽에게 시간의 상상력은 사건을 의미화하고 정치화하는 동력이다.
이 점에서 그가 표명하는 '역사'를 곧이곧대로 역사적 사실들과 실증적으로
대조해 본다든지, 민족 혹은 민중과 같은 거대담론적인 언표의 맥락에
종속시키는 것은 그다지 생산적이지 않다.[35] 오히려 신동엽에게 역사–시간

• • •

33. 오영진, 「신동엽을 다시 읽는 세 가지 키워드: '세계', '예시적 정치', '놀이'」, 『신동엽,
    융합적 인간을 꿈꾸다』, 60~61쪽.
34. 일상의 사물들은 그 자체로 아무 의미를 갖지 않는다. 가령 봉제틀과 가위, 지우개를
    늘어놓는다고 거기서 어떤 의미가 나타나겠는가? 이 전체상을 의미화하는 것은 하나의
    표제, 하다못해 '무제'라는 표제이다. 이를 통해 사물들은 맥락화되며, 일정의 의미연관에
    소속되고 특정한 함축을 갖게 되는 것이다. 나아가 모든 표제는 중립적인 의미가 아니라
    정치적인 의미를 생성시키는 장치임을 기억해야 한다. 발터 벤야민, 「사진의 작은 역사」,
    『기술복제시대의 예술작품. 사진의 작은 역사 외』, 최성만 옮김, 길, 2009, 195~196쪽.
35. 물론, 이로부터 『금강』이 작품의 역사적 배경이 된 동학농민운동과 무관한 허구적 창작의
    산물이라 말할 수는 없다. 거꾸로 동학운동은 『금강』의 직접적인 역사적 기원으로 분명히
    표지되어 있다. 홍용희, 「'귀수성'과 동학혁명운동의 현재적 가능성」, 『한국시학연구』
    43, 한국시학회, 2015, 339~362쪽. 문제는 동학만이 아니라는 점을 시학적으로 깊이 사유
    해야 한다는 점이다. 조선왕조나 일본제국주의 그리고 군부독재를 잇는 국가권력적 억압
    에 맞서는 아나키적 운동의 표현으로서 『금강』이 창조되었다고 말해야 옳을 것이다.
    작품의 직접적 모티브에는 동학뿐만이 아니라 또 다른 역사적 분기의 사건들이 개입해
    있다. 시인은 이와 같은 사건적 돌발, 아나키의 표현적 출구들을 발견하여 언어적으로
    조형한 것이다. 그러므로 관건은 역사와 사실을 통해서는 가시화되지 않은 아나키적
    잠재력의 흔적들을 짚어내는 데 있다.

은 일상적 사물들의 무의미한 나열을 특정한 방식으로 재배치하여 이전에는 존재하지 않았던 의미론적 맥락으로 전이시키는 것, 다시 말해 아나키적 상태를 아나키적으로 증폭시키는 것이라 보아야 한다. 아나키를 아나키로 증식시킨다는 사실이 핵심이다. 통념대로 아나키를 질서로 환원하는 것이 아니라, 또 다른 아나키로 이행하도록 촉구하고 가속하는 것. 이때 두 번째로 도래하는 아나키는 무엇을 뜻하는가? 여기서 우리는 아나키에 대한 세간의 혼란과 오해, 그리고 더욱 확장된 이해와 조우해야 한다.

크로포트킨은 아나키를 파괴의 허무주의적 폭력과는 정반대로 적극적인 삶의 구성과정이라 생각했다. 그가 윤리적 이상으로 내세운 상호부조는 서로의 평등성을 인정하고, 힘을 모아 연합하며, 생산과 소비를 위해 단결하고, 공동의 방어를 위해 조합을 결성하며, 분쟁의 해결을 위해 중재자를 찾는 등의 능동적인 활동을 전제한다.[36] 이 모든 것들이 동물계로부터 인간 사회까지 연속적으로 나타나는 공—동적共—動的 현상임은 물론이다. '아나키스트' 크로포트킨이 이런 과업에 붙인 이름은, 놀랍게도 '코뮌주의'였다. 말 그대로 그것은 '코뮌'을 만드는 활동을 가리킨다. 우리는 아나키의 본래면목이 해체와 파괴의 부정성에 있는 게 아니라 구성과 형성의 적극성과 능동성에 있음을 깊이 인식해야 한다. 신동엽에게도 사정은 다르지 않다. 그의 시편들이나 서사시에 나타난 농촌 마을의 일상들은 낭만적인 목가나 향수가 아니다. 그 이미지들이 함축하고 있는 새로운 삶과 미래에 대한 전망 및 욕망을 정확히 읽어내야 한다.[37] 이런 점들을 고려할 때 신동엽을 단지 '무정부' 시인이라 호명하는 것은 그러한 코뮌주의적 구성의 시학을 간과하는 우愚를 범하고 만다.

• • •

36. 표트르 크로포트킨, 「아나키의 철학과 이상」, 『아나키즘』, 백용식 옮김, CBNU Press, 2009, 56쪽.
37. 신동엽의 1959년 등단작인 「이야기하는 쟁기꾼의 대지」는 다분히 환상적이고 목가적이며 남성주의적인 이미지들로 넘쳐남에도 불구하고, 국가적 권력의 패악과 그에 대한 저항의 의지, 그리고 대지를 일구어 삶을 생산하려는 의지들로 가득 차 있다.

국가에 의해 통치되지 않는 자유롭고 자발적인 공동체, 그것이 코뮌이다. 20세기 동아시아의 역사에서 이 단어는 '공동으로 일하고 생산한다'는 뜻의 공산주의共産主義라 번역되어 왔으나, 정확한 어의에 따른다면 중세부터 나타난 자율적인 촌락공동체를 가리키는 말이었다.[38] '무엇이든 허락되고 무엇이든 가능하다'는 식으로 이 공동체의 실존을 이상화할 필요는 없다. 어떤 공동체든 하나의 집단이 되기 위해서는 규칙과 질서, 이를 뒷받침하는 여러 사회적 장치들이 필수적이다. 일반적으로 '제도'로 통칭되는 그런 요소들이 소수에 의해 독점되지 않으며, 절대적인 원리가 아니라 상황에 따라 가변적으로 적용될 수 있는 '장치'로 기능할 수 있다면 코뮌은 더 이상 불가능하지 않다. 공—동성, 이는 아나키가 파괴나 해체를 넘어 구성의 동력으로 작용하도록 만들기 위해서 반드시 필요한 실천적 전제이다. 그것은 원리 아닌 원리인바, 원리 바깥에서 원리가 상상되고 실천될 수 있는 것은 만물에 극복 불가능한 위계란 없다는 존재론적 평등성이 주어질 때 가능한 것이다. 이 점에서 아나키적 코뮌이란 공—동체의 지속적인 형성 과정에 다르지 않다.[39] 이론적인 지식이나 규범 없이 이를 통찰하고 언명하는 것이야말로 시적 사유가 갖는 힘 아닐까? 신동엽이 시를 통해 역사를 사유하며 끌어내려 했던 것은, 바로 이러한 망각된 평등의 유토피아였을 듯하다. 시인에게 역사란 대문자로 쓰여진 기록History, Historiography이 아니라 발생하는 사건들histories의 흔적이었을 터.[40] '국가의 역사학'이 아니라 '코뮌(들)의

• • •

38. 크누트 슐츠, 『중세 유럽의 코뮌 운동과 시민의 형성』, 박흥식 옮김, 길, 2013, 22~24쪽. 당연히, 원형적 흔적을 따라가 본다면, 코뮌적 공동생활은 고대사회까지 거슬러 올라갈 수 있다. 또한 서구적 중세만을 코뮌의 원형으로 한정할 필요도 없는데, 개별 촌락들이 각자의 규칙과 방식에 따라 공—동의 삶을 구성하는 모습은 동서고금을 통해 항상 존재해 왔기 때문이다.

39. 공—동성과 공—동체의 이론 및 실천에 대해서는 최진석, 『감응의 정치학: 코뮌주의와 혁명』, 그린비, 2019, 428~429쪽을 참조하라.

40. 사관들에 의해 공식적으로 기술되는 단 하나의 역사기록(Histoire)이 아니라 지리와 역사마다 서로 다르게 전개되는 비공식적인 사건들의 서술인 역사(Geschichte)를 떠올리는 게

시간학'이 그것이다.

> 지주도 없었고
> 관리도, 은행주도,
> 특권층도 없었었다.
>
> 반도는,
> 평등한 노동과 평등한 분배,
> 능력에 따라 일하고
> 필요에 따라 분배,
> 그 위에 백성들의
> 축제가 자라났다. […]
>
> 반도는
> 평화한 두레와 평등한 분배의
> 무정부 마을
> 능력에 따라 일하고
> 필요에 따라 분배,
> 그 위에 청춘들의
> 축제가 자라났다.
> 우리들에게도 생활의 시대는 있었다.
>
> —『금강』, 6장(137~138)

한 가지 눈에 띄는 대목을 언급하자. 바로 '능력에 따라 일하고 / 필요에

• • •

적합하다. 발생하는 사태로서의 역사에 관해서는 마르틴 하이데거, 『존재와 시간』, 이기상 옮김, 까치, 1998, 512쪽 이하.

따라 분배'한다는 무정부 마을의 원칙이 그것이다. 이는 사실 공평하게 일하고 공평하게 나눈다는 사회주의의 원칙에 대해 맑스가 도래할 코뮌주의 (공산주의) 사회의 원칙으로서 제시했던 원리다.[41] 무조건적으로 n분의 1로 나누는 게 아니라, 필요한 자에게 필요한 만큼 분배하는 것은 사회적 약자를 배려하고 도와줌으로써 공동체에서 낙오하는 자가 없게 만들기 위한 상호부조의 대원칙이다. 크로포트킨과 신동엽, 그리고 맑스의 회합을 여기서 간취한다면 지나친 것일까? '각인의 자유와 발전이 만인의 자유와 발전의 발판이 되는' 아나르코-코뮌주의의 토대를 이 세 사람이 은연중에 공유했다고 말해도 심히 과장되진 않으리라. 그들은 각자의 방식으로 사유하고 글쓰기를 수행했지만, 또한 아나키의 공-동적 힘을 선명히 남겨놓았기에 지금 우리의 사유를 여전히 촉발하고 있지 않은가?

4. 예시적 정치, 또는 아나르코-코뮤니스트의 시-윤리

역사적으로 볼 때, 아나키를 무질서와 혼란, 폭력이 난무하는 카오스로 간주하는 것은 주로 아나키즘의 적대자들이 만들어낸 이미지다. 실제로 바쿠닌이라든지, 러시아의 인민주의자들의 경우 폭탄테러와 암살 등을 통해 일거에 혁명적 전환을 이루려는 시도를 감행했던 탓이다. 일련의 폭력주의적 전복의 이미지 탓에 동아시아에서 아나키즘이 처음 소개되었을 때, 그것은 무정부주의無政府主義라는 식으로 옮겨져 국가를 벗어난 상상력에 익숙지 않던 대중들의 불안을 자아내기도 했다. 국가의 강권과 수탈에 지칠 대로 지쳐 있으면서도 국가의 '보호'를 떠나서는 삶의 어떠한 가능성조차 타진할 수 없던 민초들에게 국가는 필요악으로 여겨졌고, 국가를 타파하

• • •

41. 칼 맑스·프리드리히 엥겔스, 「고타 강령 초안 비판」, 『맑스 엥겔스 저작선집 4』, 최인호 외 옮김, 박종철출판사, 2003, 373~378쪽.

자는 사상은 그 자체로 또 다른 의심과 거부의 대상이 되었던 것이다. 하지만 진정한 문제는 아나키적 부정성이 만들어내는 카오스와 더불어 그 구성적 힘을 동시에 따져보는 데 있을 것이다. 이는 당연히, 국가처럼 거대 권력이 야기하는 혼란과 영구적 파괴의 결과를 동시에 셈해보는 작업과도 관련되어 있다.

> [15~18세기 동안 − 인용자] 촌락공동체는 자신들의 민회나 법정 그리고 독립적인 경영권을 빼앗겼고 토지는 몰수되었다. 길드는 자신들의 소유물과 자유를 강탈당하였으며, 변덕스럽고 탐욕스러운 국가 관리들에게 희생되었다. 도시는 주권을 빼앗겼고, 도시 내부의 삶의 원천 ─ 민회, 선출된 판사와 관리, 독립적인 교구와 길드 ─ 은 제거되었다. 이전에 유기적으로 연결되어 있던 모든 고리들을 국가의 공권력이 장악하게 되었다. 국가가 만들어낸 치명적인 정책과 전쟁 탓으로 과거에는 인구도 많고 풍요롭던 지역들이 하나같이 헐벗게 되었다.[42]

근대 국가주의가 절정에 달했던 19세기 한반도의 현실에서 신동엽이 시화詩化하고 있는 혼돈과 피폐는 더욱 처절하게 느껴진다.

> 반도는,
> 가는 곳마다
> 가뭄과 굶주림,
> 땅이 갈라지고 서당이 금갔다.
> 하늘과 땅을
> 후비는 흙먼지. […]

• • •

42. 크로포트킨, 『만물은 서로 돕는다』, 270~271쪽.

세금,

이불채 부엌세간 초가집

다 팔아도 감당할 수 없는

세미, 군포,

마을 사람들은 지리산 속 들어가

화전민 됐지.

관리들은 버릇처럼 또

도망간 사람들 몫까지

이징里徵, 족징族徵했다.

―『금강』, 1장(124~125)

   아나키스트들은 권력 자체를 부정하지 않았다. 어쩌면 권력은 사람들이 모여 살고 자연과 친화하며 살아가는 데 필요한 공동의 역량을 끌어모을 때 나타나는 현상의 하나일 것이다. 문제는 권력이 강권화되는 것, 특정한 소수를 위해 집중되고 폭력적으로 전유되어 권력을 갖지 않은 다수에게 강제적으로 사용될 때 생겨난다. 그처럼 독점되고 사유화된 권력의 근대적 장치의 표상이 바로 국가다. 크로포트킨을 비롯한 아나키스트들은 국가가 행사하는 권력이야말로 무질서의 진정한 원천이라 간주했다. 겉으로는 질서와 평화를 표방하고 있지만, 실상 국가가 인정하고 제공하는 질서와 평화만이 허용되며, 그 이외의 다른 질서나 평화는 모두 잠재적인 적대의 대상 곧 '무질서'로 부정되는 까닭이다. 이러니 국가의 권력이야말로 가장 무서운 무질서이자 재난의 원천이 아니면 무엇이란 말인가? 그러나 반복하건대 아나키의 경향은 파괴나 허무주의를 무작정 노정하지 않는다. 우리가 신동엽과 크로포트킨의 시학과 윤리학을 통해 세심히 들여다보아야 하는 이유는 '폐허 이후를 구성하는 사유의 힘' 때문이다.

　그런 의미에서 국가 권력을 와해시키는 아나키의 힘은, '소문처럼' 세상을 지옥으로 몰아넣는 파괴가 아니라 자연적인 삶의 질서를 회복하는 진정한 행위에 비견될 수 있다. 아나키는 실상 '가장 높은 질서에 대한 표현'이라는 의미이다.[43] 크로포트킨의 경우 자연과 인간이 모두 포함되는 전 지구적 생태계가 '가장 높은 질서'의 표현이었고, 신동엽에게는 지금–여기의 민중적 공동체가 그것이었다고 할 만하다. 바꿔 말해, 건설을 약속하지 않는 파괴나 구성을 수반하지 않는 해체는 단연코 아나키라고 부를 수 없다. 방어적 폭력을 위시하여 근본적으로 폭력이 경유될 수밖에 없는 상황을 완전히 부정하진 않았던 크로포트킨이나,[44] 생경할 정도의 처벌적 테러를 시편들에 빈번히 삽입했던 신동엽을 이해하기 위해서는 이처럼 아나키에 내재한 삶의 구성적 원리를 먼저 파악해야만 한다.

　　여보세요 아사녀阿斯女. 당신이나 나나 사랑할 수 있는 길은 가차운데 가리워져 있었어요.

　　말해 볼까요. 걷어치우는 거야요. 우리들의 포등 흰 알살을 덮은 두드러기며 딱지며 면사포며 낙지발들을 면도질해 버리는 거야요. 땅을 갈라놓고 색칠하고 있는 건 전혀 그 흡반족들뿐의 탓이에요. 면도질해 버리는 거야요. 하고 제주에서 두만豆滿까질 땅과 백성의 웃음으로 채워버리면 되요.

　　　　　　　　　　　　　　　　　　　　── 「주린 땅의 지도원리」(46)

　　9십9의 인민을

• • •

43. 프레포지에, 『아나키즘의 역사』, 89쪽.
44. 중세와 근대의 코뮌들은 왕정과 국가에 대한 무장투쟁을 통해 자율적 생존권을 수호해 왔다. 흔히 폭력과 테러로 각인된 19세기 아나키스트들의 활동에 대해서도 이런 관점에서 재고해 볼 만하다. 크로포트킨은 폭력에 대한 신뢰를 점점 잃어갔지만 완전히 거부하지는 않았다. 폴 애브리치, 『아나키스트의 초상』, 119쪽 이하.

구제하기 위하여

1의 악은 제거돼야 할 줄 아오

좌시하면 9십9가 4십되고

4십이 십5가 되어

어느덧 우리의 자리는

악과 어둠의 세력에 의해 지워져 버리오 […]

전쟁을 넘어서서

사회혁명으로 이끌자는

말씀이었습니다.

　　　　　　　　　　　　　　　—『금강』, 제16장(204~205)

　　사회혁명이라는 전면적 탈주를 지향하는 한, 폭력과 처벌적 테러는 아나
키의 한 국면으로 작동할 수 있다.[45] 신동엽이 역사를 자꾸만 호명하는
까닭은 소재적 차원에서 그런 것만은 아닐 듯하다. 오히려 폭력을 통해
어긋난 시간의 질서를 되돌리고, 처벌적 테러로써 역전된 시간을 바로잡는
행위가 역사에 존재해 왔음을 보여주려는 의도가 아니었을까? 혹은, 실제
역사가 그러한 자연성(인간성) 복귀의 서사를 '실증'하지 못한다고 해도
상관없을지 모른다. 거시적 관점에서 역사를 바라보는 것은 자칫 승자의
논리에 편승할 위험이 있을뿐더러, 살아보지 못한 현실을 환각적으로 전유
하는 착각에 빠질 수도 있는 탓이다. 그럼에도 후자의 방식이 전혀 무익하지
만은 않은데, 현재 실현되어 있지는 않으나 어쩌면 '가능한' 해방된 시간을
미리 연출하고 살아봄으로써 잠재성을 현실성으로 견인하는 원동력이 될

・・・

45. 크로포트킨, 『현대 과학과 아나키즘』, 24쪽.

수도 있기 때문이다. 예시적 정치prefigurative politics는 바로 그렇게, 현실화되지 않은 가능성의 힘을 지금-여기로 끌어옴으로써 인과적 시간성의 연결고리를 끊고 새로운 현실을 창안하는 방법론적 실천을 가리킨다. 그것은 코뮨의 시간학과 공간학이 마주쳐 만들어내는 모험의 순간으로서, 꽉 막힌 일상을 건너뛰는 시적 체험에 비견할 만한 사건이라 할 수 있다.[46] 그런 의미에서 신동엽의 거칠고 다듬어지지 않은 시적 언표들을 다시 음미해 볼 이유는 충분하다.[47] 포악하고 피폐한 현실을 사실주의적으로 재현하는 것만이 아니라 이를 통해 새롭게 열리는 현실을 미리 그려보는 것, 또는 촉구하는 것으로서의 시. 현존하는 현실을 이반하고 낯설게 변형시켜 현실에 되돌려주는 문학. 일견 '폭력적'으로 비치기조차 하는 이런 행위는, 말 그대로 아나키의 시적 실천에 더욱 근접해 있다.

하지만 아나키의 시를 자기 목적적으로 정향된 위반과 폭력의 시학으로만 규정지을 수는 없다. 그럴 경우, 우리는 아나키를 또 다른 의미에서 근대적 자기 정당화의 일환으로 이해할 소지가 있는 탓이다. 이 점에서 폭력에 관한 크로포트킨의 표명을 보충적으로 삽입할 필요가 생겨난다. 근대 아나키즘의 역사를 국가에 대항하는 사회,[48] 즉 코뮨들(촌락공동체와 도시)의 저항의 역사로 간주하는 크로포트킨은 힘 자체를 거부하지 않는다. 다만 어떤 힘이든, 그것이 일종의 강권 즉 폭력적 행사가 될 때, 거기에는 제거할 수 없는 필수적인 전제가 수반되어야 한다는 것이다.

• • •

46. 예시적 정치와 예술적 실천, 현실 변혁과 해방의 관계에 대해서는 최진석, 『감응의 정치학』, 제9장을 참고하라.

47. 대개 신동엽 시어의 '거칠음'은 일종의 저항의 미학이란 차원에서 용인되어 왔지만, 보다 적극적인 관점에서 해석될 필요가 있다. 성민엽, 「민중적 자기긍정의 시 — 신동엽의 시세계」, 『민족시인 신동엽』, 197쪽.

48. 아나키스트 인류학자 클라스트르에 따르면, 중심화하고 위계화하는 권력으로서의 국가와 그에 대항하는 탈중심적이고 평등주의적 반권력의 사회는 인류사 전체를 관통하는 양가적 힘이다. 피에르 클라스트르, 『국가에 대항하는 사회』, 홍성흡 옮김, 이학사, 2005, 제11장.

그렇다. 물론 우리는 힘에 의존할 권리를 갖는다. 왜냐하면 이 경우, 전혀 해를 끼치지 않은 통킹 시나 줄루족을 우리가 공격한다면, 독사를 죽이듯이 우리를 죽이기를 우리 자신이 요구하고 있기 때문이다. 즉 "우리가 언젠가 공격자의 편에 서게 된다면 우리를 죽여라"라고 우리는 자식들에게, 동료들에게 말한다. 우리가 언젠가 자신의 원칙을 배반하고, 동포를 착취하기 위해 상속권을 갖는다면 그것이 하늘에서 떨어진 것이라 해도 그것은 우리 자신들을 착취하라고 요구하는 것이다.[49]

함의는 간단하다. 자기비판이 전제되지 않는 폭력은 허용될 수 없다는 것. 상호성은 아나키의 윤리로서 제거 불가능하다. 좋든 나쁘든 힘의 행사는 '밖'을 향하는 것만큼이나 '안'을 향한다. 이는 자연학적 이치이기도 하다. 아나키의 시는 아나키의 윤리에 의해 보충될 뿐만 아니라 전제되어야 한다. 그렇다면 거꾸로 말해도 틀리지 않으리라. 아나키의 윤리적 명제는 현실적이고 가능한 힘의 논리에 의해 보충되지 않는다면 아무 소용이 없다. 중세와 근대의 코뮌들이 국가의 섬멸전에 대항해 방어적 투쟁을 벌인 것은 몰역사적인 무익한 저항이 아니었다. 따라서 아나키의 윤리는 아나키의 시에 의해 보충되는 동시에 전제될 필요가 있다. 데리다 식으로 말하면 아나키의 시와 윤리는 대리보충적이다. 이론적인 의미에서만이 아니라 실천적인 차원에서 아나키의 시와 윤리는 항상 서로를 '초월론적으로' 동반한다.

이런 사유를 아나키의 시—윤리poetico-ethica라 불러도 좋으리라. 크로포트킨의 아나키즘과 신동엽의 아나키즘은 같으면서도 다르다. 지금까지의 논의를 종합해 볼 때, 어쩌면 우리는 그들의 차이에 대해 더 많이 알게 되었을 수도 있다. 그러나 이러한 '다름'이야말로 그들 각각의 아나키적

• • •
49. 표트르 크로포트킨, 「아나키즘의 도덕적 기초」, 『아나키즘』, 214~215쪽.

분기들을 '동시에' 생각하고 '더불어' 묶어볼 만한 여지를 제공해 준다. 아나키적 힘의 분기들이 다시 섞이고 모여들 때, 우리는 아나키들의 코뮌주의에 대해 말할 수 있을 것이다. 맑스의 주장대로, "각인의 자유로운 발전이 만인의 자유로운 발전의 조건이 되는 하나의 연합체"[50]로서 코뮌주의의 '각자'는 바로 (자기의 자리에서 공–동의 상호부조를 창출하는) 아나키스트들이 아닐 수 없기에. 이처럼 크로포트킨과 신동엽은 아나키스트인 동시에 코뮤니스트로 불릴 만하지 않은가? 그들의 시와 윤리는 공–동의 실천 속에서만 이 같은 명명의 이유를 얻을 것이다.

5. 어떻게 아나키에 응답할 것인가?

아나키즘을 일관된 정치·사회사상으로 자리매김하려는 많은 시도들에도 불구하고, 우리는 역사적으로 존속했던 수많은 아나키적 흐름들을 목도하며 그것들이 한 가지의 원리로 환원될 수 없는 차이 속에 명멸했음을 확인한다. 따라서 크로포트킨이나 신동엽의 사유를 하나의 원리 속에 집대성하거나, 결정적으로 확정 짓는 것은 불가능할 뿐만 아니라 어리석다. 크로포트킨의 최후 저술이 『윤리학』이고 신동엽에게는 「시론」이었다는 점은, 유기체로서 그들의 생명이 다하는 시점에 당도했던 정거장의 이름이 '윤리학'과 '시론'이었다는 사실만을 보여줄 따름이다. 아나키는 아직 종착하지 않았으며, 그 궁극적인 목적지는 영원히 결정될 수 없다. 차라리 우리는 그 같은 아나키적 영원회귀가 산출하는 효과가 무엇인지 제대로 물어야 한다.

크로포트킨과 신동엽. 아나키적 운동의 두 사례에서 산출되는 효과는

• • •

50. 칼 맑스·프리드리히 엥겔스, 「공산주의당 선언」, 『맑스엥겔스 저작선집 1』, 최인호 외 옮김, 박종철출판사, 1991, 421쪽.

간단하지만 급진적이다. 아나키는 세계사를 주파하며 '낯설게' 서사화함으로써, 현재의 시공간적 경계선을 허물어뜨리고 '새롭게' 구성하는 힘이다. 당연하지만, 새롭게 구성되는 세계가 항상 이 세계보다 더 나으리란 보장은 없다. 더 정확히 말해, 다시 구성된 세계의 낯설음이야말로 새로움을 규정짓는 열쇠일 뿐, 그렇게 도래할 세계의 주체가 누구일지는 아무도 모른다. 인간과 비인간, 자연과 사회의 연속성을 존재론적으로 수용하는 아나키의 운동은 어느 한쪽을 선험적으로 편애하지 않는 까닭이다. 다시 묻건대, 아나키란 무엇인가? 그것은 인과적으로 규정된 시공의 현재를 탈선시키고 그 좌표를 탈구시킴으로써 '다른' 세계가 도래하도록 촉구하는 힘이다. 예시적 정치란 그러한 탈주의 경로를 견인하는 촉발제요, 사건의 기폭제를 뜻한다. 아나키의 윤리학과 시학, 혹은 아나르코-코뮤니스트의 실천은 바로 여기서 그 진의가 드러나는데, 크로포트킨이 열망하던 상호부조의 공동체나 신동엽이 노래했던 민주주의적인 무정부마을은 그들이 섰던 역사적 자리에서 그들이 전망했던 아나키적 삶의 구성적 형상이었기 때문이다.

> 민주주의의 본뜻은 무정부주의다. 인민에 의한, 인민을 위한, 인민의 정부, 이것은 사실상 정부가 따로 존재하지 않는다는 것을 뜻한다. 인민만이 있는 것이다. 인민만이 세계의 주인인 것이다.[51]

크로포트킨과 신동엽이 사망한 지 거의 100년과 50년이 채워져 간다. 학술서적과 논문만을 두고 따진다면, 확실히 그들의 사상과 실천은 수많은 자료와 해석 속에 이미 역사화되었다. 하지만 근대 사회사상사의 한 대목으로서 아나키즘은 단지 문헌의 증명만을 넘어서 현재까지도 지속적인 사회운동으로 남아 있다. 관건은 아나키즘이라는 준-제도적 운동이 아니라 해체와

•••
51. 송기원 편, 『젊은 시인의 사랑. 신동엽 미발표 산문집』, 실천문학사, 1988, 165쪽.

구성을 지속하는 아나키의 본원적 힘이 여전히 작동하는가에 있다.

아나키의 근본성은 논리적인 증명이 아니라 공–동적共–動的 활동을 통해 발견되어야 한다. 아나키에 대한 응답은 오직 아나키로써만 가능하다는 뜻이다. 온갖 연구논문 속에서 크로포트킨의 상호부조나 신동엽의 전경인적 공동체를 읽는 것은, 분명 삶의 과제로서 공–동의 관계를 구성하는 것과 다르다. 국민국가의 자장 속에서 근대인으로 살았던 크로포트킨과 신동엽에게 아나키즘은 필시 그들 시대의 사상적 문턱 위에서 표상되었을 것이다. 이 점에서 그들의 한계를 짚어내는 일은 어렵지 않다. 다만, 그것을 우리의 현재 속에서 현행화하기 위해서는 그들이 못 보았던 그들 자신의 사상적 첨점을 발견하고, 그 위에서 사건을 점화시켜야 한다. 그들이 남긴 문자를 이탈시켜 거리로, 광장으로 나아가게 할 것. 사람들에게 낯선 감응을 일으켜 반문하게 만들고 스스로 응답하도록 촉발할 것. 아나키의 시학과 윤리학이 사건이 되는 지점은 크로포트킨과 신동엽을 넘어서 사유하기 시작하는 바로 지금부터일 것이다.

제3부

감응하는 시와 미—래

시간을 지각하는 시작—기계(들)

2016년 가을의 시편들

1. 미래와 미—래

요령부득의 시절이다. 2008년 '그들'이 '잃어버린 십 년'을 되찾겠다고 으름장을 놓았을 때만 해도 이미 시대는 거스를 수 없는 흐름 위에 올라타 있고, 조금 속도가 느릿해질지라도 전체적으로 더 나쁜 방향으로 가지는 않으리란 낙관이 있었다. 하지만 그로부터 거의 10년이 다 채워져 가는 지금, 두 번의 권력이 바뀐 현재, 우리는 더 이상 나빠질 수 없는, 혹은 영구히 나쁜 방향으로만 추락하는 시간의 역진逆進을 마주하는 듯하다. 이전에 우리는 '역사'라고 부르는 거대한 시간의 진행을 앞질러 간다고, 감히 선도先導한다고 자부한 적이 있었다. 헤겔의 말을 빌린다면 '어쨌거나' 세상은 조금씩 향상되는 길로, 진보의 도정에 올라서 있지 않느냐는 자위自慰의 마음이 거기 있었다. 하지만 지금은 황망하게 후퇴하는 시간의 퇴행에 목덜미를 붙들려 질질 끌려가는 형국이다. 두 발 단단히 디딜 만하던 이 땅의 지반 자체가 어쩌면 서서히 내려앉는 늪이었을지 모른다. 아니, 저도 모르게 가라앉는 우리 자신이 본래 허깨비였을 수도 있다.

정치학자라면 정치의 구조에, 사회학자라면 사회의 근거에 초점을 맞출 것이다. 그래야 부실한 사회의 현실을 낱낱이 검토하고 정치의 정상적인 운영을 위한 해법을 제안할 수 있을 테니. 철학자라면 아마 폭주하는 언어의 기류를 훑어 시대를 진단하고 포착하는 개념들을 길어낼 것이다. 그래야만 '미네르바의 부엉이'가 되어 한 시대의 마감을 짚어내고, 그 시대상을 명료한 담론의 형태로 제시할 테니까. 역사가라면 무엇보다도 기록할 것이로되, 이 시절의 난맥亂脈으로부터 후대의 기억에 중요하게 남겨질 것은 무엇인지, 그렇지 않은 것은 또 무엇인지 판단해야 할 터이다. 그렇다면 문학은 무엇을 할까? 여타의 사회과학들, 혹은 철학이나 역사와 같은 인접 학문들과 달리, 문학은 실천적 해법을 내리는 데 직접 투여되지 않는다. 달리 말해, 문학은 처방의 책무를 지지 않는다. 창조를 업으로 삼는 창작의 영역일수록 이러한 사정은 더욱 고집스레 지켜진다. 문학은 시대의 불확실성과 퇴행을 저지할 실질적인 방안을 내리지 않으며, 원칙과 규범을 만들어 제시하지도 않는다. 말의 분란紛亂과 감각의 혼돈이 뒤섞인 시대의 요동 가운데 문학이 오직 매달리는 일은 지금-여기서 흐르고 있는 시간을 지각하고 언어 속에 새겨 넣는 일이다. 미리 설정된 여하한의 목적도 추종하지 않으면서.

전망perspective이라는 원거리 조준경이 부착된 소설과 달리, 시가 겨냥하는 대상은 공간적 원경遠景이 아니다. 시의 초점은 원격거리의 눈금으로 측량되는 가시적인 공간을 넘어서 비가시적 거리로서만 펼쳐지는 원-경願-景, 그 욕망의 시공을 더듬는다. 현재를 자연스레 연장해 도달하는 인과성의 미래는 시적 욕망의 대상일 수 없다. 그러한 미래를 타진하고 예측하는 데는 정치학과 사회학, 철학이나 역사학이 더 능숙할 것이다. 미래에 관한 아무런 정해진 내용도 없이, 지금-여기의 컴컴한 밑바닥을 손끝으로 애써 감촉하며 지각하는 행위만이 시를 가동시킨다. 아직 언어적 질감을 획득하지 못한 현실의 질료들, 감각의 부스러기들, 말의 파편들, 미규정된 감각의 온도만이 지각의 체에 담겨진 채, 시인의 펜 끝에 엉성하게 그러모아진다. 시인은 그것이 무엇인지 정확히 알지 못하리라. 왜냐면 그가 엮어낸 시간의 상은 미래가 아니라 미−래에 속한 예감의 차원에 있기 때문이다. 미−래, 도래할 시간으로서 그것은 계산되지 않으며, 전망의 사정권에 들어오지 않는다. 불현듯 시인의 감각기관에 낚여 언어의 불투명한 형식으로 가공될 따름이다. 시인의 업이란 시간을 지각하는 것이며, 지각된 시간을 시의 기계 위에 올려두는 일이 된다. 그렇다면, 펜촉이 그려내는 형상은 기실 시인의 것이라기보다 시작詩作−기계가 남긴 흔적이라 말해도 좋을까.

시를 읽는 것은 무엇인가? 다만 감탄과 경탄 속에, 이해가 미치지 못하는 놀라움과 즐거움 속에 시구들을 읽어 나쁠 것은 없다. 학문이 가르쳐주지 못한 인식의 실마리를 시적 상상력에서 건져내는 일 또한 좋을 것이다. 하지만 우리를 한갓된 희로애락의 격랑에 빠뜨리지 않으면서도 시가 발휘하는 위력이 있다면, 그것은 지금−여기의 난맥과 혼돈 가운데 미−래를 예기하는 감각의 현장을 목격하도록 만드는 일이 될 것이다. 자신이 써놓은 기호의 정체가 무엇인지 어리둥절해 하는 시인의 곤혹 속에서 시작−기계가 끄집어 낸 희미한 미−래의 형상들. 2016년 가을에 던져진 이 지각의 그물에는 어떤 시구들이 걸려 있는지 읽어본다.

2. 너머에는 무엇이

창밖의 비를 좋아하지만 비에 젖는 건 조금도 좋아하지 않는 너에게

해주려고 한 얘기가 있어

선유도에서 만나자 선유도에는

오만 색으로 어지러운 화원이 있으니까

녹음된 빗소리를 들으며 비로소 안정을 찾는 너에게

어울린다 믿는 풍경이 있어

(……)

너는 가을옷이 필요하구나 나는 봄옷을 생각하면서
양화대교를 건너고 있어

선유도에서는 볼 수 있을 거야 차마 겉으로는 구분되지 않는 계절

나의 9월은 너의 3월
　　　　　　　― 구현우, 「선유도」 부분, 『문학과사회』, 2016년 가을호

　섬은 현실과 단절된 미지의 세계, 흔히 구원과 지복의 낙토로 표상된다. 소통이 좌절되고 만남마다 엇갈리는 이 세계에서 유일하게 희구할 만한 시공간은 그리 멀리 있지 않은 듯하다. 육안에 포착되고 버스가 오가는 강 한가운데 놓인 섬, 어떻게든 손에 닿을 듯 가깝게 호명되는 섬, 저 선유도에 있다. 그렇지만 가야할 곳, 가고 싶은 욕망의 대상으로서 선유도는 직관적인 현실의 장소를 가리키지 않는다. 그곳은 '비를 좋아하지만 비에 젖는 건 조금도 좋아하지 않는' 안온한 태도로는 결코 도달할 수 없는, 선형적 인과의 연결이 끊어진 장소다. 고유명사를 넘어 일반명사로, 다시 특이성의 이름으로 명명되는 선유도 그러니 지금―여기를 벗어나 완전한 결합과 소통, 지극한 행복마저 꿈꾸는 사람이라면 누구나 선유도를 욕망할

밖에.

하지만 욕망의 대상을 바라보는 모두의 마음이 똑같지는 않다. '가을옷'을 필요로 하는 '너'와 달리 '나'는 '봄옷'을 생각하고 있으며, 외적으로는 구별되지 않는 계절 속에서 나와 너의 '계절'은 각기 다르다. 심지어 그 욕망마저도 진짜인지 의구심마저 드는 형편이다. "창밖의 비"를 좋아한다는 너는 고작 '녹음된 빗소리'에도 안정을 되찾는 안일한 욕망의 소유자일지 모르니까. 심지어 네가 자주 입는 "꽃무늬 원피스"의 꽃 중에는 "네가 그토록 역겨워하는 향기를 품은 꽃"도 섞여 있다. 한 마디로 네 욕망의 대상에 관해 너는 아는 것이 없다. 네가 모르는 것을 말해줄 수 있는 것은 차라리 나다. 이런 우리가 과연 저 선유도에 가 닿기만 하면 행복하게 소통하고 결합할 수 있을까? 너와 나 사이의 불행한 결렬이란, 어쩌면 나와 나 사이에 혹은 너와 너 사이에 영구히 메워질 수 없는 자기분열의 징후 같은 게 아닐까? 그래서 선유도란, '신선이 노니는 섬[仙遊島]'이란 말 그대로 환각적인 '풍경'에 지나지 않는다. 차라리 거기에는 '욕망이 흐르는 길[慾流道]'만이 있다. 그렇기에 우리는 그곳에 가기 위해 "들뜬 채로 한강을 지나가다가"도,

아주
서서히

선유도로 가는 길에 모두 잃어버리고 마는 거야

— 구현우, 「선유도」 부분

'잃어버리고 마는'" 것은 무엇인가? 욕망의 대상인가, 또는 욕망 자체인가? 선유도는 그 존재를 알 수 없는 동시에 바랄 수조차 없는 가상의 풍경에 불과할지 모른다. 소망이 쉽사리 만족되지 않을 때, 그 충족의 불가능성에

부딪힐 때 우리는 무엇을 해야 할까? 불안은 우리가 미지 앞에 던져져 있음을 고지하는 증상의 하나다. 정치나 사회, 철학 혹은 역사, 어느 것도 아닌 문학은, 곧 시는 불안 자체를 어루만지고 감촉하지 않으면 안 될 운명을 (작)업으로 삼는다. 그것은 시작-기계가 몰래 접속하는 일상 너머에 대한 지각, 비일상의 감각을 발동시키는 일이다.

> 병 속에 눈이 내린다 죽은 시계와 함께 그가 거칠게 술을 마신다 눈보라
> 속으로 그가 비틀거리며 사라진다 취한 병의 표면에 물방울이 맺힌다 시간
> 밖으로 술이 흐른다 테이블이 천천히 젖는다 병이 안팎으로 흔들린다 테이블
> 이 완전히 젖는다 산산조각이 난 채 그가 테이블을 덮는다 눈이 그를 덮는다
> 눈이 그를 어디론가 데려간다
> — 최호빈, 「돌연히」 부분, 『21세기문학』, 2016년 가을호

일상의 계기판으로는 예측도 판단도 할 수 없는 시간. 지적 인식의 범주에서 빠져나와 날것 자체로 주어진 지금-여기를 마주하는 시인에게 시공간은 유리병에 맺힌 물방울을 통해 보이는 광경처럼 비틀어지고 왜곡되어 나타난다. 난맥과 혼돈의 불투명한 감각. 하지만 그런 뒤틀림이야말로 시간과 공간의 인과를 깨뜨리고 다른 세계를 향한 지각의 촉수를 일으켜 세우는 첫 번째 과정이 아닐 수 없다. 그렇게 이 세계가 '산산조각'나지 않는다면, 다른 세계를 향한 욕망도 생겨나지 못할 것이다. 시인은 더 이상 그 자리에 머물 수 없다. 넘어서야 하고, 타 넘어가야 한다. "세상 밖으로", '병'과 '테이블'이 구별 없이 젖어 드는 "어딘가로" 내몰려야 한다. 그런데 그곳에선,

> 고기를 썰고
> 야채를 다듬는다
> 그리고 영영 다듬지도 썰지도 못할 것을

검은 봉지에 담는다

제 그림자보다 작아질 때까지
검은 봉지가
천천히 움츠러든다

— 최호빈, 「돌연히」 부분

　시인이 도달한 곳은 뜻밖에도 일상의 한 장소, 어느 주방인 듯하다. 선유도와 같은 초월적 비경이 아니라 일상의 밑바닥, 바로 '먹고사니즘'의 현장으로서 부엌이 시를 위한 창조의 시공간이다. 여기서 할 일이란 저 낭만주의 시대의 시인들처럼 무사musa의 영감을 기다리는 게 아니라 음식을 만들고 식사를 차리는 것. 그런데 이 일상의 풍경은 어딘지 불안하다. 요리를 만들기 위해 버려지는 것들, 다듬거나 썰 필요가 없는 것들을 담은 '검은 봉지'가 시인을 응시하기 때문이다. 생활의 범상한 규준에 비추어볼 때 버려지는 것, '쓰레기'란 존재하지 않는 것, 욕망의 외부에 속하는 것이다. 하지만 지금 여기서는 그 비존재의 응시가 시를 끌어내는 동력이 되고 있다. 홀바인의 왜상anamorphosis을 떠올려도 괜찮을까. 그것이야말로 투명하게 비치는 일상에 '돌연히' 솟아오르는 검은 밑바닥, 불가해한 미−래의 얼굴은 아닐는지. 이렇게 '검은 봉지'에 반응하고 심지어 '내통'까지 하는 것이 바로 시작−기계다.

　　맑은 물에 비친 얼굴이 순식간에 밑바닥에 닿는다

— 최호빈, 「돌연히」 부분

　'il y a', 그러니까 '무엇인가 그저 있다.' '불면의 밤'과 같이 온통 지각할 수 없는 지금−여기에 어떤 것이 있다. 흡사 무無와 같은 지각 불가능한 시공 가운데서 불가능한 것으로서 '무엇인가 있다.'[1] 레비나스는 이러한 불투명의 감각, 역설을 통해서만 드러나는 '있음'의 지각을 타자가 등장하기 위한 조건이라 언명했다. '지각하는-나' 이전에 필연코 선행하지 않을 수 없는 타자로서의 이 세계, 또는 '그저-무엇이-있음'의 현상. 이는 투명한 의식의 개념으로는 해명되지 않는 무의식적 지각, 시작-기계의 대상이기도 할 터. 이 '있음'의 지각을 온전히 수용하기 위한 기계도 이로부터 나타나게 된다.

> 제대로인 것이 하나도 없지만
> 빈틈없이 나는 하나로 뭉쳐져 있다
>
> 온몸을 꼼꼼히 만져보는 것이 이번 생의 몫이다
> — 최호빈, 「돌연히」 부분

일상적 감각을 벗어난 시인, 곧 시작-기계가 난맥과 혼돈의 지금-여기에서 감지한 최초의 대상은 자기 자신, '나'이다. 당연하게도, 이 같은 '나'의 발견은 이전의 세계("병")를 깨뜨리고, 불안하게 "움츠러"드는 "검은 봉지"를 앞에 두고서 이루어지는 징후적 사태에 가깝다. 현실을 넘어서려는 최초의 시도는 이제야 비로소 시작되었다고 말할 수 있을 법하다. 그것은 정신적 반성이 아니라 자신의 몸을 '꼼꼼히 만져보는' 시도에서 비롯하며, 이를 '이번 생의 몫'으로서 충실히 지속해 갈 때 시가 만들어진다. 시작-기계를 시간을 지각하고 매만지는 '시-작時作하는-기계'라 불러도 좋은 이유가 여기 있을 터. 그러나 철학적 사변으로 이 작업을 채워둘 필요는 없다. 시는 사유의 추상을 실감의 지각으로 바꾸어내는 작업이 아닌가.

...

1. Immanuel Levinas, *De l'existence à l'existant*, J. Vrin, 1990, pp. 139~140.

3. 표층의 위험과 폐색

물의 표층을 헤엄치는 일은 위험하다. 숭어의 등짝을 후린 미늘은 숭어로
부터 물을 떼어놓는다. 사내는 여섯 마리의 대짜 숭어를 잡아놓고 바닷물에
배를 갈랐다, 팬티차림으로, 검게 탄 허벅지와 종아리가 종마처럼 빛났다.
핏기를 뺀 숭어의 살은 창백한 흰빛, 내장과 대가리는 무덤도 없이 둥둥
떠다닌다. 사내는 아이스박스 가득 숭어의 사체를 쟁여 넣는다. 비린 칼을
바닷물에 씻으며 입을 실룩거리며 묻는다. 한 점 먹어보겠냐고, 나를 동족으
로 생각해주는 것이다. 그러나 나는 숭어의 편일 수는 없지만 어떤 가망
없는 중립에 대해 생각하고 있었다. 고양이처럼 입맛을 다시던 혀를 회의하
고 있었다. 표층의 세계가 얼마나 위험한지를 생각하고 있었다.

— 문동만, 「숭어」 전문, 『창작과비평』, 2016년 가을호

데카르트의 코기토는 자신에 대한 의심으로부터 출발해 세계의 실존에
대한 질문으로 내달린다. 이런 사상이 과연 '진짜'냐고 따지는 것이다.
하지만 코기토는, 데카르트의 희망과 달리 영원히 그 해답을 얻을 수 없다.
'사유하는 주체'로서 코기토는 단지 '사유한다'는 의심의 행위만을 확증할
뿐 이 세계의 감각적 실존에 대해서는 아무런 실마리도 얻지 못한다. 쉽게
말해, 의심하는 행위의 확실성이 감각의 실재를 담보하지 못하는 것(하여
데카르트는 신에게 실재의 확실성을 위임해버린다). 그것은 온전히 지각하
는 몸뚱이의 과제다. 이 작업을 맡는 이는 물론 시인, 시작—기계다. '온몸을
꼼꼼히 만져보'듯, 이 세계의 살과 가죽, 뼈의 형태를 면밀하게 더듬어
보는 것이 그의 소관이다.
짐짓 철학적 주제에 머무는 듯한 시어의 운동은, 그렇게 갑작스레 낚시꾼

의 뱃전으로 튀어 오른다. 이곳은 먹고 먹히며, 죽이고 살리는, 적과 나의 예리한 경계선이 그어진 '위험한' '표층의 세계'다. 선유도를 동경하고 유리병과 검은 봉지의 명상에 잠겨 있는 것은 심오한 사상의 깊이가 아니라, 역으로 가장 '표층'에 머물러 그 위험에 노출되는 것일지 모른다. 물이라는 익숙한 환경에서 끌어 올려진 '숭어'는 질식의 현실로 내동댕이쳐지고 우악스레 '배를 갈'린 채 순식간에 살과 내장, 대가리가 분리된다. 그리하여 온전히 애도될 틈도 없이 해체되고, 그 잔해는 검은 봉지 같은 물속으로 내버려진다. 건강한 육체미를 과시하는 낚시꾼에게는 이것이 그의 '업'이기에 탓해서는 안 되는 걸까? 하지만 그는 수거한 살점을 먹지 않고 아이스박스 가득 '쟁여 넣는' 일에 몰두하고 있다. 알뜰살뜰한 자본가마냥 일용할 양식이 아닌 축적의 대상으로서 그에겐 이 세계가, 곧 숭어의 살이 필요한 것. 그리고 '한 점 먹어보겠냐'는 섬뜩한 한 마디를 건넨다. 그것은 약육강식의, '비린 칼'로 적을 죽이고 분해하여 저장하는 위험한 세계의 어느 편에 서겠느냐는 사제의 질문이기도 하다.

'나' 또한 이 세계에 몸뚱이를 묻고 살아가는 존재이기에 살의 욕망과 무관할 수 없다. 하지만 허기와 미각의 유혹을 거스르는 비자연적인 지각을 끄집어내는 것이 또한 시의 (작)업 아닌가. '어떤 가망 없는 중립'이라는 감각에서 그것을 찾아볼 수 있을까? 그러나 일상을 거스르는 '중립'의 감각이란 그 자체로 얼마나 위험한 모험인가. 표층의 세계를 헤엄치지 않았다면, 그리하여 표층을 잠시 벗어나는 지각이 있음을 깨닫지 못했다면 이 세계를 살아가는 위험이 얼마나 섬뜩한 것인지 과연 알 수 있었을까. 뱃전에 던져져 살점을 분해 당하고 '무덤도 없이' 쓰레기로 버려지는 숭어가 곧 자신이란 사실을, 그 무서운 감각을 선명히 느낄 수 있었을까. 따라서 '한 점 먹어보겠느냐'는 물음은 내가 죽이고 먹는 족속과 같은 '동족'인지 아닌지를 묻는 생사의 질문, '쉬볼렛shibboleth'의 물음과 다름없다.[2] 발음의 사소한 구별, 지각되는 소리의 미세한 차이가 존재와 비존재, 삶과 죽음을 나누는 기준임을 문득 깨달을 때, '고양이처럼 입맛을 다시던 혀'의 감각은 일제히 '회의'에 잠길 수밖에.

물론, 표층의 세계를 안전하게 살아가는 방식도 없지 않다. 통상 '달관'이라는 이름으로 불리기도 하는 그 같은 태도는 체념이나 포기의 다른 일면일 것이다. '쉬볼렛'과 '십볼렛'을 인식의 틀 위에서 구별 짓지 않고 발음하지도 않은 채 살아가는 것. 생의 무게를 짊어진 채, 그 위태로운 '표층의 세계'를 아슬아슬하게 줄타기하는 것. 폐색, 곧 일상의 감각을 더 이상 날카롭게 벼리지 말고, 있는 그대로 놓아둔 채 관조하는 것.

> 친구들이 번갈아 전화를 한다
> 큰일이다 큰일, 너 얼마나 더우냐!
> 땀을 줄줄 흘리며 나는
> 심드렁 서늘 대꾸한다
> 인생에 있어서 더위 따윈
> 아무것도 아니야
> 그럼 뭐가 아무걸까
> ― 황인숙, 「이렇게 가는 세월」 부분, 『문학과사회』, 2016년 가을호

지난여름의 혹서를 기억한다면, 그토록 평범한 일상이 문득 엄혹한 존재론적 질문을 던진다는 게 농담만은 아닐 거란 생각도 들 만하다. 다시 말해, 더위는 인생에 있어서 어떤 무엇('아무것')일 수도 있고, 아닐 수도

• • •

2. 구약성경 사사기 12장 6절에 나오는 일화로서, 전쟁에서 이긴 길르앗 사람들이 패배한 에브라임 사람들을 구분하기 위해 동원한 단어가 '쉬볼렛'이다. 길르앗 인들과 비슷한 용모에도 불구하고, 에브라임 사람들은 이를 '시볼렛'이라 발음했기 때문이다. 그 결과 수만 명의 에브라임 인들이 학살당했으며, 데리다는 파울 첼란에 관한 글에서 이 일화를 원용해 적은 바 있다. Jacques Derrida, "Shibboleth: For Paul Celan," *Acts of Literature*, D. Attridge(ed), Routledge, 1992, pp. 370~413.

있다. 친구들은 더위 때문에 곤란을 겪는 서로에게 이 어찌 '큰일'이 아니냐고
호들갑을 떨지만, 시인은 제법 '서늘'히 '인생에 있어서 더위 따윈／아무것도
아니'라며 무시해버린다. 초점은 더위가 아니다. 더위가 불러낸, 덥다는
감각이 야기하는 지각의 효과가 문제다. 이 더위로 인해, 또 친구들의
질문으로 인해 문득 시인의 오감이 열리고, 시작−기계는 맹렬히 개방된
그 지각을 붙들어 문자의 장場 위에 펼쳐놓는다.

> 그대들의 내 더위 걱정에
> 심란이 더해졌을 터
> 하늘엔 비둘기
> 땅엔 개미 떼
> 집을 나서자마자 비둘기들이
> 근심처럼 구차하게 나를 에워싸리
> 놀이터 풀섶에선 개미 떼가
> 검질긴 근심으로 바글거리리
> 개미 떼처럼 들러붙는 땡볕
> 허위허위 비탈을 올라가는데
> 푸득 푸드득 꾹꾸루꾸꾸
> 떡 하나 주면 안 잡아먹지!
> 비둘기들이 머리 위를
> 바싹 맴돌며 쫓아온다
> 비둘기들아 좀 훨훨 날아,
> 훨훨 날아가버리려무나
>
> — 황인숙, 「이렇게 가는 세월」 부분

소리와 몸짓이 결합하고 서사와 설화가 짜여 들어 구성된 이 시구들에는

난폭하게 낚인 채 배가 갈라지고 아이스박스에 쟁여지는 공포가 없다. 동족의 이쪽인지 저쪽인지를 묻는 불안의 질문도 없다. 그 대신 나날의 삶 속에서는 지각되지 않던 낯선 세계, 곧 도시의 구석진 곳에 배경처럼 심겨 있던 '비둘기'와 땅바닥의 '개미 떼'가 감지되고, 그들의 몸짓과 소리가 보이며 들리기 시작한다. 한편으로 무심하고 범상한 일상적 풍광에 지나지 않을지 모르지만, 다른 한편으론 언제나 존재해 왔으되 무차별하게 수용됨으로써 마치 존재하지 않는 것처럼 치부되던 그 '무엇들'이 되돌아온다. 그렇게 도착倒錯의 시공간이 열렸다! 그저 온몸으로 느껴지는 이질적이고 낯선 시간, 미래 아닌 미—래적 시점은 바로 이러한 지각의 혼동과 교착에서 비롯되지 않을까? 어느 철학자의 말처럼 우리의 의식과 신체에 새겨진 일상의 감각들은 이 교착의 순간으로부터 전복되고 또 다른 지각의 장으로 재편되는 게 아니겠는가. 아마도 우리는 그 출발의 광경을 목도하고 있는 중이리라. 하지만 이 장면을 끝까지 뒤좇아 언어로 새겨 넣는 일은 시인보다는 시작—기계에게 더 어울리는 과제다.

왜 우리는 자꾸만 시인과 시작—기계를 나누는가? 왜냐면 자기 생의 서정적 반조를 통해 시인이 시를 짓는 '업'과, 시간의 급변과 단절, 거기서 다시 흐름을 지각하고 각인하는 '작업'은 다르기 때문이다. 시를—쓰는—사람과 시를—새기는—기계의 차이에 주의해야 한다. 후자는 시인의 시적 성숙과는 다른 차원에서 벌어지는 사건의 기입인 까닭이다.

4. 비자연 또는 연안으로

> 혀 위에 얹힌 그것이 신속하게 흩어지지 않고
> 분쇄됨을 주저하고 있었다

자연에 속하지 않은 것들 이를테면
냉동제

비자연이라는 개념을 상상해낸 인간들에게서 나는 작은 따뜻함을 느낀다
여름이라 그와 같은 따뜻함은 또한 거부하고 싶은 것이기도 하지만

닫힌 구조를 생각하면 아름답다 완전히 폐쇄적인 구조 속에서 냉매를
뿜는 죽음 기계를 생각한다
죽음 기계는 영원을 잊도록 영원히 연주되는 최초의 재생 장치이고 때문
에 그것은 세기 말의 골동품으로서의 가치를 지닌다 따위

나는 생각하고 때문에
죽어간다

자연으로 가는 버스 안에서
깜빡 잠들었다

깨어나 창밖을 보니 세상이 바뀌어 있었다
— 송승언, 「죽음 기계」 부분, 『문학동네』, 2016년 가을호

일상은 소통이라고들 한다. 그것은 원활한 일상을 진행시키기 위해 통용
되는 교환가치들의 언어, 꼭 들어맞는 요철처럼 정확한 규칙을 통해 작동하
는 신호 체계에 해당된다. '아'가 곧 '아'로 발화되고 이해되는 세계, 2×2=4의
정상성이 무리 없이 유통되는 관계들. 그런데 시인은 그렇게 소통되어야
할 말을 혀 위에 얹어둔 채 신속하게 방출하지 않는다. 일용할 의미의
단어로 분절('분쇄')시키지 않은 채 '주저하고 있'을 뿐이다. 왜일까?

삶은 관습적 의미들로 포위되어 있다. 현실의 사물들을 묘사하는 언어는 마치 그것들이 살아 있는 것처럼, 유사 이래 영구히 존재해 왔던 대상들로 착각하게 만들지만, 실상 우리는 그러한 자연적인 세계의 비자연성을 알지 못한 채 살아간다. 그렇기 때문에 오히려 인공적인 것, 비자연적인 냉연한 사물, 가령 '냉동제' 같은 것이야말로 '따뜻함'의 온기를 지각하게 만들어 주는 것이다. 그러한 비자연이 역으로 자연의 감동과 신비를 환기해 준다는 교훈을 말하려는 게 아니다. 핵심은 이러한 '비자연'이야말로 '자연'을 생성시키고 가동시키는 '진짜' 근원일 수도 있다는 감각, 그 역설적인 통찰에 있다. 2×2=5라는 '비자연'이야말로 2×2=4를 '자연적으로' 만들어 주는 토대라는 것.

확실히 '비자연'은 자연적으로 만들어지지 않는다. 그것은 창안되어야 하며, 가동되어야 한다. 하지만 바로 그런 이유로 '아름다움'과 '완전성'은 비자연에 속한다. 나아가 '죽음 기계'라는 비자연성으로부터 삶과 죽음의 자연성도 비롯될 터. '죽음 기계'가 내뿜는 서늘한 '냉매'로 인해 일상의 '자연'은 비로소 받아들일 만한 것이 된다는 것. 흥미롭게도, '자연'은 버스에서 꾸는 백일몽처럼 온전한 상상의 산물에 불과하다. 급변과 단절의 비자연적 시간에 대한 지각만이 우리를 다시금 (레비나스식으로 '그저 있을' 뿐인) 자연으로 돌려보낼 것이다. 이러한 지각의 순간에 '깨어나 창밖을 보니 세상이 바뀌어 있'노라고 말할밖에.

그러므로 혀끝에 올려진 '그것'을 신속히 '분쇄'시키지 말고, 오래 머무르게 만들어 감각해야 한다. 오관에 와 닿는 이미지와 그것들이 조성하는 세계–풍경을 지각해야 한다. 세계가 세계로서 존립하는 것은, 인식의 언어로 시인이 그에 관해 발설하기 때문이 아니라 시작–기계가 포착한바 그대로의 세계가 스스로 말하고 있는 까닭이다.

돌처럼 혀가 굳은 것을 느끼며 좌석을 뒤로 젖혔다

오늘은 말하는 대신 볼 것이다
보고 또 보았던 풍경들을
스스로 말하던 풍경들을

— 송승언, 「죽음 기계」 부분

날것의 무더기, 미처 대상object이 되지 못한 사물들은 이 세계의 변경에 던져져 있다. 그곳은 일상의 인식과 감각 바깥에 있는 무분별의 차원이자 미지의 시공간이다. '이 세계'를 조형하는 질서의 외부이자 통념으로 채워진 감각의 모서리. 아마도 비자연이란 이러한 변경에 도달해야 비로소 피어나는 타자에 대한 지각이지 않을까. 현실에서 그러한 장소란 물의 끝, 땅의 경계선으로서 연안沿岸이 아닐 것인가?

연안으로 가봅시다 연안으로 밀려오는 너를 보러 나는 연안으로 건너가 봅니다 너를 마주한 나를 만나러 연안으로 나를 흘러가 봅니다 네게 잠들기 직전이라고 말해주러

그런 내게 너는 물을 밀고 땅을 밀었다고 합니다 밀다가 놓쳤다고 합니다 밀려오는 중에 갈 곳을 잃었다고 합니다 나는 그런 네게 사이가 사라졌다고 합니다 멀어져서

너무 멀어져버렸다고 그러니 나를 흘러가라고 합니다 너는 의아한 표정 으로 그러나 내가 잠들어 있다고 말합니다

— 안태운, 「연안으로」 전문, 『현대시』, 2016년 제10호

시인은 연안으로 길을 나선다. 바닷가로 밀려드는 파도를 따라 누군가와 만나러 떠난 길일지 모른다. 물길과 언덕을 매개로 '너'라는 심상과의 만남을

희구하는 것일 수 있다. 하지만 그가 진정 욕망하는 것은 파도처럼 '밀려오는' 자기 자신이다. 특정한 대상으로 실체화되지 않는 어떤 이미지, 다양하게 조형되었다가 다시 무수히 부서지면서 '밀려온다'는 동사로만 모습을 드러내는 '나'. 따라서 두 발로 걷는 인간의 표상이 아니라 물결처럼 연안으로 '흘러가는' '나'의 사물적 생동이 문제다. '나'는 아마 범속한 일상에 휘말려 고착되기 직전에 연안으로 도망쳐 나온 것일 게다. 이제 '잠들기 직전'이라는 고지는, 거꾸로 깨고자 하는 욕망을 암시하지 않을까.

연안을 향한 목적은, 애초에 파도, '너'를 만나기 위해서였다. 하지만 그것은 금세 다른 것으로 변형된다. 자연의 대상이던 '너'는 어느새 인식과 시각을 넘어서는 사물, 숭고의 차원, 비자연으로 넘어서 있는 듯하다. 그리하여 "물을 밀고 땅을 밀"어 내는 거대한 힘을 드러내는가 하면, '밀려오는 중에' 돌연 '갈 곳을 잃'어버리기도 하는 예측 불가능한 운동을 보여준다. 여기엔 분석과 포착을 위해 요구되는 일상성의 감각, 즉 지적 인식을 위해 동원되어야 할 적당한 거리('사이')가 존재하지 않는다. 아득히 멀어질 뿐이기에 더 이상 통상의 지각이 불가능한, 그래서 오직 미지의 것으로서 '그저 있다'고 망연히 지각될 따름인 '무엇'으로서 '너'가 있다. 이렇게 인지의 범위를 훌쩍 넘어서버린 '너'는 도대체 무엇인가? 시인은 이에 답할 능력이 없다. 숭고가 본래 그러하듯, 그것은 감히 언어로서 혀끝에서 분절되어 발음될 대상이 아니기 때문이다. 시인의 침묵에 대해 '너'가 '의아한 표정으로 그러나 내가 잠들어 있다고' 말하는 이유가 여기에 있다. 자연의 이미지를 덧입은 그것은 자연 너머의 비자연, 또는 거꾸로 '비자연'으로 표지되는 자연 이상의 자연으로서 지각 불가능한 무엇일 것이다. 시작—기계는 이 '무엇'과 맞부딪혀 파열되는 광경을 각인하고 기록하기 위해 연안으로 달려왔다. 그리곤 잠든 시인을 일깨워 시—쓰기를 명령한다.

5. 그러나 날씨는 좋아지지 않을 것이다

시간을 지각하는 것은 시류에 반대하여 거스르는 운동이다. 우리가 일상을 무탈하게 살아가는 이유는, 대개 시간을 지각하긴커녕 시간 자체를 느끼지 못하기 때문이다. 늘상 인지되는 것은 시계 속에 갇힌 시간, 지각되지 못한 채 계산되는 시간의 규칙뿐이다. 그렇기에 시를-쓰는 사람보다 시를-새기는-기계에게 우리는 흔쾌히 시간을 지각하는 (작)업을 맡겨 둔다. 그것은 자기만의 기계적인 법칙에 따라 무심히 시간의 결을 짚어 나간다.

시작-기계는 욕망의 공간을 향해 진행하는 우리들의 분열된 감각을 폭로하는가 하면(「선유도」), 고기와 야채를 다듬는 와중에 무신경하게 내던져지는 일상의 비가시적 잔여분을, 검은 봉지에 버려지는 '무엇'의 응시를 돌연 직감한다(「돌연히」). 그러나 사변적 감수성만이 시작-기계를 움직이는 것은 아니다. 무연하게도 낚시에 걸려 살덩이들로 분해된 숭어와 나-자신의 혼동이 일어난 순간이 새겨지거나(「숭어」), 또는 태연한 일상대화로부터 촉발된 오감의 개방과 발동이 기입되곤 한다(「이렇게 가는 세월」). 어느 쪽이든 통상의 인간적이고 자연화된 감각으로는 가 닿기 어려운 낯설고 날 선 감응의 차원이 드러나고 표식된다. 자연의 허구가 묘파되고, 자연이 비자연의 실감으로부터 연원한다는 게 느껴질 때까지 시작-기계의 지각운동은 가혹하게 움직인다. 언어의 섣부른 오만을 버리고, 스스로 말하기 시작할 실재의 감각 자체와 마주해야 한다(「죽음 기계」). 그 변경의 극한에서 만나게 되는 것은 무엇일까? 인식 너머 아득한 세계의 끝에서 말을 거는 것은, '나'는 지금껏 잠들어 있었을 뿐이라는 홀연한 목소리다(「연안으로」).

이 지각의 원환은 자신에 대한 회의에서 출발하여 세계에 대한 의심을 거쳐 다시 세계와 자신의 확실성으로 귀환하는 데카르트적 코기토의 여정을 닮아 보인다. 하지만 데카르트에게 이것은 사유하는 주체의 내면 일기를 넘어서지 않았다. 그것은 철학자-시인의 자기 인식이자 여행이기에, 맹렬히 부딪혀 오는 외부의 난맥과 혼돈은 궁극적으로 극복되고 말 시나리오의 일부였다. 하지만 시인이 마주친 시간의 감각은 내적 견고성과 확실성을 넘어선 전적인 외부, 요령부득의 난맥과 혼돈에 휩싸인 타자의 시간 아니던 가? '시간의 역진'으로 표상되는 무질서와 혼란의 경관이 아니었는가? 이러한 지각의 영도零度로부터 우리는 우리의 안쪽이 아니라 바깥쪽으로부터 글쓰기-기계, 즉 시를-새기는-기계의 가동을 목격하고자 했다. 그것은 일상적 감각의 미세한 분열과 역전, 불일치와 위험으로부터 가장 철저한 밑바닥의 감각을 일깨우는 것이고, 타성적인 언어의 습관에서 벗어나 언어 이전의 지각으로 되돌아오는 것이다. 그렇게 이 세계의 종점인 연안까지 행진한 시작-기계가 이제 그 진로를 일상으로, 삶으로 되돌리는 것은 당연한 노릇일 게다. 밤이 끝나고 여명이.

자갈을. 머리에 하나씩 이고 어둑해진 해변에 앉아. 엄마들이 잠들었다. 자갈을 얼굴에 대고 아이들이 잠들었다. 희미한 빛이 새로 생긴 살결 같다. 엄마 얼굴에 닿느라. 접었던 무릎 뒤를 펴고 있다. 빛이 새어나갈 때마다. 아이들의 갈린 얼굴이 보였다. 틈이었을까. 아이들은 잠결에 칭얼거리며. 찡그리며. 엄마의 얼굴에. 제 얼굴을 비빈다. 날개 사이에 표정을 감춘 큰 새가. 묶인 허공들을. 끊고 다닌다. 깃털이 쏟아진다. 날개 속 시간처럼. 아이들이 눈을 뜬다. 자갈 아래 엄마는. 죽. 어. 있었다. 엄마 엄마 흔들어도. 얼굴에. 엄마가 들어 있지 않다. 아이들은 돌이킬 수 없는 자세가 된다. 사라진 엄마의 입이 된다. 엄마 머리가 자꾸 커져요 엄마 엄마 깨어나세요. 자갈에 대고 흐느낀다. 해변이 조금 더 무거워진다. 조금 더. 가라앉는다. 아이들은. 엄마를 모르는 입이 된다.

땅과 허공 사이
출렁이는

여기 여기 카메라 카메라 라이브

　　　　　— 이원, 「검은 빛」 전문, 『포지션』, 2016년 가을호

　해변에 머무는 자들은 더 이상 추상적 대화의 주체인 너나 나가 아니다. '엄마'요 '아이'인 그들은 이미 생의 지평을 살아가는 어떤 존재자들이다. 하지만 시는 조심스럽게 새겨진다. 단어씩, 구절씩, 마침표는 미처 완성되지 않은 문장들을 나누고, 의미를 봉인한 채 함부로 연결되지 않는다. 시의 조각들은 그들에 '관한' 의미의 표명이 아니라 그들 자체를 그리는 데 전념한다. 서술이 아니라 지각이다. 그래서 마침표의 단락短絡으로 연이어진 파편적 이미지들은, 선형적 시간성과 인과의 법칙에 따르는 통사적 구조를 벗어나 초창기 영화의 시각적 커트들처럼 단속적으로 접붙여 만들어진 느낌이다. 하긴 우리의 지각이란 본시 그런 것일지 모른다. 매끈한 이해의 고리들로 용접되기 이전에, 의미를 알 수 없이 조각난 단편들로만 감각에 직접 와 닿는 이미지들의 성좌Konfiguration가 지각인 것이다.

　몽타주를 연상시키는 이러한 시간의 각인을 통해 드러나는 것은 일상의 평범한 사실들이 홀연 낯설고 섬뜩하게 비친다는 점이다. '어둑해진 해변에' 희미한 달빛이 차올라 아이들의 얼굴을 비출 때마다 거기엔 '갈린 얼굴' 혹은 '틈'이 나타나고, '아이들'과 '엄마'를 분리시킨다. 검은 '허공'은 갑자기 날아오르는 새의 날갯짓이 끊어버린 연결의 표식이다. 엄마를 잃은 아이들의 흐느낌은 엄마의 입을 대신하기도 하고, 혹은 엄마를 모르는 입이 되어 해변의 정조를 더욱 무겁게 짓누른다. 하지만 슬픔이라는 인간적 정조로 이 시를 규정지을 필요는 없다. 차라리 관건은 어두운 밤의 해변에 빛이 새어들며 가동되는 감응affect의 지각일지 모른다. 레비나스의 자아가 '불면의 밤'으로부터 몸을 일으키듯, 설령 그것이 평온한 모성의 태胎로부터 이탈하는 슬픔과 고통의 정조로 물들어 있을지라도 여기엔 어떤 움직임이

있다. 안온한 일상, 또는 난맥과 혼돈의 꿈과 같은 현실에 몸을 부딪혀 직감한 시적 주체 앞에 열린 것은 미-래이다. 물론 그것은, 희망이나 절망, 기대와 좌절 등의 범상한 언어적 감정을 벗어난 지각의 감응임을 염두에 두자. 시작-기계로서 시인은 온전히 그 감각을 새겨놓을 뿐이다. 그와 더불어 우리는 미-래의 시-작時-作을 목격하는 중이다. 버려진 아이의 '인간적' 감정에도 불구하고, 시는 검은 빛을 내쏘는 '카메라 카메라 라이브' 가 있음을 보여주며 지금-여기 해변의 시간이 낯선 생성의 시공으로 변화한 다는 사실을 보여준다. 미-래의 시간은 어떤 것인가? 우리는 그것을 미래에 대한 우리의 통상적 관념, 희망과 극복이라는 기쁨의 시간으로 한껏 채색해 도 좋을까? 그러나,

> 기상예보관처럼 당신은 말했다
> 날씨는 절대로 좋아지지 않아 혹은 상황은
> 날이 갈수록 나빠질 거야, 그럼에도
>
> 진리는 눈보라와 같고
> 운명은 그 소용돌이 안에서 반짝반짝
> 먼 곳에서 보내온 문장
> '이곳 겨울은 공기 사이에서 희미한 장작 냄새가 피어오릅니다'
> 너무 늦게 도착한 안부, 그럼에도
> — 이은규, 「삼한사온」 부분, 『문학들』, 2016년 가을호

'날씨는 절대로 좋아지지 않'는다, '날이 갈수록 나빠질' 것이다. 실로 절망적인 형국 아닌가. 난맥과 혼돈의 현실은 결코 나아질 리 없다. 막연히 내일을 동경하거나, 서툰 낙관의 씨앗을 던져보는 것은 지극히 인간적이고 자연적인 감정에 지나지 않는다. '눈보라'와 같은 '진리'는 한 치 앞도

제대로 보여주지 않는다. '반짝반짝'거리는 '운명'이 보내는 전갈은 '너무 늦게 도착'한 것이기에 시인은 아직 읽을 수 없다. "그럼에도"라고 연의 말미를 양보하는 것은, 제목을 '삼한사온'이라 적으며 난맥과 혼돈 너머로 평온과 행복이 돌아올 것을 희구하는 것은 시인의 자연스럽고 인간적인 바람일 것이다. 탓할 순 없다. '그럼에도', 시작—기계는 사태를 직감한다. 한기가 걷히고 온기가 오는 것은 차근히 시간이 지나가면 절로 돌아오는 안일한 미래가 아닐 것이라고. 우리가 매번 같은 강에 발을 두 번 담그는 게 아니듯, 계절마다 맞이하는 바람 역시 매번 같은 것이 아닐 게다. 이 '다름', '차이'를 빚어내는 것은 어떤 만듦[作], 그리거나 쓰거나 심지어 지우는 행위다.

> 저기 흰 도화지와 같은 세상 한 장 펼쳐져 있다
> 검은 펜으로 무엇을 그릴까, 지울까
>
> — 이은규, 「삼한사온」 부분

그래서 '삼한사온'은 막연히 기대되는 인과율의 결과, 자연히 따라올 시간이 아니다. 예측 가능한 미래가 아니다. 언제고 불쑥 도둑처럼 덮쳐올 미—래는 '흰 도화지 같은 세상'을 더 낫게 꾸미든 완전히 망가뜨려 놓든, 어떤 시간의 행위를 통해서만 도래할 것이다. 그 같은 시간의 행위에 시가 놓여 있다. 시—작時—作으로서의 시작詩作. 물론, 그 시작은 시인의 것이 아니라 시작—기계에게 위임되어 있을 터.

6. 검은 펜을 쥐고 있는 시간

지각하는 시작—기계. 그것은 시인과 같으면서도 다르다. 생활인으로서,

시민으로서 시인이 일상의 온갖 평온과 번잡에 노출되어 그에 반응하는 주체라면, 시작–기계는 통상의 관습과 언어적 감수성보다 더 밑바닥에서 감각의 질료들을 채취해 끌어들이는 신체다. 지각된 질료들이 방사하는 감응의 편린들을 주워 모아 어떤 형태 속에 응결시킬 때, 그것을 예술, 혹은 시라 불러도 좋을 것이다.[3] 그리하여 시인의 업과 시작–기계의 작업은 다르다. 전자는 시인의 의식과 의지에 맡겨진 일이지만, 후자는 무의식과 감각, 신체의 지각에 위탁되어 있으니 말이다. 난맥과 혼란이라는 시인의 감각 앞에 시작–기계는 그 감각 다발의 원초적 뿌리를 묶어서 이미지의 상을 직조한다. 사회학자나 철학자가, 심지어 시인 자신조차 그 의미를 알아채려면 또 다른 언어와 관념, 직관을 경유해야 할 것이다.

시국時局이라 명명되는 현실의 난맥과 혼돈으로부터 이 글을 시작했다. 어쩌면 지난 계절의 시평에는 어울리지 않는 글일지 모르겠다. 시인들 각자는 이채롭고 독특하며, 통약되지 않는다. 그들이 감각하는 시간의 흐름은 각자마다 다를 것이기에 하나의 서사로 엮어내는 일은 자칫 착오이자 편파일 수 있다. 내가 의지하는 바는, 그러나 시인의 감수성이 아니라 시작–기계의 지각 능력이다. 때로 시인과 일치하기도, 불화하기도 하는 그것은 시대를 통과하는 공통감각이요, 무의식의 작용에 가깝다. 이 글이 염두에 두었던 2016년 가을의 시편들에서 지금 11월에 맞닥뜨린 시국의 감각은 잘 드러나지 않는다. 당연한 노릇이다. 지난가을의 어떤 시인도 지금을 살아보진 못했을 테니. 하지만 그들의 펜촉을 가동시킨 시작–기계는, 마치 지진을 미리 예감한 동물들의 분주한 탈주처럼 겨울의 도래와 시절의 변전, 세계의 이행을 지각하고 있었을 것이다. 각각의 시는 다만 복수형으로 존재하지만, 공–동共–動의 지각을 통해 함께 시대를 감지하고 표현해 왔음을 시의 역사는 가르친다. 시인도 철학자도 사회학자도 못 되는 나는 지금,

• • •

3. Gilles Deleuze & Félix Guattari, *What is Philosophy?*, Columbia University Press, 1994, ch. 7.

그 느낌의 실마리를 움켜잡기 위해 겨우 '검은 펜'을 손에 쥐었을 뿐이다.

주소 없는 편지

2018년 신인들의 시적 감응에 대하여

1. 리듬과 감응, 유물론의 시학

유물론적 미학의 선구자로 알려진 게오르기 플레하노프Georgii Plekhanov
는 예술의 오래된 기원의 하나로 리듬에 대한 감각을 꼽은 적이 있다.
그의 예술론을 모아놓은 『주소 없는 편지Pis'ma bez adresa』(1899)에 따르면,
원시사회에서 노동이란 파편화된 각자의 힘을 단일한 집합성으로 끌어모
으는 과정이었고, 그 최초이자 가장 중요한 동인動因은 다수의 인간을
하나로 엮어내는 몸의 감각 즉 리듬이었다는 것이다. 플레하노프가 유물론
적 혁명가이자 정치철학자였다는 점을 감안하면, 이런 주장이 새롭거나
놀라워 보이진 않는다. 오히려 우리가 이채롭게 보아야 할 점은 리듬을
정의하는 그의 독특한 안목이다. 아마도 최초의 노래란 자연발생적으로
솟아난 몸짓이나 목소리에서 나왔을 것이다. 그것은 무리를 이루어 함께
동작하고 소리 내는 와중에 혼합되어 하나의 가락 속에 합쳐진다. 서로는
각자의 구별을 잃으며 점점 단일한 집합체처럼 노동행위에 참여하게 되고,

거기서 노동요 곧 공동의 리듬이 발견되었을 것이다. 흥미로운 점은 그다음부터다. 언제든 그러한 무의식적 일치를 이루어내기 위해 인간은 노래를 짓고 악기를 발명한 게 아닐까? 리듬이 몸의 일치를 불러내기 위한 신체적 주문이라면, 시는 그 일치의 감각을 다시금 발생시키기 위한 언어적 주문이 아닐런가.

리듬은 비단 인간과 인간의 관계에서만 생겨나는 게 아니다. 함께-있음이라는 관계성이 형성되는 언제, 어디서, 무엇과도 리듬은 발생할 수 있고, 거꾸로 관계의 성격마저 규정짓는 힘을 갖는다. 열매를 채취하는 사람들과 표적을 뒤쫓는 사냥꾼들의 시선은 서로 다를 수밖에 없다. 가만히 매달린 열매와 부지런히 움직이는 동물을 주시할 때 만들어지는 관계의 리듬이 상이한 까닭이다. 타작을 하려고 흙을 밟는 농부들과 강철을 연마하는 노동자들의 걸음걸이도 같을 리 없다. 흙과 쇠의 질료적 차이가 보폭과 운동의 이질성을 자아낸다. 리듬은 어떤 대상을 만나 무슨 일을 하는가에 따라 매번 상이한 속도와 강도로 표출된다. 요컨대 리듬이란 사물에 내재한 속성이라기보다 서로 마주한 대상들이 얽혀들 때 파생되는 관계의 물리적 표현에 해당한다. 리듬은 사이[間]에서 만들어져 그 사이를 채우는 모든 것들의 공-동적共-動的 관계 전체라는 것. 그렇다면 흔히 '환경'이라 부르는 관계들의 총체야말로 리듬의 비밀이 아닐까? 예술 역시 이로부터 예외이진 않을 터. 어떤 예술작품이 뿜어내는 맹렬한 감응affect이란 예술가가 그의 환경과 공-동으로 조성하는 관계성에 다름 아니다.

시 또한 그러할 것이다. 전통 시학이 전제하듯 시는 시인-주체의 고독한 내적 성찰과 외로운 자의식의 산물이 아니다. 홀로 독야청청 세상 천하를 관조하고 아무도 이해할 수 없는 자기만의 목소리를 토해내는 신화적 자아는 존재하지 않는다. 시인-주체의 내면으로부터 어떤 이미지와 언어가 피어나든, 그것은 그가 만난 세계 곧 환경 전체가 그의 몸에 새겨놓은 상호작용의 각인일 뿐이다. 시의 제목이, 소재가, 주제가 어떤 식으로든 특정될 수는 있어도, 거기서 발견되는 낯선 감응의 흐름들, 때로 시인과 독자를 배반하기조차 하는 이질적 의미의 조형은 그 시가 온전히 시인 자신에게만 귀속될 수 없음을 반증한다. 그러므로 우리가 시에서 매양 읽어내는 것은 시인 자신의 목소리를 넘어서 그 이면에 엄존하고 있는 리듬의 진실, 시인과 우리가 동시에 마주한 이 세계의 울림이다. 그것이 유물론의 시학이다.

등단이라는 제도적 문턱을 넘어선 시인들이 바라본 세계는 특별하다. 자고 일어나니 유명해졌더라는 어떤 작가의 고백처럼, 한낱 표찰에 불과할지라도 '시인'이라는 꼬리표는 그네들의 삶을 이전과 이후로 절단시키고, 차이의 감각을 발동시켜 그전과는 상이한 리듬의 시동을 걸었을 테니. 이 젊은 시인들을 보라! 그들의 감수성과 시적 언어를 느껴보라! 하지만 또한 분명하리니, 그들의 시는 그들 자신만의 것은 아니며, 이 시대가 그들에게 남긴 감응의 흔적이기도 할 것이다. 손끝의 감각을 예민하게 다듬고 그 자취들을 더듬어 보자.

2. 문턱의 시선, 결별의 예감

창窓은 분리와 결합의 기묘한 이중 평면이다. 창이 있으므로 우리는 문턱 너머를 바라볼 수 있지만, 동시에 창으로 인해 거기에 닿을 수는 없다. 해방구인가 감옥인가? 영구히 풀 수 없는 삶의 이 오래된 질문은, 적어도 이제 갓 시의 관문을 통과했다고 느끼는 자들에게는 모종의 깨달음의 표석으로 장식될 만하다. 내내 과거형 어미로 주도되는 「그림자 극장」의 전반적 분위기는, 아마도 그와 같은 통과 의례적 자의식을 표지하기 위한 것일 게다.

커다란 창이 있는 방이었다.

[…]

나는 창을 연 채 그 방에 앉아 벽에 영화를 틀어놓았고
어제 저녁엔 여러 여성들이 있다, 그 사람들은 지금 같이 이곳에서 우리와
있다. 에 대한 기록을 보면서
그나마 행복해 했고

초저녁이 되면 영화를 튼 채로
창밖을 바라보았다.

— 강지이, 「그림자 극장」 부분

낡은 필름이 풀려나가듯 문턱 이전의 시간들은 다양한 이미지들로 변주되
며 지나간다. 어제저녁에 어딘가에 있던 이들이, 오늘은 우리와 함께 있고,
그것조차 영화 속의 한 장면인 양 이미지화되면서 강 건너의 무연한 사태처럼
창밖으로 비치는 정황이다. 이것은 순수한 과거의 시제, 과거의 장면, 과거의
감정 아닐까? 지금 현재의 사건으로부터 멀리 떨어진 채, 관조되고 반조反照
되기만 하는 무연관의 시공간. '그나마 행복해 했'노라 말하고는 있으나
문턱 위에서, 더 이상 이전의 세계에 머물 수 없는 경계선 위에서 바짝
날이 선 시적 주체는 마냥 긍정적일 수 없다. 지금 이전의 지나간 시절은
제아무리 행복한 것처럼 보여도 결국 구속된 아름다움이며 되돌릴 수 없는
시간에 갇힌 탓이다. "그런 아름다움을 보며 / 평생을 견디고 있다." 주체로
하여금 한 걸음 앞으로, 현재에서 미래로 나아가지 못하게 만드는 이유는
무엇인가? 미처 개화하지도 않은 시가 어째서 벌써 시들고 있는가? 논리정연
한 산문의 언어로 설명하진 못해도, 시쳇말로 '느낌적 느낌'으로 경계 너머에

대한 불안이 감지되기 때문은 아닐까? 바짝 발붙인 경계의 문턱을 넘어서려는 지금 이 순간, 저 너머에 있으리라 믿어지던 것이 과거를 보상해 줄 빛나는 무엇일지, 기대할 만한 대상이 존재하기는 할 것인지 도무지 가늠할 수 없는 탓이다. 바람이 휙 불어오는 찰나에 시적 주체는 성큼 문턱을 딛고서지만, 감히 더 나아갈 마음은 품지 못한 채 칼날 같은 경계선에 멈추어버린다.

> 건조한 곳 저편에서 바람이
> 불어왔다
>
> 그걸로 되었다고,
> 생각했다
>
> — 강지이, 「달의 계곡」 전문

물론, 더 나아가길 바라는 욕망 또한 언제나 있었다. 하지만 그것은 느릿하되 편안한 산보가 아니며, 숨 가쁘지만 활기찬 뜀박질도 아니다. 강진영 시인에게 이 욕망은 지나온 과거를 돌이켜 그리워하면서도 결코 돌아갈 수 없다는 자각과 의지, 성찰과 욕망이 뒤얽힌 채 "기차처럼 앞으로 나아가는 일"로 표상된다. 익숙한 환경, 친절한 이웃, 다정한 가족과의 무참한 결별. 기차처럼 달리는 아이들은 "엄마 없이 엄마가 주인공인 동화를 쓰면서" "엄마"라 부르던 세계를 떠나야 한다. 아무리 사랑스럽고 안온했던 울타리라도 여하한의 의존으로부터는 벗어나야 한다는 것. 돌아보고 후회하는 것조차 자신의 몫으로 기꺼이 받아들여야 한다는 유쾌한 각오를 짊어내자. 문턱을 넘어야 할 때는 필연적으로 혼자일 수밖에 없으니까. "내 손을 놓아요 터널을 지나요 바다를 건너요 뒤를 돌아보는 건 나예요." 이를 철없던 아이가 어른으로 커가는 성장 서사의 행복한 풍경으로 미화해서는 곤란하다. 엄마의 세계는 안전하되 속박하는 굴레였고, 떠나는 아이는 자라지 못한 채 여전히 아이로 남아 있으며, 문턱 너머로 열린 낯선 세상은 이물감 가득한 두렵고 분열적인 광경으로 채워져 있다.

　　나는 기차에 오를 거예요 내릴 거예요 엄마를 찾아 앞으로 나아가요
　　아무것도 낳지 않을 거예요 노을에서 엄마의 커피향이 나 엄마의 노을을
　　훔쳐 마시며//mmmmmmmmm
　　mmmm ,,,,,,,,,,,,,,,,,,,,,,,,,,

　　여기는 벽이 모두 창문이잖아 매일의 풍경이 바뀌잖아 엄마가 한 칸
　　한 칸 분열하잖아
　　　　　　　　　　　　　　　— 강진영, 「기차처럼 앞으로 나아가는 일 말입니다」 부분

　　그럼, 거기에는, 문턱 너머 저기에는 무엇이 있는가? '무엇'이 아니라 '사건'이 있을 것이다. 이질적인 감각의 경험, 그로 인해 아이가 뒤틀리고 기이하게 변모하여 '성장'의 미명하에 부서지고 말 변화들. 해변에 부딪혀 끊임없이 무너져 내리는 파도야말로 그러한 파열적 체험이 극단적으로 형상화된 이미지는 아닐는지. 속절없이 너울대는 파도처럼 부유하는 시상과 언어는 산산이 흩어지기 직전의 모습만을 애틋하게 기억할 것이다.

　　　　　　　　　　　사랑해
　　　　　　나는 부서지기 직전의 파도를 사랑했지
　　　　　　　　　　　　　　너는 부서진 파도
　　　　　　　　　　　　　　　　— 강진영, 「쇼어 브레이크」 부분

3. 너머의 세상, 차이 없는 반복

'여기'를 넘어 '저기'로 나아갈 때마다 새로운 기대를 품어보고 미약하나마 희망의 탑을 쌓아 올리고픈 심정은 누구나 마찬가지리라. 새로운 삶에 대한 전망이나 욕망이 남아 있는 탓이다. 하지만 이전과 마찬가지로 이후도, 문턱의 저편도 이편과 다름없이 동일하게 반복될지 모른다는 의구심은 이상하게도 늘 적중하는 불길한 예감이다. 지루할 정도로 재방영되는 옛날 영화를 보는 것처럼, '저 너머'를 바라보면서도 '여기'의 삶이 겹쳐 보이는 신기루 같은 현상은 단지 기분 탓만은 아닐 게다.

우리는 자주 시청에서 만났다 여당의 유효기간이 일 년 남아 있었다 밀착해도 시차가 발생하는 여자였다 한 침대에 누워도 상대방의 꿈속에 도래하지 않았다 일인칭의 새벽 교대로 일어나 담배를 피웠다 아직 잠들어 있는 다른 한쪽의 꿈속으로 급조된 안개가 피어올랐다 지극한 침묵이 함께 있는 새벽의 암구호였다 나는 줄곧 나를 사칭했고 둘이 형성할 수 있는 것들이 다 떨어질 때면 우리는 광장으로 나가 군중에 합류했다 그곳에서 방백마저 무례하게 확성되고 있었다 어느점이 십도쯤 낮은 여자였다 그 속에서 흥분을 익히며 매번 촛농 같은 땀을 흘렸다 그곳에서 우리는 우리를 분실해도 태연하게 행진의 일속을 가장했다 실수 같은 비가 직사로 쏟아지는 밤이면 여자와 나는 시청에서 자주 해산했다 그런 밤이면 나는 줄곧 나에게만 전력으로 가담했다 마지막으로 여자가 입을 떼며 무슨 말인가 했지만 초 단위의 시차로 매번 싱크가 맞지 않았다

— 곽문영, 「시청」 전문

무성영화 속 장면들이 단속적으로 스쳐가는 것처럼, 한 문장 한 문장이 내용적 연관 없이 툭툭 끊어지면서 아슬아슬하게 접붙어 있다. 내용과

형식의 불연속적 결절은 서로 소통하지 않고, 일치하지 않는 타인들, 세계들, 감정들의 절단면을 효과적으로 재현한다. 아이러니컬하게도, 여기서 일관된 것은 '매번 싱크가 맞지 않'는 전체의 분위기, 그 어긋남의 감응이다. 물론 시제는 과거형이다. 어쩌면 이 시편의 의도는 그저 문턱 이전의 순간들을 침울하게 회상하는 것일 수도 있다. 그러나 '유효기간이 일 년 남아 있'음에도 끝내 '도래하지 않'고, '줄곧 나를 사칭'하는 나 자신과의 결렬은 나와 '여자' 사이의 불협화음만큼이나 일관된 불일치의 경험을 반복적으로 상기시킨다. 어떠한 기대도 희망도 욕망도 담지할 수 없는 이 광경은 매번 맞지 않는 싱크처럼 저편에서도 반복될까? 이런 정조에 감싸인다면 문턱 이후, 그 너머의 세계를 가히 희망차게 기대할 수는 없는 법. 그렇기에 "마을에서 가장 높은 산"에서 나는 소리조차 "녹음된 새의 소리"일 뿐이며, "어제 내려 쌓인 눈 위로/ 새로운 눈이 내릴 때/ 나는 소리"조차 전혀 새롭게 들리지 않는다. 모든 것이 조로早老의 대기에 휩싸여 낡고 지루한 풍광을 연출할 따름이다. "매일 보았던 후뢰시맨은/ 마지막 회에서 너무 늙어"(곽문영, 「Black Fire」) 보이고, 마침내 시적 주체는 이렇게 뇌까리기에 이른다.

이곳은 좁으니까 이제 우리는
그만 크자

[…]

길게 이어진
새의 발자국을 따라갔다
새의 발자국 옆에 새겨진 나의 발자국

뒤를 돌아보면

새와 다정하게 걷는 사람의 발자국

새의 마지막 발자국 곁에서
한 번도 새를 발견하지 못했다

— 곽문영, 「Black Fire」 부분

새로움과 신선함, 낯선 반가움으로 표징되는 신인들에게, 도대체 문턱 너머의 무망無望이라는 정조는 어디서 연유한 것일까? 채 장성하기도 전에 설익어 떨어지고, 미처 깨닫기도 전에 벌써 체념해버리는 이토록 급속한 노화의 감각은 온전히 그들만의 것이라기보다, 그들과 교감하며 구축된 이 시대의 감응이라 불러야 옳을 터. 정치와 사회, 문화와 예술, 혹은 삶의 모든 부면에 만연한 권태와 피로의 감수성을 그들은 머리로 알기 전에 이미 몸으로 느껴버리고 말았던 것.

늘상 새의 발자국 곁에 머물면서도 결국 새는 찾아내지 못하는 파랑새 전설마냥, 시적 주체는 오직 "자취의 초상화"만을 그리는 운 없는 화공이다. 그저 눈물로만 색을 입힌 이 그림의 진실은, 그것이 "슬픔이 곧 주소인 우리"의 "초상화"(김유태, 「검은 원」)라는 데 있다. 왜 자신의 기원(주소)이 슬픔인가? 너머의 삶, 저편의 일상을 욕구하기도 전에 이미 폐기해야 하는 역설의 세대에 속해 있는 탓이다. 마땅히 바라도 좋은 것, 마침내 도착할 수 있는 곳, 기어이 원하는 것을 필연코 얻지 못하리란 역설의 시대에 그들은 태어났기 때문이다. 이제 갓 시인 명부에 입적한 그들을 기다리는 것은 '단 한 번 흘러내리지 않을' 계시의 언어가 아니라 '일시정지 버튼이 눌린 음악'처럼 중단된, 흡사 살아 있는 미라의 삶 같은 것일지 모른다. 문턱을 밟아선 시인의 두려움과 낯설음은 필시 이로부터 기인한 불안의 징후일 것이다.

단 한 번 흘러내리지 않을 언어를 기다리고, 언제나 밖에서 들려오는
목소리에 우리 자신을 종속시키려 했지만

모든 무렵마다 일시정지 버튼이 눌린 음악
성가의 전주前奏에서 발각되는 도처의 미라

— 김유태, 「검은 원」 부분

　제목은 카지미르 말레비치의 절대주의적 작품 「검은 원」(1913)에서 따왔
다. 말레비치는 회화의 근원적 구성요소인 색과 형태를 극도로 추상화시켜
최초이자 가장 중요한 동인을 발견하고자 했고, 그것이 '흰 바탕 위의
검은 원'이었다. "어두울수록 선명해지는" 이 검은 원은 더 이상 무엇으로도
환원되지 않는 기원의 색깔이요 모양일지 모르나, 역설적이게도 흰 바탕
없이는 그 자신을 주장할 수조차 없다. 문제는 흰 바탕이라는 것이 무無는
아니되 그 무엇으로도 규정되지 않는 무규정적인 존재 자체라는 것. 검은
원보다도 더욱 근본적이라 해야 할 흰 바탕은 온갖 규정을 넘어서는 순수
존재이자 순수 무에 다름 아니다. 기원에 대한 앎의 추구가 이토록 무참히
깨질 수 있을까? 문턱 너머를 들여다본 자의 절망이란 그와 같지 않을까?
궁극의 원점에 다가선다 해도, 결국은 그에 도달할 수 없음을 역설적으로
깨달을 뿐이라는 카산드라적 예언 아닌가? "검은 멍"이 된 이 경험은 불판
위에 구워진 냉동육 껍질에 남은 "도장의 흔적"처럼 아이러니컬하게 읽히며,
너머의 삶에서 기대하게 마련인 "아름다움"이란 결국 "잔혹한 멍으로만"
"몸에 고이는" 기억임을 자각하게 될 터(김유태, 「낙관」).
　저 너머에 대한 포기와 체험은 자기 아이러니적 희화화로 귀결되고
만다. 시인 각자는 시인 일반으로 추상화되고, 구별 불가능한 어둠에 감싸여
"모두 같은 인종이 될 것"이라는 위기감이 고조된다(류현, 「학술보고서」).
'객관'과 '과학'을 뽐내는 학술보고서일지라도, 결국 차이 나는 모든 것들은

동종종류의 한 점 속에 환원되리라는 카프카적 냉소만 남을 것이다. 저 너머에서 벌어질 불편한 진실을 깨달은 시적 주체는 차라리 경계에 머물고자 애쓰지만, 이 또한 자기를 '인간'으로 남겨두려는 비겁한 '타협'의 하나일지 모를 일이다. 다른 모두 역시 그러하겠지만.

> 경계선은 두려움을 밀어내는 타협, 선에서 시작되는 출구는 인간적이다.
> 선은 언제든 넘어설 수 있는 출구, 지켜야 할 선 같은 건 없다. 나의 직업을
> 미리부터 정해 놓은 너희는 말했다. 바나나를 받아먹는 원숭이는 지루하다.
> 바나나만을 받아먹은 나는 너와 같아졌다. 겉모습을 갖추었다. 구별되지
> 않는다. 다음 원숭이는 누구인가?
>
> — 류현, 「학술보고서」 부분

4. 반복과 차이, 사건의 감응

세상과 섞인다는 것은 무엇인가? 낡은 선비정신은 혼탁한 세류에 휩쓸리지 말고 부지런히 자신의 길을 닦으라 명령해 왔다. 그러나 '사람의 사이[人─間]'라는 게 '인간'의 본뜻이라면 어떻게 이 세계에 몸을 섞지 않고 인간일 수 있으랴. 문턱을 넘어, 시인이 되었다는 것. 그것은 타인과 세계, 그리고 자신과 다시 한번 섞이는 교통의 경험이 아닐 수 없다. 느끼고 반응하며 감수하는 것. 감응感應의 체험을 언어 속에 투여하는 것이야말로 문턱을 넘은 자, 시인 주체의 몫이 아닌가.

하지만 문턱 이후의 삶은 이전과 달라지지 않았다고, 다시금 세인과 어울리고 세상의 노래를 불러야 한다고 속 편하게 타협하는 것이 시의 통찰일 리 없다. 세계에 자기를 섞을수록, 범속에 몸을 담그고 혼탁에 자신을 바칠수록 시는 시가 되어야 하며, 시인은 시인이 되어야 한다.

수많은 소리의 분산 가운데 스스로를 표시할 수 있는 홑소리를 만들어야한다. 그리하여 겹쳐진 다른 소리들을 찢어 분리하고, 여러 가지 발음들을실험하여 뾰족한 모서리를 남겨둘 필요가 있다. 떠들썩한 세간의 흥분을가라앉히고 될 수 있는 대로 차갑게, 설익은 내면을 푹 고아 시의 온존한형태로 빚어내야 한다.

> 모음을 찢는 소리가 경사지고 있었고
> 당신의 발음은 더듬을수록 모서리가 됐다
>
> 체온이 높은 노래를 한 음절씩 물에 빠뜨렸다
> 철들지 않은 발음은 수면을 밟고 올라설 수 없었다
>
> — 류현, 「홑소리」 부분

시는 언어의 리듬을 만드는 작업이다. 세계와 교통하며 지각하는 동시에세계로부터 건네진 감응에 시적 주체의 울림을 실어 고유한 감응을 구축해내는 것. 세상의 온갖 소음, 이미지, 목소리를 내 몸에 투과시키는 게 소통의전부는 아니다. 오히려 소통이란 자신에게 닥쳐온 세계의 감응을 자신의것과 조율하여 특이한 리듬을 지닌 시적 감응으로 변형시키는 데서 성립한다. "거침없이 모음을 탕진한 메아리가 나를 향해 걸어왔다 / 수천 번 입술을말아도 완성되지 않는 노래를 불렀다 / 울음을 조율하며" 기어코 그 리듬의형태에 다가서려는 분투, 여기에 시인-되기의 노고가 있다.

그러므로 시인이란 유일무이하고 고고한 단독자가 아니지만, 또한 세상만사에 참견하는 수다스런 호사가도 아니다. 그는 차라리 이 세계의 흐름을,미세한 리듬을 감지해 내는 지진계가 되어야 한다. 바꿔 말해, 세계의형상을 읽고 대지의 분위기를 포착하며, 그 감응을 짚어내 언어로 옮기는번역기계가 되어야 한다. 그런 의미에서 지진학자 안드리야 모호로비치치는 지구라는 대지의 감응을 예감하고 과학의 언어로 풀어낸 시인–번역자라 불러도 좋겠다.

> 여러분, 우리의 녹는점이 낮아지고 있습니다. 생각은 옅어지고 서로가 구별할 수 없을 만큼 닮아가고 있습니다. 1인칭의 언어는 사라지고 쓸모를 다한 눈금은 지워지고 있습니다. 속눈썹과 손톱만 남아 보트 위에 표류하게 될 것입니다. 각자 떨어져 있어야 합니다. 경계해야 합니다. 우리는 불연속적이어야 하며 술에 취해 어깨동무해서도 안 됩니다. 종국에 서로를 나라고 느끼며 견디지 못할 온도에 다다를 것입니다. 책을 펴지 마십시오. 꿈을 꾸지 마세요. 오른쪽으로 돌아가는 시계의 방향성을 믿지 마십시오. 각자 주어에 밑줄을 긋고 자신에게 질문을 던져야 할 때입니다.
> — 박길숙, 「모호로비치치의 연설문」 부분

모호로비치치의 모호한 연설은 서로가 서로의 경계를 침범하고, 일인칭이 소실되며, 눈금마저 지워져 하나로 혼융하게 될 지각의 변이를 경고하고 있다. 시적 전통에서 위기이자 파국으로 언명되었던 시적 자아, 데미우르고스적 창조자의 형상은 그 변이를 버틸 수 없다. 모호로비치치의 슈트에 달린 금장 단추처럼 "떨어져 녹"아내려버릴 것이다. 하지만 그것은 개성의 상실도 아니요, 개인의 소거도 아니다. 차라리 이전, 이편의 자아를 의문에 붙임으로써 문턱 너머에서도 그와 같은 자기성이 여전히 유효할지 탐문하는 시적 성찰의 과정이겠다. '각자 주어에 밑줄을 긋고 자신에게 질문을 던져야 할 때'가 도래한 것. 그제야 우리는 익숙했던 모든 것들이 돌연 낯설어지는 사태를 몸소 체험하게 될 테니까.

> 양심의 소리는 어느 쪽에서 날까?
> 내가 귀머거리면 어떻게 되는 거지?

오른발 왼발 발맞추다 박자가 헷갈리면?
계단은 내 발을 기다려주지 않는데
나뭇결대로 내 얼굴이 깎여 버리면?
질문에 질문을 더하면 답은 없어

— 박길숙, 「지미니 크리켓」 부분

당연하게도, 귀머거리에게 '양심의 소리'라는 비유는 의미가 없다. 나란히 평행하게 자라난 두 발 사이에도 순서가 있을 리 없고, 계단과 걸음걸이가 늘 조화롭게 일치하란 법도 없다. 순리와 당착, 인식과 오인. 질문의 순서가 바뀌면 논점이 달아나고, 전혀 낯선 명제가 고개를 쳐든다. 피노키오의 양심을 자처하는 지미니 크리켓은 말하는 귀뚜라미다. 의인화된 가상의 비존재지만 통상의 순리와 인식을 전도시켜 당착과 오인을 유도하고, 그럼으로써 삶의 또 다른 진실을 폭로한다는 점에서 더할 수 없이 강력한 현실성을 갖는다. 그럼 허구적 실존 지미니 크리켓이 있음으로써 너머의 삶은 비로소 실제의 삶이 된다고 말해야 옳지 않을까? 이전과 이후, 이편과 저편이 어떻게 연속적이고 또 어떻게 불연속적인지, 그 절단과 흐름의 감응을 탐지해 물음을 던지는 지미니 크리켓은 그 자체로 시적 주체의 형상에 비견할 만하다. 계단도 없이 문턱을 오르고, 이편과 저편을 넘어서기에 죽은 것도 산 것도 아닌, 아직 태어나지 않았기에 또한 언제든 태어날 수 있는 가능성이 장전된 미지의 그것.

나는 죽지 않는 불멸의 옴므
너는 죽지 않는 불멸의 양심

계단도 없이 오르내리는 나는
죽지 않는 아이, 살아 있지도 않은 아이

그래서 태어난 적도 없지

— 박길숙, 「지미니 크리켓」 부분

마침내 그렇게 너머의 지평에 도달한 시인은, 이미 너무나 정확히 예감하고 있었듯 이전의 생활과 이편의 일상을 반복해 살아가리라.

가로등이 반복된다
에스컬레이터의 단면에서는 세계의
상승과 하강이 매순간 교차하고 있다

달이 반복되었다
식사가 반복되었다
바다 너머에 바다가 있는 꿈을 자주 꾸었다

— 박정은, 「자연발화」 부분

"나는 / 그저 가끔씩 뜨거워질 뿐", 여기에 비약적인, 드라마틱한 변화가 있을 턱이 없다. 문턱 너머는 선택된 땅도 아니고, 도착할 수 있는 최후의 지평도 아니다. 여기엔 여기대로의 지루한 일상이 시인을 기다리고, 생활에 삼켜진 또 다른 시인들이 졸고 있을 따름이다. 이곳에서 할 수 있는 일이란 예언자의 목청을 드높이거나 순교자의 비탄을 쏟아내는 것 따위가 아닐 게다. 수선스런 시인의 자의식을 내려둔 채, "칼국수를 먹"고 "바다"를 지켜보는 것만으로도 충분하다. 너머에서는 너머의 삶을 삶으로서 살아가는 것이 그것이다. 바로 그럴 때, 슬그머니 덮쳐오는 세상의 감응과 낯선 감각들을 마주하게 될지 누가 알겠는가?

우리는 처음 만나 연애를 하는 사람들처럼

오랫동안 바다가 끓는 소리에 귀를 기울였다

수평선과 시선이 직각을 그렸다

— 박정은, 「자연발화」 부분

바다가 끓어오르는 소리를 듣고, 시선과 직각을 그은 수평선을 보는 일은 상식적으로는 일어날 수 없는 비합리적인 진술이다. 그렇다면 이 세계의 온갖 감각적 파장들이 시적 주체에게 지각되는 방식은 합리적인가? 당연히 그렇지 않다. 감응은 사태가 직관되고, 그 과정에서 체감되는 사물의 체험이자 수용의 효과인 까닭에 늘 다중적이고 착란적일 수밖에 없다. 하지만 오직 이를 통해서만 비로소 일상의 유폐도 끝날 수 있을 터. 통념과의 불화, 그 어긋남의 발견이야말로 너머의 삶을 살아가며 찾아낼 수 있는 시의 예언적 감응이 아니겠는가? 이전의 생활, 이쪽의 일상과 하나 다를 바 없던 이후와 저쪽의 삶은 그렇게 '다른' 것으로, 일종의 '인공정원'처럼 조형되기 시작한다.

정원에는 높고 긴 나무들이 가득했다
인공정원이었다
중앙에 커다란 나무 세 그루를 중심으로
정원은 네다섯 개의 숲을 품고 있는 듯 했다

— 박정은, 「정원」 부분

인공정원이야말로 너머의 세계를 또 다른 삶의 세계로 형상화하는 가장 강력한 이미지이다. 인공낙원일 수도 있고, 인공지옥일 수도 있는 양가적 경계의 중간지대로서 이 정원은, 물론 삶의 최종적 종착지는 아니다. 이 주소지는 언제든, 어떻게든 파기되고 새로이 옮겨질 수 있다. 여기 또한 이편 우리의 생활을 모방하여 "큰 나무"를 심고, 거기 올라 세상을 욕망하는 나날에 잠식될 수 있는 탓이다. 그러니 자칫 정원에서도 시인은 앙상한 꼬리표만 나풀거리며 이 세계를 자신의 감응 속에 융화시키지 못할지 모른다. 익숙해지지 않기 위해, 안온에 빠지지 않기 위해, 지각의 촉수를 예리하게 갈아두기 위해 시적 주체는 "주변부를 향해 뛰어"야 하고, 사람들이 큰 나무에 오르려 줄을 설 때 오히려 "정원의 끝을 향해 달"려야 한다. 그렇게 변경으로, 구석으로, 끄트머리로 힘껏 내달릴 때, 아마도 인공정원의 너머는 또 다른 정원을 향한 샛길을 열어줄 것이다. 끝이 아닌 시작, 혹은 새로운 감응의 응결과 전염. 거기서 시인은 말하리라. "정원은 나로 인해 넓어졌다"고. 그렇게 주소지는 또다시 이전될 것이다.

주소 없는 편지. 이는 너머의 세계가 쏟아내는 감응을 부지런히 수신하고 그에 응답하여 주체의 감응을 발신함으로써 새로운 감응, 곧 세계의 리듬을 창안하는 시적 투쟁의 과정이다. 제아무리 낙토의 장관을 연출하더라도, 그것이 건설되면서 또한 붕괴되는 속도를 추월해 새로운 정원의 이미지를 구성하려는 시적 여정에 주목하라. 그것은 반복 속에 차이를 발견하고, 사건의 감응을 촉지하며, 그 리듬에 어울리는 시작詩作의 노동에 값한다. 시의 편지가 도달하게 될 주소를 확정하려는 노력은, 역설적으로 그 주소를 결코 결정할 수 없다는 사실에 귀속되어 있다. 편지를 부치기도 전에, 주소는 벌써 바뀌어 있을 테니까.

　　나는 정원과 속도를 겨뤘다

　　　　　　　　　　　　　　　　　　　　　　— 박정은, 「정원」 부분

　　　　　　　　　　　　　* * *

올해 등단한 시인들의 최근작을 살펴보며, 시인으로서 그들이 감촉하는 이 세계와 그에 조응하여 그들이 엮어낸 시적 감응을 거칠게나마 짚어보고 싶었다. 감응이 감정이라는 단어로는 다 담아낼 수 없는 특이한 분위기의 조성을 가리킬진대, 시인 하나하나를 어떤 특정한 상태나 단계, 태도에 결박시킬 의도는 전혀 없다. 이 글에서 각자의 이름과 작품을 호명하며 단평한 것은 또한 그들의 시와 마주친 나의 비평적 감응이라 불러도 좋을 게다. 비록 시인 개인의 이름으로 쓰여진 작품들 하나하나일지라도, 근본적으로 그것들은 이 시대와 교응하고 결합하여 안출해낸 공—동의 시적 리듬이며, 그에 대한 나의 비평도 시인과 그들의 시편들 그리고 나 사이의 공—동적 감응의 결과일 테니 말이다. 우리는 서로 다를지라도, 서로를 읽고 호응하는 일관된 리듬의 감응은 필연코 존재하리니.

시는 언제나 미-래의 시제다

역사의 시간과 시의 시간

1. 시, 삶의 두 번째 경험

이 글을 쓰는 시점은 2017년 3월 10일 금요일의 늦은 밤, 아니 벌써 새벽이다. 날짜를 듣자마자 누구나 고개를 끄덕거릴, 바로 그날이 지나가는 중이다. 광장을 환호로 가득 메웠던 사람들은 모두 집으로 돌아갔고, 좌우로 나뉘어진 군중과 하루 종일 거칠게 부대끼던 경찰들은 선 채로 무거운 졸음을 버티고 있다. 휴짓조각 하나 없이 말끔히 치워진 거리는 여느 때의 밤 풍경과 다름없어 보이지만, 저녁 무렵의 열기를 여전히 환영처럼 품고 있는 듯 전혀 추위를 느낄 수 없다. 격변의 시대! 1945년 해방의 날에 맞았던 감격이 이와 같을까. 1960년 오랜 싸움 끝에 독재자를 내보냈을 때의 기쁨이 그만했을까. 1980년 서울역에 모여든 무수한 인파가 불러들인 봄의 기운이 지금과 같을까. 역사책에 기록된 시간들이란 종이 위의 남겨진 잉크의 흔적이요 유물에 불과하지만, 지금 우리는 온전한 사건의 시간을 통과하고 있다. 이 경험들을 고스란히 시의 언어로 옮겨놓을 수 있을까?

어떻게?

연초에 열린 대담에서 한 시인은 우리의 현재적 상황을 '삶을 경험하는 행위를 경험하'는 것이라 말했다.[1] 같은 단어를 이중으로 겹쳐 쓴 이 표현은 무엇을 뜻하는가? 시인의 성찰을 감히 내 식으로 풀어보자면 이렇다. 주어진 생명을 살아가는 것은 자연적인 삶이며 생의 일차적 경험이다. 우리는 태어나 숨을 내뱉는 순간부터 먹고 마시고 잠자고 사랑하며 살아간다. 경험은 그 자체로는 자각되지 않는 생명 활동의 연속적 국면들이다. 이 무구無垢한 행위가 비난받거나 회의될 이유는 없다. 하지만 경험이 경험 자체로 남는 한, 예술의 존립 근거 또한 찾기 어렵다. 반추되지 않는 경험은 우리의 피와 살로 녹아들어 개체적 생의 종말과 함께 소진되고 말 것이다. 삶이 예술이 되고 예술이 삶이 되어야 한다는 오랜 테제의 진실은 양자 사이에는 거리가 있으며, 그 거리의 극복 불가능성을 의식할 때 비로소 예술이 생겨난다는 통찰에 있다. 그러므로 삶을 경험하는 행위는 그것을 다시 경험하는 행위, 즉 이차적 경험인 예술에 의해 포착되고 보충되어야 한다. 물론 이러한 이중화가 오직 예술에서만 일어나는 현상일 리는 없다. 그러나 적어도 예술은 이러한 이중화, 분열의 계기 없이는 나타나지 않는다. 말 놀음을 조금 보탠다면, 사건이 사건으로 지각되는 것은 사건 바깥에서 사건을 바라보는 예술이라는 사건 속에서다. 그와 같은 미학적 경지를 시라 명명하는바, 시는 거리[街]라는 경험의 현장에서 태어나지만 거리距離의 경험 없이는 피어나지 않는 꽃이다.

시가 사회학이나 정치학과 다른 점은 당장의 사태를 의미화하는 데 서두르지 않고, 또 그럴 수도 없기 때문이다. 또한 철학과 다른 점은 개념 대신 육감肉感으로 유동하는 사태를 짚어내는 까닭이다. 시간의 거리를

···
1. 신동옥·이성혁, 「시인의 교전지도 '격자 없는 리얼리즘'」, 『시사사』 1~2월, 2017, 44쪽.

다룬다는 점에서 역사와 비슷하지만, 사태에 밀착하여 전체로 묶이지 않는 의미들을 추구한다는 점에서 시적 경험 고유의 직접성이 성립한다. 가슴 뛰는 격동을 애써 뒤로 물리며 봄밤의 시편들을 읽는 것은 그저 한낮의 감동을 재현하는 문자들을 찾기 위함이 아니다. 오히려 오늘의 경험에 닻을 내리되 더 먼 시간의 거리를 투과하는 이중의 감각을 욕망하기 때문이다. 그것이 지금, 거리의 함성과 불타는 투지, 세월의 분노와 시절의 탄식을 넘어서는 시적 시선을 조용히 뒤따르려는 이유다.

2. 물음표, 사물과 세계의 저항

> 손잡이를 잡는다 그가 잡은 것을 그녀가
> 그녀가 잡은 것을 그가
> 잡는다
>
> 마치 사랑을 하는 사람들처럼
>
> 서로가 서로의 손을 잡는다
> 잡았다 놓는다
>
> — 박소란, 「손잡이」 부분(『문학3』, 2017년 1호)

삶을 경험한다는 것은 일상 속에 파묻힌다는 말과 다르지 않을 게다. 우리는 '느낀다'는 동사를 별생각 없이 늘어놓곤 하지만, 일상을 살아가는 것은 실상 느낌을 지운 채 무감각에 적응하는 일과 다르지 않다. 그런 점에서 타인과의 내밀한 접촉은 오히려 드문 경험에 속한다. 목례와 악수, 의례적인 인사말과 사무적 관계로 포위된 우리의 일상은 서로를 철저하게 고립시키고 만날 수 없는 분리의 격벽 안에 스스로를 가두는 과정이기도 하다. 신성한 프라이버시. 따져보면 그것은 나의 일상에 스며든 타인의 감각을 지워서 자신의 개별성을 완성하는 일이다. 하지만 놀랍지 않은가? 이렇게 절연된 우리들 '사이'에 대단찮은 사물들이 끼어들어 보이지 않는 고리를 형성하고 있다는 사실이.

상식적으로 손잡이는 생활의 편이를 위한 도구일 뿐이며 타인의 수고를 빌리지 않기 위한 장치에 불과하다. 그러나 손잡이를 잡는 순간마다 우리는 거꾸로 서로가 남긴 감각을 감촉하고 그 흔적을 또 다른 타인에게 전달한다. 서로 간에 일면식이나 어떠한 감정적 유대도 없지만, 손잡이 없이 우리는 각자의 일상을 결코 열어갈 수 없다. 손잡이가 없는 공간이 얼마나 끔찍한 감응을 일으킬지 연상해 보라. 그리하여 마치 사랑하는 연인이라도 된 양, 그렇게 무의식적으로 우리는 매번 서로를 만나고 접속할 수밖에 없다. 개인주의가 만연한 현대 사회는 고독과 소외로 점철되어 있다지만, 우리는 저도 모르게 항상―이미 연결된 공동체 속에 살고 있을지 모른다. 삶에 대한 따뜻한 감각의 불씨가 금세 타오를 듯한 풍광이다.

> 끊임없이 문이 열리고 닫히는 사이
> 손잡이가 돌고 도는 사이
> 손들은 너무 쉽게 뜨거워지고, 함께 가요 우리 문 저편 그럴듯한 삶을
> 시작해봐요.
>
> 그러다 보면
> 남몰래 열이 든 손잡이도 그만
> 손이 되고 말 것 같지만
> 꼭 쥔 주먹을 풀고 엉거주춤 하나의 주머니 속을 파고들고도 싶지만
> — 박소란, 「손잡이」 부분(『문학3』, 2017년 1호)

그러나, 삶은 그렇게 우리 뜻대로 되어주지 않는다. 보이지 않던 사물의 세계, 여기에 밀착해 들어감으로써 불현듯 개진되는 사건의 시공간은 철저히 비인간적이다. 사물의 매개로 만들어지는 이 세계는 우리의 인간적 욕망을 빗겨나가는 무정한 세계다. 인간에게 내속內屬하기보다는 저항하며 밖으로 밀려 나가는 사물들. 부지불식간에 우리를 이어주고 공동체로 묶어주는 손잡이의 의미는 손잡이 자체에 있는 게 아니다. 그런 것은 단지 인간적 욕망의 투영물일 따름이니까. 사물은 사물일 뿐, 끝내 우리의 삶에 섞이지 않은 채 물음표로 남는데, 이는 삶이 항상 우리를 충족시키기는커녕 의혹과 혼란으로 몰아넣는 것과 매한가지일 것이다. 삶의 유일한 진실은 그것이 우리를 위한 것이 아니라는 사실에 있다.

> 손은, 아니 손잡이는
> 그러지는 않을 작정이다
> 그렇게는 하지 않을 작정이다
> — 박소란, 「손잡이」 부분(『문학3』, 2017년 1호)

3. 경계, 시적 촉발의 진원

세계를 품 안에 가득 안고, 타인과 하나가 되는 동시에 자신이 온전히 자신이 되는 꿈은 얼마나 소중한가. 하지만 그것은 이루어질 수 없는 몽상이기에 더 귀중한 게 아닐까? 이러한 진실을 받아들일 때 우리는 자못 비감에 젖어 들지만, 한 발짝 물러나 삶의 풍경을 조망해 본다면 여기엔 실상 슬플 만한 것도 기쁠 만한 것도 없다는 기이한 역설과 맞부딪힌다. 생의 위엄은 이와 같은 비인간적인 진실에 도달함으로써 인간적 슬픔을 상쇄해

낼 때 나타나는 것이리라. 의지대로 욕망대로 흐르지 않는 생활의 온갖 곤경도 이런 통찰을 받아들일 때 화해('용서')할 만한 일이 되고, 심지어 '천국'처럼 맞아들일 수 있는 현실이 되지 않을까.

슬픔은 위엄이다

1월에 꽃을 피웠다는 홍매화나무 아래
병색의 노수녀가 서 있다

멀리 잔파도 소리와
그레고리안 성가가 들리는 오후
겨울 햇살은
용서처럼 와 있다

유기견 한 마리 졸고 있는
양잔디 깔린 앞뜰

피뢰침 그림자 끝에
천국 같은 게 언뜻 보이다 말았다

— 허연, 「無伴奏 2」 부분(『현대시』, 2017년 3월호)

체념 속에 획득한 '위엄'은 삶의 높이를 지켜주지만, 한갓된 '정신승리법'에 머물러도 곤란하다. 고단한 일상에 맞서 반목하기보다 화해하고 섞일 수 있는 여유가 필요할 테지만, 그것이 '항복'이자 '포기'로 변모하는 순간 우리의 경험은 치열한 거리의 감각을 상실한 채 시가 되어 피어날 토양을 상실할 것이다. '용서'와 '천국'의 풍경이란 세계의 객관이 아니라 다만 자기 마음의 욕망이 빚어낸 환상임을 직시하고 통과할 수 있어야 한다. 사건 아닌 것을 사건으로 오인하는 것은 진실에 대한 둔감일 뿐만 아니라, 허상에 삶의 진실을 넘겨주는 자기기만이기 십상이다. 우리는 삶의 내밀한 진상, 그 속내를 애써 반추해 보고 거기서 무엇이 일어나고 있는지 견고하게 관조해 보아야 한다. 우리의 기대를 배반하는 것이 설령 거기 있더라도.

> 담장 안쪽에선
> 아무 일도 일어나지 않는다
>
> 베네딕도의 손수건이 젖어 있다
> — 허연, 「無伴奏 2」 부분(『현대시』, 2017년 3월호)

이 시구의 탁월함은 일상의 이면에 아무런 사건도 벌어지지 않음을 곧이곧대로 토로했다는 데 있지만은 않다. 오히려 사건의 기원, 사건의 사건성이란 무엇인지를 보여주는 데 그 절묘함이 있다. 객관 세계의 미묘한 변화는 우리의 둔감한 감각으로 정확히 포착되지 않는다. 사물은 보이는 것보다 더 멀리 있고, 사건은 우리의 무능력한 지각 범주 바깥에서 벌어진다. 어쩌면 바깥을 향한 시선을 안쪽으로 돌려 내적 경험에 바쳐야 한다고 말할 수도 있겠다. 하지만 사건은 바깥쪽에도 안쪽에도 온전히 귀속되지 않는다. 사건은 안과 밖의 경계선에서 발생하는 무엇이다. 바깥 세계에 대한 일차적 경험이 안쪽 세계로, 내면으로 투영되는 순간, 그 접점에서 무언가 사건이라 부를 만한 것이 피어나는 것. '담장'(경계) 안쪽에 아무 일도 일어나지 않았음을 베네딕도가 어떤 태도로 감수感受했는지는 알 수 없다. 다만 우리는 그때 그가 쥔 '손수건'이 '젖어 있다'는 현사실성으로부터 미세한 변화가 일어났음을 짐작할 수 있을 따름이다. 아무 일도 아닌 것은 아무 사건도 아니라 할지 모르지만, 그것은 베네딕도의 감각에 모종의 반응을 일으켰고, 아마도 무의식적으로 눈물을 흘리게 만드는 변화마저 일으켰으리라. '아무 일도 일어나지 않'은 사태로부터 촉발된 사건의 첫 번째 흔적이 여기 있다. 저도 모르게 눈물이 흘러 이 무정한 사물의 세계에 의미의 색채가 덧입혀지기 시작한 것이다.

4. 명명, 착시와 감응의 변증

하이데거는 언어가 존재의 집이라 비유했지만, 실제로 언어와 존재가 어떻게 집이라는 이미지에서 겹쳐지는지 진의를 파악하기는 쉽지 않다. 더부살이하는 집도 있고, 잠깐 거쳐 가는 집도 있으며, 심지어 집 없는 존재도 많지 않은가. 다만 우리가 일상적 경험을 통해 식별하는 온갖 존재하는 것들은 언어의 뼈대를 통해 파악될 수 있으며, 그렇게 명명 가능한 것들에만 우리가 존재의 레테르를 붙인다는 점은 분명하다. 모든 존재자들을 존재하게끔 하는 빛이 존재의 한 정의라면, 그런 무한한 실재성에 적합한 이름은 이미 우리 인간의 것이 아닐지 모른다. '형언形言할 수 없다'는 통상의 어구는 바로 그렇게 애처로운 우리의 사정을 암유하는 게 아닐까? 그러나 늘상 마주치는 모든 것들에 붙여진 이름을 우리는 그것 그대로 적실한 이름이라 인식하고 의문에 붙이지 않는다. 하지만 이러한 무능력이 불러온 이러한 자기만족에 딴지를 걸고 물음표를 붙이는 데서부터 시적 사유는 가동된다.

줍기 위해 태어난 삼촌처럼, 가치를 재는 저울처럼 딱 맞아떨어지는
일이 있다 삼촌을 삼촌이라 부르는 일, 주운 물건의 이름을 지워 버리는
일, 이런 일은 얼마나 의미 있는 일인가

잡동사니에 대해 떠드는 이들은 역사 속으로 사라졌다 그래서 여기 헌옷
들이 모인 창고에서 우리는 살아간다 옷더미에서 무지개를 줍고, 인형 머리
를 줍고, 간혹 아이를 줍는다 별아 똥아 까망아 하고 부르다 잊혀버리는
날 속에 내가 있다 삼촌을 주운 내가 다시 삼촌을 줍고 삼촌은 나를 줍는다
그리고 내게 이름을 붙여 둔다

　　너는 구멍이야
　　엄마가 버린 스타킹이야
　　너는 오줌을 버리는 그냥 흔한 짐승이고 불행이야
　　　　　　　— 한연희, 「헌옷삼촌」 부분(『문학들』, 2017년 봄호)

현대 언어학에 관한 기본 지식이 있는 사람이라면, 언어는 자의적이며
사회적 규약이기에 어떤 단어라도 그것이 가리키는 대상과 필연적 관계를
맺지 않는다는 사실을 잘 알 것이다. 그렇지만 이런 언어학적 명제가 올곧이
시를 이루어주지는 않는다. 관건은 언어와 대상이 맺는 필연성의 붕괴가
우리에게 어떤 감응을 전달해 주는가에 있을 터. 만일 사물과 언어가 일관된
상응 관계를 형성하지 않는다면, 이들을 이어 붙여 언어의 세계를 구성하는
동력은 어디서 오는 걸까?

　　삼촌은 책을 줍는다 책 속에서 나를 위해 문장을 줍는다 다정하게 읊는다
사랑은 사랑이 아니고 행복은 우리 바깥에 머문다 이런 문장을 삼촌은
신발장 한편에 쌓아 올린다 헌 신발들처럼 차곡차곡 모여 문을 가로막는다

　　헌옷더미 꼭대기에서 새것인 목소리를 줍는다 그건 삼촌이 잃어버린
옥희의 카세트테이프, 평화롭다 행복하다 사랑한다 이런 걸 감싸 안는 음악

의 느낌, 내가 정말 갖고픈 이름이었다

— 한연희, 「헌옷삼촌」 부분(『문학들』, 2017년 봄호)

"사랑은 사랑이 아니고 행복은 우리 바깥에 머문다." 당연한 일이다. '사랑'이란 말한다고 사랑이 우리 곁에 임하는 게 아니고, '행복'이라 글로 적는다고 행복이 우리 손에 쥐어지진 않으니까. 언어와 사물의 이러한 불일치에도 불구하고, 우리가 할 일은 존재하지 않는 대상을 가리키는 말들의 묶음을, 문장을 부지런히 주워 올려 우리 곁에 쌓아두는 것이다. 이름과 필연 사이의 적실함을 따지지 않은 채 불러보고, 적어보며, 새로이 명명해 보기. 그러다 보면 낡은 말도 어느새 '새것인 목소리'처럼 들리기도 하고, 이미 예전에 가졌다가 '잃어버린' 낡은 것임에도 불구하고 지금 '갖고픈' 욕망의 대상도 될 수 있으리라. 이것은 과연 사물과 이름 사이의 낯선 배치가 불러들인 착시의 결과일까, '경험의 경험'이 초래한 감응의 마술적 효과일까? 둘 다는 아닐까? 혹은 또 다른 무엇이거나! 자연적이고 즉자적으로 버려진 경험을 다시 한번 더 겪음으로써, 경험의 경험 즉 두 번째 경험은 의미화의 비술秘術을 일으킨다. 시의 보이지 않던 잠재성에 불을 지핀다. 하여 우리는 부단히 언어를 줍고, 낡은 사물에 낯선 이름을 붙이고, 켜켜이 쌓인 말의 제단에 또 다른 말들을 보태는 일을 멈출 수 없다. 마치 결코 닫을 수 없는 문처럼.

깨진 컵을 주워 삼촌이라 부른다
그건 아직도 컵이라서 나를 따라 눈물을 흘린다
오지 않은 겨울을 옥희라 부르고
우리는 창고의 문을 오래도록 열어 둔다

5. 백일몽, 미래와 시의 시제

　문학은 사회를 반영한다는 말을 여전히 믿는다. 하지만 그것은 거울처럼 현재를 말끔히 반영해서 텍스트의 표면 위에 재현하는 일은 아닐 것이다. 보르헤스 소설의 한 단락처럼, 현실을 있는 그대로 복제하는 지도는 현실만한 크기를 가져야 한다. 그런 지도를 참조하느라 고민하느니 그냥 현실을 열심히 살아가는 게 더 나을 것이다. 현실과는 어딘지 조금 다른, 모종의 거리 감각을 통해 축소되거나 왜곡된 지도의 묘미에 예술이 있다. 시는 그렇게 만들어진 특별한 종류의 지도를 가리킨다. 요점은 이 지도의 등고선이 현재의 현실지리가 아니라 미－래의 심상지리를 가리킨다는 데 있다. 첫머리에서 언급한 시인의 말을 다시 빌린다면, 시는 "미래의 시제"에 속할 터. 아마 당장 쓸모없기는 이런 지도도 매한가지일 것이다. 미－래는 예측되지 않은 채, 지도 없이 흐르는 시간의 강을 따라 도래할 것이기 때문이다.

　그러므로 시의 시제는 언제나 미래에 있다. 그것은 자연스레 주어지지 않는다. 예측 가능한 것만을 예측하는 것은 현재의 연장일 뿐 미－래가 아니다. 미－래가 우리 앞에 '열려' 있다면, 이는 그 사건의 시간이 예측 불가능성에 개방되어 있으며 인과적으로 연결되는 '다음 순간'이 아닌 까닭이다. 현대의 온갖 과학과 학문의 렌즈를 통해서도 미－래는 완전히 손에 쥐어질 수 없다. 만일 누군가 미－래의 시란 무엇이냐고 묻는다면, "낮꿈", 곧 백일몽이 그것이라 답해야 옳을 것이다. 허황되거나 시시한, 그래서 확정되지 않는 무수한 몽상의 분기들. 분명하고 가까운 모든 것들이 거리를 만드는 이질성의 체험. 미－래는 오직 그런 백일몽으로부터만 나온다. 바로 어제까지도 지금－여기의 이 순간, 오늘은 결코 확언할 수 없이 열린 시공에 위임되어 있었듯이. 역사가 뒤집어지고 시절이 격동하는 이 시점에서, 부러 다급한 질문과 답변들을 한켠에 밀쳐두고 심상의 먼 거리를 헤집는 시편들을 꺼내 읽어본 이유가 그에 있다.

머뭇거리는 이 봄의 착란들

시적 감각의 특이성에 대하여

1. 봄과 '이 봄'

　도대체 왜 다시 봄이 오는가, 라고 누가 묻는다면 아마도 곧장 실없는 소리로 여겨지리라. 겨울 다음에 봄이 오는 것은 여름이 가을로 가고 겨울이 다시 봄으로 이어지는 자연의 순환이자 순리 아닌가. 누구에게든 어릴 적 처음 알게 된 계절의 변화를 놀라워하며 바라본 기억이 있을 것이다. 하지만 지구의 자전과 공전, 사계절의 원리와 현상에 대해 배우게 되면 더 이상 왜 봄이 돌아오는지 묻지 않게 된다. 지금의 '이 봄'은 이전의 봄과 다르지 않고 이후의 봄을 예상케 하는 계절의 반복일 뿐이니까. 봄은 여전하다. 상식은 이토록 당연한 우리의 앎을 가리키는 이름일 것이다. 그것은 예외 없이 적용되는 규정된 지식이자 그 바깥을 허용하지 않는 통념이기도 하다. 물론 그러한 앎을 무시한 채 '정상적'인 생활을 기대하긴 어렵다. 어느 철학자의 말대로, 아침결에 밥상머리를 마주한 가족의 얼굴을 저녁 식사 자리에서 동일한 사람으로 인지하지 못한다면 어떻게 그날 밤

편히 잠들겠는가. 오늘 찾아간 직장과 내일 찾아갈 직장을 똑같은 장소라고 인식할 수 없다면 도무지 생활이란 것 자체를 영위할 수 없을 일이다.

아닌 밤중에 홍두깨 같은 소리지만, 그와 같은 정상성이 동일성을 지칭하는 말이라면 우리네 삶은 지극히 '비정상적'이다. 곰곰이 생각해 보라. 아침 8시에 당신과 조반을 함께 하던 사람의 생명은 저녁 8시에 다시 만났을 때도 변함없이 남아 있는가? 당신 앞의 그 사람은 전체 인생 가운데 12시간을 이미 소모해버린, 그래서 한층 늙고 쇠락해져버린 모습으로 변하지 않았는가? 하루해가 뜨고 지는 사이에 신체를 구성하는 세포들은 병들어 쇠약해지고 불가역적인 중지 상태에 더 가까워졌다. 돌아오지 않는 시간의 행로에 자기를 실어 보낸 것이다. 어제 찾아간 직장도 어느새 닳고 퇴락하여 내일 다시 찾을 때는 다른 외관, 다른 강도를 지닌 채 세월을 버텨갈 것이다. '동일하다'는 언표 자체를 제외하면 이 세계에서 동일하게 남아 있는 것은 아무것도 있지 않다.

그렇다면, 봄은 여전하다,라는 언사는 전혀 진실이 아니다. 언제 오는 봄이든 봄은 똑같지 않았고 늘 다른 '봄들'만이 있었으며, 단지 '이 봄'이라는 개별적인 사건만이 도래해 왔다. 그러므로 '이 봄'은 봄이 아니다. 지금 맞이하는 이 계절이 기억 속에 남아 있는 예전의 그 시절이나 언제고 찾아올 다음 절기와 같을 리 없다. 상식과 통념에 봉사하는 기호로서의 봄은 이 봄의 진실을 담아낼 수 없다. 봄은 존재하지 않거나, 일생을 두고 단 한 번 찾아오는 사건으로서만 실존한다. 우리에게는 이 봄을 봄이라 부를 권리조차 없을지 모른다. 난생처음 맞이하는 계절에 어떤 이름을 붙일 수 있겠는가?

유명론唯名論적 논변을 빌려 이 세상에 동일한 것은 아무것도 없다는 궤변을 펼치려는 의도는 아니다. 어찌 보면 그런 궤변 자체가 이미 지루할 만큼 낡고 반복적인 수사에 갇혀 있을 것이다. 다만 다르다는 느낌, 차이로서의 지금-여기를 지각하는 일의 무모함과 그 현기증 나는 감각에 대해 이야기해보고 싶다. 일상에 안주하려는 우리의 관성이 강력한 만큼, 봄이라는 언표를 넘어 이 봄의 사건들에 다가가기는 쉽지 않다. 사변과 논리의 언어로써 언표 너머의 실재를 만나기는 쉽지 않은 노릇이다. 이 봄의, 형언할 수 없는 이질적인 감수성을 언어로 수납하는 착란의 순간들이 있을 따름이다. 그렇게 봄의 상식과 통념을 비껴가는, 이 봄의 이물감을 담아내는 형식을 만나고 싶다.

2. 무지의 지식, 앎의 역설

데카르트는 우리의 양식良識이 공평하게 분배되어 있다고 단언했다. 양식 bon sens이란 '선한 감각'이자 '좋은 방향'이며, 대개 '상식'과 '통념'이라고 불린다. 선하고 좋은 것이기에 누구에게든 거스를 리 없고, 몸에 체득된 감각이기에 우리의 사고와 행동을 특정한 방향으로 이끌어 간다. 통상 '자연스럽다'고 여겨지는 것, '그래야 한다'고 여겨지는 것들의 집합이 양식인 셈이다. 문제는 그것을 '공평하게 분배되어' 있다고 가정하는 데서 생겨난다. 양식이, 곧 상식과 통념이 보편적이라면 보편을 벗어나는 것은 나쁘고 악한 것일까? 니체라면 이렇게 항의했을 것이다. 도대체 선하고 좋은 감각, 방향은 누가 결정하는 것이냐고. 나아가 모두가 그렇게 한 가지 감각과 방향에만 붙들려 있다면, '다른' 감각이나 '다른' 방향이란 게 있을 수 있겠느냐고. 상식이 양식으로 통하고, 통념을 정답으로 받아들이는 세상은 바람직할까? 내가 아는 것과 당신이 아는 것이 일치하는 세계, 모두의 앎이 서로의 거울이 되어 남김없이 되비추는 시공간은 숨 막힐 정도로 억압적이지 않을까?

하염없이 승강장 벤치에 앉아 있다. 스크린도어에 비친 내 얼굴이 터널

속에서 어른거렸다. 떠나지 못하고 같은 곳을 맴도는 지하철의 유령들과 섞여 있었다.

　밖에서 당신을 봤어. 어젯밤 남편이 말했다. 제발 아무 데서나 불행한 여자처럼 넋 놓고 앉아 있지 마. 그는 수치심을 느낀 것처럼 보였다.

　안내방송이 흘러나온다. 승강장 안으로 열차가 들어오고 있으니 승객 여러분께서는 노란 안전선 밖으로 한걸음 …

　한걸음 물러섰으면 좋겠다. 내가 당신을 조금 더 모르고, 당신이 나를 조금 더 모르면, 우리는 어쩌면 조금 더 좋은 사이일지도 …
　　　　　　— 김행숙, 「우리가 볼 수 있는 것」 부분(『현대시』, 4월호)

　두말할 나위 없이, 서로에 대한 친밀한 앎은 모든 관계의 이상理想이다. 말없이 서로를 이해하는 이심전심의 미덕이 발휘되어야 하는 관계가 비단 부부 사이만은 아닐 것이다. 그렇지만 타인에 대한 잉여 없는 지식은 진정 우리를 행복하게 만들어 줄까? 나에 관한 타인의 앎에 내가 일치하지 않는다는 이유로 그가 수치심을 느낀다면, 그것을 좋은 관계라 부를 수 있을까? 오히려 서로에 대한 앎의 일치란 규정된 지식의 한계 안에 서로를 가두고 그 너머의 실재를 바라보지 않으려는 완고한 거리 감각에 다르지 않다. 그러한 통념의 울타리 안에 나를, 타인을 가두어 두고자 할 때 폭력은 필연코 발생한다. 그러니 관계를 지속시키고 서로를 절연에 이르지 않게 하는 길은 차라리 지식의 안전선 '밖으로' 물러서는 데 있을 터. 내 앎의 바깥에 타인을 두는 것, 미지의 잉여로서 그를 남겨두는 것. 온전히 내 것이 아닌 앎, 모른다는 것과 다르다는 것을 받아들임으로써 오인과 착란의 지대를 열어 두는 것. 그때야 비로소 '우리는 어쩌면 조금 더 좋은 사이'로 남을 가능성을 갖게 된다.

단 하나의 감각과 방향을 벗어나도록 하는, 양식 '외부'의 앎, 즉 무지를 수용하는 것이 그 출발점이다. 마땅히 알아야 하고, 그렇게 아는 것이 자연스럽다는 상식의 논리 '너머'를 바라보는 역설은 스스로를 통념의 안전선 바깥에 두는 데서 시작된다. 이는 내게 주어진 지각의 조건을 있는 그대로 받아들이는 데서 비롯되는 무지의 지식이다. 앎의 역설, 지식의 타자를 맞아들이는 순간에야 최소한의 평안도 우리에게 허락될 듯하다. 앞면과 뒷면을 같은 것이라고, 그것만이 당연한 일이라고 감히 주장하지 않는 것이다.

> 나는 내가 볼 수 있는 것을 본다. 열차에서 내리는 사람들의 앞면과
> 열차에 올라타는 사람들의 뒷면. 나는 내가 볼 수 없는 것을 보지 않는다.
> 열차에서 내리는 사람들의 뒷면과 열차에 올라타는 사람들의 앞면, 그리고
> 나는 당신을 보지 못한다.
> — 김행숙, 「우리가 볼 수 있는 것」 부분(『현대시』, 4월호)

3. 배반의 감응, 실재의 감각

아무것도 당연하지 않다. 자연스럽다고 말하는 것은 결코 자연스럽지 않다. 스피노자는 동전을 높이 쳐들어 우리에게 보여준다. 손에 쥔 태양이 동전만 하게 보이는가? 그렇다면 태양의 크기는 동전과 같은 걸까? 감각은 우리를 속이게 마련이라는 독설은 데카르트의 전매특허였다. 스피노자는 감각을 탓하지 않는다. 태양의 크기가 동전과 다르다는 사실은 조금만 참을성 있게 기다려 보면 금세 확인할 수 있다. 시간이 흐르고 계절이 바뀜에 따라, 당신이 찾아간 장소마다 태양은 동전보다 작기도 하고 크기도

할 것이다. 오히려 그가 조심스레 살펴보도록 주문하는 것은 우리의 믿음이다. 태양과 동전의 결코 같을 수 없는 물성物性을 '동일하다'고 주장하는 것은 우리의 믿음일 따름이다. 물론 믿음 그 자체는 무죄다. 믿음과 실제를 혼동할 때, 현실은 우리를 배반한다. 하지만 그 배반의 감응affect을 소중히 할 필요가 있다.

> 꽃이 피지 않았다. 개는 오는가. 언제 오는가. 우리는 돌멩이를 던졌고, 햇빛이 골목의 그림자를 거두어갈 무렵에는 발이 차가워졌다. 개는 오는가. 수북한 돌멩이 위에 하나를 더 쌓으면서 우리는 하나 둘 그리고 여덟, 숫자를 세는 일이 계속되었다. 우리는 어쩌면 개를 기다렸고, 골목에서 서로를 미칠 듯이 그리워하는 감정을 갖게 되지만, 네가 개가 되었니? 묻지는 않았다. 꽃이 피었다. 무료한 꽃이 피어도 개는 오는가. 결국 오는가. 우리는 돌멩이를 하나 던졌고, 돌멩이가 멈춘 곳에서 나는 검고 긴 혀를 빼물고,
> — 이기성, 「개와 여덟개의 감정」 전문(『창작과비평』, 봄호)

베케트의 드라마에서 고도를 기다리는 사람들은 고도에 대해 무지하다. 아니, 거꾸로 잘 알고 있다고 말해도 옳을 것이다. 이 역설적 앎의 핵심은 그가 오리라는 믿음에 있다. 그가 올 것이라는 믿음은 그에 대한 지식을 형성하고, 다시 그의 도래에 대한 확신을 지지한다. 이 순환논리에서 시작과 종결의 구분은 무의미하다. 중요한 것은 믿음과 실제가 반복되고 교차하는 사이에 오지 않는 그에 대한 우리의 앎도 믿음도 생겨난다는 사실이다. 시인은 묻는다. 개는 오느냐고. 오지 않는 개를 기다리며 숫자를 세는 사이, 불어난 숫자만큼이나 다양한 감정들이 부풀어 오르고 어느새 개가 올 것이란 믿음이 현실이 되었다.

무릎을 꿇어라, 그러면 믿게 되리라. 파스칼의 금언이다. 가공의 믿음이 실제를 끌어당기고, 지금-여기의 현재 속에 일치의 생성을 불러내는 '기적'

이 나타난다. 그렇게 생겨난 믿음은 애초에 무릎을 꿇을 때의 믿음과는 다른 것, 즉 반복해 무릎을 꿇으면서 형성된 오인과 착란의 결과가 아닐까. 핵심은 절대 진리와 같은 신앙으로서의 믿음이 아니라 차라리 무릎을 꿇는 행위 자체인바, 그 무의미한 반복이 오히려 의미를 낳고 말았다. 오인이 진리에, 외면이 내면에, 착란이 실재에 도달하는 사건이 그것이다. 그러니 진리가 사건을 일으키는 게 아니라 사건이 진리를 불러낸다. 믿는다는 맹목이 그 대상을 지식으로 만들고, 지식은 다시 진리의 얼굴로 우리 앞에 도착하는 것.

마침내 개가 여기에 기다리던 장소에 당도하였느냐는 핵심이 아니다. 개의 부재와 존재는 왔느냐 오지 않았느냐의 물음의 형식을 통해 시상을 이끌어 가는 차이의 작인作因일 뿐이다. 그 존재와 부재의 미세한 틈새 사이로 '돌멩이'가 던져졌고 '숫자를 세는' 시간이 지나갔으며, '서로를 미칠 듯이 그리워하는 감정'이 생겨났다. 그 사이에 '무료한 꽃'이 피었고, '돌멩이가 멈춘 곳에서' 드디어 '나'가 보이기 시작한다. 이 모든 것은 주인기표인 개를 둘러싸는, 그러나 개 자체는 아닌 오인의 기표들이며, 개의 도래를 묻는 착란의 과정을 통해 서서히 드러나는 실재의 감각을 표현한다. 쉼표로 끝나버린 시가 시사하듯, 개는 여전히 오지 않았고 아마 앞으로도 오지 않을 것이다. 그러나 개의 도착을 묻는 질문은 그침 없이 계속될 것이며, 마찬가지로 지금-여기라는 착란적 사건의 현재는 끝내 종결되지 않을 것이다. 이 봄도 그러하지 않은가?

4. 착란된 지각, 이물감의 본래면목

유한한 존재자로서 인간은 시간의 흐름을 움켜쥘 수 없다. 매양 우리가 낚아채는 것은 단속적인 시간의 조각들이며, 그것들을 이어 붙인 '지금'을

'현재'라고 명명하는 기계는 우리다. 후설은 이를 다시 당김Retention과 미리 당김Protention 사이의 의식적 과정으로 설명한다. 우리가 아침에 본 사람과 저녁에 본 사람이 동일함을 확신하는 것은, 과거 기억의 잔상을 현재 지각된 이미지에 다시re- 이어붙이고 미래의 예상 속에 미리pro- 겹쳐 놓음으로써 '같다'고 믿어버리는 인식 작용이라는 것이다. 이렇게 하나로 연결된 이미지의 묶음을 우리는 동일성의 틀 속에 박제해버리고, 시간의 흐름이라고 간주해버린다. 그렇다. 우리네 '정상적' 일상이란 그런 착란적 보정 과정 없이 순탄하게 이어질 수 없는 것이다.

이 과정이 대단히 심오한 인식론적 회로를 거쳐 일어나는 일처럼 생각될 수도 있겠지만, 실제로는 논리적 인지를 떠나 그 저변에 있는 감응에 바탕을 둔 사태에 가깝다. 가령 저녁 시간에 마주 앉은 상대방을 아침의 그 사람과 같은 인물로 여기기 위해 우리는 무엇을 다시 끌어오는가. 아마 얼굴의 형태나 머리 모양, 옷차림새와 같은 외적 특징들이 가장 간편한 표지가 될 것이다. 그런데 아침의 그를 규정짓던 것이 단지 눈썹의 모양이나 입술의 형태, 입고 있던 옷 색깔이나 체형 따위에 한정될까? 외형의 패턴은 얼마든지 복제 가능하고 변경될 수 있는 게 아닌가? 그보다는, 우리가 그를 그로서 인지하고 지각하는 결정적 이유는, 무엇보다도 그라는 존재를 둘러싼 분위기나 느낌, 곧 감응이 아닐까? 상대에 대한 정서적 거리감, 가까움과 멂, 의존과 기피, 사랑과 증오, 막연하지만 타인들과는 분명히 구분되는 특별한 분위기, 그와의 관계로부터 발산되는 '느낌적 느낌'. 가까운 사이, 잘 알고 있을 뿐 아니라 내밀한 정서적 교통이 있는 관계라면 더욱 형언하기 어려운 어떤 무엇이 그를 둘러싸고 있기에 우리는 그를 감히 '안다'고 단언하지 않는가. 선하다거나 악하다고, 좋다거나 나쁘다고 이분법적으로 단언할 수 없으며, 보편적 통념의 언표로는 설명할 수 없는 사건적 감응만을 우리는 지각할 따름이다. 몇 가지 외적 특징만을 '다시 당기고' '미리 당겨서' 일치시키는 인식 작용이 정작 놓쳐버리는 것은 바로 그러한 통념 바깥의 힘, 감응의 흐름이다.

> 창밖으로 자동차 소음이 끊임없이 들어오는 낯선 곳에서 나는 당신을
> 생각하지 않는다
> 잘 읽히지 않는 이 책의 한 페이지에서 여러 번 책장을 덮었다 다시
> 펼칠 때 나는 당신을 생각하지 않는다
> 들길을 걷다 노랑꽃창포와 골풀이 피어 있는 습지를 만나고 거기서 고라
> 니가 뛰어나오는데 당신을 떠올릴 겨를이 없다
> 어떤 깊고 얕은 풍경 앞에서도 나는 당신을 떠올리지 않는다
> ― 조용미, 「비가역」 부분(『문학동네』, 봄호)

당신을 직접 마주하고 있지 않은 어떤 시간의 여백, 그 사이–시간은
텅 비어 있는 진공, 순수한 무無가 아니다. 당신의 부재는 온갖 다른 것들로
가득 채워져 있다. 지금–여기는 '자동차 소음'이 끊임없이 몰려드는 '낯선
곳'이다. 화자의 손에는 어떤 이유에서든 읽히지 않는 책이 쥐어져 있고
'여러 번 책장을 덮었다 다시 펼'치는 중이다. 눈앞엔 '들길'이 열려 있어
'노랑꽃창포와 골풀이' 핀 '습지'가 보이고, 놀란 '고라니'가 뛰는 광경을
보느라 '당신을 떠올릴 겨를이 없다.' '당신'의 부재가 먼저인가, '당신'을
제외한 다른 것들의 존재가 먼저인가? '당신'은 아마도 시적 이미지의
주인기표이겠지만, 오직 당신 하나뿐인 세상보다 당신이 없는 지금–여기의
'풍경'이야말로 깊든 얕든 더욱 풍요로울 성싶다. '당신' 없이 떠올리는,
무의식의 감응 속에 포착되는 이 모든 것은 '당신'이라는 이미지를 조형하기
위해 버려져 왔던 타자의 무수한 형상이 아니던가. 통념 바깥에 놓여 보이지
않고 들리지 않던 실재의 감각들, 있는지 없는지 차마 알려지지 않았던
착란된 지각의 조각들. 이 봄이 동반한 이물감의 본래면목本來面目이 바로
그것이다.

이렇게 많은 것들이 온전히 다 나의 것이었다니

이제 나는 당신을 생각하지 않는다 당신을 생각하지 않으니 당신을 떠올
리지 않아도 되는 한가함이 더해진다

당신을 생각하지 않자 새로운 일이 일어난다 당신을 생각하지 않는 새로
운 일과는 또다른 새로움이 생겨난다

— 조용미, 「비가역」 부분(『문학동네』, 봄호)

물론, 당신의 존재로 인해 상실되었다가 돌아온 그 모든 것이 이제 갑자기
'나의 것'이 될 리는 없다. 그 역시 하나의 착오이자 오인이리라. 하지만
'당신'이라는 언표의 결박으로부터 벗어나는 순간, 지각은 자유롭게 해방되
고 이전에는 존재하지 않던 감각들과 접속하는 '한가함'의 시간이 찾아오게
된다. 그것은 '새로운 일'로, 단순한 부정('당신을 생각하지 않는')과는
"또다른 새로움"이다. 아마도 긍정으로서. 고정된 기호의 당연하고도 자연
스러운 연상 효과와 의미망을 절단하는 낯선 사태가 발생했을지 모른다.
사건이 '일어난' 것이다. 당신이라는 언표를 넘어서는 무모하고도 현기증
나는 이 감각은 '당신'의 존재 너머에, 그 부재 사이에서 열리고 있다.
이 봄이 봄의 '바깥에서' 비로소 당도하는 것처럼.

5. 시의 성장판, 감응의 수신기

달력 한 장을 넘기면 2월은 3월로, 겨울은 봄으로 가뿐히 넘어간다.
학기가 새로 시작되고 백화점은 할인행사를 벌이며 옷차림도 가벼워진다.
봄이라면 의당 해야 할 일들과 할 만한 일들의 목록을 우리는 충분히
갖고 있다. 하지만 이 봄은 단숨에 찾아오지 않는다. 숫자가 정해 놓은

계절의 변화를 본 듯 못 본 듯, 이 봄은 머뭇거리며 도둑처럼 다가온다. 인식되거나 인지되지 않으면서 실감만으로 어느새 도착해버린 이 봄은 이미 하나의 사건이다. 그것은 지금—여기에 문득 와 있을 따름이다. 봄이면서 겨울이고, 겨울 아닌 듯 봄도 아닌 시간의 이행 속에 이 봄은 착란처럼 산란하는 순간을 드러낸다. 이 봄을 봄으로서, 언어로 기입하는 시간은 벌써 완연한 봄날일 것이다.

봄이라는 언표가 수반하는 흔한 연상들이 무가치하지는 않다. 일상을 평안히 영위하기 위해 우리는 여전히 봄의 이미지와 기호, 의례들을 필요로 한다. 그런 게 없다면 이 봄을 온전히 마주하는 것도 차마 불가능할 노릇이다. 이 봄 역시 봄에 기대고, 봄으로 인해 이 봄일 수 있을 테니까. 단지 봄의 언표에 갇히지 않은 이 봄을 실감하는 것만이 문제다. 매번 우리는 이 봄과 우연히 맞닥뜨릴 뿐이며, 그것은 유일무이한 사건이므로 되돌아오지 않는다. 이 봄이 지나면, 내년 이 계절에는 또 다른 이 봄을 맞이할 것이다. 결국 이 봄을 되풀이하는 사건만이 반복된다. 각각의 봄은 서로 다르고, 그 가운데 어느 것이 진짜 봄이라 말할 수도 없다. 따라서 이 봄이 언표되기 이전에 먼저 지각되는 순간, 머뭇거리는 이행의 그 착란적 사건에 늘 민감해야 한다. 미세한 떨림에도 반응하는 감(感)좋은 지진계처럼, 시의 성장판이 닫히지 않고 항상 생동하도록 예민한 감응의 수신기가 늘 켜져 있길 바라본다.

<주의사항>
성장판이 닫힌 당신은 입실이 불가합니다!
되돌이표는
연주할 수 없습니다!
— 김효은, 「소라껍질모텔」 부분(『현대시학』, 4월호)

시작詩作, 비인간의 노고

(불)가능한 시의 성좌들

1. 시의 노동, 무익한 황홀경

　고대의 시인은 무당이자 가수였다. 어느 필부匹夫의 귀에 홀연 '저 너머'로부터 영감이 당도하면 그는 시인이 되어 입을 열었다. 호메로스가 『일리아스』를 읊을 때 그 서두가 "무사musa의 여신이 내게 전하길 …"로 시작되었던 것은 이 서사시가 자기의 창작물이 아니라는 뜻이다. 시는 강림한 신성神性의 계시와 같은 것이었기에 범상한 인간의 언어가 아니라 흐르는 듯 이어지는 노래의 형태를 띠었다. 또한 그것은 한갓된 개인의 사설私說이 아니라 거대한 집단의 공의公儀로서 사람들에게 전달되었다. 그처럼 신과 인간, 집단과 개인을 이어주는 시인은 특별한 재능과 자질을 타고나지 않으면 안 되는 존재였다. 그러나 불행하게도 시인의 영감이란 '백치의 지혜'에 가깝다고 논평한 것은 철학의 시조인 플라톤이었다. 세상만사를 꿰뚫어 보아도, 그 앎은 자신으로부터 울려 나온 게 아니기에 시인은 세상사에 무력하다. 만인을 감동시키는 절세의 명창이어도 자신이 부르는 노래의 음표 하나

제대로 그려 넣을 줄 모르는 어린아이의 천진한 무지가 그에게 있다.

근대 낭만주의 시대의 시인도 유사한 운명을 겪었다. 신성한 부름이 있기 전까지 시인은 범인과 구분되지 않는 자연인에 불과하다. 생업에 종사하고 이웃과 사귀며 소소한 일상을 영위하는 모든 면에서 그를 시인이라 부를 만한 특별한 이유를 찾을 수 없다. 고대와 다른 점은 근대의 시인은 자신의 시인됨과 그렇지 않은 순간을 첨예하게 자각하고, 시적 호출의 시간을 애타게 갈망한다는 점이다. 시인이 아닌 자신은 아무것도 아니라는 고통스런 자의식의 각인이 그에게 새겨져 있다. 그렇기 때문에 근대의 시인은 끊임없이 관찰하며 읽고 쓴다. 불현듯 찾아들 그 순간을 대비하기 위해. 자신의 무지에 대한 깊은 이해가 여기 있다. 하지만 그 이해가 깊어질수록 일상에 포위된 자아는 더욱 초라하게 느껴질 따름이다. 그 갑갑한 기다림의 시간을 러시아의 시인은 이렇게 묘사한 바 있다.

> 성스러운 제물 바치라고
> 아폴론이 그를 부르기 전까지
> 시인은 무력하게
> 부질없는 세상사에 골몰하여
> 그의 신성한 리라는 울리지 않고
> 영혼은 싸늘한 잠에 취해 있어
> 보잘것없는 세상의 자식들 중에서도
> 가장 못난 자식일지 모른다.
> — 알렉산드르 푸슈킨, 「시인」(1827) 부분, 석영중 옮김

'신성한 리라'가 울리는 순간, 무가치하던 일상은 단숨에 무너져 내릴 것이다. 시적 황홀은 생활을 넘어서는 성스러운 계시와 같다. 이는 근대문학이 성립하며 이면에 남겨둔 신화적 장면의 하나일 테지만, 여전히 근대인의

때를 못 벗은 우리를 여전히 감싸고 있는 문학적 신화다. 아이러니컬하게도, 이 같은 신화적 원장면과 동시에 우리에게 익숙한 또 다른 문학의 원장면은 언어학이라는 근대 학문이 제공한 것이다. 시는 자연언어에 가해진 체계적인 폭력이라는 러시아 형식주의자들의 정의가 그것이다.

20세기 초, 순수한 언어적 울림과 유희야말로 시의 문학성을 보증한다는 형식주의자들의 선언은 현대 문학적 건축술의 기본 원리가 되었다. 여기엔 신성한 영감의 도래보다는 시적 언어의 특수성과 자족성이 명기되어 있다. 더 이상 영감에 목말라 몸부림치는 시인은 없다. 오직 시적 언어가 펼치는 비인칭적 자기조직화가 있을 뿐이다. 동시에 이러한 정의는 시와 일상, 시적인 것과 생활 사이에 더 깊은 간극을 열어놓았다. 시는 범속을 벗어나는 일탈이며, 시어는 생활을 넘어서는 초탈이라는 암묵적 전제가 거기 있다. 하지만 시적인 것과 시적이지 않은 것 사이의 첨예한 경계는 시에 관한 오래된 유습이자 환상의 인장印章이 아닐까? 시의 각별함은, 그리고 시어의 날카로운 예지는 '저 너머'로부터 홀연히 던져진 것도 아니요, 금강석처럼 자연스럽게 조성된 비자연도 아닐 것이다. 시적인 것의 근원에 대해서는 아무 말도 할 수 없다. 그러나 시적인 것이 피어오르는 그 순간을 집요하게 기다리고 움켜쥐려는 노고는 대체 누구의 것인가? 노동 아닌 노동, 무익한 황홀경의 사상.

2. 이름과 필연, (불)가능한 시

☆

저 흰 모래의 적확한 이름을 알려 달라
그러면 나는 검은 시를 쓸 것이다

☆

보이지 않는 바람이 흰 모래 기둥을 일으킨다

검은 모래가 가라앉는다

☆

모래는 뭉쳐지지 않는다

☆

모래가 순간 탑을 이룬다

☆

모래 위에 물결 자국이 남는다

검은 파도는 사라지고 흰 소리가 남는다

☆

희고 검은 모래들이 무리 지어 있다

☆

모래

☆

☆

— 송승환, 「군도群島」 전문(『시인동네』, 5월호)

시학의 오랜 전통은 시가 인간의 자연스런 정취를 표현한다고 가르치지만, 적어도 시가 자연 그 자체와 같은 것은 아님을 기억해 두자. 또한, 어째서 자연으로부터 자연과는 다른, 시적인 것이 발생하는지에 관해서는 일단 접어두자. 다만 시의 궁구窮究가 이름을 지향한다는 것만은 말해두자. ☆은 발음되지 않는 기호이며 명명을 기다리는 자연적 사태의 추상 자체다. 자연은 스스로 분해되고 종합하는 과정을 보여주고, 시인은 이를 망연히 관찰하는 눈일 뿐이다. 그가 보는 것은 자연을 벗어났으되 인간적인 의미로 조형되기 이전의 사태, 자연과 인간의 경계선에서 빚어지는 변화의 광경일 것이다. 가늠할 수 없는 사태의 '적확한 이름'이 주어진다면 거기에 시가 있을 터. 하지만 아직 태어나지도 않은 그 시는 전달 불가능성이라는 운명을 타고났다. '보이지 않는 바람'에 의해 '흰 모래 기둥'이 되는가 하면 금세 '검은 모래'로 가라앉고, '뭉쳐지지 않'는가 싶더니 또한 '순간 탑을 이룬다.' 사태는 필연일지 몰라도 이름은 번번이 그것을 빗겨나 버린다. 적확한 이름을 붙일 수 없는 이 천변만화千變萬化는 흰 바탕 위에 그려지는 검은 구멍의 놀이를 닮았다. '검은 시'는 쓰이자마자 곧장 '흰 소리'로 되돌아갈 것이며, 거기엔 모래 더미 같은 사태 자체만이 '☆'로서 항상 남겨져 있다. '흩뿌려진 섬[群島]'이란 이 헤아릴 수 없는 사태에 간신히 붙여진 시의 명명 아닐까. 최소한의.

3. 흰 바탕과 검은 구멍, (무)의미의 성좌

들뢰즈와 가타리는 흰 벽과 검은 구멍의 기호학적 유희를 안면성visagéité이라 불렀다. 선험적인 의미 규정이나 초월적 기원 없이, 세계의 사물들은 우연한 배치를 통해 의미를 형성하고 방출한다. 자연적 사태가 돌출시키는 기계적machinic 변전만이 존재하고, 의미는 다분히 부가적이며 잉여적인 효과로만 드러난다. 예컨대 사람은 누구에게나 눈, 코, 귀, 입이 있다. 기관으로서 그것들은 아무 의미 없이 기능을 수행하면 족할 따름이다. 이 기관들의 조합으로부터 '표정'이라는 의미를 발견하는 것은 인간의 자의이자 주관이다. 어떤 표정이 아름답거나 추하다거나, 선하거나 악하다는 것은 아무런 선험적인 정향 없이 내려지는 임의적 판단의 산물이다. 도덕과 선악미추를 아우르는 인간적 현상 일체가 사실 절대적 기의 없이 만들어진 작위의 결과물인 셈이다. 그럼에도, 그 같은 인간학적 결과가 이 세계의 운명을 짐짓 결정하고 인도하는 듯 여겨지는 것도 분명한 우리의 사실이다. 현존하는 모든 것이 원래 무의미하다고 외치는 것은, 만물에는 조물주의 창조의지가 깃들어 있다고 말하는 것만큼이나 어리석고 무익하다. 지금 주어진 것, 의미의 바다를 유랑하는 우리는 넘치는 바닷물을 허깨비라고 조소할 게 아니라 헤치고 나아가 주유周遊의 물결로 바꾸어야 할 것이다.

　왜 이어도는 이어도인가? '떠나고 없다[離於]'는 탄식은 물론 그 섬의 근원부터 새겨진 의미는 아닐 게다. 섬은 섬이다. 그것은 인간이 의미를 부여하기 이전부터 그저 섬으로서, 아니 섬도 아닌 무엇으로서 거기 있었을 따름이다. 그럼 섬이라는 명명은, 이로부터 유래할 수많은 감응과 표현의 언어들은 불필요한가? 일단 지어진 말들의 사슬, 그 의미의 리듬이 존재하지 않는다고 말할 수는 없다. 존재하게 된 시의 언표들, 의미의 덩이들은 또한 그렇게 거기 있는 무엇으로 지속하리라. 그러니 의미의 부재에서 의미의 존재로 이행하는 것은 사태의 곁을 지키고 무의미한 현상을 해독하는 누군가의 노고에서 기인한다 할밖에.

　　낡은 지도책은 낡은 책장에 꽂아두고
　　여기서부터 우리들의 세계를 그려볼까

　　불행한 기억은 벽화의 무늬로 그려 넣고

유년기의 향수는 라벤더 농장의 향기로 채워 넣고
악취 나는 골목길은 초록빛으로 채색하고

희미한 별빛, 위태로운 바람, 불안한 기억의 다발

우리는 이곳에서 서로를 끌어안고 즐거운 섬이 되었네
— 최예슬, 「풍선을 불었어」(『현대시』, 5월호) 부분

　세계는 흐름의 사태로 넘쳐나고, 언어는 그 사태를 지시하는 기호로
존립한다. 자연 자체로서 세계의 기호가 애초에 정해진 의미를 가질 리
없다. 언어는 사태를 관찰하고 반영하는 시인의 마음속에서 궤적을 그린다.
그 궤적들이 '어떤' 표정을 지을 때, 마치 별자리의 뜻이 신관神官의 마음에
들어오듯 비로소 '어떤' 의미가 드러나기 시작할 것이다. 그것이 아름다운지
추한지, 선한지 악한지, 혹은 긍정일지 부정일지는 아직 규정되지 않았다.
서서히 허공으로 날아오르며 연이어질 의미의 별자리를 이루기 위해 비상할
뿐이다.

어느 날 빛바랜 지도 속에 울고 있는 인형에게 풍선을 선물했고
부풀어 오른 풍선을 끌어안고 그녀는 우리에게 말을 건넸어

"저는 오늘부터 언어를 갖게 되었습니다.
아마도 먼 세계에 당도할 예정입니다."

어디선가 바람의 선율이 흘러나오고
비로소 풍선은 천천히 허공으로 날아오르기 시작했어
— 최예슬, 「풍선을 불었어」 부분(『현대시』, 5월호)

4. 무정한 세계와 감응의 기호

사물에도 표정이 있다는 말이 종종 사용된다. 반려견이나 반려묘에게서 애정이나 짜증, 슬픔을 읽는 것은 그에 대한 살가운 관계의 표현일 게다. 꽃과 구름, 온갖 사물적인 것들로부터 우리는 인간 얼굴을 찾아내지만, 표정이란 일반적으로 인간에게만 고유한 얼굴을 가리킨다는 데 대개 동의할 것이다. 인간 바깥의 사물세계에 표정이 있다면, 그것은 어떻게 자신의 현존을 드러내는가? 생전 처음 지나가는 골목길에서 문득 낯익은 기분을 느끼거나, 우연히 손에 쥔 낡은 사진으로부터 겪어보지 못한 사건의 풍광이 떠오르는 것, 무심하던 일상의 사물에 신체와 마음이 동조되는 기이한 경험, 귀신들림이 의심스러운 목소리와 환각, 호오好惡의 감정으로는 분별할 수조차 없는 세계에 대한 어떤 태도 …. 존재감 없이 존재하던 사물의 단편들에 감정의 기류가 흐르는 느낌은 희귀한 게 아니다. 우리는 언제나 조금씩 그런 것들을 느껴오고 살았다. 사물의 표정은 읽는 것이 아니라 절로 읽혀지는 것. 감응이란 그러한 세계와 자아의 맺는 비정형의 관계, 언어나 개념으로는 포착할 수 없는 낯선 감각의 소통을 가리키는 말이다. 시란 대체로 그 같은 감응에 대한 편집증적 기록이 아닐까. 거기엔 아무것도 없는 게 아니라 도대체 무엇인가 있다. 무정無情한 사물이 유정有情한 기호가 되어 말을 건네는 것은 집요한 시적 노동이 그것을 부지런히 뒤쫓아 갔기 때문이다.

> 무정물無情物이 있을 것이다
> 젊은 종교인이 있을 것이다
> 왕이 없을 것이다

천사들,

(유령들)이 있을 것이다

점화점點火點이 있을 것이다

새로운 아이들이 있을 것이다

유아론, 눈과 손, 박하향,

작은 기적을 갖추고 태어난 동물들이 있을 것이다

모든 첫 폭력이 있을 것이다

그리고 그 이후의 마음

신이 거의 없을 것이다

— 안미린, 「키오스크KIOSQUE」 부분(『현대시』, 5월호)

영원의 관점에서sub specie aeternitatis 세계를 보는 눈이 있다면 그 무엇도 변화를 입에 담기는 어렵겠다. 변하는 모든 것은 유일하게 실재하는 실체의 여러 면모들, 양태들의 운동일 뿐이다. 하지만 스피노자의 말처럼 현상의 모든 것이 단 하나의 실체로 곧장 환원되지는 않는다. 의미의 비밀은 여기에 있다. 선험하는, 그 자체로서의 의미란 환각일 것이다. 그러나 어떤 연유로든 일단 발생한 의미는 결코 지워지지 않고, 무로 되돌려지지 않는다. 무정한 사물은 '젊은 종교인'으로 비치다가 '왕'인 듯 보이기도 하고 금세 사라지기도 한다. 거기엔 '천사들'도 있을 테지만, 처음부터 있지도 않았다는 '유령들'이 되어 출몰하기도 한다. 역사와 신화, 세계를 주파하는 생성과 부재의 명멸들. 의미의 '점화점'이 있을 뿐이다. 그로써 '새로운 아이들'도 태어나고 모든 형상과 색채, 향기가 피어오르다 사그라든다. 언뜻 그것은 무의미에 대한 의미의 폭력처럼 여겨지지만, 실상 의미에 대한 무의미의 폭력이다. 만상萬象을 비추는 것은 오직 '마음'이라는 노동이다. 하지만 유심론의 미혹에 쉽게 자신을 내어주진 말자. 지금 사태를 빚어내 언어의 기호 속에 담아내는 마음은 '그 이후의' 효과이지 지금 여기에 실존하는 것은 아니다.

정말로 시의 노고는 유령적인 것일지 모른다.

> (유령들)이 존재할 것이다
> (우리가 스스로 인간의 일을?
> 우리가 밝은 미래성의 일을?)
>
> 희소재가 있을 것이다
> 먼 이야기 밖으로 스노볼을 깨뜨린 천사들처럼
> 흰 천을 뒤집어쓴 영혼이 있을 것이다
> 그리고 그 이후의 마음
>
> ― 안미린, 「키오스크KIOSQUE」 부분(『현대시』, 5월호)

5. 응시와 시작, 비인칭의 노고

유일무이한 실체, 그런 것이 과연 있는지 없는지 우리는 알 수 없다. 아니, 말할 수 없다. 시의 근원에 대해 묻지 않기로 했으니, 실체 또는 신의 기원에 대해서도 답하려 들지 말자. 다만 지금 여기에 온갖 형상으로 명멸하는 사물의 생生이자 표정인 양태들의 모험만을 긍정해 보자. 이 세계는 양태들의 바다이며 끝나지 않는 의미와 무의미의 분해와 결합, 그 리듬의 변주일 것이다. 그래서 보이는 끝은 끝이 아니라 일어난 생이 사그라든 지점이요 풍선처럼 부풀었던 의미가 찌그러져 가라앉는 광경일 따름이다.

> 끝이 보이는 바다는 처음이야
> 너는 말했지

한국의 바다에는 끝이 있다 세계의 모든 바다에도 끝이 있고, 바다 건너
어딘가에 세상의 모든 것이 다 있다는 그런 이야기에도 끝이 있고

　　바다에 끝이 없다고 누가 했는지
　　　　── 황인찬, 「소무의도 무의바다누리길」 부분(『문학사상』, 5월호)

　끝이 있거나 없음을 확인하는 '누가'는 중요하지 않다. 모든 의미가
결국 무의미로 돌아가거나 소진해버리듯, 항상 이미 누군가 있다는 점만이
(무)의미하다. 경계를 바라보는 누군가, 혹은 무엇인가 말할 수 없는 것이
존재할 뿐이다. 그것은 시인일까? 시적 노고라고밖에는 표지할 수 없는
어떤 응시. 끝이 없음을 알지만 지치도록 끝을 욕망하는 모종의 행위를
시작詩作이라 불러도 좋을까. 더 이상 시인을 찾지 않아도 괜찮은.

　　아직 우리는 끝을 보지 못했구나
　　그런 생각들 속에서

　　끝이 있는데도 끝이 나지 않는 날들 속에서
　　사랑을 하면서
　　계속 사랑을 하면서

　　우리는 어디를 둘러봐도 육지가 보이는 섬의 해변에 앉아 있었다

　　돌아가는 배 위에서는 멀미하는 너의 등을 두드리며

　　이렇게 계속되는 것이구나
　　생각을 했고

— 황인찬, 「소무의도 무의바다누리길」 부분(『문학사상』, 5월호)

6. 시인 없는, 시작의 풍경들

그런 '생각'의 끝에, 그러니 이제 신성한 소리가 들려와도 우리는 구태여 시인을 돌아보지 않는다. 그의 얼굴을, 표정을, 이름을 확인하는 것은 여전한 신화의 반복일 뿐이다. 근대 이후인지 문학 이후인지는 잘 모르겠다. 얼굴도 표정도 이름도 없이 부단히 관찰하고 읽고 쓰는 것은 '그 이후의 마음'에 지나지 않는지 모른다. 주체도 목적도 없이 항상 시작만 있는 시작. 또는 시작 없이도 가능한 시작. 마침내 시인 없는 시의 작용만이 남게 될까. 그렇다면 신령한 영감인지 무엇인지가 홀연 도달했을 때 우리는 그것이 다시 어디로 흐르는지 지켜보고 기호로 새기는 시의 노동을 온전히 맞이할 수 있을까. 시적인 것도 시적이지 않은 것도 아닌, 경계조차 지워버리는 노고만을 남기는. 동적인 이미지와 소리만이 무성히 달리는, '희고 검은 모래들이 무리 지어 있'는 ☆. 비인간적인, 너무나 비인간적인 시작의 풍경들.

거칠고 준엄한 그
소리와 혼돈으로 가득 차 달려간다
황량하게 파도치는 해안으로
아우성치는 드넓은 참나무 숲으로
— 알렉산드르 푸슈킨, 「시인」(1827) 부분, 석영중 옮김.

제4부

클리나멘의 시적 욕망

시, 혹은 나라는 타자를 향한 욕망

민구의 시편들

1. 주체, 매료되거나 소외된 나

에셔의 1948년 작 석판화 <그리는 손Drawing hands>을 본 적이 있을 것이다. 삐딱하게 가로놓인 도화지 위로 연필을 쥔 두 개의 손이 엇갈린 채 서로를 그리고 있는 그림을. 자기가 자기를 그린다는 발상도 재미있지만, 곰곰 뜯어보면 기묘한 탄성을 자아내게 만드는 부분이 있다. 손목에서부터 선의 흐름을 따라가 보자. 명암도 형태도 없던 2차원의 평면은 점차 핏줄 불거진 손등으로 입체화되고, 주름살이 돋아나면서 손가락 마디를 따라 구부러진다. 손끝을 타고 이어져 형상의 첨단을 구축하던 연필심은, 그러나 돌연 2차 평면 위의 와이셔츠 자락에 수직으로 낙하해버린다. 그곳은 단조롭고 희미한 차이만을 간직한 선분의 이편과 저편, 차이 없는 백색의 평면이다. 아이러니컬하게도, 다른 편 손이 발생하고 펼쳐지는 사건의 시발점이 바로 여기다. 에셔의 두 손은 생기生起, Ereignis라는 사건에 대한 악착스런 묘사가 아닐까.

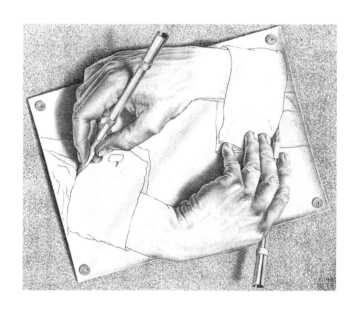

정작 손은 이러한 사건을 알지 못한다. 평면이 입체가 되고, 입체가 감응을 생성하는 사물이 되었다가 평면으로 되돌아가는 사건의 흐름은 손에게 알려져 있지 않은 비밀이다. 이 변화의 진폭을 알아보고 따라가는 자는 화면 밖 시선의 주체다. 스스로—되어가는 것으로서 손은 무연히 평면에서 입체로, 입체에서 사물로 사건적 순환을 따를 뿐이다. 시선의 기쁨은 사건의 목격자라는 데 있고, 시선의 슬픔은 사건이 언제나 눈 바깥에 서만 벌어진다는 데 있을 터. 어쩌면 시 역시 그러하지 않을까. 침묵하던 일상의 기호가 돌연 꿈틀거리며 목소리를 내기 시작하고, 자립성을 획득한 문자가 시인의 손길과 입술로부터 분리되면서 고유한 감응을 발산하는 순간, 시는 문득 주체 앞에 선다. 그러나 시는 주체의 것이 아니며, 그를 소외시키고 자기를 주장하는 사물이다. 마치 에셔의 두 손이 시선의 주체를 배제한 채 홀로 손이 되어가듯이.

민구의 첫 시집 『배가 산으로 간다』(문학동네, 2014)는 바로 그런 밀어냄 의 순간들을, 그리하여 시로부터 분리된 주체의 낯선 기분과 감각에 관한 소묘의 기록이다. 펜 끝에서 흘러나온 언어는 시의 감응에 실려 주체 앞에 당도하지만, 주체는 그것을 알아보지 못한다. 완연한 타자, 그것은 자신에게서 나왔지만 온전히 자신의 것은 아닌 사물로서의 시이다. "거울 밖으로 나온 건 나였다"(「房 — 탄생」), 하지만 "그 어디에도 / 나만의 것은 없다"(「공기 — 익명에게」). 찰나적인 창조의 환희를 대신하는 것은 기대와 불안의 착종된 감각이다. "어느 겨울밤 / 나는 드디어 내 안에 웅크린 / 새로운 존재의 형상을 보게 되었다 / 마음은 두근두근하여 기대와 불안을 가늠할 수 없었지만"(「혀」). 주체는 자신에게서 분리되어 나온 사물에 완전히 매료되거나 소외감에 함몰되지 않는다. 오히려 주체는 자신이자 자신 아닌, 시라는 타자를 관찰하고 기록한다. 에셔의 손이 평면과 입체 사이를 무한히 순환하며 스스로를 생산하듯, 주체는 자신과 분리된 시의 출현이 무엇을 낳는지, 시를 향한 자신의 욕망이 어디로 가는지 주시할 뿐이다. 하지만 그것은 세상의 법칙을 따르는 자연스럽고 안일한 과정이 아니다. 마치 배가 산으로 오르듯.

그때 누가 나무 밑에서 걸어나와
빈 배에 올라타는지 그의 신발 뒤축에 끌려
산 아래부터 중턱까지 흙부스러기가 쏟아진다

또 한 번 배가 산으로 가나?

— 「배가 산으로 간다」 부분

2. 시, 사물의 불쾌한 감응

한때 시인은 신성한 영감의 간택을 받은 자로 여겨졌고, 무지하던 필부가 홀연 신의 사도가 되어 천상의 언어를 읊조리던 시대가 있었다. 비록 자기 몸을 빌려 뮤즈가 풀어낸 작품이라 해도, 그것은 주체와 세상을 함께 충족시키는 황홀경의 감각을 가져다주었다. 그러나 신화를 빠져나온 이 시대에 그런 천연덕스런 낙관은 사치스럽다 못해 안쓰럽다. 시는 낯선 사물로서 나-주체 앞에 무표정하게 던져져 있을 뿐이다. 주체는 결코 자신의 시를 쓰지 못하며, 다른 '누군가'에 의해 쓰여진 시가 주는 분리감과 소외감에 사로잡혀 있다. 분명한 것은 자신은 선택받은 사도가 아니라 누군지 모를 타자가 던져놓은 시의 '구독자'에 불과하다는 사실이다. 여기에 낭만적 영감이나, 신화적 성스러움 따위가 자리할 여지는 없다.

> 누군가 먼저
> 쓰고 있다
>
> 누군가 먼저
> 시를 쓰려고
> 내 책상에 앉아 있다
>
> 그날 하루
> 종 친 기분
>
> 나는 독자
> 너의 시를 읽으려고 나타난 구독자
>
> ── 「누군가의 시」 부분

영문도 알 수 없이 '내 책상'을 빼앗긴 채 손에 쥐어진 시가 유쾌할리 없다. 자신의 의지와 욕망이 투여된, '나의 것'이 아닌 탓이다. 이물감은 계속된다. 시가 너무나 "삼엄해서 / 들어갈 틈이 없"다거나, 반대로 "헐렁해서 / 양쪽에서 당겨주고 싶"을 때, 혹은 "너무 가난해서 / 주머니를 털어줘야" 할 때 느끼는 무력함은 달랠 수조차 없을 터. 자신이 쓴 것이 아니기에 고쳐볼 여지마저 없으니까. 시인이 되지 못한 주체는 자기 책상을 차지한 누군가, "시인"이라 불리는 그 자의 "마지막 문장을 기다"리지만, 끝내 완성된 시는 역시나 낯설고 불편하다. "그의 시가 마음에 들지 않는다 / 하지만 고칠 수가 없"다.

언젠가 뮤즈가 주체의 손을 빌려 시를 내놓았을 때 느꼈던 일체감은 사라지고, 시는 다만 무조건 받아들일 수밖에 없는 위화감의 대상이 되고 말았다. 그것은 처음 건져 올릴 때부터 벌써 "죽은 물고기"와 같아서, 무작정 떠안을 수밖에 없는 불쾌한 사물이다. 그렇다. 한번 세계에 모습을 드러낸 시는 무無로 되돌릴 수 없다. "바다로 돌려보낼 수가 없다." 나–주체가 이 세계에 던져져 있듯이, 시–사물도 내게 던져져 있을 따름이다. 주체와 시는 여전히 꼿꼿이 대치한 채 불쾌의 감응에 섞여들고 있다.

3. 비밀, 미쳐 태어나지 않은 약속

그것은 비밀이다. 왜 내 것이 아닌 것이 내 손을 빌려 태어나는가? 자신과 다른 것, 낯선 사물은 무슨 이유로 내게서 연유하는가? 어쩌면 나라는 것 자체가 그저 환영에 지나지 않는 게 아닐까. 이 물음에 답하기 위해, 주체는 환원의 모험에 자신을 던진다. 엄마도 할머니도, 할머니의 할머니도 모두 이전의 이전으로 소급해 돌아가야 한다.

나는 태어나지 않았지

우리 엄마도

할머니의 할머니도

태어나지 않았다는 것

— 「비밀이 있어」 부분

　모험은 존재하는 것 모두를 헛꿈으로 치부한 채 외면하려는 정신승리법이 아니다. 모든 실존의 역사를 거꾸로 접어 최초의 상태로 돌아가려는 의지는 지금-여기 주체 앞에 등장한 타자로서의 시, 즉 사물과의 근원적 관계를 확인하려는 시도일 것이다. 엄마든 할머니든 할머니의 할머니든, 나-주체의 모든 시간이 되돌려진 그곳에는 시 역시 포함되어 있을 터. 거기서 주체는 형상이 규정되지 않는 타자의 사물과 마주친다. 알이 그것이다.

이들은 모두

조그만 알 속에 있어

알은 줄었다가 늘어나고

다시 작아졌다 커지곤 해

— 「비밀이 있어」 부분

　들뢰즈라면 알을 기관 없는 신체corps sans organes라 부르지 않았을까. 알은 너도 없고 나도 없고, 시도 없고 주체도 없는 미지의 원형이다. 그것은 아무도 모른다. 그러니 "달걀을 팔아서 부자가 된"다 해도 칭찬받지 않는 것처럼, 설령 부주의해서 깨뜨리는 꿈을 꾼다 해도 비난이나 처벌을 받지 않을 것이다. 여기엔 다만 "약속"이 있다. 그것은 장차 무엇이 될지 미리 정해 놓지 않은 채 다만 언젠가 생성할 것이라는 "알과 나/ 우리 둘의 약속"일 뿐이다. 알려지지 않은 약속, 그것이 곧 비밀이다. 누구도 자기 등에 새겨진 "몽고반점"을 볼 수 없다. 그것은 단지 있다고만 전해지는, 자신에 대한 비밀로서만 실존한다. 본 적이 없고 알 수도 없기에 그것은 "물의 지도"인 양 그렸다가 지우고, 다시 그려보는 수밖에 없다. 주체와 시의 관계도 그렇지 않을까. 서로에겐 알려지지 않은 한 쌍으로서 비밀스럽게, 등을 맞댄 채 잉태될 수밖에 없는. 따라서 주체는 시를 모른다. 주체의 몸을 빌려 태어났으되, 시는 자신의 기원을 숨긴 채 비밀스런 사물처럼 주체의 등 뒤에서 자신을 주장하고 있다.

알은 비밀을 담는다. 냉연하게 맞세워진 주체와 시가 동일한 연원을 갖는다는 것, "조그만 알"에서 왔다는 것. 등판에 새겨진 무늬를 자신이 알 수 없듯, 물결 위에 흘려진 지도를 온전히 이해할 수 없듯, 알은 그저 비밀이다. 어둠의 전조 속에 지켜져야 할, 그리하여 오직 비밀의 부화를 통해 언제고 낯선 사물, 곧 시로 생성하리라는 "약속"만이 있다.

> 손바닥에 태양이라고 쓰면
> 모든 곳의 그늘이 한꺼번에 사라질까봐
> 우리는 서로의 비밀을 지켜주며
>
> 영영 어두워졌다
>
> — 「비밀이 있어」 부분

4. 계절, 지체된 의미의 공—동共—動

> 같이 가, 그림자가 말했다
>
> — 「계절」 부분

시의 목소리는 어두운 그늘에서 들려온다. 누가 말하는지, 어떤 표정을 짓고 있는지 알 수 없다. 의미가 분간되지 않는 것은 당연하다. 정확히 말하자면, 의미는 늘 나중에, 사후적으로 복기되는 이명耳鳴에 가까울 터. 그래서 "계절이 지나고 나서야 / 귓가에 맴돌았"던 목소리를 더듬어 간신히 의미를 추정해볼밖에. "무슨 뜻이었더라?" 그러나 우연히 손에 들어온 '신발 한 켤레'를 제아무리 심각하게 추문한다 해도, 시가 던진 한마디를 명확히 알 수는 없는 법.

> 나는 앞마당의 눈을 치우다가
> 한 사람을 태운 버스가 언덕을 넘어가는 걸 보았다
> 그리고 너와 등을 맞대던 나무 벤치로 가서
> 신발 한 켤레를 주웠다
>
> 그것은 언제나 작거나 컸고
> 귀에 대면 따뜻한 입김을 뿜었다
>
> 버려진 모든 신발 한 짝을 붙잡고
> 당신인가요, 물을 수 없도록
> 숲은 고요했다
>
> ― 「계절」 부분

사물로서 시는, 아마도 주체와는 다른 질서를 따르고 있으리라. 인식과 지식을 넘어서 막연한 감응의 교감을 통해서만 와 닿는 의미의 공―동共―動은 보존되지도 않고 전달되지도 않는다. '당신'이냐는 한 마디마저 허락지 않던 숲의 고요는, 그렇게 얻어진 한 가닥의 의미마저 "더 이상 번지지 않고 / 부서진다"는 것 이외엔 어떠한 뜻도 남겨두지 않는다. 그러니 해석하지 말고 그저 듣자.

> 같이 가, 그림자가 말했다
> 사방에 눈이 내렸다
>
> 맨발로 쏘다니는 눈송이에게 다가가
> 백색 가루를 털어내고
> 신을 신겨주었다
>
> —「계절」부분

사물과 시작하는 최초의 교감, 의미의 공–동성에 주의하자. '사방에 눈이 내'리는 가운데 들려온 그림자의 언어는 주체의 환영에 불과할지 모른다. 하지만 동시에 그것은 사물로서의 시가 주체에게 말을 건네고 의미를 실어다 주는 첫 번째 장면이기도 하다. '같이 가.' 그림자는 주체의 언어로 말을 건넸으나, 주체는 자신의 언어로 대답하지 않는다. 만일 그랬다면, 우리는 이 장면을 단지 주체의 착종이라 여기고 혀를 차야 할지 모를 일이다. 언어를 대신하여 주체는 '맨발로 쏘다니는 눈송이에게 다가가' '신을 신겨주었다.' 사물의 언어에 화답하는 길은 언어 밖으로 나가 사물–로서, 사물과–함께 하는 길밖에 없으리라. 대답하는 대신 행위하는 것으로, 그렇게, 불쾌하고 낯선 사물이었던 시는 마침내 자신의 의미를 드러내는 계절로 접어드는가?

5. 도서관, 프로이트의 고양이

죽은 언어의 세계는 지루하고, 나른하다. 수신자 없이 고립된 채, 오래전에 실종된 말들의 거죽만 남아 있는 탓이다. 도서관은 '죽은 시들의 사회'다. 저곳에는 책 대신 매트리스만이 채워져, 주체를 또렷한 각성으로부터 마시멜로처럼 물렁물렁한 무의식으로 실어 나른다.

> 도서관에 가면
> 잠만 잤다
>
> 도서관에 가면
> 매트리스가 꽂혀 있다
>
> 도서관은 너무 나른해
>
> 창밖의 고양이가 한 마리가
> 서가에 굴러다니는
> 마쉬멜로우를 쳐다본다
>
> ― 「도서관은 나른해」 부분

잠결에 들어선 그곳은, 예전에 프로이트가 설명했듯 인간 대신 사물이 준동하는 세계요, 현실의 논리가 비약하고 파열하는 잠재성의 바다다. 여기선 "이야기가 졸고 있"고, "더 이상 할 말이 없다고" "고개를 떨"군 채 인과의 고리를 내려놓아야 한다. 사물이 사물로 남아 주체의 언어에 사로잡히지 않는 이 장소는 "플롯"이나 "줄거리"에 구애받지 않고 "이야기를 데리고 밖으로 나"올 수밖에 없는 기이한 공간이다. 현실에서 태어나지 않은 것들을 태어나도록 밀어 올리는 세계, 2차원의 평면을 3차원으로 솟아오르게 만드는 세계, 또는 에셔의 도서관. 그러니 이곳에서 책을 펴면, "어디론가 이동하는 / 소설 속 먹구름"마저 찾아볼 법하다. 물론 "먹구름"은

"플롯"이나 "줄거리"와는 다른 논리로 작동하는 사물의 질서일 터. 주체가 시의 돌연한 생성을 목격한다면, 여기 이외의 어디가 최선이겠나.

> 구름을 따라가면
> 비를 맞고 있는 사람
> 우산 사세요, 그에게 말을 거는 사람
>
> ──「도서관은 나른해」 부분

「계절」에서 '눈송이'가 되어 '백색 가루를 털어내'던 그것은, 오직 미지의 '그림자'로서만 말을 건네던 그것은, 비로소 '비를 맞고 있는 사람'이 되어 주체의 언어로 접속해 들어온다. '우산 사세요.' 이 한 마디는 다소간 경이롭다. 지금껏 주체에게 시는 불쾌한 타자, 자기를 대신해서 누군가 써놓은 불편한 사물이었다. 얼굴 없이 낯선 시의 표정은 주체가 감히 소통할 수 없는 타자의 표징이었다. 그런데 마침내, 시가 말을 했다는 것. 산으로 갔던 배가 돌아오는 걸까. 바다로 흐를 희망을 갖고서? 계절이 지나면서 시의 '비밀'은 드디어 주체에게 열리기 시작하는가.

6. 경찰서, 아직은 서로에게 타자인

도서관에 출몰하는 고양이는 잠재성의 상징이자 무의식의 인도자다. 그런 고양이에게 "물린 뒤로" "고양이가 더 / 좋아졌다"는 것은 설명할 필요도 없는 일. "흡혈귀"(「경찰서로 가자」) 고양이는 주체가 어찌할 도리 없이 갇혀 있던 2차원 평면을 빨아들여 3차원의 실재로, 사물인 시와 만나고 접속하는 사건 속으로 던져 넣을 것이기 때문이다.

나는 벽을 타는

상상을 한다

어지간한 데면

넘어갈 수 있으리란

자신감에 차오른다

— 「경찰서로 가자」 부분

　민구의 이전 작품들에서 주체가 낯선 사물, 타자로서의 시와 마주쳐 머뭇거리고 당혹해하던 점을 상기해 보면, 이제 상이한 태도로의 전환이 완연히 느껴진다. 가령 전작에서 사물과 마주친 주체가 "눈을 뜨면 가만히 누워 있는 나 / 머리맡에는 근조 화환"(「房 — 북쪽」)이라 읊조리며 굳어지던 모습과는 전혀 다른 분위기가 엿보인다. 발랄함 내지 유머가 스며들었다고나 할까. "갓 구운 식빵"에서 자기를 "물고 달아난 밤색 고양이"를 연상해 보고, 그 녀석이 "이 추운 겨울"을 잘 버티고 있는지 "주변을 배회"할 정도라니. 분리와 소외, 위화의 부정적 감정들은 호기심과 기꺼움의 감각으로 슬그머니 전이되어 간다. 어쩌면 점차로, 시인은 주체와 사물, 그러니까 시 사이에 가로놓인 생경함의 거리를 가볍게 건너뛰는 법을 배우는 중인지 모르겠다. 분명 시인의 최근작들은 시와 주체의 거리감을 좁히는 연습이란 무엇인지, 어떻게 이루어져야 할지 보여주고 있다.

　하지만 아직은 조심스럽다. 고양이로부터, 실재로부터, 사물로부터 촉발된('물린') 주체는 이것을 시와의 화해, 그리고 다른 타인에게로 다가갈 허락의 징표로 여겨도 좋을지 확신하지 못하니까. 그러니 집에 돌아와 고양이에게 물렸던 "손을 깨물어본다"든지, 자신이 고양이가 되어 "다른 사람을 물"어 봐도 괜찮은지 반문해 보는 것은 당연한 노릇이다. "쇠고랑"이 환유하는 경찰서는 아직은 못 미더운 화해의 환상으로부터 자신을 방어하는 경계선 같은 것 게다. 만일 그 경계를 넘을 수 있다면, 거기서 자기를 대신해 시를 쓰는 '누군가'를 만나고, 시라는 사물의 '비밀'에 도달하며, 숱한 무의미의 '계절'을 넘어 마침내 '도서관'의 무의식에도 다다를 수도 있으리라. 그리고 얻는 찰나의 각성.

> 나는 또 다른 나의
> 타인일 뿐인데
>
> —「경찰서로 가자」 부분

　물론, 이 두 번의 '나'는 똑같지 않다. 애초엔 '조그만 알'이었으나, 이제 하나는 등판에 붙어 돌아볼 수 없는 타자로, 또한 뗄 수도 없는 타자로 다른 하나에 마주 세워져 있으니까. 시의 진실은 아마도 그러한 역설을 받아들이는 데 있지 않을까. 주체란 또 다른 주체의 타자일 뿐이지만, 둘은 영원히 합일하지 못한 채 등을 대고 마주 서야 한다는 거리의 진실. 에셔의 손이 그랬던가. 두 개의 손은 하나의 평면에서 생성한 동일한 기원을 공유할지 모른다. 하지만 생성이 일어났다면, 그것은 마치 이미 쓰여진 누군가의 시처럼 이전으로 되돌릴 수 없다. 무의 바다로 흘려버릴 수도 없다. 나누어진 손들이 모르는 그 진실은 오직 바깥에서 바라보는 시선에만 주어져 있다. 이 앎은 그의 기쁨이자 슬픔으로 동시에 주어지는 것. 그와 마찬가지로, 나라는 타자를 향한 욕망으로서의 시는 누구에게로도 돌아갈 수 없으리니. 자, 이제 산을 내려온 배는 다시 어디로 갈 것인가?

사건의 예감, 클리나멘의 시학

안태운의 신작시

1. 편위, 또는 생성하는 의미

고대 로마의 시인이자 철학자였던 루크레티우스는 변화야말로 이 세계의
근본 원리라고 확신했다. 무상한 세월의 흐름 가운데 그 무엇도 동일하게
지속되지 않고, 끊임없이 변전하며 끝내 사라지고 만다는 발상이 그 중심에
있다. 서구 지성사의 유구한 주제가 존재Being와 생성Becoming 사이의 논쟁이
었다고 할 때, 루크레티우스는 후자를 지지하는 철학자의 목록에 영광스럽
게도 자신의 이름을 올렸다. 하지만 단지 변화를 상찬했다는 이유만으로
그의 명성이 지금까지 전해지는 것은 아니다. 문제는 천변만화하는 이
세계의 운동을 어떤 관점에서 바라보고 어떻게 의미화하는가에 있을 것이다.

고정불변하는 절대성에 대한 거부는 루크레티우스에게 카오스의 옹호자
라는 딱지를 붙였고, 오랫동안 정당하게 평가받을 수 없게 만들었다. 하지만
오해에는 늘 제대로 물어지지 않은 질문들이 있게 마련이다. 이를테면
다음과 같은 것들. 과연 카오스는 그 자체로 나쁜 것인가? 질서가 없다는

것은 무의미하다는 뜻일까? 혹은 우리가 아는 질서와는 다른 원리가 있는 게 아닐까? 무한하게 이어지는 카오스 자체는 선도 악도 아니며, 미美도 추醜도 아닌 흐름 자체일 뿐이다. 자연은 조화롭다고들 하지만 실상 거기에는 우리가 이해하지 못하는 운동이 있으며, 이를 받아들이기 위해 우리는 코스모스라는 표현을 끌어들일 따름이다. 실제로 자연에 내재하는 것은 무상함 그 자체로서의 카오스, 인간의 온갖 가치판단을 벗어난 흐름만이 있지 않은가. 어쩌면 그러한 카오스적 무상성이야말로 모종의 패턴에 붙여진 이름일지 모른다. 의미는 변화 속의 변화, 즉 무작위적인 변화의 지속 가운데 언뜻 드러난 어떤 차이의 무늬가 포착될 때 비로소 결정화結晶化되는 법이다. 생성이란 바로 과정을 가리킨다. '무엇'이라 부를 수 있는 모든 것이 한데 뒤섞여 엉망진창이 되는 게 아니라 그 '무엇들' 사이의 만남과 충돌을 통해 또 다른 '무엇들'이 발생하는 사태에 주목한다. 그것이 사건이다.

클리나멘clinamen은 그러한 만남과 충돌의 연쇄에 붙여진 이름이다. 편위偏位, 곧 기울어지고 빗겨나감, 그리고 벗어남을 뜻하는 이 단어는 고정되지 않은 채 무수히 변전하는 이 세계의 사물들이 서로 마주쳐 파열을 일으키는 사건에 해당된다. 만물 유전의 장구한 흐름은 클리나멘으로 인해 예측 불가능한 블랙홀로 빠져드는데, 만남과 충돌이 일으키는 결합과 해체의 과정들이 수반되는 까닭이다. 그저 머나먼 우주론의 이야기만은 아니다. 가령 지금 우리는 저마다 한 사람의 개인으로서 분리 불가능한 단일체를 이루어 살고 있다. 내 몸과 네 몸, 내 정신과 네 정신 … 우리는 각자로서 개별적 생을 영위한다고 믿는다. 하지만 언젠가 죽음이 닥쳐왔을 때, 정신은 흩어지고 몸은 썩어 분해될 것이다. 그것은 완전한 무無. 절대적 소멸이 아닐 터. 무수하게 분자 단위로 나누어진 육신은 흙과 공기, 미생물 및 무기물의 세계 속에서 또 다른 형태로 합쳐질 것이기 때문이다.

'이 몸' 속에 간직되었던 정신과 영혼은 간데없이, 그저 풀과 나무의 모양으로, 벌레나 무기물의 모습으로, 혹은 말할 수 없는 형상으로 나와 너, 우리는 다르게–되어 있을 게다. 그렇게 사건은 나와 너를 지우고, 나 아닌 무엇, 너 아닌 무엇의 또 다른 어떤 것을 생성시킨다. 루크레티우스는 이 같은 사유를 시적 잠언의 형식으로 표명했다. 『사물의 본성에 관하여*De Rerum Natura*』는 그 잠언의 모음집에 붙은 제목이다. 사건의 기록이자 생성의 흔적으로서 이 책은 클리나멘에 관한 시라 불러도 좋을 법하다. 모든 시는 항상 클리나멘이라는 순수 사건을 표현하고 있는 까닭이다.

2. 무지의 여정, 무상의 경험

> 창밖을 보렴
> 너는 안개비 내리는 창밖을 바라보다가
> 함께 사는 동물에게 말했지
> 창밖을 봐
>
> — 「안개비」 부분

안개비가 창밖으로 내린다. 모래언덕에 비가 내려 기이한 무늬를 그려내는 풍경처럼 안개비는 희뿌옇고 불투명한 시야 속에 세계를 가두어 둘 것이다. 그러나 창밖의 세계는 투명한 유리창에 가로막혀 이곳과 소통되지 않는다. 유리는 언어다. 우리는 언어로 세계를 말끔히 정돈하고 소유할 수 있으리라 낙관하지만, 사실 언어는 이 세계와 우리의 만남을 저지하는 가장 강고한 장벽이다. 언어로 세계를 장악하고 있다는 믿음과 맹목, 그것은 거꾸로 우리 인간으로 하여금 스스로 유폐된 존재라는 진실을 보지 못하게 한다. 하지만 인간 아닌 존재는 다르다. 창밖을 보라는 주체의 명령에도 불구하고, "동물은 창밖을 바라보지는 않았다 / 그곳으로 드나든 적이 없었으니까."

언어는 인간에게만 소통되는 허약한 도구일 뿐, 인간 아닌 존재, 동물에게 그런 것이 통할 리 없다. 직접 몸으로 부대끼며 살아가는 경험을 통해 소통하는 존재들. 인간은 그중 하나일 따름이다. 그러니 동물에게 세계와의 만남은 "현관"을 통해 이루어진다. 그것은 사건의 구멍이며, 구멍의 경험이다. 동물은 현관의 열린 틈새를 통해 거리를 활보하고, 친구를 만나며, 이쪽에서는 맛보지 못하던 다양한 새로움을 겪을 터. 만약 진정으로 낯선 것, "사물"이 있다면 그것은 현관을 통해 도래하리라. 주체는 그 같은 직관을 얻고 싶어 동물을 바라보지만, "동물은 네 눈을 피했"다. 그렇다면 나—주체에게 사건을 마주칠 기회란 오지 않는 걸까? 혹은, 사건을 바라보는 동물의 "눈"만을 욕망하는 주체에게 그 기회란 "눈 말고 다른 부위"를 통해 찾으라는 암시가 전해진 걸까?

판타 레이panta rhei! 모든 것은 돌고 돌며, 흐르고 또 흐른다. 헤라클레이토스의 이 사상은 루크레티우스에게 영향을 끼쳤을 뿐만 아니라 이 범속한 세계의 후예들에게도 전해졌다. 세상은 변하게 마련이란 것. 하지만 이 통찰력 깊은 한마디가 농담처럼 유통될 때 거기엔 아무런 진실도 담기지 못할 게다. 그래서 "물레는 손 같고 물레는 발 같다"는 인상은 한없이 돌기만 하는 물레의 운동과 세상살이 사이에 어떠한 차이도 만들지 못할 것이다(「초여름 풍경」). "열차를 타고 가는 누군가를 기다리"듯이 차이, 그 다름의 사건을 기다릴 줄 알아야 한다. "하지만 어디서" 그것과 끝내 만날 수 있을까?

> 어디서 기다려야 할지 모르는 사람처럼
> 어디서 멈춰야 할지 모르는 사람처럼
> 누군가는 서성이고
> 누군가는 떠도는 듯하고
> 선로에서 물레는 돌아가지

주위를 지나가는 것들과

—「초여름 풍경」 부분

선로는 여정, 삶에 대한 표상이다. 아이러니컬하게도, 선로 위에 놓인 물레는 끊임없이 제자리에서 맴도는 길 잃은 순환을 상징한다. 여기서는 동물도 사람도 길을 잃은 채, "그렇게 한꺼번에 지나갈 때 / 서로가 서로를 눈치채지 못할 때", 오직 그때만 서로는 서로를 마주한다. 이 시에서 여러 차례 반복되는 "어디서"라는 부사는 사건의 불확정성을 암시하고, 삶은 끝을 모르는 채 무구히 반복되는 굴레와도 같음을 은연중에 폭로한다. 제아무리 찬란하고 아름답게 여겨질지라도, 우리는 순간과 영원이 교차하고 분기하는 매시간을 살아갈 따름이다. "초여름 풍경 / 그 순간은 어쩌면 영원 같았지." 이 무지의 행로를 기뻐해야 할까, 슬퍼해야 할까? 어떻게 의미를 찾을 것인가? "하지만 어디서 / 하지만 어디서."

3. 무의미의 심연, 무용의 유용

무엇인가 찾으려 할 때 가장 먼저 해야 할 일은 찾는 것의 흔적을 추적하는 일이다. 의미를 추구하는 과정도 그와 다르지 않을 터. 무의미의 심연이야말로 의미의 거소이리라. 그렇다면 "당신은 같은 강물에 두 번 들어갈 수 없다"고 말했던 헤라클레이토스처럼 작은 냇가에라도 몸을 담가보는 일은 나쁘지 않을 것이다.

나는 냇가로 들어가네. 냇가를 헤집으면서 다 건넌 후 둔덕에 앉아 있을 때 풍경을 회상한다. 이미 다한 풍경을 다시 지나가면서 그럴 때 시간은 어떻게 흘러가는지 모르겠고 이미 밤이 되어버렸고 나는 다시 냇가를 건너

되돌아가려 한다.

—「돈을새김」 부분

물론 되돌아가는 냇가 저편은, '피안'은 올 때의 그곳이 이미 아니다. "사람들은 여기저기 붙어나 있었"고, "무언가를 찾으려 하고 찾지 못"한 채 혼돈에 빠져 있다. 건너기 전에 보았던 풍경과 건너온 후의 풍경, 회상과 전망의 차이는 오롯이 유전流轉의 차이, 시간의 흐름과 사건의 효과에 다름 아니다. 다시 건너갈 길은 없다. 시간은 지나고, 사건은 벌어졌으며, 벌써 나—주체는 다른 것이 되었다. "시간이 흐르면 내 뒤에서 사람들이 나를 허물어버렸지." 돈을새김, 그것은 물결에 언뜻 나타났다가 사라져버린, 회상 속에 번졌다가 영영 돌아오지 못할 지나간 사건의 부조浮彫, 시간의 흔적이다. 의미는 어쩌면 그로부터 돋아난 희미한 감각, 착오와 인식의 잔상 같은 게 아닐까?

그럼 허무해 해야 할까? 지금의 모든 것들이 세류에 휩쓸리고 파괴되어 사라져버린다면야. 여기에 무슨 의미가 있고, 진실이 있을런가? "아무 말 없이" 다만 눈 내리는 호수를 물끄러미 바라볼밖에.

호수에서 눈이 녹고 있었다. 그는 아무 말 없이 그렇게 했다. 이게 다 무슨 소용인가. 호수에서 눈이 녹아 떠내려간다면. 녹은 눈 속에서 호수가 떠내려간다면. 그게 아무렇지도 않다면. 그는 그렇게 해버렸다. 이게 다 무슨 소용이냐고 물었다. 아무 말 없이 물었다. 기중기가 불타고 있었다. 호수는 새 같다, 눈은 날개 같고, 제비꽃이 불타고 있었다. 그는 아무 말이 없었다. 녹은 눈 속에서 호수는 사라지고 있었다.

—「호수 눈」 전문

소용없는 짓이란 자조 속에 내비친 호수는, 그러나 무엇인가를 담고 있다. 눈이 내리고 내린 눈이 녹고, 다시 녹는 눈 속에 호수가 떠내려간다. 이해할 수 없는 자연의 무상함이 거기 있지만, 또한 동시에 눈이 호수가 되고 호수가 눈이 되어 한 편에서 저편으로 흘러가는 사건이 벌어지고 있다. 무용無用의 유용有用이란 그런 걸까? 다름이 나타나고 차이가 생겨나는 광경이란 그렇게도 흔하고 기이한 것. 기중기가 불타고 제비꽃이 불타며, 호수는 새가 되고 눈은 날개로 화化한다. 논리와 개념으로 거머쥘 수 없는 무엇, 어떤 것이, 이것에서 저것으로, 다른 것으로 생겨났다가 스러지는 풍경. 정녕 여기 아무것도 없는가? 문득 아연해져 아무 말도 못하는 나―주체 앞에 눈도 호수도 "사라지고" 있다. 변화하고 있다. 아니, 변화가 있다. 그렇게 변화의 흔적이 여기 새겨지고 있다.

4. 클리나멘, 혹은 헤겔의 방학

　　식당에 들어갔습니다 점심을 먹은 후

　　식당을 떠났고 나는 수선집과 목공소로 들어갔다가 나왔어요

　　여전히 가방을 멘 채로 나오고 있었고 머물렀던 공간이 이끼나 수은이나

안개라도 상관없었어요

　　나는 돌고 있었으므로

　　백사장과 등대로

　　　　　　　　　　　　　　　　　　　　　　　　　　　― 「휴가」 부분

일상의 회로는 단조롭다. 권태와 우울이 겹쳐지는 이곳엔, 이 행정行程에는 아무런 차이도 솟아나지 않는다. 매양 반복되는 같은 길들, 같은 사람들, 같은 풍경들은 가는 곳이 "이끼"나 "수은"이나 "안개"라도 별무상관인 무상의 바다, 허무의 사막이라 해도 무방할 것이다. 하지만 보이지 않는

하나의 차이가 분명 있으니, 바로 돌고 있는 나, 곧 동일의 감옥에 갇혀 동일하지 않은 시간을 소모하고 있는 실존이 그려내는 궤적이다. 어느 곳, 어느 장소를 반복하더라도 흘려보낸 시간은 돌아오지 않는다. 마치 같은 강물에 두 번 들어갈 수 없는 것처럼. "나는 돌고 있었으므로" 정처 없는 "백사장"도 좌표를 일러주는 "등대"도 이런 사건의 흔적을 지우거나 인도할 수 없으리라. 보이지 않고 들리지 않더라도 결국 나─주체의 온몸으로 새겨나가는 시간의 궤적을 보라.

  "향낭"은 향혼香痕을 통해서만 스스로를 표명하는 미래의 증거다. 다른 무엇도 아닌, 여기 있음을 사방에 퍼뜨린 채 사라지는 역설의 증언. 비뚤어진 발걸음에서, 어색한 손짓에서, 숙인 고개에서, 말 없는 응시에서 향혼은 "이리저리 퍼져나가"고, 그렇게 시간이 흘러 "저녁이 왔"다. 지금 주체의 곁에는 누구도 없지만, 자기의 흔적이 주변하고, 자신의 다른 겹이 돌아오르고 있으니, 그걸 알아차릴 새가 무섭게 또 자리를 떠나야 한다. "그렇게 나왔습니다." 일상을 유익하게 채워줄 의미, 실용과 유용으로 흐뭇함을 선사하는 생활은 없다. 아마도 불가능하리라. 역사가 정지하고 세계가 퇴락하며, 무위無爲가 유위有爲를 압도하는 시간만 그저 있을 뿐. 하지만 바로 그렇게 무위의 있음이, 퇴락과 정지가 도래했음이 변화이고 사건이 아니라면 또 무엇일까? 동일한 삶을 빙빙 도는 가운데도 클리나멘의 만남과 충돌이 항상 이미 벌어지고 있음을 어떻게 부정할 텐가? 지나치던 누군가가 "내 가방을 가리키며 향낭이라고 말하"던 순간이 있고, "저녁 식사를 하러 식당에 들어가면서 향낭과 함께라면 어쩐지 혼자라는 느낌도 들었"던 이 알 수 없는 차이의 세계도 있으니. 만물 유전의 우주, 거기서 의미는 나─주체의 이쪽이 아니라 저쪽에서, 현관으로 닥쳐올 사물의 편에 있음에랴. 끝내 나는 사건의 예감만으로 이 여정을 다할 수밖에 없을 터. 역사는 방학을 맞이했어도, 시간과 사건은 결코 쉬임이 없을 것이니 오직 이 순간을 긍정할 밖에.

방금 있었던 공간이 그 누구였어도 상관없었죠

그렇게 다시, 사구沙丘에 비가, 안개비가 내리고 …

René Magritte, *Les Vacances de Hegel*, 1958.

뒤늦게 도착한 출발의 예감

정영효의 근작시에 부쳐

1. 기침, 과거의 잔상

　동굴을 지날 때까지만 침묵하기로 했다 우리는 너무 많은 말을 했으므로
자주 의심했고 너무 빠르게 계획했으므로 늦게 도착하고 말았다.[1]

　정영효의 첫 시집을 요약하자면, '동굴의 신화를 통과하기'라 부르고
싶다. 플라톤의 저 유명한 우화가 전하는 것처럼, 그것은 일종의 망상과
오인의 기록이다. 시인은 타인과의 소통, 세계에 대한 인식의 괴리와 불만에
사로잡힌 채 여행길에 올라 묵언黙言의 상념을 적어 내린다. "확신할수록
멀어지는"(「우상들」) 이 세계 속에서 타인은 물론 자기 자신조차 "내 육성을
의구하므로"(「이름들」), 시인은 기꺼이 "가까워진 주변에서 여전히 / 나는
아무것도 말하자"(「비밀」) 않으려 한다. 통상의 관념으로는 지금−여기라는

• • •

1. 정영효, 「해결책」, 『계속 열리는 믿음』, 문학동네, 2015, 22쪽. 이하 본문의 인용은 제목만
　밝힌다.

이 세계의 방方을 이해할 수 없다. 그러니 "방의 이외를 원하게"(「이어지는 곳」) 되는 것은 필연적인 것. 그런데 이 방은 "사라져서 남은 곳이면서 생기자마자 사라진 곳"(「우연의 방」)이다. 그럼 방의 '안쪽'에 앉아 '바깥'을 욕망하고, 눈으로 볼 것을 귀로 듣거나 혹은 귀로 들어야 할 것을 눈으로 보는 시인에게는 어떤 시간이 열릴 것인가?

> 예감에 대해 묻는다면 대답 대신 기침을 할 수도 있다
> 기다려도 오지 않고 오고 나면 지나칠 수 없는
> 기침은 내가 따르지 못하는 순서
> 앞뒤를 감당할 수 없는 조짐처럼
> 나와 무관했지만 내게서 시작되는
>
> ― 「기침」 부분

아직 오지 않은 것에 대한 직관을 예감이라 부른다. 그것은 현재로부터 미래를 향하는 길이다. 반대로 속 깊이 곪은 채 터져 나와 현재를 가로막는 사건인 기침은 과거로부터 현재에 이르러 나타난 증상이다. 왜 미래를 묻는 데 과거를 찾는가? 왜냐면 우리는 현재를 취소할 수 없고, 현재에 묶여 있으며, 현재를 떠날 수 없는 탓이다. 미래는 바라보는 것으로 족하지만, 현재는 당장을 영위해야 할 생生이자 질곡이며, 나와 타인이 죽어가는 실존의 현장이다. 따라서 기침을 기다리고 기록하는 일은 과거가 끌어다 놓은 현재, 그 현재를 끌어가는 어떤 필연의 운동을 포착하는 과정이기도 하다. 그러나 기침이 언제 어떻게 터져 나올지 미리 알 수는 없는 일. 우연의 궤적을 그리는 과거의 잔상, 기침은 끝내 정확히 소묘될 수 없다. "나는 견고해지는 어둠 속에서 기침을 기다린다 / 아니 예감을 준비하며 / 나에 대한 태도를 배우고 있는지도 모른다 / 그러므로 기침은 끝이 아닌 계속의 형식 / 죽어가는 이의 기침에선 다른 생이 태어나"지만, 불행하게도 "나는

그것을 기록하지 못했다".

영원히 지금—여기를 맴도는 시인은 동굴에 갇힌 채 이미지를 귓속에 채우고, 아우성을 눈동자에 각인하는 여행을 떠난 자다. 그리하여 통상의 어법과 상식, 시각과 청각에 붙들린 정연한 사유의 질서는 그를 절대 충족시키지 못할 게다. 차라리 동어반복적인 시구들을 스스로에게나 뇌까릴 수밖에. "티베트 티베트라고 중얼거리면 기침이 나온다 / […] / 나는 천천히 내게 귀 기울인다"(「티베트 티베트」).

2. 회유, 개와 늑대의 시간

진리를 궁구하기 위해서든 삶을 체감하기 위해서든, 시인은 자신의 형식을 발명해야 한다. 그것은 육체적 실존 너머의 선험적인 것에 갇혀서는 안 되지만, 또한 현재의 상식과 논리에 결박되어서도 곤란하다. 시는 언제나 '여기'라는 공간 바깥을 지향하며 '지금'의 시간을 건너뛰려는 욕망의 사건에 실린 문자가 되어야 한다. 따라서 그것은 망설임의 형식인 동시에 매혹의 형식이 아닐 수 없다. 그처럼 나를 나 아닌 자로 바꿀 수 있는 전회轉回의 형식에 대한 탐구가 정영효의 첫 번째 시집을 떠받치고 있었다. 이는 근작 시편들에서도 유사하게 반복되고 변주되어 나타난다.

> 학생이 들어가서 학생답지 않게 지낸다 사원이 들어가서 사원답지 않게
> 지낸다 길을 잃고 들어간 고양이만 고양이답게 복도를 걸어 다닐 뿐
>
> — 「기숙사」 부분

'답다'는 말은 어떤 본질을 상정하고, 그것이 곧 사유와 행동의 결정 요소로 작용해야 한다는 당위를 끌어낸다. 학생이라면 학교의 규칙에 복종

하고 마땅히 있어야 할 거처("기숙사")에 머물 것. 사원이라면 회사의 규정에 복무하고 당연히 있어야 할 자리에 늘 있을 것. 물론 그곳은 상식과 통념이 지배하는 자리이며, 듣고 보고 생각하고 행동해야 할 규범이 선험적으로 제시된 '동굴'이다. 이상스럽게도 '고양이'만이, 오직 고양이만이 '답게'의 명령에 따라 정해진 장소를 벗어난 것은 어떻게 된 일인가? 고양이에게는 정해진 장소가 없고, 정해진 사고나 행동 역시 없는 까닭 아닐까? 이 이상스런 동물은 오로지 길, 통로, 경계선 즉 "복도"를 따라 살고 있는 실존이니, '답지 않음'이야말로 그의 '답게'의 역설적 본성이 아니겠는가? 그러므로 자신과 다른 무엇, 멀리 있고 닮지 않은 이물異物로부터 해방의 씨앗을 골라내는 것은 오히려 어리석은 일. "가장 멀리 있는" 것은 "자신"이기에 "안부"는 의당 "자신"에게 던져져야 한다. 스스로에게 건넨 안부가 고양이를 불러낼 때, 거기엔 외려 '답지 않음'의 문이 있을 수 있겠다. "도착할 수밖에 없는 쪽에" "방"(막힌 곳)이 있고, "복도"(통과지대)가 있으며, "출구"(나가는 곳)도 있을 것이기 때문이다. 물론, 벽에 비친 영상은 다만 그림자일 뿐이기에 수인의 망상이나 오인의 대상임에 틀림없다. 그러나 '학생'과 '사원'이 이 생에 "몇 번은 얼굴을 돌려" "이곳을 떠올릴" 때마다 "기억 속에서 떠돌고 있는 고양이"를 되새기는 한, 그들은 결코 학생과 사원으로 영원히 남을 수 없을 것이다.

'답게'와 '답지 않게' 사이에서 벌어지는 결정 불가능한 사건. 그것은 야생의 늑대에게 홀려 떠나버린 개를 기다리는 누군가의 시간에 비견할 만하다. 애완견인 줄 알았고 애완견답게 행동하리라 믿었지만 애완견답지 않게 변질해버린 그 동물은 '개'나 '늑대'라는 단어의 어느 쪽에도 어울릴 수 없다. "잘 안다고 믿었던 개이자 어쩌면 제대로 몰랐던 개"는 정말 그가 기르던 그 동물이었을까?

그 개는 이미 개가 아니라 개를 닮은 늑대일 수 있고 늑대가 되고 싶은

개일 수도 있어서 돌아오지 않는 개가 되어 이제 그와 마주한다

— 「회유」 부분

'이미' 개가 아닌 '늑대', 또는 늑대를 욕망하는 개, 이 그리움과 의혹의 대상은 돌아오지 않은 채 자신과 '마주한다.' 떠났기 때문에 오히려 가장 가까이서 성찰의 대상이 되었고, 온갖 의문과 의심, 사그라지지 않는 충동의 대상이 되고 말았다. 떠나기 전의 개와 떠난 후의 개, '이전'과 '이후'의 갈림길에서 진짜와 가짜, 인간과 동물, 나와 그 사이의 경계는 흔들거리고, "사실을 만난 착각같이" 의혹의 수렁에 빠지고 만다. 어쩌면 자신이 알던 개는 그저 자기를 개라고 믿었던 늑대 아니었을까? 혹은 늑대를 보았기에 스스로를 늑대라고 믿어버린 개였을까? 늑대를 따라가 늑대가 되어버린 개는 늑대인가 개인가, 또는 어느 쪽도 아닌 '다른' 무엇인가? 마침내 늑대를 좇아 목장을 떠난 개는, 그 개의 이미지에 사로잡혀 끊임없이 망상과 오인의 시소를 타고 있는 '그'는, 개인가 늑대인가 인간인가? 개로 태어났으되 개가 아니길 바라고, 늑대가 아님에도 늑대가 되길 욕망하고, 개인지 늑대인지 혼돈에 빠진 채 스스로 개가 되게끔 하는 어떤 '회유'의 운동만이 이 시를 가동시키는 유일한 힘은 아니던가?

그 개는 스스로 생각하는 개가 되어 목장을 떠나지 않고 있다 진짜가 만든 가짜가 굳어질 때까지

— 「회유」 부분

3. 플랫폼, 출발과 귀환의 교착

그가 사라져버리자 그의 이름이 드러났다 그가 살던 집이 드러났고 문득

목격자가 나타나면서 그의 마지막 모습이 드러났다 그가 계속 발견되지 않는 동안 그의 가치관이 발견되었으며 사람들의 기억이 하나 둘 모여 그가 미처 알지 못했던 일화를 만들었다 그가 어디로 갔는지 몰랐으므로 그의 과거는 명확해졌다 혼자 남겨졌던 그의 마지막 모습도 명확해져서 더욱 오랫동안 사라지기 위해 과거에서 나오지 않았다 그는 무슨 잘못을 저지른 것일까 그는 사라진 게 아니라 단지 이곳에 나타나지 않을 뿐일까 늘어난 말들에서 알지 못할 가능성이 열렸고 그가 사라진 방향의 반대편이 그가 비운 집이 될 때까지 그의 마지막 모습이 그를 찾고 있었다

—「개입」전문

자기에 대한 물음과 답변을 맴도는 '회유'의 쳇바퀴는 마침내 스스로를 잃어버리는 지경에 이른다. 하이데거를 빌려 말하자면, 거기서 드러나는 것은 도대체 없는 것이 아니라 무엇인가 있다는 것, '있음'이라는 현사실의 엄정함이다. 본체라고 믿었던 것이 망실되었을 때, 그것을 둘러싸고 있던 것들이 돌연 자신을 드러내기 시작한다. '집'과 '목격자', '가치관', '기억', '일화', '과거' … 흔히 정체성이라 부르는 신변에 대한 정보가 폭로되고, 그것의 실체성을 주장한다. 기실 그것들은 없는 것, 존재하지 않던 것이 아니라 그저 '그'의 주변부에 있었기에 '그'에 가려 보이지 않고 들리지 않았던 것들이다. '그'가 없으므로, 여기에는 '그'의 빈자리를 통해 메워지는 모종의 이야기가 생겨났다. 어쩌면 누군가는 사소한 모든 것의 가치와 존귀함이 이로써 드러났다고 기뻐할지도 모른다. 나쁘지 않은 일이다. 하지만 '그'의 부재가 불러낸 그 이야기는 '유일한' 이야기가 아니라, '그'의 존재와는 '다른' 이야기일 따름이다. 때문에 '그'가 없어도 여전히 '그'에게 빚지고 있는 이 세계와 타인들이 있으며, 그 모두가 함께 직조하는 이야기들이 있다. 이야기의 주체나 주인공처럼 여겨지던 '그'가 없어도 바로 '그'의 빈자리로 인해 다른 이야기들이 시작되고, 그 이야기들의 세계가 구성된다.

요컨대 '그'는 부재한 채로 지금—여기에 '개입'하고 있는 형국이다. 이것이 바로 '도대체 없는 것이 아니라 무엇인가 있다'는 하이데거적 언명의 의미일 터. "그는 사라진 게 아니라 단지 이곳에 나타나지 않을 뿐"이어서 "늘어난 말들에서 알지 못할 가능성이 열"리는 장소가 바로 존재와 부재가 어우러진 사건의 현장이다.

만일 부재로 말미암아 '개입'의 역설적 의미가 확정된다면, '그'는 영원히 이 세계로부터 추방되어야 할 운명이겠다. 여기에 있지 않은 채 이곳을 규정하고, 저기에 머물면서 저곳에 대해서는 말하지 않는 아이러니. 마치 신화가 신들에 관한 이야기를 지칭하면서 인간에 관한 서사에 매달려 있듯. 만약 그러한 신화 속에 유폐된 채 소진되지 않으려면, '그'는 필연코 돌아와야 한다. 지금—여기의 이야기로서, 자신 아닌 자신으로서, 개인지 늑대인지 인간인지 혼란스러워하다가 스스로를 회유하는 스스로를 발견하면서. 그러므로 모든 회의와 의혹, 의심과 물음 그리고 답변의 자리는 실상 출발하는 곳이자 동시에 귀환하는 곳으로서 '플랫폼'일 수밖에.

> 먼저 도착하는 것이 주어였다가 결과가 된다 먼저 도착한 불이 연기로 변했다가 재가 되듯이, 먼저 도착하지 못해서 죽음은 사람 곁에 남아 있고 먼저 도착한 생각이 그걸 적당한 단어로 만들고 있다 시작되려면 아직 멀었는데도 먼저 도착하기 위한 경험들이 준비 중이다 속은 경험 지워버린 경험 도망친 경험 이 모든 것들은 하나의 장면으로 모일 수 있지만 먼저 도착한 의심 때문에 주어였다가 이유가 된다 먼저 도착하지 못한 사람이 벌써 떠난 사람을 기다리고 있다
>
> — 「플랫폼」 전문

언어의 관습에 따라 우리는 '도착'을 시작과 동렬에 놓고, 그로부터 출발점을 확정 짓게 마련이다. 문장의 첫머리에 '주어'가 오고 그것이 글의

전체를 주도할 자격과 권리가 있다는 듯이. 그러나 '도착'이야말로 어떤 떠남의 결과이듯, 주어는 앞선 문장과 맥락의 효과에 다름 아닐 것이다. 그렇게 아직 죽지 않은 이들은, 죽음의 도착보다 먼저 삶을 내디딘 사람들은 죽음을 '적당한 단어로 만들'어 안심해버리고, 아직 자신의 삶을 살아보지 못한 이들은 타인의 경험 속에 자기 삶의 경험을 '먼저 도착하도록' '준비'한다. 출발과 귀환의 교착 지대, 언제나 지금—여기의 시제로부터 탈구된 채 도착倒錯된 시간만을 체험하는 장소인 '플랫폼'은 이전도 이후도 아닌 '직전'의 순간에 가깝다. 떠난 이가 귀환함으로써 재회가 일어나고, 떠날 이가 출발함으로써 이별이 이루어지는 접합과 분리의 사건이자, 늘 그 직전의 시간인 까닭이다. 하지만 바로 이 순간이 도대체 없는 것이 아니라 오히려 있기에, 비로소 시인의 '나' 그 자신이 자기를 볼 수 있는 계기가 열릴 수 있지 않을까.

4. 탑, 사건을 기다리는 사건

아마 떠난 적도 없었으리라. 아니, 분명히 떠났고, 스스로와 이별했고 심지어 사라져버렸지만 항상 지금—여기에 같이 있었으리라. 세계도 타인도 잃어버린 적 없고 항상 함께 있었듯, 그렇게 시인의 '나'는 언제나 '나'의 곁에 있었을지 모른다. '나'는 그저 '관성'처럼 '나'에게서 떠나고, '나'를 상실한 채, '나'에게로 귀환했을 뿐이다.

오래된 것이니까

우리는 저 탑을 보기로 했다 탑이 아니었더라면 이곳은 새로울 게 없으므로
— 「관성」 부분

오래지만 낯선, '나'와 '나'의 만남. 시인은 동굴을 떠나지 않았다. 다만 벽에 비친 그림자의 유희에 회유되어 기숙사를 떠나 이방異邦을 여행하고, 개와 늑대를 만나 변신하다가, 플랫폼으로 도착/귀환했을 따름이다. 이전의 '나'와 이후의 '나'는 같지만 다르고 다르지만 같으니, 누가 개이고 누가 늑대라 부를 수 있을 것인가? 늑대도 개도 아닌, 그렇다고 인간도 아닌, 이 과정의 목격자인 '탑'이 그것 아니겠는가? '나'이자 '나' 아닌 '우리'가 '탑'을 보는 것인지, 또는 그 존재가 없었더라면 '이곳은 새로울 게 없었'을 '탑'이 '우리'를 보는 것인지는 확언할 수 없다. 하지만 '나'가 사라져버린 다음에야 드러난 이름인 '탑'은 '나'를 '나 아닌 나'로 되돌려 '우리'로 만들어 주었으니, 설령 이 여행이 동굴 속에 앉아 제 자리를 맴도는 탐험이었다 해도 그 여정의 의미는 이미 충분하리라.

> 오래된 탑이 이곳을 새롭게 만든다 가까워질 때 묻어버리는 계획처럼

> 탑 말고는 여기에 온 이유를 잊은 채 새로운 일을 고민하지 않기로 한다
> 탑에 조금씩 다가설수록

> 우리는 목적을 확인할 수 있고 모여드는 사람들을 도모할 수 있고 누구
> 하나 사라진다 해도 탑이 버티게 하는 시간 때문에

— 「관성」 부분

당연하게도, 탑에 다가서는 걸음걸음은 본래의 자신을 회복하는 것도 아니요, 다른 자신으로 완전히 전변하기 위한 것도 아니다. '나'가 '나'를 넘어서 '너'에 도달했다면, 우리는 개나 늑대의 이분법 중 어느 한 편을 선택해야 했을 것이고, 언젠가 다른 한 편으로 돌아가야 할 윤회 같은

되돌이표에 괴롭게 몸을 실어야 할 것이다. "탑이 버티게 하는 시간"이란 '나'든 '나 아닌 나'든, 혹은 '너'나 '그/녀'든 수많은 자기들을 배회하며 변전하는 가운데 달라지고 또 달라지게 됨으로써 '아닌—무엇'으로 되게끔 강제하는 힘에 다르지 않다. 지금—여기서 그 이름은 '탑'이지만 탑이 아니면 또 어떠랴? '우리'라는 실체 없는 대명사가, 놀랍게도 '우리'가 되어 '나'든 '나 아닌 나'든, '너'든 '그/녀'든 아무나와 만나 아무나를 포용하고 다른 것으로 변주할 수만 있다면! 그러니 '우리' 중 어느 '누구 하나 사라진다 해도' 상관없을 일이다. 왜냐면 "저 탑은 아주 오래된 것으로 태어"나 항상—이미 "우리를 이어주고 있"기에.

　어떤 의미에서 정영효의 첫 시집은 이제야 비로소 그 마지막 페이지에 도달한 게 아닐까. 실존의 현재적 상황에 고착되길 거부한 채 계속되는 기침으로써 자신을 이탈하던 시인은, 마침내 '내가 되는 형식'을 발견했을지 모른다. 부재로써 존재를 설명하고, 변형으로써 실체를 대신하며, 유전流傳으로써 정착을 넘어서버린 시편들이 우리 앞에 던져져 있으니까. 그저 주어진 자리를 벗어나 언어의 환영과 춤추는 제스처를 시의 경지로 선포하기보다, 떠난 자리로 되돌아옴으로써 오래된 언어를 거두고 다시 탑으로 쌓아 올려 애초의 자신을 돌아보려는 시인의 몸짓. 이것이 그가 도달한 '나의 형식'이자 '시의 형식'일 테고, 도래할 시의 말들을 다시 쌓기 위한 조각들일 것이다. 물론, 이처럼 가마솥에 갓 구워낸 언편言片들이 어떤 시간 속에 흘러들어 시의 형상으로 합쳐질지, 그리하여 똑같은 몸짓이 아니라 다른 몸짓의 시적 순간들로 직조될지는 지금부터 지켜볼 일이다. 우리로서는 너무 늦게 도착해버린 출발의 예감을 확인해 보는 것으로 족하다. 어느 시인의 말대로, 길은 끝났지만 여행은 이제 막 시작된 셈이다.

　　그리고 달라져버린 계획에 나는 도착하고 있었다
　　　　　　　　　　　　　　—「목적지」 부분(『계속 열리는 믿음』)

존재하지 않는 요일의 무늬

권정일의 『어디에 화요일을 끼워 넣지』

1. 비일상의 시적 모험

"행복한 가정은 서로 비슷해 보이지만, 불행한 가정은 저마다의 이유로 불행하다." 톨스토이의 『안나 카레니나』는 저 유명한 경구로 소설의 첫머리를 장식하고 있다. 그렇다. 행복은 그저 부러움의 대상에 머물기에 질문이 필요 없지만, 불행은 유독 도드라져 나름의 고유한 궤적을 그리기에 그 이유를 캐묻게 만든다. 안나를 사로잡은 사랑의 열정은 진정한 삶의 의미에 대한 물음이었고, 생의 파열로 귀결되었다. 그것이 가치 있는 모험이었는지 아닌지의 판단은 온전히 독자의 몫이다. 그런데 톨스토이가 미처 밝히지 않은 것, 혹은 그조차 몰랐던 것은 행복도 불행도 그저 사사로운 일상이 되는 시대에는 의미를 묻는 모험조차 하나의 포즈에 불과하다는 사실이다. 우리는 소설이나 영화에서만 행복과 불행의 극적인 무대를 엿볼 수 있을 뿐, 실제로는 엇비슷하게 반복되는 나날의 무료와 무익에 젖어 무상감에 함몰된다. 그것은 "고만고만한 행복과 나름나름 불행한 베스트셀러의 첫 문장"처럼 평범하고 "육하원칙"이 "약간씩 모습을 바꾼" 듯한 지루함, 생의 무의미에 다름 아니다(「단편소설」). 누구나 진정한 삶을 꿈꾸지만, 그날이 언제 올지, 그런 날이 대체 존재하기는 하는지 아무도 모른다. 그럼 무엇을 할 것인가?

> 줄어들지 않는 먼지 속에서
> 줄어드는 풍문 속에서
> 어떤 말로도 말하지 않는 어떤 기록을 해야만 했다
>
> — 「단편소설」 부분

　권정일의 새 시집은 일상에 대한 저항을 담는다. 하지만 대단히 소극적이고 조심스러운 '식물성의 저항'이기에 일반적 통념과 이반한다. 행복이나 불행이 삶에 아무런 변곡도 주지 못하는 이 세계에서 시인이 선택한 저항이란 거리를 향해 뛰어나가는 것도 아니요, 붓끝에 불을 붙여 치열하게 규탄과 폭로의 함성을 실어내는 것도 아닌, 일상사의 주변부에 "한사코 흐르는 것"을 고집스럽게 관찰하고 기록하는 것이기 때문이다(「유정한 음악」). 어쩌면 그런 것만이 시에 허락된 유일한 저항의 길, 시적 모험일지 모른다. "잃었다 잃었다고 자꾸 말하자 오래 쓰다듬어 잊고 있던 기억이 기억을 갖게 되"는 것처럼 하나의 역설로만 어렴풋이 성립하는 비일상의 몸짓이 여기에 있다(「키위 새」). 그것은 시적 언어를 통해 다듬어지는 "노래의 체위"로서, "문"과 "광장"에 "모여 있는 걸음"과 "소모하는 길"이 뒤섞여 세상의 질서나 규율을 넘어서게 되는 낯선 광경이다. 이곳은 "언젠가 짜 놓은 문틈으로 계절이 흐르"기도 하고, "유령선이 된 지난 계절이 유령선으로 돌아오기도"(「노래의 체위」)하는 이상한 공간이지만, 무감한 하루하루를 극복해 삶의 기쁨과 슬픔을 회복하는 노래가 비로소 시작되는 장소이기도 하다.

그렇게 노래가 지속된다

길을 벗기고 문의 심장을 뜯어 오래도록 부른다

— 「노래의 체위」 부분

비일상, 또는 존재하지 않는 시간을 찾는 노래의 여정은 어디로 흐를 것인가?

2. 세계와 시간을 감수하는 시(인)

보기 좋은 대로, 듣기 좋은 대로 하루하루를 즐겁게 흘려보낼 수 있다면 시는 결코 쓰여지지 않을 것이다. 세계와 자아, 객관과 주관이 어울릴 듯 서로 비껴가고, 작은 파열을 통해 거대한 변절을 예고할 때, 그 서정의 순간들이 어떻게든 표현되어야 할 때 새겨지는 잔흔이 시일 테니까. 그러므로 멋지고 말쑥한 순간에 어딘지 모를 섬뜩한 이물감이 교차하는 것은 삶의 우연한 진실이 아닐 수 없다. "사과와 오렌지를 한 앵글에 편입시키는" 것이 "칼"이듯(「우리가 흐르는 자세」). 매력적이고 향긋한 자태를 뽐내는 그 무엇이라 해도 저 배경 너머에는 속을 드러내고 전체를 갈라놓는 낯선 위험이 도사리고 있다는 것. 하지만 그런 위험조차 없다면 이 세계는 정지된 풍경화에 머물고 말 일이다. 배경이 된 일상이 전경으로 불거져 사건으로 터져 나올 때, 오직 그때만 의미를 향한 여정도 시작될 수 있다.

빙 돌려놓은 접시를 밀어내고 칼이 오길 기다리고 있다

말을 돌려 깎지 마

말을 벗겨 먹지 마

마주 보는 관계에서는 관계만이 가능해

— 「우리가 흐르는 자세」 부분

 사물의 속내를 보는 것, 일상 너머의 비일상을 도모하는 것은 기실 자신의
얼굴을 응시하는 것, 자기에 대한 탐색의 과정이기도 하다. 그것은 "얼굴을
개명할 시간"이자 생활의 "안전"을 걷어내 "고독"을 자청하는 시간으로서,
"누구십니까 / 누구이고 싶습니까"라는 당혹스런 성찰의 메아리가 울려퍼
지는 장면이다(「얼굴의 이해」). 이러한 자기 반영적 순간을 철학자라면
각성과 통찰의 나날로 선언할 것이요, 정치가라면 입신과 영광의 시절로
감격스러워할 법하다. 하지만 기록하고 감수感受해야 하는 시인은 그저
냉정할 뿐인데, 다만 깨닫거나 자부할 만한 게 없는 까닭이다. 그에게
생이란 "7-Eleven에 간다 고로 존재할 것이다"로 시작해 "지나가는 장면1이
거나 행인2"에서 스스로를 발견하고, "CCTV에 / 저장된 어둠과 삭제된"
"무수"한 자신만을 확인하는 단편 모음집에 불과한 탓이다(「편의점 인간」).
여기에 어떤 의미가, 진정한 삶이 있는가? "나는 훌륭하게 헛되겠습니다"
(「먼지 한 점」). 세계와 시간을 감수하여 기록하는 시인은 "마주 보는 관계에
서는 관계만이 가능"하기에 "서로의 등에 대하여 모른다는 것" 또한 잘
알고 있다. 모든 앎, 일상적 지식의 무용성은 이미 너무나 잘 알려진 것.
아이러니컬하게도 "미혹이 매혹을 사랑하는" 온갖 착종도 이로부터 비롯되
는바(「요령부득」), 껴안을 수도 내칠 수도 없는 요령부득의 계륵과도 같은
일상의 앎이다. 어쩌면 시인의 과제는 이 곤혹을 여과 없이 받아들이는
데 있을 터, 비일상을 향한 비상은 바로 일상에 대한 세심하고 고집스런
관찰과 기록으로부터 가능할 것이기 때문이다.

 기어이 보여야만 존재한다고 믿는 것들을 그대로 보기 위해서죠 우리는

바다의 피부를 뜯어내 해변 도로를 만들진 않아요 산의 이목구비를 훔쳐
고속도로를 만들지도 않지요

— 「이솝과 더불어」 부분

있는 그대로, 하지만 생활의 논리가 어긋나고 찌그러진 문양을 폭로하는
지점도 거기에서 시작될지니. 버티며 기다리며, 그러나 놓치지 않으며.

3. 존재하지 않는 요일, 혹은 화요일의 가능성

그렇고 그러하다. 진실로 그러하다. 가장 단단한 매듭으로 이어진 봉합선
에서 언제나 균열과 파란이 시작되게 마련이다. 잘 갈무리된 문장의 사이사
이로부터 모순과 역설이 발동되는 법이다. 매끈하게 이어지던 일상의 고리
들은 뾰족한 시의 언어에 걸려 어느새 봉합선이 풀리고 벌어진 상처를
고스란히 드러내고 만다. "양옆으로 펼쳐진 상처가 있다/[…]/어떤 절개선
을 사이에 두고 마주 보고 밀어낸 지점과 등 돌리고 등한시한 지점이
둘로 나누어지는 저녁"(「데칼코마니」). 빛과 어둠이 급격한 콘트라스트를
이루는 기묘한 대쌍의 시간. 그것은 흡사 데칼코마니 판화처럼 화려하고
아름답게 보일지 모른다. 하지만 한낮의 열기를 짐작 못 한 아침 녘의
상쾌함과도 같이, 밤의 어둠과 외로움, 한기를 예상하지 못한 기이한 무늬와
색깔이 덧입혀지는 찰나이기도 하다. 그렇게 몽상과 환상에서 깨어나, 모두
가 잠들어야 할 밤이 닥치자 마침내 각성의 순간도 도래했다.

밤이 가고 밤이 가고 밤이 가고 밤이 왔다
검은으로 와서 검정으로
기분은 한결 사르르 죽는데 비가 생기 있게 온다

[…]
의미는 나에게 남고
얇고 투명한 언어가 무성하게 수록된다
언약은 고통의 입구를 움켜쥐고

씀바귀
꽃 피웠다

작목하였다

—「검은 검정」 부분

    일정표와 지도, 월간과 주간의 계획, 하루하루의 실행목록 … 일상은 무늬를 갖지 않는다. 존재하는 요일들은 차곡차곡 쌓아 올려진 피라미드의 돌덩이처럼 단정하고도 동일한 크기를 내세울 뿐이다. 나이테가 그렇고 지문이 그러하고 관상이 또한 그렇듯, 아마도 무늬란 서로 다른 것들만이 지닐 수 있는 비교 불가능한 삶의 궤적, 시간의 흔적일 것이다. 비 오는 날 얼굴로 튀어 오른 무수한 빗방울은 안면의 곡선을 따라 무한한 흐름의 선들을 그려낼 것이며, 제각각의 무늬로 그 순간들을 축하할 것이다.

    하얀 그림의 여자아이

    오랫동안 얼굴이 돌아오지 않아 또 오랫동안
    비를 맞는다

    선명해지는 무늬

물방울을 튕겨 내며 바닥은 젖는다

기억나지 않는 빗방울의 난간

— 「프린팅」

  존재하지 않는 시간의 무늬도 그와 다르지 않을 터. 반복 불가능한 사건의 색채들이 그것이기 때문이다. 저마다의 색깔들은 우열을 가릴 수 없고, 어떤 무엇도 다른 무엇을 대신할 수 없다. "쉽게 시드는 장미의 마감 시간을 / 말하지 않는 건 노랑에 대한 예의"(「가벼운 인사」). 지난주에도 있었고 이번 주에도 있으며 다음 주에도 있을 화요일은, 그러므로 늘 다르며 낯선 화요일, 일상으로 회수되지 않은 채 영원히 이별하고 말 화요일이다. 그럼 "어디에 화요일을 끼워 넣지?"(「리셋」) 과연 끼워 넣을 수 있을까? 매번의 화요일은 매번의 화요일만큼이나 매번의 다른 요일들과도 다를 것이기에 화요일은 그저 화요일일 뿐 우리는 그날이 어떤 날인지 전혀 알 수가 없다. 심지어 화요일은 화요일이 아니라고 할밖에. 그러니 화요일은 존재하지 않는 요일이지만, 동시에 항상 이미 특정한 무늬로 채워지게 될 바로 그 화요일이기도 하다. 화요일은 아무 요일도 아니기에 일주일의 시간표에, 한 달의 달력에, 일 년의 연대기에 끼워 넣어질 틈이 없다. 하지만 그와 같이 제자리를 갖지 않는 요일이기에, '존재하지 않는 요일'이기에 역으로 우리는 어디에든 어느 날에든 화요일을 다시 끼워 넣을 수 있으리라. 무수한 가능성, 잠재성의 무늬로서 화요일은 우리에게 도래할 미—래에 다름 아니다.

세계는 닫힌 장소이거나 의미심장하지 않아

돈는다 화요일의 가시는 화요일에만 수요일의 가시를

극복하기 위해 화요일은 가능성

— 「가벼운 인사」 부분

결국 화요일은 올 것인가? 이 노래의 끝은, 일상 끝 저 너머의 비일상은 여기에 다다를 것인가? 기약 없이 고도를 기다리는 세 사람을 기억해 보자. 객석의 시점에서 본다면 그들은 한없이 어리석고 무망하게 시간만 소모하는 듯 여겨질 것이다. 하지만 무대의 시점에서 볼 때 그들은 오히려 희망에 부풀어 있다. 고도의 도착을 믿기 때문이 아니라 그의 부재를 존재에 대한 언어로 메우며 증식시키는 까닭이다. 고도는 아직 오지 않았으나 이미 여기 있고, 그에 대한 허언은 실언實言/失言이 되어 무대를 투명하게 채워 넣는다. 화요일도 마찬가지 아닐까? 우리는 늘 화요일을 살아왔고 지금도 그러하며 앞으로도 그럴 것이다. 하지만 매번의 화요일은 아직 채 살아지지 않았고, 앞으로도 미처 다 살아질 수 없을 일이다. 우리는 우리의 가능성을 모르니까. 우리에게 닥친 사건의 운명을 알 수 없기에. 진실로 그러하리니, 화요일이 매번 다시 시작될 때마다 우리는 그 화요일을 채우기 위해 부지런히 화요일을 가꾸어야 하리라. 그렇게 화요일의 일상을 관찰하고 기록하며 표현할 때, 비일상의 화요일 또는 아직 존재하지 않던 화요일이 마침내 흐릿하나마 체감되는 순간이 오지 않을까? 아, 화요일!

초록의 서곡, 기다림의 시간

윤지양의 신작시

1. 발랄한 출발, 순수하고 가혹한 시의 과정

윤지양의 신춘문예 당선작을 처음 읽은 누구라도, 당혹과 재미가 뒤섞인 오묘한 즐거움을 쉽게 잊을 수는 없을 듯하다. 「전원 미풍 약풍 강풍」이라는 다소 뜬금없는 제목으로 독자의 이목을 끌어당기는 시인은, 매 연의 첫 행을 0과 1의 조합으로 이루어진 숫자들로 바꿔가면서 다음 두 번째 행마다 잠 못 이루는 여름밤의 다양한 정취를 탁월하게 연출해 냈다. 시 전체를 한번 내리 읽어내리자마자 독자는 매 연의 숫자들이 바람의 강도를 나타내는 선풍기 버튼임을 짐작하게 되고, 제목의 네 단어는 그 버튼들이 가리키는 바람의 종류임을 알아차린다. 0100, 0010, 1000, 0001로 오르내리는 숫자들의 리듬은 쉽게 가시지 않는 더위와 씨름하는 한여름의 기억을 되살려내고, 기발한 비유로 일상의 현장을 묘파한 즐거운 상상력에 절로 찬사를 보내게 한다. 관건은 두 번째 행들에 있다. 단지 선풍기를 끄고 켜는 낯익은 생활상을 그리는 데 멈추었더라면, 윤지양의 시는 발랄한 비유를 동원하고 있으되 결국은 평범할 수밖에 없는 일상 소묘에 불과했을 것이다. 그런데 놀랍게도 시적 화자는 더위와 바람의 출렁이는 만곡 속에서, 신기할 것 없이 단조로운 생활의 풍광 속에서 점점 자신이 지워지는 과정을 그려 넣었다. 숫자로 환원된 일상 사물의 흐름 가운데 화자가 사라지는 서늘한 한순간이 시로 기술되는 것이다. "0010 / (이곳에 없다.)"(「전원 미풍 약풍 강풍」 중).

등단작이 안겨주는 신선함과 절묘함을 갈무리하며, 나는 윤지양의 다음 작품들이 어떤 모양새를 띨 것인지 궁금했다. 세상에 자신을 알리는 첫 번째 작품이 이렇게나 재치 있는 것이라면 이후의 시작詩作은 정말 '어디로 어떻게 튈지' 짐작조차 할 수 없었던 까닭이다. 함께 읽던 다른 친구들 역시 윤지양의 다음 작품에 대해 호기심을 밝히면서도, '너무 튀어버린' 시인의 행보에 걱정을 덧붙여 두었다. 자칫 언어를 상대로 한 밑도 끝도 없는 말놀이에 빠진다든지, 혹은 정반대의 방향으로 너무나 진지해져버림으로써 초심의 영기 발랄함을 잃지는 않을는지 걱정이 되었던가 보다. 시인은 과연 어떤 방식으로 자신의 언어와 세계를 다듬어 우리에게 보여줄 것인가? 세상만사가 그렇듯, 조급해할 필요는 없을 터. 시인의 숙성을 기다리는 것도 독자의 일이라면, 모쪼록 등단작의 재기才氣가 시들지 않길 바라며 우리는 기꺼이 그녀의 소식을 기다려 보기로 했다.

그렇게 1년여가 지나, 마침내 이번 여름에 받아든 그녀의 최근작 다섯 편은 또 다른 의미에서 우리를 감응케 한다. 이 글과 이어지는 윤지양의 새로운 시편들을 읽어본다면, 그녀의 첫 작품이 보여주었던 참신한 발상과는 이질적인 정조를 금세 가득 느끼게 될 것이다. 하지만 그것은 식상한 소재나 둔감한 언어에서 비롯되는 실망감과는 다르다. 오히려 우리는 이 작품들에서 시를 낳기 위해 부단히 자신과 세계를 관찰하고 실험하는, 그런 가운데 환희에 젖었다가 다시 의혹에 잠기고, 그러다 문득 시작詩作이란 무엇인지 스스로 묻고 답하려는 시인의 격한 몸짓을 목격하게 된다. 그렇다. 우리는 여기서 언어의 형식적 실험이나 기상천외한 소재의 착안과 같은 기교의 곡예, 또는 무리하거나 과장된 엔터테인먼트를 보지 않는다. 시인이 우리 앞에 드러내 보여주는 것은, 등단이라는 제도의 문턱을 지나며 그가 마주친, 시적 조형의 순수하고도 가혹한 내적 과정들이다.

2. 재채기와 도끼질, 초록의 명멸

시는 언제, 어떻게 쓰여지는 것일까? 이는 문학의 오래된 물음이자 비밀이다. 어떤 시인도 이 질문을 회피하거나 무시할 수는 없었다. 그네들의 말을 빈다면 그들 자신조차 인지하지 못하는 불가지 불가촉의 순간이 시적 조형의 찰나일 것이다. '영감'이라는 낭만적인 단어조차 그 신비로운 뉘앙스를 한풀 벗겨 읽어본다면, 거기엔 저도 모르게 문자를 토해내는 감각의 변용만이 있지 않을까. 시인은 철학자가 아니니, 어떤 논리적인 개념이나 초월적인 형상도 빌리지 않은 채 다만 그 순간의 형용을 엿보아야 할 터. 그러니 시인의 느낌을 따르고 그의 발자취를 좇기만 하자. 그가 문득 감각의 착란을 겪는 그때야말로 시의 순간이 아닐까.

순진한 표정을 지으며 시인은 묻는다. 재채기라도 그것 아니겠느냐고. 가슴 가득 부풀어 오른 시심詩心이 명멸하는 한순간이 있다면, 그것은 코끝을 간질이는 괴로움을 단숨에 해소시키는 생리현상, 곧 재채기 같은 게 아니겠느냐고. 혀끝을 맴돌던 언어가 감각의 말단을 통과해 터져 나오는 그 찰나, 거기에 시가 존재할 것이다. 마음속 여기저기 부유하던 어떤 파토스를 문자로 옮기려는 시인에게 시를 쓴다는 것은 "재채기"를 통해 "미소" 끝에 매달린 "초록"을 발견하는 일과 하나도 다르지 않다.

초록이 미소 코끝에
재채기

재채기

재채기

날아가는 미소 곧

떨어진다

—「초록 알러지」 부분

　　"재채기"의 쾌감이 자아내는 "미소"는 "초록"이라는 시를 영글게 한다. 여기엔 과중한 관념의 무게나 도덕적 부채감, 혹은 형이상학적 난맥도 뿌리내리지 않았다. 시를 구하는 마음은 "축구공"을 차는 마음처럼 가볍고, 혹여 "창이 깨지는 소리가 들리지 않"는지 조마조마해 하는 가슴처럼 순전하고 부드럽다. 시인은 사물의 이면을 보지 않는다. 눈앞에 어리는 "초록"은 감각적 세계의 저편 어딘가에 감추어진 번외 어린 진리가 아니다. 즐거운 삶의 감각으로서 "초록"은 심오한 철학적 탐구나 우울한 반성의 대상이 아니라 우연한 재채기 한 번으로 자기도 모르게 도달하는 지금-여기의 진실이니까. 하지만 시인은 모른다. "초록"은 오직 "알러지"에 걸리고 난 다음에야, 곧 "재채기"를 통하지 않고는 얻을 수 없는 진실이라는 사실을. 안타깝게도 재채기의 즐거움을 알아챈 아이가 그것이 신병身病을 알리는 "알러지"라는 사실을 깨닫기까지는 오랜 세월이 걸리지 않는다. "미소"는 병의 산물이며, "초록" 또한 병듦 없이는 궁구할 수 없다는 삶의 역설을 어찌할까. "돌 구른다 / 미소만 남은 재채기."

비릿한 추억이다 나의 선생은 생선

가시만을 발라 나에게 주었다

바다 냄새는 더 이상 맡고 싶지 않아

살을 뺄고 떠났다

우리는 언제 지나간 것을, 추억을 비릿하게 떠올릴까? 인생의 문턱에서가 아닐까. 지난 추억이 더 이상 싱그럽거나 아름답게 여겨지지 않을 때, 인생은 또 다른 변곡점을 통과하고 있다. 모든 것은 거부된다. "비릿한 추억"은 그래서 "선생"을 "생선"으로 뒤집고, 앞서 있던 것들을 불편한 "가시"로 받아들인다. 대개 사람들이 동경한다는 "바다"는 식상하고 지겨우며, 떠나야 할 장소로 터부시된다. 그러나 이 출발은 정처 없는 모험이나 설레이는 여행이 아니라 정착을 향한 여정, '발 딛고 등 비빌' "육지"를 찾아 헤매는 과정이 아닐 수 없다. "비릿한 추억"에 누군들 눈감고 싶지 않으랴. 차마 거기서 남은 것이라곤 "가시"일 뿐이라면 더욱 그렇지 않겠는가. 하지만 우리는 결코 무無의 존재는 아닌바, 한낱 "가시"일지라도 "한 나무 아래 묻"고 "때때로 제사를 지내러" 돌아올 수밖에 없다. 제아무리 고통스럽고 고뇌에 가득 찬 추억일지라도 깨끗이 삭제하고 비워낼 수는 없는 것이다.

시를 짓는다는 것 또한 마찬가지 아닐까. 순결한 동경과 섬세하게 직조된 언어는 찌우거나 뺄 수도 있는 "살"처럼 잉여적이다. 하지만 아무리 부정해도 결코 제거할 수 없는 것은 "비릿한 추억"에 남아 있는 "가시"의 "무덤", 언제고 버리고 떠난 지난 시간의 자취다. 그러므로 아예 포기하고 버리지 않는다면야, 시를 위해 시인은 "사람을 피해 매번 기억에 물을 주지 않으면 안 되"는 것. 그렇다면 지나간 것, 예전의 것, 망각되지 않는 모든 것에 우리는 여전히 매달리고 끄달릴 수밖에 없다는 뜻일까? 그 역시, 시를 시로서 궁구하기 위해서는 벗어나야 할 현실의 족쇄는 아닐는지. 해서 "무덤"에 심긴 나무를 두고 시인은 기로에 선다.

이 장을 떠나면

앞으로 누가 나무에 물을 줄까

나의 유언은 도끼다

— 「카프카, 책을 사랑한 물고기」 부분

3. 시의 고통, 동굴에 숨은 시인

절연絶緣이라는 언어가 있는 이상, 우리는 결코 인연을 끊을 수 없다. 끊기 위해서는 무엇인가 이미 연결되어 있어야 하기 때문이다. 만약 아이가 자신의 운명을 증오한다면, 거기엔 자기 출생의 시초, 사랑을 통한 탄생의 기원이 있기 때문 아닐까? 그러나 "고통"의 근거에 "사랑"이 있다 해도, 그것이 현재의 삶을 보상해줄 리 만무하다. 재채기로 초록을 발견하여 미소를 띠던 행복하던 시절은, 이제 지나갔다.

서로의 동굴 속에서 사랑했던 사람들이 아이를 낳았다. 그게 나다. 빌어먹
을 고통 하나가 태어나버렸다.

짖는 것들의 풀숲
찌르기 위해 돌멩이가 자란다.

자신의 잃은 혹은 입게 되는 삶은 남에게 무기가 되고 나는 태어나자마자
인질이다. 자루를 잡은 적도 없는데 운명이 찔러댔다.

— 「언덕에 앞서」 부분

아직 살아보지 못한 인생이 벌써 타인을 향한 무기가 되고, 남을 해치고자

한 적이 없음에도 자신은 이미 침해받고 있다는 이 모순적인 감정. "태어나자마자 인질"이 되어버렸다는 종생終生의 의식은 지금-여기의 삶을 "짐승"의 것으로 여기게 만든다. 그런데 '자연 상태'란 본시 그런 게 아닌가? 날것 자체로서의 삶이란 되는 대로, 살아가는 대로 타인과 부딪고 부딪히며 생존을 개척하는 "고통"의 연장이 아니던가. 그런 자연 상태를 극복하기 위해 계약이 도입되고 사회가 구성되었다고 하지 않던가. 바꿔 말한다면, 생래적인 말이 갖는 무질서를 넘어서고자 우리는 언어의 질서를 맞아들이고, 그것을 시화詩化하려 애쓰는 것은 아닐까. "이 짐승 같은 놈아 너는 법이란 것을 배워라." 하지만 "법"은 자신의 진리를 재채기를 문득 내뱉을 수 있는 초록의 미소 같은 것으로 평안 무사히 제공하지 않는다. 법은 우리 짐승들에게 폭력과 강제를 통해 삶을 배우도록, 만들어가도록 명령한다. 그렇다. 어느 철학자의 말대로 사회는 투쟁이며 폭력의 순환이다.

> 우리는 도끼로 손질하는 법을 배웠다.
> 양념하는 법 굽는 법 찢는 법 먹는 법
>
> 배가 고플 때면 누군가를 찢어 먹어요.
>
> ―「언덕에 앞서」 부분

시 또한 그와 멀리 있지 않다. '영감 어린 미학적 기예'라는 문예학의 설명을 내려둔다면, 시란 결국 자연의 언어를 비틀고 구부리고 모로 세워 정제하는 과정일 따름이다. "동굴"에 숨어서 쓰다 망친 "종이"를 찢어 삼키면서 자신에게 고통을 가하며, 그러면서 끝끝내 버텨야 하는 순간들이 시의 조형이다. 그렇게 재채기의 생리는 인고忍苦의 노역이 되고, 이런 고통의 과정은 끝날 길이 없다.

동굴에 종이들이 쌓여 있다. 나는 종이를 찢어 먹어요.
누군가에게 동굴은 숨기 좋은 장소다.

나는 돌도끼를 들고 그를 따라갑니다.

—「언덕에 앞서」 부분

유의하자. 법을 주조하여 삶을 조율하고 언어를 세공하여 시를 조형하는
과정은 결코 동일하지 않다. 자연의 폭력과 삶의 무분별에 질서를 이입하는
작업은 사회와 시에 공통적이지 않다. 전자가 이성과 합리에 연연한다면,
후자는 낯선 감수성의 배치와 합리를 넘어서는 역설에 주목하는 까닭이다.
「감은 검은 혹은 먼」에 제시된 시구들은 일상의 상궤를 벗어나는 생소한
감각들을 이접적으로 종합disjunctive synthesis하는 실험의 기록이다.

태풍이 분다 하나의 눈에서
사람이 들어갔다 나왔다

(풀어놓지 말았어야 했어)

사람을 찾는다
외투를 **빼앗긴**

그는 다리 한 짝이 사라졌을 수 있다 팔 한 짝 혹은 귀 한 짝 혹은 하나
뿐인 입으로
부르는 소리가 사라졌을 수 있다

(바람을 말았어야 했어)

들어가지 말라는 소리를

(눈이 하나뿐이므로) 듣지 못했을 수 있다

남은 바람이 마저 불었다

(놓지 말았어야 했어)

— 「감은 검은 혹은 먼」 부분

　이 시의 특징은 정념의 표출이나 숙고된 사유, 또는 재간 어린 말놀이와
차원이 다르다. 오히려 여기에는 언어의 자연적 용법이 시의 비일상적
의미론과 결합하여 어떻게 새로운 이미지를 구축하는지 살펴보려는 유별난
실험주의가 있다. 예컨대 "태풍"의 "눈"은 "사람"을 연상케 하고, 하나뿐인
눈구멍에 휘말려 "외투를 빼앗긴" "그는" "다리"나 "팔", "귀"와 입"도
"하나뿐인" 신세일 것이란 상상에 빠져든다. 평상의 논리라면 얼토당토않은
망상이겠으나, 기억하라. 여기는 숨은 '동굴'의 어딘가이고, '종이들에 쌓여
있'는 시인은 사회적 일상과는 다른 논리에 사로잡혀 있다. 그는 눈을
"감은" 채, 그래서 시야가 "검은 혹은 먼", 눈멂의 상황에 들어서 있는
것이다. 그러니 평범하고 당연한 일상의 지각은 정지하고, 오로지 '다른
것'이 '다른 것'을 부르고 연결되고 언어화하는 장면만을 떠올려 보자.
괄호의 안과 밖은 서로를 이해하지 못한 상태로 대화를 나누며, 기묘한
의미의 연결고리를 만들려 한다("들어갔다 나왔다"ㅓ"풀어놓지 말았어야
했어", "입으로 부르는 소리가"ㅓ"바람을 말았어야 했어", "눈이 하나뿐이므
로"ㅓ"듣지 못했을 수 있다", "바람이 마저 불었다"ㅓ"놓지 말았어야 했어").
　부자연스럽고 비논리적이며 이질적인 말들의 배치, 그것이 시적인 조형
일까? 선풍기 버튼을 0과 1의 조합 속에서 유비해 내고, 있음과 없음의

변증을 짚어냈듯이. 그런데 "태풍"의 "눈"에서 길어낸 이 기묘한 시적 논리는 등단작의 유쾌함과는 사뭇 다른 정동을 표방한다. 아이의 재채기 같은 원초적인 생리현상을 통한 시의 궁구는 '비릿한 추억'의 성년에 도달해 버렸고, '돌도끼'를 들어 삶을 다듬질하는 과정에 동원되었으며, 이제 언어를 연마해 일상 너머로 강제로 구축되어야 할 지점까지 와버린 탓이다. 무심하고 무감한 생활의 풍광을 각성하도록 촉구하는 말의 빈자리를 시인은 어떻게든 메워야 할 운명이 아니겠는가.

> 남은 사람이 잡은 외투 속으로
> ( ) 들어갔다

4. 초록의 환상, 흔쾌한 기다림

시적인 순간, 그것이 정말 언어로 탁마될 수 있을까? 재기 어린 단어의 유희, 참신한 어구의 발명, 또는 무릎을 탁 칠 만한 혜안의 발견이 시가 될 수 있을까? 무심하고 무감한 일상의 언어를 낯설게 가공하는 것, 나아가 아예 없애버리는 것이 시를 만들지는 못할 듯하다. 절연이 인연을 전제하듯, 시는 비시적非詩的인 것 곧 일상의 언어를 앞에 두어야 하는 탓이다. 그렇기 때문에 시인은 흐르는 사태를 흐르는 대로 놓아둔 채 관찰해 보기로 결심한 듯하다.

> 눈물이 흐른다 머리칼 만진다 머리칼 만진다 햄릿은 잔을 들고 마셨다
> 눈물이 흐른다 햄릿 역을 맡은 오필리어가 눈을 빠뜨렸다 머리칼 만진다
> 저어기 셰익스피어가 걸어온다 (일동정렬) 머리칼 만진다 그는 대머리다
> 식물은 아직도 포도주를 찾는다

범상한 단어들, 반복되는 어구들, 잘 아는 이름들, 익숙한 형식들. 여기에 특별한 것은 없다. 다만 사소한, 상식에는 어긋나는 지점들이 몇 있다. 우리에게 알려진 셰익스피어의 드라마에는 "햄릿"과 "오필리어"가 결코 뒤섞이지 않는다는 것, 그리고 작품 속에 원작자는 결코 등장하지 않는다는 것. 평범하게, 이미 고지된 앎의 무대에 생경하고 불편한 배치를 도입하려는 시도는 과연 시적일까? "햄릿은 잔에게 편지를 쓴다." 잔은 잔[杯]일까 잔John일까? 이렇게 뒤섞고 혼합한다면 무언가 다른 것을 얻을 수 있을까?

2연에 이르면 혼돈은 더욱 배가되는데, "잔"은 "호두를 깠"고 "코르크"와 "잭나이프"를 갖고 다니며 생전의 위업을 "자랑"하기도 하고, "술에 취한 나머지 비틀거리다 잔을 쏟"기도 하는 탓이다. 마지막 연에서는 급기야 "햄릿"이 원작에도 없는 고백을 하며 비통에 빠지는데, "목이" 맨 "셰익스피어"가 "펜을 놓"는 것으로 마무리 지어진다. 원작과 가공, 일상과 시. 다름, 차이, 엇나가고 빗나감 … 물론 이 연극적 상황의 맥락을 부러 상상하고 끼워 맞춰볼 필요는 없다. 다만 여기서 시인이 무엇을 시험하고 있는지, 자신의 말을 어떻게 담금질하고 있는지는 예의주시하며 지켜볼 일이다. 감각이 흐르고 언어가 흐르는 이 현장에서 무엇이 생겨나고 있는가? 시인은 다시 펜을 집어 들어 쓰고자 할 것인가?

* * *

아마도 언젠가 시인은, 시를 씀으로써 그리고 시인이 됨으로써 막연히 동경하던 "초록"이 궁극을 엿보았을지 모르겠다. 그게 시적인 것이든 혹은 찰나가 빚어내는 착오나 몽상이든, 시인으로 하여금 시를 계속해서 쓰게 만드는 아궁이 불이 될 것임은 분명하다. 이번 다섯 편이 드러내는 다양한 시작詩作의 양상들은, 그가 아직 자신의 발성법을 연습하고 있는 과정에 있음을 보여준다. 필연코 모든 시인들이 거쳐야 하고, 쉽게 벗어날 수 없는 시의 조형은 윤지양에게도 이제 시작인 것이다. 그런 의미에서 다른 모든 시인들도 그렇듯 모든 시작은 단지 초록의 서곡이라 불러도 좋지 않을까. 언젠가, 그가 아직 시인이기도 전에 바라보았던 초록의 환상은 여전히 명확한 자신의 성좌를 만들어내지 못한 탓이다. 아무것도 모른 채 재채기하며 미소 짓던 시인이 그만의 초록을 발견하고 명명하기 위해 고심하고 번민하는 현장을 직접 목격하는 것은 독자에게도 고통스런 노릇이다. 하지만 역설적이게도, 바로 그런 목격자의 소임이야말로 시인의 성장을 증언하고 확언할 수 있는 권리일 듯하다. 시인에게도 우리에게도 아직 더 기다려야 할 시간들이 흔쾌히 받아들여지는 이유도 그와 다르지 않다.

시학의 저편

김영건의 『파이』가 열어 놓은 시간

1

서정시의 기원이 개인의 내밀한 감응을 담는 데 있음은 잘 알려진 사실이다. 세계에 맞서, 타자를 향해 시의 주체는 자신의 속내를 노래로 풀어낸다. 그것은 고독한 속삭임이며 우울한 뇌까림이지만, 그만큼 절실하고 견고한 자아의 목소리를 형상화해 낸다. 그래서 서정시를 읽노라면, 우리는 거기서 자아의 사유와 감정, 표정과 몸짓, 품성과 세계상을 떠올릴 수조차 있게 된다. 시어는 곧 주체의 의지이며, 그의 인간이다 …. 이 같은 서정시학의 전통은 단일한 자아의 단일한 언어, 단일한 시적 세계상을 전제해 왔다. 이에 따라 시를 읽는다는 것은 그 언어적 단편들을 좇는 게 아니라 거기 내재된 사상, 통합된 한 사람의 인격을 보는 것으로 간주된다. 시는 통일된 목소리로 읊어지고, 통일된 관심과 통일된 욕망으로 충전된 사유의 결정체라 할 만하다. 시의 언어는 단지 시적 사상의 외피이자 매개물이기에 부차적인 지위에 머무른다는 것. 예술사에서는 이를 '내용 대 형식'의 대립으로 불러왔던바, 시의 이념이 노정하는 사상적 내용만이 시의 문학성을 규정짓는다는 입장이 여기에 속한다. 헤겔로 간주되는 근대 시학의 역사는 이같은 내용시학의 관점을 대변해 왔다.

반면, 20세기 시학은 이러한 내용시학을 정면으로 반박하고 정반대 편에서 구축되었다. 러시아 형식주의로 대표되는 이 새로운 경향은 시가 일단 언어적 산물이란 점에 주목한다. 언어로 직조된 시는 귀에 들리는 소리의 결합물이며, 그 소리의 화음과 배음, 불협화음을 통해 듣는 이의 심정에 감응한다. 시의 기원이 무엇보다도 노래에 있음을 떠올린다면, 이 같은 전환이 비단 '형식적'인 흥미 이상의 의미를 담고 있음을 깨닫게 될 것이다. 노래는 그 내용이 어떠하든, 선율과 가락으로 부르는 사람과 듣는 사람을 사로잡고 그들의 마음을 움직인다. 언젠가 불러보고 들어보았던 노래의 가사는 기억하지 못해도 리듬은 떠올리고 그에 맞춰 흥얼거리던 경험은 누구에게나 있다. 정신이 아니라 몸에 호소하는 노래의 힘, 그것이 시의 본래면목이다. 이렇게 본다면 내용이 본위가 된 시적 이념은 시의 가장 중요한 축이 아니라 부가적인 요소가 되며, 음악적 울림으로서의 언어적 형식이야말로 시의 본위라 할 만하다. 나아가 시적 이념의 산실은 그 어떤 심오한 정신적 내용이라기보다 언어로 조성된 형식의 구조에 있다 해도 좋을 것이다.

왜 이러한 전환이 중요한가? 만일 문학성이 시의 언어에, 형식에 있다면, 그 어떤 선험적 목적도 설정할 수 없다. 오직 낱말, 문장, 구문, 그것들의 배치가 의미를 조성하기에, 시인 자신조차 자신의 글이 무엇을 조직하고 있는지, 그 목적지가 어딘지 모르는 까닭이다. 시의 주인은 언어이고, 목적 또한 언어 그 자체일 뿐, 시인은 다만 이를 실현하는 수단이 될 따름이다. 흔히 '언어의 유희'라 명명하는 현상이 온전히 그 자체로 실현되는 현상이 여기 있으니, 그 같은 시의 전화轉化를 따르자면 우리는 진정 반전통과 비근대의 끝에 와 있을지 모른다. 이것은 시학의 붕괴인가, 혹은 창설인가?

혹은 이것이 과연 시일까?

2

김건영의 첫 시집 『파이』는 전통 시학이 다다른 막다른 골목이자 낯선
창안의 장면을 고스란히 보여주는 듯싶다. 0, 1, 1, 2, 3, 5, 8 … 통상의
순서를 대신해 피보나치 수열에 따라 배치된 개별 시편들은 '시집'이 갖는
종래의 관행들을 부정하거나 허물어뜨리는 데 거리낌이 없다. 가령 0장
"내 잘못의 원인이자 결과인 세계의 뱀에게"는 아예 시가 포함되지 않은
채 장의 제목만으로 이루어져 있다. "뱀"이라는 신화적 형상에게 모든
책임을 묻는, 그러나 실제적인 시편이 부재함으로써 도대체 무엇이 잘못의
원인이자 결과인지조차 밝히지 않는 구성방식은 기성의 시학에 익숙해진
독자를 당혹하게 만들기에 충분하다. 하지만 단지 이런 기이한 배치만이
이례적이요 낯선 것만은 아니다. 개개의 시편들을 읽노라면, 여기서 우리가
마주하는 것은 의미나 사상으로 쌓아 올려진 시학의 탑이 아니라 안에
있으되 바깥과 연결되고, 이편에 있으되 저편을 탐하며, 표면으로부터 심층
을 궁구하는 반反 시학의 징표들이다.

　　바닥을 그러쥐면 우리의 복사뼈가 살점을 벗고 떠오른다 이야기의 표면
　　만 이야기하면서, 복숭아를 이해하려 시도한다 나는 진지한 이야기엔 알러
　　지가 있어요 우리에게 한 뼘의 땅이라도 있었다면 서로의 발목을 심어
　　줄 수 있을 것이다

　　　　　　　　　　　　　　　　　　　　　— 「복숭아 껍질을 먹는 저녁」 부분

"얼음은 언제나 바깥부터 시작된다"(「여름밤」)는 문구처럼, 시는 중심을

형성하지 않은 채 말들의 흐름과 속도에 맞춰 이리저리 표층을 부유한다. "모든 것은 상상입니다 아무것도 아닙니다 다만 봉해진 말들의 산입니다 어디로 가는지 실은 알고 싶지 않습니다"(「덜 떨어진 눈물」). 목적지 없는 유전流轉. 하지만 이 같은 시의 정조는 그저 정처 없는 변전變轉이라고 볼 수 없으니, 반反이라는 시어의 유동을 통해 언젠가 중심이었던 것, 본질이라고 믿어졌던 것, 진리임을 주장하는 무엇인가와 투쟁하고 있는 탓이다.

> 거짓과 진실을 섞어 진실한 거짓말을 만들었다
> 천사의 뒤편에는 무엇이 있을지 알고 있다
> 그림자가 있겠지 그래
> 독실한 신성모독자인 그는 매 순간 신을 욕보였지만 기록에 남는 불경이
> 필요해서 문장을 지었다
> […]
> 신을 믿는 사람이 주는 마음은 꼭 잔반 같았는데 그는 싫어하지 않았다
> 시 같은 걸 쓴다고 믿는 김건영은 잔반을 받아먹고도 살이 쪘다
> ──「모잠비크 드릴」 부분

전통적 관점에서는 잔여물에 불과한 시의 언어적 편린들은 이제 시학의 중심적인 실험대상이 된다. 미리 결정된 사상의 심부로부터 시어가 조직되는 게 아니라 말의 흐름, 그 유동의 겉면을 맴돌며 만들어지는 비의미의 의미들이 생성되는 것. 하지만 이는 아무런 연관 없는 제멋대로의 말 놀음이나 한없이 퍼져나가기만 하는 아나키적 탈주의 양상을 띠지 않는다. 오히려 그것은 기존의 말들, 익숙한 언어들과 문구들을 기묘하게 뒤틀어냄으로써 낯설지만 낯익은 감응 속으로 독자를 초대하고 있다. 이토록 흥미로운 과정은 연작 '사전蛇傳'을 통해 극명하게 토로된다. 그것은 일견 무연관한 듯하되 모종의 의미지향점을 가진 말들의 나열이기에 사전辭典이고, 분열된

시적 주체의 개인적 감응이 녹아들어 있는 탓에 사전私傳이며, 삶과 사건, 일상의 모든 사태들이 기록되어 있음으로 인해 사전事典이다. 그러나 이같은 말들의 열거와 연쇄는 단지 언어의 유희에 그치는 것 같진 않다. 흩뿌려지는 말들의 산란은 어느새 언어 밖의 현실에 날카롭게 가닿아 있기 때문이다.

추악한 것은 날개가 있다

우리는 짐승을 가둔다 통장에 0을 쌓기 위하여 空을 기다린다 우리는 공기를 폐에 가둔다 삶은 언제나 먼저 일어나 버렸고 불을 찾는 나방들이 머릿속에서 0과 1을 반복하며 날아다닌다 알을 낳는다 알 속에서 나무가 기립한다 붉은 열매를 맺는다 피톨들이 몸을 회전한다 몸은 모래시계다 둥글어지기 위해 몸을 굴려야 한다 우리는 알을 낳고 깨고 먹는다 回, 세상은 우리를 가둔다 세상은 거대한 우리였다 돌고 돌아 제 회음을 물어뜯는 거대한 用; 화폐가 발생하였다

망국의 노동자여 간결하라

누구도 듣지 않는다 짐승이 없다면 우리는 필요하지 않다 그러므로 세계의 심장은 짐승이었다 回, 허기를 가두는 짐승들아 이곳은 약초와 독초의 별 절반의 확률로 약초가 독초를 먹는 별 달리 마음 둘 곳 없는 별 열어보면 안 되는 별로 외롭지 않거나 춤추는 짐승의 별 다 같이 灰, 시간제로 태어난 주제에 서로를 잡아먹기 위해 달려가는 별 거지 같은 태어나 버린 죄 우리는 우리의 벗들을 벗을 수 없다, 짐승들아

—「0−蛇傳 0」 부분

"사람을 무엇으로 사는가" "달마가 돈 쪽으로 간 까닭은" "악의가 타고 있어요" "누구를 위하여 돈을 올리나" … 우리 귀에 익숙한 경구들을 미묘하

게 비틀어 다른 의미론적 공명을 빚어내는 '사전' 연작의 첫 번째 시편은 시인의 언어실험이 '언어의 순수성'에 대한 것이 아니라 '오염된 언어', 즉 현실에 감염된 말들에 관한 것임을 시사한다. 클리셰가 된 책의 제목이나 영화 제목, 게시판 등에서 따온 이 문구들의 속사정은 돈으로 모든 가치가 잠식된 현재의 삶을 패러디적으로 조롱하거나 자조하는 데 있다. "우리에게 0 아니면 1을 달라 허기를 이기려면 쌓을 數밖에 없다 있다 없다 사채 좀 굴려 본 사람은 안다 시시포스가 굴려 올리던 돈은 사실 0과 1이었음을 태초부터 빚이 있었다"("누구를 위하여 돈을 올리나", 「0-蛇傳 0」). 어쩌면 시인은 자본이 지배하는 현대 사회를 풍자함으로써 문학적 비판이라는 오랜 예술적 전통을 이어가려는 것일까? 그렇다면 이 역시 하나의 내용미학, 언어를 빌려 사상을 표현하려는 전도된 시도는 아닐까? 그렇기도 하고, 그렇지 않기도 하다. 일단, 패러디적 언어유희를 통해 순전한 말과 놀이의 세계를 부유하지 않는 것은 사실이다. 하지만 반자본주의든 무엇이든, 시가 온전히 그에 복무하기 위해 동원되었다고 할 수는 없다. 왜냐면 여기서 시편들을 움직이고 살아 있도록 추동하는 원동력은 언어 배후의 사상이 아니라 익숙함을 빗겨나가는 말들의 미끄러짐인 까닭이다.

> 놓을 때가 된 노을이 있다 여기는 신이 버린 주말농장 우리는 가난을
> 서로에게 떠넘기며 놀았다 목마른 자가 음울을 판다 우리 매달리지는 않기로
> 했잖아요 너무 익어 무른 도원 바닥에 붉은 감이 떨어졌다 마침표가 발밑에
> 번져 밤이 왔다 언어의 정원 초과였다
> ― 「파롤의 크리스마스―蛇傳 8」 부분

"노을"이 갖는 아련함과 그리움의 심상은 그것이 지나갔음을 역으로 보여준다. 그렇기에 "놓을 때가 된" 것이다. 해 질 녘의 농장은 모든 것이 사라지는 곳이어서 "신이 버린" 장소일지 모른다. 빛의 "가난"은 그래서

서로의 탓으로 떠넘겨질 수밖에. 거기서 우울은 다시 우울을 낳고, 우울한 자만이 계속 음울하다. "목마른 자가 음울을 판"다는 것. 이런 식으로 통상의 의미론적 연관을 넘어서는 말들의 연쇄와 흐름은 문법의 제한을 넘어서는 "파롤parole"의 잔치이자 "언어의 정원 초과"라 부를 수밖에 없다. 여기서는 모든 말이 서로 엇비슷하지만 다르고, 그 다름에도 불구하고 비슷한 울림을 가짐으로써 통상의 의미론에 안착하지 못한다. 시인이 각 연의 마지막을 "다다른 말들" "다 다른 말들" "다 닳은 말들"로 변주하는 것도 그런 탓이다. 요점은 그런 언어의 산란이 의미의 부재 자체는 아니라는 데 있다. 발화된 말, 발설된 언표는 부재로 돌아가지 않는다. 흘러내린 시간은 다시 담을 수 없다. 그러므로 차라리 무신경하고 무작위적인 발자국에서 말의 의미를 찾고, 버려진 책을 다시 집어 들어야 할밖에. "발자국이 언어가 될 수 있습니까 책은 숯으로 돌아갈 수 있습니까"(「파롤의 크리스마스 - 蛇傳 8」 부분).

3

김춘수 이래 무의미를 시적 화제로 삼는 수많은 논의들이 있어 왔다. 의미 과잉의 시학을 넘어서는 의미-없음의 시학은, 의미-없음-의-있음이 라는 시학으로 전도되어 다시 우리에게 읽혀 왔던 것이다. 어떤 점에서 볼 때 이 같은 무의미의 의미화는 불가피하다. 시가 언어의 산물이며, 언어가 특정한 규칙들의 질서를 뜻한다면, 무의미 곧 무-질서는 규칙의 부재가 아니라 다른 규칙의 존재를 향할 것이기 때문이다. 따라서 지난 세기까지, 또는 시학의 전통에서 오랜 대립을 이루었던 내용 대 형식의 구도는 결국 또 다른 의미의 질서를 찾아가기 위한 해체와 구성의 과정이었을 지 모른다. 새로운 질서는 그 규칙성이 명확히 드러나기까지 질서의 부재와 의미의 혼돈으로 각인되며, 묵살과 경멸, 부정의 대상이 되기도 한다. 하지만 일단 무—의미의 의미화라는 과정이 시작되기만 하면, 거기서 태어나는 것은 더 이상 내용도 형식도 아닌 또 다른 질서, 비시학적 시학이나 시학적 비시학의 단초일 것이다.

이제 필요한 것은 내용인지 형식인지, 의미인지 무의미인지 따위를 가리는 이분법적 논쟁이 아닐 듯하다. 오히려 우리는 끊임없이 죽고 태어나는 말들의 연쇄, 그 흐름 가운데 죽었다 살아나는 어떤 힘을 필사적으로 포착해야 한다. 시집의 마지막 장을 장식하는 「절연의 노래」는 그래서 더욱 역설적이다. 인연을 끊는 것은 지나간 모든 것과의 이별이자 종말이지만 동시에 새로움을 만나기 위한 불가피한 의식 아닌가? 만나기 위해서는 떠나야 하고, 태어나기 위해서는 죽어야 한다는 낡은 경구를 유희 속에 벼려내고, 그로써 이 모든 언어적 생성을 반시학과 비시학의 기록으로 남기려는 시적 의지를 우리는 여기서 확인하게 된다. 어쩌면 시인의 시적 여정은 이제야 비로소 시작되었다 할밖에.

> 나의 강아지가 죽었고
> 나의 고라니가 죽었고
> 나의 넓적부리도요새가 죽었고
> 나와 생일이 같던 먼지가 영영 죽었고
> 나의 손자와 손자의 손자가 죽었고
> 나의 산수유나무가 죽었고
> 계속 나는 살았다.
> […]
> 나는 살고 있다 내가 아는 사람들이 앓을 것을 알고
> 내가 알게 된 사람은 언젠가 죽는다
> 죽은 것을 먹거나 죽어가는 것을 먹는다
> 내 허기가 한 접시의 죽음이 되고

하루에 한 그루의 나무를 씹어 삼킨다
나의 생은 잘못만 가득한 初錄이었다

— 「절연의 노래」 부분

제5부

탈주선 위의 예술

예술을 넘어선 예술, 아방가르드의 욕망과 불안

피터 게이의 모더니즘론

1. 현대 예술의 비밀과 거짓말

2007년 삼성가의 비자금 파문으로 전 사회가 떠들썩했을 때, 대중의 이목을 끌었던 한 가지는 대기업의 축재수단에 현찰이나 어음, 귀금속류의 전통적인 대상뿐만 아니라 고가의 미술품도 포함된다는 점이었다. 금융 자본주의에서 부의 축적은 '문화'를 명목으로 한 예술작품을 수집하는 일과 등치되고, 그 수집품들은 시간이 갈수록 평가절상이 이루어져 더 큰 자산가치를 갖는다. 문화사업이라는 명분으로 부를 정당화하고 잠재적인 자본도 늘릴 수 있으니 일석이조가 아닐 수 없다. 그런데 대중을 자극한 것은 비단 그 사실만이 아니었다. 실제로 재벌가가 보유하고 있는 예술작품 중 하나가 로이 릭턴스타인의 <행복한 눈물>(1964)이라는 게 알려지고, 언론을 통해 그 이미지가 공개되자 비자금에 대한 세간의 분노를 대신한 것은 기이한 당혹감이었다. 철 지난 만화 스타일로 여성의 얼굴을 화면 가득 채운 이 작품의 가격은 거의 천문학적 수준을 호가했기 때문이다.

2002년 뉴욕의 크리스티 경매에서 구입되었을 때 그 가격은 715만9,500달러였고, 이는 당시 환율로 86억5천만 원에 달했으며, 5년 후에는 최소 3~4배 정도가 더 상향된 것으로 알려졌다. 도대체 저 그림의 정체가 무엇이길래 이 정도로 비쌀까? 거기엔 어떤 예술적 비밀이 감추어져 있는 것일까?

현대 예술의 아이러니는 놀랄 만큼 고가로 책정된 가격에도 불구하고 작품의 미적 가치에 대해서는 어지간한 전문가가 아니고서는 거의 식별할 수 없다는 데 있다. 릭턴스타인의 <행복한 눈물>은 그 단적인 사례일 뿐이며, 이보다도 더욱 극단적인 사례가 넘치는 게 현실이다. 다른 예를 하나 더 든다면 이렇다. 2001년 영국의 설치예술가 데미안 허스트는 예술가의 작업 도구를 주제로 전시회를 열었는데, 다음 날 전시장을 치우던 청소부가 실수로 그의 '작품'을 내다 버린 일이 벌어졌다. 마시다 남은 커피잔과 담배꽁초로 가득 찬 재떨이, 빈 맥주병, 지저분한 팔레트, 쓰러진 이젤, 말라비틀어진 붓, 구겨진 사탕 포장지와 신문쪼가리 등을 청소부는 도저히 '예술'이라고 생각할 수 없었던 것이다. 더 황당한 것은 이 사건을 전해 들은 허스트가 배꼽을 쥐며 웃은 다음, 다른 '작품들'을 모아다 원래의 작품을 재현해 놓았다는 사실이다. 한 편의 소극笑劇 같은 일화지만, 예술의 불가해성, 또는 불가해한 예술성의 일단면을 보여주는 장면이 아닐 수 없다. 아니, 거꾸로 이렇게 말해야 할지 모른다. 이 모든 것은 예술에 대해 오래전부터 유포되었던 의혹, 즉 예술은 거짓말을 하고 있거나 아예 존재하지 않는다는 의구심을 확증해 주는 사례가 아니냐고. 어느 쪽이든 현대 예술이 도달한 최선의 성공과 최악의 실패를 동시에 보여주는 징후임에 분명하다.

피터 게이의 『모더니즘』은 현대 예술의 이러한 아이러니, 성공과 실패의 양가성을 조명하기 위해 집필된 책이다.[1] 하지만 저자는 예술철학적 논증이

1. 피터 게이, 『모더니즘』, 정주연 옮김, 민음사, 2015. 본문에서 인용할 때는 괄호 속에 쪽수만 표시하겠다.

나 분석을 통해 현대 예술의 비밀을 밝히려고 애쓰지 않는다. 대개의 사변적 논의들이 그렇듯, 그런 시도라면 곧 또 다른 반론과 재반론의 덫에 갇혀 끊임없는 논쟁의 소란을 맴돌아야 할 테니까. 그와 같은 논란의 소용돌이야말로 현대 예술이 자신의 정당성과 가치를 주장하며 스스로를 재생산해오던 방식 아니던가. 그 함정을 피하기 위해 저자가 내디딘 입지점은 두 가지다.

첫 번째는 역사가의 자리. 이로부터 저자는 현대 예술의 발생과 전개, 곤경과 돌파의 역사를 조명하고자 한다. 하지만 이는 통념적인 예술사적 서술은 아니다. 사실에 관한 연대기적 나열이나 인과적 설명은 피하고 그 심층 맥락을 짚어내려고 하기에, 저자는 현대 예술사에 대해 푸코적인 고고학적 작업을 수행하고 있다고 할 만하다. 그렇다면 어떤 맥락이 문제인가? 두 번째 입지점, 즉 프로이트의 전기작가로서 저자의 정신분석적 관점이 여기에 동원된다.[2] 이에 따르면 예술의 역사는 어떤 '위대한 이념'에 의해 추동되지 않는다. 오히려 개별 작가들의 욕망과 충동, 내적이고 외적인 갈등이야말로 예술사의 흐름을 형성했던 주요한 동인이었다. 이 두 가지 입지점을 통해 현대 예술의 역사를 짚어봄으로써 저자는 우리 시대의 예술에 던져진 의혹, 즉 고고하면서도 천박하고, 특이하면서도 일상적인 양가적 특징들의 역사적 기원과 맥락을 열어 보이고자 한다.

2. 모더니즘이 명령하노니, "절대적으로 현대적이어야 한다"

먼저 해명해야 할 것은 제목이 보여주는바, '모더니즘'이란 단어의 역사적 시기다. 예술사를 조금이라도 들여다본 사람이라면 흔히 모더니즘이란 20세기 전반에 유행하던 선구적이고 진취적인 경향, 아방가르드적 미학운동

• • •
2. 피터 게이, 『프로이트 I·II』, 정영목 옮김, 교양인, 2011.

이었음을 기억할 것이다. 문학이나 미술, 음악, 영화, 건축, 무용 등의 장르별 차이는 있으나, 대체로 모더니즘은 지극히 20세기적인 예술사조로 기록되어 있다. 하지만 역사가의 관점은 다르다. 저자가 이 점에 관해 별다른 보충 설명을 하고 있지 않아서 자칫 오해의 소지가 있기에 간략한 이야기를 첨부하겠다. 모더니즘은 어떻게 정의될 수 있는가?

일반적으로 모더니즘은 19세기 중반부터, 본문에서는 간간이 19세기 초에 시작되었음이 암시되는, 그리하여 20세기 후반까지 지속되었던 특정한 경향을 가리킨다. 하지만 모더니즘은 이 책에서 언제 시작해서 언제 끝난다는 식으로 확실히 규정된 시기로 정해지지 않는다. 저자가 농담 삼아 인용하듯, 포르노가 무엇인지 정의하기는 어렵지만 보면 즉각 알 수 있는 것처럼, 모더니즘이란 어떤 일반화된 사조나 운동이기보다 개별 작가들에게서 두드러지는 특징들의 총합이라 할 만하다. 누구든지 자신의 작품을 '혁신'과 '독창성'의 견지에서 정의하고자 한다면, 마찬가지로 세계에 대한 관점을 혁신과 독창성의 프리즘을 통해 보고자 한다면 그것이 모더니즘이며, 그가 모더니스트라는 뜻이다(25~27). 저자의 서술을 더 분명히 따라가기 위해 우리는 이 주장을 '모던'의 번역어인 '근대'의 관점에서 재규정할 필요가 있다.[3] 저자가 명시하지는 않았지만, 그의 모더니즘은 실상 근대주의의 맥락을 동반해서만 비로소 선명한 의미역을 획득하는 까닭이다. 필자가 보기에 여기서 관건은 낭만주의다.

알다시피 근대 예술의 첫머리는 17~18세기 유럽의 고전주의였다. 이는 16세기 르네상스의 연속선상에 놓인 사조로서, 고전고대의 미적 규범을 계승한다는 의미를 갖는다. 따라서 고전주의 시대의 예술원칙은 새로운 것을 창안하는 게 아니라 기존의 전범을 모방하는 것, 동시대의 변화를 가미하되 원칙적인 변형은 금지하는 것이었다. "하늘 아래 땅 위에 새로운

• • •

3. 'Modern'의 번역어로서 '근대'와 '현대', 또는 '모던'은 이하의 논의에서 맥락에 어울리게 변용해 쓰겠다.

것은 더 이상 없다"는 금언은 결코 현재를 폄하하는 말이 아니다. 고전고대라는 "거인의 어깨 위에 올라탄 난쟁이"로서 근대인은 큰 수고 없이 더 멀리볼 수 있는 혜택을 누릴 수 있기 때문이다.[4] 하지만 그뿐이라면, 근대인은역시 고전고대의 유산관리자에 머물 따름이다. 그런 상황에서 독립적인예술가가 나타날 수 없는 것은 당연했다. 예술가는 궁정에 소속된 장인匠人에불과했고, 후원자(패트런)의 주문에 대한 대가를 받으며 생활을 영위해야했다.

이에 반해 '모던시대', 곧 근대란 낭만주의에 접어들며 비로소 명백한자기규정을 얻은 시기로서, 우리가 아는 예술가가 등장한 첫 번째 시대다.더 이상 과거의 모범에 얽매이지 않고, 마치 창조주나 된 듯한 위세 속에새로운 것을 창안하는 활동이야말로, 다시 말해 혁신과 독창성을 과시하는것이야말로 예술가의 필수 불가결한 자질이 된 것이다. 18~19세기에 부르주아 사회가 성립하며 본격화된 봉건 권력으로부터 예술의 분리는 예술가의자율성을 열어 놓았지만, 같은 이유에서 빈궁과 고립을 초래하고 말았다.횔덜린의 시구에 나오는 '궁핍한 시대의 예술가'란 바로 이러한 근대 예술가의 자립과 곤경, 더불어 자부심을 표현하는 말이다. 아무튼 이즈음부터예술은 생계로서의 노동과 겹쳐지는데, 예술이 돈과 맺는 '악연' 혹은 '인연'에 대한 논쟁의 출발점이 여기에 있다.

지성사가 이사야 벌린은 근대정신의 시원을 낭만주의에서 발견하고,낭만주의야말로 유일무이한 근대적 운동이라고 천명했다.[5] 과거에 대한유대와 의존, 숭배를 중지한 채 현재에만 충실하고, 오직 현재의 정점에도달하기 위해 열정을 바친 시대정신이 낭만주의에 있다고 보았기 때문이다.그것은 절대적인 모델이나 규범을 설정하지 않고, 지금-여기의 활동에만집중하고 전념하는 절대적 현재의 정신으로서 19세기를 거쳐 지금까지도

• • •

4. 마테이 칼리니스쿠, 『모더니티의 다섯 얼굴』, 이영욱 외 옮김, 시각과언어, 1998, 28~29쪽.
5. 이사야 벌린, 『낭만주의의 뿌리』, 강유원·나현영 옮김, 이제이북스, 2005, 14~15쪽.

이어지는 모더니티 전반과 잇닿아 있다. 피터 게이 자신이 여러 차례 인용하는 "절대적으로 현대적이어야 한다"는 랭보의 구절 역시 이러한 모더니티의 대표적 표징으로 볼 수 있다. 『모더니즘』의 표지에 인상적으로 박혀 있는 문구들인 "새롭게 하라", "놀라게 하라", "자유롭게 하라"는 우선적으로 모더니티의 지상명령으로 새겨져야 하며, 이 세 명령문의 주어이자 목적어는 다른 무엇보다도 예술가 자신이었다. 스스로에게 새롭거나 놀랍지 않다면, 그것은 자유가 아닌 예속이며, 지금-현재로부터의 퇴락이다. 이런 맥락에서 저자는 모더니즘을 18~19세기 이래의 폭넓은 예술사적 운동이자 모더니티 자체의 과정으로서 탐구하고 있다.

3. 모더니스트는 이데올로그인가 전략가인가?

일체의 전통이나 권위를 부정하고 오직 새로움만을 추구하는 운동의 맹점은 그 새로움의 척도를 자체적으로 내세울 수 없다는 데 있다. 달리 말해, 무엇이 새로운 것인가? 이 질문에 대한 대답은 낡은 것, 익숙한 것에 대립하는 것만이 새롭다는 역설 속에서 발견된다. 러시아의 예술철학자 그로이스는 이를 '새로움의 이데올로기'라 불렀는데, 새롭다는 것은 결국 새롭지 않은 것에 대한 적대 속에서만 자신의 거처를 찾아내기 때문이다.[6] 모더니즘을 모더니티의 시대적 운동이라 시사하는 피터 게이 역시 모더니스트들이 과연 누구를 적대했고, 그러한 적대의 이면에 무엇이 있었는지를 폭로하는 데 방점을 찍는다. 저자의 이 관점을 잘 따라가 보면, 모더니즘에 관한 우리의 통념이 통쾌하게 깨지는 경험을 하는 동시에 저자의 문제설정에 대한 우리 자신의 반론과 응답을 형성할 수 있을 것이다.

• • •

6. Boris Groys, "O Novom," *Utopija i obmen*, Znak, 1993[「새로움에 관하여」, 『유토피아와 교환』], pp. 143~189.

디드로와 칸트 같은 '원시 모더니스트'로부터 보들레르와 랭보, 고흐와 마네, 아폴리네르, 카프카, 쇤베르크, 프랭크 로이드 라이트 및 잭슨 폴록과 팝아티스트들에 이르기까지, 모더니스트들을 사로잡은 한결같은 열정은 '극단에 대한 선호'였다. 시대에 뒤처지는 것은 말할 것도 없고, 중도적인 것조차 한없이 지루하게 느껴졌으며, 앞서 나가지 않는 것은 거의 도덕적 죄악이나 마찬가지였다. 부르주아의 시대에 태동한 모더니즘이 부르주아를 격렬히 증오했고, 기꺼이 비웃으려 했던 이유는 이 신흥 계급이야말로 극단을 두려워하고 안정적인 삶에 대한 희구에 안주해버렸기 때문이다. 물론, 1789년의 혁명을 통해 낡은 세계를 전복했던 힘에 있어서 부르주아지는 새로움에 대한 감수성을 다른 누구보다도 민감하게 연마했던 계급이었다. 그러나 일단 사회의 주도권을 움켜쥔 이 신흥 계급은 모더니즘의 상상력을 거북하게 여겼고, 유희적 수준 이상으로 밀고 나아가길 거부했다. 자신들이 세운 질서에 대해 위험했기 때문이다. 부르주아지가 모더니스트들의 맹렬한 적개심을 산 가장 큰 이유가 그것이었다. "부르주아들은 새롭게 하기를 원하기는 했지만, 너무 새로운 것은 사양했다"(35).

극단적 실험주의와 열정, 부르주아지에 대한 증오는 모더니즘을 모종의 정치적 사조로, 그리고 진보주의와 동치시키는 데 일조했으나, 저자는 그 이면을 들여다보길 종용한다. 모더니즘이라는 문화적 통일체는 가족 유사성에 의해서만 규합되는 집단이며, 실체 없는 전체로서 개별 예술가들의 이름과 작품에 의해서만 모습을 드러내는 모호한 경향성일 따름이다. 낡은 것과 정체된 것으로서 부르주아지에 대한 그들의 적개심은 실상 수사적 차원에 머물러 있었고, 이는 자기들을 급진주의로 무장하기 위한 제스처에 가깝다는 게 저자의 주장이다. 그들의 증오가 진정하지 않다는 게 아니라, 진정한 것은 증오 자체이지 그 대상이 아니라는 뜻이다. 그래서 아폴리네르가 부르주아지에게 호의적인 태도를 취했고 동정을 구했다는 사실이 예술사에 잘 알려지지 않았던 것은 충분히 그럴 법한 일이다(46). 모더니스트들의 급진적 태도와 모순적이었던 탓이다. 이와 더불어 저자가 여러 차례 강조하는 것은, 시민사회와의 극적인 충돌과 갈등으로 점철된 모더니즘 운동의 사회 문화적 전제조건이 실상 "자유로운 국가와 사회"로서 부르주아 계급에 있었다는 점이다. 이 책의 앞머리부터 시종일관 강조되는 이 사실을 직접 인용해 보겠다.

> 모더니즘은 충분히 유복하고 자유로우며, 기꺼이 모더니즘을 지지하는 든든하고 영향력 있는 후원자와 고객이 없었다면 생각조차 할 수 없는 것이었다. 경제적 결정론을 지지하는 것은 아니지만 [⋯] 모더니즘은 산업화와 도시화한 국가들의 부에서 자라났다. [⋯] 모더니스트들이 중산 교양층의 후원에 의존했다는 사실은 결코 단순한 일반화가 아니며 모더니즘 혁명이 비교적 최근에야 일어날 수 있었다는 주장에 힘을 실어준다(48~49).

비평사적 관점에서 저자의 이런 입장은 진보적 모더니즘 운동, 곧 아방가르드에 대한 '신화'를 여지없이 무너뜨리는 일갈과도 같다. 이탈리아와 러시아의 미래주의에서 확인하듯, 부르주아지를 적대하고 새로움을 추구했던 모더니스트들은 정치적 급진주의의 맥락에서 언제나 호출되었고 정치적 좌파의 예술적 우군으로 적시되어 왔다. 적어도 이데올로기적으로 모더니스트들은 좌파로 호명되어왔으며, 그런 한에서 '예술을 위한 예술'이라는 그들의 모토 역시 충분히 사회적인 표어로서 수용되어 왔던 것이다. 그런데 저자는 이러한 모더니즘의 분위기를 일종의 '허세'로 치부하는 듯하다. 더 공정히 말한다면 하나의 '차별화 전략'으로 간주하여, 정치성이 탈락된 급진적 제스처로 읽어내려 한다. 따라서 설령 반동적인 관점을 갖고 있더라도 이러한 몸짓을 내보이는 누구라도 모더니즘의 우산 속에 기꺼이 받아들일 수 있다는 입장이다(마리네티가 대표적이다). 역으로 말해 이 차별화 전략의 우산 속에 들어올 수 있는 자라면 누구든지 모더니스트가 될 수도 있을 것이다. 한 걸음 더 나가 본다면, 수사학적 전략의 관점에서 볼 때 모더니스트들은 궁극적으로 전략가이지 이데올로그는 아니라고 할 수 있을 것이다.

4. '예술가를 위한 예술'의 유혹과 함정

몹시 흥미롭고도 정당하게도, 저자는 모더니즘의 근대적 정의에 충실하게 '독창성'과 '자율성'의 지표를 통해 예술가들을 모더니즘의 울타리로 불러 모으고 있다. 다시 말해, 전통의 그늘을 벗어나려 했던, 프로이트적인 '부친살해'를 통해 창작 에너지의 해방을 추구했던 예술가라면 누구나 모더니스트라 불릴 자격이 있는 것이다(83) 시인을 인류의 서각자로 보았던 월트 휘트먼, 예술의 자기목적론을 언명한 월터 페이터, 동성애라는 이단적 열정에 몸을 던져 삶을 예술화한 오스카 와일드, 묘사의 객관성을 폐기하고 주관주의를 표방했던 인상파 화가들, 화단의 전문적 훈련을 비웃고 개인의 충동에 기꺼이 자신을 맡긴 칸딘스키와 몬드리안, 여기엔 물론 피카소도 빠질 수 없다. 그 밖에 조이스와 울프, 프루스트, 드뷔시와 말러, 스트라빈스키, 댜길레프, 마사 그레이엄, 마리네티, 미스 반 데어 로에, 바우하우스, 에이젠슈테인, 채플린 등의 삶과 예술이 수백 쪽에 걸쳐 상세히 기술되어 있고, 교과서에는 보다 '덜 급진적으로' 서술되는 토마스 만이나 귄터 그라스, 장–폴 사르트르도 이에 포함되어 있다.

이 목록의 상세하고도 방대한 스펙트럼이 의심스러운 독자라면, '모더니즘'에 대한 자신의 이미지를 다시 한번 더 넓게, 하지만 근본적인 시점에서 재설정할 필요가 있을 듯하다. 그런 연후, 사르트르를 마땅히 모더니스트로 분류해야 한다는 저자의 다음 문구를 눈여겨보면 좋겠다. 그는 "철학을 설명할 때면 유려한 문장으로 논문을 썼고, 희곡이나 소설을 쓸 때면 조금이나마 있는 플롯을 실존주의 원칙에 입각하여 짰다. 이런 태도는 소설이든 철학이든 명백하게 모더니즘적이었다. 격렬하고 인습에 얽매이지 않은 실존주의는 놀랄 만큼 독창적이었고 주관성을 지향했다. […] 만약 모더니스트들에게 철학이 필요했다면 1930년대 말 윤곽을 드러낸 그의 실존주의가 확실한 후보였을 것이다"(716).

요컨대 저자에게 모더니즘의 혁신과 독창성, 주관주의는 경계를 넘어서는 힘, 주어진 한계를 시험하고 교란시키며 해체시키는 과정에 다르지 않았다. 수백 쪽을 넘나들며 '예술'의 명칭으로 묶일 수 있는 온갖 장르들의 작가들과 작품들을 거명하면서, 그가 모더니즘의 장막 속에 예술가들을 들여보내는 기준은 그들이 자기 시대와 환경의 한계를 넘었는가 아닌가, 그리하여 마침내 자기만의 고유한 예술적 영토를 창안했는가 아닌가에 놓여 있다. 이 글의 서두에서 거론했던 릭턴스타인에 관한 저자의 평가를 읽어보자. "연구자들은 릭턴스타인이 가장 유쾌한 모더니스트로서 양립 불가능한 것을 양립 가능하게 만든 데에 주목하였다. 사실 주목하지 않을 수 없었다. 물론 모든 팝아트 작품들이 진지한 예술과 유희적 예술 사이의 유서 깊은 경계를 넘은 것은 사실이다. […] 저급예술과 고급예술이 상호작용하게 만드는 것, 즉 저급예술을 고급예술로 만드는 것이 릭턴스타인에게서 가장 극적으로 이루어졌다"(746). 칸트라면 예술의 '자기입법'이라고 불렀을, 파괴와 해체 뒤를 따라오는 (재)구축의 과정을 이룩하는 데 성공한 사람만이 저자로부터 모더니스트라는 '영예의 작위'를 수여 받을 수 있다.

하지만 우리는 저자의 논의를 좀 더 세심히 뒤집어 보아야 한다. 그에 의하면 모더니즘이란 일종의 명목적 개념에 불과한 것으로, 모더니스트들만이 모더니즘이 무엇인지 우리에게 보여줄 수 있다는 것이다. 정의상 누구도 닮지 않은 독창성만이 '현대적'이기에, 모더니즘 예술가는 애초에 "회원이 한 명밖에 없는 클럽을 만들어야 할 판"이었다(82). 이는 모더니즘의 잘 알려진 모토인 '예술을 위한 예술'이 실질적으로 '예술가를 위한 예술'임을 드러낸다. 무엇이 예술인지에 대해 예술가는 단지 자기 자신에게만 설명할 수 있으면 충분하다(102). 모더니스트들은 자신을 위한 예술에 몰두했고, 자신의 독창성을 입증하기 위해 안팎으로 끊임없이 전선을 구축해야 했다. 밖으로는 부르주아지라는 속물들을 상대로 전쟁을 벌였으며, 안으로는 다른 모더니스트들과 독창성의 경쟁에 나서지 않을 수 없었다. 이것이 그들이 적대와 반목을 일상화하고, 자기의 내면 속에 함몰된 독불장군으로 행세하며 살았던 원인이다.

예술가의 자기 숭배는 혁신과 독창성을 위해서는 불가피한 유혹이자 환상이었을 것이다. 하지만 그것은 본질적으로 증명할 수 없는 이상이며, 반쯤은 광신적인 열정이었다. 이러한 정열은 우리의 경탄을 자아내는 지고한 예술작품으로 승화되기도 하지만, 반대로 누구도 흉내 낼 수 없는 유아독존적인 예술성에 대한 강박을 낳기도 한다. 현대 예술의 일상화, 마르셀 뒤샹의 <샘>(1917)에서 표명된 예술의 역설이 대표적이다. 작가가 덧붙인 것이라곤 서명 하나뿐인 이 작품은 혁신과 독창성이 창조해 내는 것은 더 이상 현실 속에 있지 않다는 진실을 극명히 전시해 주고 있지 않은가?

혹은, 진정한 혁신과 독창성이란 카프카의 「단식광대」(1924)처럼 무無를 다루는 데 있을지도 모른다. 존재하지 않는 것을 존재한다고 보여주는 것, 또는 존재하지 않는 것을 존재하는 것처럼 보여주는 것은 불가능하다는 것을 보여주려는 포스트모던 예술의 역설을 상기해도 충분하겠다. 데미안 허스트의 작품을 전혀 이해하지 못한 채 쓰레기통에 쏟아부은 청소부의 당혹감은, 어떤 점에서 본다면 예술가를 위한 예술이라는 자기본위적인 모더니즘이 태생적으로 안고 있던 치명적 유혹이자 함정이지 않았을까? 텔레비전 화면에 나온 <행복한 눈물>을 처음 접했던 우리 시대의 대중들은 과연 그 청소부의 감각과 얼마나 멀리 있을까?

5. 모더니즘의 종말과 모더니스트들의 부활

피터 게이는 팝아트가 예시하는 일상과 예술의 구별 불가능성에 이르러, 150여 년 이상에 걸쳐 진행되었던 모더니즘 운동이 이제 거의 끝나게 되었다고 진단한다. 저자는 자신이 역사가이지 예언가는 아니기에 앞으로 어떤 사건이 어떻게 벌어질지 알 수는 없지만, 이러한 진단이 과히 틀리지는 않으리라고 결론을 내린 눈치다.

"새롭게 하라", "놀라게 하라", "자유롭게 하라"는 모더니즘의 모토는 과거의 굴레를 벗어나 낯선 가치의 영토를 개척하려는 근대적 의지의 소산이었다. 이런 점에서 벌린의 말대로 모더니즘, 즉 근대주의는 진정 특이한 열정으로 가득 찬 시기였고, '실재에 대한 열정'으로만 표명될 수 있는 시대일지 모른다.[7] 열정이 그렇고 실재가 그러하듯, 붙잡을 수 없이 흘러내리는 힘에 대한 추구 속에서 모더니스트들은 창조 활동을 벌였기 때문이다. 저자가 모더니즘의 종언을 선고하는 까닭도 정확히 이 지점이다. 앤디 워홀이나 잭슨 폴록의 작품들, 아니 그보다 훨씬 이전인 19세기 말과 20세기 초부터 모더니즘은 그 종말을 향해 조금씩 나아갔고, 파산의 징조를 드러냈다. 이는 그들이 그토록 증오했고 경멸해 마지않았던 부르주아지에 대한 그들의 '매춘행위', 즉 예술품 판매에서 분명히 드러난다. 모더니즘이 사회적 위세를 얻을수록 그들의 작품은 고가에 팔렸고, 생활은 점점 부르주아지를 닮아갔던 것이다.

가령 1868년 그림 한 점을 800프랑에 팔던 모네는 그 십 년 뒤에는 12,000프랑에 작품을 팔았고, 이는 의사나 변호사 등의 전문직 종사자의 최고 수입에 상당하는 액수였다(142). 릭턴스타인의 경우, '눈물' 계열의 또 다른 작품인 <미… 미안해>(1965~66)가 1994년에 소더비에서 247만

• • •
7. 알랭 바디우, 『세기』, 박정태 옮김, 이학사, 2014.

7,500달러에 경매된 바 있다. 가히 '천문학적'이다. 이런 현상이 왜 문제가 되는가? 아무도 닮지 않은 독창적 작품을 만들겠다고 선서하며, 자신만을 숭배하던 모더니스트들의 열정이 부르주아 대중과의 관계 속에서 규정되어 버렸기 때문이다.

사회의 지배적 질서와 가치관, 속물적 태도에 침을 뱉고 그와 무관히 살겠노라던 모더니즘의 열정은 정녕 실재에 바쳐진 것이었을지 모른다. 실재가 열정의 대상인 한, 그것은 추구할 수 있으되 현실적으로 움켜쥘 수 있는 것은 아니었다. 그런데 이제 그 열정의 대상은 자본으로 치환되고, 돈으로 구체화 되었다. 물론, 지금도 전위적인 작가라면 기꺼이 부르주아지의 면상에 따귀를 때릴 만한 작품을 만들겠다고 열정을 불태울지 모른다. 그러나 모더니즘 초기에 비했을 때 차이점은, 그가 이러한 '모욕적인' 작품들을 부르주아지가 기꺼이 사주리란 사실을 잘 알고 있다는 점이다. '치욕'조차 '치부'의 수단이 되었기 때문이다. 오히려 모욕적이면 모욕적일수록, 그의 작품은 더 고가에 경매되고 더 큰 명성을 얻게 될 것이다. 이에 관한 '앎'이야말로 백여 년도 전에 모더니스트들과 현재의 '성공한' 모더니스트들을 나누는 가장 큰 차이라는 게 저자의 생각인 듯하다. 세상이 그렇게 바뀌었다. 충분히 동의한다.

다른 한편, 귀족적인 고급문화에 대항하여 일상 속에서 예술성을 구축하려던 초기 모더니스트들의 열망은, 이제 일상의 모든 것이 예술로 변형되는 최근의 경향에서 그 최종 목적지에 도달했다는 점을 지적해야 한다. 저자는 이를 '문화의 평등화'라 부르는데(788), 이 역시 반反부르주아적이던 모더니즘의 태도와 상반되게 근대 자본주의 사회의 넓은 토대 위에서 가능해진 역사적 사실이란 말이다. 어쩌면 역사의 간지奸智처럼, 모더니스트들이 줄기차게 공격하고 없애고자 했던 바로 그 시대적 조류로 인해 모더니즘은 절정에 도달했을 수도 있다. "모더니즘이 경제적, 정치적, 문화적 조건의 뒷받침이 있을 때에만 영향력 있는 문화적 현상으로 자리 잡을 수 있었다는 것은 처음부터 명백했다. 이 조건들이 19세기 중반부터 계속해서 모더니즘에 도움이 되는 방향으로 발전했던 것을 역사를 통해 보았다"(789). 일리 있는 말이다. 그렇다면, 모더니즘 운동은 이러한 역사의 역설 속에 끝내 종말을 맞았다고 해도 좋을까?

저자의 해박하고 깊이 있는 통찰에도 불구하고, 필자는 어딘지 논리적 모순을 느끼지 않을 수 없다. 저자도 지적하다시피, 모더니스트들의 전략이 적대의 창안에 있었다면, 그래서 외부의 적(부르주아지)과 내부의 적(모더니스트 경쟁자)을 동시에 공격하는 방식으로 자신들의 예술성을 구축하려 했다면, 이러한 운동은 '내부의 내부'인 자기 자신을 향하기도 했음을 성찰해 봐야지 않을까? 아무에게도 인정받고자 하지 않았고, 심지어 자신의 인정조차 중요하지 않다는 듯 내팽개친 채, 글 쓰는 기계가 되어 한평생 같은 주제에만 집요하게 매달렸던 카프카를 예로 들어보자. 문학에 대한 감상적인 이해가 흔히 빠져드는 것처럼 카프카는 글을 써서 자신을 위로하지 않았다. "카프카가 글쓰기를 좋아했던 것은 사실이지만 글쓰기는 그를 구원할 만큼 강력하지 않았다"(370). 그럼에도 불구하고 카프카를 계속해서 쓰도록 강제한 것, 그것은 자신도 파악할 수 없는 강렬한 욕망이자 충동이다. 저자의 단언마냥 카프카가 프로이트를 읽었는지 안 읽었는지는 핵심이 아니다. 관건은 카프카가 자신과도 타협하지 않았다는 점, 이것이 카프카를 모더니스트라고 명명할 수 있는 유일한 근거 아닌가. 나아가 저자 자신이 좋아하는 정신분석의 진리, 곧 "자기의 욕망과도 타협하지 말라"는 라캉의 금언이 성립하는 지점이 아닐까. 모더니즘이 현실의 유효한 운동으로 등장하는 것은, 이렇게 세계의 모든 것을 비롯하여 자기 자신과 마저 화해하지 않는 철저한 불화에서가 아닐까. 아방가르드의 진정한 욕망은 바로 이러한 불화에 있다고 보아도 좋을 것이다. 그것만이 유일한 아방가르드의 충동이라 말해도 틀리지 않을 듯하다.

모더니즘의 중핵은 '예술가를 위한 예술'이 아니라 예술보다도 더욱 예술적인, '예술 너머의 예술'이라 해야 옳다. 물론 후자의 예술은 전자를 부정할 때만 실현되는 예술이며, 카프카가 보여준 불화의 예술에 가깝다. 부르주아지와 전쟁을 벌이고 다른 예술가들과도 쟁론에 빠져들며, 스스로와도 타협할 수 없어 고투하는 예술가는 이사야 벌린의 표현대로라면 '영원한 낭만주의자'이며, 피터 게이의 말을 빈다면 '절대적인 모더니스트'에 다름 아니다. 아방가르드로서 자신을 정위하고자 하는 예술가의 욕망은, 자신의 욕망에 결코 도달할 수 없으리라는 불안과 다툴 때에만 창조적인 행위를 추동하게 마련이다. 모더니즘을 이러한 운동 속에서 규정하고서는, 그것이 태생부터 자본주의적 세계에 의지해 있었고 거기에 복속될 수밖에 없었다는 식으로 서술하는 저자의 관점은 어딘지 정합적이지 않다.

이제 우리 자신의 반론과 응답을 내놓을 차례다. 확실히 모더니즘은 저자의 말대로 모더니스트들 각자의 욕망과 충동에 의해서만, 그들의 열정이 빚어낸 작품들로써만 가시화되는 현실일 것이다. 역사적 현상으로서 모더니즘은 일정 정도 쇠퇴하고, 사라질 운명일지도 모른다. 하지만 모더니스트 예술가들의 욕망과 충동의 운동 역시 그러할까? 그것은 어쩌면 이드의 소멸을 이야기하는 것처럼 부조리한 농담에 불과하지 않을까? 이를 확인해 보기 위해서라도, 우리 시대 예술가들의 욕망과 충동이 어디를 향하는지, 어떻게 이어지고 있는지 부지런히 뒤따라 가보아야 할 일이다. 그것이 지금 우리에게 맡겨진 모더니즘의 유언인 셈이다.

획劃과 탈주선

고윤숙 개인전에 부쳐

1

20세기 초, 러시아의 미래주의 시인들은 모든 문자가 사물 자체로부터 연원한 것이라 믿었다. 물론, 문자의 상형적 기원에 대한 언어학적 이론들은, 문자의 출현이 사물의 형태에 대한 모방에서 비롯되었다고 일찌감치 규정지은 바 있다. 중국의 갑골문자나 이집트의 그림문자처럼 문자의 기원은 사물의 외형을 있는 그대로 묘사한 행위라는 주장이 그렇다. 그런데 미래주의 시인들에게 문자와 사물의 관계가 단지 유사성의 차원에 머물러 있던 것만은 아니다. 오히려 문자의 사물적 유래로부터 그들이 사유하고자 했던 것은, 사물이 갖는 견고한 무게와 그로 인해 발생하는 물리적 작용력이었다. 무엇인가를 끌어당기고 변형을 가하는 힘이 바로 그것이다. 이에 따르면 문자는 사물의 외적인 모양새를 본떠 추상화한 기호가 아니라, 사물성 자체의 표현이라 할 만하다. 바꿔 말해 사물의 기호는 사물과 동등한 물성物性을 보유한다. 문자기호가 사물의 핵심만을 간추려 재현한 소극적인negative

추상화라면, 후자는 사물의 사물성 자체를 고스란히 담아내 표현하고자 했던 적극적인positive 추상화라 할 수 있다.

이러한 사유의 진면목은, 물성이 어떻게 구체적으로 시화詩化되는지, 곧 예술적인 표현으로 응결되는지 살펴볼 때 선명히 드러난다. 미래주의자들에게 시는 드높은 사상의 고지高地도 아니요, 아름다운 감정을 자아내는 환상도 아니다. 단적으로 말해, 시는 힘이다. 시인의 욕망이 독자의 감동을 이끌어내는 데 있다면, 이를 위해 시는 모종의 타격이 되어야 한다. 시는 독자를 충격에 빠뜨려 휘청거리고 넘어지게 만들어야 한다. 그렇지 않다면, 시는 다만 종잇장 위의 잉크 자국에 불과하리라. '감동'이 아닌 '타격'. 그것은 시의 본질이 사상이 아니라 시적 언어, 문자에 깃들인 사물성에 있음을 뜻한다. 그래서 어느 미래주의 시인은, 만일 그가 백지 위에 '돌'이라고 쓰고 그 종이를 뭉쳐 유리창에 던진다면 유리가 깨질 것이라 믿었다. 왜냐면 '돌'이라는 문자는, 현대 언어학이 가르치듯 돌이라는 사물과 자의적으로 맺어진 문자기호가 아니라, 돌이 지닌 사물성을 체현한 힘─기호이기 때문이다. 시는 사물이 지닌 사물성을 강도적으로 응축해서 드러내는 방법이다. 시의 본질은 시 자체라기보다 시 짓기, 즉 작시作詩에 있다는 뜻이다.

사물성에 대한 이와 같은 강조는 신비주의적 퇴행이 아니다. 그렇게 유추할 경우, 자칫 문자보다 사물을 우선시하고 기호를 신호로 맞바꿔버리는 어리석음을 범할 수 있다. 사물을 원본으로 삼고 문자를 복사본으로 상정하는 이런 태도 속에서 자크 데리다는 서구 형이상학이 의지해 왔던 오래되고 강력한 전제를 읽어낸 바 있다. 사물을 직접 소환하는 목소리와 문자 사이의 엄격한 위계질서가 그것인데, 음성중심주의phonocentrism라 명명되는 이 위계는 글로 쓰인 소리('사물'이라는 문자)는 죽은 것이며, 오직 살아 있는 목소리(문자 바깥의 사물)만이 진실하고 진정하다고 가정한다. 하지만 우리가 마주치는 모든 사물들이 제각기 그 사물 자체일 수 있는 것은, 쉽게 말해 거북이는 거북이고 강아지는 강아지로서 서로 구별될

『그라마톨로지』의 첫 번째 영역본(1978)

수 있는 까닭은 바로 그들을 구별해 주는 문자로서의 차이, '거북이'와 '강아지'라는 서로 다른 문자들의 차이 때문이다. 사물 자체보다 사물들을 구분 지어주는 문자가 더 선험적이라는 것. 사물들 사이의 차이를 표현하는 문자가 없다면 우리는 사물 자체를 사유할 수 없을 것이다.

데리다의 문자, 즉 그람gram은 물론 통상의 언어와는 다른 차원에 있다. 자세한 논증은 접어두고, 다만 여기서는 그람이 사물에 선행하되 사물성과 밀접히 결부된 힘의 차원, 즉 차이를 만들어내는 힘을 드러낸다는 사실을 지적해 두자. 무엇보다도 차이는 분기分岐하는 힘이자 생성으로서 사유된다. 나는 그 사례를 『그라마톨로지』(그람에 관한 학문)의 영역본 표지에서 곧잘 떠올리곤 한다. 19세기 일본의 화가 니카 다나카田中日華의 탱화에서 빌려온 이 표지의 중앙에는 수묵으로 그려진 어떤 기이한 대상이 있다. 그 윗부분, 머리 부분은 나무처럼 줄기와 잎사귀가 달려 있고, 아랫부분 즉 다리 부분은 날개 달린 동물의 하체로 묘사되어 있다. 놀라운 점은 이 대상의 몸통 부분인데, 이 식물인지 동물인지 모를 형상의 몸뚱이는 각종 서체들이 주사朱砂로 찍혀 있는 여러 개의 낙관들로 이루어진 까닭이다. 이것은 대체 글씨일까 그림일까? 문자인가 사물인가? 생명인가 비생명인가? 혹은 우리가 보지 못한 기이한 형성이나 혼합, 생성을 한꺼번에 보여주고 있는 게 아닐까?

2

2016년 전시의 비평을 맡기로 하고서, 바로 전년 가을께 열렸던 작가의
개인전 도록을 찾아보았다. 그리고 이번 전시작들의 이미지를 서둘러 다시
훑어보았는데, 짧은 간격을 두고 생겨난 작풍의 변화와 차이에 얼른 눈길을
돌리지 않을 수 없었다. 당혹이자 매혹. 흔히 이야기하는 '같으면서도 다른'
'다르면서도 같은' 미묘한 연속과 불연속의 심상을 어떻게 포착해서 풀어낼
것인지 한참 주저했음을 고백해야겠다.

2015년 전시에서 가장 먼저 눈에 들어온 것은 무엇보다도 문자의 형상들
이었다. 황색과 녹색, 또는 여러 중첩된 색상들 전면에 나타난 크고 검붉은
초서체의 문자들. 한자를 잘 모르는 사람이 보더라도 그 문자적 형상들은
글자의 형태와 이미지를 충실히 따르고 있으며, 강렬한 힘의 역동力動을
발휘하는 듯 보일 게다. 문자의 도道로서 '서예'가 갖는 최대치의 능력을
목도하는 기분이랄까? 반면 이번에 전시하는 작품들은 전작前作의 풍모와는
사뭇 다를 뿐만 아니라 상이한 역동성을 방사하고 있어서 놀라울 지경이었
다. 배경의 색채는 이전의 단색조를 넘어서 다성적인 울림 속에 혼합되어
있고, 이러한 배경 위에 문자의 형상은 글씨인지 아닌지 구별되지 않는
형태들로 해체된 채 춤을 추고 있다. 물론 이번 작품들 중에도 식별 가능한
문자적 형태를 보존하고 있는 것들이 없진 않다. 그러나 대부분의 작품에는
한자 특유의 필치나 형상이 거의 남아 있지 않은 듯싶다. 누구에게나 익숙하
게 인지할 만한 한자 고유의 서체 형식은 박탈당하고 제거되었으며, 지워지
고 있다는 느낌이 강렬하다.

사라지는 문자들? 아니, 문자는 남아 있으면서도 지워지고 있다고 말해야
더욱 정확할 텐데, 붓이 간직한 기세와 흐름 가운데 문자의 이미지적 힘이
여전히 감지되는 탓이다. 그러나 이는 통상의 문자적 의장意匠과는 결이

一微塵中含十方(일미진중함시방, 2016)　　一念卽時無量劫(일념즉시무량겁, 2016)

전혀 다르다. 알다시피 서양화를 그릴 때 사용하는 붓은 색을 입히고 붓의 터치감을 물감의 형태로 남겨두는 '도구'에 가깝다. 이와 대조적으로 동양의 붓은 색을 칠하고 터치감을 살리는 용도로 사용되지 않는다. 오히려 동양의 붓, 글을 쓰는 붓은 문자의 형태를 조형하고 기세를 통해 전체의 형상을 탁마하는 '손'이라 할 수 있다. 붓을 쥐고 써본 사람이라면 누구나 알겠지만, 이는 비유가 아닌 실재의 감각으로서 획劃의 본질을 이룬다. 따라서 붓을 잡는 것은 도구를 사용하는 행위가 아니라 붓과 신체가 하나가 되어 움직이는 감각의 운동, 곧 일체화된 리듬의 조성이라 불러도 좋을 것이다. 문자의 형태, 그 형상을 구축하고 질서화하는 힘이 붓끝에 담겨 있다. 이런 의미에서 작가의 붓이 지나간 자리는 문자의 소진이 아니라 문자 아닌 것의 생성이라 말해야 옳을 터. 한 발 더 내디뎌 본다면, 그것은 문자 바깥의 질서, 문자 아닌 문자의 형성을 가동시키는 그림의 운동에 가깝다고 불러도 좋을 것이다.

2016년 전시회에서 작가가 포착하고 조형하는 것은 사물의 모양새가 아니라 사물과 사물 사이의 움직임이다. 여러 개의 사물들이 아니라 어떤

一卽一切(일즉일체, 2016)   巨息妄想(파식망상, 2016)

사물이 다른 사물로 변형되고 흩어지는 사건에 관심을 기울인다. 가령
이전 작품들의 붓놀림이 무엇보다도 글씨의 형태를 유지하는 정력定力에
봉사하고 있었다면, 이번의 작품들에서는 그 정력이 세계의 사물들로 전이
되고 작동하는 과정을 여지없이 보여준다. 익숙한 형상으로부터의 탈주,
이행과 전화의 순간이 그에 서려 있다. 물고기와 새, 거북이, 나무와 풀꽃,
벌레의 형상들이 자유분방하게 유동하며 자신을 드러내다가 어느 순간
문자의 형태로 환원되고, 또다시 세계의 형상들로 이행하는 열락을 누구든
만끽할 수 있으리라. 하지만 여기서 한 걸음 더 나가보길, 조금 더 섬세한
눈을 부릅떠 보길 희망한다. 형태가 아닌 형세形勢에 주의를 기울여 보라.
물고기와 새, 거북이, 나무와 풀꽃, 벌레를 확인하는 게 아니라, 그 형상들이
문자로 탈바꿈하고 다시 사물의 세계로 돌아가는 생성의 풍경을 포착할
수 있을 것이다. 니카 다나카의 탱화를 다시 언급한다면, 그것은 글씨이자
그림이고 문자이자 사물이며, 생명이자 비생명인 어떤 기이한 운동의 지속
에 다르지 않다. 공—동적共—動的 사건으로서 문자—사물의 변형과정이 여기

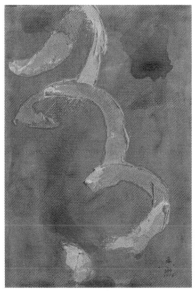

隨器(수기, 2016)　　　　　　　　非餘境(비여경, 2016)

에 있다.

놀랍게도 작가는 이 일련의 과정에 '수기隨器', '비여경非餘境', '무분별無分
別', '불사의不思議'라는 탁월한 제목을 붙여놓았다. 형태(그릇)를 따르되
형태 바깥을 버리지 않기에 형태의 안과 밖 사이의 구별이 없고, 일상적
논리로 재단되지 않는다. 식별 불가능한 생성의 장, 그것이 글씨와 그림,
문자와 사물, 생명과 비생명의 분할을 가로지르며 화면 전체를 장악한다.
이로 인해 작가에게 문자-사물은 '이것이냐 저것이냐'의 이분법적 형태화에
고착되지 않는다. 약간의 언어유희를 더 보태본다면, 모양새가 아니라 모양-
세勢로서 우리는 오직 유동하는 힘만을 관찰할 뿐이다. 마치 세찬 물살이
길을 내며 흐를 때 그 형태를 드러낼 필요가 없는 것처럼, 작가의 붓 길은
그것이 지나가는 형적形跡을 문자의 권리 속에 가두어 제한하려 들지 않는
듯하다. 획劃과 강도가 모든 것이다! 하지만 이러한 탈형태, 문자의 해체는
또한 역으로 문자를 만드는 형태화의 힘, 중봉中鋒이라 불리는 붓의 운용

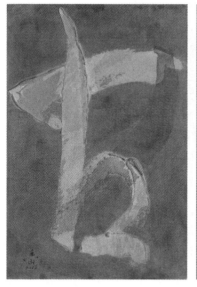 

無分別(무분별, 2016)   不思議(불사의, 2016)

없이는 도무지 나타날 수 없는 현상임을 기억하자. 글씨든 그림이든, 문자든 사물이든, 생명이든 비생명이든 관건은 (탈)형식의 이행하는 힘을 어떻게 표현할 것인가에 놓여 있다. 들뢰즈와 가타리라면 이런 표현의 기예를 '욕망하는 기계les machines désirantes의 운동'이라 불렀을 것이다.

이것은 그저 신기한 체험, 즉 우리에게 낯선 재미를 선사하고 곧장 출입구로 인도하는 일시적 유흥에 불과할까? 누군가에게는 그럴지도 모른다. 여가를 즐기는 문화생활의 하나로 이 작품들을 보고 지나칠 수도 있다. 그러다 삶의 어느 시점에서 문득 이 변형과 생성의 이미지들이 떠오르는 순간을 상상해 보자. 식물인지 동물인지 괴물인지 또는 그 무엇도 아닌지 모를 이 형상 아닌 형상들이 망막에 떠올라 뇌리를 자극할 때, 우리는 더 이상 세계를 이전과 같은 방식으로 만날 수는 없을 것이다. 문자가 더 이상 문자로 읽히지 않고, 사물이 사물 아닌 것으로 꿈틀대는 시간의 도래가 거기 있으리라. 그 생성적 사건의 단초가 이 작품들로부터 심어졌음

本來寂(본래적, 2016)   多卽一(다즉일, 2016)

을 나중에라도 기억해 볼 일이다.

3

그람은 특정한 문자의 형태에 고착되지 않는, 차이화하는 근원적인 힘의
작용을 말한다. 만일 무無가 존재보다 앞서 있다면, 어떠한 생성도 근본적으
로 허위나 결핍에 머물고 말 것이다. 존재가 우선하며, 그 존재는 정태적인
모양새가 아니라 동태적인 모양–세로서 생성을 품고 있다. 따라서 우리
눈에 아무것도 보이지 않는다고 해도 거기엔 무엇인가가 항상–이미 움직이
게 마련이다. 화선지의 하얀 바탕은 텅 비어서 그 무엇도 존재하지 않는
공허가 아니라 제약 없이 무한하게 유동하는 힘으로 충전된 장場이다. 데리다
가 고심 끝에 안출한 개념인 '흔적'은 언제나 원源–흔적으로서, 들뢰즈와

가타리의 기관 없는 신체와 멀리 있지 않다. 강도=0의 알, 아무것도 아니지만 그 무엇도 될 수 있는 잠재성의 표현적 충만함. 이를 무엇이라 부르든 결국 우리는 생성이라는 사태와 마주치지 않을 수 없는 것이다. 작가의 사유는 한편으로 불학佛學의 깊은 심연에 닻을 내리면서도, 다른 한편으로는 현대적 사상의 극한까지 아주 멀리 뻗어가는 듯하다.

작품의 현재에 대한 감탄은 대개 그다음 여정에 대한 관심과 기대를 일으킨다. 예술가를 예술가로 만들어 주는 것은, 그의 신념이나 사상, 의지라기보다는 그의 신체에 장전되어 있는 무의식적 힘을 그가 어떻게 불러내는가에 달려 있다. 달리 말해, 생성의 힘을 모종의 형태 속에 끌어들이고 다시 그 형태를 넘어서게 만드는 변형과 이행의 과정 속에 담아내는 능력이 문제인 것이다. 문자의 강고한 굴레에 결박되지 않으면서도 아무런 형태도 만질 수 없이 와해된 것만은 아닌, 즉 기성의 감각과 인식으로는 지각할 수 없는 새로운 형태를 이루어내는 힘–능력이 관건이다. 탈주선은 그 힘–능력에 붙여진 역설적인 이름이다. 예술가의 붓이 전통과 규범이 정해둔 궤적을 넘어설 때, 그리하여 탈주가 시작될 때 우리는 혼란에 빠진다. 하지만 전통과 규범의 세계가 이미 죽었음을 깨닫는 것은, 그 혼돈을 돌파하고 나서야 깨닫는 사후적 통찰에 가깝다. 지금–여기의 모든 것이 붕괴하고 있다는 냉철한 지각은, 동시에 지금–여기의 모든 것이 생성하고 있음을 고지하는 즐거운 감각이다.

러시아 미래주의자들에게 그것은 시를 짓는 일이며, '돌'이라는 문자에 진짜 돌의 무게와 물리력을 심고 가동시키는 주술과 마찬가지였다. 그런 의미에서 예술가란 어쩌면 주술사와 크게 다르지 않을 게다. 보이지 않던 것을 보게 만들고, 들리지 않는 소리를 듣게 하며, 그로써 익숙했던 감각의 질서를 무너뜨려 우리로 하여금 더 이상 이전과 같은 방식으로 살아갈 수 없게 만드는 이 세계의 파괴자. 하지만 예술가가 그 불길한 참언을 입에 담지 않는다면, 누가 우리를 이 죽은 세상으로부터 벗어나게 할 것인가?

그렇기에 나는 작가의 다음 작업들에 더 큰 관심과 기대, 욕망을 걸어본다. 하나의 작시作詩라 부를 만한 그 사건들, 즉 돌과 '돌'을 이어서 새와 나무, 거북이와 벌레, 물고기와 풀꽃, 나아가 이름 붙일 수 없는 그 무엇들을 생성시키는 획의 탈주선들이 벌써 그립다.

배신의 미스터리와 그 희열

금보성의 '한글회화'에 담긴 해석의 비밀

1

금보성 작가로부터 제62회 개인전이 막바지에 이르렀다는 연락을 받은 날 오후, 다른 일정을 모두 제치고 인사아트프라자로 급하게 발걸음을 옮겼다. 작년 말 그가 운영하는 금보성아트센터를 방문했을 때 대략의 작품세계와 화보들을 살펴보았던 터라 개인전까지 따로 가볼 필요가 있을까 싶었지만, "작품에 대해 아는 것과 전시장에서 실제로 체험하는 것은 전혀 다른 문제"라는 그의 부연은 묘한 여운을 남기며 나를 인사동으로 이끌었다. 정확히 말해, 그것은 논리적 설득이라기보다 마음 밑바닥에서부터 흡인하는 힘에 가까웠다.

폐관 삼십 분여를 남겨둔 시점에야 허겁지겁 들어선 전시장은 다소 한산했다. 그간 다녀간 관객들의 열기를 입증하듯, 방명록은 맨 끝장까지 빽빽이 채워졌다가 다시 첫 장으로 돌아와 그 이면을 사용하는 중이었다. 벽면을 가득 메운 일곱 가지 주제들이 작품의 전부였다. 여기서 '주제'라고

말한 것은 작가가 작품들에 대해 따로 제목을 붙이지 않은 채 그대로 관객 앞에 전시한 까닭이다. 지금 눈앞에 어떤 무엇으로서의 작품이 현존하지만, 그것을 구체적인 무엇이라 명명하기 어렵다는 데서 생겨나는 곤혹이 나를 사로잡았다. 예술이란 근본적으로 창조적인 작업, 새로운 것을 발아시키는 행위지만 동시에 관람자와 교감하고 소통하는 행위가 아니던가? 아무 제목이나 설명도 없이 그저 떡 하니 작품만 이렇게 걸어두다니. 다른 무엇보다, 작품을 판매하기 위해서라도 이게 무엇을 그린 것이며 어떤 의미가 있는지 간단하게라도 밝혀주어야 하는 게 아닐까? '무제'라는 상투적 표제가 얼마나 고마운 것인지 새삼스레 느껴질 지경이었다. 그러다 불현듯 머릿속을 스쳐 지나간 것은 아침결에 작가가 던져준 한 마디였다.

스스로 안다고 단언하지 말고 그저 체험해 보라는 것. 한글회화를 만나기 위해 우선 떠나보내야 할 것은 한글회화에 대한 자신의 고정관념 아닐까?

'한글회화'라는 이색적인 작업을 삼십오 년간 지속해온 금보성 작가는, 첫 만남에서부터 '한글'이라는 고정된 문자적 틀과 '회화'라는 양식화된 예술형식 속에 자신을 가두지 말도록 요청했다. 분명 그의 작업은 한글과 회화의 두 가지 정형화된 개념적 범주를 통해 수행되지만, 그저 한글과 회화를 기계적으로 조합하거나 열거하는 데 머물지 않는다. 그의 작업은 한글이 문자로서의 자질을 잃어버리고 회화가 양식화된 특성을 상실하는 가운데 이루어지는 기이한 변용과 생성의 과정을 다루고 있다. 아마도 '한글회화'라는, 널리 세간에 알려진 표제만을 듣고 그의 작품을 찾아본 사람이라면 일종의 배신감마저 느낄지도 모르겠다. 이 글은 그 배신의 미스터리, 아니 희열의 원인에 관한 실마리를 잡아보려는 시도다.

2

도상과 텍스트, 혹은 이미지와 문자는 사유를 표현하는 두 가지 방법으로 알려져 왔다. 전자가 즉물적 형상성을 이용해 표현하려는 대상을 사유 속에서 구체화하는 방법이라면, 후자는 고도의 추상화를 통해 재현되는 대상의 전체나 일부를 체계적으로 조형하는 방법이다. 인류사의 시원에서부터 문자와 이미지의 두 가지 매체가 시각성을 재현하고 사유를 창발하는 방식으로 제각기 존립했는지는 알 수 없다. 다만 우리는 지금 그 발생과 분기, 합류의 작동적 과정들을 유추해 볼 수 있을 따름이다.

루소의 『인간 언어 기원론*Essai sur l'origine des langues*』(1781)에 따르면 언어는 이미지로부터 연원했으며, 이미지는 소리를 흉내 내는 데서 비롯되었다. 아직 언어를 모르던 최초의 인간에게서 최소한의 의사소통을 위해 발성된 소리들은 상황에 따라 각이한 의미들을 나타내고 있었을 것이다. 음색과 음량에 따라 달라지는 그 목소리들은 서로 다른 대상을 가리키는 신호처럼 사용되었고, 그것을 시각적으로 추출해낸 결과가 바로 문자라 할 수 있다. 이를 다시 현대적 용어로 풀어본다면, 언어란 다양한 사물들을 지시하고 재현하는 가운데 확립된 차이의 체계, 곧 분절된 음운들을 조합함으로써 성립한 시각적 기호체계라 할 수 있다. 이미지와 문자가 그 어떤 본원적인 차이를 갖고 있든 대상의 시각화라는 점에서는 동일한 작용을 한다. 사물의 즉자적 형상과 추상적 관념 사이의 여러 상이점에도 불구하고, 우리가 곧잘 망각하는 것은 대상과 그 재현물(이미지 또는 문자) 사이에 있는 소리의 매개, 즉 대상 세계의 근원적인 차이를 표현하는 비가시적 요소가 근저에 자리 잡고 있다는 사실이다. 이 소리란 무엇인가?

18세기 인류학의 비조로서 루소는 자연적 대상과 맞서 싸우는 가운데 인간이 언어를 창안하고 발전시켜 왔다는 지극히 논리적인 추론을 전개했지만, 현대적 관점에서는 사정이 많이 다르다. 구조주의 언어학의 발전 이후, 언어는 순차적으로 발달된 도구라기보다 우리에게 선험적으로 주어진 전체로서의 체계에 가깝다. 굳이 소쉬르의 일반 기호학을 거론하지 않더라도 우리는 특정한 문자적 기호가 하나의 사물을 지시하기 위해서는, 그 사물 아닌 다른 모든 사물들을 암묵적으로 부정하고 있어야 한다는 사실을 알고 있다. 가령 'dog'가 'dog'인 이유는 'dog'를 제외한 모든 다른 문자들이 항상–이미 배제되어 있는 탓이다. 루소가 태초의 인간에 비유하길 즐겨했던 어린아이가 성장 과정을 통해 점진적으로 언어를 습득해 가는 것이 경험적 사실이라 해도, 실상 그 아이를 둘러싼 이 세계에는 완결된 체계로서 언어의 구조가 항상–이미 자리 잡고 있다. 차이의 전체성이 선험적 체계로서 인간 이전에 주어져 있다는 말은 이런 뜻이다. 이미지와 문자 이전에 차이의 체계가 전제되어 있으며, 소리가 거기 내속되어 있었던 것. 하지만 소리 역시 하나의 차이적 체계로서 일종의 질서를 내포하고 있음을 밝혀낸 것은 데리다였다. 서구 형이상학의 오랜 주제였던 음성중심주의, 즉 문자 이전에 말이 있었다는 신화를 역전시켜 말 또한 문자적 질서(차이의 체계)를 전제해야만 성립할 수 있음을 폭로했던 것이다. 저 유명한 『그라마톨로지*De la grammatologie*』(1967)의 논의를 여기서 반복할 필요는 없을 듯하다. 다만, 문자에 앞선 말(음성), 그리고 말에 선재하는 문자(질서)가 무엇인지 간단히 언급할 여지는 있다. 소리에 함축된 보이지 않는 문자의 질서, 들뢰즈라면 그것을 바로 순수한 차이의 체계라 불렀을 법하다.

『차이와 반복Différence et répétition』(1968)에서 언명된 '순수 차이'란 차이의 이념을 뜻한다. 그것은 어떤 무엇과도 일치하지 않는 비동일성의 운동, 항상 어긋나고 잉여를 함축하는 파열의 잠재성에 해당된다. 우리 현대인들은 문자와 이미지가 언제나 가시적이고 규범적인 체계에 속한 기호들이며, 지시 작용을 통해 1:1 대응 관계를 이룰 때 가장 안정적이고 조화롭다는 통념에 젖어 있다. 동그라미 한 개와 작대기 다섯 개를 주어보라. 우리는 그것을 '인간'이라 부르지만, 그 어떤 인간도 속이 빈 동그라미로 된 얼굴을 갖지 않으며, 또 작대기처럼 일체형으로 만들어진 몸체와 팔다리로 이루어져 있지 않다. 흔히 신호등 이미지로 표상되는 인간의 형상은 미리 약속된 표상의 체계를 통해 작동하는 기호에 다름 아니며, 그런 점에서 언어적 질서와 동일한 메커니즘에 속해 있다. 왜 수많은 이미지 가운데 그것이 인간을 가리키게 되었는지 묻는 것은, 어째서 '어린이'가 미성년 아동을 가리키는 단어인지 묻는 것만큼이나 어리석은 일이다. 하지만 아동이 17세기 근대에 이르러 형성된 사회적 관념이고, 한국어 '어린이'가 20세기에 들어와 창안된 신조어라는 점을 되새겨 본다면, 어떤 이미지나 문자도 그 임의적 발생의 근저에서 새롭고 다르게 변용하고 분기해 갈 잠재성을 갖고 있음을 직감하지 않을 수 없다. 순수 차이란 바로 이처럼, 현재적 규범과 질서 가운데 미시적이고 비가시적으로 유동하고 있는 또 다른 생성의 차원이 존재함을 가리키는 이념이다. 문자와 이미지, 혹은 도상과 텍스트, 우리는 이토록 뻔하고 뻔한 가시성의 현존 이면에서 끊임없이 흐르고 파동치는 힘의 운동을 어떤 식으로 포착할 수 있을 것인가? 특정한 언어로 분절되기 이전의 소리 뭉치, 가시화되기 이전에 존재하는 소리의 파동과 굴절, 그 같은 운동의 질서를 어떻게 표현할 수 있을까?

3

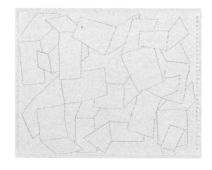

금보성 작가가 어떤 경위로 한글을 회화작업의 모티프로 삼게 되었는지는, 그가 했던 여러 인터뷰들을 통해 유추해 볼 수 있다. 예컨대 자신의 예술 활동을 통해 민족이나 국가의 문화적 도약을 꿈꾸었다는 것이 그렇다. 하지만 지금 우리의 관심사는 작가의 그러한 문화주의적 포부보다는, 기저에 깔린 창조 활동 그 자체의 맥락에 있다. 관건은 어쩌면 작가 개인의 성향이나 취향, 의식적 지향을 넘어서 문자와 이미지가 서로 만나 충돌하고 교합하면서 이루는 기묘한 운동의 절단면들을 발견하는 데 있을 듯하다.[1]

작가의 초기 스케치들을 찾아본다면, 우리는 거기서 한글의 문자적 특색보다는 입체주의적이고 구상주의적인 사물의 모습을 감지하기 쉽다. 사각의 다양한 직선들이 어지럽게 뒤섞이고, 어딘지 완성되지 않

• • •

1. 이 글을 위해 작가는 활동 초기부터 현재에 이르는 작품들의 이미지와 함께 미출판 상태의 도록(『금보성 ‖ 한글 1985~2018』)을 제공해 주었다. 여기 실린 일부의 이미지는 전시장과 도록에서 필자가 직접 촬영해 올린 것임을 밝혀둔다.

은 도형의 일부분들이 서로 이어지다가 끊어지면서 다시 연접되는 등, 최초의 습작들은 미완의 점과 선, 면들로 가득 차 있다. 무언가 그리다 만 흔적, 아니 구체적인 형상성조차 탈각된 낙서 같지만, 이 과정들을 가만히 이어보면 흥미로운 사유의 착상을 발견할 수 있다. 우선 그것은 구체적인 대상들을 벗어나려는 이탈의 계기들이란 것. 우리는 이 낙서 뭉치로부터 아무런 형상적 대상을 추론해 낼 수 없다. 익숙한 사물의 어떤 형태를 떠올리려 드는 순간 선은 끊어지고 면은 성립하지 않는다. 도형이 되다 만 선들, 넓이를 상실한 평면들을 보라. 그 어떤 낯익은 대상으로부터도 거리를 두고 벗어나려는 시도들. 다음으로 여기엔 투시법의 원칙으로서 소실점도 없고, 그것을 보좌하는 원근의 규칙도 세워져 있지 않다. 그 어떤 선형적 집합도 전체를 형성하는 하나의 원리에 종속되지 않으려 필사적인 탈주를 벌이고 있다. 그럼, 다음 장면은 무엇인가? 간신히 완성된 사각의 형상들, 그러나 어느 하나도 온전한 사각형을 구성하지 못함으로써 일상의 용도나 형태의 완성을 약속하지 않는다. 무의미하고 무질서한 사물들, 또는 불완전한 대상들. 사실 순서는 큰 상관이 없다. 어느 쪽이든 구체적이고 실제적인 형태를 갖출수록, 다시 그것은 해체와 파열의 순간 속에 용해되면서 다시금 비대상과 탈원리의 운동에 자신을 던져놓는다.

여기에 변화가 생겨나는 것은 회화의 논리, 곧 색이 덧입혀지면서부터다. 칸딘스키는 회화에서 색은 질감을 만들어 구성의 합목적성 곧 조형성에 기여한다고 말했는데(*Über das Geistige in der Kunst*, 1912), 이는 색조와 음영을 통해 형태가 현실성을 획득하는 과정을 가리킨다. 하지만 점차 진전해가는 작가의 작품들을 좇아가 본다면, 우리는 어딘지 칸딘스키적 명제가 허물어지고 전혀 다른 방향의 회화적 구축이 진행되고 있음을 목격하게 된다. 색이 입혀진 이 탈정형적 운동은 구상성의 이상理想에 복무하기는커녕 현실 바깥의 기이한 이상異狀을 자아내고 있는 탓이다. 간신히 꼴을 갖춘 도형이나 입방체조차 어딘지 불완전하고 미완성일 뿐만 아니라 불안스럽기 그지없다. 투시의 원칙은 여전히 지켜지지 않으며, 마치 우주공간을 유영하듯 지상의 원칙인 중력에도 구애받지 않는 모양새나. 섞이고 각진 평면들의 무수한 이접과 연접, 그러나 우리가 자꾸만 점·선·면을 가진 식별 가능한 형태들을 유추하려 드는 한 이 회화적 이미지들은 아직 자유롭지 못하다.

  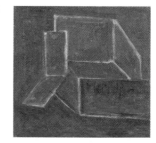

이쯤에서 한글회화의 '한글'은 어디에 있는지 묻는 사람도 있을 법하다. 이 같은 평면의 구상은 흔히 말하는 추상화의 범주에 속해 있으며, 유추적으로 말해도 기껏해야 'ㄴ' 'ㅁ' 'ㅂ' 'ㄹ' 등의 몇 가지 자음밖에 찾아낼 수 없을 테니. 그러나 도형적 형상으로부터 문자적 형태를 추출해 내는 것은 자연스런 일이지만 실재적인 유추라 보기 어렵다. 앞서 루소가 자연상태의 인간이 생존의 욕구에 의거해 소리의 분별을 시도하고, 이를 체계화한 것이 문자라 주장했던 것과 별반 다르지 않은 추측인 것이다. 오히려 문자는 회화적 이미지의 분열과 해체를 틈입해 들어온 이물異物, 화가인 작가가 이미지의 전통적 표상 형식들을 깨고 돌파하기 위해 도입한 외부의 원군에 가깝다고 말하고 싶다. 비록 점·선·면과 색의 회화적 규약에 따르고 있다 해도, 문자가 인입되는 순간 우리는 이미지를 '읽게' 된다는 역설에 주의해 보자.

    그저 문자를 회화에 끌어들이고, 다시 말해 '형태를 그리고 색을 칠하는' 것만으로 작품이 '좋다'고 말하기는 힘들다. 문자를 그림에 섞어 넣은 경우는 금보성 작가가 처음이 아니다. 외려, 우리는 회화적 이미지가 문자적 조형에 의해 방해받고 읽히면서 시작된 낯설음에 관해 이야기해야 한다. 기성의 회화적 독법에 익숙한 관객이라면, 초기의 스케치들로부터 불완전하거나 미완성으로 버려진 형상의 잔해만을 인지했을 듯싶다. 그것이 어떤 형상을 통해 재구축되고 다른 것으로 변형되는지 포착했을 법하지 않다. 이러한 변용의 과정, 그 절단과 조형의 순간을 보여주는 것이 바로 문자의 도입으로서 한글회화의 성립이었으리라. 우리는 짐짓 무질서하게 던져진 듯한 한글 자모를 보면서 그것이 조직화하는 단어와 문장이 무엇일지 짐작하려 들고, 무심히 정면을 바라보는 표정에 깃든 문자들을 이어붙임으로써 저 감정의 뉘앙스를 살려내려 애쓴다. 분열과 해체를 통해 추상의 격벽을 쌓아 올렸던 애초의 시도가 회화적 대상성을 건너뛰어 우리에게 직접 말을 거는 시점이 이때다. 이 두 점의 화폭에는 문자와 이미지가 병존하지만, 텍스트성과 도상성 자체만으로 우리는 눈앞의 사물이 무엇을 묻고 있는지 알지 못한다. 이미지에

깃든 문자의 의미를 읽으려는 노고, 또는 문자를 통해 전해지는 이미지의 힘에 다가가려는 노력만이 우리를 이 사물에 근접시킬 뿐이다. 마치 문자 이전의 이미지, 이미지 이전의 소리, 그 소리에 비가시적으로 내재한 질서로서의 의미를 찾으려는 해석의 노동이 비롯되는 장소가 바로 이곳이다.

작가는 자신의 작품들에 부러 연도나 제목을 밝히지 않는다. 창작 과정을 끌어가는 모티프가 되는 단어나 문장이 있을 수 있으나, 최종적인 단계에서 그것들은 흩어지고 지워지며 탈연관된다. 회화의 질서에 틈입해 구멍을 낸 문자의 흐름은, 그것이 식별되는 순간 거꾸로 식별 불가능성의 심저(心底)로 가라앉아 우리에게 질문을 던진다. 이것은 대체 무엇인가?

4

러시아 형식주의자들은 예술의 본질이란 감성의 자극과 계발, 이를 통한 기존 지각장의 넘어섬에 있다고 주장했다. 달리 말해, 자동화된 우리의 인식기제를 털어내고 낯선 감각의 무대로 나아가게 하는 데서 예술의 새로움이 성립한다고 보았던 것이다(*Искусство как прием*, 1917). 이에 따른다면 항구적인 예술작품이란 존재할 수 없다. 어떤 내용이나 형식을 갖추든, 지각하는 주체의 감수성에 대해 그것은 늘 상투화됨으로써 종국적으로는 무감각한 대상이 될 것이기 때문이다. 한글회화도 마찬가지다. 회화에 한글을, 곧 이미지에 문자를 도입하고 또 이산시킴으로써 의미의 불투명성을 전면화시키려는 시도는 적극적인 해석의 요구로 수용되든지, 혹은 해석되지 않은 채 봉인됨으로써 자동화되든지, 둘 중의 하나로 귀결되기 십상이다. 이른바 '무제'란 그런 것이 아닐까? 관객으로 하여금 그 어떤 구축적인 해석의 과정도 동원하지 못하도록, 합법적이고 편안하게 사유를 밀봉해버리는 폐쇄의 레토릭.

몹시 흥미롭게도, 작가가 향하는 창조의 도정 역시 이를 따른다. 해석의 실타래를 바짝 뒤쫓거나 또는 아예 놓아버리는 누구라도 그의 이런 변전 앞에서는 당황할 수밖에 없다. 사태가 완전히 역전되어버렸기 때문이다. '한글회화'라는 작가의 고유명이 자동화되는 시점에서 그는 역으로 이미지를 힘껏 밀어 넣고 있다. 문자로 이루어진 추상의 제국이 돌연 해석 불가능한 대상들의 반란에 놀라고 전복되는 순간이 시작된다.

화폭 정면에 놓인 대상이 그릇이라는 점은 누구나 알 만한 사실이다. 그렇다면 배경으로 물러선 문자는 과연 무엇인가? 그릇을 설명하는 단어인가, 문장인가? 그도 아니라면 작품의 주제와 관련된 어떤 상징 같은 걸까? 문자의 질서에 너무나 순응하고 있는 우리는 작품을 접하는 시점부터 줄곧 그것의 주제나 의미에 대한 해석에 몰입하고, 오직 그것만을 갈급하게 마련이다. 흔하디흔한 그릇이 어떤 중요한 의의를 함축할 리 없으니, 이를 해명해 줄 것 같은 문자에 주의를 기울이는 것. 하지만 텍스트에 초점을 맞출 때 놓치기 쉬운 것은 도상의 도상적 특징 그 자체다. 문자로는 환원되지 않는 매체로서의 도상이 갖는 불투명성, 의미의 그릇에 담을 수 없는 감각의 유동을 간과하는 것이다.

대상과 겹쳐져 있거나 그 배경에 놓인 문자는 아무런 뜻이 없다. 그래서 이번에는 아예 문자를 지워낸 빈 화면, 오직 색의 질감만이 남아 있는 공허하지만 꽉 채워진 이미지의 공간을 보여준다. 오직 그릇만이 현존하는 세계, 대상의 대상성만이 올곧이 실존하는 이 시공간을 무어라 불러야 할까? 여전히 작가는 아무런 단서도 남기지 않는다. 여기에는 제목도, 연도도 붙어 있지 않다. 우리는 그저 추론하고 해석할 따름이다. 당연하게도, 그릇의 이미지를 그릇이라는 일상 사물로 인지하고 물러서는 것은, '그릇'이라는 문자를 문자로서 읽고 내버려두는 것과 다르지 않다. 해석의 방기, 또는 방치된 해석은 이미지도 문자도 어느 것도 살리지 못한다. 그릇이 그릇이 아닐 리 없지만, 도대체 왜 이 그릇이 우리 앞에 주어져 있는지는 밝혀야 할 과제이다. 무엇보다도, 그것이 특정한 해석에 갇히지 말아야 한다는, 우리를 이미 포획하고 있는 자동화된 도상과 텍스트의 질서에 구속되어서는 안 된다는 명령—어로서 던져져 있다.

마치 입체적 분산의 이미지–기호처럼 작가의 작품들이 산개되어 나타나는 시점이 이제부터 열린다. 점·선·면의 회화적 규준들을 벗어나, 이미지의 외부로서 문자가 도입되더니, 지금부터는 이미지라고도 문자라고도 부를 수 없는, 동시에 이미지이기도 하고 문자이기도 한 분산적 입체성의 표현체들이 작업의 전면에 포진하게 된다. 자세히 눈여겨본다면 우리는 여전히 한글 자모와 같은 문자적 요소들을 찾을 수 있지만, 단어나 문장의 결합적 요소들을 벗어나는 그것들은 탈문자화된 이미지–기호에 가깝다. 아마도 '한글회화'라는 표제만을 듣고 전시장에 들어선 관객에게 알싸한 배신감을 선사하는 순간이 이즈음이지 않을까 싶다. 너무나 익숙하기에 거의 자연화된 체계인 한글을 찾고 확인할 수 있는 여지가 어디 있단 말인가?

거듭 밝히거니와 한글회화의 지향은 '해석되는' 데 있는 게 아니라 '해석되지 않는' 데 있다. 작가의 작품들로부터 가벼운 재미나 흥미를 느끼고 곧 망각해도 좋지만, 요점은 그게 무엇인지 얼른 식별되지 않게 만드는 것, 러시아 형식주의자들의 말을 빌면 지각의 시간을 지연시켜서 통상의 인식을 단절시키고, 낯설게 다가들게 함으로써 새로움의 경험을 불러내는

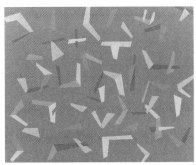

것이다. 한글회화의 도대체 어디에 한글이 있고 어느 곳에 회화가 있느냐고 반문하도록 만드는 데 거꾸로 한글회화의 (탈)예술성도 있을 터. 한글이 소통의 문자적 체계성을 상실하고, 회화가 양식화된 형상적 체계성으로부터 분리되는 장면을 목도할 때, 우리 앞에 놓인 것은 어떤 해석을 선택할 것인가가 아니라, 어떻게 다른 해석을 창안해 낼 것인가라는 물음 아닐까?

5

리쾨르라면 '해석의 갈등'이라 불렀을 법한 이 대목에서(*Le Conflit des*

interprétations, 1969), 언뜻 다시 들뢰즈를 호출하는 것은 이상하지 않다. 왜냐면 우리는 정합적인 해석의 다양한 갈래길들을 헤매는 중이 아니라, 풀과 진흙에 덮여 보이지 않는 또 다른 해석의 길을 닦아가는 도정에 있는 탓이다. 문장 속 평범한 단어에 갑자기 엉뚱한 한자가 병기되어 있을 때 우리는 이를 '오식'이라 부른다. 아마도 영어 문장에 한글 자모가 끼어들 때 '오타'라 부르는 경우도 다르지 않을 것이다. 하지만 때에 따라서 그런 것은 익숙한 문장을 해산시키고 정립된 의미를 분산시켜 전혀 새로운 의미열을 구축하기도 한다. 동종적인 규범의 질서에 이질적 요소가 돌발하는 사건, 이미지에 문자가 섞이거나 문자에 이미지가 파고드는 것이 그것이다. 이 같은 외부성은 기실 순수 차이가 존재하기 위한 필연적인 전제라 할 수 있다. 다시 말해, 차이가 그 자체로 순수한 이념이 되기 위해서는 자기 자신과도 일치해서는 안 되며, *스스로*가 *스스로*에 대한 외부로서 타자화되어야 한다. 즉자대자an und für sich라는 헤겔적 종합의 성채를 파괴하는 근원으로서 순수 차이가 모습을 드러내는 장면에 주목해야 한다.

금보성 작가의 창작에서 이 같은 외부성의 도입은 전혀 낯선 광경은 아니다. 도상과 텍스트가 상보하는 가운데도 결국은 교란적 성분으로서 서로를 침노했고, 추상의 전제 속에 돌발적으로 구상적인 것이 모습을 들이밀기도 했다. 이는 다만 이물감의 시각적 표상이라 치부할 수 없는 사건에 해당된다. 이미지든 문자든, 어느 한쪽으로 편향되고 경직화되기 쉬운 창작 활동과 해석 활동에 대해 모종의 그로테스크한 차이를 끌어오는 것, 그로써 자동화된 창작과 해석의 기제를 흩뜨리고 창발의 계기를 견인하는 것. 나는 그 장면들이 이번 전시회에서도 은밀하게 관객들을 끌어모은 매혹의 비밀이 아니었나 생각해 본다.

제목도 설명도 달리지 않은 이 작품을 유의해서 보자. 지금까지 논의했던 바와 같이, 도상과 텍스트가 극도로 추상화되면서 만들어낸 이미지–기호들의 축제를 보는 듯한 작품이다. 마치 조화로운 환희라도 불러야 할 만한

따뜻한 색감 속에 선과 면들이 골고루 용해되어 균형감 있게 배치되어 있다. 그런데 좌우 양측의 캔버스에는 무언가 낯선 성분들이 포함되어 있다. 전체적인 분위기나 작품의 테마적 형상들과는 사뭇 다른 그것들.

직선적 조화 속에 돌연 원형의 이색적 성분이 끼어들고, 마치 테이프가 풀리듯 그것들로부터 직선들이 사출되는 광경을 연출하는 이 부분들은, 우리가 알고 있는 이 세계가 얼마나 낯설고 이질적인 요소들로부터 연유하는지를 알레고리적으로 풀어낸다. 익숙함의 근저에는 분명 고개를 갸우뚱거리게 만드는 타자적 요인들이 작동하고 있는 것이다. 이미지–기호의 향연에도 예속되지 않는, 또 다른 외부성의 잠재와 표현이라 불러도 좋지 않을까? 한글회화가 한글도 회화도 아닌 경계선에서, 문자도 아니고 이미지도 아니지만 다시금 문자이자 이미지로 합류하는 이접적 종합의 순간에 나타나는 그 이미지–기호들은 이러한 과정이 끝없이 열려 있음을 반증하는 표지라 말할 수 있다. 한글회화는 어느덧 더 이상 한글회화가 아닌 방식으로 그것의 본래적인 운동을 지속하고 있는 셈이다. 배신의 미스터리와 희열이란 바로 이런 것이 아닐까?

6

넓지 않은 전시장이었지만 가까이서도 보고 멀리 떨어져서도 보고, 렌즈에 잡힌 화면의 기이함에 놀라 다시 여러 번 촬영하며 시간을 보내는 사이, 어느덧 시간은 마감에 이르렀다. 작가가 건네준 따뜻한 커피를 손에 쥔 채 무언가 전시회나 작품에 대한 부가적 설명을 해주기를 기다렸지만, 그는 그저 만면의 웃음만을 던지면서 아무 말도 보태지 않았다. 사실 이미 예상하고 있던 그의 태도였을지 모른다. 지난번 만남에서도 그는 자신의 작업을 이끌리는 대로 따르는 활동일 뿐이라 조심스레, 그러나 단호하게 말하지 않았던가? 나 역시 어딘지 그의 이런 태도에 이끌렸던 것 같다. 다양한 필명으로 편력하던 시인의 이력도, 파란만장했던 종교적 신념도, 아낌없는 예술가 지원으로 '화가들의 목자'라 불리는 것도 크게 중요하지 않았다. 그 자신이 얼마나 분명하게 인식하고 있든 아니든, 나는 외려 문자와 이미지 사이에서 위태롭지만 또한 견고하게 길을 내고 있는 그의 모험에 매혹되었을 따름이다. 작가의 다음 발걸음이 전혀 예측되지 않는다는 사실이 이토록 즐거운 기대가 될 줄이야.

가볍게 목례를 남기고 돌아서자, 때마침 철거를 위해 인부들이 도착했다. 이미 관객도 다 빠져나온 전시장이었지만 어쩐지 한 번 더 돌아보지 않으면 안 될 것만 같은 기분을 잠재운 채 거리로 나섰다. 날이 다 저물어 있었다.

| 발표지면 |

이 책에 실린 글들은 아래 지면에서 처음 발표되었던 원고를 부분적으로 수정한 것이다.

제1부
「사건 이후의 사건 — 촛불이 열어 놓은 시적 경로들」, 『문학들』, 2018년 제51호.
「팬데믹 이후 세계의 저편 — 인류세와 지구생태적 위기의 시적 감응들」, 『현대비평』, 2021년 제8호.
「다시, 시적인 것의 가능성을 위하여 — 루카치와 바흐친을 넘어서」, 『현대시학』, 2018년 제584호.

제2부
「여–성, 미–래, 사–물 — 지나간 것과 도래할 것, 그 사이의 시학」, 『현대시』, 2021년 1월호.
「주름의 시학 — 나희덕 사유의 접힘과 펼쳐짐」, 『청색종이』, 2021년 창간호.
「가능주의자, 불가능한 미–래의 시학」, 나희덕, 『가능주의자』, 문학동네, 2021.
「문장과 사건 — 김언 시학의 언어학과 유물론」, 『POSITION』, 2021 제36호.
「F라는 고유한 시의 성좌 — 김선향의 두 번째 시집에 대하여」, 김선향, 『F등급 영화』, 2020.
「아나키의 시학과 윤리학 — 신동엽과 크로포트킨」, 『비교문학』, 2017년 제71호.

제3부
「시간을 지각하는 시작–기계(들) — 2016년 가을의 시편들」, 『문학들』, 2016년 제46호.
「주소 없는 편지 — 2018년 신인들의 시적 감응에 대하여」, 『현대시』, 2018년 11월호.
「시는 언제나 미–래의 시제다 — 역사의 시간과 시의 시간」, 『현대시』, 2017년 4월호.
「머뭇거리는 이 봄의 착란들 — 시적 감각의 특이성에 대하여」, 『현대시』, 2017년 5월호.
「시작詩作, 비인간의 노고 — (불)가능한 시의 성좌들」, 『현대시』, 2017년 6월호.

제4부
「시, 혹은 나라는 타자를 향한 욕망 — 민구의 시편들」, 『현대시』, 2018년 3월호.
「사건의 예감, 클리나멘의 시학 — 안태운의 신작시」, 『애지』, 2019년 제77호.
「뒤늦게 도착한 출발의 예감 — 정영효의 근작시에 부쳐」, 『문예바다』, 2019년 제24호.

「존재하지 않는 요일의 무늬 ― 권정일의 『어디에 화요일을 끼워 넣지』」, 『오늘의 문예비평』, 2019년 제112호.
「초록의 서곡, 기다림의 시간 ― 윤지양의 신작시에 부쳐」, 『애지』, 2018년 제75호.
「시학의 저편 ― 김건영의 『파이』가 열어 놓은 시간」, 『시와사람』, 2020년 제94호.

제5부
「예술을 넘어선 예술, 아방가르드의 욕망과 불안 ― 피터 게이의 모더니즘론」, 『POSITION』, 2015년 제12호.
「획과 탈주선 ― 고윤숙 개인전에 부쳐」, 『고윤숙 전展』 도록, 2016.
「배신의 미스터리와 그 희열 ― 금보성의 '한글회화'에 담긴 해석의 비밀」, 『현대비평』, 2021년 제6호.

468

사건의 시학

초판 1쇄 발행 • 2022년 3월 28일

지은이 • 최진석
펴낸이 • 조기조

펴낸곳 • 도서출판 b
등   록 • 2003년 2월 24일 (제2006-000054호)
주   소 • 08772 서울특별시 관악구 난곡로 288 남진빌딩 302호
전   화 • 02-6293-7070(대)
팩시밀리 • 02-6293-8080
홈페이지 • b-book.co.kr
전자우편 • bbooks@naver.com

ISBN 979-11-89898-70-0 03810
정가 • 22,000원